明代历史小说叙事伦理研究

江守义 著

科学出版社

北京

内 容 简 介

本书从中西小说叙事伦理的比较入手，认为西方小说侧重德性伦理，明代历史小说侧重规范伦理。进而结合史传传统对小说的影响，从意图伦理、故事伦理、叙述伦理和接受伦理四个方面对明代历史小说展开叙事伦理研究。意图伦理关注叙事主体的伦理诉求，故事伦理分析小说故事的伦理意蕴，叙述伦理考察文本形式的伦理表现，接受伦理聚焦叙事接受的伦理解读，建构起一个"四分法"的叙事伦理研究框架，和西方叙事伦理研究代表人物纽顿所构建的故事伦理、叙述伦理、阐释伦理的"三分法"框架形成对照。

本书针对的阅读对象主要是科研人员和中文系本科高年级学生和研究生。本书可用作科研参考书、选修课教学用书和研究生教学用书。

图书在版编目（CIP）数据

明代历史小说叙事伦理研究/江守义著. —北京：科学出版社，2024.1

　　ISBN 978-7-03-076884-1

　　Ⅰ.①明⋯　Ⅱ.①江⋯　Ⅲ.①历史小说-小说研究-中国-明代
Ⅳ.①I207.41

中国国家版本馆 CIP 数据核字（2023）第 213408 号

责任编辑：杨　英　刘巧巧/责任校对：贾伟娟

责任印制：徐晓晨/封面设计：蓝正设计

科　学　出　版　社 出版
北京东黄城根北街 16 号
邮政编码：100717
http://www.sciencep.com

北京中科印刷有限公司 印刷
科学出版社发行　各地新华书店经销

*

2024 年 1 月第　一　版　　开本：720×1000　B5
2024 年 1 月第一次印刷　　印张：27
字数：455 000

定价：148.00 元

（如有印装质量问题，我社负责调换）

「目　录」

绪 论

叙事伦理研究与明代历史小说

1979 年，袁可嘉在《世界文学》上发表了《结构主义文学理论述评》一文，标志着西方的叙事学理论开始传入中国，至今已 40 余年。这些年来，国内学界对待西方叙事学的态度经历了从盲从到反思、从学习到对话的转变过程[①]。21 世纪以来，随着全国叙事学学术研讨会的召开（2004 年开始）、中国叙事学学会的成立（2005 年）以及每两年一次的叙事学国际会议在国内的召开（2007 年开始），国内、国际叙事学界经过多次面对面的交流，在叙事学的诸多领域，国内叙事学研究和国际叙事学研究已经站在了同一起跑线上，中国叙事学界在研究过程中，逐步开始了叙事学的本土化研究[②]。叙事学本土化涉及的方面很多，其中一个重要方面是对中国本土叙事文学的研究。五四运动以来，中国的叙事文学多少受到西方叙事观念的影响，完全本土化的中国叙事文学只有没有受西方文学观念影响的古代叙事文学，其代表是明清小说。在明清小说中，明代历史小说地位独特，其中《三国演义》开启了古代长篇小说的先河，对史传精神的继承也成为此后几乎所有古代小说的共同选择。鉴于此，本书以明代历史小说为对象，研究中国本土化叙事文学的独特性。

既然本书立足于本土化来研究明代历史小说，就要寻找明代历史小说最具

---

① 江守义：《20 世纪 80 年代叙事学研究的回顾与反思》，《学术月刊》2015 年第 7 期，第 125-132 页；江守义：《"热"学与"冷"建——叙事学在中国的境遇》，《文艺理论研究》2000 年第 1 期，第 63-67 页；江守义：《结构主义叙事学之反思》，《文艺理论研究》2017 年第 6 期，第 147-157 页。

② 王瑛：《叙事学本土化研究（1979—2015）》，北京：北京大学出版社 2020 年版。

"本土化"性质的东西。"本土化"离不开"本土"的文化氛围，明代历史小说"本土"的文化氛围大致有两个方面，一是传统的文化观念，二是当时社会的文化土壤。就前者而言，明代文人受儒家文化浸染很深，传统的儒家伦理观念对小说作者影响深远，明代历史小说的作者大多有科举失败的经历，他们编撰历史小说，或许是科举落第后无奈的选择，但经过多年的读书生涯，儒家伦理观念已经深入他们的骨髓，伦理教化成为小说作者编撰历史小说的动力和目的；就后者而言，明代繁荣的商业推动了历史小说的兴盛，在儒家伦理氛围中让从事小说的商业利益显得理所当然，借小说来宣扬儒家伦理似乎是最好的选择。这两个方面结合起来，让明代历史小说显示出浓郁的"本土化"伦理气息。历史小说翻写史传内容，史传对"善恶"的书写和评判也很容易被历史小说所继承，这进一步强化了历史小说的"本土化"伦理色彩。

诚然，任何小说都可以从伦理角度加以阐释。如何凸显明代历史小说伦理色彩的"本土化"？如何从叙事伦理角度来理解明代历史小说的独特性？一个简便的做法就是在中西小说的对比中显示各自的伦理表现的差异。从比较的角度出发，中西小说叙事伦理研究从一开始的伦理路径的选择上就显示出了差异。

第一节　小说叙事伦理研究的两条路径

随着伦理学研究的兴起和叙事学对结构主义的突破，伦理学和叙事学这两个本来不相关的研究领域开始相互接近。一方面，叙事学研究已经不再仅仅是一种具体的方法，而是成为一种普遍的观念[①]，甚至成为人类的一种存在方式，伦理学研究也需要借助叙事学的相关成果，"虚构叙事以其具体性和感性力量为伦理研究提供了一般哲学研究中无法找到的有价值的工具"[②]；另一方面，伦理学研究也出现了新的情况，无论是约瑟夫·弗莱彻（Joseph Fletcher）的"境遇伦理"，还是伊曼努尔·列维纳斯（Emmanuel Levinas）的"他者伦理"，都不再

---

① 刘阳：《美学的叙事转向》，《文艺研究》2014年第11期，第21-29页；刘阳：《理论的文学性与文论的叙事》，《文艺研究》2012年第7期，第19-26页。

② 纳斯鲍姆语，转引自唐伟胜：《文本　语境　读者：当代美国叙事理论研究》，上海：上海世界图书出版公司2013年版，第217-218页。

是单纯地探讨伦理，而是将伦理置于某种关系之中，叙事学本来就重视叙事要素之间的关系，伦理学遇到的新情况启发叙事学在打破结构主义的束缚之后，主动从伦理角度来思考叙事。阿拉斯代尔·麦金太尔（Alasdair Chalmers MacIntyre）认为"讲故事在美德教育中具有关键作用"[①]，韦恩·布斯（Wayne Booth）则宣称："所有的故事都会教化人"[②]，"讲述故事就是一个道德探究行为"[③]。伦理学和叙事学的相互接近，让叙事和伦理相结合成为叙事学发展的一条新路径，中西学界在 20 世纪八九十年代都出现了叙事伦理研究。刘小枫的《沉重的肉身》和亚当·扎卡里·纽顿（Adam Zachary Newton）的《叙事伦理》可为代表，尤其是后者，首次标举了"叙事伦理"这一概念。但细究之，刘小枫和纽顿所说的"叙事伦理"差别很明显。纽顿所说的叙事伦理，可同时被理解为两种含义：一是通过叙事讨论某种伦理状态，二是伦理表达的方式依靠叙事结构[④]，换句话说，他关注的是叙事本身如何成为伦理以及伦理与叙事结构形式之间的关系问题，这显然是伦理转向和叙事转向共同作用的结果。刘小枫所说的叙事伦理学，是相对于理性伦理学而言的，前者"关心道德的特殊状况"，后者"关心道德的普遍状况"[⑤]，同时，刘小枫又认为前者的"质料"是"一个人的生活际遇"，后者的"质料"是"思辨的理则"[⑥]。"道德的特殊状况"和"一个人的生活际遇"、"道德的普遍状况"和"思辨的理则"看起来是严格对应的，其实是两种不同的分类标准，有可能出现矛盾的情况："一个人的生活际遇"也可以反映"道德的普遍状况"，道德的"特殊状况"和"普遍状况"都可以在"思辨的理则"下加以审视。刘小枫既认为"叙事伦理学……不可能编织出具有规范性的伦理理则"[⑦]，又认为现代的叙事伦理中包含有人民伦理的大叙事，而人民伦理的大叙事又"规范个人的生命感觉"[⑧]，这意味着叙事伦理有时候又有"规范"的

---

① [美]A. 麦金太尔：《追寻美德：伦理理论研究》，宋继杰译，南京：译林出版社 2003 年版，第 274 页。

② [美]韦恩·布斯：《修辞的复兴：韦恩·布斯精粹》，穆雷等译，南京：译林出版社 2009 年版，第 243 页。

③ [美]韦恩·布斯：《修辞的复兴：韦恩·布斯精粹》，穆雷等译，南京：译林出版社 2009 年版，第 264 页。

④ Newton, A. Z. *Narrative Ethics*. Cambridge：Harvard University Press, 1997, p. 8.

⑤ 刘小枫：《沉重的肉身》，北京：华夏出版社 2007 年版，第 4 页。

⑥ 刘小枫：《沉重的肉身》，北京：华夏出版社 2007 年版，第 5 页。

⑦ 刘小枫：《沉重的肉身》，北京：华夏出版社 2007 年版，第 5 页。

⑧ 刘小枫：《沉重的肉身》，北京：华夏出版社 2007 年版，第 7 页。

功用。《沉重的肉身》讨论的是《丹东之死》《牛虻》《生命中不能承受之轻》等西方作品，和纽顿的《叙事伦理》对约瑟夫·康拉德（Joseph Conrad）、舍伍德·安德森（Sherwood Anderson）、亨利·詹姆斯（Henry James）、查尔斯·狄更斯（Charles Dickens）等人的小说进行伦理探索的路径大体一致，但在叙事伦理中区分出人民伦理的大叙事和自由伦理的个体叙事，这里显示出和纽顿的区别，纽顿只是针对具体作品来展开叙事批评，刘小枫则有将人民伦理的大叙事和自由伦理的个体叙事相比较的用意。

在刘小枫的界定中，人民伦理的大叙事和自由伦理的个体叙事虽同属现代的叙事伦理，但二者的区别很明显，后者是"伸展个人的生命感觉"，前者虽围绕个人命运展开，但实际上"让民族、国家、历史目的变得比个人命运更为重要"①。如果撇开现代叙事伦理，撇开人民伦理这样带有明显时代烙印的称呼，人民伦理接近规范伦理，自由伦理接近德性伦理。德性伦理和规范伦理为小说叙事伦理研究提供了两条不同的路径。

一、西方小说叙事与德性伦理

德性伦理以人内在的精神品质为依托，"着眼于作为行为主体的人、以对人的道德品质、品格和习惯的培养或培育为核心和目标的道德建构"②，具有内在性和自律性特征；它以追求完善的道德理想为目标，作为至善伦理，德性伦理追求的是"最好"怎么样，它一般是超越现实的，因而又具有超越性特征。当然，德性伦理也有其规范的一面，个体德性不是天生的，而是后天养成的，有一种麦金太尔所说的"获得性人类品质"③，这种养成和获得，只能在既定的社会规范中完成。个体德性一旦养成，作为个体存在，它就和作为群体的社会规范既有一致的地方，又有不一致的地方。

亚里士多德的伦理学追求至善的道德理想，属于德性伦理学范畴。自文艺复兴以来，宗教律法逐渐被自然法所取代，"伦理道德的规范化、制度化"④逐渐

---

① 刘小枫：《沉重的肉身》，北京：华夏出版社 2007 年版，第 7 页。

② 聂文军：《论规范伦理与德性伦理的复杂关系》，《吉首大学学报》（社会科学版）2014 年第 1 期，第 37-41 页。

③ [美]A. 麦金太尔：《德性之后》，龚群等译，北京：中国社会科学出版社 1995 年版，第 241 页。

④ 徐宗良：《德性与伦理规范刍议》，《伦理学研究》2009 年第 3 期，第 75-80 页。

受到重视。17—18 世纪，随着启蒙运动的兴起，德性伦理学开始转向规范伦理学。亚当·斯密（Adam Smith）在《道德情操论》中将正义作为社会得以正常运行和维系的基础。正义不仅是一种德性，而且是社会的伦理规范。《国富论》认为社会可以通过"看不见的手"来实现主观上利己而客观上利他，从而让"一切以往社会中的以利他主义为导向的协调人与人关系的德性伦理便从根本上失去了存在的土壤"①。以亚当·斯密为标志，德性伦理转向规范伦理②。到 20 世纪初，随着分析哲学的兴起，"分析伦理学"（元伦理学）的势头盖过了规范伦理学。由此，大致可以说，西方古典小说时期（尤其是古典小说兴盛的 18 世纪和 19 世纪），伦理学界以规范伦理为主。但与之形成悖论的是，从文艺复兴时期开始，小说就有反对教会禁锢、张扬个体感情的追求，到 18 世纪，"情感个人主义"大行其道，"私人领域"形成。有论者指出："欧洲小说主流并非是特罗洛普、菲尔丁和巴尔扎克这样长于描写类型人物的作家，而是深入刻画'个人意识'——也就是具体人物的内心情感——的作家。"③人物的内心情感，或许多少受到伦理规范的影响，但内心情感毕竟是个人的情感，和规范的伦理道德情感的差异才是个人情感能打动读者的原因。以此观之，西方小说中的情感表现和当时社会上占主流的规范伦理之间形成张力。从个人情感出发，可能会无视规范伦理对情感的基本要求，小说中经常出现浪荡子对女性的欺骗（如洛弗莱斯）的现象，也经常出现女性听从自己内心的情感诉求来行事（如苔丝）的现象，社会的道德标准和伦理规范在强大的内心情感面前显得微不足道。不同人物的情感世界是不同的，因此，对人物情感的重视，意味着尊重情感的个性。在这种情况下，很难要求人物遵从某一特定的伦理规范，读者必须在看完小说后才知道人物的道德诉求和作者的伦理目的，这些道德诉求和伦理目的又是千差万别的，不好简单地归于"仁义礼智信"等德目之中。对小说的叙事伦理研究首先要做的是了解作品中的伦理表现，而不是某种外在的伦理规范。

　　西方小说侧重德性伦理研究，与其哲学传统和修辞学传统有关。从哲学传统看，伦理学和道德哲学激发了人们对小说叙事伦理研究的兴趣。亚里士多德在

---

　　① 聂文军：《试论西方伦理学中规范伦理与德性伦理的关系演变及其意义》，《伦理学研究》2014 年第 2 期，第 41-45 页。

　　② 崔宜明：《论亚当·斯密问题》，载华东师范大学中国现代思想文化研究所：《思想与文化》（第一辑），上海：华东师范大学出版社 2001 年版，第 269 页。

　　③ 金雯：《情感与形式：论小说阅读训练》，《外语教学理论与实践》2016 年第 2 期，第 35-41 页。

《尼各马可伦理学》中指出意愿或意志在伦理学中的重要性，这就在苏格拉底所说的"知识即道德"之外，开启了另一扇道德之门。他区分了"理智德性"和"道德德性"①，详细讨论了由"意愿行为"带来的勇敢、节制、慷慨等"具体的德性"，让后人明白了意志在伦理中的重要性，意志自由由此成为西方伦理学关注的重心之一。康德道德哲学的根基在于知、情、意三分，与亚里士多德对意愿或意志的重视不无关系。伦理学和道德哲学不仅关注"善"，也关注"公正"。个体的自由意志如何保证"公正"？就需要个体不能只从自身出发来考虑问题，列维纳斯的"他者伦理"由此获得了广泛的认同，雅克·德里达（Jacques Derrida）将"他者伦理"思想吸收进解构主义思想之中，强调自我对他者的伦理责任。"列维纳斯和德里达为他者的伦理辩护开启了哲学的伦理转向。"②在这样的背景下，保罗·利科（Paul Ricoeur）、玛莎·纳斯鲍姆（Martha Nussbaum）等人借助文学来讨论伦理学问题，哲学传统直接催生出文学叙事伦理。保罗·利科在《作为一个他者的自身》中指出："文学是一个巨大的试验室，其中，各种期望、评估、赞同与谴责的判断都被尝试过，叙述性就通过它们充当了伦理的预备教育。"③纳斯鲍姆认为，文学及文学理论可以丰富传统哲学的伦理研究。小说可以利用情感的认知力量，呈现出人物的具体伦理困境，讲故事的伦理和所讲故事的伦理由此可以有机地结合在一起。④哲学传统催生出来的文学叙事伦理研究，一个特点就是研究者往往结合具体作品来讨论叙事伦理问题。艾希莉·卡尔森·巴尼斯（Ashley Carson Barnes）在分析亨利·詹姆斯的小说《地毯上的人物》时发现，小说叙述者总在思考一个问题：婚姻是否提供了解开文本秘密的钥匙，引发了他用"文本—读者"恋爱来思考叙事伦理：阅读仿佛恋爱，是读者和文本之间一对一的交流，小说叙事伦理就像是读者在和文本谈恋爱一样，用想象的方式来了解它。莫利·埃贝尔·特拉维斯（Molly Abel Travis）在讨论托妮·莫里森（Toni Morrison）和约翰·马克斯韦尔·库切（John Maxwell Coetzee）的小说时指出，他们的小说都反映了自我无力理解他者意义的伦理问题，由此得出结论：文学中最富伦理性的行为是清晰地表达有关自

---

① [古希腊]亚里士多德：《尼各马可伦理学》，廖申白译注，北京：商务印书馆2003年版，第35页。
② 程丽蓉：《中西叙事伦理理论研究之辨析》，《浙江工商大学学报》2018年第4期，第38-46页。
③ [法]保罗·利科：《作为一个他者的自身》，佘碧平译，北京：商务印书馆2013年版，第172页。
④ 程丽蓉：《中西叙事伦理理论研究之辨析》，《浙江工商大学学报》2018年第4期，第38-46页。

我和他者之间的不均衡关系这样的伦理问题，要解决这样的伦理问题，只有向他异性开放。①

就修辞学传统看，古希腊雄辩术的流行，让修辞学大放异彩。就小说叙事伦理而言，修辞学传统的影响比哲学传统的影响更为直接和深远，这需要花较多的篇幅来梳理。按照亚里士多德的说法，"修辞学可界定为在任何场合通过观察发现适当的说服别人的方法的能力"②。从表面上看，修辞学所依赖的修辞术是一种纯粹的技巧，但无论是柏拉图的反对修辞还是亚里士多德的赞同修辞，都认为修辞学超越了技巧而上升到伦理的高度。柏拉图认为修辞可以将不好的东西说得很动听，引诱人喜欢它，这是不道德的行为，所以应该将运用修辞的诗人赶出"理想国"。亚里士多德则认为，修辞通过技巧，可以让人们掌握知识、信服正义、信仰真理，走向理智德性和道德德性，修辞正是因为其伦理维度而不再是单纯的技艺，而具有哲学意味。修辞学有令人恐怖的"劝说"力量，修辞技艺可以让"劝说"成为"威胁"或"引诱"，从而具有伦理价值。为了避免修辞学沦为纯粹的形式暴力，亚里士多德将修辞学诉诸哲学反思。只有将修辞学视为哲学反思的智性探索，视为有助于弘扬真理、抵制罪恶的方法，才能让修辞学免受话语暴力的支配，从而具有一定的伦理意义。这样，亚里士多德通过哲学反思，从正反两方面将修辞学和伦理联系起来，从根本上纠正了修辞只是单纯技艺的观念，保罗·利科赞叹："亚里士多德的修辞学构成了从哲学出发将修辞学制度化的最辉煌的尝试。"③经过长时间的沉寂后，到 20 世纪中叶，修辞学迎来了布斯所说的"复兴"④。布斯说修辞学"复兴"，与"新亚里士多德修辞学派"及此后的新修辞学密切相关。20 世纪初兴起的"新亚里士多德修辞学派"重新重视修辞，不仅对话语行为的修辞本质有新的认识，同时也复活了亚里士多德关于修辞存在伦理维度的观点，甚至开启了修辞学批评的伦理转向。唐纳德·C. 布赖恩特（Donald C. Bryant）认同亚里士多德的观点，"认为修辞的功能是'使观念适应人，使人适应观念'，最终使真理战胜邪恶"⑤，进而认为修辞"研究的对象

---

① 转引自程丽蓉：《中西叙事伦理理论研究之辨析》，《浙江工商大学学报》2018 年第 4 期，第 38-46 页。

② Aristotle. *The Complete Works of Aristotle*. Barnes, J. (Ed.). Princeton: Princeton University Press, 1984, p. 2155.

③ [法]保罗·利科：《活的隐喻》，汪堂家译，上海：上海译文出版社 2006 年版，第 5 页。

④ [美]韦恩·布斯：《修辞的复兴：韦恩·布斯精粹》，穆雷等译，南京：译林出版社 2009 年版，第 51 页。

⑤ [美]肯尼斯·博克等：《当代西方修辞学：演讲与话语批评》，常昌富、顾宝桐译，北京：中国社会科学出版社 1998 年版，第 10 页。

是价值观"①。"新亚里士多德修辞学派"对古典修辞的挪用引起了新修辞学派的不满，肯尼斯·博克（Kenneth Burke）将修辞界定为"一些人对另一些人运用语言来形成某种态度或引起某种行动"②，只要人运用语言，就进入修辞情境，修辞行为就不再像古典修辞学所说的那样发生在某一个特定修辞情境下，而是普遍地存在于人的生存环境之中，他由此提出了修辞学界的"认同"观念：在人类的生存环境中，人是象征性地对环境做出反应，这个反应过程其实是一个"认同"过程："每一个处于分离状态的人体的确认都要经历不同形式的认同。"③"认同"有其伦理目的，因为人类总是自觉或不自觉地处于某种寻求认同的情境中，寻求认同中包含着伦理认同。博克虽然反对古典修辞，却强化了修辞学的伦理转向。

在修辞学伦理转向的背景下，布斯和詹姆斯·费伦（James Phelan）将修辞和伦理结合起来，极大地推进了小说叙事伦理研究。布斯以伦理烙印明显的《小说修辞学》而闻名学界。在布斯那里，小说的伦理目的或许才是小说修辞的意义所在。他从叙事主体、叙事形式、叙事交流等方面探讨小说形式的伦理意义，将小说技巧和伦理分析结合起来，认为非人格化叙述、议论、距离控制等诸多修辞技巧都与道德相关，"把技巧和伦理分析相结合"④成为布斯修辞学的显著特色。即使后来他跳出小说修辞的技巧分析，从读者的角度提出"求同修辞"时，也仍然强调其中的伦理维度。"求同修辞"大致可分为两个层面。第一个层面是读者领悟故事时的交流层面。任何一位读者，"不管他多么杰出，都不可能通过个人探究得出关于故事的值得信赖的道德判断"，因而"他们不仅倾听故事，还倾听朋友对故事的反应，并且在听的同时不断交换他们的思想"，形成"共导"⑤。第二个层面是不同领域的人之间需要求同存异，尽量寻找共同点而彼此包容。显然，与小说叙事伦理有关的是第一个层面，但第二个层面显示出布斯

---

① [美]肯尼斯·博克等：《当代西方修辞学：演讲与话语批评》，常昌富、顾宝桐译，北京：中国社会科学出版社1998年版，第101页。

② [美]肯尼斯·博克等：《当代西方修辞学：演讲与话语批评》，常昌富、顾宝桐译，北京：中国社会科学出版社1998年版，第16页。

③ [美]肯尼斯·博克等：《当代西方修辞学：演讲与话语批评》，常昌富、顾宝桐译，北京：中国社会科学出版社1998年版，第159页。

④ 周宪：《布斯文学研究中的伦理关怀》，载[美]韦恩·布斯：《修辞的复兴：韦恩·布斯精粹》，穆雷等译，南京：译林出版社2009年版，第1页。

⑤ [美]韦恩·布斯：《修辞的复兴：韦恩·布斯精粹》，穆雷等译，南京：译林出版社2009年版，第254页。

多少受到新修辞学派的影响，不再将修辞局限于文本交流，而是将不同领域之间的沟通也看作修辞。就"求同修辞"的第一个层面看，布斯拓展了他在《小说修辞学》中的观点，《小说修辞学》主要研究叙述技巧和文学阅读效果（包括道德效应）之间的关系，总体上可将之归结为作者和读者之间的交流，"求同修辞"则侧重于读者和读者之间的交流。布斯探讨小说修辞和阅读交流的伦理效应，其显著特点是结合对具体作品的分析并加以总结，他总结出来的小说修辞的伦理意义都与作品直接相关，而不是以外在的社会伦理对小说进行阐释。

　　作为布斯的学生，费伦在其老师学说的基础上将叙事伦理研究向前推进了一步。首先，在《作为修辞的叙事：技巧、读者、伦理、意识形态》一书中，他从修辞的角度将叙事定义为"某人在某个场合出于某种目的对某人讲一个故事"[①]，叙事不仅是讲故事，更是一种有目的的交流，其中包含有伦理目的。与布斯重视隐含作者的引导作用相比，费伦更重视主体间的交流："修辞是作者代理、文本现象和读者反应之间的协同作用。"[②]布斯试图通过隐含作者的引导来显示小说某一确切的伦理目的，但在费伦这里却落空了。由于注重交流和协同，而交流和协同是无止境的，"作者、文本和读者处于一种无限循环的关系中……任何一篇特定文章都应该既具有潜在的实用性，而其推论又不是终极的"[③]，这样就不可能有什么确切的伦理目的，即使小说有什么伦理目的，这一伦理目的也只是交流过程中暂时存在的情况。以此看来，费伦重视主体间的交流和协同不是为了得出某个具体结论，而是提供一种方法或途径。费伦从具体作品入手，通过《海浪》来探讨叙事进程，通过《永别了，武器》说明小说中的"双声"技巧对读者的影响，而"双声"技巧又是由读者推断出来的，由此形成循环往复的情形等。

　　其次，在《活着就是讲述：人物叙述的修辞与伦理》中，费伦视生活为讲述的故事，由于生活包含有伦理，叙述因而也成为各种伦理相遭遇的场所。与布斯《我们所交的朋友：小说伦理学》主要从理论上阐发小说伦理不同，费伦在《活

---

　　① [美]詹姆斯·费伦：《作为修辞的叙事：技巧、读者、伦理、意识形态》，陈永国译，北京：北京大学出版社 2002 年版，前言，第 14 页。

　　② [美]詹姆斯·费伦：《作为修辞的叙事：技巧、读者、伦理、意识形态》，陈永国译，北京：北京大学出版社 2002 年版，序，第 5 页。

　　③ [美]詹姆斯·费伦：《作为修辞的叙事：技巧、读者、伦理、意识形态》，陈永国译，北京：北京大学出版社 2002 年版，序，第 6 页。

着就是讲述：人物叙述的修辞与伦理》中通过对 20 世纪六部小说的分析，详细讨论了叙事形式和伦理之间的关系。对《长日留痕》的分析，辨析了不可靠叙述与伦理取位的关系；对《安吉拉的骨灰》的分析，解释了限制叙述和不可靠叙述相结合所产生的独特的伦理效应；对《洛丽塔》的分析，展示了叙述者聚焦中包含人物聚焦所带来的复杂的伦理纠葛；对《吻》的分析，讨论了非虚构忏悔性回忆录中的压制叙述所带来的伦理效果；对《我现在睡去了》和《多克的故事》的分析，说明了抒情叙述所带来的伦理尴尬。在这些分析中，读者得到了极大的关注，不可靠叙述、限制叙述、双重聚焦、压制叙述、抒情叙述等形式技巧所带来的伦理问题，都是从读者的角度加以解读的。在费伦看来，读者通过对这些形式技巧与伦理的分析，可以"努力重建作者创造的文本下面隐含的价值系统，然后从自己的伦理原则出发对其进行评价"①。值得注意的是，费伦对读者的关注是以对作者的忽视为代价的。在他看来，分析伦理和叙事形式之间的关系，要有一个"伦理取位"的前提。按照通常的理解，"伦理取位"首先出现在作者创作时，其次出现在读者阅读时，但在费伦那里，"伦理取位"是专为读者而设的，它既指个体读者从各自的特定位置进行阅读的方式，更指叙事技巧和叙事结构决定了读者与叙事之间的位置关系。

从阅读的角度来看，伦理位置对读者的伦理阐释产生直接影响，而伦理位置又是四种（人物的、叙述者的、隐含作者的以及读者的）伦理情境互动的结果。在这里，费伦排除了真实作者的伦理情境。人物、叙述者和隐含作者的伦理情境都有文本依据，读者的伦理情境在文本之外，且五花八门，而且某个读者的观点也不能约束其他读者，就是说，个体读者的观点不能形成规范。但如果真实作者将自己的伦理取位带进作品中（实际上，真实作者往往借助隐含作者来显示自己的伦理取位），就容易使小说的伦理解读形成某种规范。费伦从依托文本的循环交流出发，觉得不需要有这种真实作者的规范来约束交流，因而将它排除在外。如果按照他对叙事的修辞学界定，"某人在某个场合出于某种目的对某人讲一个故事"，是不能断然拒绝真实作者的。但既然从文本入手，首先注重的只能是文本，就不能同时给予规范伦理以优先地位。对小说而言，真实作者的优先地位是客观的，这种客观情况需要承认，真实作者为小说定下的伦理基调也需要承认，

---

① [美]詹姆斯·费伦：《"伦理转向"与修辞叙事伦理》，唐伟胜译，载唐伟胜：《叙事·中国版》（第二辑），广州：暨南大学出版社 2010 年版，第 190-191 页。

这类似于为小说设定了伦理规范，与文本优先的立场不符，因此只能将真实作者的伦理取位付之阙如。

布斯和费伦对小说技巧、小说形式和伦理之间关系的关注，让西方小说的叙事伦理研究呈现出关注小说本身而忽视作者的现象。忽视作者，某种程度上意味着忽视作者所具有的意识形态和伦理规范给小说带来的影响。小说伦理首先只能是小说人物的伦理诉求，这种诉求是基于小说情境产生的，至于这种诉求是否符合作者处身其中的社会规范，则是另一回事。换句话说，西方小说的叙事伦理研究，首先是一种德性伦理研究，无论是布斯、费伦对小说的伦理修辞研究，还是纽顿对叙事伦理的系统建构，均如此。

二、中国古代小说叙事与规范伦理

和现代小说相比，中国古代小说给人的印象是人物雷同、情节简单，充满道德说教，艺术水准不高，但人们往往忽视了一点，古代小说在今天看来有这么多缺点，但当时的人们却一而再，再而三地刊刻小说，乐此不疲，应当有其原因。这个原因，除了经济因素外，最主要的可能就是伦理教化的意图了。要进行伦理教化，小说一般就需要恪守伦理规范（基本是儒家的伦理规范），不能标新立异。古代小说的叙事伦理主要是一种儒家规范伦理。

规范伦理"是以原则、准则、制度等规范形式为行为向导并视其为道德价值之根源的伦理"[①]，与德性伦理相比，规范伦理被视为道德价值的根源，其权威性不言而喻。规范伦理设定了一条伦理底线，用这条底线来衡量具体行为是否符合规范伦理的要求？规范伦理关注的是某一行为是否符合规范，作为伦理底线，规范伦理所要求的是"必须"不能做什么，强制性由此成为规范伦理的一个显著特征。由于规范伦理强调权威性和强制性，伦理主体自身的努力往往被外在的规范所压制，因此，他律性成为规范伦理的当然要求。需要说明的是，规范伦理和德性伦理并不必然冲突，规范伦理也可以照顾到人自身的德性要求，但其侧重点在其"规范"上，规范会约束一些德性要求。

在孔子那里，儒家伦理思想主要以圣人的至善理想为旨归，孔子的核心思想"仁"总体应该归为德性伦理，所谓"志士仁人，无求生以害仁，有杀身以成

---

① 吕耀怀：《规范伦理、德性伦理及其关联》，《哲学动态》2009 年第 5 期，第 29-33 页。

仁"①，强调的是人的生命价值。在孟子那里，圣人的道德修养和"人之为人"的道德标准合而为一，他所说的"恻隐之心，仁之端也；羞恶之心，义之端也；辞让之心，礼之端也；是非之心，智之端也"②，既可以看作是圣人修养的起点，同时也是做人的基本要求，因为无此四端，即"非人也"③。然而，孟子的"四端"说只是他的一家之言，在当时并不具有强制性。董仲舒在《春秋繁露》中将"仁义礼智"和孟子所说的"朋友有信"之"信"合在一起，提出"五常"之说，原本圣人自我修养的道德追求和私人性的"人之为人"的道德标准，就成为官方制定的普通人需要遵守的伦理规范。"五常之目"于是成为儒家关于做人的基本德目："仁"成为处理人际关系的情感要求，"义"成为处理人际关系的价值准则，"礼"成为处理人际关系的行为模式，"智"成为处理人际关系的知性原则，"信"成为处理人际关系的精神纽带④。朱熹则将三纲五常和天理联系在一起，通过"存天理，灭人欲"的名义扼杀了来自个人德性的情欲要求。朱熹在理学界的崇高地位以及他所编撰的《资治通鉴纲目》对小说的直接影响，加上古代小说地位低下，小说作者很难标新立异，违背朱熹等人的思想，"仁义礼智信"等德目很自然地体现为社会规范对人物强制性的道德要求（即使是人物自觉的道德追求，也往往和强制性的道德要求牵扯在一起）。

古代小说的规范伦理与中国的史传传统密切相关。在古人"以史为贵"观念的影响下，史传传统对古代小说产生了深远的影响。就叙事观念而言，史传叙事的一个重要目的在于通过对史事的实录，揭示出其中的善恶道理，给后人以借鉴。孔子修《春秋》，便有强烈的"劝善惩恶"意图："上明三王之道，下辨人事之纪，别嫌疑，明是非，定犹豫，善善恶恶，贤贤贱不肖。"⑤司马迁撰《史记》，其志在继《春秋》，"《春秋》者，礼义之大宗也"⑥，《史记》也"记述历史的治乱之变，载其恶以诫世，书其善以劝后"⑦。蒋大器（庸愚子）的《三国志通俗演义序》将史书的作用概括为"昭往昔之盛衰，鉴君臣之善恶，载

---

① 杨伯峻译注：《论语译注》，北京：中华书局 2009 年版，第 161 页。
② 杨伯峻译注：《孟子译注》，北京：中华书局 2010 年版，第 72-73 页。
③ 杨伯峻译注：《孟子译注》，北京：中华书局 2010 年版，第 72 页。
④ 唐凯麟、张怀承：《成人与成圣——儒家伦理道德精粹》，长沙：湖南大学出版社 1999 年版，第 168-208 页。
⑤ 司马迁：《史记·太史公自序》，北京：中华书局 1959 年版，第 3297 页。
⑥ 司马迁：《史记·太史公自序》，北京：中华书局 1959 年版，第 3298 页。
⑦ 张大可：《史记研究》，兰州：甘肃人民出版社 1985 年版，第 356 页。

政事之得失，观人才之吉凶，知邦家之休戚"①，"鉴君臣之善恶"的伦理功用居于显要位置。读者阅读史书，也自觉地以其为借鉴，将"劝惩"内化于心。《国语·楚语上》记载申叔时语："教之《春秋》，而为之耸善而抑恶焉，以戒劝其心。"②史传的伦理规劝传统对古代小说产生了深远影响。李公佐在《谢小娥传》结尾中说小娥的故事"足以儆天下逆道乱常之心，足以观天下贞夫孝妇之节"，作者为其作传，是出于"知善不录，非《春秋》之义"的考虑③。《三国演义》中的人物，无论"遗芳遗臭"，在庸愚子看来，其要义在于表达"君子小人，义与利之间而已"这样一种伦理判断④。

由于重视伦理效应，小说所体现出来的伦理观念总体上需要与当时社会的伦理规范保持一致，这样一来，古代小说自然而然地呈现出规范伦理的特点。作者将小说中的伦理主要看作规范伦理，这导致了三种情况的出现。第一种情况是小说作者以宣扬和巩固伦理规范为己任，总体上流露出"善恶书于史册，毁誉流于千载"⑤的济世情怀。托名钟惺的《盘古至唐虞传》《有夏志传》《有商志传》三部小说，是整体规划的产物，由于所写内容于史无凭，"事无足征"，作者就用当时社会的伦理规范来模拟小说中的人物言行，并用"理有固然"将自己虚构的小说冠以"按鉴演义帝王御世"的名目，通过"以今而见古"来显示规范伦理的力量不仅在于当下，也可以回溯到以前。第二种情况是伦理规范在当时的社会中几乎是不变化的，朱熹称其为"天理"，也暗示了它的恒久性，小说要表达体现天理的规范性伦理，很容易导致一种情况的出现，即不同小说之间虽然有具体情节人物的差异，但在伦理旨趣上基本一致，都以"仁义礼智信"作为评判人物的价值标准，这导致了古代小说千人一面的伦理说教情形，但当时的小说家却乐此不疲。在古代小说中，即使偶尔出现人物冲破规范伦理的情况，最终仍然让个体德性回归到伦理规范之中，这导致古代小说中一再出现"悔悟"式或"果报式"的结构安排。例如，《警世通言》卷二十五《桂员外途穷忏悔》中的桂迁忘恩负义，遭报应而妻、子亡命，于是痛改前非，持斋悔罪。桂迁当初没有伸出援

---

① 丁锡根编：《中国历代小说序跋集》（中），北京：人民文学出版社1996年版，第886页。

② 左丘明：《国语》，韦昭注，上海：上海古籍出版社2008年版，第248页。

③ 张友鹤选注：《唐宋传奇选》，北京：人民文学出版社1964年版，第71页。

④ 丁锡根编：《中国历代小说序跋集》（中），北京：人民文学出版社1996年版，第887页。

⑤ 李康：《运命论》，载严可均辑：《全上古三代秦汉三国六朝文》（第三册），石家庄：河北教育出版社1997年版，第433页。

手，是怕于自己有恩的施家败落后成为无底洞，抱着"接人要一世，怪人只一次"①的想法，对施家母子置之不理，这是以个人德性为出发点的。在桂迁看来，他并没有做什么坏事，只是没有帮助曾经帮过自己的人而已，但当时的伦理规范却是"有恩必酬者，亦匹夫之义"②。他最终的悔悟还是让个人德性服从了社会的伦理规范。第三种情况是小说主要写人物的行动，很少写人物的内心活动，这与规范伦理注重个体行为是否符合伦理规范相一致。古代小说中人物的外在活动表现得比较充分，人物的内心活动往往也通过人物的语言行为来表现。《西游记》非常重视"修心"，师徒四人取经的过程其实是"修心"的过程，但小说展示出来的是一个个降魔除妖的故事。对于孙悟空来说，他必须彻底断绝早年的叛逆之心，他的"修心"首先要做到真心尊敬自己的师父。但这个修心过程鲜少触及人物的内心活动，孙悟空的修心本来应该是一个德性伦理的问题，在《西游记》中却表现为他为了换取自由而不得不接受的一个条件，观音菩萨等人对他的要求，让他的行为时时处于规范伦理的监督之下。

需要指出的是，古代小说的伦理观念总体上呈现出规范伦理的特点，并不意味着小说本身价值的削弱，因为古人受规范伦理影响很深，小说体现出规范伦理的特点，可谓小说对生活的真实反映；不仅如此，规范伦理还成为小说发生发展的重要动力，正是出于对规范伦理的推崇，古人才一而再，再而三地编撰小说。这样一来，对古代小说的叙事伦理研究就成为我们理解古代伦理世界、理解文化遗产的重要方式。

第二节　明代的儒家伦理：程朱理学与阳明心学

考察明代的儒家伦理思想，会发现情况变得更加复杂，尤其是在明代小说兴盛的嘉靖年间，程朱理学和阳明心学作为儒家学说的不同派系，对社会生活和小说创作都产生了深远的影响，规范伦理和德性伦理已经纠缠在一起。从程朱理学

---

① 冯梦龙：《警世通言》，北京：中华书局 2009 年版，第 253 页。
② 冯梦龙：《喻世明言》，北京：中华书局 2009 年版，第 83 页。

和阳明心学的伦理取向来看，总体而言，前者更偏向于规范伦理，后者更偏向于德性伦理。

一、程朱理学与规范伦理

从程朱理学中的天理论、性论、格物致知等理论可以发现规范伦理的具体内涵。程朱理学中"理"是宇宙的根源，这一理论体现了规范伦理的权威性；"气质之性"是人之恶产生的源头，需要"理"来压制使其归善，体现了规范伦理的强制性；穷尽物理以实现至善精神境界的格物致知论，体现了规范伦理的他律性。需要说明的是，由于程朱理学的集大成者是朱熹，程朱理学的论述不妨以朱熹为代表，进而显示程朱理学与规范伦理之关联。

大体而言，程朱理学大致可分为两类：一类是宇宙论，一类是认识论。就宇宙论来说，"天理论""理在气先""理一分殊"等理论，均是为了展现一个先验存在且权威至上的"理"的概念，以此为具体的伦理准则提供一个神圣化的根据。"性"作为"理"形而下的表现，"天命之性"的至善本质与"气质之性"导致人的善恶差别推动了规范伦理准则的产生，为程朱理学的具体伦理准则提供了理论依据。就认识论来说，程朱理学主张人们通过遵守伦理准则，穷尽万物之理，达到至善的道德境界，从而实现个人行为与至上天理的契合。从宇宙论到认识论，程朱理学始终都在强调人作为伦理的实践者，需要遵守一切符合天理、符合善的伦理准则，由此才能提高自身修养，完善个人人格。这正是规范伦理的权威性、强制性、他律性的体现，即要求人们依照规范伦理的准则规范自己的日常行为，从而提高自身的道德修养。

首先，"天理论"是程朱理学为其规范伦理的实施提供权威化的理论依据。"理"或"天理"是宇宙的根源："未有天地之先，毕竟也只是理。有此理，便有此天地；若无此理，便亦无天地。无人无物，都无该载了"[①]，"宇宙之间，一理而已"[②]。朱熹将宇宙间万事万物的产生均归于"理"，认为"理"不仅囊括宇宙之所有，是万事万物产生的根本与前提，而且万事万物各为一"理"，且

　　① 朱熹：《朱子语类》卷一，载朱杰人、严佐之、刘永翔主编：《朱子全书》（第 14 册），上海：上海古籍出版社，合肥：安徽教育出版社 2002 年版，第 114 页。

　　② 朱熹：《读大纪》，载朱杰人、严佐之、刘永翔主编：《朱子全书》（第 23 册），上海：上海古籍出版社，合肥：安徽教育出版社 2002 年版，第 3376 页。

最终归统于一"理":"一理统驭万事,万事统于一理。"① "理"是一个独立于物质世界之外、永恒存在的本体,同时"理"与物质世界又有着密切的关联。如果将"理"看作是一个总体,那么物质世界的万事万物则是"理"的一个分支,它们各自的存在有各自的"理",但始终都是一"理"之本的派生,最终都要归于一"理"。

为了将抽象化的"理"真正地融入具体事物之中,朱熹又提出了"理在气先"的思想,以此稳固"理"的至高地位。"理也者,形而上之道也,生物之本也;气也者,形而下之器也,生物之具也"②,"有理便有气流行,发育万物"③。在朱熹看来,"理"是形而上的生物之根本,"气"是形而下的具象,无形无迹的"理"通过"气"的运化流行,凝聚成生物,生发万物。理与气区别明显,但联系也很紧密:"所谓理与气,此决是二物。但在物上看,则二物浑沦,不可分开各在一处,然不害二物之各为一物也;若在理上看,则虽未有物而已有物之理,然亦但有其理而已,未尝实有是物也。"④从物的角度看,"理"与"气"是不可分的,只有两者相结合才能形成万物的形体;从"理"的角度看,尽管还没有物,但物的"理"已经存在了,而有的"理"却不存在于形而下的物之中。不难发现,"理在气先"依旧是为了强调"理"的先验性与绝对权威性,世间万物包括人的行为均不能违背"理"而存在。

从形而上"理"的确立到形而下"气"的解说,再到"理在气先"的阐释,程朱理学致力于建构一个具有威慑力、统率性的抽象本体——"理",以此作为具体伦理准则的权威依据,为其伦理学的建构预设一个不可摧毁的理学根基,为规范伦理的强制实施提供神圣的理论依据。但程朱理学的"天理论"并不仅仅是一种具有权威化、强制性的形而上理论,理学家建构"天理"的实际目的是将"天理"与世间的人伦规范相联系,借用"天理"本身的合规律性来规范人的日常行为,整顿社会的人伦秩序。朱熹《中庸或问》卷二说:"道之流行发见于天

---

① 侯外庐、邱汉生、张岂之主编:《宋明理学史》(上卷),北京:人民出版社1997年版,第382页。
② 朱熹:《晦庵先生朱文公文集·答黄道夫》,载朱杰人、严佐之、刘永翔主编:《朱子全书》(第23册),上海:上海古籍出版社,合肥:安徽教育出版社2002年版,第2755页。
③ 朱熹:《朱子语类》卷一,载朱杰人、严佐之、刘永翔主编:《朱子全书》(第14册),上海:上海古籍出版社,合肥:安徽教育出版社2002年版,第114页。
④ 朱熹:《晦庵先生朱文公文集·答刘叔文》,载朱杰人、严佐之、刘永翔主编:《朱子全书》(第22册),上海:上海古籍出版社,合肥:安徽教育出版社2002年版,第2146页。

地之间，无所不在……其在人则日用之间，人伦之际"，"道之体用……然其在人而见诸日用之间者，则初不外乎此心"①，他认为天理最终可以给日常人伦以规范与指导。由此可以看出，程朱理学强调的"理"不仅给伦理制度提供一个可以追溯的本体论依据，而且还给人的行为提供具体的伦理规则，"是万事万物的'所当然之则'和'所以然之故'"②。

其次，程朱理学对"性"的分类与认识为规范伦理准则的设立提供了必要的缘由与依据。朱熹区分了"天命之性"与"气质之性"。"性即天理，未有不善者也"，"此人之性所以无不善，而为万物之灵也"③，"天命之性"决定人性本身是善的。但人又是有气质之异的："人性虽同，禀气不能无偏重。有得木气重者，则恻隐之心常多，而羞恶、辞逊、是非之心为其所塞而不发；有得金气重者，则羞恶之心常多，而恻隐、辞逊、是非之心为其所塞而不发。水火亦然。"④就气质之性而言，人性是有不同等级的，因为人的气质之性与人的物欲有关，当物欲过重以至于遮蔽人原初的善性时，便会产生恶性。人若想回归原初的善性，就必须控制自己的欲望，规范自己的行为。理学家对"天命之性"与"气质之性"的区分，对人性善恶的分析，以及善性追寻方法的提出，都体现了他们对人之善性回归的渴望，对设立伦理准则的呼唤，鲜明地体现出程朱理学作为规范伦理的特点。

最后，程朱理学主张"格物致知"与"持敬"，为规范人的伦理行为提供了具体的指导方法。朱熹对"格物致知"有自己的理解："格，至也。物，犹事也。穷至事物之理，欲其极处无不到也"，"致，推极也。知，犹识也。推极吾之知识，欲其所知无不尽也"⑤，"所谓致知在格物者，言欲致吾之知，在即物而穷其理也……惟于理有未穷，故其知有不尽也……至于用力之久，而一旦豁然

---

①　朱熹：《四书或问·中庸或问上》，载朱杰人、严佐之、刘永翔主编：《朱子全书》（第 6 册），上海：上海古籍出版社，合肥：安徽教育出版社 2002 年版，第 571 页。

②　朱春晖：《儒家规范伦理的建构及其合理性探析——以家庭伦理规范为例》，《中南大学学报》（社会科学版）2005 年第 3 期，第 284-288、334 页。

③　朱熹：《四书章句集注·孟子集注·告子章句上》，载朱杰人、严佐之、刘永翔主编：《朱子全书》（第 6 册），上海：上海古籍出版社，合肥：安徽教育出版社 2002 年版，第 396 页。

④　朱熹：《朱子语类》卷四，载朱杰人、严佐之、刘永翔主编：《朱子全书》（第 14 册），上海：上海古籍出版社，合肥：安徽教育出版社 2002 年版，第 205 页。

⑤　朱熹：《四书章句集注·大学章句》，载朱杰人、严佐之、刘永翔主编：《朱子全书》（第 6 册），上海：上海古籍出版社，合肥：安徽教育出版社 2002 年版，第 17 页。

贯通焉，则众物之表里精粗无不到，而吾心之全体大用无不明矣。此谓物格，此谓知之至也"①。由此看来，"格物"指的是穷尽事物之理，以实现对事物表里精粗的全面认知，"致知"则是伦理主体对一切的"理"达到无所不知、无所不明的境界。需要指出的是，"格物致知"并非以穷尽物理为根本目的，其根本目的是推动伦理主体的认知达到"至善"的境界。朱熹不仅对格事物之理做出了进一步的解释，还对致知之所止做了一定的说明："格物之论，伊川意虽谓眼前无非是物，然其格之也，亦须有缓急先后之序，岂遽以为存心于一草木器用之间而忽然悬悟也哉？且如今为此学而不穷天理、明人伦、讲圣言、通世故，乃兀然存心于一草木、一器用之间，此是何学问？如此而望有所得，是炊沙而欲其成饭也"②，"如今说格物，只晨起开目时，便有四件在这里，不用外寻，仁义礼智是也"③，"止者，所当止之地，即至善之所在也"④。这就将天理、人伦、圣言、世故纳入了"物"的范畴，将仁、义、礼、智看作"格物"的具体指向，而且指出"格物"的目的是提高伦理主体的认知能力，最终达到道德的至善境界。如此一来，"格物致知"可以理解为伦理主体通过明天理、人伦、圣言、世故以达到至善品性的认知方法。伦理主体只有遵循包括仁、义、礼、智等在内的规范的道德准则，达到内在的心与外在的理相符合的时候，才真正实现"格物致知"的最终目的。

"持敬"说体现了规范伦理的他律性、强制性、群体性的特点。"敬"作为一种精神涵养，是学者首先要培养的品性，"大凡学者须先理会'敬'字，敬是立脚去处"⑤。学者在追求至善的路上要对一切宗法礼教持有虔诚的态度，要"收敛身心，整齐纯一，不恁地放纵"⑥，以达到至善的道德修养为目标，从而使

---

① 朱熹：《四书章句集注·大学章句》，载朱杰人、严佐之、刘永翔主编：《朱子全书》（第 6 册），上海：上海古籍出版社，合肥：安徽教育出版社 2002 年版，第 20 页。

② 朱熹：《晦庵先生朱文公文集·答陈齐仲》，载朱杰人、严佐之、刘永翔主编：《朱子全书》（第 22 册），上海：上海古籍出版社，合肥：安徽教育出版社 2002 年版，第 1756 页。

③ 朱熹：《朱子语类》卷十五，载朱杰人、严佐之、刘永翔主编：《朱子全书》（第 14 册），上海：上海古籍出版社，合肥：安徽教育出版社 2002 年版，第 464 页。

④ 朱熹：《四书章句集注·大学章句》，载朱杰人、严佐之、刘永翔主编：《朱子全书》（第 6 册），上海：上海古籍出版社，合肥：安徽教育出版社 2002 年版，第 16 页。

⑤ 朱熹：《朱子语类》卷十二，载朱杰人、严佐之、刘永翔主编：《朱子全书》（第 14 册），上海：上海古籍出版社，合肥：安徽教育出版社 2002 年版，第 376 页。

⑥ 朱熹：《朱子语类》卷十二，载朱杰人、严佐之、刘永翔主编：《朱子全书》（第 14 册），上海：上海古籍出版社，合肥：安徽教育出版社 2002 年版，第 369 页。

天理昭著于己。"敬"主要是伦理主体的内在要求，属于德性伦理，但"持敬"则需要外在的伦理规范来约束主体，属于规范伦理。当伦理主体把自身放在伦理准则中去审查，并根据伦理准则做出正确的行为时，才是"持敬"。如朱熹所言："程子推出一个'敬'字与学者说，要且将个'敬'字收敛个身心，放在模匣子里面，不走作了，然后逐事逐物看道理"①，"'坐如尸，立如齐'，'头容直，目容端，足容重，手容恭，口容止，气容肃'，皆敬之目也"②。朱熹将伦理道德比作模匣子，以此告诉人们做事要放下身心，按照伦理的规范行为逐个解决。无论是外在的容貌，还是内在的禀气，均要符合规范伦理的标准，由此才能做到真正的"持敬"，才能与天理相符合。"持敬"说由此体现了规范伦理的强制性和他律性。伴随着"持敬"说，朱熹又倡导"敬、义只是一事"："敬者，守于此而不易之谓；义者，施于彼而合宜之谓。"③"敬"侧重主体内心的伦理要求，"义"侧重主体与人交往时的伦理准则。对"义"的强调也说明程朱理学要求人们在日常行为中不可以个人利益为中心，要始终秉持群体的道德共性，而群体的道德共性，只能是一种规范伦理。

程朱理学受到官方肯定，与其规范伦理的作用直接相关，其效果是双重的：一方面，"对于那些尚不具备足够的道德自觉性的个体来说，伦理制度的外在约束可以在一定程度上导致客观的道德效果。由于个体总有一个从不自觉的道德到自觉的道德的发展过程，因此，伦理制度就成为道德发展的起点，是道德建设的初始环节"④。另一方面，由于规范伦理的过度约束，人们在日常生活中很容易从原本的伦理主体转而成为伦理的奴隶，"普世化的合理的公共秩序，往往忽视了人本身心性资源的基础地位，人的全面异化使人成了机器的服从者"⑤。更有甚者，在明代实际的社会生活中，有些提倡理学的人满口仁义道德，内心却肮脏不堪，王阳明的心学之所以能普及，与此不无关系。

---

① 朱熹：《朱子语类》卷十二，载朱杰人、严佐之、刘永翔主编：《朱子全书》（第14册），上海：上海古籍出版社，合肥：安徽教育出版社2002年版，第369页。

② 朱熹：《朱子语类》卷十二，载朱杰人、严佐之、刘永翔主编：《朱子全书》（第14册），上海：上海古籍出版社，合肥：安徽教育出版社2002年版，第373页。

③ 朱熹：《朱子语类》卷十二，载朱杰人、严佐之、刘永翔主编：《朱子全书》（第14册），上海：上海古籍出版社，合肥：安徽教育出版社2002年版，第378页。

④ 吕耀怀：《道德建设：从制度伦理、伦理制度到德性伦理》，《学习与探索》2000年第1期，第63-69页。

⑤ 戴兆国：《德性伦理论要》，《伦理学研究》2007年第2期，第30-35页。

二、阳明心学与德性伦理

与朱熹理学通过外在伦理约束达到至善、借助"天理"来寻找伦理规范不同，阳明心学①推崇"心即理"，认为人心本身就是善的，只是人的意念会有善恶之分，需要通过"致良知"来去恶为善，"知""行"合一，即可"至善"。这种强调通过内心修养来达到至善伦理、将伦理和个人德行联系起来的思路，与德性伦理如出一辙。就阳明心学的本体论（"心即理"）、认识论（"知行合一"）、方法论（"致良知"）而言②，它们与德性伦理都有内在契合性。

首先，阳明心学确立了"心即理"的本体论思想。它认为道德的本原是"心"，反对像程朱理学那样将心与理分开。"身之主宰便是心"③，"心者，天地万物之主也。心即天，言心则天地万物皆举之矣"④。自然秩序与道德认知均来自"心"的自觉，而不是外在的规范。为此，阳明心学从两方面反对程朱理学所强调的"天理"。一方面，在物理的认知上，不应在外在事物上求善，人应当回归心之本体才能求取至善。人只有驱除私人之欲，才能达到"天理之极"——至善的境界。"于事事物物上求至善，却是义外也。至善是心之本体，只是'明明德'到'至精至一'处便是。然亦未尝离却事物，本注所谓'尽夫天理之极，而无一毫人欲之私'者得之。"⑤另一方面，在对人伦秩序等事理的认识上，不应该通过遵守外在的伦理准则来改善人与人之间的关系，人伦关系所涉及的具体事理是"心"本来就固有的品性，是"心"本体自然而然呈现的状态。忠、孝、信、义等人伦之理"都只在此心。心即理也。此心无私欲之蔽，即是天理，不须外面添一分。以此纯乎天理之心，发之事父便是孝，发之事君便是忠，发之交友

---

① 学界通常将陆象山开创、王阳明发扬光大的陆王心学和程朱理学进行对照，但一方面，真正让心学与程朱理学分庭抗礼的是王阳明；另一方面，此处谈心学的用意在于显示伦理思想与明代历史小说之关系，所以此处不谈包含宋代心学思想在内的陆王心学，只谈明代的阳明心学。

② 有论者将"心即理""知行合一""致良知"视作王阳明实践道德的基本内容。刘宗贤：《陆王心学研究》，济南：山东人民出版社1997年版，第293-299页。

③ 王守仁：《传习录上》，载吴光等编校：《王阳明全集》（上），上海：上海古籍出版社2015年版，第5页。

④ 王守仁：《答季明德》，载吴光等编校：《王阳明全集》（上），上海：上海古籍出版社2015年版，第181页。

⑤ 王守仁：《传习录上》，载吴光等编校：《王阳明全集》（上），上海：上海古籍出版社2015年版，第2页。

治民便是信与仁。只在此心去人欲、存天理上用功便是"①。为了突出"心"本体的地位，阳明心学还提出："心外无物，心外无事，心外无理，心外无义，心外无善。吾心之处事物，纯乎理而无人伪之杂，谓之善，非在事物有定所之可求也。处物为义，是吾心之得其宜也，义非在外可袭而取也。格者，格此也；致者，致此也。必曰事事物物上求个至善，是离而二之也。"②将一切的物、事、理、义、善均归于"心"，将没有私欲的心看作最本真、最原始的心，以此强调"心"与"天理"的绝对统一，确立"心"本体的绝对地位。"心即理""心外无物""心外无理"均体现了阳明心学将伦理主体之"心"看作一切道德行为及万物之理的根本，主张"心"在一切道德规范、人伦秩序中的本体地位，以此反对程朱理学提出的具有绝对权威地位的规范之"理"。阳明心学通过心本体的确立，将外在准则束缚的具有强制性的规范伦理变为主体内在自觉追求的主动认知的德性伦理，通过实现"道德主体化"和"人心本体化"③，让人们认识到自身在伦理中的主动地位，自觉自愿地提升个人的道德修养。与规范伦理强调道德主体怎样达到外在道德准则的要求不同，德性伦理更注重道德主体是如何完善内在的道德品质，更强调道德主体伦理动机的自觉性和追求至善的目的性，它是"道德规范的内化或人格化，是道德规范在内化过程中形成的人格积淀"④。

其次，阳明心学提倡"知行合一"的认识论。它认为应该统一伦理的认知与相应的实践，反对程朱理学的"知先行后"。在王阳明看来，"知先行后"将行知分离，这一方法导致的后果是"终身不知""终身不行"："我如今且去讲习讨论做知的工夫，待知得真了方去做行的工夫，故遂终身不行，亦遂终身不知"⑤，"知先行后"行不通，只能"知行合一"。具体有二：其一，就"知"与"行"的关系看，"知是行的主意，行是知的功夫；知是行之始，行是

① 王守仁：《传习录上》，载吴光等编校：《王阳明全集》（上），上海：上海古籍出版社 2015 年版，第 2 页。

② 王守仁：《与王纯甫》，载吴光等编校：《王阳明全集》（上），上海：上海古籍出版社 2015 年版，第 134 页。

③ 朱汉民：《论王阳明的德育思想》，《湖南大学社会科学学报》1995 年第 2 期，第 52-61 页。

④ 吕耀怀：《规范伦理、德性伦理及其关联》，《哲学动态》2009 年第 5 期，第 29-33 页。

⑤ 王守仁：《传习录上》，载吴光等编校：《王阳明全集》（上），上海：上海古籍出版社 2015 年版，第 4 页。

知之成。若会得时，只说一个知，已自有行在；只说一个行，已自有知在"①。"知"与"行"构成一个动态运行的整体，道德行为的实现离不开道德认知的指导，道德认知的完成又需要道德行为的验证，"道德认知与道德行为是互相包含、互相渗透"的关系②。其二，就"知"与"行"各自的意义来看，"知"中有"行"，"行"中有"知"，"知""行"一体。包含了"行"在内的"知"才是"真知"，"真知即所以为行，不行不足谓之知"③。"知"与"行"乃一体两面："知之真切笃实处，即是行；行之明觉精察处，即是知。"④人的伦理信念与道德实践不可分，"知"只有真切地运用于"行"中，才能呈现心之本体。如何贯彻"知行合一"？既需要通过"自悟性体"来内省本心，克服私欲，进而恢复"心"之本真状态，来推动"知行合一"；还"须在事上磨，方立得住，方能'静亦定，动亦定'"⑤，如此才有可能达到"真知"。对照程朱理学的"知先行后"，阳明心学的"知行合一"体现出德性伦理的特征。"知行合一"的核心在于内心要有求"真知"的欲望，要满足此欲望，就需要通过不断地"行"来巩固"知"，不断地将"知"用于"行"，以达到"知行合一"。求"真知"的欲望，不是外在强加给个人的，而是个人的主动诉求。伦理主体遵从内心求"真知"的欲望来革除私欲，他看重的是内心深处对至善的道德理想的认同，而不太在意社会既有的伦理规范。

最后，阳明心学提出"致良知"的方法论。如何做到"心即理"？如何做到"知行合一"？王阳明的方法是"致良知"。"致者，至也……《易》言'知至至之'，'知至'者，知也；'至之'者，致也。'致知'云者，非若后儒所谓充广其知识之谓也，致吾心之良知焉耳。"⑥良知本来就存在于人心之中，"致良知"也不需要求助于外在的规则和教导，只需要向心中探求其"意"。"意"

① 王守仁：《传习录上》，载吴光等编校：《王阳明全集》（上），上海：上海古籍出版社2015年版，第4页。

② 朱汉民：《论王阳明的德育思想》，《湖南大学社会科学学报》1995年第2期，第52-61页。

③ 王守仁：《传习录中》，载吴光等编校：《王阳明全集》（上），上海：上海古籍出版社2015年版，第37页。

④ 王守仁：《传习录中》，载吴光等编校：《王阳明全集》（上），上海：上海古籍出版社2015年版，第37页。

⑤ 王守仁：《传习录上》，载吴光等编校：《王阳明全集》（上），上海：上海古籍出版社2015年版，第11页。

⑥ 王守仁：《大学问》，载吴光等编校：《王阳明全集》（中），上海：上海古籍出版社2015年版，第802页。

有两类：一类是本心之"意"，另一类是发动之"意"。就本心之"意"看，"身之主宰便是心，心之所发便是意，意之本体便是知，意之所在便是物"①。"意"在身、心、知、物中处于核心地位，它既是联结心、知、物的纽带，也是心、知、物本身。由于心本良知，当"意"是本心的自然呈现之时，"意"与"良知"也合而为一，求本心之"意"即可"致良知"。就发动之"意"看，"意"作为心发的产物，成为"意念"，"意念"可能被私欲蒙蔽，用"良知"来衡量被私欲蒙蔽的"意念"，"意念"为恶，只有在"诚意"之后，"意念"才能转恶为善，从而再现"良知"。要言之，通过"诚意""正心"，可化恶念而"致良知"："故欲正其心者，必就其意念之所发而正之，凡其发一念而善也，好之真如好好色；发一念而恶也，恶之真如恶恶臭；则意无不诚，而心可正矣。"②如何"诚意""正心"而"致良知"？王阳明求助于"格物致知"："诚意的工夫只是格物致知。若以诚意为主，去用格物致知的工夫，即工夫始有下落，即为善去恶无非是诚意的事。"③需要说明的是，王阳明所说的"格物致知"不同于程朱理学所说的"格物致知"。程朱理学的"格物致知"如上文所言，是即物穷理而后心明，"格物"指向仁、义、礼、智等外在的伦理规范。王阳明所说的"格物致知"，是正意而达本心。"格"是正其"意"："格者，正也，正其不正以归于正之谓也。正其不正者，去恶之谓也。归于正者，为善之谓也。夫是之谓格。""物"是人心所发的意念的状态："意所在之事谓之物。"④"格物"是通过"格"不正的恶"意"而归回本心，"格物"指向伦理主体内心的善恶意念，"为善去恶是格物"⑤。"格物"向内寻心之本，与德性伦理强调伦理主体的内心自省有相通之处。在王阳明看来，由于良知是人本来就有的品性，"格物"只需要顺其自然地发用自己的心性，还良知的本色即可。主

---

① 王守仁：《传习录上》，载吴光等编校：《王阳明全集》（上），上海：上海古籍出版社 2015 年版，第 5 页。

② 王守仁：《大学问》，载吴光等编校：《王阳明全集》（中），上海：上海古籍出版社 2015 年版，第 801 页。

③ 王守仁：《传习录上》，载吴光等编校：《王阳明全集》（上），上海：上海古籍出版社 2015 年版，第 34 页。

④ 王守仁：《大学问》，载吴光等编校：《王阳明全集》（中），上海：上海古籍出版社 2015 年版，第 802 页。

⑤ 王守仁：《传习录下》，载吴光等编校：《王阳明全集》（上），上海：上海古籍出版社 2015 年版，第 102 页。

体至善的伦理信念存在于本心之中，"格物"可实现"自我内在认知自省上的自我规约性"①，可唤醒主体内在良知的觉醒，进而恢复心中本有的善德。这种通过"道德、伦理的主体化、个性化过程"②来完善主体的道德信念，折射出德性伦理主体对至善理想的自觉追求。

三、程朱理学与阳明心学的交替与互补

明初，程朱理学的思想氛围异常浓厚。朱元璋虽出身行伍，以布衣定天下，但他深知要以文治天下的道理，渴望通过圣人之道来收服人心。朱元璋在定都金陵后，装饰宫殿都不选用壁画，而是将真德秀的《大学衍义》写满墙壁，以便朝臣随时阅读。朱元璋还广纳儒士编辑四书五经，颁布天下。朱元璋身旁的重臣也多是程朱理学忠实的推崇者。开国功臣宋濂便是程朱理学著名学者金仁山的再传弟子，他始终坚持以朱子之学为宗，讲求"明体适用"之学。同时，明初理学还成为士子学人步入仕途之要津，科举考试的科目多与程朱理学相关。将程朱理学定为考试科目的这一举动无疑导致浓厚的理学思想充斥着整个明初社会。

与宋元理学相比，明初的理学向着专门讲求心性道德、重视道德实践的方向发展。如薛瑄"日探性理诸书""究心洛、闽渊源，至忘寝食"③。传统的儒家思想在论述君臣关系时，讲求的是君臣有义，倘若君主不重视臣子，甚至故意贬低臣子，那么臣子有权利仇视、敌对君主。臣子对君主并非一味地忠，而是有所选择地效忠。但是，程朱理学为了维护"理"的权威性，要求臣子对君主应完全地遵从，并且建立了非常严格的封建等级秩序。纲常伦理所要求的忠孝节义的实质是对君主尽忠，对父母尽孝，对夫妻尽节，对朋友尽义，理学将其规范化，完全演变成为上级对下级单方面的约束，正所谓"臣死忠，子死孝"。此外，理学还要求人们"存天理，灭人欲"，世俗的欲望与个人的情感都应该被制止。

明中期以后，心学逐渐发展成为主流思想。心学集大成者王阳明首先否定了朱熹割裂"心"与"理"的做法，提出"心即理也……发之事君便是忠，发之交

---

① 寇征：《儒佛道视阈下王阳明心学的思维特点及当代伦理价值》，《王学研究》（第十辑），2019 年第1 期，第 84-101 页。

② 吕耀怀：《道德建设：从制度伦理、伦理制度到德性伦理》，《学习与探索》2000 年第 1 期，第 63-69 页。

③ 张廷玉等：《明史》卷二百八十二，北京：中华书局 1974 年版，第 7228 页。

友治民便是信与仁。只在此心去人欲、存天理上用功便是"①。其次，王阳明提出了"致良知"的观点。他认为，"良知良能，愚夫愚妇与圣人同"②，每个独立的个体都能发挥自我意识的作用。只要摒除杂念，关注自己的内心，在心上下功夫，再经过为人处世的磨炼便可以获得"良知"。王阳明去世之后，泰州学派的王艮指出"身与道原是一件"③，所言之"道"即是"百姓日用之道"，所说的"身"也指向的是个体的人。王艮重视个体价值，试图维护个体的权利与尊严，同时将"良知"看作是内心自然本真的流露与表达。"良知"是现成的存在，只要人人向内心探寻便能自然感受到"圣人"存在。这种思想已经暗含着对个体价值、个人性情的肯定。

心学的流行与理学向假道学方向堕落有关。由于朱明王朝将伦理道德的宣扬与功名利禄捆绑在一块，容易使一些理学家表里不一，著书撰文言不由衷，成为假道学。这种情况导致明中叶以后世风日下，虚伪做作、欺世盗名之徒日盛。针对这一情况，以李贽为代表的心学异端分子对故弄玄虚的假道学展开了激烈的讨伐。首先，李贽针对假道学的"假"提出了"童心说"，以此强调做人、做文、做事应保有一颗童心。李贽所谓的"童心"即是如赤子一般的真心。他指出为人做事"不必矫情，不必逆性，不必昧心，不必抑志，直心而动，是为真佛"④，主张"童心"是这世间最宝贵的东西。其次，李贽还指出每个人都有自己的私心与私欲，如果一个人没有所谓的私心，那么这个人必定不知心为何物。人的穿衣吃饭都是人伦欲念，百姓的私欲应该得到肯定与满足，这样才能达到心之至善。同时，李贽将小说戏曲抬高到了前所未有的高度，认为只有小说戏曲才能将人性、人情中最为本真的东西记录下来。继李贽之后，公安派、汤显祖更是将李贽对自然人情的强调推向了一个高峰。情与理的天平向情的一端大幅度倾斜，主情的时代悄然而来，这对明后期的小说创作产生了极大影响。

明末时局动荡，内忧外患，世风日下，民心涣散，世家子弟常以饮酒娱乐、

---

① 王守仁：《传习录上》，载吴光等编校：《王阳明全集》（上），上海：上海古籍出版社 2015 年版，第 2 页。

② 王守仁：《传习录中》，载吴光等编校：《王阳明全集》（上），上海：上海古籍出版社 2015 年版，第 43 页。

③ 黄宗羲：《明儒学案（修订本）》卷三十二，沈芝盈点校，北京：中华书局 2008 年版，第 725 页。

④ 李贽：《焚书》卷二，载张建业主编：《李贽全集注》（第一册），北京：社会科学文献出版社 2010 年版，第 199 页。

郊游狎妓为主要生活方式。世人不再讲求贵贱尊卑、长幼之序，社会风气浑浊不堪。王夫之、黄宗羲、顾炎武等理学家们面对这一社会现状，痛定思痛，深刻反思了阳明心学空洞、无用之处，渴望改变现状，促使了实学思潮的兴起。王夫之痛斥心学乃是误国、亡国的学问，"以良知为门庭，以无忌惮为蹊径，以堕廉耻、捐君亲为大公无我……害风俗以陆沉天下，祸烈于蛇龙猛兽"①。黄宗羲也对心学进行了严厉的批判，他认为所谓的心学者，不讲究读书穷理，不探求理的根源，而只是空谈文章的辞藻章句，心学所说的理也只可能是句义是否顺从而已。顾炎武则试图扭转明末的堕落腐败的思想环境，强调"博学于文，行己有耻"②，将"明道救世"作为治学宗旨，讲求经世致用。实学思想一个重要的出发点是希望通过程朱理学来弥补心学的不足。这在一定程度上导致了理学的复兴，使得一度被忽视的规范伦理重新回到了理学家的视野中。

总体而言，阳明心学在明代中后期产生了广泛的社会影响，无论在官方还是民间，儒家思想都经历了从理学到心学的转变，伦理标准在一定范围内出现了由外在先验"天理"转向内在经验"良知"的变化，关注的问题也由"如何符合道德规范的要求"等偏向于规范伦理的问题转向"如何做一个好人"等偏向于德性伦理的问题。理性地看待以程朱理学为代表的规范伦理和以阳明心学为代表的德性伦理，应该说二者是互为补充的。德性伦理的完善离不开规范伦理的要求，阳明心学强调心本良知，却仍以程朱理学的"天理"为最终旨归，"心即理"在强调本心即天理的同时，也意味着仍然以仁、义、礼、智等"天理"作为伦理行为的衡量标准。同时，规范伦理借助伦理主体的内在化、自省化过程，可能会更深入人心，经过阳明心学对心即理、知行合一、致良知等方面的说明，存善去恶的修行不再需要"存天理，灭人欲"来实现，只要回归本心即可，更容易被人理解和接受。概言之，阳明心学对至善本心的阐释和程朱理学对伦理底线的要求，相辅相成，不仅有利于提高主体的道德修养，也有利于稳定社会秩序，推动人类文明进步。需要指出的是，在整个明代，阳明心学虽然如一股异流，在伦理界吹来一股新风，但程朱理学始终没有退出历史舞台，而且始终居于主流。这种情况在明代历史小说中也有所反映：小说虽然有表现人物主体的德性伦理的地方，但总体上仍呈现出遵从规范的伦理说教的面貌。

---

① 王夫之：《读通鉴论》卷五，舒士彦点校，北京：中华书局2013年版，第113页。
② 顾炎武：《顾亭林诗文集》，华忱之点校，北京：中华书局1983年版，第41页。

第三节　明代历史小说叙事的伦理维度

一、宋明理学和历史小说的共通性

侧重德性伦理的阳明心学和侧重规范伦理的程朱理学区别明显，但"心即理"的核心思想，使得阳明心学也可归于宋明理学的脉络之中，成为宋明理学中的心学流派的"重镇"，与程朱理学分庭抗礼。探讨儒家伦理思想对明代历史小说的影响，阳明心学总体上可以纳入宋明理学之中，只是在特别需要的时候，将阳明心学单独挑出来加以分析。这意味着，对明代历史小说进行叙事伦理研究，主要依据的仍然是程朱理学，这也与明代历史小说以外在伦理规范来进行说教的创作宗旨相一致。

谈宋明理学对明代历史小说的影响，首先要解决一个问题，即理学和小说的内在共通性何在，这一内在共通性可以从理论和实践两个方面展开说明。就理论方面说，二者的共通性在于对人性的探索。理学是哲学，注重理性思辨，小说是文学，注重情感体验，二者虽然区别明显，但它们的逻辑起点和最终归宿是一致的："在文学与哲学之间，有一个共同的逻辑起点和最后的必然归宿，那就是对人的认知和建构。"①中国古代哲学从根本上不妨看作是士大夫们对人如何成贤成圣的思考，自孔子的"性相近也，习相远也"开始，孟子的"性善论"、荀子的"性恶论"、韩愈的"性三品"都关注人性问题。具体到宋明理学，朱熹通过"天地之性"来规范人的伦理行为，王阳明则通过"致良知"来反求人之本心。小说更是直接写人，通过对人物故事的描写，折射出世间人物的众生相、为人处世的道理以及故事背后隐藏的复杂人性。金圣叹说《水浒传》一百零八人，"人有其性情，人有其气质，人有其形状，人有其声口"②，展示人物众生相是小说的本分。桓谭《新论》已提及小说可"治身理家"③，沈既济《任氏传》提出

---

① 宋克夫：《宋明理学和章回小说》，武汉：武汉出版社1995年版，第1页。
② 黄霖、韩同文选注：《中国历代小说论著选（修订本）》（上），南昌：江西人民出版社 2000 年版，第 285 页。
③ 黄霖、韩同文选注：《中国历代小说论著选（修订本）》（上），南昌：江西人民出版社 2000 年版，第 1 页。

"征其情性"①，李公佐《谢小娥传》认为小说要"符于人心"②，李贽认为《水浒传》"足动人心"③，都将小说和人性联系起来，至于小说中包含为人处世的道理、具有伦理教化的意义，更是古代小说用以提高自身地位的冠冕堂皇的理由。具体到明代历史小说，庸愚子认为从《三国演义》可知"君子小人，义与利之间而已"④，《隋炀帝艳史凡例》要求小说要"有关于人心世道"⑤，都注意到小说在人性和伦理方面的意义。

就实践方面说，二者的共通性与统治者的需求和社会风气有关。程朱理学对伦理纲常的重视与统治者的需求不谋而合，程朱理学不仅在元朝以来就成为官方意识形态，而且成为基本的社会伦理规范。"皇权控制下的政治意识形态和道德伦理观念，通过考试、蒙学、通俗文艺、家族和宗族的礼法、风俗习惯，渗透到观念世界……并进入了民众的实际生活。"⑥到明代，程朱理学成为科举考试的标准，也扎根民间，成为兼具官方意识形态与民间"认同"的普遍"价值体系"，是整个社会公认的基本价值观。阳明心学兴起后，首先在民间产生广泛影响。心学以"致良知"为特色，"良知者，良心之谓也。虽愚不肖、不能读书之人，有以感发之，无不动者"⑦。阳明之后，泰州学派影响巨大，其创始人王艮是一个商人，泰州学派门下不乏樵夫、田夫、陶匠等普通百姓，说明阳明心学已经深入民间。《明儒学案》说泰州门下的陶匠韩贞："以化俗为任，随机指点农工商贾，从之游者千余。秋成农隙，则聚徒谈学，一村既毕，又之一村"⑧，阳明心学的影响可见一斑。阳明心学在民间产生巨大影响后，在官方也产生了影响，万历十二年（1584 年），王阳明死后 55 年，"被诏命从祀于文庙，标示着

① 黄霖、韩同文选注：《中国历代小说论著选（修订本）》（上），南昌：江西人民出版社 2000 年版，第 52 页。

② 黄霖、韩同文选注：《中国历代小说论著选（修订本）》（上），南昌：江西人民出版社 2000 年版，第 54 页。

③ 黄霖、韩同文选注：《中国历代小说论著选（修订本）》（上），南昌：江西人民出版社 2000 年版，第 215 页。

④ 黄霖、韩同文选注：《中国历代小说论著选（修订本）》（上），南昌：江西人民出版社 2000 年版，第 109 页。

⑤ 丁锡根编：《中国历代小说序跋集》（中），北京：人民文学出版社 1996 年版，第 953 页。

⑥ 葛兆光：《中国思想史》（第二卷），上海：复旦大学出版社 2001 年版，第 294 页。

⑦ 焦循：《雕菰集》，转引自余英时：《士与中国文化》，上海：上海人民出版社 2003 年版，第 449 页。

⑧ 黄宗羲：《明儒学案（修订本）》卷三十二，沈芝盈点校，北京：中华书局 2008 年版，第 720 页。

王学从此取代程朱理学，成为社会思想的主流"①。这样一来，无论是程朱理学还是阳明心学，都已经不再仅仅是学说，而成为"一般知识、思想与信仰"②。"一般知识、思想与信仰"，一方面已不再是高深的哲学思想，另一方面对人们生活的方方面面产生了潜移默化的影响，历史小说的接受和创作也不例外。"一般知识、思想与信仰"为宋明理学和历史小说提供了联系的纽带。

二、宋明理学对明代历史小说的影响

在明白宋明理学和历史小说的内在共通性之后，就需要具体分析宋明理学（程朱理学和阳明心学）如何对明代历史小说产生影响。总体上看，历史小说的编创与程朱理学和阳明心学都有千丝万缕的联系：强化说教意识的小说主要受程朱理学影响，营造特定人格的小说主要受阳明心学影响。

历史小说的主要情节和人物取材于历史，或是侧重史实来进行伦理说教，或是侧重人物来表现思想意识，二者可一致，也可不一致。侧重于伦理说教的主题较多地受程朱理学的影响，侧重于人物来表现思想意识的主题较多地受阳明心学的影响。历史小说意在伦理说教，是小说编创者在程朱理学影响下的自然而然的诉求，它是小说可以和经史处于同等地位的最好借口。"说部虽小道，而必有关风化，辅翼世教，可以惩恶劝善焉，可以激浊扬清焉。"③所谓"风化"，所谓"惩恶劝善""激浊扬清"，只能以儒家的规范伦理为标准。就历史小说的说教宗旨看，主要有三种编创方式：一是正面展示某种伦理说教，二是反面揭示违背伦理说教的危害，三是对比不同的伦理行为来体现伦理说教宗旨。这三种编创方式与程朱理学都直接有关。就第一种编创方式看，编创者往往借助历史事件中的人物合乎伦理规范的行为和言论，在展现人物正面形象的同时，也展示了历史事件的伦理正义性。熊钟谷（熊大木）在《新刊大宋演义中兴英烈传序》中说："武穆王《精忠录》，原有小说，未及于全文。今得浙之刊本……然而意寓文墨，纲由大纪，士大夫以下遽尔未明乎理者，或有之矣……使愚夫愚妇亦识其意思之一二……于是不吝臆见，以王本传行状之实迹，按《通鉴纲目》而

---

① 张春燕：《明清小说评点中的阅读美学》，北京：中国社会科学出版社 2018 年版，第 67 页。

② 葛兆光：《中国思想史》（导论），上海：复旦大学出版社 2001 年版，第 9 页。

③ 丁锡根编：《中国历代小说序跋集》（中），北京：人民文学出版社 1996 年版，第 1215 页。

取义。"①他新刊《大宋演义中兴英烈传》，主要是为了突出"纲由大纪"，进而弘扬朱熹在《资治通鉴纲目》中所宣扬的纲常名教。程朱理学所宣扬的"忠"成为《新刊大宋演义中兴英烈传》的最终旨归，岳飞被冤而死，程朱理学也一味宣扬"愚忠"，要求部下守名节、不反抗。无论生死，岳飞始终恪守"忠"这一伦理规范。李春芳在《岳鄂武穆王精忠传叙》中说岳飞"知有忠，而不知功名之得丧"②，并指出该小说意在表明"河岳有变迁，而忠义无变迁"③。《资治通鉴纲目》至显德六年（959年）为止，不及岳飞事迹，但岳飞之"忠"，与《资治通鉴纲目》所继承的《春秋》"惩劝之法"直接关联。就第二种编创方式看，编创者专门选择历史人物不合乎伦理规范的行为和言论，在展现人物反面形象的同时，也展示了违背伦理规范带来的"厄运"，从反面说明遵守伦理规范的重要性。《隋炀帝艳史凡例》"单录炀帝奇艳之事"："其中微言冷语……皆寓讥讽规谏之意。使读者一览，知酒色所以丧身，土木所以亡国，则兹编之为殷鉴，有裨于风化者岂鲜哉！"④就小说中炀帝的荒淫奢侈来看，炀帝即位前悖"礼"，调戏后母宣华，即位后不"仁"，修葺长城，开挖运河，好大喜功而不知体恤百姓。炀帝贪恋女色和好大喜功，置人君之伦于不顾，终至身死国灭。委蛇居士在《隋炀帝艳史题辞》中告诫说："乐不可极，用不可纵，言不可盈，父子兄弟之伦，尤不可灭裂如斯也"，炀帝艳史固然是反面情形，但不妨碍其"有关世俗，大裨风教"⑤。就第三种编创方式看，编创者刻意让不同人物在伦理上形成反差，以此完成善恶有报的伦理说教。《前七国孙庞演义》通过同门学艺的孙膑和庞涓之间的争斗显示出伦理品格对最终结局的影响。孙膑和庞涓都技艺超群，讲义气的孙膑一开始被不讲义气的庞涓玩弄于股掌之间，但知晓真相后，经过一系列的计谋，反过来将庞涓杀死。孙膑在杀庞涓前所说的"天理昭然，报应不爽"⑥，以及小说结尾以叙述者口吻所说的"英雄自昔逢原蹇，鬼神如今报弗宽"⑦，都表明了小说的伦理果报观念。

---

① 黄霖、韩同文选注：《中国历代小说论著选（修订本）》（上），南昌：江西人民出版社 2000 年版，第 121 页。
② 丁锡根编：《中国历代小说序跋集》（中），北京：人民文学出版社 1996 年版，第 983 页。
③ 丁锡根编：《中国历代小说序跋集》（中），北京：人民文学出版社 1996 年版，第 981-982 页。
④ 丁锡根编：《中国历代小说序跋集》（中），北京：人民文学出版社 1996 年版，第 953 页。
⑤ 丁锡根编：《中国历代小说序跋集》（中），北京：人民文学出版社 1996 年版，第 952 页。
⑥ 吴门啸客、烟水散人：《前后七国志》，北京：华夏出版社 2013 年版，第 106 页。
⑦ 吴门啸客、烟水散人：《前后七国志》，北京：华夏出版社 2013 年版，第 108 页。

就历史小说营造特定人格来看，主要有两种编创方式：一是以人物行动来串联故事，其立场不是史官立场而是人物立场；二是在伦理说教的总体框架中突出人物的主体性。这两种编创方式都与阳明心学有关。前者如《梼杌闲评》。小说写魏忠贤[①]和客印月作恶为害的故事，却将故事置于一个因果报应的大框架之中，早年朱衡治水时烧死一穴赤蛇，魏忠贤、客印月是赤蛇转生，他们为害的过程也是复仇的过程。同时，魏忠贤发迹前在市井生活中摸爬滚打时以义气为先，因明珠缘，和客印月心心相印而至死不改，发迹后对皇帝忠心不二，对故交也很有情分。小说虽然用第三人称来编创，但当事人立场的存在让主人公成为一个兼有奸邪和忠义的复杂性格之人。和其他的魏忠贤故事相比，伦理说教的味道淡化了不少。此外，小说将日常生活场景和历史事件联系起来，凸显出历史人物日常生活中的思想意识与历史事件的内在关系，意味着历史事件并非只是历史形势的产物，也是人物心理动机的结果。《梼杌闲评》虽然是历史小说，但众多的生活场景的生动描画，又使得小说带有浓厚的世情色彩。世情色彩中人物的心理与阳明心学不无关系。后者如《隋炀帝艳史》。上文说过《隋炀帝艳史》总体上看，是从反面说明遵守伦理规范的重要性，在这个总体框架中，主人公隋炀帝的形象刻画成为小说的一大特色。就史实看，炀帝亡国主要在于其暴戾的施政方式，包括三征高句丽、征吐谷浑、开凿大运河等，导致农民起义四起，同时关陇贵族反戈，使其最终亡国；贪图享乐和女色只是其亡国的次要原因。但《隋炀帝艳史》一书，将三征高句丽和征吐谷浑直接省略，全书围绕炀帝的"奇艳"生活展开。小说中的炀帝信奉"若不及时行乐，徒使江山笑人"[②]的人生信条，这一信条成为小说情节铺叙的内在动力，这或许与阳明心学催生出的享乐主义不无关系。

三、明代历史小说叙事伦理研究的设想及其意义

　　叙事伦理研究，是后经典叙事学的一个重要分支。西方的后经典叙事学虽然打破了经典叙事学的结构主义藩篱，但经典叙事学从文本出发的宗旨仍然被后经典叙事学所继承，只是不再局限于文本的叙事分析，而是将文本的叙事分析与文本之外的社会历史内容结合起来，这种结合显然仍以文本为根基，叙事伦理研究

---

① 魏忠贤，原名魏进忠、李进忠。
② 齐东野人：《隋炀帝艳史》，不经先生评，李悔吾校点，武汉：长江文艺出版社1985年版，第86页。

也受此影响。纽顿的研究颇具代表性，他将"叙事伦理"分为三重结构：再现伦理，指在叙事过程中实际的"个人"化成"人物"这种虚构自我和他者的行为所引起的代价；讲述伦理，指叙事行为本身的紧迫性和重要性；阐释伦理，即阅读活动让读者担负的伦理批评的解释①。再现伦理重视的是作品中的人物如何再现现实；讲述伦理重视的是叙述；阐释伦理重视的是读者。就叙事伦理的三重结构看，纽顿显然忽视了文本背后的真实作者的伦理因素。

中国强大的史传传统，让儒家道德观念深入人心，内化为大多数人的道德准则。对明代历史小说而言，无论是小说作者还是读者，首先看重的便是小说的伦理道德效应是否符合儒家的道德观念，这种道德观念是外在于小说文本的，于是很自然地联系到作者写作时的道德动机。如此一来，叙事伦理研究的切入点便不再是小说文本，而是作者真实的生活遭际及道德水平，小说体现出来的伦理内容和价值追求与作者的生活遭际和道德水平直接相关。这和西方叙事伦理研究忽视真实作者形成鲜明对比。对真实作者的关注，是明代历史小说叙事伦理研究和西方叙事伦理研究的最大区别。

叙事伦理研究从作者入手，作者意图就显得很重要。小说如何叙述，小说表达什么样的伦理倾向，都和作者的意图息息相关。由于对作者意图的重视，小说研究很自然地重视考证，重视辨析作者身份，认为作者身份和写作时空的差异，会带来小说意义的变化。阅读小说虽然从文本出发，但理解小说首先要考虑作者写小说时的具体情况。对真实作者的关注，决定了明代历史小说叙事伦理研究首先要关注真实作者的伦理意图，上文所分析的程朱理学和阳明心学对明代历史小说的影响，首先也是对历史小说真实作者的影响。从真实作者出发开始小说叙事伦理研究，打破西方叙事伦理研究从文本出发的老路，既是对明代历史小说实际情形的关注，也可以看作是建构中国自己的叙事伦理研究的尝试。

就明代历史小说叙事伦理研究看，如何对待真实作者的伦理意图显然是不可回避的。借用马克斯·韦伯（Max Weber）在伦理导向意义上提出"意图伦理"②这一概念，不妨从叙事伦理的角度将包含真实作者在内的叙事主体的伦理

---

① Newton, A. Z. *Narrative Ethics*. Cambridge: Harvard University Press, 1997, pp.17-18.

② 韦伯用的是"Gesinnungsesthik"，这个词很难翻译，有译作"信念伦理"（ethic of conviction）的，也有译作"意图伦理"（ethic of intention）的，此处取"意图伦理"。[德]韦伯：《韦伯作品集Ⅰ·学术与政治》，钱永祥等译，桂林：广西师范大学出版社 2004 年版。《韦伯作品集Ⅰ·学术与政治》第 260 页注释对这个词有详细说明。

意图称为"意图伦理"，同时，参考纽顿所说的三重伦理，明代历史小说叙事伦理大致可以区分为四个层面。一是就叙事主体层面而言的意图伦理，叙事主体包含真实作者、隐含作者和叙述者三个层面，不同层面的叙事主体，其伦理意图各有侧重，又相互联系，最终导致了明代历史小说强烈的伦理说教意图。二是就故事层面而言的故事伦理，故事主要包括人物和情节，就人物而言，无论是立场针锋相对的主要人物，还是形象相对模糊的次要人物，都有鲜明的伦理倾向；就情节而言，不同的情节模式、类似的情节重复、小说情节对史书的变更，都有其伦理意蕴。三是就叙述层面而言的叙述伦理，小说的视角选择、结构安排、时间变形、空间设置、节奏变化都是文本的伦理表现。四是就读者层面而言的接受伦理，接受者的伦理处境和接受时使用的评点形式，以及接受者对历史小说的改写或翻写，都可以从伦理角度加以解读。

将明代历史小说区分为意图伦理、故事伦理、叙述伦理和接受伦理四个层面，对中国的叙事学研究和古代小说研究都有意义。对中国的叙事学研究的意义主要体现在两个方面。

一是建构了一个和纽顿"三分法"不同的"四分法"，增加了"意图伦理"，用"接受伦理"代替了纽顿的"阐释伦理"。增加"作者意图"，如上文所说，是由研究的切入点差异决定的，换言之，中西小说叙事伦理研究的切入点不同："中国古代小说的叙事伦理研究从作者入手，首先要关注的是真实作者的叙事意图，小说如何叙述，小说表达什么样的伦理倾向，和作者的意图伦理息息相关……阅读小说虽然从文本出发，但理解小说首先要考虑作者写小说时的具体情况，作者的意图伦理对小说甚至有决定性的影响。"而西方小说"从文本入手来探讨叙事伦理，首先需要面对文本，对文本的解读只需要关注文本的内容和形式，而不需要考虑真实作者的创作意图"，所以也就不需要"意图伦理"[①]。用"接受伦理"代替"阐释伦理"，是由中国古代小说接受时的"知人论世"决定的，接受者在何种情形下接受小说，和他如何接受小说有直接的关系。西方那种单纯从文本接受而来的"阐释伦理"，将文本阐释看作是读者接受的全部，显然不符合中国接受的实际情况。中国古代翻写的小说很多，翻写者既是读者，又是作者，既然中国重视真实作者，理所当然也要重视真实读者，这样，对中国古代

---

① 江守义：《中西小说叙事伦理研究路径之比较》，《中国文学研究》2019 年第 2 期，第1-8 页。

小说的接受而言，需要的就是包含真实读者接受情况在内的"接受伦理"，而不是排除真实读者接受情形而集中于文本的"阐释伦理"。

二是为建构中国叙事学贡献力量。叙事学是从西方传过来的，但目前中国的叙事学基本上可以和西方叙事学展开平等对话，这和诸多学界跟风的西方理论在中国的情况不同。中国叙事学界不仅有"隐性进程"（申丹）、"广义叙述学"（赵毅衡）、"听觉叙事"（傅修延）等原创性理论，也有基于中国古代叙事的《中国叙事学》（杨义和傅修延各有一本同名著作），同时还有很多对中国古代叙事文学（真正有中国叙事特色）的叙事学解读以及对中国叙事传统的关注（董乃斌的《中国文学叙事传统研究》和《中国文学叙事传统论稿》可为代表）。就古代文学的叙事学解读和中国叙事传统的关注而言，整体上看，可说是对西方叙事学的拓展，因为它不是简单地应用西方叙事学理论来解读中国的文学作品，而是结合中国文学作品的实际情况来调整乃至拓展西方的理论，进而提出自己的理论框架。叙事伦理研究"四分法"的提出，就是从明代历史小说实际情况出发的结果，它可以为建构中国本土的叙事学研究提供相关方面的参照。

包含四个层面的"叙事伦理研究"和古代小说界通常所说的"伦理研究"有所不同：伦理研究一般是从伦理德目出发，对相关内容的伦理内涵进行阐发；叙事伦理研究则是从叙事文本出发，对叙事文本从伦理角度展开分析。对中国古代小说进行伦理研究由来已久，很多小说刊刻时的"叙"或"序"，都是从伦理角度对小说加以解读。今人赵兴勤曾出版《古代小说与伦理》和《古代小说与传统伦理》（后者是对前者的改写和完善），二书非常突出地将古代小说和伦理联系起来。它们主要从作者和小说内容出发来窥视其伦理意蕴，并没有深入到小说的叙事层面对其伦理内涵加以深入挖掘，由于没有明确的叙事伦理意识，它们可以称为小说伦理研究，但不能称为小说叙事伦理研究。就此而言，对明代历史小说展开叙事伦理研究及对古代小说进行研究，也有其意义。

意义之一，重视叙事形式和伦理之间的关系。综观现有的古代小说研究，在讨论其伦理意蕴时，一般都是从人物、情节等方面着手，似乎离开小说内容，伦理就无从谈起。从内容来看，小说的伦理意蕴很容易以小说的伦理主旨来代替，这既掩盖了小说伦理意蕴的丰富性，又造成了古代小说"千人一面"的伦理面貌。叙事伦理研究探讨叙事形式和伦理之间的关系，突出形式的伦理意义，至少可以从两方面有益于古代小说研究：一方面可以消除一部分古代小说研究中所认为的伦理研究只关乎内容的误解；另一方面可以强化伦理意蕴离不开具体形式这一意识，从而将古代小说界侧重内容的"伦理研究"拓展到内容和形式并重的"叙事伦理研究"，这也意味着即使古代小说不重视形式，但不代表形式没有意义。古代小说中频繁出现的故事翻写，从内容上看大同小异，其形式变化带来的伦理意蕴更为突出。

意义之二，以伦理为切入点将古代小说和中国文化特质联系起来。对古代小说加以文化解读的著作不少，对古代小说进行伦理解读的著作也不少，但以伦理为切入点来联系古代小说和中国文化特质的并不多，赵兴勤的《古代小说与伦理》和《古代小说与传统伦理》，主要是对古代小说的伦理解读，对中国文化特质的论述较少。中国文化特质，不妨以梁漱溟所说的"以伦理组织社会"和"以道德代宗教"[①]概括之。从伦理道德角度切入明代历史小说研究，既要梳理小说和历史之间的关系，又要说明小说如何在一定的社会土壤中产生，这样一来，历史发展中离不开的政治伦理和实际生活中离不开的社会伦理如何作用于历史小说，就是不可回避的问题，而这些问题又必须结合小说文本的具体情况而定。这意味着小说叙事伦理研究，虽然离不开对小说作者的伦理考察，但最重要的还是对小说文本的伦理解读，换句话说，古代小说研究界所重视的考证，在叙事伦理研究中只能是一个手段，对小说文本的理解应该是小说研究最值得重视的地方，对当前重视考证的古代小说研究而言，叙事伦理研究可说是一个有益的补充。

意义之三，突出古代小说中的儒家规范伦理。目前的古代小说伦理研究，一般标明研究的是儒家伦理还是道家伦理，但对伦理自身的性质往往语焉不详。古代小说中涉及的伦理是方方面面的，既有君臣之间、父子之间、亲友之间、仇敌之间等不同社会关系的伦理，也有儒家伦理、道家伦理、佛家伦理、法家伦理等涉及思想流派的伦理，但这些都是从具体伦理内容中得出来的东西，而不是伦理自身的性质。相较于西方小说叙事伦理研究对德性伦理的关注，中国古代小说显示出来的主要是规范伦理，由于儒家思想的统治地位，这种规范伦理主要是儒家规范伦理，这虽然是古代小说研究界的共识，但明确将其表述出来的却不多。明代历史小说叙事伦理研究，总体上是在儒家规范伦理的引领下，对小说展开具体的伦理辨析（辨析时可能会涉及非儒家的伦理思想），这符合明代历史小说的实

---

① 梁漱溟：《中国文化要义》，上海：学林出版社 1987 年版，第 113、105 页。

际情况，也暗合古代小说的实际情况。

最后，需要说明的是，由于明代历史小说的版本众多，同一部小说的不同版本也体现出不同的叙事伦理，在下文的分析中，如果不涉及版本问题，小说名称及内容就参考现在所流行的版本。即使这些流行的版本出现在明代之后，也认定为明代历史小说（如分析《三国演义》时参照清初大魁堂刊行的毛氏批改本）。如果涉及版本之间的差异，就以具体的版本为参照对象。秉承这样的原则，下文就开始对明代历史小说叙事伦理的四个层面展开研究。

第一章

意图伦理：叙事主体的伦理诉求

明代历史小说由于受程朱理学和阳明心学的影响，叙事主体在小说叙事中表现出强烈的伦理意图，在进入历史小说文本分析之前，叙事主体是首先需要关注的对象。

叙事主体指叙事作品中具体叙事活动的实施者，一般包含四个层面：真实作者、隐含作者、叙述者和人物。人物作为叙事主体有其特殊性，它可以开展叙事活动，但同时又是隐含作者和叙述者创造出来的叙事载体，它一般被认为是叙事内容的一部分，它的主体引导功能一般也让位于它的故事行动功能，鉴于此，此处讨论的叙事主体，不考虑人物，只考虑真实作者、隐含作者和叙述者。下文分述之。

第一节　慕史情结："善恶书于史册，毁誉流于千载" [①]

真实作者指写作时的那个真人，他在现实生活中所受到的伦理熏陶及由生活触发而来的所感所想，都在其创作中留下一些痕迹，尤其是在明代历史小说这样伦理说教色彩较浓的小说中，真实作者的创作动机和伦理处境对小说会有直接的

[①] 李康：《运命论》，载严可均辑：《全上古三代秦汉三国六朝文》（第三册），石家庄：河北教育出版社 1997 年版，第 433 页。

影响。这也是古典小说研究中考证风行的根本原因。当然，真实作者的意图是否能在小说中完全实现值得怀疑，但传统小说理论提醒我们，完全立足于文本的西方叙事学在面对明代历史小说时，那种完全忽视真实作者的做法是不恰当的。小说叙事主体首先要关注的就应该是真实作者。明代历史小说的真实作者在写作时不可避免地受到许多文本之外的因素的干预，最主要的是史传传统的影响，流露出强烈的慕史情结。

一、真实作者的伦理语境

明代历史小说的真实作者大致可分为两类：一类是创作者，即小说编写者；一类是参与者，即序跋撰写者。

创作者主要包括以熊大木、余象斗为代表的书坊主和以钟惺为代表的上层文人。书坊主不同于一般的商人，而是具有一定知识水平、文化素养的文人，"昔大木先生建邑之博洽士也，遍览群书，涉猎诸史"①。余象斗出身于建阳余氏刻录世家，据陈国军《余象斗生平事迹考补——以〈刻仰止子参定正传地理统一全书〉为中心》可知，余象斗家族殷实，其祖父造清修寺以为"子孙讲学之所""印书藏板之地"，购良田"为子孙讲学之资，宾兴之费"，余象斗自幼读书于家庙，以儒为业，因年少嗜堪舆之学，故未取得功名。②书坊主作为商人，其编创小说的直接动机是牟利，但同时也有一部分作者意识到自己作为小知识分子的责任。余邵鱼在《题全像列国志传引》中说，《列国志传》"编年取法麟经，记事一据实录……又惧齐民不能悉达经传微辞奥旨，复又改为演义，以便人观览……善则知劝，恶则知戒"③。余邵鱼对小说的创作手法和目的都非常明确，遵循历史传统，劝善惩恶以"安民"，是一种自觉的"传道"。甄伟在《西汉通俗演义序》中说："予为通俗演义者，非敢传远示后，补史所未尽也……言虽俗而不失其正，义虽浅而不乖于理……使刘、项之强弱，楚、汉之兴亡，一展卷而悉在目中；此通俗演义所由作也。"④同样强调演义的功能在于"教民"，在普

---

① 陈继儒编次：《南北宋志传》，载《古本小说集成》编委会编：《古本小说集成》（第二辑），上海：上海古籍出版社2017年版，第2-3页。

② 陈国军：《余象斗生平事迹考补——以〈刻仰止子参定正传地理统一全书〉为中心》，《明清小说研究》2015年第2期，第209-216页。

③ 丁锡根编：《中国历代小说序跋集》（中），北京：人民文学出版社1996年版，第861页。

④ 丁锡根编：《中国历代小说序跋集》（中），北京：人民文学出版社1996年版，第878页。

及历史知识的同时，引导民众探索历史之义，激发志向。概言之，书坊主在从事商业活动的同时，契合了忠、孝、节、义等传统文化心理，儒家文化以道自尊的思维方式已成为书坊主的某种精神积淀，他们在小说中通过迎合时势的教化苦心，来缓和以商为业的牟利行为，借此达到心灵的慰藉。上层文人的商业利益诉求不及真正的商人，其小说创作动机相对书坊主而言可能更加纯粹。钟惺是明代颇负盛名的文学家、批评家，"竟陵派"的领袖之一，他与谭元春一起评作《诗归》，名盛一时。钟惺是《混唐后传》的作者，用他自己的话来说，小说"合之《遗文》、《艳史》，而始广其事；极之穷幽仙证，而已竟其局。其间阙略者补之，零星者删之，更采当时奇趣雅韵之事点染之，汇成一集，颇改旧观……事虽荒唐，然亦非无因，安知冥冥之中不亦有账簿，登记此类以待销算也？"①，作为明后期的上层文人，钟惺的小说观念已有所发展。他不拘泥于正史记载，而是博采各种野史逸事加以润色加工。他不要求一字一句的真实性，而旨在呈现一种道德伦理上的真实，这也意味着明代历史小说在纵向时间上存在一种伦理变化。钟惺对自己的写作足够坦诚，他没有打出经史的幌子，而直接以"账簿"二字见义，表现出一个明末文人的自觉意识。

参与者一般是应书坊主之邀，为小说撰写序跋的知名的文人墨客、社会权贵。他们既是小说的参与者，也是特殊的"隐含读者"。他们以读者身份阅读小说，又以序跋形式参与对小说的理解和解释，从而补充和说明小说的寓意。袁宏道《东西汉通俗演义序》称："及举《汉书》、《汉史》示人，毋论不能解，即解亦多不能竟，几使听者垂头，见者却步"，但"文不能通，而俗可通"②。林瀚认为历史小说"使愚夫愚妇一览可概见耳"③。这些都表明小说"以俗通雅""以小见大"的知识性教义。当然，这种"名流"见解多具广告性质，有些甚至是书坊主借名而为，以抬高小说地位，但序跋本身可视为隐含读者的产物，起到了二次创作的作用。这些参与者基本上都注意到了小说的通俗化教育意义，他们把写小说和阅读小说当作接近经史的一种轻松活泼的方式。参与者之所以答应书坊主的请求，撇开利益不谈，既有对作者的聪慧勤奋的肯定，也有对这种寓教于

① 钟惺：《混唐后传序》，载丁锡根编：《中国历代小说序跋集》（中），北京：人民文学出版社1996年版，第965-966页。

② 丁锡根编：《中国历代小说序跋集》（中），北京：人民文学出版社1996年版，第883页。

③ 林瀚：《隋唐志传序》，载丁锡根编：《中国历代小说序跋集》（中），北京：人民文学出版社1996年版，第949页。

乐的用心和才能的感动、赞赏，还有出自裨益"愚夫愚妇"的知识分子的善心。当然，也不排除为自我修养找一点用武之地，满足一下高远的自我期待。

明代历史小说的真实作者是一群在儒家文化氛围中成长起来的读书人，儒家经典规定了传统的伦理纲常。孔子强调礼义廉耻，教导"父慈、子孝、兄良、弟弟、夫义、妇听、长惠、幼顺、君仁、臣忠"①，俨然有将伦理维护上升为秩序法度的气概。《孟子·滕文公上》云："圣人有忧之，使契为司徒，教以人伦——父子有亲，君臣有义，夫妇有别，长幼有叙（序），朋友有信。"②已然将一些儒家的伦理德目作为人伦教化之基础。在儒家传统伦理语境下备受濡染的小说作者的心理气质自然是儒化的，尽管后来阳明心学的出现挑战了持续了几千年的伦理规范，但总体上并未突破这种规范。明代历史小说作者创作的出发点和心理基础都指向儒家伦理。文人的诗书礼乐传统在明代历史小说作者身上，基本上是以"慕史学经"和"有裨风化"的特点来标示的。在商业氛围中，文人自我表达的需求更为强烈，他们不认为自己是彻头彻尾的商贩或是纯粹的鬻文卖字者，其文人修养使其有出自本能的济世情怀。且客观上，明末之"道"日益式微，传统的伦理道德秩序遭到猛烈冲击，文人安身立命的根本遭遇严重挫败。这一挫败反而激起了当时儒家世俗化文人潜在的道德情怀和社会理想，他们作为正统伦理文化的流动媒介，以盈利的文化程式做出了自我安慰式的道德实践，通过符合大众固有的接受模式使深层次的经史教义成为读者的接受对象。

如果说作者的伦理知识背景已经内化于作者内心成为内在修养，那么作者的士人身份对创作主体而言就是一种外在提醒。士人的知识素养是作者书写文字的前提之一，读者之所以愿意接受小说家所说的话，是因为相信作者的知识修养能够满足他们通过简易文字获取教益的需求。即使是一般的说书人，关键时候也会来上一段诗词论赞，与其说是表演评论，不如说是拉拢听书群众信心的手段。因为诗词相对于白话总显得高尚雅致，诗词可以说是智慧、学识的象征，是"愚夫愚妇"无法抵至而心生向往的对象。作为士人的小说作者往往也被看作孔孟道德的代言人，这是他们在伦理上立足的根基，自然不能被推翻，所以他们写的小说就不能与伦理说教背道而驰。鉴于此，很多小说家都一再强调作品的道德属性，除了请人题写序跋以制造舆论外，有些人甚至真心为了捍卫自己的伦理追求而创

---

① 李学勤主编：《十三经注疏·礼记正义》，北京：北京大学出版社 1999 年版，第 689 页。

② 杨伯峻译注：《孟子译注》，北京：中华书局 2010 年版，第 114 页。

作历史小说，《三国志后传》的作者就以社会道德责任人自居。不过，小说作者的士人身份有时也限制了作者的写作兴趣，有些作者很想在文中吐露一些私人隐趣，但却因孔孟道德而极力克制，《隋炀帝艳史》中大量的隋炀帝骄奢淫逸的描写，虽处处不忘提及作者的教化苦心，但未必不是作者内心隐秘的遁词。《樵史通俗演义》（虽为明亡后所作，但显然是明人心态，不妨归为明代历史小说）亦是如此，有些段落十分粗鄙，作者之所以有勇气诉诸笔下，同样有借爱憎名义打说教幌子的嫌疑。

伦理语境对小说作者的影响，还有来自外部现实的刺激。明代文士创作小说主要是受商业的推动，盈利是作者最根本的目的，小说的利润自然与销量绑在一起，而销量则与市民的喜闻乐见息息相关。庸愚子称史书"昭往昔之盛衰，鉴君臣之善恶，载政事之得失，观人才之吉凶，知邦家之休戚"①。小说作者慕史很大程度上是出于史书的教诲作用，因为没有什么比过去实在发生的事情更能说明问题，历史演义模仿史书纪事，作者希望把它当作通俗小史以施行教化，惩恶劝善。袁宏道在《东西汉通俗演义序》中说：因为有《两汉演义》，"今天下自衣冠以至村哥里妇，自七十老翁以至三尺童子，谈及刘季起丰沛，项羽不渡乌江，王莽篡位，光武中兴等事，无不能悉数颠末，详其姓氏里居。自朝至暮，自昏彻旦，几忘食忘寝，聚讼言之不倦"②。小说在下层平民中间远比艰涩深奥的经史流行，这既归功于其语言文字的通俗易晓，更由于明白晓畅的善恶有报的道德观念符合大众的审美心理。

历史小说在明代长盛不衰，既与文人的伦理语境有关，更与史传传统关系密切。"中国古代叙事文学的特色是史传文学的繁荣，中国古代叙事能力直接孕育于史传著作……宋代真德秀早就有'叙事起于史官'之说。清代史学家章学诚提出了'古文必推叙事，叙事实出史学'的观点，可以说是对叙事与史传之间密切关系的最好概括"③"历史小说创作的奥秘，就是将史书文本……改造为小说文本"④，历史演义小说的兴盛，"更得益于古代深厚悠久的史学

---

① 庸愚子：《三国志通俗演义序》，载丁锡根编：《中国历代小说序跋集》（中），北京：人民文学出版社1996年版，第886页。

② 丁锡根编：《中国历代小说序跋集》（中），北京：人民文学出版社1996年版，第883页。

③ 刘云春：《历史叙事传统语境下的中国古典小说审美研究》，北京：中国社会科学出版社2010年版，第33页。

④ 欧阳健：《历史小说史》，杭州：浙江古籍出版社2003年版，第13页。

传统"①。史传传统正式确立的下限，一般认为是唐中宗景龙四年（710 年）刘知幾《史通》的问世。史学传统形成后，对历史小说产生了深远影响。如果说历史小说作者的直接动机是谋取利益，那么其前提就要为小说提供一个大众可接受的由史传而来的伦理品格。无论是侧重"按鉴"而来的实录、由史而来的想象，还是侧重春秋笔法的认同，处于真实伦理语境中的作者，都体现出对史传叙事深沉的孺慕之思。

二、以史为贵的实录

中国有"以史为贵"的传统，史之所以"贵"，关键在于其实录精神。刘知幾说："良史以实录直书为贵。"②实录是判断良史的标准之一。有论者指出：刘知幾认为"史之所贵，在于写真，求为实录，因力倡叙事以时势为转移、时言记事、史德、阙疑诸说，更有史识良难之叹"③，这意味着"叙事以时势为转移、时言记事、史德、阙疑"乃至"史识"，都是实录的具体表现。班固所言的"不虚美，不隐恶"④只是实录的最基本内容，对史德、史识的重视，成为刘知幾"实录"的新内涵。

受史传传统影响，明代已形成"按鉴演义"和"补史之阙"这两种相辅相成的小说观念。"按鉴演义"之"鉴"，一般指的是司马光的《资治通鉴》、朱熹的《资治通鉴纲目》和袁枢的《通鉴纪事本末》，但有些历史小说的内容超出了《资治通鉴》和《资治通鉴纲目》的范围，也仍然标以"按鉴"之名，如题名钟惺编辑的系列小说《按鉴演义帝王御世盘古至唐虞传》（简称《盘古至唐虞传》）、《按鉴演义帝王御世有夏志传》（简称《有夏志传》）、《按鉴演义帝王御世有商志传》（简称《有商志传》）均冠以"按鉴演义帝王御世"八字，陈继儒的《全像按鉴演义南北两宋志传》（简称《两宋志传》）⑤也标以"按鉴"字样。《资治通鉴》起于周威烈王二十三年（公元前 403 年），止于后周世宗显德六年（公元 959 年），《资治通鉴纲目》《通鉴纪事本末》依《资治通鉴》而

---

① 纪德君：《明清历史演义小说艺术论》，北京：北京师范大学出版社 2000 年版，第 14 页。

② 刘知幾：《史通》卷十四《惑经第四》，浦起龙通释，上海：上海古籍出版社 2008 年版，第 294 页。

③ 傅振伦：《刘知几年谱》，北京：中华书局 1963 年版，第 104 页。

④ 班固：《汉书·司马迁传》，载班固：《汉书》卷六十二，颜师古注，北京：中华书局 1964 年版，第 2738 页。

⑤ 该书前十卷为"南宋志传"，叙五代末及宋开国事，后十卷为"北宋志传"，叙宋初及真宗、仁宗二朝事，故孙楷第称其"命名至为不通"。见孙楷第：《中国通俗小说书目》，北京：人民文学出版社 1982 年版，第 56 页。

来，显然，这三部史书均不及商前事和宋后事，有论者据此认为："可见'按鉴'云云是当时历史题材小说的俗套，全不足信。"①这样的论断虽然草率②，但至少说明明人已有一种自觉的"按鉴演义"的小说观念。在"按鉴演义"观念盛行的同时，还有一种"补史之阙"的观念。"补史之阙"大致有三个层面的含义：一是补史未尽之事。甄伟在《西汉通俗演义序》中说自己"为通俗演义者，非敢传远示后，补史所未尽也"③。二是将史书通俗化。修髯子认为《三国志通俗演义》相比于已有史书，不是累赘之作，因为"史氏所志，事详而文古，义微而旨深"，"通俗演义"能"以俗近语。檃栝成编"，虽是"稗官小说"，亦为世道所重④。三是将史书细化。钟惺《混唐后传序》说："昔人以《通鉴》为古今大账簿，斯固然矣。第既有总记之大账簿，又当有杂记之小账簿，此历朝传志演义诸书所以不废于世也。"⑤《列国志传评林》（即《春秋五霸七雄列国志传》）更直接在第七卷卷首《叙列国传下卷》中明确指出演义所演史书内容："六卷以上，演《左氏春秋》传记之义，其事则说五霸；七卷以下，因吕氏《史记详节》之规，其事则说七雄。"⑥

无论是"按鉴演义"还是"补史之阙"，都让明代历史小说贯穿了一种"以史为贵"的实录精神。对这种实录精神的理解，明人的表述是多方面的：或者是余邵鱼在《题全像列国志传引》中明确要求的"记事一据实录"，不能"徒凿为空言以炫人听闻"⑦；或者是峥霄主人出于对史实的尊重而反对刻意的机巧，"是书动关政务，半系章疏，故不学《水浒》之组织世态，不效《西游》之布置幻景，不习《金瓶梅》之闺情，不祖《三国》诸志之机诈"⑧；或者像江左樵子

---

① 周游：《开辟衍绎通俗志传》，载《古本小说集成》编委会编：《古本小说集成》（第四辑），上海：上海古籍出版社 2017 年版，第 1 页。

② 纪德君对此进行详细分析，认为一些历史小说虽然不在《资治通鉴》和《资治通鉴纲目》范围之内，但在它们的"续书"之内，且"在叙事次序、主要内容，乃至语言措辞等方面"基本一致。见纪德君：《"按鉴"与历史演义小说文体之生成》，《文学遗产》2003 年第 5 期，第 110-122 页。

③ 丁锡根编：《中国历代小说序跋集》（中），北京：人民文学出版社 1996 年版，第 878 页。

④ 修髯子：《三国志通俗演义引》，载丁锡根编：《中国历代小说序跋集》（中），北京：人民文学出版社 1996 年版，第 888-889 页。

⑤ 丁锡根编：《中国历代小说序跋集》（中），北京：人民文学出版社 1996 年版，第 965 页。

⑥ 余邵鱼集：《春秋五霸七雄列国志传》，载《古本小说集成》编委会编：《古本小说集成》（第四辑），上海：上海古籍出版社 2017 年版，第 1118 页。

⑦ 丁锡根编：《中国历代小说序跋集》（中），北京：人民文学出版社 1996 年版，第 861 页。

⑧ 吴越草莽臣：《魏忠贤小说斥奸书》，载《古本小说集成》编委会编：《古本小说集成》（第一辑），上海：上海古籍出版社 2016 年版，第 2 页。

那样依赖《颂天胪笔》《酌中志略》《寇营纪略》《甲申纪事》等时事记闻而成《樵史通俗演义》；或者像七峰樵道人那样在明亡后认为国史所载史实也不够具体，乃据当时见闻而成《七峰遗编》。[①]至于明代小说作者如何体现实录精神，主要有以下几个方面。

其一，抄录史书。

历史小说不是历史但寄生于历史，小说作者不用背负史官的责任但可以模拟史官的身份，利用史官的手段，这就给予小说作者抄录史书的特权，毕竟抄录史书是增强作品史实感最方便的途径，更重要的是，古代小说地位低微，作者用这种抄录方式可以抬高小说的地位，以促进作品的流通。

真实作者从历史小说入手来结撰长篇小说，似乎是不得已的选择。郑振铎说："在小说艺术未臻完美之前，长篇著作是很难著（着）手的，只有跟了历史的自然演进的事实写去，才可得到了长篇。"[②]在文言小说基本成熟，短篇话本也有一定成就的情况下，为什么非要写长篇白话小说呢？这一方面是在刊印条件许可情况下小说艺术演进的自然要求；另一方面，也是更重要的原因，即真实满足作者赚钱的欲望。宋元时期，"通鉴"类史书已经流行，受到不同阶层的欢迎。到明代，《资治通鉴纲目》受到帝王、士子的一致好评（代宗、宪宗、孝宗都赞赏《资治通鉴纲目》，认为它足以继《春秋》，"为后人之轨范"[③]，商辂等人则宣称："《春秋》为经中之史，而《纲目》实史中之经。"[④]），逐渐成为蒙学和科举考试的辅助读物。据统计，明初至万历以前的通鉴类史书有 20 余种，而纲目类史书则有 140 余种，并且"呈现出将《资治通鉴》简约化、通俗化，乃至逐渐由《纲目》、《纲鉴》等取代《通鉴》的趋向"[⑤]。和《资治通鉴》相比，《资治通鉴纲目》先立事"纲"，概述史事梗概，再以"节目疏之于下"，具体记叙史事，眉目更加清楚。同时，《通鉴纪事本末》所开创的纪事本

---

① 《樵史通俗演义》成书在顺治八年（1651 年）之后，《七峰遗编》成书于顺治五年（1648 年），但均为以遗民心态所写之书，不妨视为明人所作。

② 郑振铎：《中国小说的分类及其演化的趋势》，载郑振铎：《郑振铎文集》（第七卷），北京：人民文学出版社 1988 年版，第 114 页。

③ 《明宪宗实录》卷一百十三，载"中央研究院"历史语言研究所：《明实录》，台北："中央研究院"历史语言研究所校印，1962 年版，第 2197 页。

④ 商辂：《进续资治通鉴纲目表》，载四库全书存目丛书编纂委员会编：《四库全书存目丛书·集部第三五册》，济南：齐鲁书社 1997 年版，第 7 页。

⑤ 纪德君：《"按鉴"与历史演义小说文体之生成》，《文学遗产》2003 年第 5 期，第 110-122 页。

末体，也为小说家在"演义"中如何理清故事脉络提供了范本①。书商根据"通鉴"类史书（含"纲目"类史书）的发行情况，知晓民众对这些史书的需求以及阅读时存在的问题，觉得要想使"间巷颛蒙皆得窥古人一斑"，就需要"敷衍其义，显浅其词"②，将"通鉴"类史书通俗化，从而获得更大的利润。

为了谋利，在"通鉴"类史书已有一定销量的基础上，最方便的做法就是保留这些史书中间的人物和故事，演义顺理成章地成为"按鉴"演义，史书的实录原则也就自然保留在通俗演义之中。或许是为了快速获利，有些演义基本上抄录自史书。自熊大木《大宋中兴通俗演义》《唐书志传通俗演义》按照《资治通鉴》的编年顺序，摘抄重要史事补辑勾连成文以来，抄录史书几乎成了历史演义的一个通行法则，孙楷第指出："明中叶讲史小说无不抄史书，而其风盖自熊大木倡之。"③杨尔曾的《东西晋演义》几乎是《资治通鉴纲目》相关内容的翻版，只是"分条标题"而已，"于事之轻重漫无持择"④。

其二，引用文献。

引用文献和抄录史书不同，主要有三：一是引用文献不是通篇照抄，而是需要作者阅读大量的文献，将其穿插在历史小说之中，用文献来增强小说的历史感和真实性。二是文献包括但不限于史书，作者博览群书，以补史书之不足。三是密集的文献引用有时会影响小说的故事性，而抄录史书一般不会影响故事性，这涉及叙述者，作者未必意识到这一点。

在作者看来，引入文献是增强作品史实感的一种最为简单有效的方法，且有《三国演义》珠玉在前，小说家们自然受用。从众多的小说"凡例"和"序"中，可以看出作者试图通过引用文献来增强史实感的用心。作者引用文献的方法大致有以下几种：①从诸多文献中引用小说需要的资料，加以编撰。这些文献可以是过去的书籍，也可以是当时的见闻。《新列国志凡例》所说的"兹编以《左》、《国》、《史记》为主，参以《孔子家语》、《公羊》、《穀梁》、晋

① 劳悦强：《从纪事本末体论章回小说的叙事结构》，载辜美高、黄霖主编：《明代小说面面观——明代小说国际学术研讨会论文集》，上海：学林出版社 2002 年版，第 46 页。

② 《新刻续编三国志序》，载酉阳野史编次：《三国志后传》，孔祥义校点，上海：上海古籍出版社 2007 年版。

③ 孙楷第：《中国通俗小说提要》（三），载艺文志编委会：《艺文志》（第三辑），太原：山西人民出版社 1985 年版，第 199 页。

④ 孙楷第：《戏曲小说书录解题》，北京：人民文学出版社 1990 年版，第 84 页。

《乘》、楚《梼杌》、《管子》、《晏子》、《韩非子》、《孙武子》、《燕丹子》、《越绝书》、《吴越春秋》、《吕氏春秋》、《韩诗外传》、刘向《说苑》、贾太傅《新书》等书，凡列国大故，一一备载，令始终成败，头绪并如，联络成章，观者无憾"①，所引用的文献基本上是历史文献；《魏忠贤小说斥奸书凡例》所说的"是书自春徂秋，历三时而始成，阅过邸报，自万历四十八年至崇祯元年，不下丈许。且朝野之史，如《正续清朝圣政》两集、《太平洪业》、《三朝要典》、《钦颁爱书》、《玉镜新谈》，凡数十种，一本之见闻，非敢妄意点缀，以坠于绮语之戒"②，文献已涉及当时的邸报。《海角遗编》之"序"所说的"据见闻最著者，敷衍成回"③，则以当时的见闻为主。②小说中并取正史和野史，且两存之，以示参照，增强所说人事的真实感。《大宋中兴通俗演义》的"序"云："以王本传行状之实迹，按《通鉴》《纲目》而取义，至于小说与本传互有同异者，两存之，以备参考。或谓小说，不可紊之以正史，余深服其论，然而稗官野史，实记正史之未备。"④这虽然罕见，但突出地体现了作者对实录精神的追求。③对历史上的名、物加以考订，从细节上保证历史人物或故事的真实性。《新列国志凡例》云："兹编凡有名史册者，俱考订详慎"⑤，"古今地名不同，今悉依《一统志》查明分注，以便观览"⑥。小说中虽未必完全做到这一点，但作者的用意很明显，就是在细节上尽量保证小说叙述的可靠性。

其三，罗列人名、地名等。

罗列和抄录史书、引用文献有相同处，亦有不同处。就相同处看，罗列的内容来源于史书和文献，否则就是杜撰而不是实录了。就不同处看，一方面罗列离不开作者自己的编排，另一方面罗列的形式可以多样化。需要说明的是，此处的

---

① 墨憨斋新编：《新列国志》，载《古本小说集成》编委会编：《古本小说集成》（第二辑），上海：上海古籍出版社 2017 年版，第 1-2 页。

② 吴越草莽臣：《魏忠贤小说斥奸书》，载《古本小说集成》编委会编：《古本小说集成》（第一辑），上海：上海古籍出版社 2016 年版，第 1-2 页。

③《海角遗编》，载《古本小说集成》编委会编：《古本小说集成》（第二辑），上海：上海古籍出版社 2017 年版，第 1 页。

④ 熊大木编：《大宋中兴通俗演义》，载《古本小说集成》编委会编：《古本小说集成》（第四辑），上海：上海古籍出版社 2017 年版，第 2-3 页。

⑤ 墨憨斋新编：《新列国志》，载《古本小说集成》编委会编：《古本小说集成》（第二辑），上海：上海古籍出版社 2017 年版，第 2 页。

⑥ 墨憨斋新编：《新列国志》，载《古本小说集成》编委会编：《古本小说集成》（第二辑），上海：上海古籍出版社 2017 年版，第 5 页。

罗列指的是体现作者实录精神的罗列，而不是小说叙述过程中的罗列。

作者的罗列一般在小说正文前面的"卷首"、"凡例"或"附录"中。罗列的形式大致有：①正文前将小说所涉及朝代的帝王罗列出来并加以简单介绍，并将皇族人员和主要大臣罗列出来，几乎是史传的缩写本。《隋唐两朝史传》[①]正文前有"附录"，罗列了相关的"君臣姓氏"，包括"隋纪"、"唐纪"（专叙两朝皇帝简史）、"后妃纪"、"皇族诸郡王"、"高祖、太宗两朝文武诸大臣姓氏"、"高宗朝文武诸大臣姓氏"、"中宗朝文武诸大臣姓氏"、"玄宗朝文武诸大臣姓氏"等，清晰地显示出历朝的帝王大臣，史传叙事的用意一目了然。②简单罗列小说所叙述的历史时期中的历史人物，既提前透露小说中有哪些历史人物，又让这些历史人物排列在一起，似乎让这段历史以人物为单元快速地展示一遍，一连串的真实历史人物的集中出现，侧面显示出作者的实录精神。和第一类不同的是，这些历史人物没有严格按照帝王更替的顺序排列，也没有突出皇帝和主要大臣，这些人物似乎主要是故事中的人物。《唐书志传通俗演义》"目录卷之首"有"唐臣纪""诸夷蕃将纪""皇族纪""别传"。"唐臣纪"列刘文静、裴寂、赵文恪等86人，"诸夷蕃将纪"列史大奈、执失思力等7人，"皇族纪"只列2人，却言明"录其本传入事者"，"别传"列李密、单雄信等20人，将这些历史人物罗列在卷首，意味着小说叙述的故事与这些历史人物有关，历史人物从根本上保证了小说不能天马行空地任意杜撰，无形中增强了故事的真实性。③罗列故事发生地的人名、地名，这些人未必是历史上留名之人，这些地点也未必有名，将小人物、小地名罗列在一起，这些小人物、小地名的真实性，无形中增强了小说的实录效果。《征播奏捷传通俗演义》的"凡例"很有特色，和一般历史小说"凡例"介绍小说写作的特点或注意事项不同，该"凡例"以"播州方舆总览"为名，对"播州"地形和"播州宣慰使"杨应龙的情况作简单介绍，以地名来罗列"蛮夷军民长官"、"副长官"（如"恭溪香洞""平地寨"等），还罗列了"播州杨应龙建设关名"，如"紫江关""黄滩关"等，此外还有"播州杨应龙建置囤名""播州杨应龙设立所名""播州杨应龙家属名目""播州杨应龙部将姓氏""播州所出土产名目""协征杨应龙宣慰司名""调征杨应龙官兵名目"等，在朝廷征讨播州宣慰使杨应龙的故事开始之前，先

---

① 该刊本一般称《隋唐两朝志传》，现从"古部小说集成"，称其为《隋唐两朝史传》。

罗列这些和播州及杨应龙有关的人名、地名、土产名目等，将小说置于一个具体可感的环境中，可以增强小说的真实感，这显然与作者的实录精神有关。④简单罗列历史朝代，故事发生在其中的某一朝代，历史朝代的真实性可以增强故事的真实性。《盘古至唐虞传》前有"历代统系图"，用图表的形式简单地罗列了从盘古到大明的朝代更迭情况，以显示小说所叙述的夏朝以前的事情不是凭空杜撰的，而是和有历史记载的秦汉隋唐等处于同一个"统系"之中，因而是值得相信的。《征播奏捷传通俗演义》"领目"中的"历代总目诗"和"历朝君祚考"虽然没有用图表形式，但在表达实录的用意上如出一辙。⑤在每卷开始前将该卷所叙事件的起讫年代标出来，就单独一卷看，谈不上罗列，但就全书看，每卷前的标注集中在一起，就形成一个罗列。《东西晋演义》首卷"西晋卷之一"标有"起自晋武帝太康元年庚子岁四月，止于晋惠帝永熙元年庚戌岁，首尾共十一年事实"，末卷"东晋卷之八"标有"起自东晋安帝庚戌六年十二月，止于东晋安帝己未元熙元年，首尾共十年事实"。这种在卷前标起讫年代的做法在历史小说中并非罕见，《唐书志传通俗演义》《皇明英烈传》等也有类似做法。

三、由史而来的想象

史传在写人写事时，不满足于简单的介绍或描写，而是选择有代表性的人物或事件，采用虚实结合的手法，并在写人写事时寄托了作者的理想。这就在实录的基础上推进一步，展现的不仅是人物的行动或事件的过程，而是在人物或事件中蕴含着某种普遍的意义，人物或事件因而具有代表性。这要求史传至少要注意两个方面：一是人或事入传有自己的标准，不仅是大人物或大事件，小人物或小事件也可以入传。《史记·陈涉世家》将陈涉发迹前和佣耕之人对话这样的小事也写进史传，可为范本。小人物入传为想象开了方便之门。二是史传中的人或事不能只有实录，还要有一些奇异色彩，这样故事性和趣味性才更强，给人留下的印象才更深刻。《史记·留侯世家》写张良发迹前和老父的交往，就颇有传奇色彩，《史记·五帝本纪》更是吸收了不少神话传说，让史传看起来就像传奇。史传对小事件和传奇色彩的包容，给史传的虚构想象开了方便之门。

史传叙事中出现虚构想象，有其原因。甲骨卜辞和青铜铭文是史传叙事的源头，甲骨卜辞是商周记录占卜之文，有何时、何地、何人、何事的基本叙事因素，但仅是作为卜文因素存在，记录者并不具备叙事意识。与之相比，西周铭文可谓具备真正意义上的叙事性。铭文作为歌功颂德之作，"铭者自名""称美而不称恶"①的指导思想决定了其中不乏溢美之词，容易出现虚构成分；孔子修《春秋》也会为了尊王攘夷、惧乱臣贼子而出现"伪事实叙述"②。青铜铭文、《春秋》等史家记事由于时代政治、作者立场等原因，均存在着程度不一的虚构想象。钱锺书《谈艺录》指出："史必征实，诗可凿空。古代史与诗混，良因先民史识犹浅，不知存疑传信，显真别幻。号曰实录，事多虚构；想当然耳，莫须有也。述古而强以就今，传人而借以寓己。史云乎哉，直诗而已。故孔子曰：'文胜质则史'；孟子曰：'尽信则不如无书，于武成取二三策。'……由是观之，古人有诗心而缺史德。与其曰：'古诗即史'，毋宁曰：'古史即诗。'此《春秋》所以作于《诗》亡之后也。"③古代中国，诗本纪事，有"史"之功能，传统的"诗即史"观念到了宋代发展成了"诗史"说，至清代则推出了"诗史互证"的注诗法。

《尚书》作为"五经"之一，由它所确立的唐、虞、夏、商、周诸古朝代的谱系及所述内容历来被视为信史。近代以来，以顾颉刚为代表的"古史辨"学派对《尚书》的造伪成分进行了剖析，发现了《尚书》与神话之间的密切联系。郭沫若认为"凡《商书》以前的《尧典》、《皋陶谟》、《禹贡》都是孔门做的历史小说"④。《尧典》中的尧、舜事迹很多来自《山海经》，尧、舜、禹、羲和、鲧、契、皋陶、夔等皆是神话人物。《皋陶谟》中有一段祭祀歌舞的描写："夔曰：'戛击鸣球、搏拊、琴瑟，以咏。'祖考来格，虞宾在位，群后德让。下管鼗鼓，合止柷敔。笙镛以间，鸟兽跄跄；箫韶九成，凤皇来仪。夔曰：'於！予击石拊石，百兽率舞。'"⑤此处的神话因素虽经理性的梳理转成了事实的陈述，但其中人兽共舞、琴瑟和鸣、群起唱和等原始状态和奇幻想象仍可窥见。作品不可能不带有作者的印记，作者对不想说的可以隐而不发，对想说的也可以大肆张扬，二者从两个相反的方向都可以走向虚构想象。换言之，即钱锺书

① 李学勤主编：《十三经注疏·礼记正义》，北京：北京大学出版社 1999 年版，第 1362 页。
② 傅修延：《先秦叙事研究：关于中国叙事传统的形成》，北京：东方出版社 1999 年版，第 187-188 页。
③ 钱锺书：《谈艺录》（补订本），北京：中华书局 1984 年版，第 38-39 页。
④ 郭沫若：《郭沫若全集·历史编》（第一卷），北京：人民出版社 1982 年版，第 197 页。
⑤ 王世舜、王翠叶译注：《尚书》，北京：中华书局 2012 年版，第 50 页。

所说的"史蕴诗心"①。

历史小说作者既然"以史为贵",史传叙事的想象自然也得到他们的认可,再加上小说区别于史传在于其可以不拘泥于史实,想象容易受到小说作者的青睐。作者对想象的认可大致体现在以下几个方面。

其一,就小说与史书的区别阐明想象对小说的重要性。熊大木认为小说"若使的以事迹显然不泯者得录,则是书竟难以成野史之余意矣……质是而论之,则史书小说有不同者,无足怪矣"②。史书与小说的不同,在于事迹不泯与否,若事迹已泯,则需要想象才能写进小说中。谢肇淛则认为虚构想象正是史传之外小说戏文存在的理由:"凡为小说及杂剧戏文,须是虚实相半,方为游戏三昧之笔。亦要情景造极而止,不必问其有无也。古今小说家,如……,必事事考之正史,年月不合,姓字不同,不敢作也。如此,则看史传足矣,何名为戏?"③袁于令进一步区分了正史和小说的区别在于前者"贵真"后者"贵幻"。"贵幻"自然离不开想象虚构:"传奇者贵幻:忽焉怒发,忽焉嘻笑,英雄本色,如阳羡书生,恍惚不可方物。"④袁于令在旧本的基础上改编《隋史遗文》,"不靠抄录史书来充实篇幅,不用'考证'、'史论'来装潢门面,也不以治乱兴衰的政治关怀为旨归,而专注于'英雄本色'的拟想描摹……笔墨集中在瓦岗寨英雄身上……感慨于英雄们的风云际会,聚散恩仇"⑤。

其二,对史传场面描写及代言体的推崇。《左传》区别于《春秋》的一大特点即是场面描写,《史记》的场面描写更是与人物性格联系在一起,描绘出栩栩如生的画面,其中难免有想象成分。周亮工认为《史记·项羽本纪》中垓下之围场景的描写,便不乏作者的想象虚构:"余独谓垓下是何等时,虞姬死而子弟散,匹马逃亡,身迷大泽,亦何暇更作歌诗!即有作,亦谁闻之而谁记之欤?吾谓此数语者,无论事之有无,应是太史公'笔补造化',代为传神。"⑥历史小

① 钱锺书:《谈艺录》(补订本),北京:中华书局1984年版,第363页。

② 熊大木编:《大宋中兴通俗演义》,载《古本小说集成》编委会编:《古本小说集成》(第四辑),上海:上海古籍出版社2017年版,第3-5页。

③ 谢肇淛:《五杂俎》,载黄霖、韩同文选注:《中国历代小说论著选(修订本)》(上),南昌:江西人民出版社2000年版,第167-168页。

④《隋史遗文序》,载袁于令评改:《隋史遗文》,宋祥瑞点校,北京:北京大学出版社1988年版。

⑤ 楼含松:《从"讲史"到"演义"——中国古代通俗小说的历史叙事》,北京:商务印书馆2008年版,第331页。

⑥ 转引自钱锺书:《管锥编》(第一册),北京:中华书局1979年版,第278页。

说的主体从史传而来，小说作者对史家的场面描写多有推崇。陈继儒《唐书演义序》云："太宗用兵，即当时李、魏诸臣不过；论治，即当时房、杜诸臣不过；赋诗染翰，即古之帝王未有，布衣操觚之士不能。往固尝啧啧叹之。《新、旧书》备尔矣。"[1]新旧《唐书》对太宗之事的描摹让小说家兴奋不已。天都外臣《水浒传叙》云："良史善绘，浓淡远近，点染尽工；又如百尺之锦，玄黄经纬，一丝不纰……视之《三国演义》，雅俗相牵，有妨正史，固大不侔……雅士之赏此书者，甚以为太史公演义。"[2]不仅指出史传善于"点染"描摹，而且指出《三国演义》在雅士看来为太史公手笔。史传叙事的想象除了场面描写外，还常见于其代言体中，史传记言，并非如实记录人物言语，往往是史家通过揣测代人物说话，为人物代言自然需要想象。按照科林伍德的说法，历史学家在面对头绪繁杂的历史材料时，需要借助"建构的想象力"来完成历史故事的叙述[3]。一个完整的故事，最起码的要求是因果逻辑清晰，史传叙事迫于资料的局限，通过想象为人物代言无疑是建构清晰逻辑的有效途径。此外，史传主要为人物立传，古人又不擅长直接的心理描写，人物心理一般通过外在的语言、动作表达出来，史传通过想象来为人物代言似乎也是顺理成章的事情。历史小说中随处可见的人物语言，说明历史小说作者对史传的代言体已形成一种下意识，觉得在人物需要说话的时候，按照情势代人物说话是再自然不过了，但只要是代人物说话，就离不开想象。对史传的想象和小说想象的相通之处，钱锺书曾有扼要的表述："史家追叙真人实事，每须遥体人情，悬想事势，设身局中，潜心腔内，忖之度之，以揣以摩，庶几入情合理。盖与小说、院本之臆造人物、虚构境地，不尽同而可相通；记言特其一端……《左传》记言而实乃拟言、代言，谓是后世小说、院本中对话、宾白之椎轮草创，未遽过也。"[4]

　　其三，通过想象，补全历史。"按鉴"演义固然体现了历史小说作者对实录精神的尊重，但"按鉴"的目的是演义，既然是演义，就离不开作者的虚构想象。通过想象，作者可以补全历史。"补全"主要体现在两个方面：①补全某部

① 丁锡根编：《中国历代小说序跋集》（中），北京：人民文学出版社1996年版，第961页。
② 丁锡根编：《中国历代小说序跋集》（下），北京：人民文学出版社1996年版，第1463页。
③ 王先霈、王又平主编：《文学批评术语词典》，上海：上海文艺出版社1999年版，第646页。
④ 钱锺书：《管锥编》（第一册），北京：中华书局1979年版，第166页。

小说所叙述之内容。或因"历代之事，愈久愈失其传"[①]，后人叙前代事（修前代史），难免有遗漏及不明之处。小说作者演义时对此需要借助想象加以"补全"，或是补史未尽处需要想象。甄伟在《西汉通俗演义序》中表示"予为通俗演义者，非敢传远示后，补史所未尽也"，如何"补史所未尽"？"因略以致详，考史以广义……诏表辞赋，模仿汉作，诗文论断，随题取义。"[②]无论是"模仿汉作"还是"随题取义"，都需要想象，或是补史晦暗处需要想象。陈继儒在《叙列国传》中指出："《左》、《国》之旧，文彩陆离，中间故实，若存若灭，若晦若明。有学士大夫不及详者，而稗官野史述之；有铜螭木简不及断者，而渔歌牧唱能案之。"[③]由于史传中有记叙不明白之处，需要稗官野史之"述"和渔歌牧唱之"案"来补充明白，稗官野史之"述"，渔歌牧唱之"案"都只能是想象的结果，或是整合已有故事以成新故事时需要想象。钟惺《混唐后传序》云："合之《遗文》、《艳史》，而始广其事……其间阙略者补之，零星者删之，更采当时奇趣雅韵之事点染之，汇成一集，颇改旧观。"[④]所谓"阙略者补之"，所谓"点染"，都需要想象。②补全历朝历代之演义。古代历史小说的一大特色在于，凡是有历史记载之内容，即有历史演义，凡是有历史传说之内容，也有历史故事。清代吕抚撰《纲鉴通俗演义》，叙述历朝概况，自盘古开天辟地起，到明代止，后传本改称为《二十四史通俗演义》。如果说历史记载之内容，可以在"按鉴"的基础上通过想象加以演绎，这种想象有具体的历史人事的限制，还不至于天马行空。但在传说的基础上来演绎所谓的历史故事，由于历史故事本身晦暗不明，想象只要符合一定的逻辑，基本上可以天马行空。以历史为主还是以传说为主，并不在于故事所处的历史时间段，而在于故事来源。即使是周游的《开辟演义》和托名钟惺的《盘古至唐虞传》《有夏志传》《有商志传》，虽然写史前故事，难免按照钟惺所说的"事无足征，理有固然"[⑤]来想象，但毕竟《通鉴外纪》《通鉴前编》等通鉴类续书可以作为演义的蓝本[⑥]，想

---

① 庸愚子：《三国志通俗演义序》，载丁锡根编：《中国历代小说序跋集》（中），北京：人民文学出版社 1996 年版，第 887 页。

② 丁锡根编：《中国历代小说序跋集》（中），北京：人民文学出版社 1996 年版，第 878 页。

③ 丁锡根编：《中国历代小说序跋集》（中），北京：人民文学出版社 1996 年版，第 863 页。

④ 丁锡根编：《中国历代小说序跋集》（中），北京：人民文学出版社 1996 年版，第 965-966 页。

⑤ 钟惺：《盘古至唐虞传·序》，载钟惺编：《盘古至唐虞传 有夏志传 有商志传》，北京：群众出版社 1997 年版。

⑥ 纪德君：《"按鉴"与历史演义小说文体之生成》，《文学遗产》2003 年第 5 期，第 110-122 页。

象还有迹可循。而像《封神演义》之类的小说，则是在传说的基础上加以演绎，想象天马行空，《封神演义》虽然叙述的是商周交替时期的故事，人物的神通广大已让小说脱离历史系列而走向神魔系列。甚至是发生在宋代的《杨家将演义》故事，也因为其中的人物具有上天入地的超凡能力让小说带有明显的神魔色彩。

综观明代历史小说之实录和想象，当以实录为主，想象为辅。对实录的推崇是古人的基本诉求。夏志清指出：“在中国的明清时代……作者与读者对小说里的事实都比对小说本身更感兴趣。最简略的故事，只要里面的事实吸引人，读者也愿接受。”即使是“杜撰出来的内容”，也“常引起读者（以及本身为文人的高明读者）去猜测书中角色影射的真实人物，或导致它们作者采用小说体裁的特殊遭遇”①。就明代历史小说而言，除了别有怀抱的《三国志后传》外，所有小说的整体框架都是尊重历史事实的（包括写史前故事的《开辟演义》等），虚构想象在故事中起到穿针引线、照隅烘托的作用，让故事显得更有逻辑性。在实录的基础上重视想象，是作者对小说艺术的敏感。谢肇淛所说的“事太实则近腐，可以悦里巷小儿，而不足为士君子道也”②指出了一味追求实录的弊端，也指出了想象存在于历史小说中的理由。

四、惩恶劝善的用心

对真实作者而言，无论是以史为尊的实录，还是由史而来的想象，其目的都是一致的，即惩恶劝善。儒家规范伦理的影响，让不同的历史小说都秉承惩恶劝善的宗旨。史家叙事，讲求实录，但实录并非简单的如实记录，对记录者的史德、史识也有很高的要求。《史通·惑经》云：史官执简，宜“明镜之照物也，妍媸必露”，“苟爱而知其丑，憎而知其善，善恶必书，斯为实录”③。善恶必书，固是史德，能辨善恶，又是史识。实录不是简单的如实记录，而是心如明镜，不因个人的喜爱而误判善恶，在此基础上善恶必书，才是真正的实录。实录表面上看起来是真实记录，但背后隐藏着记录者的身影。实录背后

---

① 夏志清：《中国古典小说导论》，载刘世德编：《中国古代小说研究》，上海：上海古籍出版社1983年版，第13-14页。

② 谢肇淛：《五杂俎》，载黄霖、韩同文选注：《中国历代小说论著选（修订本）》（上），南昌：江西人民出版社2000年版，第167页。

③ 刘知幾：《史通》卷十四《惑经第四》，浦起龙通释，上海：上海古籍出版社2008年版，第289页。

有惩恶劝善之用心，想象也是如此。《左传》通过想象让"史蕴诗心"，其用意在阐发《春秋》"采善贬恶"①之微言大义；司马迁借助想象让《史记》成为"无韵之离骚"，其用意在"稽其成败兴坏之理"②。小说家追慕史家，实录和想象的背后同样有惩恶劝善之期待。列国志系列小说以"信实"为宗，罗列"国家之废兴存亡，行事之是非成毁，人品之好丑贞淫"，以期"引为法诫"③；《梼杌闲评》将人事纳入因果报应框架之中，多有虚构，也标榜"按捺奸邪尊有道，赞扬忠孝削谗人"④。

历史小说作者挥之不去的伦理说教意图，与史家的春秋笔法有关。春秋笔法大致包含两个方面：曲笔和削笔。先看曲笔。《左传·成公十四年》中的"微而显，志而晦，婉而成章，尽而不污，惩恶而劝善"⑤（通常所说的"春秋五例"）被认为是春秋笔法的要义所在。"微而显，志而晦，婉而成章，尽而不污"一般被理解为"怎么写"的问题，对"惩恶而劝善"的理解则有不同的侧重点：杜预《春秋经传集解》将"惩恶劝善"解释为"求名而亡，欲盖而章"⑥，"惩恶而劝善"与"微而显，志而晦，婉而成章，尽而不污"一样，也关系到"怎么写"的问题，其特点是欲盖弥彰；《左传·昭公三十一年》谈到"欲盖而名章"时，指出其用意在"惩不义也"⑦，由此，"惩恶而劝善"又可被归结到"为什么写"的问题上。再看削笔。将某些内容"削"去，包括"常事不书"和"隐而不书"，"'常事不书'是一般史官的载录原则。而一旦被载录，就不能不引起人们'此何以书'的疑问……'常事不书'并不仅是一个选择素材的问题，而是让什么呈示出来接受判断的问题"。"隐而不书"当然有避讳的用意，所谓"为尊者讳，为亲者讳，为贤者讳"，但"隐而不书"更多的是"史官为了表达对事实的褒贬态度，而故意隐而不书的"。无论是避讳背后所显示出来的尊

---

① 傅修延：《先秦叙事研究：关于中国叙事传统的形成》，北京：东方出版社1999年版，第182页。

② 司马迁：《报任安书》，载班固：《汉书》卷六十二，颜师古注，北京：中华书局1964年版，第2735页。

③ 可观道人：《新列国志叙》，载丁锡根编：《中国历代小说序跋集》（中），北京：人民文学出版社1996年版，第865-866页。

④ 刘文忠校点：《梼杌闲评》，北京：人民文学出版社1983年版，第1页。

⑤ 杨伯峻：《春秋左传注》，北京：中华书局1990年版，第870页。

⑥ 转引自过常宝：《"春秋笔法"与古代史官的话语权力》，《北京师范大学学报》（社会科学版）2003年第4期，第21-28页。过文谓此语引自《春秋经传集解序》，宣统二年（1910年）学部图书局刻本。查上海图书馆藏宋刻本，并无此"序"。

⑦ 杨伯峻：《春秋左传注》，北京：中华书局1990年版，第1512页。

崇，还是通过缺失不载来"表达自己的不认可"，都说明"隐而不书并不是一味遮掩，也是一种臧否方式"①。无论是"常事不书"而书之引发的思考还是"隐而不书"所包含的褒贬，削笔和曲笔都有"惩恶劝善"的用心。

史家的"惩恶劝善"思想，对小说家影响深远。无论是实录还是虚构，历史小说作者都有一种"善恶书于史册，毁誉流于千载"的伦理追求。

"按鉴"演义可以保证历史小说延续"通鉴"类史书的实录精神，同时也发挥"通鉴"类史书的教化功能。明代的皇帝和士大夫之所以推崇朱熹的《资治通鉴纲目》，不仅是因为朱熹在儒家的地位崇高，还因为《资治通鉴纲目》纲节目的编排，让史书"鉴君臣之善恶，载政事之得失"②的功能更加条理分明。陈继儒将其和《春秋》并举："孔子作《春秋》，朱紫阳纂《纲目》，系王于天，系命于初，明示天下以共主……读其词，绎其旨，令人忠义勃勃。"③"按鉴"演义之历史小说，同样重视《资治通鉴纲目》之"义"。《大宋中兴通俗演义》作者在"序"中说，该书"以王本传行状之实迹，按《通鉴》《纲目》而取义"④；在"凡例"中说，书中"宋之朝廷纲纪政事系由实史书载"，"大节题目俱依《通鉴》《纲目》"⑤，秉持史传的实录精神，其目的是让"愚夫愚妇"也知道武穆王的"精忠"。

考虑到用"演义"来进行教化，如果一味照抄史书，就成为"呆板不灵抄缀之俗书"⑥，兴味索然，于教化不利。历史小说的作者由此意识到小说不能"字字句句与史尽合"，而要"因略以致详，考史以广义"，做到"言虽俗而不失其正，义虽浅而不乖于理"⑦。出于这样的考虑，历史小说在三种情况下拓展了史

---

① 过常宝：《"春秋笔法"与古代史官的话语权力》，《北京师范大学学报》（社会科学版）2003 年第 4 期，第 21-28 页。

② 庸愚子：《三国志通俗演义序》，载丁锡根编：《中国历代小说序跋集》（中），北京：人民文学出版社 1996 年版，第 886 页。

③ 陈继儒：《叙列国传》，载丁锡根编：《中国历代小说序跋集》（中），北京：人民文学出版社 1996 年版，第 863 页。

④ 熊大木编：《大宋中兴通俗演义》，载《古本小说集成》编委会编：《古本小说集成》（第四辑），上海：上海古籍出版社 2017 年版，第 2 页。

⑤ 熊大木编：《大宋中兴通俗演义》，载《古本小说集成》编委会编：《古本小说集成》（第四辑），上海：上海古籍出版社 2017 年版，第 1 页。

⑥ 孙楷第：《中国通俗小说提要》（三），载艺文志编委会：《艺文志》（第三辑），太原：山西人民出版社 1985 年版，第 199 页。

⑦ 甄伟：《西汉通俗演义序》，载丁锡根编：《中国历代小说序跋集》（中），北京：人民文学出版社 1996 年版，第 878-879 页。

书。第一种情况，为了突出历史人物某一方面的特点，有意择取表现该特点的人物行为，遮蔽不能表现该特点的行为。齐东野人编《隋炀帝艳史》，只选录炀帝"穷极荒淫奢侈之事"，以"寓讥讽规谏之意"①，以致被认为是"不可为经"之"污蔑"②。这种选择性的遮蔽造成了历史小说善恶昭彰的伦理色彩，可以说是按照伦理教化模式来塑造人物。历史小说因此往往呈现出忠奸、善恶的对立冲突。过分追求善恶昭彰的伦理说教，在让历史人物性格鲜明的同时也失掉了人物性格的丰富性，遭到后人的诟病："小说之描写人物……最忌……预言某某若何之善，某某若何之劣……古来无真正完全之人格，小说虽属理想，亦自有分际，若过求完善，便属拙笔。"③第二种情况，由于历史事实杂乱散漫，其中不乏"失其正""乖于理"者，历史小说就不能以是否符合史实为唯一标准，而需要在实录的基础上，加以合理的想象，使真假让位于人心教化。小说作者在创作的过程中逐渐领悟到"苟有补于人心世道者，即微讹何妨。有坏于人心世道者，虽真亦置"④，历史小说的虚构由此获得了冠冕堂皇的理由。金丰《说岳全传序》云："从来创说者，不宜尽出于虚，而亦不必尽出于实。苟事事皆虚，则过于诞妄，而无以服考古之心；事事皆实，则失于平庸，而无以动一时之听。"⑤第三种情况，作者对历史有某种伦理期待，又意识到历史事实与自己的期待不吻合，于是强行修改历史，以满足自己的伦理诉求。这和第二种情况（总体遵循历史事实的同时部分改写历史人物）不同，它在具体事件或人物的描写上有可能符合史实，但总的历史情境却与史实不符。西阳野史《三国志后传》出于对《三国演义》结局的不满，便硬将单于冒顿的后人刘渊写成蜀汉刘禅的后人，其可能的依据是刘渊曾号称"汉王"（史称"前赵"）。"五胡乱华"之首的前赵掳走晋怀帝，却被西阳野史当作蜀汉对司马氏的复仇。作者明言："见刘渊父子因人心思汉，乃崛起西北，叙檄历汉之诏，遣使迎孝怀帝，而兵民景从云集，遂复称炎汉，建都

---

①《隋炀帝艳史凡例》，载丁锡根编：《中国历代小说序跋集》（中），北京：人民文学出版社 1996 年版，第 953 页。

② 野史主人：《隋炀帝艳史序》，载丁锡根编：《中国历代小说序跋集》（中），北京：人民文学出版社 1996 年版，第 951 页。

③ 蛮：《小说小话》，载黄霖、韩同文选注：《中国历代小说论著选（修订本）》（下），南昌：江西人民出版社 2000 年版，第 265-266 页。

④ 吟啸主人：《近报丛谭平虏传序》，载丁锡根编：《中国历代小说序跋集》（中），北京：人民文学出版社 1996 年版，第 1031 页。

⑤ 丁锡根编：《中国历代小说序跋集》（中），北京：人民文学出版社 1996 年版，第 987 页。

立国，重兴继绝，虽建国不永，亦快人心。"在作者看来，"欲显耀前忠，非借刘汉则不能以显扬后世，以泄万世苍生之大愤"。由此看来，作者也知道历史不容假设，但出于"泄愤"的动机，还是虚构了历史情境。作者提醒读者，该书"宜作小说而览，毋执正史而观"①。为延续史传的伦理说教，去改变史传尊重史实的基本要求，将实录纳入虚构之中，也算是历史小说的一个悖论。

　　无论是实录，还是将实录纳入虚构之中，书写大致相同的历史人物和事件，都同样秉承史传的说教宗旨。《三国志后传》所写的历史人事大致相当于《东西晋演义》从"西晋卷之三"到"东晋卷之二"的前半部分，二者都强调所谓的"正统"名分。《三国志后传》指责陈寿《三国志》"正统未明，权衡未确，其间进退与夺，不无谬戾"②，为了能将蜀汉列为正统，不惜虚构历史，将历史上仅存在 26 年的前赵作为叙述的重心，且不顾其为匈奴后裔的事实，将其作为蜀汉的东山再起；历史上存在 51 年的西晋和 103 年的东晋只能作为前赵的陪衬。严格遵守实录原则、"几乎无一字无来历"③的《东西晋演义》，则以朝代的兴衰更替为"正统"观（所谓"一代肇兴，必有一代之史"④），书前有"西晋纪元传""东晋纪元传""两晋后妃纪"，在"两晋后妃纪"后面才附上"五胡僭伪十六国王纪元"，以东西晋为"正统"的用意一目了然。作者也明言该书目的在于"严华裔之防，尊君臣之分，标统系之正闰，声猾夏之罪愆"⑤。

　　即使作者借助想象以补全历史，也同样秉承"惩恶劝善"的宗旨。托名钟惺编辑的《盘古至唐虞传》《有夏志传》《有商志传》三部小说，是一个连续的整体，作者写作时也是有整体规划的（《有夏志传》最后的"不知后事如何，且看下《商传》再说"⑥便是明证）。从《盘古至唐虞传》开头的"历代统系图"和"历代帝王歌"以及《盘古至唐虞传》最后余季岳（刊刻者）的"识语"来看，小说治用当世的意图昭然若揭。余季岳"识语"云："自盘古以迄我朝，悉遵鉴

　　①《三国志后传·引》，载西阳野史编次：《三国志后传》，孔祥义校点，上海：上海古籍出版社 2007 年版。

　　②《新刻续编三国志序》，载西阳野史编次：《三国志后传》，孔祥义校点，上海：上海古籍出版社 2007 年版。

　　③ 郑振铎：《插图本中国文学史》，上海：世纪出版集团、上海人民出版社 2005 年版，第 1065 页。

　　④ 雉衡山人：《东西两晋演义序》，载丁锡根编著：《中国历代小说序跋集》（中），人民文学出版社 1996 年版，第 939 页。

　　⑤ 雉衡山人：《东西晋演义序》，载丁锡根编著：《中国历代小说序跋集》（中），人民文学出版社 1996 年版，第 940 页。

　　⑥ 钟惺编：《盘古至唐虞传 有夏志传 有商志传》，北京：群众出版社 1997 年版，第 336 页。

史通纪为之演义，一代编为一传，以通俗谕人，总名之曰帝王御世志传……无补世道人心者也。"① "历代统系图"最后是"大明一统万万岁"，"历代帝王歌"最后是"大明皇帝万万岁"，既有为当朝唱赞歌的需要，也暗含钟惺在"序"中所说的"人民好恶，以今而见古"、借古"以通时目"的意思。所有这些，都落实到《有商志传》"序言"中的一句话："忠奸邪正，自始至终，皆归心德矣"②，将历代的兴亡成败归为"心德"，突出了善恶对统治者的重要性。

从"善恶书于史册，毁誉流于千载"的角度来看，历史小说与史传叙事相比，虽以铺排为特点，但作者本人未尝没有史传式"微言大义"的用意。冯梦龙将《列国志》改为《新列国志》，蔡元放在此基础上又改为《东周列国志》。可观道人认为《新列国志》可以和"'二十一史'并列邺架"③。蔡元放更坦言《东周列国志》虽为演史，实为辨理明道，有"翼经"之用心。他在"自序"中说："已然者事，而所以然者理也。理不可见，依事而章，而事莫备于史。天道之感召，人事之报施，知愚忠佞贤奸之辩，皆于是乎取之，则史者可以翼经以为用，亦可谓兼经以立体者也。"④历史小说中的人事风云，作者一般都有所寄托。除了一般的道德说教之外，有时候作者的用心在小说中并不明显，却在"自序"中挑明，由此可知作者的"微言大义"。《隋史遗文》以"隋史"为名，实演秦叔宝等瓦岗寨诸豪杰事，作者演史的用意不在于史，而在于"不关朝宇"之"烈士雄心"，在于"笃于朋友"之"壮夫意气"；书中"什之七皆史所未备"，但作者的本意却不在传奇，而在"补史之遗"⑤。用意不在史又期望用虚构之文来"补史之遗"，史传的影响让小说作者的内心纠结不已。

为了更好地实现"善恶书于史册，毁誉流于千载"的"演义"宗旨，历史小说作者还从史传的论赞中汲取营养，经常在小说叙述的过程中跳出故事，打断叙事进程，发表自己的看法。大致有三种方式。第一种方式是模仿史传篇末论赞模式，即在小说结尾或每一回末，作者通过各种"替身"对正文的内容发表意见

① 钟惺编：《盘古至唐虞传 有夏志传 有商志传》，北京：群众出版社1997年版，第61页。

② 钟惺编：《盘古至唐虞传 有夏志传 有商志传》，北京：群众出版社1997年版，第341页。

③ 可观道人：《新列国志叙》，载丁锡根编：《中国历代小说序跋集》（中），北京：人民文学出版社1996年版，第866页。

④ 蔡元放：《东周列国志序》，载丁锡根编：《中国历代小说序跋集》（中），北京：人民文学出版社1996年版，第868页。

⑤《隋史遗文序》，载袁于令评改：《隋史遗文》，宋祥瑞校点，北京：北京大学出版社1988年版。

（往往带有道德上的评论），史传的"论赞"一般变为"诗赞"。"替身"之一是作者本人直接现身，对前面的内容加以总结。《盘古至唐虞传》正文前有"景陵钟惺伯敬父编辑""古吴冯梦龙犹龙父鉴定"字样，卷末有书林余季岳识语。正文中不时出现钟惺、冯梦龙、余季岳三人的诗词，对前面所叙述的内容加以总结或评论（上卷共三节，分别以冯梦龙、钟惺、余季岳的总结性诗歌结尾），说明小说作者在写小说过程中直接介入小说。作者本人直接对自己所写的小说发表总结性意见，即使在历史小说受话本影响的情况下，这种情况也不多见。"替身"之二是援引作者之外的后人的评论，这种情况比较常见。有时出现"后人"的名字，如《残唐五代史演义》第三十五回末，"丽泉诗云……谁知天地无私曲，不久依然换主来"①。有时直接用"后人"标示而没有名字，如《三国志后传》第七回末，"后人有诗叹曰：……穷奢武帝违忠谏，酿得成风祸乱兴"②。"替身"之三是没有"作者本人"或"后人"出现，在故事之后直接出现"有诗为证""正是""有分教"等字样，表明真实作者已经跳出故事之外，用"诗赞"的形式对上文内容进行评论③。《后七国乐田演义》每回末，一般用"有分教"引出两句对偶。有论者指出：作者在篇末通过各种"替身"进行总结评论，与史传论赞有直接关系。"篇尾诗引入程式的形成、变化发展与史传论赞一样，有自身的发展成熟过程"，"篇尾诗的内部结构与史传论赞的写法极其相同……其发展变化趋势是逐渐由'内容+主旨'式向'评议'式倾斜"，"篇尾诗的地位与史传论赞一样，即在'一事之末'或'一（群）人之末'作评价、总结之用"④。

　　第二种方式是在行文过程中，作者突然跳出故事，对前面叙述的内容发表评论，第一种方式中出现的三种"替身"情况，在第二种方式中都有可能出现，还有可能出现新的情况。新情况之一是作者出面加"按语"，《皇明英烈传》在叙述一段故事后，真实作者往往出面加"按语"，"按语"中往往是史书的内容，以显示小说的叙述有史实依据，如卷一讲元顺帝事之后，有"按《皇明通纪》"

① 钟惺、罗贯中：《混唐后传　残唐五代史演义》，北京：华夏出版社 2017 年版，第 229 页。
② 酉阳野史编次：《三国志后传》，孔祥义校点，上海：上海古籍出版社 2007 年版，第 50 页。
③ 这种形式更应该被认为是叙述者评论，但由于历史小说的作者和叙述者往往自然地融为一体，为行文集中，在此论述。
④ 梁冬丽：《史传论赞流变与通俗小说篇尾诗的生成》，《安康学院学报》2012 年第 2 期，第 71-77 页。

云云①。新情况之二是各种"替身"连用。《新列国志》第三十七回，作者在叙述故事的过程多次跳出故事，通过各种"替身"发表评论，先后有"史官叙赵姬有之贤德，有赞云"②"胡曾有诗云"③"有诗为证"④"史官有诗叹曰""诗云"⑤。由此可知，历史小说的作者就人物故事发表评论是何等频繁，这与史传传统在总体上控制叙事有相通之处。

第三种方式是在小说开头或每回开头，用诗词形式对整部小说或该回内容进行评说。《三国志后传》开篇一首七言长诗，虽然是放在第一回中，其实是总领整部小说的。长诗最后四句"予怀汉亡关张后，史册不传书不备。而今表出世人看，聊泄生平忠义气"⑥，交代了整部小说的用意所在。《英烈传》每回都以诗开头，第四十回还注明"录李颀诗"，第五十五回注明"魏徵《古风》"，第六十四回注明"录古杨炯诗"，第六十五回注明"录古杜审言诗"，第六十九回注明"右录古诗三律"，更是直接让诗的作者现身。《后七国乐田演义》每回开头都用"诗曰"或"词曰"引出诗词，如果是词，还注明"上调踏莎行""上调西江月"等，都显示出真实作者的存在。

自身的伦理语境以及史传的实录、虚构、春秋笔法等传统都对古代历史小说的作者产生潜移默化的影响。作者"按鉴"演义，主要是实录，但同时也要有虚构，这样才能更好地发挥小说的教化功能，达到"善恶书于史册，毁誉流于千载"的用心。为满足这种用心，在小说的写作过程中，通过隐含作者具体表达出"激发忠义，惩创叛逆"⑦的济世情怀。

---

① 《皇明英烈传》，载《古本小说集成》编委会编：《古本小说集成》（第二辑），上海：上海古籍出版社2017年版，第12页。

② 墨憨斋新编：《新列国志》，载《古本小说集成》编委会编：《古本小说集成》（第二辑），上海：上海古籍出版社2017年版，第820页。

③ 墨憨斋新编：《新列国志》，载《古本小说集成》编委会编：《古本小说集成》（第二辑），上海：上海古籍出版社2017年版，第828页。

④ 墨憨斋新编：《新列国志》，载《古本小说集成》编委会编：《古本小说集成》（第二辑），上海：上海古籍出版社2017年版，第834页。

⑤ 墨憨斋新编：《新列国志》，载《古本小说集成》编委会编：《古本小说集成》（第二辑），上海：上海古籍出版社2017年版，第837页。

⑥ 《三国志后传·引》，载酉阳野史编次：《三国志后传》，孔祥义校点，上海：上海古籍出版社2007年版。

⑦ 懒道人口授：《剿闯小说》，载《古本小说集成》编委会编：《古本小说集成》（第三辑），上海：上海古籍出版社2017年版，第11页。

第二节　济世情怀："激发忠义，惩创叛逆"

真实作者是生活中的真人，很好理解；叙述者是叙述行为的发起者，小说离不开叙述，有叙述就有叙述者，也不难理解。和真实作者与叙述者相比，难以理解的是隐含作者。

按照布斯《小说修辞学》中的说法，隐含作者是隐含在文本中的作者："一部伟大的作品确立起它的隐含作者的'忠实性'，不管创造了那个作者的真人在他的其他行为方式中，如何完全不符合他的作品中体现的价值。"[①]这样的作者是真实作者的"第二自我"，通常所说的某部作品的作者一般就是指隐含作者，这个作者是通过文本建构起来的，离开文本，这个作者的形象就不存在，这也是隐含作者和真实作者的区别所在。真实作者有没有文本，都是生活中的那个人，隐含作者则依托文本而存在，它所展示的只能是文本中隐含的作者形象，同一个真实作者，可以在诸多作品中表现出不同的隐含作者面貌。对隐含作者的理解，目前主要有修辞性理解和认知性理解两种。前者从作者的角度切入，如布斯所说的隐含作者是写作时真实作者的"代言人"；后者从读者角度切入，如安斯加·F. 纽宁（Ansgar F. Nünning）所说的"是读者在整个文本结构的基础上建构出来的"[②]。无论如何理解隐含作者，隐含作者的意义在叙事学研究中的重要性都不言而喻：它可以避免由真实作者带来的无法解决的相对主义，也可以合理地解释同一真实作者在不同作品中的"隐含"形象，以及多个真实作者共同完成一部叙事作品时隐含作者形象的统一或偏离。此外，更重要的是，隐含作者将叙事分析的重心引向文本，它暗示了叙事文本是由隐含作者创造的伦理客体，其伦理责任应该由隐含作者承担，而不能苛求于真实作者。

隐含作者和叙述者的关系很好理解，叙述者是隐含作者创造出来的，替隐含作者叙述故事。至于隐含作者和真实作者之间的关系，则言人人殊，迄无定论。

---

① [美]韦恩·布斯：《小说修辞学》，华明等译，北京：北京大学出版社 1987 年版，第 84 页。

② [德]安斯加·F. 纽宁：《重构"不可靠叙述"概念：认知方法与修辞方法的综合》，马海良译，载[美]Phelan, J., Rabinowitz, P. J. 主编：《当代叙事理论指南》，申丹、马海良、宁一中等译，北京：北京大学出版社 2007 年版，第 84 页。

从中国传统的小说理论来看，"隐含作者"甚至给人有点多此一举的感觉。中国小说理论讲究"知人论世"，讲究"文品如人品"，讲究小说作者的"教化"意图，如果完全切断真实作者与小说之间的联系，小说就失去了生活的源泉，读者与小说家之间也无法进行心灵交流。

虽然真实作者和隐含作者的关系一时难以理清，但对于具体的小说文本来说，隐含作者应该比真实作者更加重要。隐含作者是叙事文本真正的写作者，对作品的伦理定位产生直接影响，是真正的伦理主体，是作品价值呈现的决定性因素。就明代历史小说而言，作者本人大多没有很高的知识造诣，编撰目的也有以道德说教来谋利的成分在，而读者从中体会出来的隐含作者形象则具有不同层面的、多样的道德面貌，除了一般的歌功颂德，惩恶扬善，更有悲天悯人等伦理情怀。历史演义的隐含作者形象复杂，不可一概而论。明代历史小说的隐含作者基本与叙述者一致，叙述者从小说文本的叙述可以直接看出来，隐含作者则隐含在小说的叙述文字背后。与真实作者的慕史情结相一致，史传传统使得明代历史小说隐藏在故事背后的隐含作者总体上呈现出一种"激发忠义，惩创叛逆"的济世情怀。

一、激发忠义

首先要说明的是，隐含作者"激发忠义，惩创叛逆"的济世情怀是通过文本中的事件和人物表现出来的，它们隐含在人物和事件的背后，不是人物和事件本身。此处集中谈"激发忠义"。

何谓"忠义"？"忠义"乃儒家伦理的精神内核。"忠"字在《康熙字典》中的释义如下：《说文》："敬也。"《玉篇》："直也。"《增韵》："内尽其心，而不欺也。"《诗经·邶风·北风笺》："诗人事君无二志，勤身以事君，忠也。"《后汉·任延传》："忠臣不私。"《谥法》："危身奉上，险不辞难曰忠。"[1]这些释义都指出，"忠"一般指下对上的发自内心的忠诚，大致可分为两类：一是下级对上级的忠诚；二是臣下对君主和朝廷的忠诚，如孔子所言"臣事君以忠"[2]，即"忠君"。"忠君"是"忠诚"的专一化表达：儒家文

① 张玉书、陈廷敬等编撰，王宏源增订：《康熙字典（增订版）》，北京：社会科学文献出版社 2015 年版，第 453 页。

② 杨伯峻译注：《论语译注》，北京：中华书局 2009 年版，第 30 页。

化强调"忠君爱国"，"忠君"是儒家伦理的最高守则。

　　相对于"忠"，"义"则复杂得多。"义"字在《康熙字典》中的释义如下：《说卦传》："立人之道，曰仁与义。"《容斋随笔》："仗正道曰义，义师、义战是也。众所尊戴曰义，义帝是也。……至行过人曰义，义士、义侠、义姑、义夫、义妇之类是也。"① 这一释义指出"义"的"正道"性，但"义"有更丰富的含义。《礼记·表记》云："义者，天下之制也。"② "义"被认为是规范天下的尺度。《礼记·丧服四制》云："恩者仁也，理者义也，节者礼也，权者知也。"③ 这里的"义"，有"伦理秩序"之意。"义"因而包含两方面的含义："一是指一定社会中各种行为规范的要求，即社会对人们的义务和责任的规定和要求；二是指贯穿在这些行为规范中的最根本的指导思想和指导原则。"④ 儒家伦理观念中，"义"通常与"利"对立并举，孔子曰："见利思义"⑤ "君子喻于义，小人喻于利"⑥ "不义而富且贵，于我如浮云"⑦。

　　历史小说如何"激发忠义"？历史小说中，"忠"与"义"常常并举，二者相辅相成。《礼记·礼运》云："故国有患，君死社稷，谓之义。"⑧《论语·微子篇》记子路遇隐者后的感慨："不仕无义。长幼之节，不可废也；君臣之义，如之何其废之？欲洁其身，而乱大伦。君子之仕也，行其义也。"⑨ "义"本义言"正道"性，其标准之一即为"忠"，君臣之节为"大义"。儒家伦理中，"忠"为第一道德纲纪，"忠义"作为偏义复词，其重心在"忠"。明代历史小说中，小说的隐含作者借助历史中的人和事来激发"忠义"，或以明君贤臣来追怀盛世，或写属下对主人的忠心耿耿、朋友之间的忠肝义胆，或写忠义丧失带来的负面效应。

　　其一，通过明君贤臣来激发忠义，以示忠义于盛世之重要。历史小说明君贤

　　① 张玉书、陈廷敬等编撰，王宏源增订：《康熙字典（增订版）》，北京：社会科学文献出版社 2015 年版，第 1270 页。

　　② 李学勤主编：《十三经注疏·礼记正义》，北京：北京大学出版社 1999 年版，第 1471 页。

　　③ 李学勤主编：《十三经注疏·礼记正义》，北京：北京大学出版社 1999 年版，第 1673 页。

　　④ 罗国杰主编：《中国伦理思想史》（上），北京：中国人民大学出版社 2008 年版，第 127 页。

　　⑤ 杨伯峻译注：《论语译注》，北京：中华书局 2009 年版，第 147 页。

　　⑥ 杨伯峻译注：《论语译注》，北京：中华书局 2009 年版，第 38 页。

　　⑦ 杨伯峻译注：《论语译注》，北京：中华书局 2009 年版，第 69 页。

　　⑧ 李学勤主编：《十三经注疏·礼记正义》，北京：北京大学出版社 1999 年版，第 687 页。

　　⑨ 杨伯峻译注：《论语译注》，北京：中华书局 2009 年版，第 194 页。

臣之"忠义"大致可分三类：一是侧重渴望英明君主，二是侧重褒扬贤臣良将，三是侧重明君和贤臣良将的相得益彰。

通过渴望明君来激发"忠义"，往往是借助"忠义"来表达隐含作者渴望盛世的情怀，这体现了明代历史小说的一个特点，即很少直接写太平盛世中的帝王，而是写乱世中的明君如何借助"忠义"来走向太平盛世，《三国演义》可为代表。《三国演义》将刘备奉为乱世中的明君，将曹操化成时势中的奸雄，塑造出"拥刘反曹"的隐含作者倾向。就刘备这一明君而言，其"忠"表现为对大汉王朝的尊崇和对大汉子民的爱护（即"仁"），其"义"表现为对待贤臣良将时的儒家风范。具体说来，刘备一心以兴复汉室为己任，以大汉子民的幸福为自己的目标，蜀汉政权建立后，仍念念不忘大汉王朝。同时，刘备始终牢记与关羽、张飞结义时的诺言，在关张死后甚至丧失理智为其复仇，只为一个"义"字；且求贤若渴，对诸葛亮始终信任，临终托孤；始终以百姓为念，即使在逃命之际也不愿放弃普通民众。刘备对兄弟、对贤臣、对百姓的态度处处体现了一个明君的道德情怀。《三国演义》中的刘备与其说是一方君王，不如说是汉中人民的守护神，蜀汉政权也成为隐含作者想象中的乌托邦。作为君王，刘备的"忠义"在尊崇大汉之余，主要表现为"仁义"。"仁义"的结果是：他开创的蜀汉政权虽然谈不上真正的太平盛世，但丝毫不影响他的"明君"形象；他缺乏君主必要的冷静和果断，被复仇冲昏了头脑，为蜀汉政权带来灭顶之灾，也依然不影响他的"明君"形象。隐含作者推崇的是刘备恪守孟子所主张的君民关系："君之视臣如手足，则臣视君如腹心；君之视臣如犬马，则臣视君如国人；君之视臣如土芥，则臣视君如寇雠。"①这是刘备被推崇为明君的儒家思想根基。在这种伦理观念下，刘备即使因过失而死，隐含作者表达出来的也不是对他的责难，而是天妒明君、大厦将倾的悲愤。

通过褒扬贤臣良将来激发忠义，侧重"忠义"在贤臣良将身上的具体表现，以示"忠义"对盛世之重要。《于少保萃忠传》《杨家将演义》可为代表。《于少保萃忠传》主要塑造了于谦这样一个"忠义"形象。无论是就国家大事来看，还是就个人气节来看，于谦都不愧为"忠义"的化身。在国家大事上，他秉公执法、廉洁无私、为百姓消灾弭难；尤其是土木之变后，于谦不顾个人利益，力排

---

① 杨伯峻译注：《孟子译注》，北京：中华书局2010年版，第171页。

众议，反对南迁，且日理万机、宵衣旰食，在面对外敌入侵时身先士卒、保国安民。在个人气节上，他洁身自好，生活清苦，即使和同僚结怨，也坚持以民众利益为先。隐含作者对于谦的"忠义"充满敬仰，对于谦的含冤而死充满同情，对于谦的平反昭雪感到慰藉。隐含作者站在儒家"为尊者讳"的立场上把矛头指向乱臣贼子，认为奸佞为祸致使主上蒙尘，把于谦的不得善终归咎为奸佞构陷，对君王自身没有揭露和抨击，反而通过对于谦的平反来间接维护君王。于谦之死在隐含作者看来，并非忠义的穷途，而是对忠义的成全，朝廷的平反谥封最终成为于谦忠义的见证。隐含作者表达的忠义是儒家"君为臣纲"观念下的忠义，通过于谦的忠义来反省激发，表明心志，激励有识之士，希望以臣之忠义来感获君之仁义，某种程度上表现出对封建仕途的想象和向往。和《于少保萃忠传》不同的是，《杨家将演义》没有以朝廷褒奖作为忠义胜利的标志，而是以贤臣良将自身的道德感作为"忠义"的保证。杨业之死是整部小说的转折点，转折之前杨家将以统治者利益为先，是对君王之忠；转折之后则以国家民族为重，可谓大忠大义。小说的重点在后半部分。杨业死后，因外敌入侵，杨六郎重整旗鼓，一路招兵买马，对抗辽邦，其子杨宗保、身在敌营的杨延朗、已出家的杨延德以及杨家女眷在此过程中都献智献勇，但最终仍受到奸佞所害。小说以杨怀玉认清"佞臣何代无之"[①]的现实后举家上太行作结。作者对杨业等人之死多有惋惜，对幸存之人的避难重生有宽慰之意，同时表现出对杨延德虽远离尘世亦不忘护国责任的赞叹，对杨六郎勇于担当的钦佩，对杨怀玉急流勇退的理解。隐含作者的用意非常明确：杨家将是忠义的化身。

借助明君和贤臣良将的相得益彰来激发忠义，由于明君乃天命所归，小说往往以贤臣良将为主，写君臣之间因忠义而互相成全，隐含作者由此表达出对君臣共同开辟盛世的礼赞。《英烈传》《隋史遗文》可为代表。《英烈传》叙述了朱元璋带领各路良将义士披荆斩棘，从众多起义队伍中脱颖而出，最终推翻元朝，开创大明王朝的历史故事。小说主要人物可分为两类：朱元璋天命所归，自成一类；另一类则是从大小数百起战事中涌现出的一系列能人异士、贤臣良将。明代历史小说受小说观念、叙事模式的影响，人物描写不甚丰满，主要人物的笔墨多于次要人物，但未必因此而鲜活可感，关键在于隐含作者的态度。就《英烈传》

---

① 佚名：《杨家将演义 说呼全传》，北京：中华书局 2013 年版，第 210 页。

而言，隐含作者主要褒扬的对象是明朝的开国功臣，小说呈现的虽然是人物群像，但群像所展现出来的鞠躬尽瘁、智勇忠义的总体形象十分鲜明，比受天命的君主形象更加精彩，就此而言，《英烈传》的主要人物在臣不在君。王朝草创阶段，君主和贤臣良将之间更多的是出于"忠义"的合作，而不是出于"忠义"的遵守，合作更容易达成清明共识。在《英烈传》的隐含作者看来，正是众多追随者忠义两全，和君主朱元璋的有效合作才共同打造了大明基业，开创了太平盛世。和《英烈传》侧重群像不同的是，《隋史遗文》主要通过秦叔宝等个体形象的塑造，表达了良将得遇明主、明主依赖贤臣的重要性。秦叔宝初为隋将，先后在来护儿、张须陀、裴仁基手下任职，虽凭借勇力闻名，但并无多大作为，反而多次遭宇文氏陷害，后投奔瓦岗李密，开始君臣合作时期。到瓦岗之后，秦叔宝虽得到李密重用，但李密并非明主，终究无法实现明君贤臣的价值伦理；瓦岗之后，几经辗转，秦叔宝投奔李世民，良将遇明主，明主得贤臣，终于成就后来的大唐盛世。小说虽然主要写秦叔宝、尉迟恭等良将事迹，但也强调明主的重要性，否则像秦叔宝这样的英雄空有本领而无用武之地，也无法成就一番事业。隐含作者的意图很明显：只有明主和贤臣都讲求忠义，二者相得益彰才能缔造盛世。任何一方不讲忠义，都难成大事。

其二，通过忠义行为和人格品质来激发忠义，以示忠义于为人之重要。忠义不仅存在于明君贤臣之间，也存在于下属和主人之间，甚至朋友之间。就下属和主人而言，这个主人可以是君王，也可以不是君王。隐含作者往往通过下属的忠义行为，来显示忠义对做人的重要性。《三国志后传》中的张宾，作为蜀汉后人，本是"大汉"刘渊的谋士，后奉命辅佐石勒，当石勒渐成气候后，即对石勒忠心耿耿。张宾的人格品质谈不上高尚，但其行为并不卑劣，反而体现出对主人一贯的忠心。隐含作者对张宾的人格品质不置褒贬，但对其具体行为却多有赞扬，借叙述者之口称其"谦虚敬慎，关怀下士，屏绝私恶，以身率物"[①]。张宾总体上仍是一个忠义之人，不首鼠两端。石勒作为刘渊倚重的大将，在拥兵自重后，基本上仍恪守一个臣子的本分，靳准叛乱后，石勒认为自己身为汉臣，"当仗义戮力，以报大仇，讨灭国贼"[②]，在平定叛乱后，得知刘曜"改汉为赵"[③]，

---

① 酉阳野史编次：《三国志后传》，孔祥义校点，上海：上海古籍出版社 2007 年版，第 852 页。
② 酉阳野史编次：《三国志后传》，孔祥义校点，上海：上海古籍出版社 2007 年版，第 832 页。
③ 酉阳野史编次：《三国志后传》，孔祥义校点，上海：上海古籍出版社 2007 年版，第 835 页。

才在张宾等人的劝说下，决定"即皇帝位"①。他虽有异心，但一直克制到刘曜改汉之后才称帝，此前一直以汉臣自居，说明他总体上仍有对"大汉"的忠心。和他并不纯粹的忠心相比，他的"义"则是一以贯之的。不仅助刘曜灭靳准是"仗义"，他对张宾的敬重，已超出主帅对下属意见的采纳，几乎是以师礼待之："勒性极悍，惟宾言不敢拂……终宾之世，石勒无过误失败。"②这也可看作是石勒之"义"。张宾、石勒对"大汉"谈不上忠心耿耿，但没有背叛"大汉"，不失忠义之本；同时，张宾对石勒始终是"忠诚"的，石勒对张宾也始终是"义气"的，在他们身上，忠义主要不是表现在对"大汉"的忠心上，而是表现在做人的道理上。

如果说张宾和石勒主要是通过他们的行为来激发忠义的话，《大宋中兴通俗演义》中的岳飞和《三国演义》中的关羽则主要以其人格魅力来激发忠义。岳飞自小以"精忠报国"为人生追求，在"精忠报国"思想的指引下，他一生为收复山河而鞠躬尽瘁，即使在知道自己被冤下狱有可能遭遇生命危险时，仍以"精忠报国"为由，不准下属搭救自己，以死来成全自己的名声。今天看来，岳飞过于迂腐，但其迂腐是建立在其人格魅力之上的，他以自己的人格成就了"精忠报国"的光辉形象。小说开篇第一幅画像上的题词——"生既无怍死亦何愧，万古长存惟忠与义"③鲜明地表达出隐含作者对其人格魅力的推崇。岳飞死后，又借岳飞本人所说的"文臣不爱钱，武臣不惜死，天下太平矣"④进一步渲染其赤胆忠心，并借"吕东莱先生"之"评"，称其"忠孝出于天性"⑤，将其人格魅力归于天性。如果说隐含作者让岳飞主要靠"忠"来激发忠义，那么，隐含作者让关羽激发忠义则主要靠"义"。作为《三国演义》的"三绝"之"义绝"，关羽的"忠义"既是叙述者着力刻画的结果，也是隐含作者的叙事目标之一。为突出关羽之"义"，隐含作者虚构了不少关羽的故事，如秉烛夜读。胡应麟《少室山房笔丛》说："关壮缪明烛一端，则大可笑……因《传》有'羽守下邳，见执曹

① 酉阳野史编次：《三国志后传》，孔祥义校点，上海：上海古籍出版社2007年版，第852页。
② 酉阳野史编次：《三国志后传》，孔祥义校点，上海：上海古籍出版社2007年版，第852页。
③ 熊大木编：《大宋中兴通俗演义》，载《古本小说集成》编委会编：《古本小说集成》（第四辑），上海：上海古籍出版社2017年版，第1页。
④ 熊大木编：《大宋中兴通俗演义》，载《古本小说集成》编委会编：《古本小说集成》（第四辑），上海：上海古籍出版社2017年版，第704页。
⑤ 熊大木编：《大宋中兴通俗演义》，载《古本小说集成》编委会编：《古本小说集成》（第四辑），上海：上海古籍出版社2017年版，第705页。

氏'之文，撰为斯说……案《三国志·羽传》及裴松之注，及《通鉴》、《纲目》，并无其文，演义何所据哉？"①胡应麟从史家正统出发，对小说虚构颇多微词，但在《三国演义》的隐含作者看来，虚构能突出关羽之"义"。对关羽秉烛夜读，毛宗岗回前评云："观云长秉烛达旦一事，操欲乱其上下、内外之礼……关公……处处不忘兄长，何其恩义之笃耶？"②关羽以"义不负心，忠不顾死"③来拒绝曹操的诚意招降，隐含作者则以"彻胆长存义，终身思报恩"④来赞扬关羽的舍生取义。关羽之"义"，已成为他的人格标签，评点者也从关羽之"义"来解读关羽形象。第七十六回李贽总评："云长信义，不设机械……到底是个君子，不比小人，外厚其貌而衷薄甚也。"⑤

以忠义行为和人格品质来激发忠义也可以发生于朋友之间，朋友之间的忠义更能见出忠义对做人的重要性。朋友之间不需要上下级之间所需要的下级对上级的单方面的忠心，需要的是推心置腹的平等的赤诚相待，此时所谓的"忠"基本让位于"义"。《梼杌闲评》中颇具活力的一个人物是侯秋鸿，她原是客印月的侍女，对主人忠心，当客印月和魏忠贤沆瀣一气时，她劝客印月收手，遭到拒绝后自己退出。后来客印月遭诛，侯秋鸿冒死为其收尸，此时的侯秋鸿已成为客印月姐娌，与客印月已无主仆关系，但多年的主仆情分让侯秋鸿甘冒风险，"仗义赎尸"⑥，其行为固然有奴仆对故主的忠心，主要则是多年来形影相随的朋友之间的情义。侯秋鸿是小说中与魏党有牵连的幸存之人，或许也是隐含作者对其"义"予以褒扬的结果。与侯秋鸿和客印月多少还有点主仆关系不同，《前七国孙庞演义》中的孙膑和庞涓，是完全平级的同门师兄弟，他们之间丝毫没有下级对上级的"忠"，有的只是朋友之间的"义"。隐含作者不以"忠"来衡量人物，完全以"义"来对人物加以臧否。庞涓始终忠于魏王，孙膑则忽而就魏，忽而趋齐，就"忠"而言，反倒不如庞涓。但隐含作者以"义"取人，孙膑出场即

① 黄霖、韩同文选注：《中国历代小说论著选（修订本）》（上），南昌：江西人民出版社 2000 年版，第 153 页。

② 陈曦钟、宋祥瑞、鲁玉川辑校：《三国演义会评本》，北京：北京大学出版社 1986 年版，第 303-304 页。

③ 陈曦钟、宋祥瑞、鲁玉川辑校：《三国演义会评本》，北京：北京大学出版社 1986 年版，第 325 页。

④ 罗贯中编次：《三国志通俗演义》（嘉靖本），载《古本小说集成》编委会编：《古本小说集成》（第三辑），上海：上海古籍出版社 2017 年版，第 1609 页。

⑤ 陈曦钟、宋祥瑞、鲁玉川辑校：《三国演义会评本》，北京：北京大学出版社 1986 年版，第 937 页。

⑥ 刘文忠校点：《梼杌闲评》，北京：人民文学出版社 1983 年版，第 543 页。

有"怀仁尚义之心"①，始终是隐含作者褒扬的对象，庞涓死后，隐含作者借后人之口，用"英雄须信当怀义，莫学庞涓自殒身"②表达出庞涓最终的下场是其不讲信义的报应。整部小说以"义"贯穿始终，孙膑和庞涓由此在人格品质方面的表现有巨大差异，孙膑之"义"、庞涓之"不义"，不仅通过具体行为得以展现，更是他们与生俱来的品格使然。二人最终的下场对读者而言，显然可以"激发忠义"。

其三，通过丧失忠义带来不良后果，以示忠义缺失之危害。明代历史小说不仅通过明君贤臣、人物的忠义行为和人格品质从正面来激发忠义，也通过忠义丧失给国家和个人导致不良后果从反面来激发忠义。

历史往往存在偶然性，一个人的成功与否与其道德水准并无必然关系，忠义者即使道德高尚，也可能下场凄惨，如岳飞；不忠义者即使道德卑劣，也可能一时风光无限，如梁冀。历史小说由于隐含作者的道德倾向，更容易借助人物道德品质和人物结局的张力来激发忠义。丧失忠义者在小说中固然是被人谴责的对象，但其功业有成，从世俗的层面看他获得了成功。在隐含作者看来，不忠义者即使事业成功，也要受到道德谴责。《三国演义》中的曹操和司马氏均如此。曹操在小说中虽能力出众，但"挟天子以令诸侯"，实在不是人臣所当为，尤其是第六十六回为称"魏王"事，乱棒打死伏皇后，飞扬跋扈之极。李贽在此回总评道："操贼上弑伏后，神人共愤，今古同嗟。"③李贽总评从隐含作者意图而来，一个事业成功的曹操，被隐含作者和评点者视为人神共愤之"贼"，事业成功也难逃道德审判。当司马氏篡夺曹魏政权后，曹氏篡汉得到报应，所谓："魏吞汉室晋吞曹，天运循环不可逃。"④毛宗岗一百一十九回回前评说得更加详细："魏之亡，非晋亡之，而魏自亡之也。何也？炎之逼主，一则曰：我何如曹丕？再则曰：父何如曹操？是其篡也，魏教之也。魏教之，则谓之魏之亡魏可矣。"⑤司马氏统一天下后，在秉承大汉为宗的儒家信徒看来，对统一的西晋也应该予以谴责。《三国志后传》为"泄万世苍生之大愤"，将本为胡人的刘渊虚构为蜀汉后人，以刘渊灭晋来报西晋灭蜀之仇，这虽然与史实不符，但隐含作者

---

① 吴门啸客、烟水散人：《前后七国志》，北京：华夏出版社2013年版，第12页。
② 吴门啸客、烟水散人：《前后七国志》，北京：华夏出版社2013年版，第103页。
③ 陈曦钟、宋祥瑞、鲁玉川辑校：《三国演义会评本》，北京：北京大学出版社1986年版，第824页。
④ 陈曦钟、宋祥瑞、鲁玉川辑校：《三国演义会评本》，北京：北京大学出版社1986年版，第1441页。
⑤ 陈曦钟、宋祥瑞、鲁玉川辑校：《三国演义会评本》，北京：北京大学出版社1986年版，第1432页。

明言，如此做法是为了"解颐世间一时之通畅"①，所谓"一时之通畅"，主要即伦理忠义之通畅。第一百六回刘曜破长安虏愍帝，司马氏灭蜀得到报应。曹操和司马氏最终都取得了成功，但由于他们于忠义大节有亏，隐含作者将他们后人的败亡与他们的不够忠义联系起来，以此来激发忠义。

曹操和司马氏因不忠义取得成功，难逃隐含作者的道德谴责；后羿和寒浞不忠义，在取得成功后又因不忠义而败亡，就不仅是道德谴责的对象，也是隐含作者嘲笑讽刺的对象。《有夏志传》中的后羿，居功自傲，在寒浞的帮助下，赶走夏王后相，自立为王，开"千古贼臣篡位之始"②，但几年后即被寒浞谋害，谋害的借口之一是后羿不忠于夏王："彼弑有夏之君，吾今弑彼，天下诸侯必无言，不过谓天道好还矣。"③寒浞谋害后羿后，又杀后相。多年以后，在后相遗腹子少康的精心安排之下，在季杼、戴宁、女艾的具体操作中，寒浞被后羿的遗腹子过浇杀害，理由是："尔能杀君，吾不能杀尔乎？"④后羿、寒浞以不忠义得天下，最终也因不忠义而身死国灭。"却是生前一帝君……死后凄凉入典坟"⑤的后人评语，其中不仅含有对二人的道德谴责，也含有对二人所遭受的轮回报应的讽刺。就小说情节而言，后羿、寒浞之死，是少康中兴的必经之途，季杼、戴宁、女艾在其中表现出来的对夏朝的忠义与后羿、寒浞的不忠义形成鲜明对比。从整个《有夏志传》来看，后羿、寒浞的不忠义如跳梁小丑一般成为有夏国的过眼烟云，隐含作者通过对不忠义者的谴责和讽刺来激发忠义。

就个人层面看，忠义缺失可以表现为奸诈，也可以表现为貌似忠义而实不忠义。奸诈者在小说中一般是反面角色，隐含作者对之持明显的贬斥态度，忠义缺失往往会带来灭顶之灾。《残唐五代史演义》中一些无关大局之人行事奸诈，他们没有远大的眼光，为个人得失做出不忠不义之事。第二十回黄巢势败，其侄黄勉想杀之"将功赎罪"，后黄巢自刎，黄勉将其首级献给晋王，并称黄巢是自己所杀，晋王斥其为"不忠、不孝、无恩、无义之徒，败坏人伦"，将其斩首⑥。黄勉在黄巢那里是"一字并肩王"，却只顾自己安危，毫无忠心可言，死有余

<hr />

① 《三国志后传·引》，载西阳野史编次：《三国志后传》，孔祥义校点，上海：上海古籍出版社2007年版。
② 钟惺编：《盘古至唐虞传 有夏志传 有商志传》，北京：群众出版社1997年版，第167页。
③ 钟惺编：《盘古至唐虞传 有夏志传 有商志传》，北京：群众出版社1997年版，第170页。
④ 钟惺编：《盘古至唐虞传 有夏志传 有商志传》，北京：群众出版社1997年版，第187页。
⑤ 钟惺编：《盘古至唐虞传 有夏志传 有商志传》，北京：群众出版社1997年版，第170页。
⑥ 钟惺、罗贯中：《混唐后传 残唐五代史演义》，北京：华夏出版社2017年版，第189页。

辜。第三十二回，康君立、李存信出于嫉妒，陷害李存孝，趁晋王酒醉之时，用五牛挣死李存孝。同为晋王太保，康君立、李存信见不得李存孝受晋王重用，设计害死晋王的得力干将，对晋王可谓不忠，对存孝可谓不义。存孝在晋王心中，乃"忠义之人"[1]，存孝死后，晋王后悔自己"以酒误害忠良"[2]，更反衬出康君立、李存信的不忠不义。如果说黄勉献黄巢首级，还有为自己谋利益的动机，康君立、李存信则明知自己行为败露后难逃一死，仍被嫉妒冲昏头脑，铤而走险。说到底，无论是黄勉，还是康君立、李存信，其内心深处，无忠义可言。

黄勉和康君立、李存信因奸诈而无忠义，隐含作者对他们的贬斥态度一目了然。历史小说中的有些人物，貌似忠厚，但实际上并不忠义，隐含作者并无明显贬斥，但通过人物行为可显示出隐含作者的不满。《西汉演义》中的项伯，身为项羽叔父，被项羽认为是"为人忠诚"[3]，却为个人友情，在鸿门宴之前，向张良通风报信，并在鸿门宴中项庄舞剑时在张良示意下保护刘邦，又为一己私情，完全不顾大局，坏了范增大计。此时他虽有与张良之"义"，却无对项羽之"忠"。后又让张良得见韩信所献之策，开韩信归汉之端，可谓因"义"忘"忠"，实是项羽一方罪人。范增死后，项羽"遂立项伯为军师，凡一应大小国务，皆伯管理"[4]，但他不识大体，劝项羽放太公归汉，让刘邦无所顾忌；又推荐李左车给项羽，让项羽最终中垓下之围，虽是无心之过，但实乃不"忠"之举。项羽大势已去，项伯即考虑自身，寻求张良庇护。叙述者虽对项伯行为不置可否，但和周兰、桓楚忠心护主相比，此时的项伯显然已是贪图个人安逸之小人，毫无忠义可言，隐含作者的不满也跃然纸上。

二、惩创叛逆

惩创叛逆往往和激发忠义联系在一起，叛逆和忠义可以形成对比，在对比中表现隐含作者的伦理意图。需要说明的是，无竞氏《剿闯小说叙》所说的"惩创叛逆"，是站在"君父之仇"立场上对"闯贼"叛乱所下的断语，但明代历史小说很多是写乱世的历史故事，乱世之中群雄逐鹿，每个人都认为自己有一统天下

---

① 钟惺、罗贯中：《混唐后传 残唐五代史演义》，北京：华夏出版社 2017 年版，第 221 页。
② 钟惺、罗贯中：《混唐后传 残唐五代史演义》，北京：华夏出版社 2017 年版，第 224 页。
③ 甄伟：《西汉演义》，北京：华夏出版社 2012 年版，第 65 页。
④ 甄伟：《西汉演义》，北京：华夏出版社 2012 年版，第 214 页。

的理由，每个人从自己的立场出发都可以认为自己是在"惩创叛逆"。像《残唐五代史演义》中的晋王李克用奉皇命平定叛乱可以说是严格意义上的"惩创叛逆"；像《三国演义》中的曹操"挟天子以令诸侯"和刘备所谓的"兴复汉室"，都认为自己的征伐是为国家谋太平，可以说是宽泛意义上的"惩创叛逆"；像《开辟演义》那样以天下大治为旨归，不分君王或臣下，凡有德者之行为即获得褒扬，君王"逆天"行道就合该被臣下推翻，可谓另类的"惩创叛逆"。就隐含作者的伦理意图而言，"惩创叛逆"的最终目的仍是"激发忠义"，但和直接"激发忠义"不同的是，"惩创叛逆"主要关注的是惩创过程，以此显示隐含作者的伦理意图。

其一，叛逆之危害。无论是何种形式的"惩创叛逆"，都无法遮掩"叛逆"带来的危害。严格意义上的"惩创叛逆"，一般是王朝末世帝王统治无力的结果，但帝王仍力图维护自己的统治，竭尽全力来戡乱。《东西晋演义》中，五胡十六国乱晋，五胡之间、五胡和晋之间，关系交错，形势复杂，但对晋王朝而言，要维护自身的统治，就必须戡乱。戡乱过程中显示出各方为私利而不择手段，也显示出有人希望在乱世之中浑水摸鱼成就自己的伟业，还显示出世风浇薄、人伦废弛的伦理情形。"西晋卷之三"有李雄夺成都、张方杀长沙王、多人讨伐司马颖、刘渊称汉王、李雄称成都王等事件，各方为一己之利，无所不用其极。"东晋卷之一"有"王敦举兵逆谋反"的记载，说王敦想趁乱谋取大位，最终败亡。小说中人伦废弛的情形比比皆是："西晋卷之一"的"八王相图害"、"西晋卷之三"的"刘聪杀兄"、"东晋卷之二"的"石虎杀刘后石堪"、"东晋卷之三"的"冉闵弑鉴"，兄弟宗族之间，相互谋害，层出不穷；至于刘聪同时立三个皇后①，桓温追求的"不能流芳百世，亦当遗臭万年"②，苻坚同时宠爱慕容冲姐弟③等有悖乎儒家规范伦理之举，更是家常便饭。小说虽以"严华裔之防，尊君臣之分，标统系之正闰，声猾夏之罪愆"④为宗旨，但展示的却是一幅道德沦丧的社会画卷。

宽泛意义上的"惩创叛逆"，各方都以自己为正统，以对方为"乱臣贼

---

① 杨尔曾：《东西晋演义》，北京：华夏出版社 2013 年版，第 148 页。
② 杨尔曾：《东西晋演义》，北京：华夏出版社 2013 年版，第 341 页。
③ 杨尔曾：《东西晋演义》，北京：华夏出版社 2013 年版，第 385 页。
④《东西晋演义序》，载杨尔曾：《东西晋演义》，北京：华夏出版社 2013 年版，第 1-2 页。

子"，且各有依据。此时所谓的"叛逆"，基本上是一种说辞，但整个社会在各方相互的"惩创叛逆"之中显得混乱不堪。《东西晋演义》中既有以晋为正统的严格意义上的"惩创叛逆"，也有在五胡十六国之间的宽泛意义上的"惩创叛逆"。小说采用多纪元的方式对各国进行平等对待［"东晋卷之二"以后，便频繁出现多纪元，如"东晋卷之二"开头，"乙酉，三年（前赵光初八年、后赵七年）"等］，对隐含作者而言，多少也意味着各国之间的相互征伐都有自己的道理。宽泛意义上的"惩创叛逆"，各方都以所谓的伦理道德为自己张目，实际上是在为己方谋私利。在《新列国志》中，各诸侯之间相互征伐，一般都打着维护正义的旗号。第二十三回，齐桓公伐楚，屈完问原因，管仲以楚没有对周王室"岁贡包茅"为由，屈完以"周失其纲，朝贡废缺……包茅不入，寡君知罪矣"答之①。虽各为其主，但都以纲常岁贡为说辞。第九十四回，宋康王自认为英勇无敌，"每临朝，辄令群臣齐呼万岁"②，齐湣王联合楚、魏伐宋，罗列宋王罪状，"僭拟王号，妄自尊大"③便是其中一条。灭宋之后，齐湣王又要求卫、鲁、邹三国之君"称臣入朝"，田文以"夫周虽微弱，然号为共主"要求湣王不要生"代周之志"，湣王则以汤武自比而拒绝纳谏④。齐湣王以宋康王为"叛逆"而惩创之，他自己又何尝不是"叛逆"？隐含作者正是在列国纷纷扰扰的"惩创叛逆"中曲折地表达出自己对世道纲常的期望。

另类意义上的"惩创叛逆"，表面上看，与严格意义上的"惩创叛逆"正好相反，不是帝王戡乱，而是部下以"正义之师"来改朝换代。《开辟演义》中，既有女娲朝祝融平共工，颛顼朝勾龙灭九黎，武丁朝傅说伐鬼方等严格意义上的"惩创叛逆"，也有轩辕灭榆罔、商汤灭夏、周武灭商这种以下犯上的另类意义上的"惩创叛逆"。《开辟演义》以后代事推想史前事，以"历代帝王创业"为

① 墨憨斋新编：《新列国志》，载《古本小说集成》编委会编：《古本小说集成》（第二辑），上海：上海古籍出版社 2017 年版，第 499 页。

② 墨憨斋新编：《新列国志》，载《古本小说集成》编委会编：《古本小说集成》（第二辑），上海：上海古籍出版社 2017 年版，第 2363 页。

③ 墨憨斋新编：《新列国志》，载《古本小说集成》编委会编：《古本小说集成》（第二辑），上海：上海古籍出版社 2017 年版，第 2368 页。

④ 墨憨斋新编：《新列国志》，载《古本小说集成》编委会编：《古本小说集成》（第二辑），上海：上海古籍出版社 2017 年版，第 2371-2372 页。

框架，以"圣主贤臣，孝子节妇"为肌理①，善恶分明，有德者十全十美，无德者大奸大恶。同为反对无德君主榆罔，蚩尤虽指出"榆罔不德，人民怨恨"，故"举兵以伐无道""兴兵与民除害"，仍旧被认为是"兴兵作乱"，因为他本是恶人，"荒纵无度，日肆其恶"②；轩辕以"帝虽不德，汝为臣子，安可纵欲乱天下"为由，诛杀蚩尤。榆罔不改前非，轩辕以"主君不仁，万民涂炭"为由而讨伐之，灭榆罔后被推为黄帝，因为他"生而神灵……成而聪明"③，因其"神灵"和"聪明"，终成一代"德配天道之至"④的明君。但反观轩辕的行为，他何尝不是和他所责备的蚩尤一样"纵乱天下"，只是由于他"德配天道"，他讨伐榆罔就不是叛乱，而是为民除害。榆罔逆天行事，反而是叛逆，轩辕灭榆罔因而成为另类的"惩创叛逆"。和轩辕灭榆罔类似的还有商汤灭夏和周武灭商，均以臣灭君为结局，但隐含作者以"天道""仁义"为标准，对商汤和武王予以褒扬。商汤灭夏，是夏桀无道，"汤不得已，会诸侯以正其罪"，又因其"仁义布于四海，恩德著于天下"，被众诸侯推立为王，三让不受后才"即天子之位"⑤。周武灭商，因商纣荒淫无道，不纳忠言，商纣之败，"非周败之也，天败之也！仁与不仁是也"⑥。但伯夷、叔齐对武王"以臣弑君，可谓仁乎"⑦的诘问终究成为以下犯上者不可回避的问题，或许第三十六回众诸侯逼挚让位于尧时所说的"天下非我主之天下，乃万民之天下也"⑧可以回答这个问题。以"万民"为根本，所谓"叛逆"，即不为民谋利。如果君主有行，则叛逆受惩创，如共工、九黎、鬼方之乱被平定；如果君主无行，此时无行的君主因逆天而行，可视为民之"叛逆"，当部下为民众利益讨伐他，如轩辕灭榆罔、商汤灭夏、周武灭商，可视为"惩创叛逆"，当部下为一己私利讨伐他，就谈不上"惩创叛逆"，而被视为叛乱，如蚩尤反对榆罔。从这些情况来看，隐含作者在判断是非的时候，有自己的伦理标准，在君君臣臣之上，还有一个天下民生。

---

① 王黉：《开辟衍绎序》，载丁锡根编：《中国历代小说序跋集》（中），北京：人民文学出版社 1996 年版，第 858 页。

② 周游：《开辟演义》，北京：华夏出版社 2013 年版，第 47-48 页。

③ 周游：《开辟演义》，北京：华夏出版社 2013 年版，第 49-51 页。

④ 周游：《开辟演义》，北京：华夏出版社 2013 年版，第 59 页。

⑤ 周游：《开辟演义》，北京：华夏出版社 2013 年版，第 145-147 页。

⑥ 周游：《开辟演义》，北京：华夏出版社 2013 年版，第 177 页。

⑦ 周游：《开辟演义》，北京：华夏出版社 2013 年版，第 177 页。

⑧ 周游：《开辟演义》，北京：华夏出版社 2013 年版，第 81 页。

其二，惩创之艰难。叛逆之所以发生，有其现实根源，或许是主上无德，或许是王朝行将腐朽，但"叛乱者"和"戡乱者"有实力是基本的要求。严格意义上的"叛逆"，往往是叛乱者实力超群，加上有觊觎王位的野心，于是发生叛乱；宽泛意义上的"叛逆"，乱世中各方为自己利益而相互征伐，无论出于私利还是出于公义，经过历史的大浪淘沙后，最后角逐者都实力雄厚；另类意义上的"叛逆"，部下为维护天理正道要改朝换代，但旧王朝仍有较强的势力，由于"叛乱者"和"戡乱者"都有实力，戡乱往往比较艰难。

首先，戡乱在讲究具体策略的同时，也能看出当事人的人品。历史小说虽然通过战场的厮杀来最终决定胜负，但谋划更加重要。谋划为战略战术服务，它既要对交战各方的具体情形加以考量，也需要当事人的人品对最终的成败加以保证。《三国演义》各方的成败，离不开各方的谋略和人品。官渡之战尽显袁绍和曹操双方主帅和谋士的风采。以袁绍一方为例。袁绍不用田丰、沮授之计，导致失败。但田丰、沮授之人品，却备受赞扬。田丰被逼自杀前慨叹自己"不识其主而事之，是无智也"[1]，沮授被困，冒死逃走，失败后被杀却"神色不变"，无愧于曹操所说的"忠义之士"[2]。袁绍善疑且刚愎自用，"疑所不当疑，又信所不当信"[3]，实是"庸主"。就袁绍一方而言，如果袁绍不刚愎自用，善听良言，不致落败；如果袁绍不心胸狭窄，怕田丰笑话自己错误而杀田丰，不致让人心涣散；如果袁绍不多疑，不逼走张郃、高览，不致手下无大将可用。袁绍之败，既败于谋略，更败于人品。

其次，戡乱过程中不能忘记世道人心，需要用时行的伦理道德来收买民心。《西汉演义》中的刘邦和项羽，各自的成败不仅在军事较量，也在民心得失。刘邦下咸阳，因畏惧项羽，一改贪财好色之本性，在张良、萧何的劝谏下，不取关中财物，与老百姓约法三章。其用意如范增所言，是为了"安抚百姓，要买人心"[4]。项羽和刘邦争锋，最大的错误就是只知道凭借武力，不知道收买人心，反而指使英布等人于江中弑义帝，失去民心。项羽暴虐，但讲义气，即使到垓下之围，仍有八千子弟对其忠心不二，但在张良四面楚歌的计谋下，涣散了军心，

<hr />

① 陈曦钟、宋祥瑞、鲁玉川辑校：《三国演义会评本》，北京：北京大学出版社 1986 年版，第 386 页。
② 陈曦钟、宋祥瑞、鲁玉川辑校：《三国演义会评本》，北京：北京大学出版社 1986 年版，第 382 页。
③ 陈曦钟、宋祥瑞、鲁玉川辑校：《三国演义会评本》，北京：北京大学出版社 1986 年版，第 370 页。
④ 甄伟：《西汉演义》，北京：华夏出版社 2012 年版，第 63 页。

终致失败。刘邦虚伪，但知道收买人心，击败项羽后，也能容忍季布当年对自己的羞辱，且赞季布忠心，终将季布留为己用。

其三，惩创之复杂性。戡乱中各方站在各自的立场，将对方视为叛逆。从隐含作者的立场看，叛乱一方也未必一无是处，像《开辟演义》那样将人物截然分为品德高尚和品德低劣的历史小说毕竟比较少，大多数小说的人物是比较复杂的，这就导致惩创叛逆时伦理道德方面的复杂性。大致表现有三：①总体上受隐含作者支持的一方也有道德上的缺点。《东西晋演义》中的王导，是隐含作者推崇的人物，作为皇帝身边的戡乱者，在诸多叛逆者（尤其是王敦）的对比下，近乎完美。但他也有两个缺点：一是因私恨而害贤良，二是因情势而和稀泥。闻王敦叛乱，王导待罪阙下，周颧虽力救王导，却因不回答王导疑问而被王导误以为说自己坏话，"心甚恨之"[1]，当后来王敦想杀周颧而问王导时，王导不回答，终致周颧被害。事后王导发现周颧为救自己所上之表"殷勤款至，词意恳切"[2]，痛悔不已，更映照出他不回答王敦的询问有暗害周颧之心，当为不义。王导平定王敦叛乱重新主事后，明知郭默诬害江州刺史刘胤，却因为担心郭默"骁勇难制"，不仅不惩罚郭默，反而让他担任江州刺史。面对陶侃的责问书信，王导的回信是"包容以伺足下……遵养时晦以定大事"[3]，表面上看审时度势，实际上是和稀泥，陶侃看到回信后表示，王导此举不是"遵养时晦"，而是"遵养时贼"，就指出王导和稀泥的实质。作为股肱之臣，王导本应剿杀郭默，却姑息养奸，对照后文陶侃一出兵就能灭郭默，更显示出王导的欠缺。②总体上受隐含作者谴责的一方也有道德上的优点。《开辟演义》第三十二回，叛乱一方的九黎中了戡乱者勾龙之计而失败，五人被杀，四人败逃，在败逃过程中九兄弟中最小的黎弼为保护兄长顺利逃跑，单刀断后，"至死而身不倒"[4]；老三黎禄单兵出战，英勇无比，寡不敌众后自刎而死，守城的老大和老二也自刎而死。虽然九黎叛乱不得人心，但他们兄弟之间的真情义也让人感动。③从各自的道德立场出发，叛逆者和戡乱者孰是孰非难以说清。《梼杌闲评》中的魏忠贤，因熹宗信任而搅乱朝纲，残杀异己，在思宗即位后很快就因多人上奏其恶行而败亡，魏

---

[1] 杨尔曾：《东西晋演义》，北京：华夏出版社2013年版，第198页。

[2] 杨尔曾：《东西晋演义》，北京：华夏出版社2013年版，第200页。

[3] 杨尔曾：《东西晋演义》，北京：华夏出版社2013年版，第238页。

[4] 周游：《开辟演义》，北京：华夏出版社2013年版，第73页。

忠贤以圣旨名义铲除了诸多东林党人，东林党人被称成不遵守朝纲之"叛逆"，思宗贬斥魏忠贤，魏忠贤又成了和以前东林党人一样的"叛逆"。一朝天子一朝臣，孰是孰非难说清。尤其是小说将魏忠贤行恶置于一个因果报应的框架中。当年朱衡治水时违背诺言，烧死一穴赤蛇，魏忠贤乃赤蛇转世，东林诸人乃治水者再生，魏忠贤残害东林党人，可说是"冤报当然"[①]；魏忠贤败亡，在他出生时，其父为他求的卦辞中就已有预言，他的一切"皆由天数"。在因果报应模式中，在复仇动机下，魏忠贤和东林党人的行动都有各自的道德动机，孰是孰非实在难以说清。

惩创之所以有诸多繁杂之处，其根本原因在于无论是惩创者还是叛逆者，都能为自己的行为找到道德依据。即使是严格意义上的惩创叛逆，叛逆者之所以叛逆，也有其现实的原因，如《残唐五代史演义》中的朱温反唐，是缘于唐末民不聊生的现状和朝廷以貌取人对他造成不公。至于宽泛意义上的惩创叛逆和另类意义上的惩创叛逆，更是将伦理道德作为幌子，各方为自己的利益，将对方视为道德上的叛逆者，下属可以用违背天理来惩创统治者，统治者可以用败坏纲常来惩创下属。惩创叛逆至此已不再出于真正的道义，而是出于功利，只不过以道义的外衣来掩盖骨子里的功利罢了。

三、隐含作者的济世情怀

隐含作者用"激发忠义，惩创叛逆"来阐发明代历史小说的叙事宗旨，体现出自己的心声：小说虽是小道，但不妨碍小说家有济世情怀。受儒家规范伦理的影响，隐含作者的济世情怀和真实作者的惩恶劝善互为表里。无论真实作者在生活中的伦理立场，还是隐含作者在小说中的伦理意图，都不外乎借助小说来完成风化世教的伦理抱负。栖霞居士《花月痕题词》云："说部虽小道，而必有关风化，辅翼世教，可以惩恶劝善焉，可以激浊扬清焉。"[②]绿园老人《歧路灯序》则引朱子的话"善者可以感发人之善心，恶者可以惩创人之逸志"来证明小说"于纲常彝伦，煞有发明"[③]。就明代历史小说隐含作者的济世情怀来看，在"激发忠义，惩创叛逆"之外，还有两点需要加以说明：规范伦理与德性伦理问题、

---

① 刘文忠校点：《梼杌闲评》，北京：人民文学出版社1983年版，第564页。
② 朱一玄编：《明清小说资料选编》，济南：齐鲁书社1990年版，第791页。
③ 丁锡根编：《中国历代小说序跋集》（下），北京：人民文学出版社1996年版，第1633页。

官方伦理与民间伦理问题。

首先，需要指出的是，规范伦理、德性伦理和官方伦理、民间伦理是对伦理的不同分类，它们之间没有严格的对应关系。官方伦理一般是规范伦理，但民间伦理之所以得以流行，也是因为它成为民间的伦理规范，如寡妇不准再嫁，从来没有写进官方伦理规范，但在某些地方却是约定俗成的伦理规约。官方伦理也有德性伦理的成分，司马光的《资治通鉴》和朱熹的《资治通鉴纲目》在对待三国时曹魏和刘蜀谁是正统这一点上就针锋相对，这缘于司马光和朱熹对相关问题的伦理理解有差异。民间伦理之所以和官方伦理形成对比，主要在于其边缘性、实用性、包容性和地域性特征①，这些都与官方伦理大一统的规范性有差别。换言之，民间伦理是在某个区域内流行的伦理观念，它和国家层面上的官方伦理形成补充互动的局面。历史小说的"激发忠义，惩创叛逆"，既是规范伦理对"忠义"的外在要求，也是德性伦理对"忠义"的内在超越。

由于规范伦理与德性伦理的相关问题，"绪论"中已有说明，此处着重谈谈官方伦理与民间伦理的问题。

官方伦理是指官方认定的伦理，对明代历史小说的隐含作者来说，主要是经过官方认定的儒家伦理思想，诸如仁、义、礼、智、信等伦理德目，经过程朱理学的宣扬，四书五经之外的小说大体上归入"宜戒勿读"之类的书籍，儒家伦理几乎成为官方唯一认可的伦理，这种情况下，即使有小说戏文等通俗文学，"不关风化体，纵好也徒然"也成为它们的金科玉律②。对历史小说而言，官方伦理的依据主要是官方授权修订史书中所显示出来的伦理以及当时朝廷发布的伦理禁令。以此观之，除了《东西晋演义》等照抄史书的小说以及《西汉演义》《英烈传》《开辟演义》等完全秉持正统观念所写的小说外，很多小说都不是严格遵守官方伦理的要求来写的。即使像《三国演义》这样总体上秉承官方的正统观念和"忠义"伦理来写的小说，因为其中的一些非官方伦理因素（如对东汉末年、曹魏末年几个皇帝的懦弱无能的描写，曹魏政权和司马氏政权的奠基者曹操、司马懿被写成奸诈之人等，可说是反复地挑战朝廷所严禁的"亵渎帝王"③），《三国演义》一开始也没有得到官方的认可，问世一百多年后才得以刊印并广泛传

---

① 贺宾：《论民间伦理的特征》，《中州学刊》2006年第2期，第122-125页。
② 陈大康：《明代小说史》，上海：上海文艺出版社2000年版，第140页。
③ 陈大康：《明代小说史》，上海：上海文艺出版社2000年版，第146页。

播。对官方伦理而言，它要求的是整齐划一，要求民众要不折不扣地遵守，理学所要求的"存天理，灭人欲"在成为官方伦理后，它对人性的忽视让明朝初中期的官方伦理远离烟火气息，成为一般人可望而不可即的冷冰冰的道德教条。小说的隐含作者在创作时也意识到这一点，他们对四书五经等官方钦定的经典提出自己的疑问。瞿佑在《剪灯新话序》里认为儒家经典里也有不合圣贤们思想的内容："《诗》、《书》、《易》、《春秋》，皆圣笔之所述作，以为万世大经大法者也；然而《易》言'龙战于野'，《书》载'雉雊于鼎'，'国风'取淫奔之诗，《春秋》纪乱贼之事，是又不可执一论也。"① 野史主人《隋炀帝艳史序》认为专写隋炀帝荒淫之事，是学习孔子修《春秋》："春秋二百四十馀年，亡国七十二，弑君三十六。"② 这些言论折射出隐含作者的心理。历史小说总体上需要和官方伦理一致，这是小说获得官方许可得以流行的前提，但不需要对官方伦理亦步亦趋，它毕竟是小说，是野史，它区别于正史之处就在于它吸收了民间传说，换言之，隐含作者总体上遵从官方伦理的同时，还吸收了民间伦理，让小说显得丰富而不刻板，既说教又充满人情味。

和官方伦理的权威和刻板不同，民间伦理往往是具体的、灵活的，在社会伦理活动中处于边缘地位。民间伦理是"民众在日常生活、生产过程中自发产生、长期积淀而形成的风气、行为方式及价值观等，它根植于人民大众的生活之中，引导规范着大众的普遍行为模式，因而能更真实地反映一个民族的整体精神面貌"③。当社会动乱，官方伦理规范失效时，民间伦理对维护人们处世的伦理行为准则就起到关键作用。即使在官方伦理强盛时期，民间伦理也总能找到一席之地。相传朱元璋曾对《水浒传》深恶痛绝，称之为"倡乱之书"，并认为作者"胸中定有逆谋，不除之必贻大患"④，但不仅施耐庵逃之夭夭，而且《水浒传》也没能禁绝，反而在后世得到广泛的流传。这说明明初的政治高压也没能够完全抹杀民间对小说所宣扬的思想（包括伦理思想）的喜爱。明代历史小说多写官方伦理作用有限的乱世，民间伦理因而在小说中多有体现。《三国演义》让人津津乐道的是刘关张的桃园结义，《隋史遗文》张扬的是秦琼、单雄信等人的江湖义

---

① 丁锡根编：《中国历代小说序跋集》（中），北京：人民文学出版社 1996 年版，第 600 页。
② 丁锡根编：《中国历代小说序跋集》（中），北京：人民文学出版社 1996 年版，第 951 页。
③ 薛柏成：《论墨学复兴与近代民间世风伦理的转变》，《齐鲁学刊》1999 年第 6 期，第 50-54 页。
④ 陈大康：《明代小说史》，上海：上海文艺出版社 2000 年版，第 145 页。

气，《杨家将演义》在民间传说的基础上塑造的杨门女将，更是与官方伦理对女子的要求格格不入。

就官方伦理和民间伦理的关系而言，有论者指出，这种关系主要有三个方面：第一个方面是官方伦理和民间伦理之间有一种结构性紧张，官方伦理强行要求民间接受，民间伦理又有自己的土壤，和官方伦理多少有些冲突，这就导致第二个方面，民间伦理对官方伦理的四种姿态（循规蹈矩、有限认同、阳奉阴违、分庭抗礼），由于官方伦理最终的执行需依赖民间的认可，民间伦理需要在官方伦理的夹缝中求得自己的生存，这就导致第三个方面，即官方伦理和民间伦理的反馈互动。①就明代的实际情况看，不少主张程朱理学的官方伦理的维护者，在现实生活中纵情于声色犬马，言行严重背离官方伦理，反而是一些普通百姓，秉持纯朴的民间伦理，多有合乎规范伦理之举。也许受世风影响，"仗义每多屠狗辈，负心多是读书人"②在明代历史小说中成为普遍现象。《梼杌闲评》中的发迹之前的魏忠贤和得势之后的崔呈秀，一个因仗义在"峄山村射妖获偶"③，一个对曾经帮助过自己的魏忠贤都首鼠两端④；《新列国传》中的专诸因感恩而杀王僚，与李兑因担忧个人安危饿死赵武灵王形成鲜明对比；《隋唐演义》中的秦琼和李世民在对待单雄信之事上也形成鲜明对比。

民间伦理和官方伦理之间，除了极端的分庭抗礼以外（由于明代历史小说没有出现完全站在民间伦理立场上所写的小说，此点略而不论），其他三种姿态（循规蹈矩、有限认同、阳奉阴违）让二者在总体上趋于一致。明代历史小说的伦理表现由此呈现出自己的特点：在基本不违背官方伦理的基础上，广泛吸收民间伦理因素。大致有三种情况：一是将民间伦理纳入官方伦理之中。《三国演义》虽总体上秉承儒家的伦理正统观，但桃园结义等民间伦理也融进其中，刘关张三人既是君臣，更是兄弟，帝王之忠和兄弟之义水乳交融，让《三国演义》在民间产生深远影响。二是以民间伦理来迎合官方伦理。《樵史通俗演义》《剿闯通俗小说》基本上是以民间伦理为立场的小说，隐含作者甚至可以置史实于不

---

① 贺宾：《国家——社会视域中的传统民间伦理》，《新疆大学学报》（哲学·人文社会科学版）2006 年第 2 期，第 30-35 页。

② 曹学佺的著名对联，转引自龚鹏程：《饮馔丛谈》，济南：山东画报出版社 2010 年版，第 210 页。

③ 刘文忠校点：《梼杌闲评》，北京：人民文学出版社 1983 年版，第 109 页。

④ 刘文忠校点：《梼杌闲评》，北京：人民文学出版社 1983 年版，第 532 页。

顾，完全凭个人好恶对历史事件展开叙述。但无论是对阉党的抨击还是对李自成起义军的诋毁，无论是否与史实相合，小说最终所显示出来的是一个亡国子民对昔日王朝的哀悼。这种哀悼既是个人化的民间立场，又体现出自古以来的遗民对故国的忠诚。三是以官方伦理来虚构民间伦理。《三国志后传》为"忠良之后"张目，虚构了蜀汉后人灭晋以复仇的故事，其目的在于"泄愤一时，取快千载"①。虽然借助历史来虚构故事在历史小说中很罕见，但虚构的故事之所以被人认同，与其中所宣扬的"激发忠义"的宗旨分不开，这说明小说最终还是以官方伦理为旨归。

由于明代历史小说将民间伦理与官方伦理熔为一炉，而民间伦理有时又与官方伦理相互冲突，这就使得隐含作者在小说中呈现出复杂的伦理面貌：《三国演义》中既有对曹操奸诈的抨击，也有对刘备谋略的赞许；《隋史遗文》中的李世民，既知道民心向背之重要，又因为一己之私而杀单雄信，让秦琼等人伤心；《西汉演义》中的刘邦，楚汉争锋时知人善用，一统江山后又嫉贤妒能；《梼杌闲评》中阉党丧尽天良，追随魏忠贤的李朝钦则义气为先，陪魏忠贤"投环而死"②……这些相互冲突的伦理判断折射出明代乃至古代中国伦理社会的独特面貌："兵以诈立功，商以欺致富，士以伪窃名。"③孟德斯鸠甚至用"中国人的生活完全以礼为指南，但他们却是地球上最会骗人的民族"④这样极端的话来理解古代中国人的伦理状况。

无论是激发忠义还是惩创叛逆的具体表现，抑或是规范伦理、德性伦理以及官方伦理、民间伦理的相互作用，明代历史小说的隐含作者都试图通过历史小说，传达出儒家以"忠义"为主的伦理观念，为真实作者的劝善惩恶的叙事意图服务，并通过叙述者的叙述表现出来。要考察隐含作者如何通过小说来"激发忠义，惩创叛逆"，就需要进一步考察文本的叙述，考察叙事主体中的叙述者因素。

---

①《三国志后传·引》，载西阳野史编次：《三国志后传》，孔祥义校点，上海：上海古籍出版社 2007年版。

② 刘文忠校点：《梼杌闲评》，北京：人民文学出版社 1983 年版，第 541 页。

③ 孙宝瑄：《忘山庐日记》，载上海人民出版社编：《清代日记汇抄》，上海：上海人民出版社 1982 年版，第 382 页。

④ [法]孟德斯鸠：《论法的精神》，张雁深译，北京：商务印书馆 1961 年版，第 316 页。

第三节 演义宗旨："语必关风始动人"

相对于真实作者和隐含作者，小说中的叙述者是可以直接感知的。就明代历史小说的叙述特点看，史传叙事的影响非常明显，就叙述者的叙述动机看，"语必关风始动人"[①]可以说是小说的演义宗旨，叙述者的这一宗旨和真实作者的惩恶劝善、隐含作者的激发忠义是一致的。真实作者创作小说希望历史小说可以对现实社会发生惩恶劝善的功用，小说由此可以像史书一样流传千载；隐含作者希望借助某部小说，通过"激发忠义，惩创叛逆"来达到惩恶劝善的目的；叙述者通过具体人物和事件的叙述来完成隐含作者的伦理目的，由于所叙述的人物和事件的具体性，以及各种叙述形式的运用，小说叙述所呈现出来的内容虽然总体上符合隐含作者所希望的"激发忠义，惩创叛逆"，但未必完全一致。

叙述者是叙述行为的发起者，理解叙述者，就需要深入到小说的叙述之中，对小说进行细致的文本分析。明代历史小说，由于其书写的是历史人物或事件，题材的特殊性决定了它和史传传统的关系比其他类型的小说要密切得多。史传叙事对历史小说的叙述产生了深远的影响，借助小说叙述而显示出来的叙述者形象也不妨沿着这一思路展开探讨。叙述者对历史人物的处理，对多种叙述机制的运用，以及多种形式的叙述介入，都与史传叙事的传统有关，都体现出叙述者叙述的伦理意图。从叙述入手，叙述者和隐含作者、真实作者的叙事意图上有时难免不一致，这就涉及叙述可靠性问题。

由于明代历史小说的叙事内容和叙述形式都深受史传叙事的影响，史传叙事的特点就需要加以交代。就具体的叙述策略而言，史传叙事的特点主要表现为"典型化"特征和叙事过程中的评论。史传的"典型化"首先体现在选择有代表性的人物或事件来展开叙述。强调人物或事件的代表性，史传叙事展示的就不仅是人物的行动或事件的过程，还包括人物或事件背后所蕴含某种普遍的意义。从代表性出发，史传叙事的选材，就不能完全局限于历史上的大人物或大事件，小

---

①《冯玉梅团圆》，载黎烈文标点：《京本通俗小说》，上海：商务印书馆 1937 年版，第 99 页。

人物或小事件也可以入选。如《史记》选人的标准是"俶傥非常之人"①，《史记·陈涉世家》将陈涉发迹前和佣耕之人对话这样的小事也写进史传。其次，体现在采用虚实结合的叙述手法。史传叙事如果给所叙述的人事增加一些奇异色彩，故事性会更强，给人留下的印象也会更深刻。《史记·留侯世家》写张良发迹前和老父的交往，就颇有传奇色彩。史传对小事件和传奇色彩的包容，都给史传的虚构开了方便之门。史传的基本要求是实录，但在古人看来，奇异之事有可能也是实际存在，描绘奇异之事，最方便的就是虚构。史传叙事的另一个特点是在叙事过程中发表评论，具体表现为两类情况：寓论断于序事和假论赞而自见。寓论断于序事，即"凡是作者未发议论而在叙事中自有是非褒贬寓焉即为寓论断于序事，简言之，以事代论"②。它不仅可以通过选材、描写和人物话语这些看起来客观实际上包含史家倾向的方式来完成，也可以通过互见法、对照法等具体手法来完成。寓论断于序事是将论断隐藏在叙事之中，假论赞而自见则是对史传中的人事进行公开评论。论赞主要涉及真实作者的叙事意图，在讨论真实作者时已有分析，此处不赘述。

史传叙事对历史小说的叙述产生影响，与真实作者和隐含作者以史为尊的意识直接相关，在强烈的"史贵于文"观念的影响下，叙述者基本上就是真实作者和隐含作者在具体小说中的代言人，但和真实作者、隐含作者不同的是，真实作者和隐含作者的意图需要通过小说背后的相关线索（主要是作者的"夫子自道"和小说问世的背景）才能获得，叙述者的倾向则需要通过对叙事文本的爬梳才能获得。需要指出的是，由于叙述者只是隐含作者的代言人，其叙述倾向总体上看，和隐含作者的意图并无二致，因此，对叙述者而言，重要的不是其倾向如何，而是他通过哪些叙事手段来实现其倾向（当然，不排除极个别的叙事手段和叙述倾向相冲突的现象）。换言之，讨论叙述者对小说内容和形式的处理，其着重点不在处理的目的上面（其目的和真实作者、隐含作者的目的是一致的，伦理说教是其主要目的，无须多言），而在如何处理本身。因此，本节在分析叙述者受史传叙事影响而对小说内容和形式加以处理时，不再重复这些内容和形式所带来的伦理意义，但不可否认的是，叙述者对内容和形式的处理，都是在"语必关风始动人"的意图下进行的。

---

① 司马迁：《报任安书》，载班固：《汉书》卷六十二，颜师古注，北京：中华书局 1964 年版，第2735 页。

② 李洲良：《史迁笔法：寓论断于序事》，《求是学刊》2006 年第 4 期，第 105-109 页。

一、人物奇异化

就小说内容而言，史传叙事对历史小说的突出影响是叙述者将小说人物奇异化。这里的人物主要指历史人物，也包括历史小说中的虚构人物。

历史小说主要叙述历史人物和历史事件，这就决定了小说的人物和事件基本上需要取材于史传，叙述者根据史传才能"敷演大义"，但历史小说毕竟是"演义"，需要突出某一人物的"与众不同"。简便的做法是从史传的虚构中吸取营养，将人物奇异化，这使得历史小说多少都带有一点神怪色彩。但和神怪小说人物的纵横变化不同，历史小说人物的神怪色彩不能让人物超越自身的历史归宿，它只是增强人物的传奇色彩而已；神怪小说人物的神怪色彩体现出人物的精神品质，历史小说人物的神怪色彩只是人物行为的点缀，基本上不影响人物的精神品质。历史小说奇异化主要是叙述者为了突出人物的神奇性，和史传在实录之外用奇异色彩来增强故事性如出一辙。此外，有时候历史小说千篇一律的"神奇"模式又可以从史传中找到源头。《左传》中就有不少梦兆、占卜的记叙，已经将《春秋》所记载的史事神秘化①。《史记·高祖本纪》所言"刘媪尝息大泽之陂，梦与神遇……遂产高祖"②对后来的历史小说神怪化至少产生两方面的影响：一是造成人物出生有异象的模式，不少历史小说介绍某个人物时，都描绘其出生时的奇异性。《盘古至唐虞传》说公孙轩辕母亲"见大电绕北斗枢星，感而身怀有孕"，二十四个月后生下轩辕③；舜母"见天上大虹，有感而生舜于姚墟之地"④；《西汉演义》所言刘邦乃其母"梦与神交会"而生⑤，更是直接搬用《高祖本纪》。二是奇异梦境对历史人物和事件的影响。《东周列国志》第八十三回，越灭吴前夕，文种和范蠡都梦见伍子胥乘白马素车和他们交谈，指引他们如何进吴都城；《开辟演义》第二十一回黄帝"梦见大风将天下尘垢皆吹去。又梦一人手执千钧之弩，驱羊万群"⑥，于是根据梦兆寻找到风后、力牧，辅佐自己治理天下。

小说人物奇异化还表现在将某些人物附以"神力"。《残唐五代史演义》中

---

① 傅修延：《先秦叙事研究：关于中国叙事传统的形成》，北京：东方出版社 1999 年版，第 205-207 页。

② 司马迁：《史记》卷八，北京：中华书局 1959 年版，第 341 页。

③ 钟惺编：《盘古至唐虞传 有夏志传 有商志传》，北京：群众出版社 1997 年版，第 36 页。

④ 钟惺编：《盘古至唐虞传 有夏志传 有商志传》，北京：群众出版社 1997 年版，第 55 页。

⑤ 甄伟：《西汉演义》，北京：华夏出版社 2012 年版，第 26 页。

⑥ 周游：《开辟演义》，北京：华夏出版社 2013 年版，第 51 页。

的李存孝，勇冠三军，被康君立、李存信二人陷害，用五牛分其身，但五牛反被存孝用力"纵到身底下来"，此时"半空中现一金甲神人，叫存孝不得挣挫"，并告知存孝"原是上界铁石之精降临凡世"，现在已"功行完满"需要"归天"，以防"神人夺了你的座位"①，于是存孝被害。史书记载存孝"骁勇冠绝"②，在小说中被归因于铁石精下凡，将历史人物"神"化，或许是人物奇异化的最简便做法；更有甚者，恰好存孝被害的时候，也是"功行完满"需要"归天"的时候，这种今天看起来比较拙劣的巧合不妨看作是人物奇异化的表现。如果说李存孝的"神力"基本上还是通过人的超常能力展示出来，《杨家将演义》中的杨文广、杨宣娘等人，就和《西游记》中的孙悟空等神怪一样，变化多端，完全超出了人的能力，卷八"公正争先锋印"一章，文广和奉国都能化身十余个自己，且能 "在云端飞来飞去"③；卷八"十二寡妇征西"中的宣娘可"飞上云端"，并能"吹气一口，化一道清风下去"，军队在法术的作用下，可变为"黄斑猛虎"④。历史小说至此已有神怪化倾向，实录在很大程度上已让位于虚构和想象。需要说明的是，这些在今天看来完全属于虚构乃至荒诞不经、在历史小说中显得不伦不类的内容，在古人的观念中却未必如此。自魏晋志怪小说以来，鬼神怪异之事就被小说家当作"实录"所认可，干宝《搜神记》，时人称之为"鬼之董狐"⑤；王嘉《拾遗记》，"其言荒诞，证以史传皆不合"⑥，萧绮在修订时却声称"言匪浮诡，事弗空诬，推详往迹，则影彻经史，考验真怪，则叶附图籍"⑦。作为晚出的历史小说，在"史统散而小说兴"⑧观念的影响下，自然不会对史传一味模仿，难免会受到神怪小说将鬼神行为看作"实录"的影响，而在小说中将历史人物和鬼神交织在一起。所以，今天看起来天马行空的想象和虚构，在历史小说中却频繁出现。

① 钟惺、罗贯中：《混唐后传 残唐五代史演义》，北京：华夏出版社 2017 年版，第 222 页。

② 薛居正等：《旧五代史》卷五十三，北京：中华书局 1976 年版，第 714 页。

③ 佚名：《杨家将演义 说呼全传》，北京：中华书局 2013 年版，第 191 页。

④ 佚名：《杨家将演义 说呼全传》，北京：中华书局 2013 年版，第 200-201 页。

⑤ 徐震堮：《世说新语校笺》（下），北京：中华书局 1984 年版，第 427 页。

⑥ 四库全书研究所整理：《钦定四库全书总目》，北京：中华书局 1997 年版，第 1875 页。

⑦ 萧绮：《拾遗记序》，载丁锡根编：《中国历代小说序跋集》（上），北京：人民文学出版社 1996 年版，第 59 页。

⑧ 绿天馆主人：《古今小说叙》，载丁锡根编：《中国历代小说序跋集》（中），北京：人民文学出版社 1996 年版，第 773 页。

人物奇异化受史传影响的另一个特点是用后来的历史结果来推演此前的人物行为和情节发展。《英烈传》第五回，少年朱元璋砍柴时身陷淤泥之中，就在他"自分必遭淹溺"之时，很多小鬼将他救了，理由是"皇帝被陷了，我们快去保护，庶免罪戾"①。就小说情节发展逻辑来看，在朱元璋早年落魄时分用他未来是皇帝的理由来救他，实在是不合情理，但在作者心目中，既然是写历史上真实存在的皇帝的故事，就要时刻提醒自己，皇帝的身份对整个故事都有制约作用，遇到故事进展对皇帝不利，正常逻辑无法让事情朝着有利于皇帝的方向发展的时候，就用这种反向推演的方式来推动故事发展。历史小说中，这种情况经常出现。《东西晋演义》"刘裕火攻破卢循"一节，龙王居然领着水族帮助刘裕攻击卢循，刘裕因此反败为胜，龙王帮助刘裕的原因是"刘裕当兴宋祚"②。《梼杌闲评》第十八回，魏忠贤快被水淹死，在"一灵不冥"，魂魄游荡之际，被神道因"天数使然"而让他回阳世③。所谓"天数使然"，也是叙述者因知道魏忠贤后来发迹而寻找出来的让他活下去的理由。这种情况在历史小说中的反复出现，说明在叙述者心目中，史传的影响是潜在的、深入骨髓的，他明白自己在讲一个结局已经明了的历史故事，为了不违背历史结局，可以在关键时刻借助鬼神来改变故事进程。

二、叙述机制

就历史小说的叙述机制看，章回体的形成、史官式叙述、文献引入都与史传叙事有一定关系。

历史小说是真实作者"按鉴"演义的产物，如何落实"按鉴"演义，就需要考察叙述者如何展开叙述，如何在"按鉴"叙述中逐渐形成并完善历史小说的章回体叙事。其一，就章回形式的初衷看，是为了提供小说的内容梗概，让小说眉目清楚。起初的历史小说分卷分则，每则根据内容拟个题目，这应该是受《资治通鉴纲目》影响所致。《资治通鉴纲目》之所以比《资治通鉴》更受小说家欢迎，主要在于前者有"纲目"，既易于查找具体"纲目"所对应的相关内容，又方便浏览全部的内容概要。早期的历史小说，比照《资治通鉴纲目》的分纲列

---

① 郭勋：《英烈传》，北京：中华书局 2013 年版，第 17 页。
② 杨尔曾：《东西晋演义》，北京：华夏出版社 2013 年版，第 487 页。
③ 刘文忠校点：《梼杌闲评》，北京：人民文学出版社 1983 年版，第 220-221 页。

目，先对小说分卷，然后在每卷之中再分则，好让历史人物和故事的眉目更加清楚。其二，就则目的具体内容看，由于历史小说基本上参照《资治通鉴纲目》内容来演绎，历史小说的则目很自然地与《资治通鉴纲目》相关内容一致。熊大木《全汉志传》（12 卷本）卷六的则目依次是"汉宣帝承统登基""李陵回答苏武书""赵充国大破匈奴""霍氏谋反遭族诛""疏广致士荣还乡""赵充国计破先零""赵充国进屯田计""杨恽放肆遭诛戮""陈宣大胜康月氏""朱云谏君折庭槛"，除"赵充国大破匈奴"一则外，其他各则与《资治通鉴纲目》中卷五"秋，七月，迎武帝曾孙病已入即位"①，卷五"苏武还自匈奴，以为典属国"②，卷五"秋，七月，霍氏谋反，伏诛，夷其族"③，卷五"疏广、疏受请老，赐金遣归"④，卷六"先零羌杨玉叛……赵充国将兵击之"⑤，卷六"留充国屯田湟中"⑥，卷六"杀故平通侯杨恽"⑦，卷六"陈汤……袭击匈奴郅支单于于康居，斩之"⑧，卷七"朱云上书……攀殿槛，槛折"⑨大致对应，基本上就是对《资治通鉴纲目》相关内容的摘录和简化，只是将《资治通鉴纲目》中的内容概括为七个字而已。其三，就章回形式的演进看，历史小说最初分卷分则，却没有分回，每卷标明次序，每则却不标明次序，只有标题。随着小说的刊刻和相关经验的积累，章回形式至少在两方面有质的改进。第一个方面是分回，分回和分则的根本区别是分回在回目名称前标明次序。分卷和分回的结合，使小说的具体内容很容易被定位查

---

① 朱熹：《资治通鉴纲目》，载朱杰人、严佐之、刘永翔主编：《朱子全书》（第 8 册），上海：上海古籍出版社，合肥：安徽教育出版社 2002 年版，第 346 页。

② 朱熹：《资治通鉴纲目》，载朱杰人、严佐之、刘永翔主编：《朱子全书》（第 8 册），上海：上海古籍出版社，合肥：安徽教育出版社 2002 年版，第 336 页。

③ 朱熹：《资治通鉴纲目》，载朱杰人、严佐之、刘永翔主编：《朱子全书》（第 8 册），上海：上海古籍出版社，合肥：安徽教育出版社 2002 年版，第 358 页。

④ 朱熹：《资治通鉴纲目》，载朱杰人、严佐之、刘永翔主编：《朱子全书》（第 8 册），上海：上海古籍出版社，合肥：安徽教育出版社 2002 年版，第 366 页。

⑤ 朱熹：《资治通鉴纲目》，载朱杰人、严佐之、刘永翔主编：《朱子全书》（第 8 册），上海：上海古籍出版社，合肥：安徽教育出版社 2002 年版，第 372 页。

⑥ 朱熹：《资治通鉴纲目》，载朱杰人、严佐之、刘永翔主编：《朱子全书》（第 8 册），上海：上海古籍出版社，合肥：安徽教育出版社 2002 年版，第 372 页。

⑦ 朱熹：《资治通鉴纲目》，载朱杰人、严佐之、刘永翔主编：《朱子全书》（第 8 册），上海：上海古籍出版社，合肥：安徽教育出版社 2002 年版，第 385 页。

⑧ 朱熹：《资治通鉴纲目》，载朱杰人、严佐之、刘永翔主编：《朱子全书》（第 8 册），上海：上海古籍出版社，合肥：安徽教育出版社 2002 年版，第 409 页。

⑨ 朱熹：《资治通鉴纲目》，载朱杰人、严佐之、刘永翔主编：《朱子全书》（第 8 册），上海：上海古籍出版社，合肥：安徽教育出版社 2002 年版，第 446 页。

找，既可以防止内容的重复，也可以强化前一回和后一回之间的逻辑关系。不妨以《列国志传》的三个版本为例稍加分析。余邵鱼的《春秋列国志传》"目录"处分卷列则，既不标明每卷有多少则，则前也不用数字来显示次序，正文每则标题缩两格另起行。余象斗的《片璧列国志》（即《袖珍列国志》）"目次"处分卷列回，"一卷"两字后用小字标明"十九回"，但每回回目前无次序，在正文中每回标题缩两格另起行，标题前标明"第一回""第二回"字样，但"目次"中的前十六回在正文中每两回成一回，这样，正文中的前八回，每回其实都含有"目次"中的两回内容，由于回目都缩两格另起行，所以前八回中都出现了回目前无次序的另起行回目的情况（这与《春秋列国志传》正文中的"则"实际上是一回事）。就此而言，《片璧列国志》所说的"回"比《春秋列国志传》的"则"有所改进，但不够彻底，"目次"和正文中的回目不一致，或许是粗心所致，但也显示出叙述者对回目的用心不够。冯梦龙的《新列国志》进行了较大的改动，"目录"处只列回不分卷，单起一行标明回次，然后另起行缩一格写回目名称。正文与"目录"一致。叙述者显然对回目很重视。第二个方面是回目内容上的用心，由单句到偶句的变化不仅是形式的变化，更是叙述者对内容的理解和对叙述的调整。《春秋列国志传》"目录"处第一卷前四则分别为"苏妲己驿堂被魅""云中子进斩妖剑""西伯侯入商得雷震""西伯陷囚羑里"，正文中第四则"西伯陷囚羑里"写成"西伯侯陷囚羑里城"，显然，叙述者只求概括内容，对回目名称很不讲究。《片璧列国志》"目次"处第一卷前四回分别为"苏妲己驿堂被妖""云中子进斩妖剑""西伯入商得雷震""西伯陷囚于羑里"，字数一致，比《春秋列国志传》要讲究一些，但正文中的标题与"目次"不尽一致，"苏妲己驿堂被魅　云中子进斩妖剑"为第一回，"西伯侯入商得雷震　西伯侯陷囚羑里城"为第二回，正文中的回目标题一如《春秋列国志传》。《新列国志》每回标明次序，如第一回"周宣王童谣发令　杜大夫厉鬼报冤"，第二十四回"盟召陵礼款楚大夫　会葵丘义戴周天子"，虽然回与回的标题之间字数不尽一致，但每回都用对偶的两句做标题，总体上看还是相当讲究的。而且回与回之间的衔接也比《春秋列国志传》和《片璧列国志》要好得多，基本上做到了余象斗在《题列国序》中所说的"条之以理，演之以文，编之以序"①。章回体逐

---

① 丁锡根编：《中国历代小说序跋集》（中），北京：人民文学出版社1996年版，第862页。

渐走向精致化，主要是叙述者出于艺术方面的考虑，与史传叙事应该关系不大，但章回体最初的形成，与史传叙事却关系密切。有论者指出：虽然章回体的形成与话本模式有关，但叙述者"以节录史书、自成段落、再立标题的敷演形式为主"，主要还是受《资治通鉴纲目》的影响所致①。

由于受史传叙事的影响，历史小说还表现出一种史官式叙述的格局。具体表现大致有：①全知视角。叙述者对所叙述的故事，全知全能，不仅知道所有故事的来龙去脉，提前知道故事的结局，也知道人物的内心想法。因为他是在讲一个已经过去的盖棺定论的故事，站在"事后"洞察一切的立场上去展开叙述，犹如史家写史。这种情况在历史小说中比比皆是。②直笔论道。史家传统之一就是直笔论道，如实记载历史，"不虚美，不隐恶"②，叙述历史的同时带有强烈的社会责任感，"品第人材以示劝戒，古人之本意，史氏之常职也"③。历史小说在叙述时，往往自觉地将道德劝诫作为自己的当然要求，因此，所叙述的历史事件其实是有选择的。《新列国志叙》所说的"凡国家之废兴存亡，行事之是非成毁，人品之好丑贞淫，一一胪列"，其目的在于劝世："是故鉴于褒姒、骊姬，而知嬖不可以篡嫡；鉴于子颓、阳生，而知庶不可以奸长；鉴于无极、宰嚭，而知佞不可以参贤……往迹种种，开卷瞭然，披而览之，能令村夫俗子与缙绅学问相参，若引为法诫，其利益亦与六经诸史相埒。"④③果报模式。不少历史小说将历史故事和人物纳入到因果报应的大框架中，这似乎是受到佛家影响。但细究之，果报观念并非佛家所独有，而是为儒道佛所共有。就决定史传传统的儒家思想而言，《尚书·汤诰》云："天道福善祸淫。"《易传·文言传·坤文言》云："积善之家，必有余庆；积不善之家，必有余殃。"儒家的这种果报思想导致史传中也有强烈的果报意识，许宝善甚至说："历朝二十二史，是一部大果报书。二千年间，出尔反尔，侥得侥失，祸福循环，若合符契，天道报施，分毫无

① 纪德君：《从历史演义看古代小说章回体式的形成原因及成熟过程》，《西北师大学报》（社会科学版）1998年第3期，第17-20页。

② 班固：《汉书·司马迁传》，载班固：《汉书》卷六十二，颜师古注，北京：中华书局1964年版，第2738页。

③ 叶适：《习学记言序目》，转引自姜义华、瞿林东、赵吉惠：《史学导论（修订本）》，上海：复旦大学出版社2010年版，第253页。

④ 丁锡根编：《中国历代小说序跋集》（中），北京：人民文学出版社1996年版，第865-866页。

爽。"①史传中暗含的果报观念对历史小说的叙述发生了潜移默化的影响，《三国演义》开头所说的"天下大势，分久必合，合久必分"也不妨看作是分合之间互为因果的关系，分分合合的历史既然互为因果，写分合变化的历史小说自然也可以采用果报模式。写英雄的《大宋中兴通俗演义》、写奸邪的《梼杌闲评》，直接采用果报结构；基本纪实的《混唐后传》，最后竟通过仙家张果之口，说出了朱贵儿与隋炀帝旧世之凤缘，转而为唐明皇与杨贵妃今世之纠葛，"事虽荒唐"，但冥冥之中或许真的有此"账簿"，"登记此类以待销算"②。这说明，无论是外在的框架结构，还是内在的思想观念，果报模式都可说是历史小说的一种叙述程式。④天命观。天命观暗合果报模式，但果报模式是从作品的外在结构或内在观念中看出来的，天命观则隐藏在历史小说的整个叙述过程之中，它没有形成一种模式，但作为一种贯穿始终的观念，往往用来解释小说中不好解释的现象。在史家看来，虽然人事纷纭复杂，但背后都是天命主宰。《左传·庄公三十二年》认为天命即隐藏于人事之中："国将兴，听于民；将亡，听于神。神，聪明正直而壹者也，依人而行。"③史家的天命观对小说家影响深远，历史小说往往有"今古兴亡数本天，就中人事亦堪怜"④的感慨，在叙述过程中，动辄以天命来解释人事行为，《英烈传》第三十六回，陈友谅逃过一劫，叙述者认为"是他的天命未尽，故得如此"⑤。

历史小说的另一特色是叙述过程中的文献引入，这与史传叙述依靠文献如出一辙。需要说明的是，在谈论真实作者时曾提到过文献引入，那是指真实作者的一种意识或观念，指通过小说序跋所体现出来的小说作者和参与者对文献引入的认识，此处所说的文献引入指的是叙述过程中的文献引入，指小说文本所展示出来的在文献引入方面的具体表现。

文献引入在历史小说中的表现多样：①在叙述过程中，随着情节的发展，引入历史人物所做的表、书、赋等，这样的引入没有打断叙述的线索，显得很自

① 许宝善：《北史演义叙》，载丁锡根编：《中国历代小说序跋集》（中），北京：人民文学出版社 1996年版，第 946 页。

② 钟惺：《混唐后传序》，载丁锡根编：《中国历代小说序跋集》（中），北京：人民文学出版社 1996年版，第 966 页。

③ 杨伯峻：《春秋左传注》，北京：中华书局 1990 年版，第 252-253 页。

④ 修髯子：《三国志通俗演义引》，载丁锡根编：《中国历代小说序跋集》（中），北京：人民文学出版社 1996 年版，第 889 页。

⑤ 郭勋：《英烈传》，北京：中华书局 2013 年版，第 112 页。

然。如《英烈传》第二十三回引张士诚给太祖的假意求和书以及太祖的"回檄"，第二十六回引张士诚奉表，第三十一回引刘基的表章、宋濂的词、太祖的《江流赋》，第四十五回引太祖给徐达的谕旨，第五十二回引榜文，第六十一回引祭文，第七十四回引券文，第七十五回引祝文，等等。这样的引入"不仅容易模仿，而且又可增强作品的史实感"①。②为引入文献而引入文献，扰乱了叙述进程。《大宋中兴通俗演义》将岳飞的二十一本奏章、三篇题记、一道檄文、一封书信、两首词，镶嵌在叙述过程中，但这些镶嵌往往并不自然，显得很生硬。如卷三"韩世忠镇江鏖兵"一则，引入岳飞拜五岳庙所做"盟记"②，与上下文均无关系。岳飞遇害后，还有岳飞的几篇文献没有引入，于是叙述者以"岳王著述"为标题，"以王平昔所作文……有事不粘连处，未入本传者，另录出于王之终传后，以便观览"③，似乎讲岳飞的故事就要将岳飞本人所写的文献全部录入才行。同时，该书还大量引用朝廷及其他官员所做的各类文献，卷三"胡寅前后陈七策"一则，抄录的第三策到第七策，占该节绝大部分篇幅，而第一策和第二策又抄录于上一则"洪皓持节使金国"最后，在第二策和第三策之间，硬生生加上"胡寅前后陈七策"这一则目（标题），对小说叙述来说，实在令人匪夷所思。③对照引入文献。在叙述故事之后，将史书上记载的相关内容抄录在后面，以示前面的叙述有史实依据。对照引入主要有三种情况：一是直接抄录史书，如《东西晋演义》西晋卷三"勒责王衍乱天下"一则，在叙述石勒杀害王衍及司马越宗族之后，叙述者停止叙述，以"史臣断八王曰"引《晋书》卷五十九卷卷末对八王先后用事的长篇评论④，对此前叙述的八王用事做一个概括性的复述和总结。二是节录改写史书，对正文内容作补充，中断叙述流程。《大宋中兴通俗演义》卷一在讲到钦宗皇帝即位后，缩两格写道："按《通鉴》，帝讳桓，徽宗长子也。初封定王，会金人入寇，徽宗遂传以大宝。在位二年，为金人所掳。绍兴末，殂于沙漠，寿六十一。"⑤《资治通鉴》及《资治通鉴纲目》均不记宋事，

①　陈大康：《明代小说史》，上海：上海文艺出版社 2000 年版，第 263 页。

②　熊大木编：《大宋中兴通俗演义》，载《古本小说集成》编委会编：《古本小说集成》（第四辑），上海：上海古籍出版社 2017 年版，第 294 页。

③　熊大木编：《大宋中兴通俗演义》，载《古本小说集成》编委会编：《古本小说集成》（第四辑），上海：上海古籍出版社 2017 年版，第 706 页。

④　杨尔曾：《东西晋演义》，北京：华夏出版社 2013 年版，第 115-116 页。

⑤　熊大木编：《大宋中兴通俗演义》，载《古本小说集成》编委会编：《古本小说集成》（第四辑），上海：上海古籍出版社 2017 年版，第 6 页。

文中内容与《纲鉴汇编》卷八十三《宋纪·钦宗皇帝》大体一致。三是节录改写原文，节录开始时中断叙述，节录最后又连上叙述。《三国志后传》为了增强其真实性，经常在某个人物出场时，节录史书对该人物的介绍，人物介绍的最后又回到节录前的叙述流程。第八十三回陈敏欲反叛，想招揽甘卓，在"陈敏兄弟暗谋不轨，成否还是如何"之后，就引入文献："按晋史，甘卓字季思……隐于江左。陈敏兄弟知其名，故谋召之。"①"故谋召之"回到节录前的叙述，在节录改写之后，叙述者又继续前面的叙述："当日陈敏欲谋不轨……"②叙述者主要引入《晋书》卷七十《甘卓列传》内容，但加以改写，尤其是将《晋书》中"弃官东归，前至历阳，与陈敏相遇"③改写成陈敏"谋召之"，以与前文叙述相合。

三、叙述介入

就具体叙述看，史传的"寓论断于序事"对历史小说影响最为深远，它导致小说中几乎无处不在的叙述介入。如果说史传叙事的"假论赞以自见"主要影响到真实作者的评论，"寓论断于序事"则主要影响到叙述介入（即叙述者在叙述过程中介入故事）。介入的方式多种多样。

（一）历史小说的题名和回目可见出叙述者的态度

像《全汉志传》《东周列国志》这样的题名是看不出叙述者的态度的，但很多历史小说的书名不是这样的中性立场，而是在书名中寄寓褒贬，非常突出地体现了叙述者的价值判断。《英烈传》《于少保萃忠传》《辽海丹忠录》《杨家府世代忠勇演义志传》《武穆精忠传》，用"英烈""萃忠""丹忠""忠勇""精忠"来肯定历史人物的正面价值，《梼杌闲评》《魏忠贤小说斥奸书》《剿闯小说》，用"梼杌"（古怪兽名）、"奸"来直呼魏忠贤，用"剿"来表明对待李自成的态度。回目中的倾向有时更明显。《英烈传》第一回"元顺帝荒淫失政"、第三回"专朝政群奸肆乱"，《后七国乐田演义》第一回"贪大位结党巧欺君　慕虚名信谗甘让位"，回目名称清晰地传达出贬斥的姿态。《三国志后

① 酉阳野史编次：《三国志后传》，孔祥义校注，上海：上海古籍出版社2007年版，第581页。
② 酉阳野史编次：《三国志后传》，孔祥义校注，上海：上海古籍出版社2007年版，第582页。
③ 房玄龄等：《晋书》，北京：中华书局1974年版，第1862页。

传》第二回"二贤合计诛邓艾"、第八十五回"甘顾诸贤诛陈敏"，《西汉演义》第四十三回"韩信暗计智章平"，其中的"贤""智"都是叙述者的判断。有些回目则通过忠奸善恶的对比，突出其伦理取向，《后七国乐田演义》第七回"齐湣王杀二忠臣以肆恶 乐元帅会五诸侯而出师"之"杀二忠臣以肆恶"，伦理倾向明显；《于少保萃忠传》第三回"虎丘山良朋偶会，星宿阁妖魅惊逃"、《混唐后传》第二十七回"矢忠贞真卿起义 遭疑忌舒翰丧师"，前后两句之间均形成反差。

（二）纪年方式和人物称呼暗含了叙述者的倾向

史传叙事对正统的重视折射到历史小说中的一个表现是纪年方式。在统一时期，纪年没有问题，在分裂割据时期，叙述者一般以儒家正统思想统治的朝代来纪年。但在具体的行文过程中，叙述者有时流露出矛盾心理。《东西晋演义序》要求"严华裔之防，尊君臣之分，标统系之正闰"[①]，在正文开头，也以西晋、东晋纪元在前，将十六国称为"伪十六国"，正文中往往将多国纪元并举，但都是将晋朝纪元放在前面，有时还标明其他国家的建立实乃僭越之举。如东晋卷八"炽磐乘虚执虎台"开头"甲寅，十年（秦弘始十六年，魏神瑞元年。是岁，南凉亡，大二小五，凡七僭国）"[②]，秉承朱熹在《资治通鉴纲目·序例》中所说的"凡正统之年岁下大书，非正统者两行分注"[③]的思想，虽然"非正统者"没有两行分注[④]，但还是很明显地体现出史家的正统意识。与纪年类似的还有人物称呼。凡是历史上成为皇帝的，小说叙述其发迹之前，也往往以帝号称之，这一方面是出于对帝王的尊重，另一方面也出于史传的影响。如《英烈传》第四回"真命主应瑞濠梁"，在朱元璋出生前就称其为"真命主"，自第五回朱元璋出生以后，叙述者就一直称其为"太祖"，这当然和作者是明代人有关，深究之，则是将后来的历史事实作为叙述的前提，这不符合一般的小说叙事，却是史传所认可的做法。史传记叙时，也经常将发迹前的人物直接称为帝王。《史记·秦始

① 杨尔曾：《东西晋演义》，北京：华夏出版社 2013 年版，第 1-2 页。

② 杨尔曾：《东西晋演义》，北京：华夏出版社 2013 年版，第 501 页。

③ 朱熹：《资治通鉴纲目》，载朱杰人、严佐之、刘永翔主编：《朱子全书》（第 8 册），上海：上海古籍出版社，合肥：安徽教育出版社 2002 年版，第 21 页。

④《东西晋演义》（12 卷本），载《古本小说集成》编委会编：《古本小说集成》（第二辑），上海：上海古籍出版社 2017 年版，第 1332 页。

皇本纪》开头称"秦始皇",作为介绍人物开场,下文在统一六国前称其为"秦王",符合人物当时的历史情境。《史记·高祖本纪》自始至终称刘邦为"高祖",虽然不符合当时的历史情境,但由于写本朝皇帝,显得也很自然。史传中不符合历史情境的称呼影响到历史小说,有时会产生负面影响。《东西晋演义》西晋卷三"猗卢大破铁弗氏"一则,介绍郁律时说"却说郁律资质雄壮,甚有威略,后号为平文帝",下文一边说郁律发兵,一边"却说白部听知平文自引兵来"①,此时郁律只是北魏穆帝的"太弟之子",称其为"平文",于叙述而言,实属不当。《东西晋演义》东晋卷八"魏王赐浩御缥醪"一则有"却说枹罕虏乞伏炽磐"②,在乞伏炽磐出场时就在他所在的枹罕地区后面加上一个"虏"字,透露出叙述者骨子里的正统意识和对边远少数民族的不屑。

(三)以夹叙夹议的形式来介入叙事

夹叙夹议即在叙述中夹有议论,这是叙述者表达自己意见的最常见手法。《梼杌闲评》第十一回,魏忠贤听田尔耕劝他娶亲之后,觉得自己当初救人完全出于义气,现在听说对方有许多田产,"终是小人心肠,被他感动了"③,"终是小人心肠"这样的议论显示叙述者公开介入了叙事。夹叙夹议除了这种常见的形式外,还有一种特别的形式,即叙述同时是议论,同样的话语既可以说是叙述,又可以说是议论,叙述者在此暗地里介入叙事。《盘古至唐虞传》下卷最后一则开头,说尧即位后,"民就之如日,望之如云。存心于天下,加志于穷民"④,这可以看作是尧即位后情况的描述,但字里行间又透露出叙述者对尧的赞扬和敬仰之情。历史小说有时在介绍人物的同时给人物以评价,这也是一种夹叙夹议,只是评价蕴含在介绍中,使得评价看起来好像是在陈述一种事实,叙述者介入不太明显。《梼杌闲评》第十回,吴保安出场时,叙述者介绍他父亲"教他读书……谁知吴保安逐日同这班人在一处,遂习成了个流名浪子"⑤。"流名浪子"既是对吴保安的介绍,也是对他的评价。

---

① 杨尔曾:《东西晋演义》,北京:华夏出版社 2013 年版,第 110 页。
② 杨尔曾:《东西晋演义》,北京:华夏出版社 2013 年版,第 510 页。
③ 刘文忠校点:《梼杌闲评》,北京:人民文学出版社 1983 年版,第 125-126 页。
④ 钟惺编:《盘古至唐虞传 有夏志传 有商志传》,北京:群众出版社 1997 年版,第 7 页。
⑤ 刘文忠校点:《梼杌闲评》,北京:人民文学出版社 1983 年版,第 113 页。

（四）通过人物的处理来介入叙事

主要有三方面的情况：其一，通过人物不合常规的言行来暗示叙述者心声。《英烈传》第四十回在朱元璋灭陈友谅残余势力和"即吴王位"之间，插入一段"太祖误入庐山"的故事。故事中的太祖无奈为老僧"助银五千两"之后，表示"若我日后登了大位，当杜此贪僧，灭尽佛教"，并题诗表示自己"有志扫除平乱世，无心参悟学菩提"[①]。太祖在此故事中的表现与此前此后爱护部下、体恤百姓的行为判若两人，老僧亦以"愿陛下行仁"[②]来对太祖此时的行为表示不满。值得玩味的是，"误入庐山"的故事是穿插在紧张的战争之间，太祖"偶出营前散步"而入庐山，被老僧"往下一推"便回到"自家营前"，颇有奇异色彩。从故事内容看，老僧始终称朱元璋为"陛下"，叙述者此举自然有为朱元璋歌功颂德之意。此时朱元璋刚灭了陈友谅，但张士诚等势力仍在，远谈不上称帝。"误入庐山"故事中的朱元璋表现出来的残忍和暴虐，和此时朱元璋的一贯行为严重背离，和历史上的朱元璋称帝后的行为倒有些相似。《英烈传》作为取悦皇帝以求晋升之作，叙述者或许想借助一个虚构的老僧和一个没来由的故事，既歌功颂德，又意在劝讽。其二，通过不同人物的对比来显示叙述者的态度。《西汉演义》中的韩信与萧何，都是刘邦的得力助手，但在处理自己和刘邦的关系上，二人迥然不同。韩信忠心耿耿时居功自傲，甚至有点率性而为，被刘邦削夺兵权后有叛反之心，由于轻信萧何而被萧何、吕后谋杀。萧何受人诬告被刘邦下狱，却不分辩，反让刘邦有愧疚之感。对照二人的行为，韩信、萧何均知刘邦为人，但韩信本性忠厚，才最终被害；萧何则知道揣摩圣意，设计而杀韩信。叙述者忍不住借众人之口，说萧何"立谋擒信，及夷族之时，卒无一言劝止，何其不仁"[③]。其三，通过改写历史人物表明叙述立场。历史小说在虚构方面比史传走得更远，人物形象有时候也更鲜明，史传的"典型化"在历史小说这里冲破了史传大体上囿于史实的藩篱。《梼杌闲评》将魏忠贤和客印月的沉瀣一气归结为他们早年的"明珠缘"，魏忠贤的出身，他和田尔耕、崔呈秀等人在发迹前的交往，他与傅如玉的姻缘，都是虚构出来的，又都有机地融合进魏忠贤陷害忠良的历史事件中，而且，所有的虚构以及真实的历史事件，都笼罩在因果报应的模式

---

① 郭勋：《英烈传》，北京：中华书局 2013 年版，第 127 页。
② 郭勋：《英烈传》，北京：中华书局 2013 年版，第 128 页。
③ 甄伟：《西汉演义》，北京：华夏出版社 2012 年版，第 313 页。

之下，为魏忠贤等人的恶行找到"复仇"的根源。更有甚者，在虚构之外，作者还改写历史，将本来属于阉党的傅应星写成魏忠贤的儿子，且出淤泥而不染。魏忠贤这样一个大"梼杌"，却有一个明事理的妻子和一个辨忠奸的儿子。历史上的魏忠贤基本上被小说化，结果使本来善恶分明的伦理说教在虚构的情节和因果报应的模式中显得有些暧昧。可以说，史传传统的实录原则在《梼杌闲评》中只是为虚构服务的，却虚构出一个活生生的魏忠贤形象，这说明叙述者的介入成就了历史小说的"典型化"。

（五）通过场面描写来介入叙事

描写场面时，叙述者可以在不动声色中表露自己的态度。《隋史遗文》所描绘的李世民杀单雄信的场面，暗含着叙述者对李世民的看法。秦叔宝等人为单雄信求情，"秦王道：'前日宣武陵之事，臣各为主，我也不责备他。但此人心怀反覆，轻于去就，今虽投伏，后必叛乱，不得不除。'程知节道：'大王若疑他有异心，小将三人，愿将三家家口保他。他如谋反，一起连坐。'秦王道：'军令已出，不可有违。'徐世勣①道：'大王招降纳畔，如小将辈俱自异国，得备左右。今日杀雄信，谁复有来降者？且春生秋杀，俱是大王，可杀则杀，可生则生，何必拘执？'秦王道：'雄信必不为我用，断不可留。猛虎在柙，不为驱除；待其咆号，悔亦何益？'三将叩头哀求，愿纳还三人官诰以赎其死。叔宝涕泣如雨，愿以身代死。秦王心中不说出，终久为宣武陵之事不快在心，道：'三将军所请，终是私情。我这国法在所不废。'固执不听"②。李世民说秦叔宝等人所请乃是私情，其实他心中所记恨的才是私情。对话展示了李世民公报私仇、残忍无情的一面。叙述者看起来是描绘场面，但场面中暗含的讽刺、不满之意十分明显。也许出于对场面描写中暗寓褒贬的推崇，也许出于对单雄信的赞扬和惋惜，《隋唐演义》后来沿用了《隋史遗文》这段文字，表面上不加臧否地展示，实际上写出了李世民道德人格的缺陷。

以上五种方式，叙述者的倾向蕴含在同一部小说中。有时候，通过不同小说的对照，也可以看出叙述者的倾向。主要有两种方式。

第一，相同的历史事件，选择不同的方式来叙述，叙述者的用意有别。同样

---

① 李勣，原名徐世勣，字懋功，后赐姓李，又为避唐太宗李世民讳，去"世"字，单名勣。
② 袁于令评改：《隋史遗文》，宋祥瑞校点，北京：北京大学出版社 1988 年版，第 508 页。

是写后羿篡位的故事，《开辟演义》第五十六回用几百字，写后羿用寒浞、伯明，毒杀帝相而自立，紧接着下一回，后羿就被寒浞所害，寒浞谋害后羿的理由也没有交代，后羿死后，叙述者只用"善恶到头终有报，只争来早与来迟"①这样一句套话加以总结。《有夏志传》在卷二用数千字篇幅详细地写了后羿收逢蒙为徒、逢蒙又带来伯明的后人寒浞，三人经过精心谋划，最终因不敢弑君，于是赶走夏王而篡位。后羿篡位上朝之日，天刮黑风，立朝之地下陷。后羿后来被逢蒙射杀，逢蒙又被寒浞谋害，射杀和谋害的过程写得都很详尽，也符合逻辑。对照《开辟演义》，《有夏志传》的叙述显然更有条理，条理的背后显示出叙述者更在乎君臣名分等纲常礼教，详细描写后羿等人的恶行，暗示对篡位行径的深恶痛绝。后羿临朝后，天地异样，"妖怪百出"，叙述者出面发表评论："这是千古贼臣篡位之始，如何天地不变？"②叙述者还借"后人钟惺"（作者兼叙述者本人）之口对此加以感叹："苟去仁义而利之怀，则三才五教之常，又何所其用惜？"③远不是《开辟演义》所透露出来的善恶有报所能涵盖的。

第二，对相同情境的不同历史事件的描述也可看出叙述者态度的差异。比如说，历史小说中，经常写到兄弟之间的事情。在《新列国志》第十二回，公子寿探知卫宣公在别人撺掇之下要杀害同父异母的哥哥急子，于是将急子灌醉，代急子而死，急子酒醒后为营救公子寿，亦被害。"兄弟争死"的故事虽然罕见，但表明在列国时期，王室中仍有兄弟情谊。《东西晋演义》中的王室宗亲则为了王位而频繁地互相杀戮，如立国仅三十二年的后赵石勒一族，即有石虎杀石堪、石弘、石邃、石宣，石宣杀石韬，石遵杀石世，石闵杀石遵、石衍、石鉴，为了王位，兄弟、父子之间动辄相互杀戮，已毫无亲情伦理可言。对照《新列国志》和《东西晋演义》，叙述者的倾向还是比较明显的。对列国时期的"兄弟争死"，叙述者引《诗经·卫风·乘舟》，"以寓悲思之意"④；对后赵时期的宗亲互戮，叙述者以"暴风拔树，震雷，雨雹大如盂升"⑤等灾异现象表达不满。

---

①　周游：《开辟演义》，北京：华夏出版社 2013 年版，第 127 页。

②　钟惺编：《盘古至唐虞传　有夏志传　有商志传》，北京：群众出版社 1997 年版，第 167 页。

③　钟惺编：《盘古至唐虞传　有夏志传　有商志传》，北京：群众出版社 1997 年版，第 171 页。

④　墨憨斋新编：《新列国志》，载《古本小说集成》编委会编：《古本小说集成》（第二辑），上海：上海古籍出版社 2017 年版，第 236 页。

⑤　杨尔曾：《东西晋演义》，北京：华夏出版社 2013 年版，第 281 页。

四、叙述者的历史演化

就某部小说而言，叙述者谈不上有什么变化，但将历史小说作为一个整体加以观照时，随着历史小说具体内容的变化，叙述者也呈现出不同的面貌。历史小说的发展大致经历了历史演义、本朝小说和时事小说这样一个演进过程，当然，时事小说出现之后，不妨碍有新的历史演义和本朝小说问世，但这样的演进过程是历史小说研究中不争的事实。

随着历史小说内容的变化，叙述者的主要意图也有所变化。历史演义的叙述者，往往注重乱世时期的历史，如《三国演义》《西汉演义》写朝代更迭时期各方势力的角逐，《东西晋演义》《三国志后传》写中央皇权不稳时的战乱纷争。叙述者将乱世历史加以演义，一般以官方的规范伦理为基本立场，演义通过乱世中的人物表现和事件进展来宣扬儒家的伦理观念，实现说教宗旨。《三国演义》中的刘备爱民如子，其才华能力远不如曹操，但其"仁心"让他在叙述者心目中成为超越曹操的一代明君；《西汉演义》中的刘邦和项羽，最大的区别在于一个实行仁政，一个实行暴政，最终强弱易势。在叙述者看来，朝代更迭时期，"仁"者可以得民心，进而可以得天下。《东西晋演义》《三国志后传》写晋之乱世，乱世中各方势力为自己的利益践踏人伦道德，都可以理解。但从叙述来看，有一个现象值得重视，即臣子的忠诚与否与社会纷乱之间有密切关系。晋之乱世，根源在于皇帝懦弱和皇权不稳，此时大臣的忠良与否决定了社会纷乱的程度。王导、陶侃、张宾等人的忠心和王敦、陈敏、靳准等人的叛乱形成鲜明对照，叛乱者最终无一例外地失败，将叙述者对"忠"的赞美变相地表现出来。历史演义在写仁君忠臣之余，也写草泽英雄。草泽英雄固然有其英明忠诚的一面，但草泽英雄区别于一般的明君忠臣的最大特点是其江湖义气。和《三国演义》《东西晋演义》等小说相比，《隋史遗文》展示了历史小说的另一种面目，主要写秦琼等草泽英雄的传奇故事，"什之七皆史所未备"①。叙述者在"怪是史书收不尽，故将彩笔谱奇文"②观念的引导下，突出了秦琼等人的"奇情侠气、逸韵英风"③，和传统明君贤臣不同的是，"奇情侠气、逸韵英风"突出的不是仁

---

① 《隋史遗文序》，载袁于令评改：《隋史遗文》，宋祥瑞校点，北京：北京大学出版社1988年版。
② 袁于令评改：《隋史遗文》，宋祥瑞校点，北京：北京大学出版社1988年版，第1页。
③ 《隋史遗文序》，载袁于令评改：《隋史遗文》，宋祥瑞校点，北京：北京大学出版社1988年版。

爱和忠诚，而是江湖义气。对草泽英雄来说，他们不排斥忠诚，但义气始终是第一位的。第五十九回秦琼等人请求李世民对单雄信手下留情时，秦琼等人虽然表示出对李世民的忠心，但更明显地表示出对单雄信的义气，秦琼甚至不惜以身代单雄信而死。正是在江湖义气的渲染中，叙述者表达出对秦琼等草泽英雄的敬仰之情。草泽英雄出身低微，甚至有正统儒家观念下的"叛逆"行为，但站在草泽英雄的立场，叙述者对这些叛逆行为并没有加以鞭挞，反而将叛逆的原因归结到朝廷方面，对叛逆行为有一种同情的理解。《隋史遗文》第十八回开头对"强盗"的议论，鲜明地体现了叙述者对"强盗"的肯定：由于"重阀阅，轻寒微；加以峻法严刑，大兵大役，民不聊生，自然不知不觉，大半流为盗贼了"①，这对统治者不乏警醒作用。无论是宣扬君之仁、臣之忠、草泽英雄之义，还是给统治者以警醒，历史演义叙述的是久远的故事，时间的距离让叙述者可以从容地考虑故事的道德意义。叙述者的基本用意是通过历史人物和故事来进行说教，虽然没多少新意，但至少能起到以古鉴今的作用。

本朝小说由于叙述的是本朝故事，叙述者难免有叙述之外的考虑，既可能受到真实作者意图的影响，也可能顾忌叙述中涉及的人事给小说带来的不良后果，叙述者的功利诉求和教化意图往往纠缠在一起。作为本朝小说的开山之作，《英烈传》作者的功利目的是首要的。据与郭勋同朝为官的郑晓《今言》记载："嘉靖十六年，郭勋欲进祀其立功之祖武定侯英于太庙，乃仿《三国志》俗说及《水浒传》为国朝《英烈记》，言生擒士诚，射死友谅，皆英之功。传说宫禁，动人听闻。"②郭勋借助当时受欢迎的通俗小说形式，想出这么一个表祖上之功的法子，果然有所回报："上因惜英功大赏薄，有意崇进之。……拜太师，后又加翊国公世袭。则伪造纪传，与有力焉。"③郭勋作《英烈传》的直接动机是为自己谋求政治利益，小说叙述者为暗合这些利益，多次为郭英表功：第二十七回，郭英在失败之后连夜再攻婺州，终因守城士卒"因地方偏僻，全不提防"，加上"城角损坏不完"而意外成功④；第四十回陈英杰单刀杀入太祖帐中，被郭英"手起一枪……登时槊死"⑤。这两处对郭英的处理，均犹如儿戏。第二十七回，两

① 袁于令评改：《隋史遗文》，宋祥瑞校点，北京：北京大学出版社1988年版，第145页。
② 郑晓：《今言》卷一，李致忠点校，北京：中华书局1984年版，第48页。
③ 沈德符：《万历野获编》卷五，北京：中华书局1959年版，第140页。
④ 郭勋：《英烈传》，北京：中华书局2013年版，第85页。
⑤ 郭勋：《英烈传》，北京：中华书局2013年版，第125页。

军交战，岂有"城角损坏不完"而"全不提防"之理？第四十回，陈英杰作为陈友谅帐下大将，能只身闯入雄兵环绕的太祖帐中，又岂能被太祖手下武艺并不出众的郭英一枪杀死？叙述者如此处理，显然是为了彰显郭英的功勋。小说在彰显郭英功勋的同时，还不忘记美化郭英的道德人品。第三十九回郭英带伤射死陈友谅后，却不向太祖表功，朱亮祖向太祖禀明情况后，太祖夸赞郭英"有此大功，又不自逞，人所难及"，进而褒扬他"不施逞的美德"①。叙述者如此处理，一方面因为后人不清楚陈友谅究竟为谁所杀而为郭英揽功，另一方面又宣扬了郭英的不矜功的美德。借助小说用祖上子虚乌有的美德来谋求现实中自己的政治利益，可算是《英烈传》在本朝小说中的一大特色。《续英烈传》写建文帝和燕王争位之事，叙述者显然同情建文帝，但最终胜利的是燕王。为避免本朝人所受的麻烦，叙述者秉承秦淮墨客"叙"中所概括的"虽曰人事，岂非天命"来展示"盛衰顺逆之故，平坡往复之机"②。这样的"天命"就不仅是一般的教化宣传，也是一种策略。本朝小说写本朝人事，出于个人恩怨或政治打击等方面的考虑，叙述者甚至可以从一己立场出发而罔顾史实。《承运传》完全站在燕王朱棣的立场，将建文帝和燕王之争写成燕王"靖难"，燕王出场即神武，其发兵是为了去除祸乱朝纲的黄子澄等奸臣，小说最后以郭胜献金川门迎燕王进城结束："燕王领大兵径取金川门……不多时，门开两扇，一将出来大叫：'请主公进城，臣在此献门。'王领兵入城。献门者乃是武定侯之子郭胜也。郭胜至燕王面前奏曰：'臣献门迟滞，望恕臣罪。'王曰：'卿有献门之功，有何之罪？'郭胜谢恩。"③在颂扬燕王雍容大度的同时，也刻画了郭胜的谄媚逢迎，和《英烈传》中的武定侯郭英的英勇形成鲜明对比。对照《明史》卷四"恭闵帝"的记载，"乙丑，燕兵犯金川门……谷王橞及李景隆叛，纳燕兵，都城陷"④，小说只知道燕王兴兵是为了除去祸乱朝纲的奸臣，却不知燕王兴兵篡位本身也是祸乱朝纲；或许是为了借助《英烈传》来推销《承运传》，居然没来由地虚构了郭胜献城的故事。本朝小说，出于功利方面的考虑，可以如此不顾史实来颠倒是非，也算是

---

① 郭勋：《英烈传》，北京：中华书局2013年版，第122页。

② 秦淮墨客编：《续英烈传》，载《古本小说集成》编委会编：《古本小说集成》（第二辑），上海：上海古籍出版社2017年版，第4页。

③《承运传 跻云楼》，载《古本小说集成》编委会编：《古本小说集成》（第三辑），上海：上海古籍出版社2017年版，第115-116页。

④ 张廷玉等：《明史》卷四，北京：中华书局1974年版，第66页。

一大特色，从一个侧面显示出"明人小说，以私怨背公理"①的特点。

将私人情感夹带进小说中，在时事小说中更为明显。时事小说和本朝小说、历史演义的区别，有论者曾以时间为界限来加以区分：记十年内之事为时事小说，记十年外之事为本朝小说或历史演义②。时事小说由于记录发生在近期乃至眼前的国家大事，叙述事件的真实性有基本保证，但叙述倾向性则另当别论。由于事情发生的当下性，叙述者对事情的审视难以全面，难免会站在个人立场对事件加以个性化理解。明代时事小说，除了万历年间的《征播奏捷传》外，都出自天启、崇祯及南明时期这样动荡不安的岁月中，其间叙述差异及叙述者意图也多有变化。《征播奏捷传》叙述的是平定播州杨应龙叛乱之事。小说快结束时，叙述者明示了自己"为国忧民"③的意图："为今之计，不必论其剿与抚，而当论其所以剿与抚。"④叙述者还用儒家"六艺"（礼、乐、射、御、书、数）为叙述之纲，虽然正文内容与"六艺"的具体内容并无关系，但用"六艺"来将回目归类多少还是显示了用儒家伦理来治世的用心。从目录看，第一回至第十六回为"礼集一卷"，第十七回至三十回为"乐集二卷"，第三十一回至第四十六回为"射集三卷"，第四十七回至第六十四回为"御集四卷"，第六十五回至第八十回为"书集五卷"，第八十一回至第一百回为"数集六卷"。和《征播奏捷传》相比，明末的一些时事小说的政治意味更为浓厚，表现出"动关政务，半系章疏"⑤的叙事特点。和《征播奏捷传》用"礼、乐、射、御、书、数"来彰显叙述者个性化不同的是，明末时事小说的叙述者对重大政治事件往往有自己的看法，虽然这些看法也以儒家的伦理德目来说教，但从事件中得出来的结论未必符合事件真相。具体说来，大致有以下三种情况。

其一，美化皇帝。《皇明中兴圣烈传》叙魏忠贤恶迹，全书共五卷，前四卷叙述的是魏忠贤的发迹史和作恶史，到第五卷才开始"圣天子除奸剿逆"，篇幅约占全书六分之一。第五卷基本上没什么故事内容，主要是抄录大量的奏章圣

---

① 黄人：《小说小话》，载朱一玄编：《明清小说资料选编》，济南：齐鲁书社1990年版，第223页。

② 陈大康：《明代小说史》，上海：上海文艺出版社2000年版，第631页。

③ 名衢逸狂演义：《征播奏捷传通俗演义》，载《古本小说集成》编委会编：《古本小说集成》（第四辑），上海：上海古籍出版社2017年版，第503页。

④ 名衢逸狂演义：《征播奏捷传通俗演义》，载《古本小说集成》编委会编：《古本小说集成》（第四辑），上海：上海古籍出版社2017年版，第501页。

⑤ 峥霄主人：《斥奸书凡例》，载吴越草莽臣：《魏忠贤小说斥奸书》，载《古本小说集成》编委会编：《古本小说集成》（第一辑），上海：上海古籍出版社2016年版，第2页。

旨。从抄录的奏章圣旨来看，崇祯以诸多奏章为借口，一步一步将魏忠贤置于死地，并无多少高明之处，更看不出有什么"中兴"之象。或许在叙述者看来，只要除了大奸大恶的魏忠贤，大明王朝即可"中兴"。但事实并非如此，崇祯无论如何作为，也改变不了大明灭亡的趋势，所谓"中兴"，只能是叙述者的一厢情愿，"皇明中兴"这样的口号也只能是叙述者表达自己对皇帝的期望而已，反不如《征播奏捷传》所关注的"不必论其剿与抚，而当论其所以剿与抚"那样能透过表象看问题。

其二，批评朝政。《辽海丹忠录》叙辽东战事，叙述者将无限同情寄予在毛文龙身上。第三十八回，袁崇焕奉旨杀毛文龙之前，毛文龙慷慨陈词，说自己所作所为"只图为国计便利耳"①，毛文龙死后，叙述者又借人物之口为其叫屈："毛爷这样一个好人，赤心为国，不得令终。"②此后又抄录圣旨，圣旨历数毛文龙十二条罪状，显示袁崇焕所谓的"奉旨"当不是虚言。此回回末叙述者有评论："自宋有不杀岳飞和不成之论，今日亦多谓毛帅之杀，督师中房间，杀以快房……愚而忍乎？"③将毛文龙比作宋之岳飞，彰显其爱国之情，为其屈死鸣冤。这样一个忠肝义胆的爱国将领，却被边关督师袁崇焕奉旨杀害，朝政如此，让人痛心。但袁崇焕杀毛文龙，孰是孰非，"自明末便聚讼纷纭"④。叙述者将毛文龙比作岳飞，斥责袁崇焕杀毛文龙是"愚而忍"，但无论如何，袁崇焕也是著名的爱国将领，是晚明抵抗后金的中流砥柱，和杀害岳飞的秦桧当有天壤之别。由于对毛文龙的同情和怜惜，叙述者将当时复杂的情势简单化，一边倒地对毛文龙加以赞扬。

其三，诬蔑起义。明末时事小说有一部分涉及明末农民起义，如《剿闯小说》《樵史通俗演义》等。这些小说的叙述者一般都站在士大夫的立场，为大明王朝的灭亡哀叹。或许出于对故国的忠心，他们不从朝廷那里寻找原因，而是将王朝覆灭的原因归结到农民起义军那里。《剿闯小说》所显示的"激发忠义，惩

---

① 孤愤生：《辽海丹忠录》，载《古本小说集成》编委会编：《古本小说集成》（第一辑），上海：上海古籍出版社 2016 年版，第 670 页。

② 孤愤生：《辽海丹忠录》，载《古本小说集成》编委会编：《古本小说集成》（第一辑），上海：上海古籍出版社 2016 年版，第 674 页。

③ 孤愤生：《辽海丹忠录》，载《古本小说集成》编委会编：《古本小说集成》（第一辑），上海：上海古籍出版社 2016 年版，第 677-678 页。

④ 孤愤生：《辽海丹忠录》，载《古本小说集成》编委会编：《古本小说集成》（第一辑），上海：上海古籍出版社 2016 年版，第 1 页。

创叛逆"虽然基本上浓缩了明代历史小说隐含作者的叙事意图，但就这部小说本身而言，叙述者从"君父之仇，天不共戴"①的立场出发，将李自成等农民起义军视为"叛逆"，将镇压农民起义的洪承畴、周延儒以及不屈服于农民起义军的倪元璐、范景文等官员视为"忠义"，却是感情用事的成分居多，对"先帝"崇祯的推崇使得叙述者完全没有意识到农民起义的真正原因和大明朝廷自身的弊端。时事小说由于叙述的是发生不久或正在发生的事情，大量的邸报奏章的录入无疑增强了小说的真实感，甚至后来的史书也要录入时事小说的部分内容，但与此同时，事件发生的当下性，也让叙述者难以理性地思考一些重大的历史事件，在叙述时不可避免地投射了过多的感情色彩。由于个人立场和视野的限制，以及受表面史实的误导，加上小说家对"小说乃一家之言"的推崇，起到新闻速递作用的时事小说本来应该是一种客观呈现，但个人情感的介入反而使叙述者的主观倾向更为强烈。

五、叙述可靠性

叙述可靠性指的是叙述者的可靠性，即叙述者的叙述是否可靠的问题。就叙事学界目前的情况看，研究叙述可靠性主要有两条路径：一条是布斯开创的修辞性叙事学路径，另一条是塔玛·雅克比（Tamar Yacobi）和纽宁开启的认知叙事学路径。需要说明的是，修辞性叙事学判断叙述可靠性的依据是叙述者是否和隐含作者一致，认知叙事学认为读者的"假设"决定了二者是否一致，这意味着，无论是修辞性叙事学还是认知叙事学，谈论叙述可靠性时都离不开隐含作者，这是叙事学从文本出发的必然要求。但古代历史小说由于受春秋笔法的影响，真实作者有意无意间都将自己的意图贯穿在小说之中，现代叙事学所说的隐含作者在古代历史小说中基本上和真实作者趋于一致。就布斯所说的隐含作者本意看，隐含作者其实就是通常所说的某部作品的作者，只不过排除了这个作者在实际生活中的状况，只是其在文本中显露出来的形象而已，这样，古代历史小说中的真实作者，撇开他在具体历史情境中的思想意识、创作动机，小说文本中所显示出来的作者形象就是隐含作者，只不过隐含作者和真实作者往往高度一致，以致没有

---

① 懒道人口授：《剿闯小说》，载《古本小说集成》编委会编：《古本小说集成》（第三辑），上海：上海古籍出版社 2017 年版，第 1 页。

区分二者的必要（但就叙事理论和小说叙事分析而言，真实作者和隐含作者的区分又是必需的）。由于小说作者受史传叙事的影响，在叙述过程中不时以真实作者的身份出现，让小说中呈现出来的作者形象不限于文本中的作者（隐含作者），真实作者经常将自己的形象也呈现在小说的叙述之中；同时，小说的读者也深受史传传统影响，往往以史传叙事的要求来衡量历史小说，在衡量的过程中也经常考虑到小说作者的写作境况和写作动机等文本外的情况。无论是从作者出发的修辞性叙事学还是从读者出发的认知叙事学，谈论叙述可靠性都离不开对文本的分析，而古代历史小说的文本，又和真实作者牵扯在一起，这使得古代历史小说的叙述可靠性有了自己的独特性。

就修辞性叙事学而言，叙述是否可靠，主要看叙述者的意图和隐含作者的意图是否一致，可靠叙述意味着二者一致，不可靠叙述意味着二者不一致，判定二者是否一致，则需要联系具体文本来展开分析。但古代历史小说基本上没有什么文本意识，而有强烈的作者意识，而且一般不区分小说写作的作者和现实生活中的作者。这样，真实作者就容易直接干预到小说的叙述，给叙述可靠性带来新的变化。真实作者受史传"实录"精神的影响，有时以叙述"信史"来增强叙述可靠性，这样的可靠性不是基于文本叙述的可靠性，而是基于事实的非虚构叙述的可靠性，此不赘谈。此处集中谈论真实作者介入后导致叙述不可靠出现的新情况。主要有以下几种情况。

其一，真实作者的"天命"观导致小说叙述上的前后矛盾，但总体上又符合特定的说教意图，叙述的不可靠是为了增强说教的效果。《东西晋演义》东晋卷六"刘裕落魄遇圣僧"一则，叙述者介绍刘裕时说他"仅识文字"，下文别人推荐他当参军时又说他"幼读兵书……用兵仿佛孙吴，胸次熟识韬略"[1]，显然，一个仅识文字之人是不能幼读兵书而熟识孙吴韬略的，但作者这样叙述有他的理由。介绍他"仅识文字"，是突出他天生帝王相，在佛堂睡觉时"上有五色龙章，光焰罩身"而被误以为是佛堂失火，"不事廉隅小节"而被别人认为是"真命天子"[2]；别人推荐他当参军时说他幼读兵书而熟识孙吴韬略，这是刘裕发迹的起点，如果说他"仅识文字"，那他是无法胜任参军之职的。帝王也需要从头一步一步打下基础，最终拥有江山。从后文来看，刘裕能随机应变，经常以少胜

---

① 杨尔曾：《东西晋演义》，北京：华夏出版社 2013 年版，第 433-434 页。

② 杨尔曾：《东西晋演义》，北京：华夏出版社 2013 年版，第 433 页。

多，看来不是一个"仅识文字"之人。但真实作者为了突出其命中即是天子这一点，弱化其能力，突出其天命，从而导致前后矛盾。

其二，隐含作者的立场暧昧，导致叙述者在叙述时难以形成一个统一的立场，真实作者的干预，又让其最终统一起来，但这种统一不是回归历史真实，而是走向艺术世界，从而在某种程度上用艺术消解了历史。对历史小说来说，其故事人物均有史可考，容易形成对人物的定性评价。但作者出于自己的思考，既不能无视历史人物的所作所为产生的影响，又觉得特定的历史人物很难决定历史进程，导致叙述者在叙述时既对历史人物进行道德评判，又让这种评判和人物的行为产生部分抵触，让人觉得其叙述未必可靠。《梼杌闲评》中的魏忠贤和客印月都是真实的历史人物，他们的沆瀣一气造成了明朝后期的很多问题，但小说通过虚构，让魏忠贤和客印月发迹前就因"明珠缘"而心心相印，执掌大权之前的魏忠贤基本上也算是一个"义气"之人，发迹前的客印月也有坎坷的遭遇，他们的"明珠缘"，可算是一个有点遗憾的爱情故事。他们重新相遇后，即使魏忠贤已是太监，他们仍然彼此真诚相待。此外，小说还虚构了一个因果报应的框架，魏忠贤和客印月均是赤蛇转世，东林党人则是前世焚烧他们的官员转世，他们残忍地陷害东林党人只是为了复仇。这样一来，魏忠贤和客印月的行为在小说世界中可以得到合理的解释，小说的人物形象也远非一般历史小说的平面化形象，而是立体的、多面的，非常生动；但另一方面，叙述者又无法更改魏忠贤和客印月在历史上留下的奸恶形象，这一形象对（隐含）作者来说是根深蒂固的，这导致一个特殊情况的出现：即使正文叙述的不是恶行，回目中也不时出现"大奸""斥奸""劾奸"等字眼。（隐含）作者鲜明的先入为主倾向，和叙述者明显不一致。比较回目和正文，叙述是否可靠显然是个问题，但真实作者的介入让这个问题趋于一致。在小说开头的"总论"中，真实作者就明确了本书是写"一个小小阉奴，造出无端罪恶"[①]的故事，魏忠贤和客印月的感情无论多么真诚，他们的行为都被提前定性为"罪恶"。值得注意的是，将他们的行为定性为"罪恶"，是真实作者从史实出发的结果，书写他们之间的真情以及将整个故事纳入因果报应的框架内，是隐含作者的选择，真实作者通过隐含作者将自己对人物的历史评判融入小说的艺术世界中。将一切归于因果报应，真实作者对魏忠贤和客印月的谴责因为

---

① 刘文忠校点：《梼杌闲评》，北京：人民文学出版社1983年版，第3页。

因果报应而大打折扣，魏忠贤和客印月最终的败亡是因果报应，他们的行为也是因果报应的产物，在这样的氛围中，真实作者对他们的谴责也消融于因果报应之中，显现出一种历史的虚无感，小说的叙述可靠性也因为虚无感而不再被重视。

其三，真实作者先入为主，强行在历史小说中改写历史进程，人为地为历史设定某个阶段的发展方向，在叙述过程中，又将具体的史实镶嵌在人为设定的进程之中。真实作者的意图导致具体史实的可靠与整个叙述的不可靠之间的矛盾。《三国志后传》的真实作者出于"泄愤"的动机，将匈奴后人建立的政权硬写成是蜀汉政权的延续，将该政权俘虏西晋怀帝看作是蜀汉后主刘禅被俘的报复。叙述时虚构了诸葛宣于、张宾等诸多蜀汉将领的后人，辅佐刘备后人刘渊建立大汉王朝，小说主要写刘渊为首的一方如何英勇地与晋朝战斗，终于在第四十一回平阳建都，第九十一回破洛阳掳走怀帝。对照基本照抄史书的《东西晋演义》，《三国志后传》在具体史实方面并无大的差错，但增添了不少虚构的东西，以突出蜀汉后人的过人之处。譬如说，破洛阳掳怀帝部分，二书均说及刘曜、石勒和王弥合力攻打洛阳而最终城破，但《三国志后传》虚构的蜀汉后人姜发、张宾进行整体部署，汉主刘聪亲临洛阳，则是《东西晋演义》所无，并将《东西晋演义》中所写的潘仁筑土山、掘地道这些战术统统说成是张宾的主张，突出蜀汉后人在攻破洛阳城中的作用。就具体的叙述看，《三国志后传》绘声绘色，其叙述比《东西晋演义》更能吸引人，但一个事实是，所谓的"大汉"政权在不长的时间后就败亡了，这显然是真实作者所难以接受的，也是叙述者面临的叙述困境。为此，叙述者在写到刘曜破石虎这一最后的辉煌后就不再写刘汉政权之事，而在《东西晋演义》中，刘曜破石虎之后四个月，石勒就亲自率军灭了刘曜，彻底终结了刘汉政权（史书中的"前赵"，《三国志后传》中的"大汉"）。就《三国志后传》看，虚构让其叙述在逻辑上显得可靠，但不可靠的是，其叙述有头无尾，故事似乎没有结束，小说就结束了，这显然与前面的叙述逻辑不吻合。联系到小说作者的"泄愤"宗旨，叙述者如此处理实是勉为其难。通过一百四十五回的叙述，刘汉政权掳走了西晋皇帝，为蜀汉出了气，已经"泄"过"愤"了。至于此后的历史进程，叙述者如果再叙述下去，不仅与"泄愤"无关，而且违背作者的宗旨，只好让叙述戛然而止。这样的戛然而止容易带来叙述可靠性的怀疑，但可以保证真实作者的"泄愤"宗旨不受损害。

就认知叙事学而言，叙述可靠性有赖于读者的"视角"机制，读者从自己的立场和感知出发，觉得叙述者的叙述可靠或不可靠，其原因在于"读者能够将事实、价值观、审美观等方面的各种不一致性解释成叙述者与作者不协调的症候"①。从根本上说，决定叙述是否可靠要看叙述者与隐含作者是否一致，在认知叙事学看来，二者是否一致取决于读者心目中形成的"假设的作者规范和目标"②和叙述是否一致。对读者的"假设"，至少可以从两个方面加以考量：第一个方面，读者的"假设"不仅涉及读者所处时代的价值观问题，涉及读者独特的个性和见解，也涉及文类的规约问题（读者对散文叙述和小说叙述的要求不同）和不同小说类型的心理预期（读者对历史小说和神怪小说的心理期待显然不一样），这些都无法从文本中体现出来，需要通过读者的"评点"才能看出来。第二个方面，读者是千变万化的，某个读者的视角机制本身是否可靠，本身就是一个问题。对此，纽宁从两方面加以解决：一是援引卡勒的"归化"思想，认为可靠性依赖于指代框架的归化和文类框架的归化③，就前者而言，是用现实世界的规范来衡量叙述是否可靠；就后者而言，是将叙述可靠性和文类规约结合起来。二是接受费伦将"作者动因、文本现象以及读者反应之间的循环互动的关系"作为衡量叙述可靠性的依据，"读者的知识、心理状况和价值规范系统"④引导读者在反复阅读、反复交流的过程中来确定自己的认知。同一部历史小说，不同的读者对其叙述可靠性的认同是不一样的，一部历史小说被反复修改，出现多个版本从侧面反映了这一情况。不过，总体上看，历史小说的评点者所秉持的基本是儒家伦理道德，在忠孝节义深入人心的历朝历代，对同一部小说的不同看法往往都是局部的，对小说的叙述可靠性很少出现针锋相对的观点。因此，此处

---

① [以色列]塔玛·雅克比：《作者的修辞、叙述者的（不）可靠性，相异的解读：托尔斯泰的〈克莱采奏鸣曲〉》，马海良译，载[美]Phelan, J., Rabinowitz, P. J. 主编：《当代叙事理论指南》，申丹、马海良、宁一中等译，北京：北京大学出版社 2007 年版，第 106 页。

② [以色列]塔玛·雅克比：《作者的修辞、叙述者的（不）可靠性，相异的解读：托尔斯泰的〈克莱采奏鸣曲〉》，马海良译，载[美]Phelan, J., Rabinowitz, P. J. 主编：《当代叙事理论指南》，申丹、马海良、宁一中等译，北京：北京大学出版社 2007 年版，第 121 页。

③ [德]安斯加·F. 纽宁：《重构"不可靠叙述"概念：认知方法与修辞方法的综合》，马海良译，载[美]Phelan, J., Rabinowitz, P. J. 主编：《当代叙事理论指南》，申丹、马海良、宁一中等译，北京：北京大学出版社 2007 年版，第 92-93 页。"归化"在卡勒那里，指"一套产生写作活动的约定俗成的程序"，它是"恢复文学交流功能的过程的第一步"。见[美]乔纳森·卡勒：《结构主义诗学》，盛宁译，北京：中国社会科学出版社 1991 年版，第 201-202 页。

④ [德]安斯加·F. 纽宁：《重构"不可靠叙述"概念：认知方法与修辞方法的综合》，马海良译，载[美]Phelan, J., Rabinowitz, P. J. 主编：《当代叙事理论指南》，申丹、马海良、宁一中等译，北京：北京大学出版社 2007 年版，第 94、100 页。

从认知叙事学出发的叙述可靠性分析，将集中讨论第一个方面。

认知叙事学强调读者的认知，读者的认知与读者自己的学养、处境等因素都有关系，可以说是因人而异，但古代历史小说的读者，一般都受到史传传统的影响，反而在诸多方面不约而同地形成共识，对历史小说叙述可靠性的认识大致可以区分为以下几种情形。

首先，从历史的角度而非从小说的角度来衡量小说叙述是否可靠。由于受史传传统的影响，历史小说的读者和作者一样，也有一定的史官意识，他们往往以史官的眼光来看待历史小说的叙述，觉得将自己对小说的看法表达出来不仅是个人兴趣，也是史官的职责所在，他们往往以评点者的身份来介入叙事（需要说明的是，一旦小说作者对小说进行评点，他就同时兼有作者和读者的身份），其中就涉及对小说叙述可靠性的见解。"撰历史小说者，当以发明正史事实为宗旨，以借古鉴今为诱导，不可过涉虚诞，与正史相刺谬"[1]，否则会容易造成叙述不可靠。庸愚子《三国志通俗演义序》认为，《三国演义》总体上"庶几乎史"，其叙述总体上是可靠的，"三国之盛衰治乱，人物之出处臧否，一开卷，千百载之事豁然于心胸矣。"[2]吉衣主人（袁于令）《隋史遗文序》从"辅正史"和"传信者贵真"出发，对材料有所取舍："袭传闻之陋，过于诬人；创妖艳之说，过于凭己，悉为更易，可仍则仍，可削则削，宜增者大为增之。盖本意原以补史之遗，原不必与史背驰也。"[3]担心"过于诬人"和"过于凭己"，就是担心小说不真实，所有的"仍""削""增"，都有一个宗旨，即让叙述"补史之遗"，像史一样可信，换言之，即增强小说的叙述可靠性。毛宗岗在《三国志演义凡例》中指出："七言律诗，起于唐人，若汉则未闻有七言律也。俗本往往捏造古人诗句，如锺繇、王朗颂铜雀台，蔡瑁题馆驿屋壁，皆伪作七言律体，殊为识者所笑。"[4]以七言律诗在历史上的实际情况为依据，指出俗本《三国演义》部分地方由于"硬伤"而导致叙述不可靠，很有说服力。

其次，从小说的角度强调虚构的合理性，虚构虽然偏离史实，但并非叙述不可靠。很多评点者意识到，历史小说毕竟是小说，如果一味抄录史书，这种小说

---

① 吴沃尧：《两晋演义序》，载丁锡根编：《中国历代小说序跋集》（中），北京：人民文学出版社 1996年版，第 943 页。

② 丁锡根编：《中国历代小说序跋集》（中），北京：人民文学出版社 1996年版，第 887 页。

③ 袁于令评改：《隋史遗文》，宋祥瑞校点，北京：北京大学出版社 1988年版。

④ 丁锡根编：《中国历代小说序跋集》（中），北京：人民文学出版社 1996年版，第 917 页。

没有存在的价值："有正史在……何必阅此？……有小说如无小说也。"这样一来，历史小说的虚构就有其合理性："夫蹈虚附会，诚小说所不能免者。"①历史小说的虚构，自然与史实不符，如何让人相信非史实的虚构？这就要求虚构一定要合理。虚构如何合理？在历史小说的评点者看来，合理的虚构可以有多种途径。途径一，搜罗正史、野史和传说，将历史不连贯处通过想象加以联系，这也可算是一种"按鉴演义"。王黉所说的"搜辑各书，若各传式，按鉴参演，补入遗阙"②，许宝善所说的"宗乎正史，旁及群书，搜罗纂辑，连络分明"③，大意是通过想象将正史缺漏的地方连接起来，这些想象虽然于史无征，但能让历史联成一体，有其合理之处。途径二，以今日之情形来推演未知的历史状况，只要推演合理，虽不能证实，但叙述也是可靠的。叙述无史书记载之历史，只能依靠传说和想象，但如何想象只能根据现有的情形展开。所谓"古之水火，今之水火也；今之声色，后之声色也。鸟兽竹木，人民好恶，以今而见古，繇此而知来。千古之前，万世之后，无以异也"④，这样一来，历史小说如果写帝王之事，只能以今日帝王为参照。"自古天生圣君，历代帝王创业，而有一代开辟之君，必有一代开辟之臣。"⑤上古时期未必一定有"开辟之君"和"开辟之臣"，但这样的叙述今人容易接受。途径三，超出历史和现实生活的想象，只要合乎逻辑，在古人看来也是可信的。历史小说的创作，如果不是抄录史书，往往需要"费几许推求，用几许结撰"⑥，才能敷衍成文，在反复的"推求"中，叙述者为自己的叙述找到可靠性的依据。托名钟惺的《混唐后传序》提及"隋炀帝、朱贵儿为唐明皇、杨玉环再世因缘事"，看起来很荒诞不经，但这种叙述在古代很容易能被人接受，其理由在于："事虽荒唐，然亦非无因，安知冥冥之中不亦有账簿，登记

① 吴沃尧：《两晋演义序》，载丁锡根编：《中国历代小说序跋集》（中），北京：人民文学出版社 1996年版，第 942 页。

② 王黉：《开辟衍绎叙》，载丁锡根编：《中国历代小说序跋集》（中），北京：人民文学出版社 1996 年版，第 858 页。

③ 许宝善：《北史演义叙》，载丁锡根编：《中国历代小说序跋集》（中），北京：人民文学出版社 1996年版，第 946 页。

④ 钟惺：《盘古至唐虞传·序》，载钟惺编：《盘古至唐虞传 有夏志传 有商志传》，北京：群众出版社 1997年版。

⑤ 王黉：《开辟衍绎叙》，载丁锡根编：《中国历代小说序跋集》（中），北京：人民文学出版社 1996 年版，第 857-858 页。

⑥ 委蛇居士：《隋炀帝艳史题辞》，载丁锡根编：《中国历代小说序跋集》（中），北京：人民文学出版社 1996年版，第 951 页。

此类以待销算也？"①虚构色彩很浓的《双凤奇缘》，在古溪老人看来，只要"能令芳魂归故国"，即使是"因梦而咏好述"②这样看似奇特的叙述也是可信的。

最后，从伦理角度强调历史小说的教化功能，认为达到较好的教化效果，其叙述即基本可靠。历史小说罗列史实也好，虚构演绎也好，其目标是有助于风化，吟啸主人《平虏传序》说自己写《平虏传》，以"人心世道"为自己的取舍标准，"苟有补于人心世道者，即微诡何妨。有坏于人心世道者，虽真亦置"③。着眼于教化，"善则知劝，恶则知戒"④成为历史小说叙述所追求的效果。从这样的效果出发，评点者并不一味要求历史小说写风云际会的故事，日常生活中的"风流话柄"也可以成为历史小说描写的对象，因为其中蕴含着"政令之是非，风俗之淳薄，礼乐之举废，宫闱之淑慝"，从中可以明白"正心、修身、齐家、治国、平天下"的道理⑤。同时，从伦理效果出发，叙述是侧重实录还是侧重虚构就不再是叙述者首先考虑的问题，无论实录还是虚构，都只是显示伦理效果的手段而已。为了更好地显示伦理效果，实录和虚构需要有机地结合起来："从来创说者，不宜尽出于虚，而亦不必尽出于实。苟事事皆虚，则过于诞妄，而无以服考古之心；事事皆实，则失于平庸，而无以动一时之听。"⑥虚实结合，既能在纷繁复杂的历史事件和人事纠葛中将伦理说教形象化，又能因为形象化而让人觉得这不是在说教而是在讲述一个真实的故事，"以言乎实，则有忠有奸有横之可考；以言乎虚，则有起有复有变之足观。实者虚之，虚者实之，娓娓乎有令人听之而忘倦矣"⑦，让人"听之而忘倦"的故事自然是可靠的。

值得注意的是，由于历史小说的评点者往往根据自己的理解，对原有的小说

---

① 丁锡根编：《中国历代小说序跋集》（中），北京：人民文学出版社 1996 年版，第 965、966 页。

② 古溪老人：《双凤奇缘序》，载丁锡根编：《中国历代小说序跋集》（中），北京：人民文学出版社 1996 年版，第 884 页。

③ 吟啸主人：《近报丛谭平虏传序》，载丁锡根编：《中国历代小说序跋集》（中），北京：人民文学出版社 1996 年版，第 1031 页。

④ 余邵鱼：《题全像列国志传引》，载丁锡根编：《中国历代小说序跋集》（中），北京：人民文学出版社 1996 年版，第 861 页。

⑤ 许宝善：《南史演义序》，载丁锡根编：《中国历代小说序跋集》（中），北京：人民文学出版社 1996 年版，第 945 页。

⑥ 金丰：《说岳全传序》，载丁锡根编：《中国历代小说序跋集》（中），北京：人民文学出版社 1996 年版，第 987 页。

⑦ 金丰：《说岳全传序》，载丁锡根编：《中国历代小说序跋集》（中），北京：人民文学出版社 1996 年版，第 988 页。

加以改写，让一部小说有多个版本，此时的评点者既是读者又是作者，这带来新的问题：叙述可靠性不仅包含读者判断小说叙述本身是否可靠的问题，也包含读者（化身为叙述者的评点者）的评点是否可靠的问题。但对读者评点可靠性的讨论，仍不外乎上文提到的修辞叙事学和认知叙事学两种路径，此处不赘述。

　　无论是真实作者"惩恶劝善"的宗旨、隐含作者"激发忠义"的目标，还是叙述者"语必关风"的表现，都指向历史小说的伦理教化功能。正是叙事主体对伦理教化意图的重视，导致历史小说中的形形色色的故事都指向伦理教化，历史故事转而成为伦理故事，进而深化了历史小说对现实的伦理借鉴意义，历史小说因而成为一个需要我们深入理解的文学世界和思想世界。要理解历史小说的文学世界和思想世界，离不开小说的具体内容，只有让小说的内容吸引人，叙事主体的伦理意图才能和人物性格、故事发展交织在一起，才能让读者在欣赏故事的同时受到潜移默化的影响，让叙事主体的伦理意图得以实现。由此，我们转入对小说内容和伦理关系的分析，换言之，转入对明代历史小说故事伦理的考察。

第二章

故事伦理：小说故事的伦理意蕴

就小说叙事而言，无非包括两大块："说什么"和"怎么说"。"说什么"关乎叙事内容，即小说叙述的是哪些人、哪些事；"怎么说"关乎叙事形式，即小说是借助哪些叙事形式来叙述人和事的。就叙事伦理而言，"说什么"关系到故事伦理，"怎么说"关系到叙述伦理。历史小说首先引起人们兴趣的是历史人物的不同凡响和历史事件的风云变幻，历史小说故事伦理需要关注的首先是历史人物的伦理塑造和小说情节的伦理展现。

第一节　历史人物的伦理塑造

相较于情节，中国古代小说更擅长写人。不仅出现了像《金瓶梅》《莺莺传》等大量以人名命名的小说，即使以事件为中心的《水浒传》，其成功之处主要也在于写人的"情状逼真，笑语欲活"，而不在于情节结构的"照应谨密"[①]。历史小说中的佼佼者也多以写人为中心，《大宋中兴通俗演义》主要写岳飞，《隋史遗文》主要写秦琼，《三国演义》中"三绝"（"智绝""义绝""奸绝"）形象的塑造，是其成功的重要保证；相反，专注写事而忽视人物性格的作

---

① 施耐庵集撰、罗贯中纂修：《李卓吾批评忠义水浒传》，载《古本小说集成》编委会编：《古本小说集成》（第二辑），上海：上海古籍出版社2017年版，第2-3页。

品，乏善可陈，如《东西晋演义》《开辟演义》等。鉴于此，有论者指出："相对于其他文类，中国小说中的写人地位尤为突出。作为小说文本创构的两大要素，写人是小说文体最根本的性质，比叙事具有更高的地位。"①历史小说也不例外。

由于史传叙事对明代历史小说的深远影响，史传叙事对人物的伦理判断也渗透到明代历史小说之中。历史小说的人物身上寄托了小说作者浓厚的伦理关怀："古代历史叙事中的历史人物正是作为伦理主体而存在的，他们的言语和行为都是某种伦理意识的产物，也在叙事进程中产生一定的伦理后果。"②要探讨明代历史小说叙事的伦理内涵，就需要关注人物身上所体现的伦理意蕴。对古代小说中的人物，钱穆曾用共相来概括其特点，以区别于西方小说中的别相："西方……小说中人物，不仅要有姓有名，而且更要者，在其能有特殊之个性。但中国人写小说，有时只说某生，连姓名也不要。只有代表性……这是双方文学本质不同，技巧不同。一重共相，一重别相，各有偏擅，得失是非甚难辨。"③钱穆是在谈戏剧脸谱时说这番话的，但道出了中国古代小说偏重人物共相的事实。浦安迪进而指出：中国古代"小说中的单个人物也可视作人的类型的交叠处。换言之，单个人物的唯一性似乎并不源于其个体化特征所具有的独特性或新颖性，而是源于刻画此人物时采用的人类共有性格特征的特定组合"④。钱穆所说的共相，浦安迪所说的"共有性格特征"，如果加上"伦理"标签，就更为贴切了。这就是说，历史小说中的人物往往以伦理品格加以归类，人物虽然是具体的，但人物的个性往往消融于同类人物大致相同的伦理品格之中。因而对历史小说人物的分析，就可以是对某一类历史人物的分析，而不同人物类别之间的区分，又以伦理规范为标准。

明代历史小说的主要人物是君主和臣子，可以分为仁君与昏君、忠臣良将与奸佞宵小等相对立的人物形象，这些人物在行为、言语、思想等多方面都体现了鲜明且稳定的对立状态，从而形成了明显的忠与奸、仁德与昏庸的稳定的伦理对立。历史小说往往贯穿着忠奸斗争，因而这些体现伦理对立的人物形象一般也是小说的主要人物。除了主要类别人物之外，历史小说中一些次要类别人物也体现出某种鲜明的伦理意蕴，这些人物的伦理意蕴之间未必形成对立，但这些意蕴本

---

① 李桂奎：《论中国文学写人传统与文论谱系建构》，《社会科学战线》2020 年第 12 期，第 148-160 页。
② 江守义、刘欣：《中国古典小说叙事伦理研究》，合肥：安徽教育出版社 2016 年版，第 46 页。
③ 钱穆：《中国文学论丛》，北京：生活·读书·新知三联书店 2002 年版，第 176 页。
④ 浦安迪：《中国叙事文学批评理论初探》，载浦安迪主编：《中国叙事：批评与理论》，吴文权译，上海：上海远东出版社 2021 年版，第 419 页。

身就给人物赋予了强烈的伦理色彩，让人物呈现出稳定的伦理面貌。与稳定的伦理对立和鲜明的伦理意蕴形成对照的，是小说人物还体现出不同伦理观念之间的渗透，人物伦理由此呈现出变化的一面。人物伦理的稳定与变化融合交杂在一起，既可以让读者感受到人物的复杂多样，也可以体会到主流伦理观念下潜在的伦理细流。本节拟从稳定的伦理对立、鲜明的伦理意蕴和变化的伦理渗透三个方面入手，希望借助明代历史小说人物伦理的对立、鲜明与变化，来展示其故事伦理的丰富性。

一、主要类别人物：稳定的伦理对立

历史小说基本上演绎的是帝王将相的故事，小说叙事所要完成的主要任务，是将忠君、仁义等伦理观念以普遍化的状态蕴含在历史小说的叙事文本之中，以此形成以忠孝节义为核心的伦理叙事模式。这一伦理叙事模式是明代历史小说所共有的、稳定的模式。明代历史小说君臣形象多选自历史上真实存在的、彪炳史册的人物，这些人物通过史书和民间话本的塑造，本身就已经富有一定的伦理教化属性，其性格伦理化特征在小说家有意识的描绘中更加浓厚。纵观明代历史小说的君臣形象与君臣关系，二者之间形成了较为明显的二元对立的伦理形态：君主的伦理形态主要表现为仁德与昏庸的对立，臣子的伦理形态主要表现为忠诚与奸邪的对立。稳定的伦理形态之外，无论君臣，其形象都表现出复杂性的一面，明代历史小说在宏大的历史叙事之余，对个人经验叙事也予以一定程度的关注，从而展示出主要类别人物多样化的伦理面貌。

（一）君主：仁德与昏庸

从中国伦理精神的演变发展来看，虽然在先秦时期有诸子百家的不同学说流行于世，但是儒家伦理思想因契合了统治阶层的需要而最终成为中国封建时期最重要的伦理思想。儒家伦理思想在适应统治阶层需要的同时也对统治阶层提出了相应的伦理规范。正如杨阳所言："在神灵与人的关系中，人的行为具有决定性的作用。这种主动性虽仍用'德'这一传统概念来统摄，却完全是指君主的政策和个人品德了。"[①]因此，君主是否仁德成为统治是兴盛还是腐朽的决定性因

---

① 杨阳：《王权的图腾化——政教合一与中国社会》，杭州：浙江人民出版社 2000 年版，第 165 页。

素。具体到明代历史小说，不论其叙述角度如何，就其题材内容而言，几乎都把帝王的伦理德行作为小说表现的重中之重。帝王的德行品格、伦理选择提领着一部历史小说主要人物的伦理动态，正所谓明君常伴忠臣良将，昏君常有奸佞宵小。帝王的伦理倾向直接构成了全书主要的伦理方向。具体说来，君主的仁德与昏庸的对立主要表现在以下几个方面。

其一，"正己身"与"迷酒色"。

就具体的伦理内涵而言，仁君与昏君在修身、治国和选贤用能等诸多方面都呈现出鲜明的二元对立状态。君主应该"正己身"，从而成为民众的伦理道德典范。儒家传统文化特别强调为君者的德行，诚如孔子所言："为政以德，譬如北辰居其所而众星共之。"①仁君往往能以此作为标准严格要求自己，而昏君则往往会忽视自我德行的规范。刘备作为"仁君"的代表，德行可圈可点。《三国演义》第三十六回，徐庶知母为曹操所获，方寸大乱，想急速前往曹营，与母亲相聚。孙乾劝刘备不要放走徐庶，刘备当即表示："不可。使人杀其母，而吾用其子，不仁也；留之不使去，以绝其子母之道，不义也。吾宁死，不为不仁不义之事。"②刘备在最需要徐庶之时，也能因仁义而放徐庶走，可见刘备之仁义。明君以德治天下并非只是在顺境之中，逆境之中的仁德更有魅力。所谓"功合神者称皇，德合天地称帝，义合者称王"③。帝王本应有仁德爱民之心，只有以德治天下，才是顺应民心之举。《明太祖实录》记载，明太祖朱元璋作为贤德有为君主的代表，时刻关注自己的言行，时刻要求自己应具有仁爱之心，宽民爱子，从而深得民心，国泰民安。"恤其老，则天下之为子弟者悦，恤其幼，则天下之为父母者悦，天下之老幼咸悦矣，其心有不归者寡焉。"④

然而，昏庸无德的君主却不正己身，沉迷酒色，淫乱后宫。这类君主成为明君形象的对立面，往往起到衬托明君的作用。《三国演义》为了更好地描绘刘备的仁德节俭，刻画了汉灵帝的昏庸无能。小说第二回，即使在天下危在旦夕、即将灭亡之时，汉灵帝依然不顾朝政，不理会谏议大夫刘陶的忠言，在宫中歌舞升

① 杨伯峻译注：《论语译注》，北京：中华书局2009年版，第11页。

② 陈曦钟、宋祥瑞、鲁玉川辑校：《三国演义会评本》，北京：北京大学出版社1986年版，第453页。

③ 皇甫谧：《帝王世纪》，载皇甫谧等：《帝王世纪　山海经　逸周书》，宋翔凤、钱宝塘辑，沈阳：辽宁教育出版社1997年版，第1页。

④《明太祖实录》卷三十二，载"中央研究院"历史语言研究所：《明实录》，台北："中央研究院"历史语言研究所校印，1962年版，第573页。

平，与阉宦把酒言欢。沉迷于酒色的君主由于无暇顾及朝堂政务而祸国殃民。《春秋列国志传》开篇就写到纣王因为妲己美貌，"即建受仙宫，与妲己朝夕欢歌"，从而荒废朝政，"与妲己宴游不息"①。在明代历史小说中，隋炀帝是最为典型的骄奢淫逸的帝王形象，多部历史小说中都涉及了隋炀帝的这一特点。《隋唐两朝史传》第一回"兴宫室剪彩为花"和第二回"隋炀帝游幸江都"，《唐书志传通俗演义》第十三节"萧皇后进词侍宴 隋炀帝寝殿被弑"都有对隋炀帝沉迷后宫、性耽酒色的描绘。对隋炀帝荒淫描写最出彩的当属《隋炀帝艳史》。该书很多篇幅都描写了隋炀帝的后宫生活，尤其是第三十一回"任意车处女试春 乌铜屏美人照艳"，隋炀帝遇见十二三岁的月宾，被其美貌所迷便强行宠幸月宾，荒淫尽显。

其二，仁政与尚刑。

君王应该实行仁政，以德服人，造化万民，而不尊仁义的君主则凶狠残暴，不顾百姓死活。此时政治和伦理已经合而为一。君主进行政治统治，必须借助伦理的力量。孔子主张统治者对待民众应该做到施以仁爱，"博施""济众"，发挥道德的作用来引导民心。孟子也认为王权旁落主要是因为君主没有善养天下之民。孔孟都赞同以德治国，用道德教化来赢得民心，巩固统治。司马迁认为"王道之大者"且"长于治人"的《春秋》的关键在于其"善善恶恶，贤贤贱不肖"②的伦理取向。

在明代历史小说中，几乎所有仁德的君主都能够做到爱民如子。《西汉演义》中的刘邦非常反对秦法的惨无人道，"专行仁义，不尚杀伐，广揽英雄，抚安百姓"，怀王因此赞他"仁厚长者……足可以为天下主也"③。而在刘邦征讨秦军时，也的确做到了抚恤百姓，以安黎民。樊哙要强攻商邑城池，刘邦反对说："孤城小邑，百姓艰苦……我今行师，正欲安民，才至地方，即行强暴，非王者之师也。"④这彰显了仁德君主的道德修为。《大唐秦王词话》多次叙及李世民攻城伐邑成功后对百姓秋毫无犯，甚至亲自安抚民众，以德取天下，体现了其"以民为本"的治国之道。《英烈传》描写明太祖朱元璋仁爱于民的

---

① 陈继儒重校：《春秋列国志传》，载《古本小说集成》编委会编：《古本小说集成》（第三辑），上海：上海古籍出版社2017年版，第20页。

② 司马迁：《史记·太史公自序》，北京：中华书局1959年版，第3297页。

③ 甄伟：《西汉演义》，北京：华夏出版社2012年版，第50页。

④ 甄伟：《西汉演义》，北京：华夏出版社2012年版，第51页。

故事更是不胜枚举。君王对其子民有仁爱之心，行王者之道，"以善养人，然后能服天下"①。

仁德君主对百姓的"善养"有时也来自君王自身的民间经历。汉高祖刘邦、明太祖朱元璋都生长于民间，因而对民生疾苦有着切身的体会，对百姓有着深厚的感情。刘邦还是泗水亭长时，就显示出了对百姓的仁爱之心。在押送徒夫的路途中逃走了不少人，刘邦索性将剩下的人也全部释放了，他不忍看百姓受到秦法的严苛对待，希望百姓可以免受残酷劳役之苦。《英烈传》第四十回，陈理开城门，归降太祖朱元璋，太祖欣然接受，未杀戮一人，并且命令开仓放粮，以求解百姓饥困之局，"百姓大悦"②。

君王的仁德还体现在对臣子的气量上。"仁"是儒家学说的核心理念，也是君王执政的最高道德准则。只有以德服人，获得民众之心，教民于善，才能夺取天下。儒家的"仁政"思想给予了明君李世民如何处理君臣关系的良方。《隋史遗文》第四十九回，李世民在秦叔宝的举荐下，不计前嫌，接纳李靖，并立即请来李靖，同他于长亭为秦琼、魏徵饯行，秦琼、魏徵不由得感慨："唐公犹是寻常，秦王英武神明，世所罕有；至于好贤下士，真非浪传。"③明太祖不仅可以善待百姓，甚至对曾经的敌人也可以不计前嫌，仁爱有加。《英烈传》第十六回，在对待敌人陈也先之子陈兆先时，明太祖展现出了君主宽容的气度，表示"大丈夫存心至公，何思报复。尔果同心协力以救生民，他日功成，富贵与共"，朱元璋不仅宽恕了陈兆先，还让他做自己的贴身侍从，对其丝毫没有防范之意，尽显仁君有"天地父母之量"④。

相较于明君的仁义，昏君则往往表现出尚刑残暴的特点。有些帝王不顾民生疾苦，不尊仁义礼数，滥用刑罚。《春秋列国志传》中纣王残暴不仁，以严刑酷法治理国家。书中描写纣王屡用炮烙、熨斗、虿盆等酷刑以儆臣民，为建筑鹿台而劳民伤财。有些君主则喜好杀戮，本性难移。《西汉演义》中的项羽嗜杀成性，入咸阳后，屠杀秦国降卒和城内百姓不计其数，翻掘秦皇陵，火烧阿房宫，官兵所到之处，无所不作，咸阳城内一片狼藉，民不聊生。

①《孟子·离娄下》，载杨伯峻译注：《孟子译注》，北京：中华书局 2010 年版，第 175 页。

② 郭勋：《英烈传》，北京：中华书局 2013 年版，第 126 页。

③ 袁于令评改：《隋史遗文》，宋祥瑞校点，北京：北京大学出版社 1988 年版，第 423 页。

④ 郭勋：《英烈传》，北京：中华书局 2013 年版，第 51 页。

有些帝王尚刑残暴纯粹是为了满足个人享乐而不听忠言。明代历史小说常会对隋炀帝等昏君为了一己私欲而劳民伤财、滥用刑罚、不听忠良之言的行为大加鞭挞。《隋炀帝艳史》第九回，隋炀帝大兴土木，建造行宫，高颎、贺若弼秉忠直谏，隋炀帝便将二人斩首。《隋唐两朝史传》则将隋炀帝与暴君秦始皇进行比照，对其残暴自私、荒淫无度的帝王生活进行了细腻的描画，透露出对家国社稷的深深忧虑与昏君庸主的无情批判。《隋史遗文》第四十二回篇末"总评"云："自古有天下，逆取顺守，犹恐国祚不长。如隋炀正所谓逆取逆守者也。无论真主，只如玄感、李密，已欲而代之矣。犹不知悔，欲以杀戮威天下。根株逆党，遍及天下，遂致奸徒罗织，良善骈夷，畏死者从乱如归，不可救药，岂非天夺其魄乎？"①直接批判了昏君的奢靡无度，明显带有《迷楼记》抨击隋炀帝所说的"世代兴亡，非偶然也"②的说教意味。

其三，接纳忠言与刚愎自用。

仁德君主具备选贤用贤、善于纳谏、治理国家的才能，而昏君则常常不纳忠臣良谏，远君子，亲小人。荀子曾提出，君主如果想要治国安邦，必须具备"善生养人"，使得天下苍生得到善养，民众可以生活安定，衣食无忧；"善班治人"，君主善于管理自己的臣民，使得统治秩序井然稳定；"善显设人"，君主善于发现挖掘贤人，使其脱颖而出为己所用，充分发挥忠臣良将的特长；"善藩饰人"，希望君主可以做到亲贤良、明贵贱、尊长幼、辨是非，能够以礼待人，明确礼制等级。历史演义小说中，刘邦、李世民、朱元璋等仁德之君都能做到选贤用能，招贤纳谏。《英烈传》中的朱元璋便是一个善于听取各方意见，采纳臣子谏言的贤君。朱元璋一路攻城略地，屡屡取胜的重要原因便在于朱元璋与部下建立了良好的君臣关系。他疑人不用、用人不疑，重视、信任手下的将领，常常向臣子们请教攻城平定的计策，臣子们见君主如此贤明，自然也愿意替仁君分忧解惑，效犬马之劳。第三十一回，大军将要进发，刘基在和朱元璋辞行时，还叮嘱朱元璋："此行径逆大江而上，从安庆水道越小孤山，直抵江州，以袭友谅之不备。彼若迎战，即当发陆兵围之。彼若败走，弃江西而奔，主公不必追袭，惟尽收江

---

① 袁于令评改：《隋史遗文》，宋祥瑞校点，北京：北京大学出版社1988年版，第358页。

②《唐宋传奇集·迷楼记》，载鲁迅校录：《鲁迅全集》（第十卷），北京：人民文学出版社1973年版，第393页。

西州郡，然后取之未迟。"朱元璋随即表示"军师所论最是，孤不敢忘"①。

并非所有的君主都愿意行"圣王之道"，亲近小人、庇护奸佞、赏罚不公、断事不明的帝王也大有人在。《杨家将演义》中的宋太宗、宋真宗则可为亲小人、远贤臣的代表。在太宗游玩五台山时，奸臣潘仁美表示昊天寺更胜于五台山，太宗便心动想要前往，八大王急忙言说，昊天寺地处幽州，若辽人知晓，发兵来袭则有被俘危险，还是班师回朝为上策。毫无疑问，八大王的谏言是忠臣之言，但太宗不予采纳，偏听偏信潘仁美，执意去昊天寺，结果被围幽州。君主不愿采纳忠良之语，一意孤行，最终只能自食苦果。而此后的真宗并没有吸取太宗的教训，依旧选择亲小人，远贤臣。与太宗一样，真宗的身边也有一个与潘仁美类似的奸臣王钦。王钦与萧后里外勾结，制造出魏府天降琼浆的骗局，迷惑真宗上当，前去观看。寇准、柴驸马、八王都劝真宗不要前往。寇准等人忠言逆耳，真宗不信其言，反而相信小人王钦，毅然前往，结果被围在魏府，难以脱身。昏君当政，宵小当道，则国家兴旺昌盛，遥遥无期。

有些君主虽然并不亲近小人、佞臣，但却无法接纳贤臣的谏言，终究无法成为真正的明君。在《两汉开国中兴传志》中，韩信作为项羽麾下之人，真心实意希望辅佐项羽成就霸业，然而项羽却刚愎自用，多次不听韩信谏言，甚至对韩信出言不逊，实在不是仁君所为。卷一"汉祖斩蛇举义兵"一则，韩信好心提醒项羽："章邯今日用骄兵之计，夜间必来劫营；信以告，武信君不信，将军可以防之。"项羽不仅不虚心接受，反而斥责韩信道："尔为何将，敢违军令，妄言军机？"②要将其推出去斩首，被钟离末劝止。从对待韩信忠言劝谏之事的处理上，足以看出项羽度量不够，无帝王之气象，只有匹夫之勇。

其四，天命与否。

仁君更有天命作为依据，增添了君主执政地位的合理性。《礼记·表记》云："唯天子受命于天。"③《春秋繁露》进一步阐发："民受未能善之性于天，而退受成性之教于王，王承天意，以成民之性为任者也。"④在董仲舒看来，"王"存在的理由应归于"天生民性有善质"。君王的存在有其理由："惟

① 郭勋：《英烈传》，北京：中华书局2013年版，第97页。

② 黄化宇校正：《两汉开国中兴传志》，载《古本小说集成》编委会编：《古本小说集成》（第四辑），上海：上海古籍出版社2017年版，第44页。

③ 李学勤主编：《十三经注疏·礼记正义》，北京：北京大学出版社1999年版，第1492页。

④ 董仲舒：《春秋繁露》，张世亮、钟肇鹏、周桂钿译注，北京：中华书局2012年版，第381页。

因人之性未能全善，故需王以治之"，君王的权力来源于"天"，是代表"天"来治理天下百姓。"王者受天之命，法天以治人。"①"古之造文者，三画而连其中，谓之王。三画者，天、地与人也，而连其中者，通其道也。取天地与人之中以为贯而参通之，非王者孰能当是？是故王者唯天之施，施其时而成之，法其命而循之诸人，法其数而以起事，治其道而以出法，治其志而归之于仁。"②董仲舒将君权的合法性归于天命，认为王者应上承天命，施政以仁。这一天命观也影响到明代历史小说对君王形象的塑造。

就人物塑造而言，明代历史小说的君王形象，其君权是否合乎天命，主要有以下三个方面。

其一，君王是否有继承王位的宗族血脉。"君君，臣臣，父父，子子"③的伦理观念给予了君主世袭罔替的高贵血统和至高无上的道德地位。宗法继承原则成为君主权威合法性的重要的伦理依据。《孟子》云："继世以有天下，天之所废，必若桀纣者也，故益、伊尹、周公不有天下。"④君主继承王位的重要原则被规定为"继世"。荀子对于周公的"反籍于成王"之举大为赞赏，称赞其是"大儒之效"，因为这显示了"君臣易位而非不顺"以及"变势次序节然"的道理⑤。荀子所提到的"变势次序"本质即为宗法世袭罔替的王位获得方式。《三国演义》一再宣称刘备是"汉室宗亲""帝室胄裔"，甚至径直将刘备尊称为"刘皇叔"，就是为刘备的"正统"地位寻找到一种血缘宗法制上的合理性与正当性。第五十四回，当鲁肃要求刘备归还荆州时，诸葛亮掷地有声地回答："我主人乃中山靖王之后，孝景皇帝玄孙，今皇上之叔，岂不可分茅裂土？况刘景升乃我主之兄也，弟承兄业，有何不顺？"⑥正因为刘备是汉室宗亲，继位绝无僭越之嫌。第七十三回，就连胸无城府的张飞都说："异姓之人，皆欲为君，何况哥哥乃汉朝宗派！莫说汉中王，就称皇帝，有何不可！"⑦精细如孔明、粗豪如张飞，都认为刘备的王位合法性是理所当然。第八十回，回目干脆直接写作"曹

① 冯友兰：《中国哲学史》（下），北京：生活·读书·新知三联书店2009年版，第31页。
② 董仲舒：《春秋繁露》，张世亮、钟肇鹏、周桂钿译注，北京：中华书局2012年版，第421页。
③《论语·颜渊》，载杨伯峻译注：《论语译注》，北京：中华书局2009年版，第126页。
④《孟子·万章上》，载杨伯峻译注：《孟子译注》，北京：中华书局2010年版，第205页。
⑤ 荀况：《荀子·儒效》，载王天海校释：《荀子校释》，上海：上海古籍出版社2005年版，第260页。
⑥ 陈曦钟、宋祥瑞、鲁玉川辑校：《三国演义会评本》，北京：北京大学出版社1986年版，第665页。
⑦ 陈曦钟、宋祥瑞、鲁玉川辑校：《三国演义会评本》，北京：北京大学出版社1986年版，第896页。

丕废帝篡炎刘，汉王正位续大统"。曹操并非没有称帝的念头，只因其顾虑自己缺乏世袭罔替的天命依据，难以为世人所容。第六十一回，曹操受"九锡之礼"，"九锡之礼"表面上看是皇帝给予权臣的最高礼遇，实则是权臣迈向帝位的重要一步，如王莽授"九锡"而后废汉室建新朝。曹操试图称帝的心思被荀彧察觉，荀彧立刻谏言曹操："不可。丞相本兴义兵，匡扶汉室，当秉忠贞之志，守谦退之节。君子爱人以德，不宜如此。"①可见，在仁臣的心里，曹操为汉室的臣子，应尽心竭力辅佐汉室，绝不该有犯上称帝的野心。王位的继承受到宗族血脉的制约。

其二，帝王的外貌及异兆显示其有无天命特征。如《隋炀帝艳史》第二回所言："原来帝王与凡人不同，但真命天子初生时，定然有些异兆。"文帝听独孤后梦见金龙堕地，"把尾跌断，又像大鼠……就晓得炀帝不是个令终之器"②。

在《两汉开国中兴传志》中，刘邦的相貌则有着不同寻常的描写："尧眉舜目，禹背汤肩；隆准龙颜，心怀豁达，志气不凡。"③在《西汉演义》中，刘邦的异相，即"隆准龙颜"的帝王之气，主要是通过人物视角从侧面诠释出的。张良遵照圯上老人的吩咐，愿"扶立真主，名垂万世"④，当张良初见刘邦时，"看那沛公隆准龙颜，正是治国安邦真命主"⑤。李世民是隋唐系列小说中塑造的一位明君。《隋唐两朝史传》第九回描绘的李世民，四岁就获得了"龙凤之姿，天日之表。其年几冠，必能济世安民"⑥的预言，《大唐秦王词话》第一回也有类似的描绘⑦，第五回，魏徵和徐茂功的对话，言唐家二太子有"色同皎月"的紫薇星照映，必"是真命天子"⑧。《残唐五代史演义》中的刘知远"身长八尺，两耳垂肩"，睡着后"红光罩体，鼾声如雷""真帝王气象"。后来他果然

① 陈曦钟、宋祥瑞、鲁玉川辑校：《三国演义会评本》，北京：北京大学出版社1986年版，第758页。

② 齐东野人：《隋炀帝艳史》，不经先生评，李悔吾校点，武汉：长江文艺出版社1985年版，第12-13页。

③ 黄化宇校正：《两汉开国中兴传志》，载《古本小说集成》编委会编：《古本小说集成》（第四辑），上海：上海古籍出版社2017年版，第33页。

④ 甄伟：《西汉演义》，北京：华夏出版社2012年版，第23页。

⑤ 甄伟：《西汉演义》，北京：华夏出版社2012年版，第54页。

⑥《隋唐两朝史传》，载《古本小说集成》编委会编：《古本小说集成》（第三辑），上海：上海古籍出版社2017年版，第102页。

⑦ 澹圃主人编次：《大唐秦王词话》，载《古本小说集成》编委会编：《古本小说集成》（第三辑），上海：上海古籍出版社2017年版，第10页。

⑧ 澹圃主人编次：《大唐秦王词话》，载《古本小说集成》编委会编：《古本小说集成》（第三辑），上海：上海古籍出版社2017年版，第95-96页。

成为后汉高祖。赵匡胤出生时"赤光满室，营中异香，经月不散"，"及长，容貌雄伟，器度豁如"[①]，之后果然陈桥兵变，黄袍加身。

其三，帝王有无天命还体现在是否可以在一次次征战中化险为夷。上承天意，下符民心的仁君们，因其天命如此，即使在征伐中毫无希望、濒临死亡时也能得天助而化险为夷。《两汉开国中兴传志》卷四"高帝亲征陈豨"一则，刘邦因有天佑似乎可以刀枪不入，在与陈豨的作战中，他眼看就要被刘武、李牧杀死，但突然"红光紫雾罩定"[②]，无法伤害。《英烈传》中的朱元璋也是颇得神灵庇佑。朱元璋在扫荡群雄的过程中多有神灵道士帮忙。与张士诚交战时，有滁州、姑苏二城隍告知徐达杀敌的秘诀，徐达依言调兵遣将，大获全胜。攻打姑苏时，张金箔又告知刘基攻城良策。而对于刚愎自用、不行仁义之事的君王，即使君王具有统帅之才，也无法获得天助。《西汉演义》第七十九回，汉王屯兵垓下，意欲和霸王决战。霸王升帐召集将领言曰："你等从我数百战，未尝败北，今日汉兵势重，不应轻敌，须要倍加用心……若彼败，可速追，若彼胜，四面救援，务要仔细提防，各相保守。料一月之间，汉兵粮尽，自然走矣。"[③]项羽善用兵法，出征百战，皆为胜仗。垓下之战前，项羽也很慎重。但垓下之战，项羽纵然有缜密的谋划和力敌众将的神力，也依旧无法抵抗汉军的围困与攻伐。项羽好不容易冲出重围，向田父询问前往江东之路。田父因霸王"无德以及百姓，专行杀戮"[④]而故意将项羽指入沼泽之中。霸王逃至农家，稍作歇息，梦中见汉王抱日迎面而来，将自己踢落江中，惊醒后叹曰："天命有在，不可强也！"[⑤]"此天之亡我，非战之罪也！"[⑥]项羽所叹突出体现了孟子所说的"杀一无罪非仁也，非其有而取之非义也"[⑦]的思想，他虽有一定的文韬武略，却不行仁义之举，违背儒家伦理纲常，终至败亡。

历史小说并非只强调君王正统的出身，相较于君王的出身，德行的有无往往

① 钟惺、罗贯中：《混唐后传 残唐五代史演义》，北京：华夏出版社2017年版，第206、210、285页。

② 黄化宇校正：《两汉开国中兴传志》，载《古本小说集成》编委会编：《古本小说集成》（第四辑），上海：上海古籍出版社2017年版，第256页。

③ 甄伟：《西汉演义》，北京：华夏出版社2012年版，第271页。

④ 甄伟：《西汉演义》，北京：华夏出版社2012年版，第282页。

⑤ 甄伟：《西汉演义》，北京：华夏出版社2012年版，第283页。

⑥ 甄伟：《西汉演义》，北京：华夏出版社2012年版，第284页。

⑦《孟子·尽心上》，载杨伯峻译注：《孟子译注》，北京：中华书局2010年版，第292页。

更为重要。《西汉演义》中的项羽是贵族之胄，为"楚将项燕之后"①，其出身远远优于生长于市井勾栏的刘邦，但最后却是刘邦取得了霸业。这一历史事实，看似与儒家伦理所强调的王位的合理性有所偏颇，但显示出的道理是，相较于王位的合理性而言，帝王的仁义品德更是成功的关键所在。

仁君明主虽各有秉性，但在伦理的旨归方向上却几乎一致，形成了类型化、理想化的伦理内涵。君主的仁德爱民、取信于民，善用贤才、礼贤下士、善于纳谏等，成为仁君明主基本的道德准则，这也与传统儒家伦理对君主的伦理要求相一致。天子是天下的王者，天子的决策与言行直接影响着国家的安定与繁荣，正所谓"万物虽多，其治一也；人卒虽众，其主君也"②，"君者，民之原也，源清则流清，源浊则流浊"③，国之兴衰和帝王的才德紧密关联在一起，明君可以兴邦，昏君亦可丧国。因此，希望君主遵循"君道"治理国家、统治万民成为官员和百姓对帝王最朴素的伦理诉求。明君—昏君的帝王类型促成了封建社会普遍意识形态中的一种"尊君—罪君"的文化范式④，更成为明代历史小说最为基本、最为重要的对立伦理形态。明代历史小说蕴含着浅显、普遍的伦理意识：政治清明、国泰民安则将功绩归功于天子，认为是明君当政；社会动乱、政治黑暗，则怪罪于帝王，认为是昏君执政。这种以成败论君王的评判标准，会把君王的昏暴之行放大，甚至会有意地弱化、淡化君主（如隋炀帝）的功绩。明代历史小说作者们为了垂戒后世，惩恶扬善，更是通过增加细节、想象等方式，集中笔墨塑造了一批残暴、昏庸的帝王，以此来敷演战火不断、政治混乱、民不聊生的亡国故事，使得昏暴之君的形象更加深入人心。

（二）臣子：忠诚与奸邪

五伦强调君臣之关系，食人之禄，忠人之事。在中国家国同体的传统宗法格局下，君臣关系往往与父子关系交织在一起。虽然君臣关系没有本质上的血缘亲疏，但是在礼法制度中君臣却被赋予了与父子相一致的礼法地位，臣子对君王尽

①　甄伟：《西汉演义》，北京：华夏出版社 2012 年版，第 24 页。

②　陈鼓应注译：《庄子今注今译》，北京：中华书局 2009 年版，第 320 页。

③　荀况：《荀子·君道》，载王天海校释：《荀子校释》，上海：上海古籍出版社 2005 年版，第 538 页。

④　张分田：《中国帝王观念——社会普遍意识中的"尊君—罪君"文化范式》，北京：中国人民大学出版社 2004 年版，第 89-92 页。

忠犹如儿子对父亲尽孝一般被规定下来，正所谓"臣事君以忠"①，"父子君臣，天下之定理，无所逃于天地之间"②。"移孝作忠"的传统思想，使得忠君伦理获得了和孝敬父母理所当然的天然合法性③。在忠孝同源的伦理共识下，忠诚与否成为评价臣子伦理品德的重要依据。为人臣者往往殚精竭虑，忠贞不渝，甚至达到了愚忠的程度。这一伦理共识在历史小说中表现为不惜笔墨地赞颂臣子的忠孝之举，毫不吝惜地贬斥奸佞宵小不仁不义的行为，彰显出叙事主体强烈的伦理对立姿态。

1. 臣子之忠

明代历史小说中出现的忠臣大体可以分为两类：一类是为帝王献计献策的军师、谋士；另一类则是勇于同奸佞做斗争，奋笔直谏的文臣。两类人物忠君内涵下所外化的具体行为有着明显的差异。

先看军师谋士之忠。

明代历史小说的军师、谋士很多，如《两汉开国中兴传志》里的陈平、严子陵、蒯通，《两汉开国中兴传志》《西汉演义》里都有的萧何、范增与张良，《英烈传》里运筹帷幄的刘基，《三国演义》中的"智绝"诸葛亮，《续英烈传》中的姚广孝，《东汉通俗演义》里的严光、邓禹。这些军师、谋士往往都有如下的忠君表现。

首先，识得真主，对君王忠心耿耿。中国古代具有才华的军师、谋士属于长期受儒家伦理思想熏陶的知识分子阶层，他们饱读圣贤诗书，将辅佐明君当作自己的毕生志向。胸怀大局的军师、谋士往往非常重视择贤主而从之，因为只有得遇贤君才能展现自己的雄才大略，所谓"良禽择木而栖，贤臣择主而事"④。《两汉开国中兴传志》中的严子陵便展现出观星象、识真主的才能。严子陵未见刘秀就已然知晓其为天命真主，严曰："吾夜来观见帝星朗朗，下照孤村，适来琴韵清奇，觉有贵人相访，故令道童远接，果应验也。"⑤后来，严子陵誓死效

① 《论语·八佾》，载杨伯峻译注：《论语译注》，北京：中华书局2009年版，第30页。

② 程颢、程颐：《二程集》，北京：中华书局1981年版，第77页。

③ 孙邦金：《明清儒学对君臣关系与忠君伦理的多元省思》，《武汉大学学报》（人文科学版）2015年第3期，第30-37页。

④ 陈曦钟、宋祥瑞、鲁玉川辑校：《三国演义会评本》，北京：北京大学出版社1986年版，第164页。

⑤ 黄化宇校正：《两汉开国中兴传志》，载《古本小说集成》编委会编：《古本小说集成》（第四辑），上海：上海古籍出版社2017年版，第347页。

忠刘秀，无论遭遇何种变故，都未改其心。《英烈传》中的刘基也是一位以待天命、求遇良主的谋士。刘基对元朝的黑暗统治已经心灰意冷，渴望辅佐明君，以匡扶天下。刘基"常说淮、泗之间有帝王气"①，因而躲避其他人而选择朱元璋作为自己效忠的君王，显示出其择主而从时的睿智高远。相较于严子陵、刘基凭借过人眼力识得真主，邓禹、陈平则以仁义为标准断定谁是可以效忠的贤君。《东汉通俗演义》中的邓禹在选择真主时展现出独特的见解。东汉群雄崛起，众多好汉都归顺了刘玄，而邓禹却没有亦步亦趋追随之，而是选择了品德高洁、爱民如子的光武帝。听说光武帝巡查河北，邓禹便北渡邺城，渴望见光武帝一面。邓禹与光武帝秉烛长谈，从当时天下各方势力的强弱优劣谈到未来的战略及平定天下的策略。光武帝刘秀听后立即将邓禹视作知音、贤才。《两汉开国中兴传志》中的陈平见项羽嗜杀成性，非仁义真主，于是归顺刘邦，对刘邦尽心竭力，成为一代开国功臣，即使在刘邦死后，也依旧为维护汉室而殚精竭虑。由此可见，忠臣在对君主尽忠之前，往往以天命、德行为标准，先对君主进行一番考量。忠君的背后透露出臣子对天命、礼法、纲常伦理的捍卫。

其次，设计定谋，为君王攻城略地。在明代历史小说中，军师谋士最重要的职责之一便是为君主出谋划策，帮君主夺得天下。《三国演义》第五十四回叙"诸葛亮智算华容"，便写出了诸葛亮的神机妙算。曹操在经过了险要关口后，大笑诸葛亮没有传闻中的那么足智多谋。曹操表示如果诸葛亮在一些险要处埋伏一纵兵马，那自己便只能束手就擒，但最终各处果然都有伏兵，这可看作是借曹操之口来写诸葛亮的过人谋略。要想获得战争的胜利，没有军师出谋划策、精准分析时局是无法实现的。《英烈传》中的刘基善于审时度势，为朱元璋制定了正确的攻伐策略。第二十九回就展示了刘基过人的谋略。面对汉兵三十万、吴兵十五万合谋攻打金陵、金陵危在旦夕的局面，众将领大都乱了阵脚，刘基却从容应对："宜伏兵示隙以击之。取威制敌以成王业，正在此际。"②朱元璋听从刘基的建议，果然轻松摆脱了困境，为"王业"奠定了基础。

再次，略通道术，为君王化险为夷。明代历史小说对军师、谋士的描绘常常带有一定的天命意识和神秘色彩。《英烈传》第十八回"刘伯温法伏猿降"，描绘刘伯温以灵符咒语伏妖的事，显示出刘基的道术之才。此外，刘伯温还可以通

---

① 郭勋：《英烈传》，北京：中华书局 2013 年版，第 59 页。
② 郭勋：《英烈传》，北京：中华书局 2013 年版，第 92 页。

过夜观天象从而预言战争的成败，且预测精准。对于军师、谋士能够呼风唤雨、施法念咒的描写并非个例，《两汉开国中兴传志》中的军师严子陵也可以算卦吉凶、施法护君。刘秀赴长安观武举，他口念秘咒，披发施法，为刘秀掩藏帝星。谋士军师通道术、会仙法似乎也彰显了道教文化的色彩。鲁迅曾说过："元虽归佛，亦甚崇道……明初稍衰，比中叶而复极显赫……则妖妄之说自盛，而影响且及于文章。"[①]明代历史小说也受到世风影响。在生产力较为低下的古代，人类对世界的认识有限，因此，人们试图幻想出一种超能力，从而在遇到困难时可以在精神上形成对神灵的依赖性[②]。小说中军师、谋士往往成为这种超能力的持有者和天命的传达者，他们这种超能力所起到的作用之一便是庇佑贤君仁主。

最后，功成归隐，以解君王后顾之忧。谋士功成名就后，选择归隐山林，一方面反映出"许多封建文人所共有的一种文化心态：以儒入世，以道守身，儒道互济，身名两全"[③]，另一方面也是明哲保身之举。《西汉演义》第九十回，张良归隐前，就明确表达自己归隐是怕君主担心自己位高权重、功高盖主。张良的退隐，并非完全受老庄无为思想的影响，而更多的是为解君王后顾之忧、为自己明哲保身之举。《英烈传》第七十八回"皇帝庙祭祀先皇"，朱元璋借张良泥像指桑骂槐，含沙射影暗指刘基。刘基听后，心里暗自揣摩：自己与张良同为辅佐君主的肱股之臣，皇上如此言语，怕是担忧自己会成为威胁。刘基担心祸及满门，因此立即向朱元璋表示想要归隐山林。刘基的退隐江湖，明显有明哲保身之意。

再看文臣之忠。

相较于军师谋士忠君行为的多样性，明代历史小说中的文臣之忠则较为单一，主要体现在矢志不渝、敢于与奸佞宵小抗争到底的斗争精神。明人对文臣之忠有独到的见解。张居正认为人臣应该不思己利，一心为国，应讲仁义，安社稷。关于人臣如何尽忠，沈鲤说："所谓忠，不必皆龙逢、比干也，其远而宣猷效力，近而责难陈善，尊主庇民，有造于天下国家者，皆是也。"[④]换句话说，臣子以进谏君王为忠。忠贞不渝地向君主进谏，也是向君主尽忠的表现。

忠臣有朝臣，也有地方官员，不妨以"魏忠贤系列"小说为例。《魏忠贤小

① 鲁迅：《中国小说史略》，上海：上海古籍出版社 2006 年版，第 96 页。
② 黄景春：《中国古代小说仙道人物研究》，桂林：广西师范大学出版社 2006 年版，第 87 页。
③ 纪德君：《明清历史演义小说艺术论》，北京：北京师范大学出版社 2000 年版，第 248 页。
④ 沈鲤：《亦玉堂稿》卷五《乞休第二疏》，文渊阁四库全书本，第 61 页。

说斥奸书》第八回卷首诗云："大憝稽天讨，微臣事简书。丹心盟赤日，白版映青蒲。仗马宁辞斥，城狐可缓诛。但令奸胆落，敢惜一身殂。"①对正文中杨涟上奏本细数魏忠贤二十四项罪恶后受迫害的故事加以评论，以显示杨涟之忠不畏死。该回回末评云"杨都宪之疏，淋漓千转，字字有血"②，进一步渲染了杨涟之忠。除了朝臣杨涟的忠勇直言，地方官员周顺昌也大力弹劾魏忠贤，结果被魏党诬陷，押解回京。《警世阴阳梦》第十六回"设机矫命"、《樵史通俗演义》第十回"毙校尉姑苏仗义　走缇帅江上解厄"、《皇明中兴圣烈传》第四卷"李实疏陷周顺昌等"一则、《梼杌闲评》第三十五回"击缇骑五人仗义　代输赃两县怀恩"都讲述了周顺昌被押解回京的过程。忠良之臣周顺昌被魏忠贤诬陷索拿回京这一事件在当时反响强烈，甚至激起了苏州民变，上述小说都有这方面的描写。《魏忠贤小说斥奸书》第十五回"杀较（校）尉苏民仗义　代输赃浙士轻财"只有存目，从前后回目看，当和《梼杌闲评》第三十五回"击缇骑五人仗义　代输赃两县怀恩"所叙大致相当。为了强化忠臣之"忠"，小说并没有将笔触仅仅局限在忠臣被陷害上，而是宕开一笔，描绘忠良之士在逆境中的所思所想。《梼杌闲评》第三十六回，周顺昌身陷囹圄，却不顾自身而感慨时局，想到奸臣未除，国事堪忧，潸然泪下。

2. 臣子之奸

忠奸对立，有臣子之忠，就有臣子之奸。臣子之奸邪大致有两类：一类是奸佞小人，一类是乱臣贼子。

先看奸佞小人。

明代历史小说有一个套路，但凡有昏君出现，身边总有一群奸臣。君王的昏庸无道滋生了一群祸乱朝纲、残害忠良的奸佞宵小，而奸臣的为非作歹、图谋私利的行为反衬出君主的昏聩。昏君与佞臣互相依存、互为因果。明代历史小说对昏君、佞臣残害忠良、图谋一己私利的行为或多或少都有所描绘。《杨家将演义》中君王身侧的潘仁美、王钦为了一己私利，公报私仇，设计杀害杨家将，还与辽人勾结，叛国投敌。《隋炀帝艳史》中隋文帝身侧有杨素、段达、张衡等人

---

① 吴越草莽臣：《魏忠贤小说斥奸书》，载《古本小说集成》编委会编：《古本小说集成》（第一辑），上海：上海古籍出版社 2016 年版，第 123 页。

② 吴越草莽臣：《魏忠贤小说斥奸书》，载《古本小说集成》编委会编：《古本小说集成》（第一辑），上海：上海古籍出版社 2016 年版，第 136 页。

合谋，让杨广伪装成不纳妃、忠于父的孝子，得以成为太子；虞世基、麻叔谋、何安等人投隋炀帝所好，进献御车、开凿运河、建造宫苑，以此博得帝王宠信从而获得富贵升迁。然而，上述历史小说对奸臣的描述多半以衬托君王昏庸无道、忠臣枉死为目的，因此描绘的篇幅不多，用笔也不算细腻。真正大篇幅、细致入微刻画奸佞宵小的历史小说应该是明末的"魏忠贤系列"小说。在"魏忠贤系列"小说中，小说家们描绘了阉党乱政误国、蛊惑君心、排除异己、陷害忠良、横征暴敛等内容。对这些内容的无情揭露与批判彰显了小说家们厌恶奸佞宵小、渴望忠臣良将的强烈伦理诉求。

奸佞宵小乱政误国，蒙蔽圣心。魏忠贤作为新皇旧臣，深得帝心，又与皇帝乳母客氏内外勾结，使得帝王偏听偏信、昏庸无为。《梼杌闲评》第二十三回"谏移宫杨涟捧日　诛刘保魏监侵权"，讲述了魏忠贤与小内侍们斗鹌鹑，哄得皇上大喜，便向皇帝讨赏，皇帝便将东厂交给其管理，致使魏忠贤大权在握的故事。《魏忠贤小说斥奸书》第六回，冯贵人劝谏皇上不要沉溺于酒色被客氏知晓后，客氏与魏忠贤串通一气，矫旨杀死冯贵人，而对皇帝称其抱病身亡。裕妃得知冯贵人死因后也被客、魏二人矫旨害死。皇后因为客氏无端生事，责打客氏，并欲将其赶出皇宫，不料反遭魏忠贤算计。魏、客弄权，铲除异己已达到无人制衡的境地。此外，《皇明中兴圣烈传》卷一、卷二，《警世阴阳梦》第十三回、第十六回中都有对魏忠贤专政弄权的细致描述。在这样的情况下，皇帝久居深宫，对宫外之事知之甚少，加上宫闱之内尽是奸佞宵小，帝王容易受其蒙蔽，从而昏聩无道。

奸佞宵小巧立名目，残害忠良。魏忠贤及其党羽排挤、迫害正直朝臣的手段异常残忍。阉党为了扫除异己，捏造罪证，迫使杨涟、左光斗、高攀龙、魏大中、周顺昌等忠臣志士惨死。在《警世阴阳梦》中，崔呈秀为魏忠贤献计，主张用破党、树党的方法来祸乱朝纲：先罢免几个领袖大臣，再将其余臣子逐一击破；然后再以官位、钱财来诱惑他们，让他们依附在魏党门下。此外，魏忠贤及其党羽李永贞还利用"梃击""红丸""移宫"三案捏造罪名，铲除异己。《魏忠贤小说斥奸书》中魏党借无中生有的"梃击"一案将以何士晋为代表的一帮忠臣捉拿入狱；又以"红丸"一案将孙慎行、刘一燝、韩爌、周嘉谟、张问达等肱股之臣或流放或斩首；还以"移宫"一事，将惠世扬与杨涟等逮捕入狱。

奸佞宵小横征暴敛，惨无人道。《梼杌闲评》第三十九回"广搜括扬民受毒冒功名贼子分茅"，详细记录了扬州贪官许其进搜刮民脂民膏、横征暴敛的恶劣行径。许其进本来就是一个阿谀奉承的小人，在了解到上任知府被罢免是因为不听从魏党指使、不愿搜刮民脂民膏后，立即决定通过横征暴敛来保全自己的官位，讨好魏党。许其进对两淮盐商、书吏和百姓大加盘剥，甚至连下属官员也不放过。到任不满数月的汪承爵被许其进搜刮得分文不剩，倾家荡产。但是因其缴纳不足，最终还是被许其进治罪。奸佞宵小的肆无忌惮使得民不聊生，怨声载道。相比其党羽，魏忠贤更是有过之而无不及。《警世阴阳梦》中的魏忠贤做长班时就在教坊司的案件里敲诈一千多两银子。对物欲的极致追求，致使魏忠贤连皇宫中的宝物都敢疯狂盗取。《魏忠贤小说斥奸书》中的魏忠贤势败被发配到凤阳守陵时，还"忙把私宅中金珠奇玩收拾了四十辆"①，浩浩荡荡押往凤阳，往日的横征暴敛可见一斑。

再看乱臣贼子。

"李自成系列小说"中则体现出明代文人强烈的忠君意识，对犯上作乱的贼子加以丑化与贬抑，显示出极端的仇贼情绪。究其原因，主要有二：一方面，李自成农民军攻入北京，将崇祯皇帝逼上煤山自缢，一时间"天摧地裂，日月无光"②，誓死效忠君父的传统士大夫们一时无主可效，无国可守，成了大明遗民。士子们将责任归咎于"犯上作乱"的农民军，将内心的仇恨转化为对乱臣贼子的谩骂，正如"君父之仇，天不共戴"一样③。另一方面，自古在历史小说中，凡有些影响力的人物，作者在处理时常常会有明显的类型化倾向，以此来达到伦理教化的目的。考虑到李世成逼死君主、僭越皇位等为礼法所不容的犯上之举，小说家往往极力丑化李自成形象，以此来批判犯上作乱的大逆不道行径。

小说对李自成的否定主要表现在两个方面：首先，对李自成私生活的抨击。"在传统小说中，性始终是用来丑化敌人的最有效的手段"，通过描写敌对利益集团夸张的乃至颠倒的"性"事，通过"小说中的那种义正辞严的'正邪之

---

① 吴越草莽臣：《魏忠贤小说斥奸书》，载《古本小说集成》编委会编：《古本小说集成》（第一辑），上海：上海古籍出版社 2016 年版，第 400 页。

② 懒道人口授：《剿闯小说》，载《古本小说集成》编委会编：《古本小说集成》（第三辑），上海：上海古籍出版社 2017 年版，第 4-5 页。

③ 懒道人口授：《剿闯小说》，载《古本小说集成》编委会编：《古本小说集成》（第三辑），上海：上海古籍出版社 2017 年版，第 1 页。

别’，总是将政治上的对立者送上正统伦理与道德法庭的审判席"①。"性"描写是李自成形象的"修辞策略"之一。《樵史通俗演义》中的李自成，是一个杀妻无仁、强抢民女、毫无礼义廉耻、不尊伦理道德的大恶人。第二十二回，李自成白天大鱼大肉，"呼朋觅友，夜里又和浑家你一杯、我一盏，吃的春兴发动，就干那件营生，夜夜不弄到四更天亮，不肯住手"②。第二十七回，李自成来见高如岳，酒席中有四个妇人陪酒，便说："小弟自杀了恶妻，久无妻小，乞高大哥见赐一个，陪伴几时也好"③，强盗本性与荒淫无耻之态尽显。随即，小说家便描绘了李自成与邢氏之间的浪荡之举："邢氏颠倒搂住汉子要弄，李自成虽然长枪大戟直入毛营，怎当邢氏如此奇骚，口里亲哥哥、亲乖乖不住的叫，每夜定要了丢三四遭方肯住手。"④一个色心色胆的李自成，容易引起读者的鄙夷、厌恶之情，进而对其犯上作乱产生仇恶情绪。此外，第二十二回、第二十七回还有对李自成几任妻子与别的男人偷情、乱伦的描写：韩金儿与无赖、小厮等人偷情，邢氏和高杰偷情私奔，窦氏与李自成的侄儿乱伦……一系列乱伦、偷情的描写，加深了读者对李自成其人、其行的厌恶与反感，从而强化了对乱臣贼子的贬斥。

其次，对李自成所做之事的批判。李自成及其农民军所到之处烧杀抢掠，给百姓带来了巨大的灾难。《剿闯小说》第一回李岩便给李自成出谋划策，"我等欲收民心，须是假托仁义，说大兵到处，开门纳降者，秋毫无犯"⑤。《樵史通俗演义》第二十九回也有类似的叙述："李岩见了李自成，就劝他假仁义、禁淫杀，收罗人心，方可图得大事。"⑥一句"假仁义"就写出了这些贼人内心所想，爱民的幌子只是攻城略地的敲门砖。《剿闯小说》第三回，对闯贼杀人淫掠有很细致的描述："顺天府学生员李名世，贼兵奸其女。李赴禀刘贼将。贼将捆

---

① 李杨：《50～70年代中国文学经典再解读》，济南：山东教育出版社2003年版，第27页。

② 江左樵子编辑：《樵史通俗演义》，载《古本小说集成》编委会编：《古本小说集成》（第二辑），上海：上海古籍出版社2017年版，第387页。

③ 江左樵子编辑：《樵史通俗演义》，载《古本小说集成》编委会编：《古本小说集成》（第二辑），上海：上海古籍出版社2017年版，第485页。

④ 江左樵子编辑：《樵史通俗演义》，载《古本小说集成》编委会编：《古本小说集成》（第二辑），上海：上海古籍出版社2017年版，第487页。

⑤ 懒道人口授：《剿闯小说》，载《古本小说集成》编委会编：《古本小说集成》（第三辑），上海：上海古籍出版社2017年版，第21页。

⑥ 江左樵子编辑：《樵史通俗演义》，载《古本小说集成》编委会编：《古本小说集成》（第二辑），上海：上海古籍出版社2017年版，第516页。

贼并生员与女，做势威吓，女子不敢招认。贼将遂喝令贼校，将生员分尸，以警后来之妄告者……嗣是，贼兵愈无忌惮。绅矜之家，每受其淫辱而不敢言……贼兵……屯于民房。遍城男妇，皆为贼烧锅秣马。勒索酒饭供馈，如稍迟，即以刀背乱打。一更时分，驻本家者，捆打拷索银两饰服，奸淫妻女婢妾，或沿瓦窃入邻家。破（被）其辱者，忍羞不言。贼兵或三五成群，七八成队，沿门搜察，甲去乙来，殊无已时。每获一妇女，即扛拥城上，轮次奸淫。有不胜其淫辱而即气绝者，有遇贼将过而抛掷城外者。安福胡同一夜妇女死者，三百七十余人。号惨之声，昼夜不绝。"①《樵史通俗演义》第三十回，攻陷宁武后，李自成"恨这一城死守，遂令屠城，寸草不留"②。以李自成为首的乱臣贼子残忍暴虐、贪图美色等不合伦理纲常的行为被无情揭露，叙述者甚至不惜用大段的篇幅来渲染其卑劣品行，以强化乱臣贼子对伦理道德的败坏。

（三）主要人物伦理表现的多样性

值得一提的是，在语境相对单纯的明代历史小说的宏大叙事下，还有一些写个体经历的小叙事，表达个体特定情况下的伦理体验与伦理诉求。明代历史小说所蕴含的小叙事并不多，但是这些星星点点夹杂在宏大叙事下的小叙事确有一种令人耳目一新的感染力。研究明代历史小说，如果只是大而化之地以传统伦理批评方式关注宏大叙事所宣扬的伦理意蕴，而忽略小叙事所带来的伦理丰富性，就会失去对具体语境下个体人物心态的深刻体察。

就明代历史小说而言，其主要人物便是君臣。几乎每一部历史小说都无法避免君臣形象的塑造。君臣形象往往决定了一部小说的伦理基色。因此，小说家们旗帜鲜明地描绘出君王或仁德或残暴、臣子或忠贞或奸佞的伦理特征，以免产生仁暴不清、忠奸不辨的伦理状态，使得读者无法做出清晰明确的伦理判断，从而影响小说的伦理教化作用。难能可贵的是，小说家们并没有因为伦理说教就忽视了人物伦理表现的多样性，并没有让复杂丰富的人物形象沦为单一伦理表达的工具。就其多样性的表现来看，主要有二：一是小说家在浓墨重彩叙述昏君佞臣的残暴狡诈时，也偶尔流露出对其报恩、重情等方面的肯定；二是小说家在叙述忠

---

① 懒道人口授：《剿闯小说》，载《古本小说集成》编委会编：《古本小说集成》（第三辑），上海：上海古籍出版社 2017 年版，第 89-91 页。

② 江左樵子编辑：《樵史通俗演义》，载《古本小说集成》编委会编：《古本小说集成》（第二辑），上海：上海古籍出版社 2017 年版，第 535 页。

臣仁君时，也会提及其贪酒好色、淫乱残忍的一面，但往往含蓄简练，一带而过。

明代历史小说虽然站在伦理的制高点上对昏君佞臣极尽批判，但其间也或多或少流露出叙述者对人物个体伦理的追溯与理解。《隋炀帝艳史》虽然对沉溺于女色的隋炀帝有所批判，对其荒淫误国、劳民伤财的举动有所指摘，但也表现出对隋炀帝儿女柔情、文人才气的肯定。第十一回，叙述者就肯定了隋炀帝颇高的文学修养，将隋炀帝与后宫佳丽们舞文弄墨的柔情场面描绘得淋漓尽致。隋炀帝一边饮酒，一边挥毫泼墨，片刻，便写成了《清夜游曲》拿与萧后看。萧后读完，非常喜欢，夸赞隋炀帝文风清俊潇洒，浑然天成。同时，叙述者虽批判隋炀帝沉溺于美色误国害民，又肯定其怜香惜玉的温柔之态，细致描摹其清雅的一面：对萧后，隋炀帝充满了尊重与仰慕，纵然坐拥三宫六院也未冷落萧后；对从未谋面的宫女，隋炀帝也真心实意待之，情真意切，令人动容。小说家描绘得最出彩的当属第十五回，侯夫人自杀，隋炀帝抚尸痛哭，感念侯夫人的姿色与才华，凄惨之情，真切感人。

对于昏君奸佞个体化生存伦理的理解与肯定也出现在魏忠贤形象的叙述中。《梼杌闲评》前二十多回熏染了魏忠贤不幸、坎坷的命运和孤苦无依、飘零不定的生活状态。魏忠贤的父母皆为唱戏之人，他的童年在颠沛流离的跑路中度过。少年时，和母亲一起为盗匪所陷，在匪徒的耳濡目染之下，染上了一身恶习。好不容易逃出贼窝，进京寻找父亲，却又久寻不见。在京城的生活也就是吃喝嫖赌，阿谀奉承。其间试图私吞巨款，也尝试经商做生意，但终究难改淫荡乱来的秉性，最终落得人财两空。书中用二十多回的笔墨对魏忠贤的成长做了铺陈式的描述，以此让读者了解魏忠贤并非天性本恶，他也有善良义气的一面，也有世俗的情感与生活。他与客印月之间始终真情相待；他也曾有过重情重义的时候，设法营救傅如玉；在他被困涿州、饥寒交迫之时，也曾想念过他的结发妻子，希望过上安稳的日子……书中这些世俗化的情节描写，使得佞臣不再是扁平化的伦理符号。借助这类小叙事，反面人物形象不再流于片面化、简单化，再现出人物在日常生活中的生命体验。

相较于对昏君佞臣的正面伦理表现，历史小说中对仁君的负面伦理表现可谓是少之又少，往往难以寻觅到一处完整的叙述，只能从只字片语中感受到一丝与"仁义忠孝"相违背的情形。《西汉演义》中的刘邦无疑是仁德爱民的贤主，但书中也有两处提及他淫乱好色。一处是第十回，吕文虽有意将女儿嫁给面相极贵的刘邦，但他对刘邦的评价却是"贪酒好色，人多轻之"①。另一处是第九十回，"是时关中无事。帝每辍朝，宠幸戚姬，又见所生赵王如意，年已渐长，资性聪敏；见太子盈柔弱，欲废之，要立赵王如意为太子"②。已经称帝的汉高祖似乎并没有改掉好色的习性，甚至越演越烈，影响到了朝政根本。然而，叙述者并未对此展开论述，而是轻描淡写地略过，试图弱化刘邦好色误国的行为。《两汉开国中兴传志》中的刘邦还表现出残忍伪善的一面。卷四"高帝亲征陈豨"一则，刘邦不顾韩信帮自己开疆拓土的功劳，猜忌其有谋逆之心，便"于宫中嘱令吕后谋斩韩信，后欣然领命，帝心稍安"③。刘邦对立下汗马功劳的忠臣良将稍有猜忌便将其斩杀，足见其残忍多疑。平定陈豨后，刘邦得知吕后与萧何合谋杀害韩信，又怪吕后行事过于匆忙，其伪善可见一斑。

总体看来，对于正面人物的负面表现在明代历史小说中较少。小说家们常常不忍对忠孝仁义之人"抹黑"，只是略微提及其伦理形象上的不足，积极维护其正面的伦理形象。小说家们的这一"共识"并不难以理解。在以阐发伦理为主的叙事原则下，小说人物伦理表达多样性只能被框定在既定的伦理基色之内。换句话说，它必须体现出小说家本身伦理选择的倾向性，这就促成了小说家对明君负面表达上的含蓄，从侧面体现了"忠孝仁义"等伦理思想不可动摇的主体地位。

二、次要类别人物：鲜明的伦理意蕴

在历史小说中，除了君主、臣子这类主要人物形象外，还有一些次要类别人物。需要说明的是，这里说的"次要"，是就整个历史小说的人物形象而言的，并不是说这些人物在某一部具体的小说中也是次要人物。虽然不像主要类别人物形象那样集中表现某种伦理观念，次要类别人物身上依旧可以见到伦理思想的影子，甚至一些次要类别人物身上的伦理观念相较主要人物更为浓烈。明代历史小说的次要类别人物形象大致可分为三类：第一类是圣贤形象，通过塑造圣贤的美好品德直接起到劝善惩恶的教化作用；第二类是神仙、道士形象，起到衬托和推

---

① 甄伟：《西汉演义》，北京：华夏出版社2012年版，第26页。
② 甄伟：《西汉演义》，北京：华夏出版社2012年版，第304页。
③ 黄化宇校正：《两汉开国中兴传志》，载《古本小说集成》编委会编：《古本小说集成》（第四辑），上海：上海古籍出版社2017年版，第245页。

动某种伦理教化的作用；第三类是女性形象，相较于前两种形象，女性形象在历史小说中出现频率较高，总体来看，既有对贞节妇德的歌颂，也有对女子不贤的讽刺与批判。

（一）圣贤

明代后期出现了两部直接以"大儒"一生经历为题材的历史小说：其一是《孔圣宗师出身全传》（以下简称《孔圣全传》），敷演了儒家创始人孔子；其二是《王阳明先生出身靖乱录》（以下简称《靖乱录》），叙述了心学大家王阳明。此外，《七十二朝人物演义》对孔子的形象也有描写。这三部历史小说的出现填补了直接以古之圣贤来表现儒家忠孝节义的空白，在以帝王将相为主角的明代历史小说中，以儒家圣贤为人物的历史小说更为强烈地宣扬了儒家伦理，起到了教化万民的作用。需要说明的是，虽然《孔圣全传》和《靖乱录》两部小说以孔子与王阳明作为主要人物形象，但是，若将其放置于明代历史小说这一系列的作品中来看，则帝王将相应被认为是明代历史小说的主要人物形象，而孔子、王守仁等圣贤形象则被看作是历史小说系列文本中的次要人物形象。

面对明朝中后期无论是政治社会还是伦理道德皆江河日下的现实情况，历史小说家痛心不已，渴望通过塑造圣贤形象，来挽救即将崩塌的封建礼法规范与人伦礼仪。《孔圣全传》《靖乱录》两部历史小说所劝之善、所言之理皆为儒家伦理，以传统的忠孝来架构人物形象。"忠"是儒家伦理重要的道德思想标准。在《靖乱录》中，叙述者用全书四分之一的篇幅敷演了王阳明平定宸濠之乱的始末经过，仅为表现"忠"之重要。从宁王"喜兵嗜利。既袭位，愈益骄横，术士李自然言其有天子骨相，渐有异志……结交刘瑾等八党为之延誉。又贿买诸生，举其孝行……又畜养大盗胡十三、凌十一、闵廿四等，于鄱阳湖中劫掠客商货物，预蓄军资……凡仕江右者，俱厚其交际之礼"说起[1]，到言明王阳明"先生自七月十三日于吉安起马，至二十六日成功，才十有四日耳"[2]。勘定祸乱的神速，体现出王阳明平定祸乱时的志虑忠纯。儒家对"孝"尤为看重，孝也是小说所看重的。《靖乱录》描写王守仁十三岁时，生母郑氏不幸亡故，而父妾因其不是亲生儿子屡屡虐待他，王阳明则装作生母显灵来谴责父妾这一行为，父妾听后不再

---

① 冯梦龙：《王阳明出身靖乱录》，杭州：浙江古籍出版社 2015 年版，第 67-68 页。
② 冯梦龙：《王阳明出身靖乱录》，杭州：浙江古籍出版社 2015 年版，第 99 页。

对其无礼，从而父母慈爱得以尽孝。

值得一提的是，在人物形象的伦理定位上，两部作品体现出截然不同的伦理趣味。《孔圣全传》中的孔子形象是以儒家典籍与史传记载为依据的圣贤。作者怀着对圣贤思想的景仰之情，试图以此来向民众宣传和普及儒家教义。《孔圣全传》一书有明显的向民间灌输官方意识形态的伦理目的，在世风日下、人心不古的明后期社会环境下，小说家试图凭借主流意识形态下官方力量向民间灌输与渗透儒家的忠孝节义。从小说取材的角度来看，《孔圣全传》主要从《阙里志》和《论语》中获取写作素材。它叙述的孔子故事都是以经传为依据的，其目的就是要塑造一个"至圣"形象，宣传正统的儒家思想。这可以从书末所附出自《阙里志》的铭文、诗赞等方面得到印证。除此之外，小说对孔子重要事迹的记录完全依据《阙里志》的年谱顺序进行。而《阙里志》是陈镐、李东阳等奉旨编纂的一部全面记载孔子家世史料的著作，其中还有唐玄宗、宋太祖等帝王的御制宣圣赞，可见是一部被官方认可的尊孔尚儒的典范之作。《孔圣全传》的作者按照官方的《阙里志》去再现孔子的言行，这无疑使得小说中的孔子形象带有浓厚的官方伦理色彩。虽然表达形式是民间化的通俗小说形式，但小说内容则是官方伦理的反映。这一现象表明，受到官方意识形态深刻影响的文人儒士们，希望通过平民百姓喜闻乐见的小说形式，向市井民众传达自己对价值楷模的标榜，借此宣扬儒家正统的伦理思想。从这个层面来看，《孔圣全传》中的孔子形象是官方所认可的伦理形象，具有突出的伦理教化目的。

相较于《孔圣全传》中的孔子形象，《靖乱录》中的王阳明形象少了神圣化的光环，多了平民化的气息。《靖乱录》中的王阳明一改"至圣"的人物形象，更具有市井气息。这一转变体现出民间文化对主流意识形态并非只会被动地接受，也会对主流意识形态进行反馈和影响，这一影响体现在圣贤形象神圣化的消解中。《靖乱录》受到明代后期市民思想的影响，对王阳明的描绘生动而真实：早年的王阳明嬉笑怒骂，快意人生，对读书没有过多的兴趣；中年时的王阳明蔑视假道学、假儒士，做官后更是与京中名流不相往来，厌恶他们的伪善。王阳明的思想讲求"实用"，反对伪儒的存在，其学说被人交口称赞："世间讲学尽皮肤，虚誉虽隆实用无。养就良知满天地，阳明才是仲尼徒。"[①]小说渲染了王阳

---

① 冯梦龙：《王阳明出身靖乱录》，杭州：浙江古籍出版社2015年版，第3页。

明假死逃过刘瑾的黑手，最终得以超越前代大儒，终成自家学说。这一方面是出于满足市井民众对小说趣味性、娱乐性的追求；另一方面，将长期处于神圣崇高地位的圣贤形象进行消解，使之更具"人"的特征。这体现出民间伦理对官方伦理的冲击。小说家通过塑造王阳明忠孝形象，向民众宣扬儒家伦理思想，但这并不局限于此，《靖乱录》通过对王阳明敢怒敢言、潇洒自如、讲求平等实惠等方面的描写，塑造了一个平易近人、真实可爱的形象。这一圣贤形象相较于《孔圣全传》中的孔子更接近普通人，也更契合当时民间伦理思想的信条，具有一定的市井气息。这种情况的出现，体现出在官方伦理的强势控制下，民间伦理依然具有生命力，显得难能可贵。

（二）神仙、道士

鲁迅曾说："奉道流羽客之隆重，极于宋宣和时，元虽归佛，亦甚崇道，其幻惑故遍行于人间，明初稍衰，比中叶而复极显赫，成化时有方士李孜，释继晓，正德时有色目人于永，皆以方伎杂流拜官，荣华熠耀，世所企羡，则妖妄之说自盛，而影响且及于文章。"[1]明代，尤其到明中叶，道教发展迅猛，对明人的思想文化产生了重要影响，这一影响也自然而然地渗透到小说创作中。几乎每本历史小说都或多或少地塑造了神仙、道士的形象，体现了一定的时代特征。在道教盛行的明代，无论是作家风格还是作品内容，都能捕捉到道教文化的踪迹，道教文化下的神仙、道士往往也暗含着作者的伦理取向。

神，《说文解字》云："天神，引出万物者也。"[2]神仙、道士往往是与天联系在一起的形象，具有非凡的能力。神仙、道士一般有两个特点："其一形如常人而能长生不死，其二逍遥自在，神通广大。"[3]明代历史小说中的神仙、道士往往被塑造成贤君忠臣的庇佑者、昏君佞臣的劝导者和社会灾祸的拯救者，由此带来神仙、道士在小说中的两个功能：其一，神仙、道士是天命的传达者，是"仁义礼智信"的化身，推动贤君忠臣完成善举；其二，神仙、道士有着惩恶扬善、劝教奸佞的作用，甚至代叙述者发声，反衬出昏君佞臣的恶劣品行。

神仙、道士救民于水火，帮人排忧解难。《于少保萃忠传》第三十八回到第

---

① 鲁迅：《中国小说史略》，上海：上海古籍出版社 2006 年版，第 96 页。

② 许慎：《说文解字》，上海：上海古籍出版社 2007 年版，第 3 页。

③ 任继愈主编：《中国道教史》，上海：上海人民出版社 1990 年版，第 10-11 页。

三十九回，徐有贞治水患，虽经验丰富，但"东堤沙湾，正当洪口处"，无法筑堤①，后请来西山老僧，方知是水怪作祟，铲除水怪后，又无法堵塞水源，却有两河神在其梦中告知其原委，并授之以法，最终大功告成。两河神之所以如此，是因为"不忍见众残伤漂没，乃对天立誓，愿舍身以救万人"②，这显然加深了小说伦理教化的意蕴。

神仙、道士为贤君良将出谋划策，施法术攻城略地。在《英烈传》中，每当仁君朱元璋攻城不下或战争中受到重创时，必会有神仙、道士前来相助。朱元璋得到冷谦、铁冠道人、金童玉女等神仙、道士的帮助，印证了得道多助、失道寡助的伦理姿态。《戚南塘剿平倭寇志传》中的樊御史，据史料记载，确有出世之举。小说中的他隐居在茸肠谷洞，美其名曰"仙都草堂"，称自己为"仙部下士"，与汪真人饮酒作诗，一派道士作风。但在福州城朝不保夕之时，他依然入世，依靠灵棋占卜，帮助王廷与戚继光击退倭寇，大获全胜。

神仙、道士除了直接现身为贤君仁主出谋划策以外，还为君主培养有德有能的臣子来辅佐贤君仁主完成霸业。《新列国志》《前七国孙庞演义》等书都有对鬼谷子为贤君仁主培养贤德之才的描绘。《新列国志》第八十七回，鬼谷子"屈身世间，只为要度几个聪明弟子"，当有人慕名来学习时，"先生只看来学者资性，近于那一家学问，便以其术授之……来成就些人才为七国之用"③。《前七国孙庞演义》中的孙膑、庞涓都拜鬼谷子为师，孙膑为人赤诚、正直，庞涓却奸诈、狡猾，多次欺骗、愚弄孙膑。鬼谷子看穿了庞涓，便将假天书传给庞涓，打发他下山，而将行军布阵、八门遁法、六甲灵文等道术全部传授给了孙膑。孙膑品德高尚、为人真诚、足智多谋，最终挂七国金印，辅佐贤主成就伟业。显然，孙膑的成就得益于鬼谷子的培养。

神仙、道士斥责奸佞昏君，望其改过自新。《隋炀帝艳史》第三十一回，道人劝诫隋炀帝："这些蛾眉皓齿，不过是一堆白骨；这些雕梁画栋，不过是日后烧火的干柴；这些丝竹管弦，不过是借办来应用的公器。有何好恋之处？况陛下

————————

　　① 孙高亮纂述：《于少保萃忠传》，载《古本小说集成》编委会编：《古本小说集成》（第二辑），上海：上海古籍出版社 2017 年版，第 462 页。

　　② 孙高亮纂述：《于少保萃忠传》，载《古本小说集成》编委会编：《古本小说集成》（第二辑），上海：上海古籍出版社 2017 年版，第 472 页。

　　③ 墨憨斋新编：《新列国志》，载《古本小说集成》编委会编：《古本小说集成》（第二辑），上海：上海古籍出版社 2017 年版，第 2176 页。

的光景，月已斜了，钟已敲了，鸡已唱了，没多些好天良夜，趁早醒悟，跟俺们出了家，还省得到头来一段丑态。"①希望隋炀帝放下欲念，改过自新。《警世阴阳梦》里的道士陶玄斥责魏忠贤，希望他弃恶从善。陶玄在小说中一共出现了三次。第一次是在魏忠贤饥寒交迫、身患重病之时，陶玄对他竭力相助，治好了他的毒疮。第二次是在三十年后，魏忠贤已经权倾朝野、风光无人能及之时，陶玄登门魏府，希望可以点化魏忠贤，但是魏忠贤却害怕陶玄说出他的旧事，丝毫不给陶玄开口言语的机会，还招呼左右要将其带到镇抚司问罪。最后一次是陶玄出现在魏忠贤的梦里，那时魏忠贤已在阴间，受尽酷刑，陶玄再次劝说魏忠贤，希望其知晓因果报应，将来重回阳间要做好人。陶玄的言语突出了叙事主体阐发是非善恶、扬忠惩奸的意图，陶玄斥责魏忠贤更是叙事主体为警戒后人而彰显出来的美好理想。

（三）女性

在统治者强调程朱理学的明代，女性的地位无疑是低下的，是男性的附属品。朱元璋在执政之初就命令儒生修整《女诫》，后朱棣又派人编成《古今列女传》三卷，严格规范妇女的言行，规定了妇德标准：一要孝顺公婆，恶言顺听；二要夫唱妇随，遵从丈夫；三要深明大义，机智勇敢；四要抚育后代，注重贞操。这些规定对明代作家塑造女性形象产生了深远的影响。大体来看，历史小说中有妇德的女性形象大体可以分为以下两类。

其一，传统观念下的贤妻良母。明代历史小说中的女人或为人母，或为人妻，地位不同，角色不同，但无一例外地都展现出了对传统女德"女诫"的恪守。小说中的女性往往将大义摆在个人情感之前，在国破家亡之际，有勇有谋，舍生取义，展现了一系列有着传统妇德的杰出女性。就小说中的贤妻形象而言，小说家不再注重其孝敬公婆、相夫教子的形象刻画，而是表现出贤妻们在特定的历史时期，勇于和丈夫共同承担起保家卫国的责任。《三国演义》第一百十八回，当刘谌表明自己想要自裁，而不愿死于他人刀下时，其妻崔氏大赞丈夫的贤德，表示要和丈夫一同赴死殉国，丈夫不解其意。崔夫人言曰："王死父，妾死夫，其义同也。夫亡妻死，何必问焉！"②贤妻以忠君爱国的伦理思想为处世原

---

① 齐东野人：《隋炀帝艳史》，不经先生评，李悔吾校点，武汉：长江文艺出版社 1985 年版，第 294 页。
② 陈曦钟、宋祥瑞、鲁玉川辑校：《三国演义会评本》，北京：北京大学出版社 1986 年版，第 1425 页。

则，当山河破败之时，敢于和丈夫一起赴死，捍卫大义。就小说中的女儿形象来看，也不仅仅是孝敬父母、出嫁从夫的传统伦理表达，还赋予了女儿为了家国大义，视死如归的新的伦理内涵。《三国演义》第八回，貂蝉为报答司徒王允的养育之恩，解决王允的困苦，一改女子柔弱的形象，按照王允的计谋，下嫁吕布、董卓，并表示"妾许大人万死不辞，望即献妾与彼"，"妾若不报大义，死于万刃之下"①，这表面上是替父排忧，实际是和养父一起，共同担起惩奸邪、正朝纲的使命。

历史小说中还有一批深明大义的母亲形象。相较于贤妻与夫君共同承担责任、完成使命，深明大义的母亲则以别样的方式表达了对仁义的坚守。一方面，母亲对子女不遵伦理的行为给予了严厉的斥责，悉心教导子女应忠君爱国，行仁义之举。《两汉开国中兴传志》卷二"韩信计擒魏豹取平阳"一则，魏豹背叛刘邦，遭魏母大骂："'不肖之子！于家不孝，于国不忠，作事反复，何以为人！尔受汉王厚恩，敢杀其大臣，汉王岂容尔耶！'豹听母言，默然无语。"②另一方面，在忠孝难以两全之时，母亲为了不拖累子女尽忠，选择舍命以成全子女的家国大义。《东汉演义》第十八回，邓禹和文叔前去西山庄请姚期出山匡扶汉室，姚期因母亲年迈不愿出行，"期母闻言，谓曰：'吾儿竭忠助汉，以就丈夫之志，莫为一老母而殒万世之名。'言讫，见期意终不去，假托厨中炊饭，乃自思曰：'吾儿极有孝心，若母在日，岂肯抛弃从往？吾不如早尽，待彼竭力全忠，以成大义！'言罢，遂系颈而死"③。《西汉演义》第六十回，王陵的母亲被控制在了楚王宫，项羽以此威胁王陵，逼其归楚。张良得知此事，怕项羽使诈，则派叔孙通前去查看。叔孙通见到王母后，告知王母整个事情，王母曰："是何言软！汉王宽仁大度长者，我子事之，得其主矣！"④说完之后，伏剑自杀。《三国演义》第一百十四回，王经全家下狱，看到母亲被缚于厅前，王经叩头大哭，其母却大笑："人谁不死？正恐不得死所耳！以此弃命，何恨之有！……王经母子含笑受刑。"⑤

---

① 陈曦钟、宋祥瑞、鲁玉川辑校：《三国演义会评本》，北京：北京大学出版社1986年版，第87页。

② 黄化宇校正：《两汉开国中兴传志》，载《古本小说集成》编委会编：《古本小说集成》（第四辑），上海：上海古籍出版社2017年版，第148页。

③ 谢诏：《东汉演义》，长春：吉林人民出版社1998年版，第51-52页。

④ 甄伟：《西汉演义》，北京：华夏出版社2012年版，第202页。

⑤ 陈曦钟、宋祥瑞、鲁玉川辑校：《三国演义会评本》，北京：北京大学出版社1986年版，第1385页。

其二，封建伦理桎梏下的贞节烈女。对于封建社会的女性而言，从一而终、保全明节是高于一切的伦理教条，即使为之失去生命也在所不惜。一旦不幸失去贞节，也往往选择以死来显示对男性的忠贞不二。《近报丛谭平虏传》卷二"逃难男妇两节义"，记叙两对夫妇因兵乱失散，此夫与彼妇、此妇与彼夫，两两相遇，孤男寡女，却不为情所动，直到夫妻团圆，双双相认："那妇人感其美意，对着古直道：'感君相救，得脱贼手。第寻夫访妻也是难事。今日一鳏一寡，亦是天缘。热肉相凑，不由人不思成就一对。君意何如？'古直泣下曰：'为失佳偶，心肠痛绝，不知落在谁手。忍更亏他人名节耶？娘子得脱贼手，正天全娘子松操，在下决不敢以兼葭相倚也。'女子亦泣下曰：'君禀心如是，尊夫人不久当即完聚矣。'"①这样的内容当是小说家根据时事邸报敷演而来的，或许受到宋人平话《冯玉梅团圆》的影响，其目的依旧是想强调传统的伦理道德。在世风日下的明末，小说家试图从民间生活里汲取忠孝节义的典范来劝说世人，补救世道人心。

《剿闯小说》描述了李自成攻进北京后，一些女性为保全名节而与其夫壮烈寻死的形象。第三回，马世奇慷慨赴死后，"二姜朱氏、李氏相继死"，"大理寺卿凌义渠夫妇同缢死"；还有死前恪守礼节的女子："简讨汪伟偕夫人耿氏，呼酒饮毕，遂索笔大书于庭壁曰：'志不可屈，身不可降。夫妻同死，节义成双。'爰就缢，伟悬右，夫人悬左。少顷，夫人曰：'我辈虽造次颠沛，不可失尊卑礼。'乃解绳重系，正左右之序而死。"②《春秋列国志传》中也有一些烈女形象，这些女性的节烈观甚至到了病态化的程度。卷七"浣纱女抱石投江"一则，叙伍子胥逃亡途中，因迷路向浣纱女问路，浣纱女为其指路，"子胥辞谢"后，折返两次，第一次折返叮嘱女子"兵追至，万勿指引"，第二次折返"愿求姓名，以图后报"，女子回复："今将军去而复回者数次，特恐小妾主心不定，更指追兵。妾请投江而死，以绝将军之疑！"说完便怀抱大石投江而死。紧随其后的"史臣"之诗则以"似语佳人节不枯"来评论此事③，显然是以理学传统的

---

① 吟啸主人：《近报丛谭平虏传》，载刘世德、陈庆浩、石昌渝主编：《古本小说丛刊》（第五辑），北京：中华书局1990年版，第1557-1558页。

② 懒道人口授：《剿闯小说》，载《古本小说集成》编委会编：《古本小说集成》（第三辑），上海：上海古籍出版社2017年版，第83-85页。

③ 陈继儒重校：《春秋列国志传》，载《古本小说集成》编委会编：《古本小说集成》（第三辑），上海：上海古籍出版社2017年版，第1131-1132页。

女性道德来加以衡量的。

除了有德女性形象以外，明代历史小说中也塑造了一批不贤惠、失妇德的女性，通过对这些女性毫不留情的批判与讽刺，从反面表现了对传统妇德的维护与歌颂。历史小说中对所谓"不贤妇"的鞭挞主要是基于中国传统的夫妇伦理观念。传统的夫妇伦理强调的是夫妇的差异、主次、尊卑。《周易·家人》云："家人，女正位乎内，男正位乎外。男女正，天地之大义也。……父父、子子、兄兄、弟弟、夫夫、妇妇而家道正，正家而天下定矣。"①其意就是要夫妇各守其节，各尽其职，简言之，即男主外，女主内；男为尊，女为卑。在这样的伦理观念面前，明代历史小说对传统妇德对立面的女性形象进行了口诛笔伐的抨击。无论是荒淫之妇、善妒之妇还是势利之妇，都展示了不合传统礼法的个性品行，对这些品行的斥责，透露出小说作者"劝世上妇人，事夫尽道，同甘共苦，从一而终；休得慕富嫌贫，两意三心，自贻后悔"②的良苦用心。这些"不贤妇"主要有以下几类。

其一，荒淫之妇。《樵史通俗演义》刻画了以客氏、丁寡妇为首的一群荒淫成性的女性形象。第一回写魏忠贤和客氏以兄妹相称，又沆瀣一气。魏忠贤送了四位标致的童子来服侍客氏，客氏欣然接纳，并主动与魏忠贤亲近："'今夜在老公公这里住，自然陪老公公睡，不消假意儿推辞了。'……你一言，我一语，说了些风流话，又吃了几巡酒，魏忠贤公然搂着客氏睡了。"③第四回描写了白莲教丁寡妇及其母亲的淫荡生活。丁寡妇母亲在夜深时，对丁寡妇说："不如弄两个人儿出来，咱两个快活快活也好，省得冷巴巴的两个自睡。"随即丁寡妇便做法变出两个七尺男儿，一个叫"董大"，一个叫"满场儿"，各自搂着上炕睡去了。小说通过对丁寡妇这一行为的描述，将丁寡妇与其母亲的欢淫行径披露开来。但小说并未就此收笔，紧随其后又描述了丁寡妇与徐鸿儒二人"颠鸾倒凤"的不知廉耻之举，作者明确表达出鄙夷抨击的姿态④。《梼杌闲评》第二回写出了侯一娘的淫荡。侯一娘听曲时，见男子装扮的小旦身形秀丽，音色悠扬，"神

① 李学勤主编：《十三经注疏·周易正义》，北京：北京大学出版社 1999 年版，第 158 页。

② 冯梦龙：《喻世明言》，北京：中华书局 2009 年版，第 256 页。

③ 江左樵子编辑：《樵史通俗演义》，载《古本小说集成》编委会编：《古本小说集成》（第二辑），上海：上海古籍出版社 2017 年版，第 18-19 页。

④ 江左樵子编辑：《樵史通俗演义》，载《古本小说集成》编委会编：《古本小说集成》（第二辑），上海：上海古籍出版社 2017 年版，第 62-64 页。

魂都飞去了，不觉骨软筋酥，若站立不住，眼不转珠的看，恨不得顿成连理"①。等戏刚完，侯一娘便"欲要去调，又因人多碍眼，恐人看见不象样"，正当难忍之时，小官因为躲避烛花弹出的火光，"正退到侯一娘身边。一娘就趁势把他身上一捻……两个你挨我擦"②。叙述者以细腻的动作描写为读者呈现出女子淫荡的心理过程。

其二，善妒之妇。唐传奇小说《隋遗录》里就有"帝独赐司女花泪绛仙，他姬莫预。萧妃恚妒不怿，由是二姬稍稍不得亲幸"③的语句来描绘萧后善妒。《隋炀帝艳史》中依旧保留了萧后的善妒之态。第三十四回整回都在描写萧后因后宫嫔妃得宠而醋意大生，矫揉造作的嫉妒之态。萧后虽然善妒，但有时候为了保全自身位置和隋炀帝的宠信也不得不有所妥协。第五回，萧后知道隋炀帝"夜夜在宣华宫里淫荡，心中不觉大怒道：'才做皇帝，便如此淫乱！今不理论，后来将如何抵止！'"④虽然表面上说怕皇帝荒淫成性，其实质是嫉妒宣华得宠于君王，假借理由逼迫隋炀帝送走宣华。等隋炀帝送走宣华后，萧后看见其"情牵意绊，只是思想宣华。料道禁他不得"⑤，又只好做出让步，以免隋炀帝恨其入骨。面对日日荒淫无节制的隋炀帝，萧后的善妒也多少显示了一个女性对自己丈夫的眷念，所谓"情到深时妒亦深，不情不妒不知心。妒来尚有情堪解，情若痴时妒怎禁"⑥。而善妒的性格却是与封建传统礼法相违背的，萧后形象也历来被作为不贤妇的典型。《樵史通俗演义》中的客氏也表现出善妒的一面："客氏虽多外宠，丈夫侯二不敢去管束，他却见天启与张皇后有些亲热，就十分眼红起来。一日与魏忠贤商议，毕竟如何离间得他，方才快意。"⑦

其三，势利之妇。明代历史小说还塑造了一批势利的妇人形象，往往将忠孝礼法抛之脑后，一切以个人利益为中心，是彻头彻尾的利己主义者。毫无疑问，这类女性遭到了叙事主体的严厉批判，是传统伦理道德所不能容忍的女性人物。

---

① 刘文忠校点：《梼杌闲评》，北京：人民文学出版社 1983 年版，第 19 页。

② 刘文忠校点：《梼杌闲评》，北京：人民文学出版社 1983 年版，第 20 页。

③ 颜师古：《唐宋传奇集·隋遗录》，载鲁迅校录：《鲁迅全集》（第十卷），北京：人民文学出版社 1973 年版，第 369 页。

④ 齐东野人：《隋炀帝艳史》，不经先生评，李悔吾校点，武汉：长江文艺出版社 1985 年版，第 47 页。

⑤ 齐东野人：《隋炀帝艳史》，不经先生评，李悔吾校点，武汉：长江文艺出版社 1985 年版，第 49 页。

⑥ 齐东野人：《隋炀帝艳史》，不经先生评，李悔吾校点，武汉：长江文艺出版社 1985 年版，第 324 页。

⑦ 江左樵子编辑：《樵史通俗演义》，载《古本小说集成》编委会编：《古本小说集成》（第二辑），上海：上海古籍出版社 2017 年版，第 39-40 页。

《樵史通俗演义》开篇就展现了客氏势利小人的面目。第一回，天启有了皇后与妃子后多少会怠慢客氏，客氏便在天启面前撒娇嗔怒，天启无可奈何赏了其大量房产田地作为弥补，客氏便作罢。离开宫门，回到家里，客氏"出入用大轿，八个人抬着，四五道开棍，远远的喝道：'下来！那骑骡的，下来！……'势焰滔天，人人害怕"[①]。宫里宫外，两副嘴脸，足见客氏势利小人之态。萧后在隋唐系列小说里也表现出为求富贵，不顾名节，甘于屈身于多人的势利之举。《隋唐两朝史传》第十九回写宇文化及"亲自提刀，径入后宫"，要杀隋炀帝，遇见萧后，萧后愿与宇文化及"共保富贵"，并泣曰："炀帝无道，理宜受戮，我等全赖将军推戴。"[②]为了富贵苟活，如此受降于敌军。《大唐秦王词话》第四十三回对萧后也有所描述。建德大败后，萧后逃到唐军处献上玉玺，希望高祖收留，共图富贵。"高祖观看萧妃，果有倾国之容"，想要召为正妃。房玄龄反对道："昔日隋帝无道，弑兄占了萧妃，同到杨（扬）州看琼花。炀帝被宇文化及所弑，又顺了宇文化及。后来窦建德取杨（扬）州，宇文化及败亡，又顺了窦建德。如今建德国亡，又来献玺，意图苟全。我主是明圣之君，萧妃乃失节之妇，罪犯弥天，安可轻托重任？"[③]并劝高祖赐萧后自尽，透露出叙述者对势利之妇的贬斥与憎恶。

三、变化的伦理渗透

在明代历史小说的宏大叙事下，小说文本始终体现出对伦理观念和道德经验整体性的表达与感悟，传统儒家伦理观念依旧是小说叙事伦理研究的主要依据。儒家思想在中国漫长的封建统治中，一直处于官方推崇的正统地位，其所讲求的忠孝节义等伦理思想也早已内化为普通民众的心理认知与道德品格。"儒家思想的核心地位，民族文化心理的伦理特质也就具有了一种超常态的稳定性，使得古代小说的创作与接受几乎完全笼罩在这一文化氛围里，而形成其特有的伦理品

---

① 江左樵子编辑：《樵史通俗演义》，载《古本小说集成》编委会编：《古本小说集成》（第二辑），上海：上海古籍出版社 2017 年版，第 13 页。

②《隋唐两朝史传》，载《古本小说集成》编委会编：《古本小说集成》（第三辑），上海：上海古籍出版社 2017 年版，第 213-214 页。

③ 澹圃主人编次：《大唐秦王词话》，载《古本小说集成》编委会编：《古本小说集成》（第三辑），上海：上海古籍出版社 2017 年版，第 856-857 页。

格。"①明代历史小说无论就创作还是接受而言，都展现出儒家伦理思想对其超乎寻常的影响与支配。明代历史小说文本几乎无一例外地体现着深刻而丰富的儒家伦理意蕴。

然而，这种以儒家官方伦理作为阐释叙事内容的主要手段，并不排斥特定语境下民间道德伦理的细微渗入。纵观明代历史小说几百年的演变过程，其伦理品格并非一种静态呈现，而是在相对稳定中反映出较强的动态，显示出了伦理内涵不断丰富与深化的运动态势②。正是这种伦理变化使得明代历史小说具有了不同的风貌。当然，这并不意味着宏大叙事就失去了意义，它依旧给予明代历史小说伦理叙事分析根本性的规约，只不过它需要容纳与认可大叙事主流下的小叙事的出现，因为在小叙事中能看到不同于官方伦理的民间伦理规范的汇入与交杂。因此，研究明代历史小说的伦理叙事不仅要注意到儒家伦理对其的影响，还必须深入考察其他伦理观念在明代历史小说叙事中的渗入。

（一）侠义伦理向忠义伦理的渗透

"夫义者，所以限禁人之为恶与奸者也……夫义者，内节于人而外节于万物者也，上安于主而下调于民者也。内外上下节者，义之情也。然则凡为天下之要，义为本而信次之。"③"义"作为儒家伦理道德的重要标准之一，成为规范、引导人与人、人与社会之间交往的伦理准则。儒家伦理的"义"是基于宗教血缘、等级次序的忠孝礼义，讲求的是仁爱相亲的大义，规定了社会最基本的人际秩序。朱熹曰："仁有两般：有作为底，有自然底。看来人之生便自然如此，不待作为。如说父子欲其亲，君臣欲其义，是他自会如此，不待欲也。父子自会亲，君臣自会义，既自会恁地，便活泼泼地，便是仁。"④仁义即为生活本然的存在，是天理使然，为天道自然之理。正所谓"父子有亲，君臣有义，夫妇有别，长幼有序，朋友有信"⑤。就君臣关系而言，君臣之义便在于君仁臣忠，臣

①　孟祥荣、石麟：《古典小说伦理主题发展变化鸟瞰》，《湖北师范学院学报》（哲学社会科学版）1990年第3期，第62-69页。

②　孟祥荣、石麟：《古典小说伦理主题发展变化鸟瞰》，《湖北师范学院学报》（哲学社会科学版）1990年第3期，第62-69页。

③　荀况：《荀子·强国》，载王天海校释：《荀子校释》，上海：上海古籍出版社2005年版，第671页。

④　朱熹：《朱子语类》卷六，载朱杰人、严佐之、刘永翔主编：《朱子全书》（第14册），上海：上海古籍出版社，合肥：安徽教育出版社2002年版，第253页。

⑤《孟子·滕文公上》，载杨伯峻译注：《孟子译注》，北京：中华书局2010年版，第114页。

子对于君主行忠义之事。忠义伦理历来被视为臣子的伦理规范，也是明代历史小说家重点关注的对象。

明代历史小说的忠义伦理主要体现在为君出征的将领身上。按照为君出征的目的来看，大体可以分为两类：一类是为君王开疆拓土的开国之将，如《两汉开国中兴传志》里的邓禹，《西汉通俗演义》里的韩信、彭越，《大唐秦王词话》里的尉迟恭，《隋史遗文》里的秦琼、单雄信，《英烈传》里的徐达、朱亮祖等；另一类是为君王平定边防、击退侵略的守城之将，如《杨家将演义》里的杨六郎、《大宋中兴通俗演义》里的岳飞、《七曜平妖全传》里的山东巡抚赵彦及其中军都司许定国、《征播奏捷传》里的总兵刘挺、《皇明中兴圣烈传》里的袁崇焕等。无论是为君王打天下的开国将领还是为君王分忧平定叛乱、击退侵略者的守城之将，在叙述这些征战沙场英雄人物事迹的时候，叙述者总是不惜笔墨地描绘英雄们在沙场上的忠君壮举。

将领对于"事君以忠"伦理观念的主要诠释便体现在一次次的为君征战中。武将为了助君主实现理想与抱负，纵使面对千军万马也敢一马当先，勇往直前，毫无顾忌，"为主坚能不顾身，赴汤蹈火见忠臣"[①]。《杨家将演义》里的杨令公、杨六郎等人可谓"事君以忠"之典范，他们尽职尽责，绝无怨言。卷一"太宗驾幸昊天寺"一则，昊天寺之战中，太宗得知杨令公、杨七郎被困，问杨六郎："卿何忍心，不去救汝父兄？"杨六郎答曰："臣保圣上，父兄难顾，非心忍也。"太宗听后说："卿既尽忠，保朕离难，又当尽孝，去救汝父。"杨六郎回答说："去则谁保陛下？"征战时舍父救君，忠君观念深入骨髓。而昊天寺一战中，杨令公三子丧命，一子被俘，一子失散，家破人亡，当宋太宗惋惜时，杨令公却说表示"今数子丧于王事，得其所矣"，赤诚之心尽显。[②]《英烈传》第七十四回，朱元璋有一段话，总结了武将之首的徐达为君拓土的丰功伟绩："尔徐达起兵以来，为朕首将，十有六年。廓清江汉、淮楚，电拂两浙，席卷中原，威声所振，直连塞外。其间降王缚将，不可胜数。"[③]赞颂了徐达为君主扫平中原、勇猛当先的无畏精神。《辽海丹忠录》第八回写出了守城熊经略与城共存亡

---

① 周昙：《前汉门　周苟纪信》，载中华书局编辑部校点：《全唐诗（增订本）》，中华书局 1999 年版，第 8432 页。

② 佚名：《杨家将演义　说呼全传》，北京：中华书局 2013 年版，第 27-28 页。

③ 郭勋：《英烈传》，北京：中华书局 2013 年版，第 238 页。

的效忠之心。在自知大势已去，不敌奴酋之时，熊经略对张御史说的一番话甚是感人："应泰不才，叨为经略，不能为国恢复寸土，反失国家两镇，何面目见圣上！惟有与城相存亡而已。独按臣无阃外之责，尚可收拾余烬，退守河西，泰死且不朽！"①表达出对君主效忠的拳拳之心。

将领的忠义除了体现在为君征战的勇猛外，还表现为其遵从儒家伦理教化，知礼义、正德行、执仁事，为君主谋天下、安百姓。历史小说对忠义将领的描写，流露出"太平须得边将忠臣"②的思想。具体如下。

其一，知书达礼，忠孝双全。《辽海丹忠录》中的毛文龙深受儒家伦理熏染，充满着"儒将"风范。毛文龙年少便有志于功名，常怀大义于心间，"又系书生，心极灵巧，理极透彻"，可谓是"知书达礼"的一代儒将③。《大宋中兴通俗演义》中的岳飞"少负气节，沉厚寡言。家贫力学，尤好《左氏春秋》及孙、吴兵法"，他饱读儒家典籍，通晓古今兵法，年幼时就立下了要立志为国尽忠，"令人于脊背上刺'精忠报国'四大字，以示不从邪之意"④。《英烈传》中的朱亮祖甚至违背史实，也被塑造成杀敌勇猛、熟识兵法、料事如神又遍览典籍、气度雍容的儒将。《明史》本传云："亮祖勇悍善战而不知学，所为多不法。"⑤历史人物与小说形象之间有如此差距，主要是因为小说作者伦理表达的需要。

其二，饱读兵书，能谋善断，以德服人。《杨家将演义》中的杨六郎深受儒家思想的熏陶，在攻城谋略上常常显示出以德服人的姿态。杨六郎镇守佳山时，想招降可乐洞大王孟良，对孟良三擒三纵，尽显儒将以德服人的风采，最后孟良心悦诚服，与手下的一十六员头目一同归降于杨六郎。《西汉演义》中的大将韩信对天下大势有着准确的把握。韩信早在鸿门宴任执戟郎时就有远见地认识到刘邦是真正的君主，日后必定会一统天下。此后的韩信在同刘邦分析战事时，能够击中要害、运筹帷幄，指挥战役时用兵更是出神入化，彰显了一代儒将饱读兵

① 孤愤生：《辽海丹忠录》，载《古本小说集成》编委会编：《古本小说集成》（第一辑），上海：上海古籍出版社 2016 年版，第 138 页。

② 庐群：《吴少诚席上作》，载赵翼：《陔余丛考》，北京：商务印书馆 1957 年版，第 454 页。

③ 孤愤生：《辽海丹忠录》，载《古本小说集成》编委会编：《古本小说集成》（第一辑），上海：上海古籍出版社 2016 年版，第 95-96 页。

④ 熊大木编：《大宋中兴通俗演义》，载《古本小说集成》编委会编：《古本小说集成》（第四辑），上海：上海古籍出版社 2017 年版，第 78、80 页。

⑤ 张廷玉等：《明史》卷一百三十二，北京：中华书局 1974 年版，第 3860 页。

书、决胜千里之外的将帅之才。

其三，善待百姓，以礼待人，深得民心。《辽海丹忠录》中的毛文龙非常在乎民心所向，他认为"百姓不从"则必会势孤难行。小说第十回对毛文龙爱民如子有所描绘。毛文龙面对欺压百姓、搜刮民脂民膏的岛官胡可宾，立即带兵攻打，并将其捆绑，把胡可宾搜刮百姓的米粮、牛马等通通归还给岛民，深受百姓拥戴："一岛尽皆欢喜，一百六十余家，约有七百余丁，都愿为国守岛。"[①]镇江一役后，毛文龙"移文各村堡招抚那各村百姓，都逼着守堡来归顺，守堡的略不从，便被百姓捆绑献来。城外纷纷的，今日报冯沽堡百姓擒守堡贼将陈九阶来献，明日是险山乡兵擒拿守堡贼将李世科来降……数百里之间，守堡贼将，非逃即降，不降不逃，必遭擒捉，声势大振"[②]。百姓们主动帮助毛文龙，足见毛文龙深得人心。《两汉开国中兴传志》第二十七回描述了在大破羌寇之后，汉光武帝因为路途遥远且贼寇众多打算放弃金城以西之地。马援考虑到城内百姓的安危，上奏力争，为民请命，光武帝遂准。仁爱待民早已成为儒家将领带兵处世的重要准则。

与上述智勇双全的儒将效忠君王不同的是，另外一些将领身上展现了不同的伦理追求。以秦琼、尉迟恭、孟良、焦赞为代表的英雄尽管也南征北战，行"忠君"之事，但对忠孝节义的儒家伦理似乎并不看重，明显具有草莽义士的人格特征。相比儒将的文武兼备、用兵待民处处体现儒家"忠义"伦理道德规范，草莽英雄则将"侠义"放在了突出地位。

由忠义到侠义，差异的背后可以看出明代历史小说潜在的伦理变化。"宋以后，由于新儒家伦理观念对武侠阶层的精神渗透，儒家的许多伦理价值观与武侠的传统伦理观念相融合，使传统的'侠义'武侠观念逐步转化为'忠义'武侠观。"[③]有趣的是，历史小说与侠义小说相反，不是从"侠义"走向"忠义"，而是从"忠义"走向"侠义"。历史小说一开始写的是君臣良将，这些人物身上最能体现的是"忠义"，当小说人物转向江湖草莽时，人物身上也开始呈现出不同于"忠义"的"侠义"伦理。"侠的义务，就是平天下之不平。这和朝廷君臣

① 孤愤生：《辽海丹忠录》，载《古本小说集成》编委会编：《古本小说集成》（第一辑），上海：上海古籍出版社 2016 年版，第 173-174 页。

② 孤愤生：《辽海丹忠录》，载《古本小说集成》编委会编：《古本小说集成》（第一辑），上海：上海古籍出版社 2016 年版，第 182-183 页。

③ 卞良君、李宝龙、张振亭：《道德视角下的明清小说》，长春：吉林大学出版社 2010 年版，第 64 页。

父子的一套等级秩序是相背离的，是一种'私义'。"①"夫令必行，禁必止，人主之公义也；必行其私，信于朋友，不可为赏劝，不可为罚沮，人臣之私义也。"②如果说儒家伦理代表的是统治阶级的正统伦理，那么侠义伦理则是敢于反抗的下层社会的准则。不同于主流的官方伦理，"侠义"是一种民间色彩浓厚的伦理思想。

侠义之士往往生长于民间，对民间百姓生活的艰辛深有感触。侠士们目睹了明代官员欺压百姓、横征暴敛等恶劣行径，深切地同情普通民众的悲惨遭遇。小说中的侠士将满腔怒火转变为实际行动，为百姓抱不平，出恶气，替天行道。有论者指出，《三侠五义》等小说："所彰扬的侠义观念，实际反映了在封建重压下，一般民众幻想侠士出世铲除不平、伸张正义的社会心理。"③"儒以文乱法，侠以武犯禁"④，"犯禁"概括出了侠士们的重要处世原则。这些侠士往往产生于改朝换代的乱世，面对缺乏公正的社会环境，侠士挺身而出，为不平之事而战。他们并不知晓多少儒家经典，往往是将民间的侠义伦理带入一次次的行动之中，其行动只是为了眼前的除暴安良，并没有什么辅佐明君、实行仁政的伟大理想。《大唐秦王词话》描绘了忠厚老实、粗莽豪爽、英勇盖世的尉迟恭，他对有恩于己的秦王誓死追随，有"单鞭救主"的豪侠之举。尉迟恭虽然武艺高强，心智却很单纯，只知道将内心的仇恨宣泄在与战场敌人的厮杀上，对周遭发生的人情世故都显得迟钝与木讷。他对儒家伦理、理学思想的理论认知近乎空白，只是单纯地希望通过自己满腔的侠义情怀与无畏的拼杀行为来应付所面对的一切人事和困难。

儒家"仁爱"观念是建立在血缘、宗法基础之上的，通过对父子、君臣、夫妻等社会关系的伦理要求，从而实现仁者爱人的伦理理想，儒家的仁爱因此有明显的对象性、条件性，层层相连，紧密相关。而来自民间的"侠义"伦理则淡化了儒家所强调的"父慈、子孝、兄良、弟弟、夫义、妇听、长惠、幼顺、君仁、臣忠"⑤等伦理要求，将儒家所提倡的三纲五常简化为助人、兼爱、义气朴素的价值观念和道德标准。《隋史遗文》第四回，秦琼救李渊后，李家人想表示感

---

① 韩云波：《中国侠文化：积淀与传承》，重庆：重庆出版社 2004 年版，第 45 页。
② 高华平、王齐洲、张三夕译注：《韩非子》，北京：中华书局 2015 年版，第 183-184 页。
③ 张俊：《清代小说史》，杭州：浙江古籍出版社 1997 年版，第 435 页。
④ 高华平、王齐洲、张三夕译注：《韩非子》，北京：中华书局 2015 年版，第 709 页。
⑤ 李学勤主编：《十三经注疏·礼记正义》，北京：北京大学出版社 1999 年版，第 689 页。

谢，秦琼说："咱也只是路见不平，也不为你家爷，也不图你家谢"，说完便骑马扬长而去，真可谓是"生平负侠气，排难不留名"①。"路见不平，拔刀相助"的侠义精神，跃然纸上。

讲究兄弟义气也是侠义伦理精神重要的体现。长幼有序、尊卑有别这些等级分明的忠孝礼义被弱化，君子"兼相爱、交相利"②，平等重义的观念被置于首位。《隋史遗文》第四十八回，秦琼作为李密的使者出使唐营，李渊、李世民多次劝降，秦琼却不愿归降，只因旧主有恩于自己。重情重义、不背信弃义的江湖义气，读来让人动容。在李世民要杀单雄信时，秦琼更是直接表示自己愿意代替单雄信去死，一个为朋友舍生取义的侠士形象呼之欲出。当秦琼的建议并未得到李世民的允许，无奈作罢后，秦琼、程咬金、单雄信三人围坐一起，以割肉互食来表明兄弟之间即使不能相从，也心心相印的情义。他们生于民间，长于民间，虽然不懂那么多的礼法教化，却重情重义。叙述者通过具体事件将人物身上的侠义情怀表达得淋漓尽致。

明代历史小说中除了表现出路见不平、拔刀相助、惩恶扬善、见义勇为等侠义伦理的积极一面外，也表现出率性而为、不受束缚、大胆叛逆、勇于复仇等侠义伦理中的负面因素。《杨家将演义》中的孟良、焦赞皆为绿林出身，聚集强徒数百，欺压百姓，孟良占据可乐洞，焦赞独占芭蕉山，是名副其实的草头王。相比于杨业一族为"忠"而生，誓死护国，满门忠烈，孟良与焦赞对宋朝绝无半点归顺之心，不甘受一切封建礼法的束缚，身为草寇，自得其乐。封建礼教宗法制度在其眼里是不可理解、荒谬无趣的。卷二"兄妹晋阳比试"一则，叙孟良"聚集强徒数百，劫掠为生"③，显示出了孟良对纲常伦理的全然不顾。焦赞更是如此，卷二"六郎三擒孟良"一则，孟良归顺杨六郎后，劝焦赞投降朝廷可以"生享爵禄，死载简书"④，焦赞马上就要和孟良决斗。焦赞对朝廷所给予的功名利禄嗤之以鼻，更愿意做一个天不怕、地不怕，不受约束、任性而行的"山大王"。在不受约束、大胆叛逆精神的主导下，孟良与焦赞的行为往往带有盲目性和一定的破坏性。不分青红皂白，全然不顾儒家伦理讲求的思想观念使得明代历

① 袁于令评改：《隋史遗文》，宋祥瑞校点，北京：北京大学出版社1988年版，第32页。
② 方勇译注：《墨子》，北京：中华书局2015年版，第149页。
③ 佚名：《杨家将演义 说呼全传》，北京：中华书局2013年版，第51页。
④ 佚名：《杨家将演义 说呼全传》，北京：中华书局2013年版，第54页。

史小说中的侠士形象有其伦理道德的局限性。明代历史小说侠义伦理所蕴含的破坏性也正是其不同于儒家思想规范下的忠义伦理的区别之所在。这也可以解释，为何后来孟良、焦赞愿意放弃草头山寨，跟随杨六郎"为国效忠"，舍生忘死。因为孟良、焦赞出于感念杨六郎的恩义，凭着江湖好汉恪守侠义的信条，愿意追随杨六郎，而绝非对朝廷、礼法的认同。从行帮道德出发，孟良、焦赞誓死追随杨六郎。当孟良误杀焦赞后，将杨六郎交办之事托付别人，自刎而亡，江湖义气已完全压倒臣子的本分。孟良、焦赞等人的"义"不同于儒家伦理下臣子对君王的忠义之心，更多的是民间伦理的侠义之情。

（二）多重思想冲击下的伦理渐变

随着明代心学思想的逐步兴起，小说家的主体意识和小说观念开始发生变化。这一变化使得明代小说伦理主题呈现出了不同的形态，体现出浓厚的民间伦理意识，个人意识逐渐萌芽。如果说《三国演义》《唐书志传通俗演义》中的人物塑造主要还是强调人物的善恶、忠奸，强调个体人格的伦理化特征，那么到了《隋史遗文》《隋炀帝艳史》时，其伦理判断更多地杂糅了民间伦理的特征，隋炀帝、秦琼等人物形象已经不再像刘备、曹操、诸葛亮那样具有完美的伦理化人格，民间伦理气息日渐加重。明代前期的历史演义编纂者往往以"按鉴"来标榜自己的小说与正史相合，在小说创作中多以敷演历史事件为主要手段，渴望证实传信。小说家希望通过小说文本反观朝代更迭、历史变迁背后的原因，而很少去关注朝代兴亡所带来的个体的得失与悲欢，小说几乎不涉及个人情感。这一现象在明代后期开始有所变化。明代后期的历史小说编纂者所描绘的武将忠臣不再像《三国演义》《唐书志传通俗演义》那样处处体现儒家伦理道德规范，不近女色，不讲儿女之情，明后期的历史小说中的人物形象越来越具有人情味、世俗味，彰显了历史人物朴素平凡的一面。人物背后所体现的伦理意蕴除去正统的儒家伦理外，更增添了民间伦理的诸多因素。

明代历史小说故事伦理的这一转向最主要的原因在于晚明伦理观念发生了转变，这与李贽的影响不无关系。李贽的思想对明代历史小说伦理观念的影响大致有以下两个方面。

其一，李贽张扬个性解放，强调个体自由，肯定人的七情六欲，讲求生命平等，贵贱无别，提出"情"是个人最基本的精神情感。无论英雄还是普通民众，无论贫穷还是富贵，都应尊重个体的情感。这一思想影响到明代历史小说，导致小说伦理观念的变化：从最初敷衍朝代更替、诉说忠奸伦理转而开始关注个体的命运沉浮，淡化英雄的光环，将英雄平民化、普通化。《隋史遗文》中的英雄便具有明显的世俗化特征。小说的主要人物秦琼在落魄回到潞州时，想用卖马所得的银两换口饭吃，恰好遇到自己的好友王伯当，秦琼因自己衣衫不整，如同乞丐，羞于和好友相认，就蜷缩在暗处，直至好友离开。叙述者将市民阶层爱面子的特点准确地表达出来，丝毫没有因为秦琼是英雄而加以刻意美化。小说第十一回描写秦琼因为银两而误伤人命，被当众抓捕，差点丢了性命。这将秦琼贪财的市井气写得真实可信。不同于《三国演义》中脸谱化、类型化、神圣化的英雄人物，《隋史遗文》中的英雄则显得生动而真实。走出了类型化的藩篱后，人物形象有了烟火气息，与市井百姓的生活贴得更近，读者阅读体验也更为亲切。

其二，李贽将矛头直指封建礼教，提倡男女平等，体现出积极的妇女观和崭新的婚恋观。《初潭集序》认为，孔门四科中的德行是"虚位"，"言语、政事、文学"是"实施"，就"实施"而言，"施内则有夫妇，有父子，有昆弟"，并以"许允阮新妇"为例，指出"史赞其与允书，极为凄怆，则政事、文学又何如也！一妇人之身，未尝不备此三者，何况人士"[1]。《藏书·儒臣传·司马相如》末尾指出，卓文君和司马相如私奔，是"忍小耻而就大计……归凤求凰，安可诬也！"[2]和理学家的女性伦理观相比，李贽可谓离经叛道，但这种离经叛道在历史小说中却获得了积极的反馈。明代前期的历史小说深受程朱理学"存天理，灭人欲"的影响，小说内容多为表现忠臣良将沙场征战、贤德君主实行仁政，而很少涉及对女性形象的描绘。即使小说客观上需要女性参与，作者也大多会刻意忽略女性丰富的内心世界，只将其作为小说中男性主角的陪衬。在明前期历史小说家的眼里，女性形象存在的主要目的仅仅是宣扬传统的儒家伦理思想。因此，小说家认为花费笔墨去描绘女性的情感与生活有违"去人欲"的伦理规范，女性丰富的情感意识与所要彰显的"天理"相对立，这就造成了在明代前期历史小说中的女性形象只知道顺从纲常伦理，而不知道情为何物。小说人物

---

① 李贽：《初潭集序》，载张建业主编：《李贽全集注》（第十二册），北京：社会科学文献出版社 2010 年版，第 1 页。

② 李贽：《藏书》卷三十七，载张建业主编：《李贽全集注》（第七册），北京：社会科学文献出版社 2010 年版，第 149 页。

间无论是母子关系，还是夫妇关系，"都将忠孝节义放在了首位，注重主体意识中的伦常观念，但对主体意识中的情感尤其是男女之情却十分漠视甚至给予贬抑"①。传统的伦理道德已然内化为这些女性形象自身所固有的意识。如《东汉演义》第十八回，姚期之母自缢而死，以绝姚期牵挂。《三国演义》第一百十七回，守将马邈在大军压境，无计可施的情况下，决定投降魏国，其妻子李氏听后大怒："汝为男子，先怀不忠不义之心，枉受国家爵禄，吾有何面目与汝相见耶。"②马邈投降后李氏便自缢而死。这些例证无一不是将女性作为了儒家伦理道德的传达者，丝毫没有身而为"人"的情感欲念。此外，《两汉开国中兴传志》里魏豹的母亲、《西汉演义》中王陵的母亲都是传统妇德的典范。小说家们对母子、夫妇之情的描绘几乎都是以伦理道德观念为主，很少有个人情感与欲望的描写，忠孝节义的观念成为该时期历史小说的自觉意识，对女性个体意识与情感的描绘极度匮乏。

李贽女性观的出现，导致这一现象在明后期的历史小说中发生了重大改变，小说中女性的个体意识、婚恋观念开始觉醒。首先，历史小说中的女性形象不再是儒家伦理意识的陪衬或注脚，而是逐渐成为小说中不可或缺的重要角色。《杨家将演义》中的女性形象不再是传统妇德妇言的追随者，而是作为"将"的存在。卷三"孟良计赚万里云""张华遣人召九妹"两则，写杨九妹假扮猎人前去辽军探听消息，体现了非凡的胆识和勇气。辽丞相张华召见杨九妹，杨九妹临危不惧，沉着冷静，并在宫廷之上与萧太后对答自如，甚至被封为骠骑大将军。卷八"十二寡妇征西"一则，清一色的女将作为主角来改变颓势，男将则沦为了女将的陪衬，小说叙述着重体现女性的智慧与谋略：宣娘担任统兵之帅，指挥战役出神入化，令人惊叹；前锋满堂春文韬武略丝毫不输男子，甚至还有呼风唤雨的本领……杨门女将的卓越功勋，一改以往历史小说中以男性为主、女性作为陪衬的面貌。这些情节设置与李贽的男女平等观念不无关系。其次，历史小说还体现出不同于父母之命、媒妁之言的崭新的婚恋观。在小说中，女子大胆追求心中所爱，婚姻完全是女性自己做主，由自己选择。她们看上谁就主动、大胆地去追求，完全抛开了门第、等级、尊卑观念。《杨家将演义》卷五"孟良金盔买路"一则，穆桂英在生擒杨宗保后，"见其生得眉目清秀，齿白唇红，言词激烈，暗

---

① 王平：《明代儒学的嬗替与小说的流变》，《文学评论》2008年第1期，第146-152页。

② 陈曦钟、宋祥瑞、鲁玉川辑校：《三国演义会评本》，北京：北京大学出版社1986年版，第1415页。

忖道，若得此子匹配，亦不枉生尘世"①。穆桂英对杨宗保的爱慕表现得真挚而直接，与以往明代历史小说中的女性形象大异其趣，丝毫看不到理学思想的束缚与羁绊。这样的女性在《杨家将演义》中并非个例。卷七"杨文广领兵取宝"一则，杜月英在得知文广"生得甚美"后，就直接把自己想要嫁给文广的想法告诉了窦锦姑。虽为闺阁儿女，杜月英也丝毫没有避讳自己对男性美好的想法，并且敢于同姐妹分享；锦姑知晓后，则想着先捉住文广，"以成佳偶"②；卷七"文广与飞云成亲"一则，飞云在抓住文广之后，在其母亲面前欲说还休的姿态③，更是前所未有。此三女的心理活动较之穆桂英的心思有过之而无不及。在明代历史小说中，这些鲜活的女将形象无疑是一抹亮色，她们彰显了新的妇女意识和伦理观念。

明代历史小说故事伦理的转向还受到了明末汤显祖、袁宏道等人思想观念和读者审美趣味转变的双重影响，客观上促进了故事伦理中民间伦理思想的进一步发展。一方面，汤显祖、袁宏道等人继续沿着李贽的路径，宣扬个体人情，反对泥古守旧，大力推崇"奇""趣""险""艳"等风趣，这一思想观念无疑影响到明代历史演义中的伦理内涵。另一方面，神怪、公案、世情小说相继兴起，完全不同于历史小说敷衍历史、庄重严肃的风貌，注重奇险、神怪、言情色彩的传达，广受读者喜爱。读者的审美趣味随之发生了相应的变化：开始认为历史小说缺乏趣味，读之无味，转而青睐神怪、世情等类型的小说。这一情况迫使历史演义的小说家们必须做出相应调整，由此，历史小说一改以往的创作风格，开始讲求"贵幻传奇"，渴望突出草莽英雄的"奇情侠气、逸韵英风"④（如《隋史遗文》），抑或是君主充满"艳情"色彩的一生（如《隋炀帝艳史》）。此时的小说叙述更多地依据叙事的合理性，而并非按照历史真实去敷演成文，小说家希望书写"史书写不到、人间并不曾知得的一种奇谈"⑤，历史小说的世俗气息明显增强。无论是《隋史遗文》还是《隋炀帝艳史》，都淡化了讲史色彩，不再如明代前期的历史小说那样讲求证实传信，而是充满了"奇""趣""险""艳"等旨趣。除此之外，为了改变历史小说缺乏阅读趣味的弊端，小说家们借鉴了神

---

① 佚名：《杨家将演义　说呼全传》，北京：中华书局 2013 年版，第 111 页。
② 佚名：《杨家将演义　说呼全传》，北京：中华书局 2013 年版，第 171 页。
③ 佚名：《杨家将演义　说呼全传》，北京：中华书局 2013 年版，第 176 页。
④《隋史遗文序》，载袁于令评改：《隋史遗文》，宋祥瑞校点，北京：北京大学出版社 1988 年版。
⑤ 袁于令评改：《隋史遗文》，宋祥瑞校点，北京：北京大学出版社 1988 年版，第 1 页。

怪、公案、世情小说中惊险、奇趣、艳情等元素，将其杂糅进历史小说的创作中，以此来迎合读者的需求。《承运传》《杨家将演义》《英烈传》就杂糅了不少妖术、斗法的神怪情节内容。《于少保萃忠传》有关于谦断案的情节则借鉴《百家公案》等公案小说中的几起案例，以此突出于谦明断疑狱、为民起冤的清官形象①。历史小说对神怪、公案小说元素的合理借鉴既满足了读者对戏剧性情节的需求，对民间英雄的崇拜，也满足了读者探案推理的趣味以及对为民作主、伸张正义的清官的向往。明代历史小说借鉴世情小说的成分则更多。"魏忠贤系列"小说《警世阴阳梦》《梼杌闲评》等作品，除了重点描写魏忠贤乱政、残害忠良外，也描绘了颇具市井气息的生活，有将讲史与世情相融合的趋势。《梼杌闲评》中描绘男女偷情的场面就高达十二处之多，男女的欢愉场面在此得到细致的渲染，与世情小说类似。

历史演义小说家对汤显祖、袁宏道等人思想的接受，对世情小说、公案小说、神怪小说的学习与借鉴，既是小说创作者不断接受新观念、文体意识更新的产物，也是小说家根据时代人情的变迁、伦理思想的转变、读者阅读品位的调整等做出反响的结果。在这些因素的共同作用下，明代历史小说的故事伦理发生了潜在的变化。除了历史小说自始至终强调的忠君、爱国等正统伦理思想外，明代历史小说的故事伦理还增加了世俗化、民间化的伦理认同：将历史人物个体的悲欢离合、命运沉浮也纳入了历史小说的考量范围内，历史人物的世俗欲求和儿女私情也成为小说关注的内容。

第二节　小说情节的伦理展现

从小说内容来看，历史小说极少只写一个或几个人物，大多数情况下都是围绕着一群形形色色的人物而展开的。人物形象身上所背负的历史意义和所体现的道德境界往往是一个时代的伦理缩影。然而，没有一个角色可以单独主宰小说中的历史进程与伦理风貌，小说的展开更多的是一群人与他所处的周遭世界发生哪些关系以及如何发生关系。"国家、集团、家族以及个人，在道德、爱情、物质

---

① 纪德君：《明清通俗小说文体交叉、融混现象刍议》，《学术月刊》2004年第1期，第74-79页。

利益等等关系上相互之间的挣扎、纠缠和冲突"，从而形成了一个个小说情节①。就此而言，和人物相比较，小说情节更为集中地展现了作者的叙事策略及策略背后所隐藏的伦理目的。

情节既可以表示故事首尾完备、首尾之间有一条完整的因果联系的过程链的一种叙事结构，也可以指单独的具体事件，这些事件是故事中的环节，而并非整个故事的结构性的过程与始末②。此即毛姆所说的"情节不过是故事的布局罢了"③。从布局入手，情节和结构关系密切，古人在谈结构时多牵扯到情节。《文心雕龙·附会》对文章如何结构有所说明："凡大体文章……扶阳而出条，顺阴而藏迹，首尾周密，表里一体，此附会之术也。"④《文心雕龙·熔裁》用"三准"来要求行文过程："是以草创鸿笔，先标三准：履端于始，则设情以位体；举正于中，则酌事以取类；归馀于终，则撮辞以举要。"⑤《文心雕龙》所论，并非针对今天所说的情节，但对情节的理解有所帮助："扶阳而出条，顺阴而藏迹"乃结构之法，也可看作是情节之法；"三准"固然是作者在不同行文阶段的准备工作，对情节发展不同阶段的处理也有所启迪。到明清时期，对叙事文学艺术的分析，有时与情节也有关联。王骥德谈论戏剧章法时所说的"其事头原有步骤"⑥暗合情节；毛宗岗《读三国志法》总结出"同树异枝、同枝异叶、同叶异花、同花异果""星移斗转、雨覆风翻""横云断岭、横桥锁溪"等章法⑦，也可看作是情节设置的技巧；金圣叹《读第五才子书法》总结出来的"草蛇灰线法""欲合故纵法""横云断山法""鸾胶续弦法"⑧更是直接针对情节而言

① 劳悦强：《从纪事本末体论章回小说的叙事结构》，载辜美高、黄霖主编：《明代小说面面观——明代小说国际学术研讨会论文集》，上海：学林出版社 2002 年版，第 55 页。

② 劳悦强：《从纪事本末体论章回小说的叙事结构》，载辜美高、黄霖主编：《明代小说面面观——明代小说国际学术研讨会论文集》，上海：学林出版社 2002 年版，第 58-59 页。

③ [英]威廉·索姆斯·毛姆：《论小说写作》，周煦良译，载崔道怡等编：《"冰山理论"：对话与潜对话——外国名作家论现代小说艺术》，北京：工人出版社 1987 年版，第 655 页。

④ 刘勰：《文心雕龙·附会》，载祖保泉：《文心雕龙解说》，合肥：安徽教育出版社 1993 年版，第 842 页。

⑤ 刘勰：《文心雕龙·熔裁》，载祖保泉：《文心雕龙解说》，合肥：安徽教育出版社 1993 年版，第 622 页。

⑥ 王骥德：《曲律》卷二，载中国戏曲研究院编：《中国古典戏曲论著集成》（四），北京：中国戏剧出版社 1959 年版，第 123 页。

⑦ 毛宗岗：《读三国志法》，载陈曦钟、宋祥瑞、鲁玉川辑校：《三国演义会评本》，北京：北京大学出版社 1986 年版，第 11-13 页。

⑧ 朱一玄、刘毓忱编：《水浒传资料汇编》，天津：南开大学出版社 2002 年版，第 223-224 页。

的；李渔则强调情节要如"密针线"般前后照应："每编一折，必须前顾数折，后顾数折。顾前者，欲其照映；顾后者，便于埋伏。"①古人对"谋篇布局"的重视，既涉及整体意义上的情节，也涉及具体的细节安排。同时，"谋篇布局"本身也包含了作者的伦理诉求与伦理选择："传奇无实，大半皆寓言耳。欲劝人为孝，则举一孝子出名，但有一行可纪，则不必尽有其事；凡属孝亲所应有者，悉取而加之……其余表忠表节与种种劝人为善之剧，率同于此。"②明代历史小说的作者往往将具体的讲故事的策略与抽象的伦理思考结合在一起，从而呈现出小说情节的伦理魅力。明代历史小说情节的伦理展现大致可从情节模式、情节重复、情节变更三个方面展开。

一、情节模式的伦理演绎

文学叙事在语言表述、情节创作、结构编排等方面都遵循着其内在的美学规律和叙述者内心所秉持的伦理规范。这些规律与规范一旦形成完整的故事情节并被后人不断认可、重复、再现，就形成了具有伦理色彩、固态化的情节模式。因内容差异和作者差异，每部明代历史小说的具体情节呈现出不同的个体特征。但将明代历史小说作为一个整体视之，则能察觉到某些情节套路深受叙事者的喜爱，不断重复或加以改写，逐渐成为固定化的小说情节模式。大致看来，主要有四类：招贤模式、果报模式、报恩模式和预示模式。这些模式有其伦理内涵。

（一）招贤模式

明代历史小说中的招贤情节出现频率很高，其原因可能是中国自古以来就有选贤任能的传统。儒家伦理要求执政者为政以德，要以仁爱之心对待百姓。面对纷繁复杂的政事，君主凭一己之力难以胜任，需要有才能、有谋略的贤臣辅佐。《尚书·周书·周官》云："推贤让能，庶官乃和"③；《毛诗正义》云："贤德之人……令人君得为邦家太平之基"④；《史记·魏世家》云："家贫则思良妻，国乱则思良相"⑤；韩婴《韩诗外传》卷五更直接提出"得贤则昌，失贤则

---

① 李渔：《闲情偶寄》，长春：时代文艺出版社 2001 年版，第 19 页。
② 李渔：《闲情偶寄》，长春：时代文艺出版社 2001 年版，第 27 页。
③ 王世舜、王翠叶译注：《尚书》，北京：中华书局 2012 年版，第 471 页。
④ 李学勤主编：《十三经注疏·毛诗正义》，北京：北京大学出版社 1999 年版，第 614 页。
⑤ 司马迁：《史记》卷四十四，北京：中华书局 1959 年版，第 1840 页。

亡"①的论断。这些论述都体现了君王对贤才的渴求。任人唯贤、招贤纳士也是儒家伦理考量君主仁德的重要标准。《荀子·君子》云："故尚贤使能，等贵贱，分亲疏，序长幼，此先王之道也。"②贤才在治理国家、平定天下中发挥着举足轻重的作用。"政治的关键在于施政之人，有贤能之人，方能实行仁德之政，能否任贤使能是能否推行德政的重要因素。"③明代历史小说中的有德君主，几乎都有礼贤下士、求贤若渴的情节描写。

为求贤才，君主常大费周章地请贤出山。《英烈传》中的朱元璋是一位遍访贤才的明君，其麾下的宋濂、叶琛、徐达、陶安等人都是由朱元璋亲自或派人前去招纳的。这些贤才的加入是朱元璋开疆拓土、取得最终胜利的重要保障。《英烈传》花较多篇幅叙述朱元璋招募徐达的情节。《明史》卷一百二十五记载徐达投奔朱元璋只有"达时年二十二，往从之，一见语合"④这样简单的交代，《英烈传》第九回则将其敷演成了一个精彩的故事：朱元璋知道徐达是不可多得的贤才，便和李善长一道去拜访徐达，到徐达门外就听到屋内弹剑作歌之声，然后进屋拜访，畅谈时局。徐达分析了时局，并提出君主"定天下者，在德不在强"，为将者"上胜以仁，中胜以智，下胜以勇"等见解⑤。英才遇明主，徐达最终助朱元璋成就大业。第九回以"访徐达礼贤下士"为回目，突出了朱元璋求贤若渴之心。

为求贤才，君主或招榜或托人举荐，以纳天下英才。《西汉演义》第三十五回"韩信褒中见滕公"中就提及刘邦为了广纳天下英才，专设"招贤馆"，"晓谕军民人等知悉"，并派"好贤下士，不拘小节"⑥的滕公夏侯婴专门负责，足见刘邦求贤的诚心。《全汉志传》中也有一段刘邦招贤的情节，卷一"南阳太守降沛公"一则，刘邦见王德气度不凡，"言语清爽"，便向他请教伐秦良策。王德则向刘邦举荐贤士郦食其，说他喜好饮酒、为人狂傲，已有六十八岁高龄，但"胸中有万斛珠玑，腹内罗一天星斗，识治乱之机"⑦。刘邦即让王德去请郦食

① 韩婴：《韩诗外传集释》，许维遹校释，北京：中华书局1980年版，第187页。

② 荀况：《荀子·君子》，载王天海校释：《荀子校释》，上海：上海古籍出版社2005年版，第972页。

③ 邵秋艳：《早期儒家王霸之辨理论研究》，北京：中华书局2018年版，第70页。

④ 张廷玉等：《明史》卷一百二十五，北京：中华书局1974年版，第3723页。

⑤ 郭勋：《英烈传》，北京：中华书局2013年版，第28页。

⑥ 甄伟：《西汉演义》，北京：华夏出版社2012年版，第107页。

⑦《全汉志传》，载《古本小说集成》编委会编：《古本小说集成》（第二辑），上海：上海古籍出版社2017年版，第75页。

其。见面后，郦食其故意与刘邦争论，但刘邦听到郦食其的言论后却对其礼遇有加，求贤之心一目了然。

为求贤才，君主常能不计前嫌，将其招入麾下。古时帝王之所以可以获得百姓的拥戴便在于其"以仁义而化万民"①，表现出真正的天子气度。君主宽仁，尊贤使能，则贤才归顺，这是"仁治"的具体表现。李渊、李世民、刘邦等都是不计前嫌、招贤纳谏的贤主。《唐书志传通俗演义》卷一第六节，李渊入关后，将强盗孙华招来，加以"慰奖"："观君材貌，非剽掠暴劫之人，正宜阐效忠贞，以图显名，何作秽行偷生，以辱先人乎？"孙华见李渊如此，遂"倾心拜伏"②。《大唐秦王词话》中的李世民也多次展现出求贤若渴、礼贤下士的一面。第二十七回，秦王因为程咬金是一个杀敌勇猛、武艺高强的将领，不忍降罪于他，便不计前嫌，将其招纳于自己的麾下，惜才爱才之心可见一斑。第三十四回，秦王因得到尉迟敬德而喜不自胜，亲自出营帐去迎接他。仁德与才能成为选贤的标准，在"贤德"的臣子面前，君主往往可以做到不计前嫌，宽仁待之，"论德而定次，量能而授官，皆使其人载其事而各得其所宜"③。

（二）果报模式

果报观念是杂糅了"善有善报，恶有恶报"的本土善报观与外来的佛教因果轮回观的产物。中国本土早就含有善恶互为因果的认知。《墨子·公孟》云："以鬼神为明知，能为祸人哉福，为善者富之，为暴者祸之。"④佛教传入中国后，因果轮回的报应观念更加强化了果报意识："业有三报，一曰现报，二曰生报，三曰后报。现报者，善恶始于此身，即此身受。生报者，来生便受。后报者，或经二生三生，百生千生，然后乃受。"⑤万事万物处在因果循环、周而往复的关系中，一切事物都有了因果踪迹，生生不息，因果相随。佛教的三世轮回观念无疑增强了传统的善恶果报观念，即使现世无报，生报、后报也必会降临。因而只有遵从"仁义礼智信"的伦理要求，不违背儒家伦理的忠孝原则，才可免

---

① 许仲琳编：《封神演义》，济南：齐鲁书社1980年版，第209页。

② 熊钟谷编集：《唐书志传通俗演义》，载刘世德、陈庆浩、石昌渝主编：《古本小说丛刊》（第四辑），北京：中华书局1990年版，第74页。

③ 荀况：《荀子·君道》，载王天海校释：《荀子校释》，上海：上海古籍出版社2005年版，第543页。

④ 方勇译注：《墨子》，北京：中华书局2015年版，第441页。

⑤ 慧远：《三报论》，载石峻等编：《中国佛教思想资料选编》（第一卷），北京：中华书局1981年版，第87页。

受因果轮回之苦。因果报应观念对明代历史小说叙事产生了深远影响，作者为了达到惩恶扬善劝惩教化之目的，常借助果报观念来设置情节，整合全篇，使果报模式逐渐成为明代历史小说中重要的情节模式。

首先，小说中人物的生死离合经常用果报观念来解释。残害忠良的奸佞宵小、有悖仁义的势利小人，在因果报应的架构下都得到了惩戒。《大唐秦王词话》中李密败于王世充后，国破家亡无路可走，无可奈何投奔李渊，李渊不计前嫌，封其为邢国公，甚至将独孤公主许配给他。谁料李密恩将仇报，趁秦王远征之时，起兵造反，谋杀忠良，劫掠百姓，杀害公主。终究恶有恶报，李密丧身断密涧。《大宋中兴通俗演义》末卷，尤其是最后两则"效颦集东窗事犯"和"冥司中报应秦桧"，叙岳飞终成正果，秦桧则遭到惩罚，受阴司冥报。《樵史通俗演义》里对魏忠贤、崔呈秀、客氏等人结局的描写也是如此："一个殁后凌迟，一个死后斩首，若是鬼魂有知，亦当自笑。""各人之所犯所受，允得其平。可见恶人里面，也有大小轻重，天眼分明，报应一些不错。"[1]这些恶人的最终结局显示了中国传统伦理思想中朴素的报应观念，所犯之事，大小轻重自有上苍明断，终究会善恶有别，各有所报。《警世阴阳梦》展现了阴阳轮回的果报观念。魏忠贤、汪直、刘瑾等人在阳间作恶多端，因此死后堕入畜生道，日日忍受折磨，即使跪求达观祖师，也无法抵消他们在阳间所犯下的罪恶。果报下的恶人入地狱、善人得以鸣冤昭雪的叙事安排，主要有两个目的：其一是泄愤。岳飞、周顺昌、杨涟等忠臣良将被"莫须有"的罪名陷害，叙述者不使秦桧、魏忠贤等下地狱到底意难平。如论者所言："世界被看作是一个伦理性报应关系包罗紧密的秩序界（kosmos）。尘世里的罪业与功德必定会由灵魂在来生中加以报应……所有尘世生命的时限都是某一特定灵魂在世前行善或行恶累积下来的限数……每个人的命运……终究是由自己亲手创造出来的。"[2]秦桧、魏忠贤下地狱受恶报的情节安排，客观上满足了当时社会民众的心理需求。其二是劝善惩恶，达到教化人心的目的。在"魏忠贤系列"小说里不止一次地传达出了忠臣冤屈得到昭雪，奸佞终将遭到惩处的说教信息，以此来警醒后人。

果报模式有鲜明的民间色彩。《两汉开国中兴传志》的因果报应思想就带有

---

[1] 江左樵子编辑：《樵史通俗演义》，载《古本小说集成》编委会编：《古本小说集成》（第二辑），上海：上海古籍出版社 2017 年版，第 355—356 页。

[2] [德]韦伯：《宗教社会学》，康乐、简惠美译，桂林：广西师范大学出版社 2005 年版，第 183—184 页。

民间伦理下的复仇倾向。卷四"田子春计与刘泽得兵印"一则，吕后听闻韩信墓中出一大蛇，内心惶恐，怕韩信找她索命，急忙找人占卜算卦，卦象显示杀之无碍。谁料一剑下去却让吕后晕倒在地，最终病死。吕后的死明显带有因果报应的神秘色彩，因其残害忠良，故被忠良索命，复仇意味明显，快意恩仇的民间伦理倾向表露无遗。《梼杌闲评》第八回，吏目从魏忠贤处得知黄同知家私开金矿，便想从中谋取一二。黄家公子却认为吏目是血口喷人，便破口大骂，惹怒了程中书，派兵包围黄宅，"黄公子只因一时不忍，至有身家性命之祸"。从事情本身来看，黄公子只因一时冲动惹怒了程中书，就落得个父子收禁、家财抄没、女眷被逐的惨状，让人读之心生怜悯。然而，叙述者话锋一转，随即点出"也是黄同知倚势害人，故有此报"①，一下改变了读者的伦理态度，将黄同知父子的落难之果归咎于二人平日行为之因。

其次，因果轮回的观念也可以用来阐释王朝兴衰、更迭的历史规律。毛本《三国演义》开头，叙述者挪用杨慎的《临江仙》，来表达王朝更迭兴废的因果循环之感，"是非成败转头空，青山依旧在，几度夕阳红……古今多少事，都付笑谈中"。战争的成败得失，王朝的兴衰更迭，都是历史进程中常变常新的所在，历史的发展往往有其自身的因果轮回，不以人的意志为转移。"天下大势，分久必合，合久必分。"②《三国演义》中的刘备虽为仁君，却惨淡收尾，曹操虽为奸佞，却扶摇直上，表面上看，这似乎违背善恶有报的因果循环，但放在历史发展的长河中，又恰恰证明王朝兴衰更迭的因果规律（有兴就有衰），叙述者并未因蜀汉的最终败亡而显示过度的悲伤，而是将其困惑与无奈以因果循环的观念展现给读者，告知读者不必深陷于成败得失的执念之中，在茫茫的宇宙幻化中，王朝的兴衰更迭是再正常不过的事情了。

最后，值得一提的是，有些历史小说的故事框架是通过因果轮回来完成的。《梼杌闲评》以赤蛇祸乱轮回转世来架构全篇可为代表。小说第一回，水怪支祁连作乱，黄河水患不断，朱衡奉命治理河务。朱衡派黄达修筑堤坝，黄达得到赤蛇提醒，筑堤时毋伤水族。但朱衡没有理会这一提醒，直接将堤坝修筑在了赤蛇的巢穴上，又下令火烧蛇穴。水患平息后，朱衡前去泰山庙求签，碧霞元君通过灵签告知朱衡，因其不慎，赤蛇赭已没有了居所，将会转世危害人间。因果报应

---

① 刘文忠校点：《梼杌闲评》，北京：人民文学出版社1983年版，第94页。
② 陈曦钟、宋祥瑞、鲁玉川辑校：《三国演义会评本》，北京：北京大学出版社1986年版，第2页。

就此形成，赤蛇转世投胎到了人间。魏忠贤是其母侯一娘睡梦中赤蛇入梦而孕生，客印月则是其母梦到赤蛇衔珠而生。果报模式为魏忠贤党羽危害朝纲的行径埋下了伏笔。小说结束的第五十回，碧霞元君现身交代了故事的原委："有赤蛇名赭，已现身设法效劳，暗示黄达以筑堤之法……魏忠贤、客氏，乃雌雄二蛇转世，其余党羽，皆二百余蛇族所化。杨涟乃朱衡后世，左光斗即黄达再生。"①整部小说靠果报的观念来构架整个故事，将历史故事融于轮回转世、因果报应的框架之中，在增强情节可读性的同时消解了历史的沉重感。

（三）报恩模式

"报恩"是指由于受到了恩惠而设法报答之举。《礼记·曲礼上》云："太上贵德，其次务施报。礼尚往来，往而不来，非礼也；来而不往，亦非礼也。"②《说苑·复恩》云："受恩者尚必报……夫祸乱之原，基由不报恩生矣。"③知恩图报早已成为中国传统的道德律令。儒家倡导的忠孝节义表面上看各有侧重，但"其内在核心都是感恩，都是以双方之间的恩情为基础的"，报恩意识融于忠孝节义等儒家伦理观念之中："孝为报亲恩""忠为报君恩""节为报夫恩""义为报友恩"④。自《诗经·大序》以来，"经夫妇，成孝敬，厚人伦，美教化，移风俗"⑤就成为儒家伦理的不二法则。儒家伦理试图在君臣、父子、夫妻等人伦关系中构建起感恩、报恩的情感意识，从而让报恩意识贯彻在忠孝节义等伦理生活之中。从这一层面来看，报恩不仅仅是个体纯真感情的表达，报恩行为本身也是对行孝尽忠、守节重义等伦理观念的诠释。历史小说中的报恩模式，具体情形有以下三种。

其一，感念逆境受恩而相报。《隋史遗文》中的秦琼在前去潞州的途中住店，店小二见秦琼寒酸落魄，便百般刁难、折辱，但店小二的妻子柳氏私底下给秦琼煮了热汤羹充饥，并为他补好衣服，赠予一些散碎铜板以备不时之需，后来秦琼从罗艺处返回路过潞州时，不忘当日柳氏之恩，赠予柳氏黄金百两，感恩君子的形象呼之欲出。《梼杌闲评》中魏忠贤也有知恩图报的一面。第二十九回，

<hr />

① 刘文忠校点：《梼杌闲评》，北京：人民文学出版社 2006 年版，第 564 页。
② 李学勤主编：《十三经注疏·礼记正义》，北京：北京大学出版社 1999 年版，第 17 页。
③ 刘向：《说苑》卷六，载向宗鲁校证：《说苑校证》，北京：中华书局 1987 年版，第 116-117 页。
④ 任品霞：《略论儒家文化的感恩意识》，《孔子研究》2005 年第 1 期，第 93-100 页。
⑤《诗经》，朱熹集传，方玉润评，上海：上海古籍出版社 2009 年版，第 1 页。

发迹后的魏忠贤出京去涿州进香，想顺路拜访当年救助自己的道士陈玄朗，由于未遇见陈玄朗，魏忠贤叹息不已，为其建造生祠；第十六回，已权倾朝野的魏忠贤在见到陈玄朗本人后，请陈玄朗上座，自己倒身下拜，且始终对陈玄朗礼遇有加。

其二，感念旧时恩情而抉择。自古忠义难以两全，面对曾经有恩于自己的敌人，深受伦理教化的忠臣良将们在抉择时显示出伦理选择的复杂性与矛盾性。《三国演义》第五十回，"关云长义释曹操"时，想起往日曹操对自己的"许多恩义，与后来五关斩将之事"，最终放走曹操。从小说叙述来看，关羽的内心还是有所挣扎的：曹操通过华容道后，关羽突然"大喝一声"，或许有反悔之意，至少内心纠结不已。在维护君主之"忠"和感念旧德之"义"之间，关羽最终选择了后者。有意思的是，叙述者对关羽这种为义而牺牲忠的做法，表示理解："只为当初恩义重，放开金锁走蛟龙"[①]，究其原因，关羽报恩的行为本身也是儒家伦理之体现。与墨家所说的"兼爱"有所不同，儒家所提出的"仁者爱人"有其亲疏远近之别，在忠君思想下出现对恩义的彰显不仅不会受到谴责，反而受到赞扬[②]。

其三，感念知遇之恩而归顺。《三国演义》第六十三回，张飞用谋略生擒严颜后，见其气定神闲，面不改色，敬其为英雄豪杰，因而亲自为其松绑并且跪求严颜不要怪罪自己鲁莽。严颜感其恩义，便归顺了张飞。面对知遇的恩情，有识之士不可不报答，厚施则厚报。《英烈传》第二十六回，朱亮祖在被常遇春俘虏之后，丝毫没有畏惧之色，常遇春被朱亮祖的英雄气概所折服，亲自为其解开束缚，劝其归顺。朱亮祖感念常遇春的恩义，同意归降。《大宋中兴通俗演义》卷三"岳飞破虏释王权"一则，王权感念岳飞恩德，便和岳飞里应外合，连夜回到金营偷偷放火，使得兀术兵大乱，岳飞大破金军。

（四）预示模式

预言与梦境是明代历史小说中经常出现的情节（为下文或结局做铺垫），形成了小说中一个逐渐固化的模式：预示模式。这与儒家的天命观有关。孔子说："不知命，无以为君子也"[③]，将"天命"和"君子"联系起来。在孔子看来，

---

① 陈曦钟、宋祥瑞、鲁玉川辑校：《三国演义会评本》，北京：北京大学出版社1986年版，第629页。

② 王靖宇：《试论〈三国演义〉里的儒家思想》，载辜美高、黄霖主编：《明代小说面面观——明代小说国际学术研讨会论文集》，上海：学林出版社2002年版，第107页。

③《论语·尧曰》，载杨伯峻译注：《论语译注》，北京：中华书局2009年版，第209页。

"'知天命'是一个有道德的人所必须有的精神条件……'知天命'是一个人通过长时间的知识学习、长时间的生活经验积累，才能产生一种对决定人生命运的那种客观必然性的觉悟"①。孔子的"天命观"重视主体的个体性特征，在明代历史小说里，"天命观"却变成一种群体观念。不仅事件发展出现意外可归结于"天命"，有时事件的正常发展也借助"天命"来加以解释。《英烈传》第三十六回，陈友谅因兄弟三人穿戴一样而逃过一劫，叙述者却认为："然也是他的天命未尽，故得如此。"②对比同一回韩成和太祖易服后投江自尽，太祖才免于一死，更能看出陈友谅因穿戴和别人一样在混战中逃生本属正常，但叙述者认为冥冥中一切皆天命。历史小说家常常预先告知结局，让读者在阅读过程中逐渐印证前文的预示，从而相信一切都有宿命，表现一种天命观，以达到劝惩教化之目的。

其一，借助预言来显现天命。《大宋中兴通俗演义》卷七"岳飞访道月长老"一则，岳飞奉命回朝在驿站做了一个怪梦，梦见有两只狗抱头言语，旁边还有两人赤身而立。长老解梦：二狗一言是个"狱"字，裸体两人则预示有两人要遭受其牢狱之灾。长老提醒岳飞要小心谨慎。此处已预示岳飞有牢狱之灾。《残唐五代史演义》第三回，武状元黄巢因貌丑被僖宗革退，内心多有愤懑，便对街头一只锦毛雄鸡说，如果自己"天下之分"，雄鸡便鸣大叫一声，黄巢说完，雄鸡真的鸣叫起来。黄巢认为这预示着自己有取天下的命运，便率兵征讨，最终取得王位。《隋炀帝艳史》则以童谣来预言。童谣，尤其是带有谶语色彩的童谣，本身就带有宿命论与命定的色彩。童谣被视为来自上天的旨意，童谣所说初听起来往往不知所云，等到内容被证实后，才悟出童谣所蕴藏的信息，即所谓"翼星为变，荧惑作妖，童谣之言，生于天心"③。第三十七回，隋炀帝听到宫中有人吟唱童谣，细细揣摩，觉得暗示李渊与自己的成败。当得知此曲是路边的儿童所歌及其从民间传入宫中的具体过程时，不禁悲伤而言："罢了！罢了！此天启之也！此天启之也！"④认为一切都是天命所定。可见，童谣的预言作用有上达天听的神秘色彩，内含国家兴衰成败之征兆。

其二，借助梦境来预示天命。在中国古代的思想文化中，宇宙世间的万物都

---

① 崔大华：《儒学引论》，北京：人民出版社 2001 年版，第 25 页。
② 郭勋：《英烈传》，北京：中华书局 2013 年版，第 112 页。
③ 陈寿：《三国志》卷六十一，北京：中华书局 1959 年版，第 1401 页。
④ 齐东野人：《隋炀帝艳史》，不经先生评，李悔吾校点，武汉：长江文艺出版社 1985 年版，第 362 页。

是密不可分、相互联系的存在，天人之间往往可以通过神秘的媒介来得以贯通与连接，而梦境则是天命意识传达的最好媒介之一。从梦的产生看，大致可分为以下两类。

（1）托梦。这类梦境主要是神仙、故人等人物假借梦境向做梦者传达意愿或给予帮助。《大唐秦王词话》第八回，王世充梦到一位金甲神人，自称周公旦，曾被李密拆毁了庙宇，无处安身，希望王世充为自己报仇，夺取李密的天下，并指明李密已现衰败之势，无力回天，只要王世充以借粮食作为由头，自己便可助王世充取得天下。王世充因梦中之语，相信天命如此，遂遵从行事，果然使李密失天下。《梼杌闲评》中也有类似情节。第二十一回，除夕夜阖家团圆，魏忠贤孤独一人，悲凉之际和衣睡去，结果却做了一个怪梦，梦里有人催促他前去救驾。因为梦的预示，魏忠贤果真救了未来的皇帝，为自己以后的飞黄腾达打下了基础。《樵史通俗演义》第二十七回，范景文因为神仙托梦而得到"神仙必佑"之启示，关帝在梦中告知"范某兵到，北兵即退去，不必他避"①，后按照此法行军，果然获胜。

（2）无意识做梦。与假借托梦提供帮助、促成做梦者的事业不同，无意识做梦往往预示做梦者的命运结局。对于昏君佞臣而言，其梦常会透露出其命数将至的结局。《英烈传》开头，元顺帝做了一个梦："是夜，顺帝宿于正宫，忽梦见满宫皆是蝼蚁毒蜂，令左右扫除不去。只见正南上一人，身着红衣，左肩架日，右肩架月，手执扫帚，将蝼蚁毒蜂，尽皆扫净。……帝急避出宫外，红衣人将宫门紧闭。帝速呼左右擒捉，忽然惊醒，乃是南柯一梦。"②"蝼蚁毒蜂"暗指元朝蜂拥不断的起义军，而红衣之人就是要将要取而代之的朱元璋，"帝急避出宫外"暗示了元顺帝逃离大都。开头这一梦境直接预示了故事的结局，说明一切都早已有了定论。《隋炀帝艳史》第二十八回有麻叔谋所做之梦，暗示了麻叔谋的命运与结局。梦里麻叔谋看见一个童子从天上飞下来，童子表示自己是受宋襄公与华司马所托，特意给麻叔谋送金刀。麻叔谋问金刀何在，抬头看时，被童子推了一把，忽然惊醒，感到腰项间隐隐疼痛。梦后不久，圣旨处死麻叔谋，"颈下一刀，腰下一刀，斩为三段"，落了个不得全尸的下场。麻叔谋梦中场景得到了

---

① 江左樵子编辑：《樵史通俗演义》，载《古本小说集成》编委会编：《古本小说集成》（第二辑），上海：上海古籍出版社 2017 年版，第 477 页。

② 郭勋：《英烈传》，北京：中华书局 2013 年版，第 2-3 页。

应验，回末有诗云"奸人纵有千般计，到底难逃这一遭"①。叙述者以酷刑流露出对奸臣小人的怨恨之情，体现出严惩奸臣的伦理姿态。

叙述者还常常以无意识做梦来提前告知人物的命运。一方面，叙述者以梦境的方式提前告知读者残害忠良之人不得善终的命运，以此告慰忠臣在天之灵。《英烈传》第二十九回，花云作为以一敌百的忠勇之臣，却被陈友谅乱箭射死。陈友谅杀死花云的当晚就梦见自己被受了重伤的朱文逊和花云死抱不放，"狠力挣脱，却欲回避，早被花云一箭，正中着左边眼睛，贯脑而倒"②，已然预示了人物的命运结局。另一方面，叙述者也通过梦境提前暗示读者，忠臣难以善终的惨淡结局。《辽海丹忠录》第六回，毛文龙出场不久，毫无成就之时梦见一座宝塔，进去后，"过了第六级，至第七级"时，有一神人"竟舞手中铁杵来打"，毛文龙梦醒后怅然所失，"自想道：'我的功名，应不能到绝顶了，却也不是以下之人。'"③对照后来事件的发展，这一梦境既预示了毛文龙今后的仕途之路，也映射了日后被袁崇焕所陷害的悲惨结局。

二、情节重复的伦理意味

小说离不开情节编排。历史小说在情节选择、情节修辞等叙事策略的运用上往往受到时行价值观念的推动，展现出一定的伦理倾向，以此来实现历史小说规劝惩戒的教化目的。与上文关注历史小说具体情节模式所展现的伦理特征不同，此处不再着眼于具体的情节模式，而着眼于情节"重复"的编排策略，考察情节的"重复"性修辞所显示出来的伦理意味。

在《小说与重复》的"前言"中，朱立元总结 J. 希利斯·米勒（J. Hillis Miller）的观点，明确指出米勒所说的小说文本间的重复"超越单个文本的界限，与文学史的广阔领域相衔接、交叉……但许多文学作品的丰富意义，恰恰是来自诸种重复现象的结合"④。这意味着，小说的重复并非局限于单一文本之中，而是多种多样的，它甚至可以是文本间两个不相关事例的重复。但是，它们

---

① 齐东野人：《隋炀帝艳史》，不经先生评，李悔吾校点，武汉：长江文艺出版社 1985 年版，第 273 页。

② 郭勋：《英烈传》，北京：中华书局 2013 年版，第 91 页。

③ 孤愤生：《辽海丹忠录》，载《古本小说集成》编委会编：《古本小说集成》（第一辑），上海：上海古籍出版社 2016 年版，第 98-99 页。

④ [美] J. 希利斯·米勒：《小说与重复：七部英国小说》，王宏图译，天津：天津人民出版社 2008 年版，第 7 页。

往往都与同一事例（instance）有着关系，这个事例又出现在了另一个事例里，形成了重复的情节。在米勒看来，这可以作为一个重复的修辞问题来处理。在他看来，重复的方式可以千差万别，但一般有两大基本特征：其一，无论是单一文本还是文本之间的重复，都至少要出现两个事例，二者之间有着可以探寻的时间顺序；其二，这种"重复"的修辞方式并不需要完全相同，情节相似即可。

沿着米勒的思路，不妨将历史小说中所出现的"重复"情节分为两类来讨论：一类是在同一历史小说文本内对某一情节的相似性改写或对同一事件的多次描述，即文本内重复；另一类是多部历史小说文本对某一相似性情节或同一情节的增设、删减与篡改，即文本间重复。

（一）文本内重复

就小说叙事艺术而言，单一小说文本应该很少出现类似甚至相同情节的重复。原因有二：其一，内容的重复会使小说叙事缺乏新意，使小说丧失应有的想象空间，使读者丧失阅读兴趣；其二，反复出现类似甚至相同的情节，可能会改变小说的叙事节奏，使小说叙事过程显得冗长而缓慢。即使文本内的"重复"修辞有这些明显弊端，明代历史小说的叙述者仍旧在同一部小说中来"重复"叙事，其主要目的大体是为了突出或多方位展示某一情节背后所蕴含的伦理意图，以此达到规劝教化的目的。

浦安迪在《明代小说四大奇书》中提到了一个"形象迭用原理"。这一理论"让错综复杂的叙事因素前后照应的章法适用于几种层次和长度的文本单元，包括特定的主题和篇幅长些的情节行动，以及一个个人物性格的塑造"[①]，进而从结构上对四大奇书的反讽意图进行把握。借用浦安迪的"形象迭用理论"，可以看出明代历史小说叙述者"重复"叙事的伦理意图，也可以看出"重复"情节本身所蕴含的伦理意味。"特定主题""情节行动""人物性格"的反复照应与敷演，其根本目的是突出某一伦理德目，全面实现小说的伦理表现功能。具体说来，文本内重复的情形大致包括以下两个方面。

其一，同一情节的重复。

文本内同一情节的重复往往会借助不同的人物视角去加以叙述，从而加深读

---

① [美]浦安迪：《明代小说四大奇书》，沈亨寿译，北京：生活·读书·新知三联书店 2015 年版，第79 页。

者对这一情节的印象。借助多人之口叙述同一事件的叙事策略，叙事主体的伦理意图被逐次呈现，从而让读者逐渐看清事件的本来面目，做出相应的伦理选择。不妨以《戚南塘剿平倭寇志传》中的"粤寇攻犯泰宁"这一情节重复为例，稍加分析。

"粤寇攻犯泰宁"这一情节，在小说中共出现四次。第一次是借众官之口叙述杨善被掳、泰宁县主簿被杀、官兵大败这一事实。小说对这次描述基本上没有感情色彩，只是陈述事实。第二次出现在贼寇少年的叙述中。少年叙述时流露出对官兵的轻视，但其举动又显出对官兵的戒备。第三次是宗提学了解情况后对事件真相的评说，既指出官兵失败的原因在于将官"贪功""夺功"，又在想象中假设了取胜的方法以及事件的另一种走向。第四次是叙述者通过宗提学调查的经过将事件又重复一遍，得出结论："贼不足虑，而当虑所以御贼者。"同一事件的反复重复，读者不仅了解到"粤寇攻犯泰宁"事件的真相，也感受到事件背后所蕴含的伦理色彩：对官员贪功冒进、以私害公的愤恨和抨击[①]。

同一小说中的情节重复，为避免枯燥乏味，重复时往往借助不同的视角来展开，这就涉及叙事视角问题，后文当详说。此处只就情节重复与伦理表现之间的关系稍做说明。叙述者对同一情节进行重复叙述，叙述者的伦理倾向也随着叙述的重复而逐渐加深。当读者在阅读这些不断出现的同一情节时，也会不自觉地追问情节本身及情节重复所要表达的伦理意义，情节本身及情节重复由此也有一定的伦理引导作用。

其二，相似情节的重复。

和同一情节的重复相比，相似情节的重复要常见一些。上文所说的情节模式，就是对相似情节加以提炼的结果。相似情节的重复有同向重复和异向重复。就同向重复看，同一部历史小说中相似情节、相似伦理取向的重复出现，主要是为了完成人物形象（尤其是仁君形象）的伦理塑造。《英烈传》中反复出现"招纳贤才"的情节，最精彩的有两处，一处是第九回朱元璋招纳武将徐达，另一处是第十九回孙炎替朱元璋招纳军师刘基。在朱元璋招纳徐达前，就有李善长向其推荐徐达，称赞徐达具有杰出的军事才能。此外，李善长还向朱元璋叙述了徐达先后拒绝了刘福通、徐寿辉、张士诚的邀请，一心只求得遇明君，辅佐明主。朱

---

①《戚南塘剿平倭寇志传　掌故演义》，载《古本小说集成》编委会编：《古本小说集成》（第三辑），上海：上海古籍出版社2017年版，第82-84页。

元璋在访问徐达之时，在门外就听见了徐达弹剑作歌之声。孙炎招刘基的情节基本上与朱元璋招纳徐达的情节类似。在宋濂的举荐下，朱元璋仰慕刘基的才华，托付孙炎前去招纳隐居田园乡间的刘基。孙炎也是在门外听到刘基鼓琴作歌之声。以上两处情节有颇多相似之处：其一，徐达与刘基都曾拒绝过多位将领的邀请，渴望得遇明主；其二，二人都居住在山水相伴的田园之中，景色优美，有着遗世独立的高人气质；其三，二人都对当下时局了然于胸，有着过人的眼光。如此高雅聪慧的两大贤才俱被招入朱元璋麾下，显示出朱元璋求贤若渴，以天下苍生为重的美好品格。通过相似情节的重复，叙述者既强调了君主具有美好品德的重要性，也一步步加深了读者认同君主应仁义爱民、广纳贤才这一意识，叙述者的伦理意图和读者的伦理期待在相似情节的重复中合二为一。

就异向重复看，历史小说以相似情节的重复来形成正反对照，从而引导读者做出自己的伦理选择，形成某一伦理意识，毋宁说，这一伦理意识的形成才是情节的异向重复之目的所在。《三国演义》有明显的"尊刘"倾向。小说叙述者用高超的叙事策略，展现出刘备的仁义、恭谦，任人唯贤，从善如流的人格魅力。其中，相似情节的异向重复也成为塑造刘备仁德的一种叙事方式。不妨以小说中反复出现的直言进谏为例。

《三国演义》中多次描绘了昏君、庸臣不听谏言，还要处斩谏言臣子的昏庸行径，以此反衬出刘备的贤德与智慧。小说第二回，就出现汉桓帝专宠宦官，将进谏者刘陶、陈耽打入大牢的荒唐之举。第三十回，官渡之战前，袁绍拒绝田丰、许攸等人的良谏，一意孤行，致使官渡之战大败于曹操。第四十回，曹操想出兵征伐刘备、孙权，孔融劝谏，曹操不听，并在别人的谗言下斩杀孔融全家，最终导致新野一战失败。上述三例中，无论是君主，还是一方诸侯，都没有做到从善如流，这与传统的伦理思想相违背。儒家伦理要求施政以"仁"，"大道之行也，天下为公，选贤与能，讲信修睦"①。任贤使能在执政中占有重要的地位，而尊贤纳谏则是任用贤能的重要体现。在儒家看来，执政者应从善如流，广纳谏言，而绝不应偏听偏信，一意孤行。《三国演义》通过多人不听谏言反衬出刘备的从善如流，以此来增强小说作品的伦理力度，强化"尊刘"的伦理倾向。

刘备从谏如流，不妨以刘备与庞统之间的事件为例。庞统对刘备的谏言主要

---

① 李学勤主编：《十三经注疏·礼记正义》，北京：北京大学出版社1999年版，第658页。

有三次。第一次是第六十回，刘备进川犹豫不决时，庞统进言："事当决而不决者，愚人也。"刘备并不因庞统称自己愚钝而生气，反而虚心向庞统询问取川的方法，庞统以"宜从权变"告知刘备不可恪守常理，促使刘备下定了进川之心①。第二次是六十二回，刘备镇守葭萌关时得知魏、吴将于濡须交兵的消息，预计胜方将吞并荆州之时，刘备接纳庞统的进言，遣书予刘璋，要精兵粮草，但刘璋仅拨给刘备四千老弱之兵和一万斛米，不足刘备所求十分之一。刘备撕毁回信，大骂刘璋不仁不义。庞统在刘备盛怒之时进谏："主公只以仁义为重。今日毁书发怒，前情尽弃矣。"刘备释然，并接纳了庞统的计策，使得形势转危为安，为最后夺取益州奠定了基础②。第三次是在刘备拿下涪关的庆功宴上，在一片祥和喜庆的氛围中，庞统却直言："伐人之国而以为乐，非仁者之兵也。"刘备酒酣之际，认为庞统所言不合道理，"可速退"，庞统大笑而退。刘备酒醒后，自觉失言，第二天一大早便向庞统赔罪，自责言语有失，请庞统"幸勿挂怀"③。《三国演义》对"直言进谏"情节的正反对照，加强了小说表达的伦理力度和强度，也强化了小说的伦理倾向。

（二）文本间重复

相对于文本内重复而言，文本间重复要常见得多。最常见的文本间重复是同一故事的重写或改写，如李世民杀单雄信这一情节，《隋唐演义》基本抄录《隋史遗文》，这样的重复主要是故事本身的重复，就情节在文本间的重复而言，意义不大。情节在文本间的重复，主要是从情节编排的角度来讨论重复。文本间重复主要有两种情况，一种情况是同一情节经过编排后重复出现，另一种情况是热拉尔·热奈特（Gérard Genette）所说的"承文本性"中的情形。热奈特在《隐迹稿本》中提到跨文本的五种类型，第四种为"承文本性"，主要有两种情形：第一种情形是后出的文本 B 谈论了已有的文本 A，第二种情形是"B 绝不谈论 A，但是没有 A，B 不可能呈现现在的生存模样"，如维吉尔（Vergilius）的《埃涅阿斯纪》对荷马的《奥德赛》的"改造"④。此处所说的文本间重复的第二种情况，与热奈特所说的第二种"承文本性"有类似之处。无论是同一情节编排

---

① 陈曦钟、宋祥瑞、鲁玉川辑校：《三国演义会评本》，北京：北京大学出版社 1986 年版，第 746-747 页。
② 陈曦钟、宋祥瑞、鲁玉川辑校：《三国演义会评本》，北京：北京大学出版社 1986 年版，第 764-766 页。
③ 陈曦钟、宋祥瑞、鲁玉川辑校：《三国演义会评本》，北京：北京大学出版社 1986 年版，第 768 页。
④ [法]热拉尔·热奈特：《热奈特论文集》，史忠义译，天津：百花文艺出版社 2001 年版，第 74-75 页。

后重复出现，还是热奈特所说的"承文本性"中的第二种情形，文本间重复都可以说是一种改造性重复。就情节而言，文本间的改造性重复，或侧重于重复，表现为相同情节的改写，或侧重于改造，表现为类似情节的翻写。

其一，相同情节的改写。

小说文本间相同情节的重复并非简单地挪用，而是文本间差异性的改写（增设、删减或篡改）。在《重复与差异》中，吉尔·德勒兹（Gilles Deleuze）将所谓的重复分为两种：其一是对于相同的重复，这一重复并不是对于原本的复制，而是合乎目的性的调整；其二则是对于差异的重复，在具有差异性的事物间依旧可以发现微妙的相关性，在相似中又可以发现差异，在此基础之上进行重复修辞，由此不难得出在某些情况下"重复就是差异"①的结论。无论是对于相同的重复还是对于差异的重复，都以文本之间密切的相关性与互动性为前提，都肯定了后一文本对于前一文本有意识的改写和翻新。就明代历史小说相同情节的重复而言，多表现为后一文本对于前一文本的增设、删减与篡改，以此达到加强伦理教化的效果。

后文本在前文本的基础上对情节加以增设可以强化主要人物的伦理特征，让伦理取向更加鲜明。《两汉开国中兴传志》与《西汉演义》都有对"陈平替汉王解荥阳之围"的情节。《两汉开国中兴传志》卷三之"汉王军败被困荥阳"，陈平献计：用相貌与汉王相似的纪信装扮成汉王去投降，汉王则乘机溜走。汉王对此事的感慨是："吾身可脱，诈吾者不生矣，吾何忍焉"②，表现出汉王的仁慈与怜悯之情，但仅此而已。到《西汉演义》第六十四回，则将此事敷演开来，汉王初听陈平之计，称"此计甚妙"，并让张良去办，于是张良夸张地悬挂《田父代景公免难》图像，用该故事引出纪信主动装扮刘邦去诈降，然后是张良引纪信去见刘邦。刘邦起初表示这样的行为"仁者不为"，在纪信拔剑自刎相逼之下，刘邦才同意，并表示纪信之母即自己之母，纪信之妻即自己之妹，纪信之子即自己之子③。从《两汉开国中兴传志》中的一句话，敷演成《西汉演义》中的张良挂像以及汉王与纪信的三问三答，在凸显刘邦的仁爱之心的同时，也显示出刘邦

---

① 陈永国编译：《游牧思想——吉尔·德勒兹 费利克斯·瓜塔里读本》，长春：吉林人民出版社 2003 年版，第 54 页。

② 黄化宇校正：《两汉开国中兴传志》，载《古本小说集成》编委会编：《古本小说集成》（第四辑），上海：上海古籍出版社 2017 年版，第 177 页。

③ 甄伟：《西汉演义》，北京：华夏出版社 2012 年版，第 215-216 页。

内心所想和外在表现的差异，显示出其权谋的一面。无论从权谋还是从仁爱来说，情节的这一增设都增强了刘邦的伦理复杂性。

后文本对前文本的篡改有时可以强化人物形象的合法地位。以"白水村搜查刘秀"这一情节为例。《全汉志传》"东汉"卷一之"姚期马武救刘秀"，叙刘良迎接前来白水村搜查的三位军官，其中一人说："俺是朝廷差来，寻讨妖人刘秀，吾是甄父梁丘，引阴阳官苏伯可望气到此"，刘良只好请他们进去搜查，"苏伯可进庄，觑见文叔是真帝王，伯可隐下，回言'果无刘秀'，众人乃退。后文叔破王莽，捉住苏伯可赦其罪，封为司天监。"①苏伯可因知晓刘秀是"真帝王"而故意隐瞒了刘秀在庄内的事实，强化了刘秀是天命真主的伦理意识。到《两汉开国中兴传志》卷五之"宛城会遇李通兴义"，刘秀在搜捕之际躲进白水村刘良家中，遇到王莽派来搜查的阴阳官苏伯可等人。三人在询问了刘良村名、家里几口人等情况后，便告知刘良自己是"奉官司差来挨捕妖人刘秀，既无其人，吾等即去"②。故事情节相对简单。但此处有双行夹批，云："按：苏伯可认得文叔形相，但设其为真命之主，当日分明遇见，亦隐藏不说。后文叔破莽，擒获伯可，竟赦之，封为司天监丞。"③单就正文而言，《两汉开国中兴传志》可说是对《全汉志传》的篡改。就故事叙述而言，《两汉开国中兴传志》更符合当时的情况，夹批的伦理性注解可以理解为对故事进展的一种解释。如果说《全汉志传》在行文中直接挑明了真主乃天命所归，《两汉开国中兴传志》正文的叙述则为故事的实际进展，将刘秀乃真主暗含在叙述之中。但历史小说对真主天命观的推崇，让叙述者忍不住以夹批的形式将天命观表述出来。将《全汉志传》的正文篡改成《两汉开国中兴传志》的正文加夹批，既照顾到故事的真实性（毕竟在当时的情境下，苏伯可隐瞒刘秀的身份让人难以理解），又照顾到故事的伦理内涵。

后文本对前文本的删减与篡改有时可以维护仁恕大义、忠君之道的宗旨。对于刘邦建国后杀害韩信、彭越这些史实，不同小说文本的处理方式不尽相同。在

---

① 熊钟谷编次：《全汉志传》（下），载《古本小说集成》编委会编：《古本小说集成》（第四辑），上海：上海古籍出版社 2017 年版，第 34 页。

② 黄化宇校正：《两汉开国中兴传志》，载《古本小说集成》编委会编：《古本小说集成》（第四辑），上海：上海古籍出版社 2017 年版，第 371 页。

③ 黄化宇校正：《两汉开国中兴传志》，载《古本小说集成》编委会编：《古本小说集成》（第四辑），上海：上海古籍出版社 2017 年版，第 371 页。

《两汉开国中兴传志》中，面对刘邦残忍寡恩的行为，小说家没有为其隐晦，而是以反讽的手法加以表达。卷四"蒯通见帝诉信功勋"一则，写韩信死后，蒯通细数韩信的十大罪状，表面上看是对韩信罪状的指摘，实质上却是对韩信功劳的肯定。叙述者借蒯通之口说了一连串的讥讽之语，对君王背信弃义、忠奸不辨、枉杀忠良的行为进行了抨击。其后，小说家又描绘了韩信部下夏广等六将为韩信报仇、以下犯上的情节，夏广等人最终自刎谢罪。从小说的叙述语气以及刘邦一再答应六将杀吕后为韩信报仇的要求来看，叙述者还是含蓄地肯定了六将的反抗。卷四"高皇计灭彭越英布"一则，写彭越对韩信之死不满，扯破刘邦的诏书，刘邦将彭越骗来之后，立即露出本来面目，擒拿彭越，彭越部下扈辙所说的"太平只许梁王定，不许梁王见太平"道出了刘邦内心真实的想法。彭越死后，"长安市上百姓无不哀惜。此时青天失色，日月无光……长安老幼悉皆言帝无道，怨气冲天。忽降血雨三日，田苗皆死。时街市小儿有谣言曰：'去年韩信死，今岁彭越亡。限无三载后，两口自生殃。'"①天降血雨，此时的刘邦就是一个残暴昏君。《两汉开国中兴传志》中的这些情节显然不符合儒家伦理的君臣之道，违背了君主仁、臣子忠的伦理要求。《西汉演义》第九十四回，不仅直接删除了夏广等六将为韩信报仇的情节，也删除了蒯文通（即《两汉开国中兴传志》中的蒯通）所陈述的韩信十大"罪状"，反而写刘邦在听到蒯文通为自己的简单辩解后，"笑谓左右曰：'彻之言亦信之忠臣也，彼各为其主耳。'"并让蒯文通为韩信守墓，仍封韩信为楚王②。第九十五回，删除彭越扯破刘邦诏书之事，刘邦召彭越去长安是梁太仆因私仇而诬告彭越的结果，刘邦见到彭越后，酌情将其贬废为"西川青衣县庶人"。彭越在去西川的路上碰到吕后，被吕后所诬陷才最终被害③。《西汉演义》虽然没有篡改刘邦杀害韩信、彭越的史实，但竭力美化刘邦，丑化吕后，刘邦在杀害二位功臣的过程中表现出来的仍多是贤德仁爱之举。

其二，相似情节的翻写。

历史小说中存在不少相互借鉴、模仿乃至挪用的情节，这些相似情节背后往

---

① 黄化宇校正：《两汉开国中兴传志》，载《古本小说集成》编委会编：《古本小说集成》（第四辑），上海：上海古籍出版社2017年版，第269-272页。

② 甄伟：《西汉演义》，北京：华夏出版社2012年版，第317-318页。

③ 甄伟：《西汉演义》，北京：华夏出版社2012年版，第319-320页。

往有一个稳定而深层的伦理主旨。在历史小说的流传过程中，这些情节所表达的伦理思想已经受到了时间的洗礼，形成相对成熟和稳定的伦理内核。相较于伦理内核的成熟与稳定，伦理内核外化所呈现的情节往往也体现出相似化、类型化趋向。一个个相似的情节聚集在一起形成了明代历史小说中富有特色的情节模式。因为上文已讨论过有代表性的情节模式，此不赘述，仅比较一下《三国演义》与《唐书志传通俗演义》中的"良马救主"，来说明相似情节的翻写所体现出来的伦理价值。

《三国演义》第三十四回，刘备前有大溪拦路，后有蔡瑁穷追，"玄德曰：'今番死矣！'"，策马下溪失陷后，其坐骑"的卢"马"忽从水中涌身而起，一跃三丈，飞上西岸。玄德如从云雾中起"①。如有神助的"的卢"一跃，暗示出因刘备乃仁君真主，故危难时有上苍庇佑。类似情节在《唐书志传通俗演义》中被翻写。卷四第三十三节，秦王李世民被困美良川，无法越过虹蜺涧，前有沟涧阻挡，后有尉迟敬德追赶。秦王"仰天呼曰：'前有深涧阻拦，后有铁骑急追，世民若是有天子之分，此玉鬃马一跳而过；若无其分，连人带马落涧而亡。'""世民尽力着鞭，那马一跃飞过虹蜺涧。"叙述者对"良马救主"这一传奇情节的翻写，并非简单地借鉴与模仿，而是对该情节所体现的伦理内涵的高度赞同。《唐书志传通俗演义》还借李世民说出了"若无天意，此涧安能得渡"这样的谶语，借尉迟敬德自省"莫非此人后当有天子福分，为吾真主乎"②，以此来强化李世民的"真主"身份。《唐书志传通俗演义》与《三国演义》相似情节的背后，显示出二者伦理内涵的高度统一。就这一具体情节而言，都表达了叙述者期望真命天子在危难关头得到天助而化险为夷的愿望，显示出了传统的天命观：作品表面上因种种巧合、偶然与机缘等非理性因素组合起来的情节中，潜藏着如宿命、暗合等观念为情节转换、组合依据的"内在整合之道"③。通过对一般情况下难以出现的"良马救主"情节的翻写，来宣扬"真主"的天命所归。

翻写也有异向重复。在类似情节的正反对照下，小说家共同的伦理追求和对某一伦理意识的不约而同一目了然。君主之"仁"在于亲贤臣而远小人，小说家

① 陈曦钟、宋祥瑞、鲁玉川辑校：《三国演义会评本》，北京：北京大学出版社1986年版，第433页。

② 熊钟谷编集：《唐书志传通俗演义》，载刘世德、陈庆浩、石昌渝主编：《古本小说丛刊》（第四辑），北京：中华书局1990年版，第331-333页。

③ 张跃生、闫海峰：《中国古典小说"缀合"结构与传统思维模式》，《社会科学研究》2001年第1期，第141-145页。

渴望君主可以做到"'尊贤则不惑'者，以贤人辅弼，故临事不惑，所谋者善也"①。这一伦理渴望促使小说家们在情节设置上将"亲贤臣，远小人"作为共同的追求。《两汉开国中兴传志》卷三之"楚汉盟分天下指鸿沟"，刘邦以为无事，便饮酒作乐，张良等人劝谏皆不听。"忽日一人幅巾布袍立于朝门之外，放声大哭。近臣奏与汉王，王命召人问曰：'先生何人？'先生曰：'吾乃五十仙。'王曰：'先生哭泣何故？'先生曰：'吾哀天下黎民涂炭，苦于战争，无时休息。见有楚兵纷驰关外，王于关内沉湎为乐，不以大事为念，当如百姓何哉，吾故为王哭泣也。'汉王闻言，自觉非是。"②从此处情节设置可以看出，刘邦身边有贤才辅佐，在君主言行失当之时可以想办法加以纠正；同时刘邦本人也有知错就改的仁君风范。两方面相辅相成，互为因果。无独有偶，《三国演义》中对汉灵帝也有一段相似的情节描写，但汉灵帝的言行及叙述者的伦理态度则呈现出了截然对立的情形。小说第二回翻写了上述的刘邦故事，当事人的表现却大相径庭："一日，帝在后园与十常侍饮宴，谏议大夫刘陶，径到帝前大恸。帝问其故。陶曰：'天下危在旦夕，陛下尚自与阉宦共饮耶？'……帝怒……呼武士推出斩之。"司徒陈耽知晓后，"以头撞阶而谏。帝怒，命牵出，与刘陶皆下狱。是夜，十常侍即于狱中谋杀之"③。同样在国家分崩离析的局面下，同样在忠良之士直言劝谏的情形下，汉灵帝选择亲近小人而远离贤臣，与刘邦形成巨大反差。帝王亲近仁者、贤者，则宵小佞臣难以接近，如《论语》中子夏所言"舜有天下，选于众，举皋陶，不仁者远矣。汤有天下，选于众，举伊尹，不仁者远矣"④，反之亦然。相似情节的翻写，展示了刘邦和汉灵帝两位君主截然不同的品行，突出了君主的仁良和昏聩对事件发展的决定性影响。

三、情节变更的伦理期待：与史书情节相比照

历史小说研究中的一个重要问题是虚实问题，小说情节编排与史实之间的关系一直聚讼纷纭，迄无定论。一方面，一些小说作者依据《资治通鉴》《通鉴纲

---

① 李学勤主编：《十三经注疏·礼记正义》，北京：北京大学出版社 1999 年版，第 1443 页。

② 黄化宇校正：《两汉开国中兴传志》，载《古本小说集成》编委会编：《古本小说集成》（第四辑），上海：上海古籍出版社 2017 年版，第 180 页。

③ 陈曦钟、宋祥瑞、鲁玉川辑校：《三国演义会评本》，北京：北京大学出版社 1986 年版，第 20-21 页。

④ 《论语·颜渊》，载杨伯峻译注：《论语译注》，北京：中华书局 2009 年版，第 129 页。

目》等史书敷衍而成演义，小说基于史实，其目的就是将历史通俗化，说教于民间百姓。历史演义的编创者常常以"羽翼信史而不违"[①]来标榜自己的演义作品，提出"事纪其实，亦庶几乎史"[②]的创作追求；另一方面，有些小说作者则认为"从来创说者，不宜尽出于虚，而亦不必尽出于实。苟事事皆虚，则过于诞妄，而无以服考古之心；事事皆实，则失于平庸，而无以动一时之听"[③]，肯定了小说作为文学艺术进行艺术虚构的合理性。"凡为小说及杂剧戏文，须是虚实相半，方为游戏三昧之笔。亦要情景造极而止，不必问其有无也。"[④]诚如甄伟在《西汉通俗演义序》中所言："若谓字字句句与史尽合，则此书又不必作矣。"[⑤]总体而言，无论小说作者主观上如何强调小说依附正史，秉笔实录，但就最终的成文情况看，小说文本或多或少都有违背史实和虚构的成分。毕竟"历史与道德统一的叙事意图是由社会文化传统和特定的意识形态派生的精神生产活动，而情感化的叙事则是个人与社会关系的表现。用情感逻辑来叙述历史事件的因果关系，显现出来的是历史的不合理性。这意味着叙事有了与正史不同的意义，不再是为了证明存在的都是合理的"[⑥]。情感化的叙事使得所叙之事呈现出与正史不同的意义与内容。

有趣的是，如果将历史小说的情节编排与史书相比照，会发现小说中违背史实的情节并非随意编排的结果。虚构情节的背后似乎都不约而同地指向某一伦理目的，强化某一伦理意图：为恶人扬其恶，为善人隐其过，从而使忠臣良将、仁君民主的形象更为高大，使奸佞小人、昏君叛臣的形象更为低劣。历史小说中的情节虚构，大体可分为两类：一类是完全无历史依据的情节杜撰；另一类是在一定史实基础上进行艺术加工的情节处理。下文分述之。

① 修髯子：《三国志通俗演义引》，载丁锡根编：《中国历代小说序跋集》（中），北京：人民文学出版社 1996 年版，第 888 页。

② 庸愚子：《三国志通俗演义序》，载丁锡根编：《中国历代小说序跋集》（中），北京：人民文学出版社 1996 年版，第 887 页。

③ 金丰：《说岳全传序》，载丁锡根编：《中国历代小说序跋集》（中），北京：人民文学出版社 1996 年版，第 987 页。

④ 谢肇淛：《五杂俎》，载黄霖、韩同文选注：《中国历代小说论著选（修订本）》（上），南昌：江西人民出版社 2000 年版，第 167-168 页。

⑤ 丁锡根编：《中国历代小说序跋集》（中），北京：人民文学出版社 1996 年版，第 879 页。

⑥ 高小康：《中国古代叙事观念与意识形态》，北京：北京大学出版社 2005 年版，第 37 页。

（一）无中生有的情节虚构

明代历史小说中完全脱离史实、凭空杜撰的情节为数不多，但在这为数不多的情节里却折射出了小说家强烈的伦理教化目的。

在《警世阴阳梦》《梼杌闲评》《皇明中兴圣烈传》等小说中，叙述者对魏忠贤的出生、家世等情节进行了大胆的杜撰，突出了魏忠贤有悖人伦情理的低劣行径的根源。究其原因，一方面是魏忠贤早年的经历无从考证，需要叙述者通过虚构加以增补，更重要的则是叙述者浓烈的主观色彩和强烈的教化目的，欲扬恶人之恶，以此来教化民众。《警世阴阳梦》里的魏忠贤，入宫之前是一个十足的流氓无赖，欢淫度日、不辨是非，叙述者的描绘主观色彩浓烈，孙楷第批评其"多里巷琐语，无关文献"①与此不无关系。《梼杌闲评》中魏忠贤的母亲被描绘成一个风骚浪荡的女性，在其和情人私通后生了魏忠贤。魏忠贤是为人所唾弃的私生子，成长于强盗窝中，地位低下。《皇明中兴圣烈传》中的魏忠贤，则被丑化到了令人无法相信的地步，丝毫没有地位可言。小说从魏忠贤的父母着手，魏忠贤的母亲刁氏被描绘成一个"好淫欲，惯舞翠盘，扒高竿，又善跑马走索，弄猴搬戏"②的江湖艺人。其母露宿野外和狐狸交媾，生下魏忠贤。小说将魏忠贤塑造成了狐狸妖孽的后代，而其名义上的父亲是一个靠抢人截货为生的强盗。叙述者对魏忠贤身世极尽想象之能事，表明奸佞宵小不重人伦行为与其出身有关。

就小说的情节来看，除了《梼杌闲评》，其他小说中对魏忠贤身世的交代实属多余，对后文的铺陈没有任何作用。叙述者大费周章地虚构魏忠贤出身这一情节，主要还是出于伦理方面的考虑：希望为恶人彰恶，将自己对奸佞宵小强烈的憎恶之情力透纸背地书写出来。《皇明中兴圣烈传》书前的"小言"，披露了小说的写作意图："逆党恶迹馨竹难尽，特从邸报中与一二旧闻，演成小传，以通世俗，使庸夫凡民亦能披阅而识其事，共畅快奸逆之殛，歌舞尧舜之天矣。"③作者写作此书的目的就是要将魏忠贤及其党羽馨竹难书的罪恶进行无情的揭露。在此目的下，叙述者对魏忠贤形象的描绘，只为写出其恶。为了丑化魏忠贤不惜

① 孙楷第：《日本东京所见小说书目》，北京：人民文学出版社 1958 年版，第 186 页。

② 西湖义士述：《皇明中兴圣烈传》，载《古本小说集成》编委会编：《古本小说集成》（第三辑），上海：上海古籍出版社 2017 年版，第 1 页。

③ 西湖义士述：《皇明中兴圣烈传》，载《古本小说集成》编委会编：《古本小说集成》（第三辑），上海：上海古籍出版社 2017 年版，第 3-4 页。

故意虚构情节，以此来加强对奸佞宵小的伦理批判力度。由此可见，历史小说中无中生有的情节虚构并非天马行空地随意点染，其背后是合乎叙述目的的伦理动机。读者从魏忠贤的出生与成长环境的恶劣之处获得了对魏忠贤如何成为因一己之私而陷国家于危难、贪生怕死又极度残忍的形象的原因。对故事情节完整可有可无的叙述，却是故事伦理强烈与否的重要一环，叙述者的虚构情节最终是为了彰显小说的伦理内涵。

情节离不开人物，为了伦理目的而进行的情节虚构，情节中的人物也带有浓厚的伦理色彩，由于这些伦理色彩多为规范伦理，人物由此也呈现出类型化特征，在虚构的情节中，人物往往成为某一伦理德目的代言人。《全汉志传》与《西汉演义》等多部历史小说中都出现了张良为刘邦举荐韩信的情节。在《全汉志传》"西汉"卷一之"汉王受封入褒州"一则，韩生在受刑时愤愤不平，直呼自己冤枉，监斩官韩信怒斥韩生，言之凿凿："'尔有五罪，何言比干伍员乎？'尔既为直谏，当谏不谏：楚王掘始皇墓，尔不谏，罪之一也；楚王杀子婴二百馀口，尔不谏，罪之二也；楚王烧阿房宫，尔不谏，罪之三也；楚王信张良说，放汉王，尔不谏，罪之四也；楚王迁都，尔谏比禽兽谤楚王，罪之五也。"而围观的人群里就有张良，张良暗暗赞叹韩信"乃世中高士将相之才"①，想要为刘邦纳此贤才。《西汉演义》第二十九回，张良在项伯的"万卷书楼"中发现了六国的文策，其中韩信的表文使得子房"嗟叹不已，又惊又喜"，直呼"此人是磻溪子牙、莘野伊尹，真大将之才，天下之奇士也！我若得此人，着数句言语，管教他弃楚归汉"②。初步表露了张良要为汉王招贤之意，也为后文张良四处寻访韩信、招揽韩信归汉做了铺垫。然而，无论是《全汉志传》中韩信刑场之言，还是《西汉演义》中张良所看到的韩信表文，在史书中都没有记载。对韩信归汉这一史实，史书中的叙述很简单，《史记·淮阴侯列传》只有"汉王之入蜀，信亡楚归汉"③这样简单的描述，丝毫没有提及韩信归汉的前因后果，从其归汉后"未得知名……坐法当斩……滕公奇其言，壮其貌，释而不斩"④来看，韩信归汉应该与张良没有任何关系。上述两部历史小说的叙述者无中生有，人为

①《全汉志传》，载《古本小说集成》编委会编：《古本小说集成》（第二辑），上海：上海古籍出版社2017年版，第60页。

② 甄伟：《西汉演义》，北京：华夏出版社2012年版，第89-90页。

③ 司马迁：《史记》卷九十二，北京：中华书局1959年版，第2610页。

④ 司马迁：《史记》卷九十二，北京：中华书局1959年版，第2610页。

关联起韩信与张良的关系，杜撰了一段二人未曾深交便如知己的情节，这一情节的杜撰不仅体现出了良将的真才实学，也体现了忠臣的为主分忧，还暗示了明君的求贤若渴。

（二）有史可依的情节变更

相较于完全没有历史依据的凭空杜撰，基于史实材料而随意点染的小说情节更多。就具体情况看，大体可分为三类：一是张冠李戴式的情节处理，将他人之事嫁接于另一人之上；二是虽真有其事，但并不按照历史本来的面目进行铺陈，而是为了某一伦理目的进行夸张、篡改，以求获得更加强烈的伦理效果；三是对于某一历史事件有意删减部分史实，不让读者全部知晓，从而更好地显示作者的伦理期待。无论是哪一类的情节处理，都是作者有意为之的结果，情节背后都有其伦理诉求。

其一，无中生有与移花接木。

为了凸显君主的仁德，叙述者在尊重基本史实的基础上往往采用无中生有的方式处理情节，体现得最为明显的应数《大唐秦王词话》中对"玄武门之变"的处理。史书对"玄武门之变"有记载。《旧唐书》卷二云："九年，皇太子建成、齐王元吉谋害太宗。六月四日，太宗率长孙无忌、尉迟敬德……等于玄武门诛之。"[①]《新唐书》卷二云："太宗功益高，而高祖屡许以为太子。太子建成惧废，与齐王元吉谋害太宗，未发。九年六月，太宗以兵入玄武门，杀太子建成及齐王元吉。高祖大惊，乃以太宗为皇太子。"[②]无论是《旧唐书》还是《新唐书》，建成、元吉即使有过错，也均不至死，"玄武门之变"实是太宗主动为之，尤其是《新唐书》，太宗更是在建成"未发"的情况下为谋夺皇太子之位而发动"玄武门之变"，既是地地道道的犯上作乱，也是手足相残，可谓心狠手辣。显然，"玄武门之变"不应是仁德贤明的君主所为，也不符合儒家伦理对皇位继承的要求。但是，《大唐秦王词话》并没有将关注点放在李世民君权继承的合理性上，而是通过情节处理，使"玄武门之变"合理化，不让这一事件妨碍秦王的仁德品行。为达此目的，叙述者在第五十回虚构了忠勇之将罗士信被建成、元吉构陷致死的情节（历史上罗士信真实的死因是征讨刘黑闼而葬身于沙场），

---

① 刘昫等：《旧唐书》，北京：中华书局1975年版，第29页。
② 欧阳修、宋祁：《新唐书》，北京：中华书局1975年版，第26页。

这一无中生有的情节处理，为建成、元吉残害忠良提供了切实的证据。自第五十六回开始，又集中写建成、元吉与张、尹二娘娘合谋，陷害秦王，无所不用其极，即使秦王处境如此，到第六十三回"玄武门之变"前夕时，在"你死我活"的形势之下，在手下众将苦劝之下，仍念兄弟情谊，仍表示"骨肉相残，古今大恶。吾诚知祸在旦夕，欲伺其发，然后以义讨之，未为晚也"①。后来在众将的强行拥戴下，不得已才去玄武门。"玄武门之变"时，本来秦王张弓欲射建成，却被秦叔宝从后面推弓发箭。其间的细节描写均无史实依据，完全是叙述者杜撰出来的，表明李世民发动"玄武门之变"，是在对手穷凶极恶的情况下不得已的自保，即使是自保，还是在手下人的强行拥戴下完成的，自始至终，李世民自己都没有手刃骨肉。小说的伦理倾向十分明确：李世民是一位仁德贤明、众望所归的君主。在小说作者和叙述者眼里，李世民虽杀太子夺皇位，但仍不缺德行。李世民始终行仁德之举，仁德与否才是判断是否为真命天子的关键。对于历史的功过是非，小说叙事主体往往有着自己的伦理标准，在对小说进行情节处理时，会以自身的伦理标准来架构情节，而不是一味遵循传统儒家伦理规范，有些情节的处理并非依据历史真实，也不完全拘泥于儒家的伦理信条，而是遵从叙事主体自身对明君的伦理认同。

为了更好地体现某一伦理内涵，叙述者有时采用移花接木的方式来进行情节处理。《戚南塘剿平倭寇志传》"罗龙纹说汪五峰"一则，集中写罗龙纹、孙复初游说汪直②，但该情节是移花接木的结果。《明史·日本传》云："宗宪乃请遣使……既得旨，遂遣宁波诸生蒋洲、陈可愿往。"③胡宗宪幕僚谢顾《擒获王直》云："公乃遣宁波生员蒋洲、陈可愿，假市舶提举名色，充正副使以往。"④可见，当时出使日本的并非罗、孙二人，而是蒋洲和陈可愿。蒋洲、陈可愿正直、有气节，不辱使命。小说叙述者却有意将这一事件嫁接到软弱无能的罗龙纹、孙复初两位佞臣身上。罗、孙二人懦弱胆怯，临危受命又不堪大用。叙述者试图借这样的情节处理来表明朝廷官员的上下推诿和无能，既无可应对外敌入侵

---

① 澹圃主人编次：《大唐秦王词话》，载《古本小说集成》编委会编：《古本小说集成》（第三辑），上海：上海古籍出版社 2017 年版，第 1217 页。

②《戚南塘剿平倭寇志传　掌故演义》，载《古本小说集成》编委会编：《古本小说集成》（第三辑），上海：上海古籍出版社 2017 年版，第 4-11 页。

③ 张廷玉等：《明史》卷三百二十二，北京：中华书局 1974 年版，第 8354 页。

④ 谢顾：《擒获王直》，载汪向荣编：《〈明史·日本传〉笺证》，成都：巴蜀书社 1988 年版，第 264 页。

之将领，也无可与敌谈判之贤士。情节设置的背后可以窥视到小说作者和叙述者对当时官吏腐败无能的批判与指摘。

《隋史遗文》为了突出秦琼等人的义气，采用了移花接木的情节处理方式。第五十九回叙述了"割股以啖雄信"这一历来为世人所称道的情节，并在回目中标明"交情深叔宝割股"。但实际上割股炙肉并没有秦琼与程咬金的参与，而是李世勣一人所为。《旧唐书》卷六十七记载："（单雄信）临将就戮，勣对之号恸，割股肉以啖之，曰：'生死永诀，此肉同归于土矣。'仍收养其子。"①但小说叙述者却将此事移花接木至秦琼、程咬金身上，无非增强秦琼、程咬金身上的民间侠义色彩，特别是可以渲染小说主人公秦琼的义气，以此折射出普通民众的道德理想。在战争年代，忠孝之举不绝于耳，明代历史小说家也往往将儒家"忠""孝"作为小说的伦理表现。《隋史遗文》的特别之处在于给忠孝的臣子增添了一笔江湖侠义之情。秦琼、程咬金身上敢作敢为、一诺千金，所遵从江湖的"信义"，相较于二人的忠孝，有着更为迷人的伦理色彩。"割股以啖"这样的情节处理将忠孝与信义并置，丰富了小说情节的伦理内涵。

其二，基于史实的夸张与篡改。

在尊重史实的基础上，对于某一具体情节的渲染夸张，可以强化某一伦理内涵，更好地教化民众。《辽海丹忠录》与《镇海春秋》为了显示毛文龙抗敌卫国的忠诚，故意夸大其功绩。据《清太祖实录》，在宁远一战中，努尔哈赤举全国之力前来攻城，总兵力为十三万左右，毛文龙固守城池，击退来军，可谓军功一件。《镇海春秋》鼓吹毛文龙数年杀敌超过八万，如果再加上关、宁等处，杀敌总数超过十四万。倘真如此，后金已无军力。和《东江疏揭塘报节抄》所记录的斩敌四万多人相比，小说家将此数目翻了一倍多。《辽海丹忠录》的情况与《镇海春秋》的类似。《东江疏揭塘报节抄》记载，天启三年牛毛寨大捷，共计杀敌三百余人，小说第二十回中则更改为杀敌六百余人②。对于毛文龙胜利战果的夸大似乎成为小说家们无须商量的叙事选择。《辽海丹忠录》与《镇海春秋》都为时事小说，或许作者掌握的素材不全会导致对毛文龙的战况所知有限，但在《满文老档》、《朝鲜李朝实录》和周文郁的《边事小纪》中，对毛文龙抗金的战果

---

① 刘昫等：《旧唐书》，北京：中华书局1975年版，第2488页。

② 许军：《据假相创作的时事小说的真实性——评〈镇海春秋〉与〈辽海丹忠录〉》，《明清小说研究》2012年第1期，第218-227页。

已经有了翔实的描述。以此来看，材料不全的理由并不成立，对战果的夸大很可能是叙述者有意为之。究其原因，或许与明末的社会情况不无关系。明末，由于国力衰微、外敌入侵、宦官当政、统治腐朽，朝局一片混乱。小说作者在目睹忠臣誓死效忠，却被奸佞构陷、杀害的残忍事实后，流露出对君主施行仁政、重振朝纲的失望，而将所有的期望寄托在能够出现如历史上杨家将一样的英雄来改变时局，抵御外敌，毛文龙抗金的胜利恰恰满足了小说家对良将护国守土的呼唤。在这一胜利情绪的激荡下，小说家不再顾及其所叙内容是否符合史实，而是肆意夸张来之不易的战果，以此来抒发其内心对国家股肱之臣的赞扬之情。

明代历史小说中也有对君王功绩的夸大与渲染的情节。《英烈传》中描绘康茂才主动投降并献城于太祖，而据《明史》的记载，康茂才是元朝的官员，多次与太祖交战，最终战败而降。小说则将康茂才写成受朱元璋个人品德感染，不战而降。这无疑夸大了贤君仁德的魅力。

明代历史小说中也出现了为突显宵小之奸恶，故意夸大或增添其罪孽的情节。《樵史通俗演义》对阮大铖的处理即如此。小说中的阮大铖，在天启年间是魏忠贤的党羽，他用卑劣的手段陷害忠良，巴结逢迎奸佞宵小，卖官敛财，公报私仇，祸乱朝纲……实在是一个凶残奸诈、无恶不作的小人。然而，就史实而言，阮大铖虽作恶多端，但终究算不上魏忠贤的心腹。《明史》本传记载，天启初，阮大铖因争吏科给事中一职而巴结讨好魏忠贤心腹霍维华、杨维垣、倪文焕三人，并造《百官图》托倪文焕代为进献给魏忠贤，从而博得魏忠贤的欢心。可见阮大铖只是与魏忠贤手下亲近，和魏忠贤没有直接交往，因此不是魏党的核心人物。在崇祯初年的《钦定逆案》中，根据量刑程度也可判定阮大铖并非魏党的重要人物。阮大铖被贬为庶民，永不录用。相比倪文焕、田尔耕被斩首，霍维华被充军，崔呈秀被凌迟，阮大铖的罪责显得微不足道。但《樵史通俗演义》却执意将各种罪行全部安在阮大铖的身上，将其塑造成只手遮天、权倾朝野的魏党心腹，作者有意夸大阮大铖的罪恶，竭尽所能地展现出其奸恶的一面。小说中，阮大铖认魏忠贤为父，并和崔呈秀、傅櫆一起，为魏忠贤设立了"夹、拶、棍、杠、敲"五样刑罚，"枷的十人九死"①。在魏忠贤涿州进香路上，阮大铖又跪送《点将录》，深受魏忠贤赞赏。回京后，阮大铖"就东扯西掠，约会了肯附魏

---

① 江左樵子编辑：《樵史通俗演义》，载《古本小说集成》编委会编：《古本小说集成》（第二辑），上海：上海古籍出版社2017年版，第45-46页。

珰的一班人，先有二十人，在家结了盟誓，同心助魏"①，由此做了不少坏事。到弘光年间，阮大铖要为魏忠贤翻案，变本加厉地陷害忠臣之士，"必要翻尽逆案，杀尽东林、复社众人，方才心满意足"②。在叙述者的眼中，阮大铖"恰像与崇祯皇帝为仇，替魏忠贤报仇一般"③，小说作者作为亡国之人，说出阮大铖似乎要与亡国之君为仇这样的言语，并发出"天不祚明生国贼……留此奇凶致国亡"④这样的感叹，可谓对阮大铖恨之入骨。南明灭亡，并非阮大铖一人之过，小说作者并非不知史实的"无知"写手，而是面对国将不国、奸佞当道的悲惨现实，难以压抑内心的愤恨之情，试图通过夸大阮大铖的罪恶，对其口诛笔伐，折射出内心对昌明盛世的期盼之情。小说家极尽笔力，将阮大铖的丑陋之事付诸笔端，借以针砭时弊，抒胸中之块垒，企盼政治清明、国泰民安之日早些到来。

其三，故意删减的情节改编。

历史小说有时故意隐瞒某些历史事件或事件中的细节，以达到伦理效果的最大化和集中化的目的。

小说家的伦理观念对其小说创作产生了重要影响。小说家普遍认为，"在君主制下，政治道德当然首先是君主个人的道德品行和规范。君主的个人品德在政治实践中展现为政治道德"⑤。为展现君主贤明仁爱的个人品德，当其行为与"仁义"伦理规范相违背时，小说家便有意为其隐去，从而实现为君主"立德"的美好愿景。《汉书》卷一较为翔实地记载了刘邦逃离彭城时的一次过失："过沛，使人求室家，室家亦已亡，不相得。汉王道逢孝惠、鲁元，载行。楚骑追汉王，汉王急，推堕二子。滕公下收载，遂得脱。"⑥这一史实显然瓦解了刘邦的仁德形象。如果秉史记录，小说文本所要推崇的伦理内涵不仅会大打折扣，甚至还可能会改变读者的伦理观念：不再将君主的个人道德视为国家兴盛的重要保

---

① 江左樵子编辑：《樵史通俗演义》，载《古本小说集成》编委会编：《古本小说集成》（第二辑），上海：上海古籍出版社2017年版，第104页。

② 江左樵子编辑：《樵史通俗演义》，载《古本小说集成》编委会编：《古本小说集成》（第二辑），上海：上海古籍出版社2017年版，第626页。

③ 江左樵子编辑：《樵史通俗演义》，载《古本小说集成》编委会编：《古本小说集成》（第二辑），上海：上海古籍出版社2017年版，第627页。

④ 江左樵子编辑：《樵史通俗演义》，载《古本小说集成》编委会编：《古本小说集成》（第二辑），上海：上海古籍出版社2017年版，第627页。

⑤ 陈来：《古代宗教与伦理：儒家思想的根源》，北京：生活·读书·新知三联书店2009年版，第323页。

⑥ 班固：《汉书》，颜师古注，北京：中华书局1964年版，第36页。

障，而是将假借"仁义"来实行"霸道"作为衡量君主成败的重要因素。为了让小说的伦理意蕴鲜明，《西汉演义》对这一情节进行了处理，为君主隐恶。小说描绘了在刘邦逃离彭城时，故意隐去了刘邦将子女推下马车这一事件，而直接从刘邦与夏侯婴的对话切入，通过夏侯婴之口交代："又见楚兵将二位殿下驮在马上，正欲奔楚，被臣杀退楚兵，收败残人马，救二位殿下从南小路赶来。"①这一情节处理不仅成功地将刘邦的残忍无情、不顾儿女死活这一污点隐去，更重要的是随后刘邦教导两个儿子以后不可忘记夏侯婴的救命之恩。情节处理的背后彰显了叙述者对君主德行的看重，认为明君必须行君道，否则难以治国安邦。小说家对君主个人德行的强调正是受"一正君而国定矣"②传统思想影响的产物。

既然可以为明君隐恶，自然也可以为昏君隐善。《东汉十二帝通俗演义》为了塑造孝和帝昏庸无道、碌碌无为的昏君形象，叙述者有意略过其功绩，以此达到批判昏庸之伦理目的。《后汉书》卷四记载：孝和帝十岁登基，基本上做到了体恤民情、安抚百姓，"赈贷张掖、居延、朔方、日南贫民及孤、寡、羸弱不能自存者"③，赐贫苦之人以稻谷食用；他还抗击匈奴入侵，匈奴"遣使称臣贡献"④。孝和帝虽多有冤狱，但史书对孝和帝总体上持肯定态度："自窦宪诛后，帝躬亲万机。每有灾异，辄延问公卿，极言得失。"⑤但在《东汉十二帝通俗演义》里，不论是孝和帝的诸多功绩还是于民有益的举措，均只字未提。小说只叙述了孝和帝碌碌无为、昏庸无能的一面。这样的情节处理给读者营造出了一个不辨是非、善恶不分、诛杀忠良的孝和帝形象，彰显出对昏君的憎恶之情。对于使国家由盛而衰的孝和帝，作者主观上将其归为昏君，在选取素材时按照昏君的表现来处理，自然会隐去其功绩，而突出其过失。如果小说将孝和帝所成就的功业一并提起，无疑会削弱对其昏庸的抨击力度，不利于给读者以明确的伦理引导。

无论是执意为刘邦隐恶还是为孝和帝隐善，小说对历史素材的选择与加工主要取决于叙事背后所要达到的伦理目的。小说通过有意识的情节处理，引导读者做出立场鲜明的伦理判断，从而发挥其伦理引导的功能。小说情节删减、变更的背后都带有叙述者的伦理姿态。

---

① 甄伟：《西汉演义》，北京：华夏出版社 2012 年版，第 184 页。
②《孟子·离娄上》，载杨伯峻译注：《孟子译注》，北京：中华书局 2010 年版，第 165 页。
③ 范晔：《后汉书》，北京：中华书局 1965 年版，第 188 页。
④ 范晔：《后汉书》，北京：中华书局 1965 年版，第 193 页。
⑤ 范晔：《后汉书》，北京：中华书局 1965 年版，第 194 页。

综上所述，就小说的故事层面而言，小说中的人物形象以及人物间相互作用所形成的故事情节反映出小说所描写时代的社会面貌，同时也折射出明代社会政治、思想环境、伦理诉求等方面的状况。

就故事伦理而言，从《三国演义》开始，明代历史小说的伦理特质便逐步得以全方位地呈现。无论是小说作者的价值取向、表达方式，还是小说文本的具体叙述，无一不是以伦理道德为旨归。从单一文本来看，除了《三国演义》《英烈传》《梼杌闲评》等少数作品外，其余的绝大多数明代历史小说的艺术成就不高，也缺乏相应的艺术价值和思想价值。但是，如果将它们作为一个整体去考察，放置在明代历史小说发展的长河中去审视其思想变化和所产生的影响，其伦理意义便得以凸显。

一方面，就整体面貌看，明代历史小说在观念上始终未完全摆脱补史、羽翼信史的羁绊，具有一脉相承的伦理追求，尤其是在同一系列的作品中，人物设置与情节安排背后所体现的伦理思想基本上趋向一致。故事伦理保持着前后稳定的延续与统一。作者创作历史小说的最终目的并不是希望再现或是反观社会生活本身，而是希望通过善恶分明、忠奸可辨的人物形象和情节安排来完成作品的伦理价值，使得读者在阅读和接受的过程中受到伦理熏陶。故不难理解，明代历史小说的情节设置中有明显的善恶、忠奸等矛盾冲突，人物安排上往往也会突出强调某一伦理属性，突出人物的伦理特征。错综复杂的情节安排和可圈可点的人物塑造，寄寓了作者丰富的伦理思想，历史小说的伦理基调和伦理价值也在情节和人物中得以体现。

另一方面，就纵向演进看，明代历史小说的发展呈现出越来越强烈的伦理意识。这一变化体现在小说伦理的浓烈程度与作家审美创作的关联中。随着历史小说创作的演进，小说作者的审美创作与伦理意识愈发呈现出相辅相成的态势：不仅作者的审美创作越来越为伦理诉求服务，同时小说伦理观念的浓烈程度又往往取决于小说审美的复杂程度。换言之，小说审美创作越复杂，人物情节越丰满，伦理趣味也就越细密，伦理诉求也就越鲜明。纵观明代历史小说的审美创作，人物设置越来越丰富，情节安排越来越复杂，推动着小说伦理的逐渐强化，使得其背后所要昭示的伦理思想也越来越细密与厚重。可以认为，明代历史小说审美创作越来越丰富的背后其实是明代伦理思想越来越丰富的外化反应。小说人物、情节的变化背后，往往是以作家的伦理意趣为旨归，希望借助小说的人物与情节来推动、引导读者完成某种伦理体验，从而实现其叙事的伦理目的。

　　无论从哪个角度审视明代历史小说的故事伦理，都离不开明代特殊的历史语境对其产生的决定性影响。时代所形成的特殊的伦理思想环境往往是小说故事诸要素伦理内涵的前提。人物形象、故事情节以何种方式呈现，以何种状态延续、发展都受到了具体伦理语境的制约。因此，对于小说故事伦理的研究，不仅要以具体的伦理语境为基础，有依据地分析出相应的伦理内涵，还需要进一步深入到故事的叙述之中，探究这些伦理内涵是如何通过叙事策略表达出来的，由此我们转向叙述伦理的分析。

第三章

叙述伦理：文本形式的伦理表现

故事伦理讨论的是小说叙事"说什么"所关系到的伦理问题，叙述伦理讨论的是小说叙事"怎么说"所关系到的伦理问题。叙事学和以往小说研究的主要区别在于对叙事形式的重视，叙事伦理研究重视叙事形式和伦理之间的关系，这是叙事伦理研究和以往的小说伦理批评最根本的区别，后者主要从内容出发，探析小说的伦理内涵。表面上看，明代历史小说的伦理说教几乎千篇一律，但深入到叙事形式层面，仔细追究明代历史小说"怎么说"才能更好地完成其伦理说教，就会发现其伦理表达的手段繁复多样，视角、结构、时间、空间、节奏等形式方面的因素让明代历史小说的叙述伦理显得丰富多彩。

第一节　视角选择与伦理立场

任何一部叙事作品，总有一个或多个叙述者来叙述故事，而叙述者相对于叙述对象所处的位置往往决定了该叙事作品以何种视角来铺陈展现。换句话说，"在对叙事文本的情境、事件、人物等进行描述时，总有一个看待所有这一切的视角，或者说观察点，通过这一观察点将所看到的一切呈现出来，并借由同一个或不同的叙述者之口将它们'说'出来"①。叙事视角对整个叙事文本的呈现有

---

① 谭君强：《叙事学导论：从经典叙事学到后经典叙事学》，北京：高等教育出版社2014年版，第83页。

着至关重要的意义，如珀西·卢伯克（Percy Lubbock）所言："小说技巧中整个错综复杂的方法问题，我认为都要受角度问题——叙述者所站位置对故事的关系问题——调节。"①叙述者所选取的视角无疑为小说文本设置了一个"观察点"，文本所要塑造的人物形象与故事情节都要受到这一"观察点"的制约与过滤。观察点的出现使得叙事文本的呈现范围相对集中，这意味着选取合适的观察点对充分体现叙事主体的叙事意图有着重要的意义。唐弢曾指出："焦点的作用在于突出人物之间的关系，使情节的舒卷产生有机的联系。这样一来，人物形象的独立性不仅不会削弱，而且可以更丰满，更多变化，更容易深入到主题的核心。"②一个恰当的视角对人物展现、情节结构甚至主题表达都有着重要的影响。以何种视角来切入叙事，绝非随意为之的结果，而是为了更好地实现其叙事目的，包括其伦理意图。就此而言，视角选择和叙述者的伦理立场有着直接的关系。明代历史小说运用全知视角或限知视角，从叙述伦理的角度看，说到底是叙述者的伦理立场问题。

一、全知视角的伦理意蕴

就视角的选择来看，绝大多数的明代历史小说都采用全知视角来展开叙述。所谓全知视角，是指叙述者对叙事的整个过程了如指掌，可以全面、多层次、多角度地把握所叙述的人物与情节。叙述者对将要发生、已经发生和正在发生的事情全部知晓。全知叙述者既可以讲述人物完整的命运、故事发生的前因后果，也可以揭露人物内心的情感思想、心理动态，还可以直接对故事做出判断、发表评论。历史小说叙述者对全知视角的广泛运用情有独钟，主要有以下几点原因：其一，全知视角因其不受限于任何人物、时空，使得叙述者在叙述、评论某一历史人物与事件时有着极大的自由性和灵活性，有利于叙述者随时发表自己的看法与观点，做出合乎自己需求的道德判断。就此而言，全知视角最利于实现叙事主体的伦理教化意图。其二，全知视角更符合历史小说的叙事要求。历史小说多描写沙场征战、攻城略地等宏大场面，叙事的时空跨度较大，要求叙述者用高瞻远瞩的眼光去掌控整个故事，全知视角没有人物视角的限制，有利于叙述者同时兼顾

---

① [英]珀西·卢伯克：《小说技巧》，方土人译，载[英]卢伯克、福斯特、缪尔：《小说美学经典三种》，方土人、罗婉华译，上海：上海文艺出版社1990年版，第180页。

② 唐弢：《创作漫谈》，北京：作家出版社1962年版，第58页。

一个或多个地方所发生的事情。其三，受史传叙事影响，史传叙事的全知视角对历史人物事件的总体性评论，对历史小说的叙事视角有直接影响。

具体说来，明代历史小说的全知视角大致可分为两种，即"史官化"全知视角和"说书型"全知视角，这两种全知视角的运用，都有伦理方面的考虑。

（一）"史官化"全知视角的伦理意蕴

"史官化"全知视角指的是小说中的叙述者秉承实录精神，严格执行史官"记言""记事"职能，他处于故事之外，与故事内容没有任何关系，只是秉笔实录。就史书"直笔实录"而言，似乎叙事中没有掺杂个人情感，但史书的"春秋笔法"又显示叙事中无法排除叙述者个人的倾向。历史小说毕竟不同于史书，其全知视角的主观性特征更为明显。楼含松指出，"全知叙事大致可以分为两种类型。一是主观型，这类模式的叙述者不仅全知全能，而且君临一切，常常在叙事过程中跳出来凌驾于故事之上，直接发表议论或感想来指点叙述接受者，干预叙述的进程。……二是客观型，这类模式的叙述者以一种相对来说较为隐蔽的态度进行叙述，他尽量以客观公正的姿态来处理故事，通常不在叙述的过程中作议论式干预。古代史书大都采用这种模式，以示信实而不带偏见"[1]，但史传叙事的客观性只是相对而言的，其中不乏主观性因素，《左传》中就有"喜""畏""怒"等带有明显心理色彩的用语。就明代历史小说的全知视角来看，叙述者借助自己无所不知、无所不能的便利，可以介入人物的内心活动，很难做到真正客观，这就让明代历史小说中的"史官化"全知视角在很大程度上成了一个比拟性的称呼，如王平所言："'史官式'叙述者最为显著的一个特征便是作者与叙述者相同一，因而对于所要叙述的人或事无所不知，无所不晓。"[2]但"史官式"全知视角和一般的全知视角相比，还是有其自身的特征的，具体表现为以下四个方面。

其一，与作者按鉴演义宗旨一致，叙述者经常提及自己是在"按鉴"叙事。熊大木说自己的《大宋中兴通俗演义》是依据《资治通鉴纲目》而取义的，小说中有 17 处标明是"按史鉴"，引录的《资治通鉴纲目》论断约有 18 处[3]，叙述

---

① 楼含松：《从"讲史"到"演义"——中国古代通俗小说的历史叙事》，北京：商务印书馆 2008 年版，第 290 页。

② 王平：《中国古代小说叙事研究》，石家庄：河北人民出版社 2001 年版，第 11 页。

③ 洪哲雄、纪德君：《明清小说家的"演义"观与创作实践》，《文史哲》1999 年第 1 期，第 78-82 页。

者一再显示自己是在"按史鉴"，就让小说中的人事始终处于历史的全方位审视之中，似乎不再是叙述者一人眼中所见之人事。其二，在故事开始前，叙述者对故事的历史背景进行简单介绍，在历史脉络中为故事寻找时间定位。《三国演义》开头叙述三国的历史渊源："周末七国分争，并入于秦；及秦灭之后，楚、汉分争，又并入于汉；汉朝自高祖斩白蛇而起义，一统天下；后来光武中兴，传至献帝，遂分为三国。"①这些介绍与故事本身没多大关系，但将故事置于历史的长河中加以审视，给人一种历史的厚重感，小说对历史人事的评价（包括伦理评价），似乎也就有一种盖棺论定的权威性。其三，人物出场之前，往往有对人物的简单介绍，一般介绍其经历，有时也介绍其品格。《于少保萃忠传》第一回开头介绍于谦："少保姓于名谦，字廷益，号节庵。浙江钱塘县人也。先世皆为显宦。公之祖名文大者，官至工部主事，常念宋丞相文天祥忠烈，侍奉其遗像甚虔。公之父名彦昭……"②主要介绍其出身，但祖上膜拜文天祥，暗示了于谦本人也有"忠烈"品格。《杨家将演义》卷一之"宋太祖受禅登基"开头介绍赵匡胤："宋太祖，姓赵，名匡胤，涿郡人。父名弘殷，为周朝检校司徒，岳州防御使。母杜氏，安喜人，生匡胤于洛阳夹马营中，赤光满室，异香经宿不散，人号为'香孩儿'。"③在介绍其出身的同时，叙其出生时异象，暗示其后来得帝位乃天命所归。《后七国乐田演义》第一回鹿毛寿出场，叙述者则省略其经历，直接介绍其品行："这鹿毛寿为人，又是一个只认得富贵不认得人伦，只知有势头不知有节义的人。"④鹿毛寿在小说中的行径成为其品行的注脚。其四，经常用"史臣"名义对小说中的人事加以评论。《新列国志》一百二回，因秦王离间之计，信陵君被迫交出相印兵符沉湎酒色后，叙述者援引"史臣之诗"云："侠气凌今古，威名动鬼神。一身全赵魏，百战却赢秦。镇国同坚础，危词似吠狺。英雄无用处，酒色了残春。"⑤为信陵君怀才不遇、最终碌碌无为感到惋惜与痛心，为魏王治国无能、听信谗言感到愤懑与无奈。

① 陈曦钟、宋祥瑞、鲁玉川辑校：《三国演义会评本》，北京：北京大学出版社 1986 年版，第 2 页。

② 孙高亮纂述：《于少保萃忠传》，载《古本小说集成》编委会编：《古本小说集成》（第二辑），上海：上海古籍出版社 2017 年版，第 3 页。

③ 佚名：《杨家将演义 说呼全传》，北京：中华书局 2013 年版，第 9 页。

④ 吴门啸客、烟水散人：《前后七国志》，北京：华夏出版社 2013 年版，第 114 页。

⑤ 墨憨斋新编：《新列国志》，载《古本小说集成》编委会编：《古本小说集成》（第二辑），上海：上海古籍出版社 2017 年版，第 2593-2594 页。

就小说叙述来看，"史官化"全知视角不仅是一种观察角度，也是一种叙述姿态，这意味着该视角中包含有叙述者的倾向性，倾向性可以是多方面的，但对以教化为宗旨的历史小说而言，其伦理倾向无疑是最重要的。就伦理倾向而言，"史官化"全知视角的独特之处主要有以下几点。

其一，为伦理倾向鲜明而移花接木。因为全知视角的全知全能，叙述者为了表达自己的倾向性，可以调用一切手段，但历史小说的独特之处在于故事中的人物受到史实限制，叙述者不能只按照自己的意图对人物加以天马行空的想象。同时，历史人物的行为未必总能符合叙述者对小说人物的伦理要求，而叙述者又希望通过全知视角让人物塑造达到自己的伦理预期，一个方便的做法是叙述者在塑造人物时，其伦理预期主要依据该人物的历史表现，同时寻找历史上其他人物符合这一伦理预期的行为，嫁接到该人物身上，这种移花接木的方式在全知视角下有一个好处，因为全知视角的无所不能，嫁接到该人物身上的某一行为，即使不见于史书，全知叙述者也可以知晓。这样一来，对照史实来看被认为是移花接木，而在小说中则显得顺理成章。《三国演义》以温酒斩华雄初次显示关羽武艺超群，对照《三国志·吴书一·孙坚》所说的"坚复相收兵，合战于阳人，大破卓军，枭其都督华雄等"[①]，可知叙述者是将孙坚的英勇嫁接到关羽身上，并虚构温酒斩华雄这一典型情节，突出关羽的超人之处，为后文关羽的忠义英勇做铺垫。由于英勇本来就是关羽的特点，这一移花接木显得很自然。

其二，为伦理倾向明显而将小说人物和历史上的帝王将相做比较。帝王将相的故事及其故事所显示的伦理意蕴一般都家喻户晓，用帝王将相来比拟小说人物某一行为所显示的伦理德目，容易让读者很快对人物有所了解，预期小说人物会做出和帝王将相类似的举动。《隋史遗文》第十二回"定罪案发配幽州地 打擂台扬名顺义村"，叙述者在叙述秦琼因义气而在顺义村打擂台之前，先借刘邦和项羽的类似行为，用全知视角发了一番感慨："虎瘦雄心自在，龙困灵气不消，壮士意气，那肯在寥落不显？就如汉高祖，不过是一个亭长，见秦始皇车驾过沛县，道：'大丈夫当如此矣！'项羽避仇会稽，见秦始皇车驾东巡，道：'此可袭而虏也。'偶然触发，便有按捺不住雄心，收束不下壮气。"[②]刘邦和项羽是历史上有名的帝王将相，用他们的义气行为衬托秦琼后文打擂所显示的义气，显

---

① 陈寿：《三国志》卷四十六，北京：中华书局1961年版，第1096页。

② 袁于令评改：《隋史遗文》，宋祥瑞校点，北京：北京大学出版社1988年版，第99页。

示出小说人物秦琼即使在无名之时、落魄之际，也与刘邦和项羽发迹前一样，依旧有令人敬仰的雄心和壮气。

其三，借宏观的历史兴衰来进行伦理引导。对历史兴衰的总结是一种宏观视野，适合用全知视角，历史小说总结历史兴衰是自然而然的事情，叙述者在总结历史兴衰时，可以和伦理互为因果，历史兴衰也成为伦理镜鉴。《梼杌闲评》开篇的"总论"，叙述者用全知视角叙述："盖闻三皇治世，五帝分轮，君明臣良，都俞成治，故成地天之泰。后世君暗臣骄，上蒙下蔽，遂成天地不交之否……后到天启年间，一个小小阉奴，造出无端罪恶。"[①]本来叙述魏忠贤作恶的故事，却牵扯到三皇五帝以来的历史兴衰，而历史兴衰又和"君明臣良""君暗臣骄"直接相关，在这样的宏观视野中看魏忠贤的故事，就可以将其放在历史长河中加以考量，其"无端罪恶"也可以放在历史上加以鞭挞。历史兴衰的视野，自然让魏忠贤这样一个"阉奴"故事和大明王朝的兴亡扯上了关系，魏忠贤之"恶"就不是一个简单的伦理判断，而是和明朝灭亡这样一个重大的历史事件联系在一起，暗示了伦理取向在历史事件中的重要性。

其四，借君臣伦理的议论对人物进行伦理评价。借助议论来评价人物是全知视角的惯用套路，借助君臣伦理来评价人物的伦理取向，则为历史小说"史官化"全知视角之所长。君臣关系是大多数历史小说最主要的人物关系，"史官化"全知视角可以对君臣关系进行总体把握，总体把握时对君臣伦理的认识可以成为人物伦理评价的标准。《辽海丹忠录》第一回"斩叛夷奴酋滥爵 急备御群贤伐谋"，开篇词之后，叙述者用全知视角对君臣伦理发表议论："从来五伦第一是君臣……况是高爵重禄，乐人之乐者，岂可不忧人之忧？食人之禄者，岂可不忠人之事？但世乱才识忠臣，那忠臣又有几等不易识……"[②]小说开篇即点明君臣伦理，明确臣子应不忘君父，奠定了全书的伦理倾向，为下文毛文龙为国尽忠、尽臣子本分张目。

其五，将奏章、书札等排比出来，在显示史料可靠的同时，也显示出某种伦理倾向。时事小说中不乏这种罗列。《樵史通俗演义》第二十四回"慰忠魂褒封特旨 毁要典采纳良言"，先是抄录了翰林院编修倪元璐的长达 5 页的"世界已

① 刘文忠校点：《梼杌闲评》，北京：人民文学出版社 1983 年版，第 2-3 页。
② 孤愤生：《辽海丹忠录》，载《古本小说集成》编委会编：《古本小说集成》（第一辑），上海：上海古籍出版社 2016 年版，第 2 页。

清……而正气未伸"①奏章，崇祯批复引起争议后，倪元璐"只得又上一本……再疏申明"②，奏章长达 8 页，接着是崇祯长达 3 页的批复，然后是升为翰林院侍讲的倪元璐为"三朝要典"所上的奏章。整回内容不到 23 页，奏章和旨意就占了 19 页，可以说，该回内容基本上就是抄录倪元璐的三份奏章和崇祯的一道圣旨。抄录奏章和圣旨，自是史料再现，但这些史料在小说中的堆砌，有其伦理用意。该回回末"评"云："倪鸿宝太史三疏，真千古大经济大文章，虽不敢埋没，一一备载，犹恨限于尺幅，稍为删十之三，然已亘千古不朽矣！"③对倪元璐的三份奏章，流露出明显的伦理倾向。

其六，借助史传的"君子曰"模式对小说发表总结性评论。"君子曰"之"君子"本身就有强烈的伦理色彩，"君子曰"的内容大多是依据当时"君子"的标准对所叙述的故事发表评论，很多关乎道德伦理。自《左传》"君子曰"以来，经过《史记》"太史公曰"的发展，史书的"君子曰"模式已经深入人心，历史小说的"史官化"全知视角也体现在"君子曰"模式的挪用上，挪用的结果或者是保留"君子曰"的叙述程式，或者是摒弃这一程式而保留其实质，即叙述者在篇末发表议论。《东周列国志》结尾，是"髯仙读《列国志》，有诗云：……总观千古兴亡局，尽在朝中用佞贤"④。《东周列国志》中的"髯仙"，类似于《史记》"太史公曰"中的"太史公"，小说结尾的总结性评论既指出佞人和贤人的重要性，也借助君主用佞人还是用贤人对君主提出了要求，佞人、贤人是用伦理标准衡量出来的，"尽在朝中用佞贤"自然也带有浓烈的伦理意味。"髯仙"在小说结尾用这种高屋建瓴式的全知视角对君主用人提出了伦理上的要求，史传痕迹比较明显。

（二）"说书型"全知视角的伦理意蕴

明代历史小说的故事来源并不限于史书，民间故事和宋元话本也为历史小说提供了很多材料。从题材内容看，历史小说主要取材于史书，民间故事只是对史

---

① 江左樵子编辑：《樵史通俗演义》，载《古本小说集成》编委会编：《古本小说集成》（第二辑），上海：上海古籍出版社 2017 年版，第 416 页。

② 江左樵子编辑：《樵史通俗演义》，载《古本小说集成》编委会编：《古本小说集成》（第二辑），上海：上海古籍出版社 2017 年版，第 421 页。

③ 江左樵子编辑：《樵史通俗演义》，载《古本小说集成》编委会编：《古本小说集成》（第二辑），上海：上海古籍出版社 2017 年版，第 438 页。

④ 冯梦龙、蔡元放编：《东周列国志》，北京：人民文学出版社 1955 年版，第 1029 页。

实的补充和点缀；从传播角度看，民间故事的通俗化和讲史平话的口语化比史书的晦涩更容易让普通百姓接受。历史小说是以通俗化的形式来叙述一般人看不懂的史书内容，通俗化是历史小说得以盛行的根本原因之一。出于通俗化的考虑，历史小说在"史官化"全知视角之外，还经常采用"说书型"全知视角。和"史官化"全知视角相比，"说书型"全知视角的特点主要有四个：①叙述者以"说书人"姿态出现，他不再与故事内容保持距离，而是带着感情色彩，用绘声绘色的叙述来吸引"看官"聆听自己所叙述的历史故事，"说书人"姿态和"看官"形象的存在，使历史小说形成一种"拟书场"格局。"拟书场"格局的全知叙事带来的现场感，是"史官化"全知视角所缺少的。②"说书人"姿态使小说中经常出现口语化的程式语言，这些程式化语言是讲史平话的惯用套路，它们的频繁出现让明代历史小说看起来似乎不是在书坊里"写"出来的故事，而是在现场"说"出来的故事。几乎每一部明代历史小说中都能够找到典型的说书标记词句，《唐书志传通俗演义》《樵史通俗演义》《英烈传》《续英烈传》《隋炀帝艳史》等小说中，"且听下回分解""却说""话说""且说""毕竟且看何如""欲知后事如何，且听下回分解"等标记词句屡见不鲜。③小说人物出场时，叙述者往往采取说书人的口气，对其外貌特征进行描绘，对其身世或道德人品进行介绍。《英烈传》第九回，胡大海出场："为首一将坐在马上，竟有五尺余高，生得面如铁片，须似钢针，坐骑赶日黑枣骝，肩担偃月宣花斧，从元兵阵后冲杀出来。此是何人来助？后人有诗为证：……霹空闪出辅明君，自是鸿勋开九城……"①"此是何人来助"之前是人物视角，从"此是何人来助"开始，则是全知视角，至于"辅明君""开九城"之夸奖，更是对胡大海功勋的评定，此前的外貌描写为其勇猛做铺垫，其勇猛则成就其功业，人物视角的外貌描写最终落实到全知视角的人物评判。《英烈传》第十八回，宋濂还没出场，叙述者就用典型的说书人口吻对之加以介绍："话分两头……那宋濂：清洁自高，居止不定：也有时挈同侪寻山问水，也有时偕知己看竹栽花。也有时冒雪夜行，如剡溪访戴；也有时乘风长往，如步兵入山。心上经纶，倏忽间潜天潜地；手中指点，霎时里惊鬼惊神。胸中书富五车，笔下文堪千古。"②宋濂的高洁，在"说书型"全知视角下，被自然而然地呈现出来。④和"史官化"全知视角用语严肃不

① 郭勋：《英烈传》，北京：中华书局 2013 年版，第 30 页。

② 郭勋：《英烈传》，北京：中华书局 2013 年版，第 57 页。

同，"说书型"全知视角用语往往注重趣味性。《梼杌闲评》第四回回末写魏忠贤出生："时星斗满天。及稳婆来时，天上忽然乌云密布，渐渐风生……霎时大风拔木、飞砂走石，只听得屋脊上一个九头鸟，声如笙簧，大叫数声向南飞去。房中蓦的一声叫，早生下一个孩子来。正是：'混世谪来真怪物，从天降下活魔王。'毕竟不知生下个甚么人来，且听下回分解。"①下回开头只是简单地介绍"生下是个孩子"，反观此处充满神奇的叙述，语言的趣味性与"说书型"全知视角交织在一起，"飞砂走石""九头鸟"等异象，"真怪物""活魔王"等评判，让魏忠贤从出生开始就注定会掀起惊天骇浪。

与"史官化"全知视角相比，"说书型"全知视角不局限于外在情况的"直笔实录"，它还可以潜入人物内心，可以在时间中交错往复，显得更加纵横捭阖，其伦理倾向也有其特点，具体如下。

其一，借用"说书人"姿态来掌控故事的伦理意蕴。按照故事本来的发展，小说可能会走向某一结局，但在"说书人"全知视角的控制下，却走向另一种结局。《杨家将演义》卷一"太宗招降令公"一则，本来杨继业宁死不降太宗，但"说书人"全知视角陡然一转："却说继业养病一日遂愈。是夜出观天象，见宋主之星，炯炯临于幽蓟，乃叹曰：'此天命也，非人所能为也。……'"②为下文继业归降太宗做铺垫。继业本为汉主效命，以忠义自诩，归降太宗在他看来是"不忠不义"，但汉主已降太宗，继业追随汉主而归降太宗，也可说没有损害忠义，但后文继业直接为太宗卖命，还是背离了他归降的初衷，此处通过"说书人"全知视角，交代继业夜观天象知晓太宗乃真命天子，为真命天子尽忠，不违背忠义主旨。杨继业归降后真心为太宗所用，在"说书人"全知视角中已见其端倪。

其二，"说书人"全知视角方便叙述者进行伦理选择。"说书人"虽然采用全知视角，但"说书人"毕竟有自己的伦理立场，同样的故事，不同的"说书人"会"说"出不同的面貌，这意味着，"说书人"全知视角不妨碍全知叙述者有自己的伦理选择。在进行伦理选择时，"说书人"会将不利于自己伦理倾向的内容过滤掉，对过滤后的内容采用全知视角加以观照。对照《东西晋演义》"西晋卷之四"之"代王兴命讨六修"和《三国志后传》第一百九回"关姜罢靳准专权"可知，二者均用"说书人"全知视角，说出的故事却有差异。《东西晋演

---

① 刘文忠校点：《梼杌闲评》，北京：人民文学出版社1983年版，第47页。
② 佚名：《杨家将演义 说呼全传》，北京：中华书局2013年版，第23页。

义》用"却说代王猗卢先爱其少子比延，欲以为嗣，使长子六修出居小平城，而黜其母"开始叙述猗卢与六修之间的矛盾，代王让六修去拜见比延，六修抗命不辞而别后，代王兴兵讨伐反遭败绩，"发愤成病而卒"，后六修亦被代王后继者普根所杀。①"说书人"全知视角基本上展示的是一个杀伐的故事。《三国志后传》叙二人矛盾，仍用"说书人"全知视角："词归一本，话分两头。且说北代王拓跋猗卢，为爱其少子北延，乃出其长子六修与其母使居新平，立北延为世子"，并命六修"去朝北延，以别君臣之分"，六修以"焉有兄去拜弟之礼"为由抗命不从，连夜逃回新平。②代王以"臣抗君礼，子违父命"为由讨伐六修。六修部下或劝六修"不可逆天抗父，惟有哀求赦免"，或认为代王"弃嫡立庶，卑幼乱伦，恃暴伐子，人皆不服"，主张出兵抵抗。六修"犹豫不忍"。由于乌桓金坚持出兵，六修只好同意。双方交战后，乌桓金与代王见面，以"父慈便子孝，君义则臣忠"斥代王"不慈不义"，并杀伤代王。后乌桓金兵败被围，"金箭满体，血战不已"，六修冒死救回乌桓金，"严加守御"，六修部下在军前"道六修之冤"。代王也自我反思，"父子相夷，古今大恶"，于是解围收兵。六修听乌桓金之言，率兵追赶，中了埋伏，乌桓金力战而死，六修中箭后"月余而死"，代王听到消息后，"是夜寻殂"。③和《东西晋演义》的不带感情的"说书人"相比，《三国志后传》的"说书人"则带有浓烈的父子亲情，也歌颂了各自部下的忠肝义胆。交战过程中穿插的亲情伦理，最终通过"后人有诗叹曰"传递出"溺爱从来起乱源"这样一个道理④。

其三，"说书人"全知视角方便揭示人物内心世界。"史官化"全知视角无法深入人物内心，"说书人"全知视角则可以揭示人物的内心世界，进而展示人物自身的伦理倾向。皋于厚在论述明清小说的时候曾指出，"明清小说基本上都采用了说书人全知叙事的方式。作者充当说书人的角色，以说书人的腔调，向虚拟的听众讲述故事……作者居高临下，无所不晓，他可以深入人物的内心世界，对你知我知的隐秘之事也能明察秋毫。他还不时地直接出面，对故事情节、人物言行及心理活动加以提示说明，对人物与事件发表评价和议论"⑤，这段话除了

① 杨尔曾：《东西晋演义》，北京：华夏出版社 2013 年版，第 154-155 页。
② 酉阳野史编次：《三国志后传》，孔祥义校点，上海：上海古籍出版社 2007 年版，第 754-755 页。
③ 酉阳野史编次：《三国志后传》，孔祥义校点，上海：上海古籍出版社 2007 年版，第 755-757 页。
④ 酉阳野史编次：《三国志后传》，孔祥义校点，上海：上海古籍出版社 2007 年版，第 757 页。
⑤ 皋于厚：《明清小说的文化审视》，北京：学苑出版社 2004 年版，第 169 页。

"深入人物的内心世界"和"心理活动"外，基本上也适用于"史官化"全知视角，换言之，对人物内心世界的揭示，可说是"说书人"全知视角带来的方便之处。既然是"说书"，就什么都可以说，它不像"史官化"全知视角那样受"实录"的影响，它可以根据"说书人"的需要信马由缰，可以叙说人物内心的隐秘世界。《隋炀帝艳史》第三回，通过"说书人"全知视角，使杨素的内心活动多次得以展示，由此也揭示出他的道德人品。"话说杨素自晋府宴归，要为晋王谋夺东宫，保全富贵。"恰巧文帝宣杨素入宫"赏杨梅"，原来文帝与杨素为同乡，对杨素格外宠爱。此后在"说书人"全知视角下，三次展示了杨素的心理活动。第一处心理描写是在杨素被召进宫中看到苑中只有文帝与独孤后，内心暗喜，认为"今日机缘甚巧"①。第二处是在与文帝谈论了一会国政大事后，杨素内心格外纠结：一方面杨素心里总惦念着为晋王争夺储君之位，想和文帝言及此事，但因没有与独孤后提前通气，怕开口多有不利；另一方面害怕因为自己的犹豫而错失了机会。全知叙述者将杨素这一踌躇的心理动态展露无遗，杨素满脑子一己私利的奸佞之相也暴露无遗。当杨素得到独孤后的认可后，便大胆地向文帝表露了自己的想法，谗言太子仁孝有亏，不如晋王仁孝恭俭。独孤后随即在旁附和，认为杨素是"真忠臣也"。文帝也就将信将疑，派眼线密查东宫过失。随即，炀帝立马买通眼线、暗差谎报太子德行有失，荒淫无度，文帝大怒。太子向来为人"疏略坦易"，想要面见父王，奏明此事，刚好被杨素撞见，杨素心中猛然一惊。叙述者对杨素的心理做了更为细致的展露："太子这一入宫，倘父子之间，辩明心迹，不独前功尽弃，其祸不小。须吓他一吓，使他不敢进宫方妙。"②杨素为了自己的私利，不惜欺瞒文帝、陷害太子，这些细腻的心理描写相较于直接铺陈人物的言语行为，更加彰显了杨素的狡诈和残忍。

二、人物视角的伦理意蕴

总体上看，明代历史小说是全知视角一统天下，不过在全知视角中，不乏局部的人物限知视角，如赵毅衡所言：中国古典小说大多采用的全知视角，其中都

---

① 齐东野人：《隋炀帝艳史》，不经先生评，李悔吾校点，武汉：长江文艺出版社 1985 年版，第 23-26 页。
② 齐东野人编演：《隋炀帝艳史》，载《古本小说集成》编委会编：《古本小说集成》（第三辑），上海：上海古籍出版社 2017 年版，第 6-7 页。

夹杂着叙述者的限知视角。^①在全知视角中，当故事进展到以人物眼光来观察事件和人物时，全知视角就转向人物视角。因为叙述者从某一特定人物的角度来观察事物，叙述时一般会从该人物自身的价值观念出发，无论全知叙述者和人物的价值观念是否一致，人物视角所显示出来的伦理态度，都折射出叙述者自身的伦理态度。当人物的价值观和叙述者一致时，人物是在代叙述者观察和叙述；当人物的价值观和叙述者不一致时，比较叙述者的总体倾向和人物观察所显示出来的倾向，可以知晓叙述者对人物的态度。这两种情况都比较常见，无须赘言。倒是另外一种情形比较罕见，叙述者代人物来观察，按照人物在故事进展中的具体情形，人物眼中所见不应该是叙述出来的那个样子，但叙述者以自己的心境来影响人物，表面上看是通过人物视角来叙述，但实际上是叙述者视角。《残唐五代史演义》第五回，通过朱温的视角来看长安城："但见唐宫中：黑漫漫征云笼凤阁，昏惨惨杀气绕龙楼。喊声滚滚，吓嫔妃急登罗帏；战鼓冬冬，惊彩女忙投锦帐。千秋池下，撇了些破甲残旗；万岁山前，丢了些折弓损箭。直杀得：绛绡楼下胭脂湿，白玉城边血浪翻。"^②这样一片"昏惨惨"的场景，与刚刚犯上得胜的朱温的心境并不吻合，与其说它是朱温眼中所见，倒不如说是全知叙述者借助朱温眼中所见来抒发心中感慨。"昏惨惨"的场景中隐藏着对唐僖宗昏庸无道而使山河破碎、民不聊生的指摘，流露出对曾经盛世繁华的唐王宫的追忆和惋惜之情。应该说，对唐僖宗的指摘可以是朱温和全知叙述者所共有的，对盛世的追忆和惋惜则不可能是此时的朱温所能有的，只能是全知叙述者所独有的。以此看来，此时的全知叙述者将自己的态度和评价隐藏于人物视角之后，不仅希望通过人物的视野展现某一场景，更希望这一场景能显示出自己的伦理态度，以此来代替主观性的议论与评价。即使这一伦理态度并不符合人物当下的心境，叙述者也强加于人物身上，叙述者借人物视角来叙述的最终目的依旧是表达自身的伦理态度，只是让这种表达因人物视角而显得隐晦曲折。换言之，此时的人物视角不仅仅是人物在观看，更是叙述者借人物之眼在观看。

就人物视角自身而言，大致可分为两类：一类是固定人物视角，另一类是转换中的人物视角。前者借助某一固定的人物来展现故事，传达出某种伦理观念；后

---

① 赵毅衡：《苦恼的叙述者——中国小说的叙述形式与叙述文化》，北京：北京十月文艺出版社 1994 年版，第 85-86 页。

② 钟惺、罗贯中：《混唐后传　残唐五代史演义》，北京：华夏出版社 2017 年版，第 149 页。

者通过多个人物轮流来展现故事，传达出人物之间的伦理共识或伦理冲突。

（一）固定人物视角

固定人物视角是指叙述者通过小说中的某一固定人物的视角来对相关的事件、人物进行介绍、观察与评论。相较于全知叙述者无所不知地去描述所听、所说，去分析人物内心的情感、透视人物的伦理倾向，固定人物视角由于受限于人物身份、地位、眼光等条件而往往只能窥探到事件的一部分，无法像全知视角那样知晓事件的全部。固定人物视角让所有的事物经过人物眼光的过滤，读者必须通过人物视角来推测该人物所隐藏的情感、心理，这无疑充实了读者的阅读体验。和全知视角相比，固定人物视角从自身所处的位置出发，对事件加以叙述，可以"减少叙述人主观评价和感情渗透的成分，减省叙事的笔墨，增强叙述的直观性和生动性，给接受主体的艺术再创造留下了充分的余地，因而能收到全知叙事所不可能有的叙述效果"[1]。需要说明的是，由于明代历史小说总体上是全知视角，人物视角只能是局部的，固定人物视角只是零散地出现在全知视角之中。具体说来，固定人物视角所传达出来的伦理意味大致有以下几种情况。

其一，通过固定人物来看某一事件或其他人物，以显示固定人物或其他人物的伦理姿态。就某一事件显示固定人物的伦理姿态来看，固定人物可以是正面人物，也可以是反面人物。正面人物如《于少保萃忠传》中的于谦。小说第六回，当于谦得知官军不敢绞杀贼寇，反而诛杀安分守己的百姓，以此来邀功论赏时，叹息道："今将臣惟贪一时之功利，不顾人类之性命，将无辜之人妄杀，今日不报于自身，日后必报于子孙也。吾想秦将白起，无辜坑卒四十万，后自身刎死杜驿，子孙尽遭屠戮。天岂无报乎！"[2]于谦的叹息中，其忠义之心表露无遗。反面人物如《辽海丹忠录》中的马秀才。小说第三十二回，降奴的马秀才代表奴酋来规劝毛文龙放弃抵抗，马秀才在劝说毛文龙时，一番言论便是他对今日之"中国"的反思性议论，耐人寻味："中国士夫，短于任事，长于论人，恶人之成，乐人之败。故当日勇于为国之熊经略，今日安在？今者云从之役，中国当必有群起而攻之者。元帅何苦以一身外当敌国之干戈，内御在朝之唇舌？不若中立其

---

① 皋于厚：《明清小说的文化审视》，北京：学苑出版社 2004 年版，第 175 页。
② 孙高亮纂述：《于少保萃忠传》，载《古本小说集成》编委会编：《古本小说集成》（第二辑），上海：上海古籍出版社 2017 年版，第 86 页。

间，听相争于鹬蚌。"①马秀才的观察，既揭示了国无良将、君臣不齐心的现状，又显示出他是一个首鼠两端的奸诈小人。固定人物观察其他人物，一般表面上是显示其他人物的伦理姿态，暗地里则是显示固定人物的伦理姿态。《三国演义》第二十一回，曹操煮酒论英雄时，说袁绍"色厉胆薄，好谋无断；干大事而惜身，见小利而忘命"，表面上看，这是曹操眼中袁绍的形象，袁绍此时虽然势力强大，但他的"见小利而忘命"的人品、"好谋无断"的能力，实在不入曹操法眼。曹操对袁绍的评论，折射出曹操本人的雄心和眼光，李渔在此句后的评论"看低多少四世三公"②，便是通过曹操对袁绍等人的评价来反观曹操自身。

其二，固定人物反思自身行为，显示出自身的道德品性。《西汉演义》第三十四回，通过韩信的视角，反观自己的行为和心理。韩信在樵夫为自己指路之后琢磨："章邯知我杀军士，决从这条路赶来，到得这岔路口，倘遇这樵夫，说与他这条小路，却从这里赶来，我马又疲乏，决然被他捉住。不若杀了樵夫，若军马赶来，只从栈路上赶，决不知有此路也。"③于是，韩信为了自保，便将樵夫杀害。通过对韩信自身所思所为的描述，一个残忍自私、薄情寡义的人物形象已跃然纸上，这无疑激起了读者对韩信的伦理指责。然而，韩信却并非完全无情无义，韩信将樵夫埋葬之后，"遂乃纳头下马祝之曰：'非韩信短行，实出不得已也！他日如得地之时，决来与君厚葬，以报其德。'随洒泪上马西行"。随后，韩信出了山冈，在近山的酒馆喝酒时，又想到了樵夫，默默念叨"我因恐楚兵追及，不得已杀之，非薄情也"④。后续的描写使得此前的伦理指责似乎在某种程度上得到了淡化，读者或多或少对其有了同情和理解。韩信对自己行为的思考，完全出于他自己的实际需要，丝毫没有受到全知叙述者的干预或引导。相较于全知视角直接将叙事意图和盘托出，固定人物视角通过人物对自身行为、心理的客观化描写，更能体现出人物复杂变化的心理动态，也使得读者随之不断丰富阅读感受，调整伦理判断。

其三，固定人物通过奏章、诏书等形式表达自己对某一问题的看法，流露出其伦理倾向。和人物用言语表明自己的立场不同，书面表达对问题的思考较为全

① 孤愤生：《辽海丹忠录》，载《古本小说集成》编委会编：《古本小说集成》（第一辑），上海：上海古籍出版社 2016 年版，第 572 页

② 陈曦钟、宋祥瑞、鲁玉川辑校：《三国演义会评本》，北京：北京大学出版社 1986 年版，第 258 页。

③ 甄伟：《西汉演义》，北京：华夏出版社 2012 年版，第 104 页。

④ 甄伟：《西汉演义》，北京：华夏出版社 2012 年版，第 104 页。

面，显示出来的不是人物一时的想法，而是深思熟虑后的道德结果。和"史官化"全知视角排比史料不同，固定人物通过书面形式表达自己的想法，是穿插在人物的行为中的，而不是像全知视角那样出现在人物行为之外。《英烈传》第七十四回，太祖赐徐达"诰命铁券"，"券文"云："朕闻自古帝王创业垂统，皆赖英杰之臣，削群雄，平暴乱。然非首将智勇，何能统率而成大功……尔徐达起兵以来，为朕首将，十有六年……朕念尔勤既久，立功最大，天下已定，论功行赏，无以报尔，是用加尔爵禄，使尔之子孙世世承袭。朕本疏虞，皆遵前代之典礼……高而不危，所以常守贵也；满而不溢，所以常守富也。尔当慎守斯言，谕及子孙，世世为国之良臣，岂不伟欤？"①此"券文"既展示了徐达的丰功伟绩，又显示了太祖的尊贤爱才，还表达了对徐达及其后人的期许，间或出现的"尔"字，还在君臣关系中多少掺杂了一点平等的友情成分。不长的"券文"方方面面都考虑到了，和人物的即兴话语显然不同。同时，太祖的"券文"是伴随诰命铁券的赏赐而来的，是赏赐的附属物，也是赏赐行为必不可少的一部分。

（二）转换中的人物视角

和固定人物视角相比，转换中的人物视角，在明代历史小说中要常见得多。当然，转换中的每个人物视角也不妨看作固定人物视角，但很多情况下，转换人物视角中的每个人物视角都很仓促，还没有固定下来就转为别人的视角。固定人物视角至少需要将人物视角维持一定的长度，明代历史小说中维持到一定长度的某个人物视角并不多，但人物视角的转换则几乎无处不在。全知叙述的主体就是众多人物视角的转换。赵毅衡指出："'全知'叙述很少是真的全知……叙述必然是限制于某人物经验，只是叙述角度不断在移动，每次变换角度只能维持一段，有时短到只有一句。绝大部分'全知'视角，只是任意变动视角。"②无独有偶，杨义也认为"明清时代取得辉煌成就的章回小说"是"以局部的限知，合成全局的全知"③。事实也的确如此，在明代历史小说中，全知叙述者为了叙述的自由灵活，在设置与安排叙事视角时，并不会完全采取旁观化的全知叙述，而是往往借助视角在不同人物间的转换，最终形成对事件的全局化把握。借人物的

---

① 郭勋：《英烈传》，北京：中华书局 2013 年版，第 237-238 页。

② 赵毅衡：《苦恼的叙述者——中国小说的叙述形式与叙述文化》，北京：北京十月文艺出版社 1994 年版，第 85-86 页。

③ 杨义：《中国叙事学》，北京：人民出版社 1997 年版，第 221 页。

有限视角来观察事物，全知叙述者的本意不是希望通过任何某一个人物折射出事件的某个方面，而是希望通过多个人物多角度的观察来显示事物的全貌，彰显其中的伦理内涵。

就人物视角的转换而言，大致有两种情况：第一种情况是多个人物对多个事件进行观察，虽然人物不尽相同，事件也不一样，观察立场也不一致，但不停移动的人物视角所形成的流动视角让小说的叙述连贯起来，让全知叙述者的叙述动机显露出来。第二种情况是多个人物对某一人物或某一具体事件进行观察，最后叙述者借多个人物的观察，揭示特定人物的品行或呈现出事情本来的全貌，其间暗藏着叙述者的伦理意图。

第一种情况最为常见，略举一例以明之。《三国演义》第四十一回"刘玄德携民渡江　赵子龙单骑救主"，通过人物视角的不停转换，完成了对多个事件的描述。刘备与曹操新野之战后，不得已弃城而逃。刘备不舍新野数十万百姓，便带领百姓，日夜兼程。当日，有简雍、糜竺、糜芳等人与刘备同行，不料遭遇曹操本部两千余名精兵的攻击，张飞为保护刘备，且战且退。刘备"正凄惶时，忽见糜芳面带数箭，踉跄而来"，从刘备视角来看糜芳，更见其护主的忠心不二。言及此，人物视角则有所转变，从刘备视角转向赵云视角。赵云与曹军厮杀往来直到天明，早与刘备失去联系。赵云心想"主公将甘、糜二夫人与小主人阿斗，托付在我身上"，必要寻到其下落。赵云寻找间，"见一人卧在草中，视之，乃简雍也"，从简雍口中得知，"二主母弃了车仗，抱阿斗而走"，了解到简雍为保护二主母被敌将刺了一枪，跌下马来，挣脱不得，只能卧于草丛之中。赵云救下简雍，让其先去报告主人，自己继续寻找主母与小主人。随后，赵云又看见被箭射倒的军士，从军士的口中得知甘夫人与一伙百姓妇女往南面去了。于是赵云便向南去寻甘夫人下落，果然在一伙百姓中找到了甘夫人，正与甘夫人交谈间，赵云又看见被曹仁部将淳于导缚于马背之上的糜竺，便挺枪纵马来救糜竺。赵云依旧不忘探寻糜夫人的消息，但凡遇到百姓，便去询问。忽有一百姓手指夫人所在，赵云连忙赶去，"只见一个人家，被火烧坏土墙，糜夫人抱着阿斗，坐于墙下枯井之傍啼哭"①。人物视角的流动，如毛宗岗在该回回首总评中所言："今作者将糜芳中箭在玄德眼中叙出，简雍著枪、糜竺被缚在赵云眼中叙出，二夫人

① 陈曦钟、宋祥瑞、鲁玉川辑校：《三国演义会评本》，北京：北京大学出版社 1986 年版，第521-524 页。

弃车步行在简雍口中叙出，简雍报信在翼德口中叙出；甘夫人下落则借军士口中详之，糜夫人及阿斗下落则借百姓口中详之：历落参差，一笔不忙，一笔不漏。"①小说这一回精彩地运用了多个人物的限知视角，并且让人物视角层层流动起来，完整呈现了刘备大败于曹军后的整体情况。正因为人物视角有所局限，无法把握事情的全貌，促使读者追随多个人物的视角，来显示事情的全貌。赵云的英勇行为发生在刘备兵败后携百姓逃跑的路途中，视角的流动既见出赵云的忠心，也见出刘备兵败后不舍百姓的仁义。

第二种情况则比较复杂。主要有以下情形。

其一，多个人物在特定情况下对某一人物的多角度观察，展示该人物在不同观察者眼中的形象，既可见出该人物的品性，也可见出不同观察者的立场。《三国演义》第四十三回，诸葛亮舌战群儒，张昭眼中的诸葛亮"言行相违"，虽自比管仲、乐毅，但辅佐刘备后，刘备反遭败绩，如此一来，诸葛亮只能是浪得虚名之辈；虞翻眼中的诸葛亮，实是求助于人，却口出狂言，实乃"大言欺人"之辈；步骘眼中的诸葛亮，是张仪、苏秦之类的舌辩之士；薛综眼中的诸葛亮，是无视现实，妄图"以卵击石"的狂妄之人；陆绩眼中的诸葛亮，是想当然地为自己的主子刘备寻找合法的身份来从事霸业之人；严畯眼中的诸葛亮，是不治经典、"强词夺理"之人；程德枢眼中的诸葛亮，是没有真才实学又"好为大言"之人。诸葛亮针对众人的发难，一一作答，铿锵有力，既阐明目前的被动局面与刘备仁义有关，又彰显出自己以"忠孝为立身之本"的伦理取向。通过诸葛亮和众人的舌战，也可看出张昭等人一门心思想为难诸葛亮，破坏他游说孙权联合抗曹的谋略，这在舌战之后黄盖斥责众人"唇舌相难，非敬客之礼"中得以明确。②

其二，多个人物在不同情况下对某一人物的观察，可见出被观察人物的处事方式和道德操守。《续英烈传》中有多人在不同情势下对起兵前的燕王进行观察。首先，通过太祖之眼来看燕王。第一回，太祖发现皇太孙帝王之相稍有欠缺后，却见燕王"生得龙姿天表，英武异常，举动行事皆有帝王器度"；宫廷对

---

① 陈曦钟、宋祥瑞、鲁玉川辑校：《三国演义会评本》，北京：北京大学出版社 1986 年版，第 514 页。

② 陈曦钟、宋祥瑞、鲁玉川辑校：《三国演义会评本》，北京：北京大学出版社 1986 年版，第 543-547 页。

诗，又觉得燕王所对之句"出语惊人，明明是帝王声口"①。其次，通过道衍之眼来看燕王。第四回，道衍初见燕王时，仔细打量燕王的长相，"见燕王龙形凤姿，瞻视非常，自是帝王气象"②，于是暗自下定决心要辅佐燕王夺取江山。再次，通过袁柳庄之眼来看燕王。第五回，袁柳庄在一众人等中一眼识出燕王，认为"此相，帝王也"，燕王假意嗔怪，袁柳庄随即分析道："殿下龙形凤姿……重瞳龙髯，五事分明，二肘若玉，异日太平天子也。"③最后，通过张信母亲之眼来看燕王。第十回，朝廷命令卫官张信捉拿燕王，张信犹豫不决，回家与母亲商量，母亲告诉他"汝父在日，常说天下的王气，在于燕分。故今燕王所为所行，豁达大度，有王者气象"④，并要求他赶紧将这一情况密报给燕王，让燕王好早作打算。不同人物在不同情形下观看燕王，都觉得他有王者气象，王者气象是一个浮泛的说法，其中包含着王者的行为方式和王者的道德风范。

其三，多个人物在同一种情形下对某一事件看法不同，折射出人物之间的伦理立场的差异。《戚南塘剿平倭寇志传》借多个人物视角来看"粤寇攻犯泰宁"这一事件。首先是借延平府众官视野透露杨善被掳、泰宁县主簿被杀、官兵大败这一事实。宗提学得知粤贼犯境，生灵涂炭，日夜兼程赶到延平府。到达延平府后，听众官论述战事情况："闻报，贼到泰宁，延平府知府即委延平左卫指挥佥事杨善前往泰宁救援。泰宁县主簿即与杨指挥点兵出城，摆开阵势，与贼交战。贼众我寡，抵敌不住，泰宁县主簿已被贼兵所杀，杨指挥被掳而去。官兵大败，杀伤其众。"众官视角只是陈述军情，基本上没有夹杂感情色彩。其次，是借当地贼寇的眼光来观察该事件。当地贼寇少年在论述此事时，"乃谩与驿丞言曰：'公以我为贼乎？我非贼也，但聊与二三兄弟访故旧，偶至此处，不免取牛酒为诸父老费，而何当事者以我为贼而勒官兵捕我也？公不闻泰宁张主簿与指挥杨善之事乎？'"从贼寇少年的论述中，可知杨善的被捕和主簿的被杀均与贼寇有关，贼寇少年的鄙夷口吻透露出二位官员的指挥非常失败。和众官对军情的陈述

---

① 秦淮墨客编：《续英烈传》，载《古本小说集成》编委会编：《古本小说集成》（第二辑），上海：上海古籍出版社 2017 年版，第 5、8 页。

② 秦淮墨客编：《续英烈传》，载《古本小说集成》编委会编：《古本小说集成》（第二辑），上海：上海古籍出版社 2017 年版，第 53 页。

③ 秦淮墨客编：《续英烈传》，载《古本小说集成》编委会编：《古本小说集成》（第二辑），上海：上海古籍出版社 2017 年版，第 67-68 页。

④ 秦淮墨客编：《续英烈传》，载《古本小说集成》编委会编：《古本小说集成》（第二辑），上海：上海古籍出版社 2017 年版，第 123 页。

相比，贼寇少年的论述有较强的伦理取向。再次，通过宗提学视角来观察该事件。宗提学通过驿丞了解情况后，"太息曰：嗟夫！世言贼难图者，岂不惑哉……方初入寇时，使有司仅得中智之士，率健儿善射者数百人，扼其要路，埋伏以待之，可一鼓而擒。乃张主簿以轻进遭毙，杨指挥以贪功被缚，刘周以夺功败溃，此何说哉！"宗提学根据自己的所见所感，将该事件的因果始末以及背后的原因和盘托出，认为张主簿和杨善败北的原因是主将轻进、贪功、爱财，并非敌强我弱，伦理色彩更为浓烈。最后，借旁观者视角全方位审视该事件。在旁观者眼中，"贼之初至泰宁也，泰宁故无城，而张主簿遂率诸健儿出战。张主簿亦衣健儿衣同出，贼不知衣健儿衣者是主簿，已杀，始知是主簿也，遂乃惊骇而走。而杨善之逐贼也，会有部兵获一贼级者，杨善即夺兵之功以为己功，众兵皆有不平之心，于是即喊噪而散，而贼遂擒杨善以去，然则杨善之罪甚矣。世人睹贼杀张主簿，擒杨指挥，以为桀不可御，是岂贼桀哉？"①此次战争的失败，归根到底是官员的腐败与贪功导致的，宗提学对主将贪功的指责至此已上升到官员乃"贼桀"的高度，对某些官员的伦理指责也上升为对某类官员的伦理控诉。

其四，多个人物在不同情形下对某一事件的观察点有异，既可见出观察者的差别，也可见出事件变化的过程及其中的伦理意蕴。《三国演义》第九十三回"武乡侯骂死王朗"场景，针对曹魏和刘蜀争锋这样的大事件，诸葛亮和王朗站在各自的立场，发表自己的见解。曹魏刘蜀，孰是孰非，诸葛亮和王朗由于各自立场不同，所得结论亦迥异。在王朗看来，"天数有变，神器更易，而归有德之人，此自然之理也"，所以，曹魏政权是顺"天心人意"之举，诸葛亮兴兵伐魏是"逆天理、背人情"。在诸葛亮看来，曹魏建政权实乃逆贼篡位，刘蜀才是汉室正统，是"天意不绝炎汉"之证明，作为大汉老臣，王朗"理合匡君辅国，安汉兴刘"，现在却帮助曹魏，实在是"罪恶深重，天地不容"，不配谈"天数"②。同样是观察天下大势，同样是从儒家的"天命观"出发，二人得出的结论却针锋相对。细究之，可看出二人的伦理依据有别。诸葛亮依据儒家之忠，要求王朗应忠于汉室正统；王朗依据儒家之德，主张天下应"归有德之

---

① 《戚南塘剿平倭寇志传　掌故演义》，载《古本小说集成》编委会编：《古本小说集成》（第三辑），上海：上海古籍出版社 2017 年版，第 82-84 页。

② 陈曦钟、宋祥瑞、鲁玉川辑校：《三国演义会评本》，北京：北京大学出版社 1986 年版，第 1141-1142 页。

人"，但他并不反对儒家之忠，相反，他认同儒家之忠，否则他不会在诸葛亮的言语之激下气绝身亡。从二人的对骂之中可以看出，他们所关注的内容已有变化。王朗说的是曹魏的英明和东汉的失德，诸葛亮说的是曹魏的篡位和刘蜀的正统身份。曹魏是同一个曹魏，一个侧重曹魏的顺天意而为，一个侧重曹魏对已有政权的不忠；大汉是两个大汉，一个说的是懦弱无能的东汉，一个说的是力图复兴的蜀汉。王朗认为曹魏建政权是顺应天命之举动，是"有德者据天下"之表征；诸葛亮认为西蜀政权的存在证明天不灭汉，只有刘姓政权才是天命所归的汉室正统。

三、全知视角与人物视角转换之伦理意图

明代历史小说中，全知视角和人物视角的任意变动很常见。视角变动的主要方式大致可分为三种情况：其一是全知视角转换为人物视角；其二是人物视角转换为全知视角；其三是人物视角与全知视角混为一体。需要指出的是，视角转换主要是一种叙事形式上的变化，本质上与伦理没有必然的联系。但是，叙述者视角的转换并非无目的的随意转换，从视角转换中多少也能够感受到叙事主体的伦理意图。

（一）全知视角转换为人物视角

全知视角转换为人物视角常见的情况是，在故事进入人物视角之前，先交代故事发生的背景和过程，为故事的发展预先提供相应的伦理基调。明代历史小说的开头处有时会以全知视角来概括故事背景，进而再转为人物视角展开具体叙事。

《三国演义》开头便以全知视角发出对历史分合规律的总结与感慨，在叙述者眼里，"天下大势，分久必合，合久必分"，分分合合，乃是朝代更替的不变法则。全知视角之后，接着便从汉灵帝视角，论及宫中的种种异象，"只见一条大青蛇，从梁上飞将下来，蟠于椅上"，随后蛇不见了，忽然电闪雷鸣，冰雹大作；而全国各地更是陷入了此起彼伏的祸乱之中，"种种不祥，非止一端"。[①]叙述视角的转换，将帝王所见展露于纸端，世道混乱、人心思变已显露端倪，彰显出叙事主体对国家安定、国泰民安的渴望。《于少保萃忠传》第六回"莅广东

---

① 陈曦钟、宋祥瑞、鲁玉川辑校：《三国演义会评本》，北京：北京大学出版社1986年版，第2页。

备陈瑶疏　按江西鞠明奸恶",有对谦圣明公断的叙述。乡民董山五年前"乏本营生",将自己的田产文契抵押给了隔壁村的王江,换得了三百五十两本银。因经营不善,一年多后和中间人一道先还了王江本银,"尚欠利银二十五两",王江借口一时找不到文契,承诺收到利银时再交还。董山筹措利银拖延了几日,中间人却染病而死,当王江收到利银时却否认董山已还过本金。事件经过通过全知视角得以呈现。孰是孰非,读者心中已然有数。小说在全知视角之后,转换为人物视角,从不同人物眼中来审视这一事件。首先是邻居视角。当董、王二人因矛盾而殴打起来时,邻居皆来劝架。在邻居眼中,是董山欺心赖账。其次是县官视角。董山报官后,因证据于己不利,县官将其监禁,要求其还完本金后才能出狱。人物视角所看到的表面事态与全知叙述者告知读者的真实情况截然不同,人物视角对事件的错误判断,催生了读者希望为董山讨回公道之情,为民申冤的情绪也推动了读者对善断清官的向往。"董山累得人亡家破,召保出外"后,到于谦处申冤,于是转换为于谦视角。于谦从董山那里了解到还钱时曾用银杯、银钏抵数,便以盗窃为名,查封了王江的财物,要王江一一说出财物的来历,并指称银杯、银钏即为盗窃之物,"王江不知公为董山之事",于是说出银杯、银钏是董山抵债之物,至此案情大白。[①]在全知视角和其他人物视角的映衬下,于谦德才兼备的清官形象跃然而出。眉批所云"真正青天,片言折狱"[②],既是对于谦能力的肯定,也是对于谦品行的推崇。

(二)人物视角转换为全知视角

人物视角转换为全知视角,往往出现在某一人物对其他人物或事件发表看法之后,转换为全知视角,在全知视角下对人物所看到的事件或观察事件的人物加以说明或评论。《西汉演义》第二十三回,范增设计鸿门宴,欲加害沛公,示意陈平多向刘邦劝酒,以达目的。小说先用人物视角,陈平"细看沛公,隆准龙颜,有天日之表,因寻思:'沛公非常人也,他日定有大贵,若顺增意,是逆天矣。'"此后由人物陈平的视角转向全知视角:"于是斟酒向鲁公处多,向沛

---

① 孙高亮纂述:《于少保萃忠传》,载《古本小说集成》编委会编:《古本小说集成》(第二辑),上海:上海古籍出版社 2017 年版,第 90-97 页。

② 孙高亮纂述:《于少保萃忠传》,载《古本小说集成》编委会编:《古本小说集成》(第二辑),上海:上海古籍出版社 2017 年版,第 94 页。

公处少……此是陈平识沛公为真命，所以有意救援。"①陈平因刘邦面相而违背范增之意，本是以一己之私行不忠之事，却被全知叙述者以"识沛公为真命"所认可。《樵史通俗演义》第三回，毛文龙的亲弟弟毛云龙是个正直的书生，"见他坐在家里妄报出海，枭斩四乡辽民，捏称斩级，甚是不乐，对文龙道：'吾兄……尚未足报国大恩，如何安坐报捷，屡诳天子？只怕一时败露，反取杀身大祸。'"②此后，从毛云龙视角转换为全知视角，毛文龙上本怒斥毛云龙扰动军心，不尊兄令，将毛云龙就地正法。毛文龙杀弟，其依据是法家思想。法家初期管仲即有"为人弟者比顺以敬"③的规定。全知叙述者则从儒家立场出发，对该事件发表评论："可怜好个毛云龙，又为忠言，被忍心的毛文龙把他斩于岛上"，肯定了毛云龙忠贞正直的举动。全知叙述者甚至还赋诗一首，来为毛云龙的忠贞之举证言，诗云："拙哉云龙送死，非忠非孝何居。"④

（三）人物视角与全知视角混为一体

人物视角与全知视角有时候可以混为一体，难以区分究竟该视角是人物视角还是全知视角。这一情况罕见，在阅读时根据文义很难判定视角的归属问题，既可认为是人物视角，也可认为是全知视角，但又不能肯定其是人物视角而不是全知视角，也不能肯定其是全知视角而不是人物视角，只有将其视作两种视角混为一体才比较贴切。《残唐五代史演义》第七回，克用知晓敬思已经行至界口，便领军前行百里去接敬思。"但见那克用真个英雄好汉！有诗为证：……刀悬偃月除奸党，剑挂青虹草贼亡。自幼曾观三略法，老年出阵气昂昂。"⑤其中，"但见那克用真个英雄好汉"便是人物视角和全知叙述者视角的混合。就上下文情境而言，这既可以是敬思在初见克用时所生发的感慨，也可以是全知叙述者对克用的评价。如果仅仅认为这是敬思的所见所感，其后的"有诗为证"又显得突兀，不符合叙事习惯。但如果单纯认为是全知视角，又不太符合敬思与克用相见的场景设置。因此，这里的视角被认为是二者的混合则更为贴切，这种感慨既是敬思

---

① 甄伟：《西汉演义》，北京：华夏出版社2012年版，第69页。

② 江左樵子编辑：《樵史通俗演义》，载《古本小说集成》编委会编：《古本小说集成》（第二辑），上海：上海古籍出版社2017年版，第53页。

③ 郭沫若、闻一多、许维遹：《管子集校》，北京：科学出版社1956年版，第149页。

④ 江左樵子编辑：《樵史通俗演义》，载《古本小说集成》编委会编：《古本小说集成》（第二辑），上海：上海古籍出版社2017年版，第54页。

⑤ 钟惺、罗贯中：《混唐后传　残唐五代史演义》，北京：华夏出版社2017年版，第155页。

得见克用后所发出的人物感慨，也是全知叙述者对敬思的评价。这样，人物视角与全知视角混为一体，既体现了人物对英雄的感慨与尊敬，也表达了叙述者对这一感慨与尊敬的高度认同。

明代历史小说的视角总体上看并不复杂，但无论哪种视角，都与其叙事宗旨有关，都是为了更好地实现其伦理说教的意图。视角作为人物或叙述者观察人物或事件的"观察点"，从伦理角度看不妨认为是观察者对被观察者的伦理取位，不同的视角可显示出人物或叙述者的伦理立场。

第二节　结构安排与伦理表达

结构是小说家在创作时所要考虑的一个重要环节。对结构的理解，大致有两种：一种是名词性的结构，指小说文本所显示出来的结构；另一种是动词性的结构，指小说写作时的谋篇布局。名词性结构如浦安迪所言："小说家们在写作的时候，一定要在人类经验的大流上套上一个外形（shape），这个'外形'就是我们所谓的最广义的结构。""叙事作品的结构可以藉它们的外在的'外形'而加以区别。所谓'外形'，指的是任何一个故事、一段话或者一个情节，无论'单元'大小，都有一个开始和结尾。在开始与结尾之间，由于所表达的人生经验和作者的讲述特征的不同，构成了一个并非任意的'外形'。换句话说，在某一段特定的叙事文的第一句话和最后一句话之间，存在着一种内在的形式规则和美学特征，也就是它的特定的'外形'。"①显然，浦安迪强调的是小说成书之后，文本自身结构形式安排中所体现出的小说家的"人生经验"与"讲述方式"，小说结构是整合各种叙事要素后的文本呈现。相对于名词性的结构而言，动词性的结构更重视结构的生成过程，如杨义所言："'结构'一词，在中国语言中最早是一个动词，'结'就是结绳，'构'就是架屋……因此，我们在考察叙事作品的结构的时候，既要视之为已经完成的存在，又要视之为正在完成中的过程。那种把结构冷膜（漠）地视为机械组合体，而可以随便分割和编配的结构主义叙事学，是在不同程度上背离了叙事结构的生命过程了。任何结构如果包容

---

① [美]浦安迪教授演讲：《中国叙事学》，北京：北京大学出版社1996年版，第55页。

着生命投入，都不应该视为凝止的，而应该是带动态性的。"①小说结构不仅仅是成书后的文本展现，更是在小说谋篇布局中所彰显的思想态度。名词性的结构和动词性的结构各有侧重，一般在进行结构分析时，兼顾这两种情形，毕竟整体呈现出来的文本结构离不开写作过程中作者的谋篇布局。小说的结构千变万化，但小说结构最终为小说主旨服务。小说结构的任何安排都并非任意为之，而是受到形式规则的规约和叙事意图的引导。"以显层的技巧性结构蕴含着深层的哲理性结构，反过来又以深层的哲理性结构贯通着显层的技巧性结构。"②形式与思想的和谐统一，才能促使小说成为一部完整的艺术作品。在结构的框架内，历史小说的形式与小说所表达的伦理思想之间通常呈现出相辅相成的和谐状态。

对明代历史小说而言，如何合理安排、恰如其分地组织好各个故事情节与场景，并且最大程度地体现结构背后的思想观念，成为小说家需要面对的重要问题。诚如张冥飞所言："历史小说最难著笔。以其人多事杂，不易抽出线索，无以提纲挈领。次之，则穿插各人各事，为时地所限，不能运用自如。次之，则弃取之间，剪裁恰难妥当，或增或改，煞费经营。故非才、学、识三者兼长，亦不能作此稗史。"③而"每一部历史都必将以某种方式编排，这种情节的编排模式总能反映史家伦理或意识形态关怀"④，这意味着，历史小说的结构处理可以体现出小说家在情节编排上的独具匠心与小说题材内容上的伦理关怀。小说家有意识地通过选择、删减、增添、归类、调序等方式处理情节，从而将小说情节合理安排整合为有意味的小说作品，形成了颇具历史叙事特征的小说结构。这一结构往往"以伦理冲突为起点，以伦理判断为过程和结局"，小说家以伦理规范为抓手来整合其故事结构，以伦理意蕴为旨归来处理情节编排，这使得小说"首先是一种伦理叙事，然后才是一种审美叙事"⑤。明代历史小说对结构的安排不仅是叙事技巧与形式的问题，也是小说叙事主体伦理思想的问题。

明代历史小说由于深受史书编年体、纪传体、纪事本末体等史书结构，以及讲史、话本等历史题材作品结构的影响，其叙事结构除了一般的分卷、则、回等形式外，还有外在表现、内在脉络等方面的叙事结构。就叙述伦理而言，明代历

① 杨义：《中国叙事学》，北京：人民出版社 1997 年版，第 34-35 页。
② 杨义：《中国叙事学》，北京：人民出版社 1997 年版，第 47 页。
③ 转引自纪德君：《明清历史演义小说艺术论》，北京：北京师范大学出版社 2000 年版，第 153 页。
④ 刘云春：《论历史叙事及其对明清小说的影响》，《当代文坛》2013 年第 1 期，第 113-116 页。
⑤ 胡胜、赵毓龙：《伦理学视阈下的中国古代小说》，《社会科学战线》2013 年第 3 期，第 155-159 页。

史小说的结构不妨从三个维度展开：一是文本的外在表现维度，即表层的编年式结构、纪传式结构；二是文本的内在脉络维度，即深层的线性结构、网状结构；三是主体的思想倾向维度，即隐性的道德情感结构。

一、编年式结构、纪传式结构：伦理思想的外部观照

由于史传传统的影响，小说家与史官在对历史安排、整合时所遵循的结构设置、伦理态度往往有着高度的契合性①。情节编排模式与结构大致相当，这意味着史传叙事有其结构特征，历史小说在叙事时，往往借鉴了史传叙事的主要结构特征，同时保留了史传叙事的伦理内涵，因此，历史小说往往也被看成是对史书合目的性的改写。将史传叙事与小说叙事进行比照，会发现史书中所记载的人物性格、品德特征与历史小说中所塑造的人物形象的伦理品格有着极大的相似性，史书对于历史事件、人物情节的判断标准与伦理倾向会自然而然成为小说人物塑造、情节详略安排的重要依据，而融合人物、统筹情节的小说结构自然也多有借鉴史传的痕迹，展现出一定的伦理价值。"从这个角度来说，历史叙事与历史演义小说的关系比任何一类文体的关系都密切。"②

就史传叙事结构而言，大体可以归为三类：编年体、纪传体与纪事本末体。而史书的这三大结构也成为历史小说结构的重要参考。就编年体结构而言，其主要是指叙述历史事件时，以时间为经，以史实为纬，通过时空的不停转换从而将不同时空的历史人物与事件串联起来，展现事件、人物之间的内在联系与相互关系。在"编年"的过程中，叙述者有目的地选择重要的事件与人物来安排结构框架，几乎所有的历史小说在事件、人物的安排中都会有所取舍，而小说家的取舍依据往往都体现了较为浓厚的伦理意味。就纪传体结构而言，其结构安排的主要特点便是以历史人物作为架构小说、组织故事的核心，几乎所有的事件、人物都是围绕着某一核心历史人物来展开的。在纪传体结构的历史小说中，核心历史人物无一例外都是某一伦理特征的典型代表，或忠或奸，都蕴含了小说家强烈的爱憎情感。就纪事本末体结构而言，历史小说家对这种史书结构的借鉴较少。纪事

---

① 刘云春：《历史叙事传统语境下的中国古典小说审美研究》，北京：中国社会科学出版社 2010 年版，第143 页。

② 刘云春：《历史叙事传统语境下的中国古典小说审美研究》，北京：中国社会科学出版社 2010 年版，第91 页。

本末体结构的主要特征就是敷演某一历史朝代中的某一重大历史事件，详细论述事情发展的本末，具体展示事件发展的过程，从而了解到事情的真实原委。明代历史小说往往敷演的是某一历史朝代形形色色的人物与错综复杂的历史事件，很难做到详细论述一件事情便可展示一个朝代的兴衰荣辱和历史更迭，所以很少采用"以一事为主"的结构方式来展开整部小说的故事。除了《承运传》《征播奏捷传》等少数文本外，明代历史小说大多还是借鉴了史传编年体、纪传体的叙事结构，因此，下文只论述这两种小说结构，为了和史传叙事结构相区别，不妨称其为编年式结构和纪传式结构。

明代历史小说的结构对史书结构的借鉴，大体可以分为前后两个时期。明前期，历史小说往往以借鉴史传编年体结构为主。诚如纪德君所言，"最初的演义小说多半以《通鉴纲目》或《资治通鉴》作为敷演对象，并且着意仿袭《通鉴》的结构体例"①，"通鉴"类史书以编年体结构为主，因此，明前期的历史小说结构上最突出的特点是以编年方式来结构小说框架，《唐书志传通俗演义》《西汉演义》等均如此。明后期，历史小说大多借鉴了纪传体的编排结构，以《辽海丹忠录》《于少保萃忠传》为代表。下文分述之。

（一）编年式结构

明代历史小说对"通鉴"式史传结构的刻意模仿，使得编年式结构成为历史小说常用的结构方式。"通鉴"式的编年体结构以其清晰的纲目使得朝代间重大的历史事件与人物都得以有条理地缓缓呈现，"以时间为经，以史实为纬，以时间的自然延续和空间的不停转换来编织纵横于时空的历史事件和历史人物，从时空两个方面来整体地把握历史、事件的内在联系和历史人物的相互关系，力求全面地反映某一或某几个历史时期的总体面貌，从中揭示历史兴亡的义理"②。历史小说选择编年式结构，除了因为编年式结构对时空跨度大的历史事件以及宏大场面的描述要优于纪传体以外，更重要的原因是，编年式结构有利于展示一个朝代、一段历史的兴衰，从而实现历史小说"劝善惩恶"的伦理目的。《大唐秦王词话》《唐书志传通俗演义》《两汉开国中兴志传》《列国志传》等都是编年式结构。

---

① 纪德君：《明清历史演义小说艺术论》，北京：北京师范大学出版社2000年版，第161页。

② 纪德君：《明清历史演义小说艺术论》，北京：北京师范大学出版社2000年版，第161页。

编年式结构的历史小说，其故事的主要内容、主要人物、主要事物之间有明显的起承转合关系，显示出时间更替、王朝更迭的历史沧桑感。编年式结构的表现大致有两种：一种以明确的时间界限来分卷，如《东西晋演义》；一种没有明确的时间界限，但非常注意重大事件的时间节点，如《残唐五代史演义》。

《东西晋演义》共十二卷，西晋四卷，东晋八卷，每卷开头都标明该卷的起止时间。如"西晋卷之一"开头："起自晋武帝太康元年庚子岁四月，止于晋惠帝永熙元年庚戌岁，首尾共十一年事实。"①"东晋卷之八"开头："起自东晋安帝庚戌六年十二月，止于东晋安帝已（己）未元熙元年，首尾共十年事实。"②东西晋期间，外有五胡十六国，内有八王之乱、王敦谋反，朝代更迭频繁，人事也异常繁杂，必须有一个合适的叙事结构才能将其间的故事架构起来。走马灯式的王朝更迭和人事变换，人物、事件众多，不好以人物来结构，也不好以事件来结构，换言之，史传的纪传体叙事和大事本末体叙事都不适合，唯一适合的就是以时间来结构的编年体叙事。《东西晋演义》的编年式结构，虽然不能改变小说内容的庞杂繁复，但清晰的时间标记，让小说以时间为纲，以史实为目，纲目清晰。但不能否认的是，《东西晋演义》外在的纲目清晰不能掩盖其内在的逻辑缺失。刘裕和卢循交战之事，居然横跨东晋卷七和卷八，实在不符合正常的叙事逻辑。

《残唐五代史演义》共六十回，有六个时间节点：第一个时间节点是第二回的唐僖宗即位；此后一直到第三十五回，写黄巢起义、朱温作乱，以"唐昭宗迁都汴梁"作结，为第二个时间节点；第三十六回至第四十三回，写朱温与李克用父子间的战争，以"李嗣源据守大梁"作结，为第三个时间节点；第四十四回到第五十回，写后唐乱世、石敬瑭争天下，以"石敬瑭洛阳即位"作结，为第四个时间节点；第五十一回至第五十七回，写后晋兴亡的全过程，以"幼主称臣降契丹"作结，为第五个时间节点；第五十八回到第六十回，写后汉兴亡、后周兴亡与宋朝的兴起，以"周少主禅位宋祖"作结，为第六个时间节点。以时间节点来结构全篇，虽然没有《东西晋演义》那样表面上的时间标记，但骨子里的逻辑层次更加清晰。每个时间节点都有比较重要的历史意义，第一个时间节点是唐僖宗即位，开启了大唐衰亡的故事，此后五个时间节点都是朝代更迭的时间。

---

① 杨尔曾：《东西晋演义》，北京：华夏出版社2013年版，第1页。

② 杨尔曾：《东西晋演义》，北京：华夏出版社2013年版，第485页。

无论有无明确的时间界限，编年式结构都不妨碍叙述者的伦理表达。《东西晋演义》通过明确的时间来编年，以晋朝纪年来结构全篇，显示出晋朝的正统地位，透露出"严华裔之防，尊君臣之分，标统系之正闰，声猾夏之罪愆"[①]伦理用心。《残唐五代史演义》以朝代更迭来结构全篇，以示"残唐残坏……巨寇纵横……不能容一贤拾遗补阙"[②]。

编年式结构有其缺点。郑振铎曾指出历史演义小说借鉴史传编年体结构所造成的不足："只是据史而写，不容易凭了作者的想像（象）而驰骋着，而其时代又受着历史的率别。往往少者四五十年，多者近三五百年，其事实也，多者千百宗，少者也百十宗，作者实病于收罗，苦于布置，更难于细写。"[③]梁启超则认为："编年体之纪述，无论若何巧妙，其本质总不能离账（帐）簿式。读本年所纪之事，其原因在若干年前者，或已忘其来历；其结果在若干年后者，苦不能得其究竟。非直翻检为劳；抑亦寡味矣。"[④]编年式结构的不足主要有二：其一，编年式结构往往因为借鉴史传，习惯性地网罗历史事件，限制了小说本该有的想象与虚构，使小说中事件过多，详略安排多有不妥；其二，因编年式结构往往按照时间顺序依次记录事件，同一段时间内的诸多事件，时间清晰的同时有时难免会切割、遮蔽事件的连贯，如果遇到时间、空间跨度大，人物事件繁多的情况，读者很容易忘却某一事件的"前因"，《东西晋演义》严格以编年来结构全篇，具体的故事往往显得凌乱，就是明显的例证。

为了弥补编年式结构的缺点，编年式结构有时候以编年方式为主，辅之以纪传方式来结构小说。

《三国演义》便是以编年方式为主，辅之以纪传方式来展开叙事的代表。《三国演义》全书记载了魏、蜀、吴三分天下之事。虽然从书名来看是敷演"三国"故事，但细读之，叙述者将更多的笔墨运用在了对蜀汉兴亡的描绘中。小说并没有因其以编年方式为主而不做取舍，随意罗列，而是对历史事件进行剪裁安

① 《东西晋演义序》，载杨尔曾：《东西晋演义》，北京：华夏出版社 2013 年版，第 1-2 页。

② 周之标：《残唐五代史传叙》，载丁锡根编：《中国历代小说序跋集》（中），北京：人民文学出版社 1996 年版，第 972 页。

③ 郑振铎：《宋元明小说的演进》，载郑振铎：《郑振铎古典文学论文集》，上海：上海古籍出版社 1984 年版，第 390 页。

④ 梁启超：《中国历史研究法》，载张品兴主编：《梁启超全集》卷十四，北京：北京出版社 1999 年版，第 4098 页。

排。从剪裁来看，小说是以蜀汉为中心，以蜀汉君臣为重要人物进行结构安排的。蜀汉一方的发展过程"在读者的印象中具有相对独立完整的意义"，"从桃园三结义开始、进汉中称王达到鼎盛，在秋风五丈原萧瑟衰落的刘备—诸葛亮集团"让"一个宏大的历史叙事因此而被嵌入到内部的个人命运历程所置换，成为英雄传奇性质的叙事"①。叙述者自始至终都有着清晰的伦理取向：刘备建立的蜀汉政权为汉室的正统血脉，拥有着合法的皇族血脉，行仁政，有着至高的伦理权威。小说通过编年式结构详细记录了刘备政权从无到有、从弱小到兴盛，最后走向败亡的整个过程，辅之以纪传体的方式将蜀汉将领忠贞不二、英勇善战的英雄气概描绘得淋漓尽致。就编年式结构来看刘备政权的兴亡，小说总体上分三个时间段来写：首先是从第一回桃园三结义到第五十回赤壁之战结束，主要写刘备集团的从无到有到最终立足；其次是从第五十一回曹仁战东吴、孔明气周瑜开始，到第八十回刘备称帝，主要写刘备集团从立足、发展壮大到最终的三分天下；最后是从第八十一回的张飞遇害到第一百十九回姜维自刎，主要写蜀汉政权的衰亡。叙述者在三个时间段的伦理表达各有侧重：第一个时间段突出乱世的艰辛与仁义的力量；第二个时间段塑造了君主、将领、谋臣等不同的伦理形象，表达了对诸葛亮等人的赞美、敬仰之情；第三个时间段表达了对蜀汉从衰弱走向灭亡的痛惜。就用纪传式为编年式之辅来看，《三国演义》刻画了一群鲜活的蜀汉将领形象，关羽便是其中突出的一个。关羽形象的成功，与纪传式结构不无关系。为了写活关羽，《三国演义》采用虚构、颠倒、夸张等方式来处理相关情节，使关羽最终成为"义绝"之化身。关羽形象主要通过"美髯公千里走单骑""汉寿侯五关斩六将""关云长义释黄汉升""关云长单刀赴会""关云长刮骨疗毒"等内容得以展示，这些内容既体现出关羽义薄云天、忠贞不屈的伦理品格，也显示了叙述者忠肝义胆的伦理理想。

（二）纪传式结构

和编年式结构以时间节点来组织叙事不同，纪传式结构围绕人物来组织叙事。和编年式结构相比，纪传式结构主要有两点不同：一是以人物为主。纪传式结构涉及许多人物形象，但有一个核心人物，其他人物都围绕该核心人物来展开

---

① 高小康：《中国古代叙事观念与意识形态》，北京：北京大学出版社 2005 年版，第 82-83 页。

行动；编年式结构虽然也有很多重要人物，但每个重要人物有各自的行动轨迹，找不到一个被其他人物围绕着的核心人物。二是以时间为辅。纪传式结构基本上也以时间进程来展开核心人物的故事，但叙事关注的重心在人物活动本身，时间似乎只是人物活动自然而然的外在条件。以人物活动来结构故事，只能按照人物活动的不同阶段来展开，人物活动的不同阶段，与重要的历史时间节点没有必然关系，这和编年式以重要事件的时间节点来结构故事形成鲜明对照。

在明代历史小说中，和《三国演义》《列国志传》《东西晋演义》等编年式结构形成对照的是《于少保萃忠传》《梼杌闲评》《皇明中兴圣烈传》等纪传式结构。历史小说的纪传式结构，在很大程度上借鉴了史传叙事的纪传体，往往以某一核心人物的人生经历作为小说行文结构的重要线索来架构全篇。小说一般先叙述人物的出生背景、幼年经历，随后叙述人物自身境遇的变化（可能会牵扯到重要历史事件），最后交代人物的结局。在叙述人物经历的过程中，叙述者对该人物的是非功过总有或明或暗的评说。纪传式结构主要出现在明后期的历史小说中，原因可能是多方面的：或许是编年式结构对重要历史时间节点的关注，让小说在总体上与史书一致，为摆脱这一叙事窠臼，纪传式似乎是最好的选择；或许是明后期时事小说的兴起，让重要的历史时间节点由于时间的切近而无所衡定，编年式事实上已不可为；或许是明后期民众对时事的关注，很容易转移到对当事人的关注，让纪传式成为必然；或许是以鲜活的人物来说教比以重要历史事件来说教更有说服力，纪传式比编年式更能发挥历史小说的伦理说教功能。纪传式以人物为中心来展开叙述，可以摆脱编年式对重要时间节点的依赖，容易让叙述更加紧密和集中。需要指出的是，选择什么样的人物作为纪传的对象，叙事主体的选择有浓烈的伦理意图：所选人物往往是某一伦理品格的突出代表，能够实现劝善惩恶的伦理目的。小说希望通过纪传式结构，让读者从历史人物的生平经历中获得伦理方面的启示，从而做到以人为鉴，实现劝诫民众的教化意图。纪传式结构的历史小说，往往将历史人物的伦理内涵加以集中化或扩大化处理，从而实现"厚人伦，美教化"之意图。

明代历史小说中最典型的纪传式结构当数"魏忠贤系列"小说。该系列小说共有四部，按问世时间先后，分别是《警世阴阳梦》《魏忠贤小说斥奸书》《皇明中兴圣烈传》《梼杌闲评》，四部小说都以魏忠贤为中心展开叙事，按说都应该用纪传式结构，但《魏忠贤小说斥奸书》以邸报、朝野之史为依据，严格按时间来记载魏忠贤的经历，而且在每回目次后都标明系年：第一回为"谱忠贤少时事"，第二回为"万历十六七年事"，第三回为"泰昌元年事"，第四回到第六回分别标明"天启元年事""天启二年""天启三年事"，第七回至第十回均标明"天启四年事"，第十一回至第十三回均标明"天启五年事"，第十四回至第二十五回均标明"天启六年事"，第二十六回至第三十九回均标明"天启七年事"，第四十回标明"崇祯元年"，这些标记意味着该小说是典型的编年式结构。从小说内容看，《魏忠贤小说斥奸书》是围绕魏忠贤展开的，但强烈的时间标记又体现出该小说是用编年式结构来叙述人物故事的，编年的基础是史实，小说对史实的依赖最终使小说丧失了本该有的审美品格，四部小说中，《魏忠贤小说斥奸书》的艺术水准最差。其他三部小说都用纪传式结构写成，具体的结构方式又有所不同，大致可归纳为以下三种。

其一，按类分卷。所谓按类分卷，是说每卷内容集中写人物的某一类行动，通过人物各种类别的行动，完整地展现该人物的面貌，从而完成对人物的纪传。《皇明中兴圣烈传》共五卷，前三卷基本上以魏忠贤的行为来架构故事，这从回目名称中可见一斑。卷一在简单介绍魏忠贤出身后，开始标明回目，如"魏进忠大开赌场""魏进忠嫖萧灵群"，卷二的回目有"魏忠贤掩杀冯贵人""魏忠贤谗害皇亲"等，卷三的回目有"魏忠贤捉拿汪文言""魏忠贤计害忠良"等，不仅回目名称为人物行为提供线索，每卷大致也有分类，卷一主要写魏忠贤发迹之旅，卷二主要写魏忠贤在宫中猖狂，卷三主要写魏忠贤在宫外残害忠良。卷四回目名称则压根不见魏忠贤，主要写崔呈秀等魏党人士的行为，可以理解为侧面写魏忠贤。卷五歌颂"圣天子除奸剿逆"，可以理解为写魏忠贤的下场。需要指出的是，《皇明中兴圣烈传》是对魏忠贤的纪传，与小说名称中的"皇明中兴"多少有些背离（不是对"皇明中兴"的纪传），而真正与"皇明中兴"相关的卷五，其内容基本上又是抄录奏章诏旨，罗列受害者名单和查抄的家产清单。总体上看，该小说如孙楷第先生所言："仅具小说形式。而文理殊拙。"①

其二，版块对照。所谓版块对照，是将人物的行动分成几个版块来写，和按类分卷不同的是，每个版块不限于写人物的某一类行动，但不同的版块之间又形成对照，从而将人物多方位地展现出来。《警世阴阳梦》由"阳梦"和"阴梦"

---

① 孙楷第：《日本东京所见小说书目》，北京：人民文学出版社1958年版，第59页。

两大版块构成。卷一到卷八为"阳梦"，共三十回，卷九到卷十为"阴梦"，共十回。"阴梦"与"阳梦""卷数衔接，回数则自为起讫"，孙楷第先生认为二者"似一书，非一书"[①]。"卷数衔接"，当是一书，"回数则自为起讫"，则明确标示出两个版块可各成体系。将两个可以各成体系的版块合成一本小说，版块之间的对照就非常明显。从内容上看，"阳梦"版块写魏忠贤在世间所为，展现其"可羞、可鄙、可畏、可恨"之生前受用，"阴梦"版块写魏忠贤在阴间所遇，显示其"可痛、可怜"之死后冥报[②]，对比也非常醒目。就"阳梦"版块内部看，也可区分出两个小版块，卷一到卷三为第一版块，写魏忠贤发迹之前的"可羞、可鄙"之事，卷四到卷八为第二版块，写魏忠贤发迹之后的"可畏、可恨"之事，不仅发迹前与发迹后形成对照，发迹前后的魏忠贤的表现也形成对照：发迹前的魏忠贤地位卑微，却奸诈机灵；发迹后的魏忠贤权势煊赫，却没有主见。

其三，设局解密。所谓设局解密，是指将人物安置在一个事先预设好的局面之中，人物的所作所为都和这个他自己不知道的局面相关，最后，再结合人物的结局对该局面加以解释。《梼杌闲评》第一回通过"碧霞君显圣降灵签"设下一个局，第五十回"碧霞君说劫解沉冤"又将这个局解开，中间的四十八回，从魏忠贤的父母开始写起，魏忠贤的出生、小时候的强盗窝生活、年轻时的浪荡及艳遇、发迹后的恶行，都在这个事先预设的局中展开。换言之，魏忠贤的所作所为，都是冥冥中的必然，人物的所有经历和结局，始终都处于一个总体上的因果报应的框架之中。从小说内容看，除去开头、结尾两回，对魏忠贤本人的故事没有多少影响，但因果报应的框架没有了，魏忠贤就不再是局中的人物，而只是一个历史人物；有了这个局，魏忠贤的故事就纳入了因果报应的框架之中，他的行为乃至恶迹，都是天理循环的结果，不可改变。最后的解密，同样将人物放在这个局中加以解释，为其行为找到一个合理的依据。如果没有设局解密的结构方式，就很难为魏忠贤的恶迹斑斑的行为找到一个冠冕堂皇的理由。

纪传体结构方式除了"魏忠贤系列"小说这三种方式以外，还有一种就是最常见的三段论式结构。所谓三段论式结构，是在描述人物活动背景、人物经历之

---

① 孙楷第：《日本东京所见小说书目》，北京：人民文学出版社1958年版，第186页。
② 长安道人国清编次：《警世阴阳梦》，载《古本小说集成》编委会编：《古本小说集成》（第一辑），上海：上海古籍出版社2016年版，第8页。

后，对人物加以道德评判。如《辽海丹忠录》在叙述毛文龙所处形势、行事风格、所为之事及被杀之后，以"双岛屠忠有恨"标明其"忠"，显示出袁崇焕杀毛文龙是自毁长城，末回的"督师自丧前功"不乏对袁崇焕的责难。正面标明其"忠"和通过责难袁崇焕侧面显示其"忠"最终都指向毛文龙的人格品德。

纪传式结构为实现小说的伦理目的，通常以人物生平经历来辨忠奸、分善恶，字里行间流露出叙事主体的伦理态度。纪传式结构的多种方式，都不妨碍其伦理表达，甚至可以说，这些结构方式为伦理表达找到了适合各自的途径。三段论式结构从背景入手，展示人物经历，很容易见出该人物在这样的背景下所显示出来的人格魅力，从而产生伦理效应，无须赘言。"魏忠贤系列"小说所运用的另外三种结构，均可从伦理方面加以解读。

按类分卷式结构将人物的行为按类写出，某一类可以展示人物的某一方面，人物多方面行为的展示，将人物的思想意识、伦理价值观呈现出来。《皇明中兴圣烈传》在魏忠贤出场之前，将魏忠贤的出身写得不堪入目，父亲"性嗜黑夜要路，截掳行商过客财货"，母亲"好淫欲"①，魏忠贤"年三十而父母双亡"②，小说从三十岁的魏忠贤开始写起，前两个回目名称便是"魏进忠大开赌场""魏进忠嫖萧灵群"，赌和嫖让魏忠贤的恶性一下子扑面而来，奠定了人物的伦理基调。卷一通过魏忠贤发迹的具体过程显示其奸诈，卷二通过他折腾内宫显示其跋扈，卷三通过他残害忠良显示其弄权，卷四通过其爪牙的行为显示其势力。通过这四个方面的展示，魏忠贤可谓恶迹斑斑。书前有署名乐舜日的《皇明中兴圣烈传小言》，明言写作此小说的目的就是揭发魏忠贤之恶，以此来歌颂天子圣明："逆珰恶迹罄竹难尽，特从邸报中与一二旧闻，演成小传，以通世俗，使庸夫凡民亦能披阅而识其事，共畅快奸逆之殛，歌舞尧舜之天矣。"③卷五通过崇祯皇帝对魏忠贤的处理，歌颂天子锄奸，这是叙述者明确表露出来的，但在这些表面的赞颂之后，是否还有隐晦的东西？对魏忠贤这一奸恶之人的纪传却以歌颂当今皇帝的形式出现，是否暗含有对庇护魏忠贤的明熹宗的微词？

---

① 西湖义士述：《皇明中兴圣烈传》，载《古本小说集成》编委会编：《古本小说集成》（第三辑），上海：上海古籍出版社2017年版，第1页。

② 西湖义士述：《皇明中兴圣烈传》，载《古本小说集成》编委会编：《古本小说集成》（第三辑），上海：上海古籍出版社2017年版，第3页。

③ 西湖义士述：《皇明中兴圣烈传》，载《古本小说集成》编委会编：《古本小说集成》（第三辑），上海：上海古籍出版社2017年版，第3-4页。

版块对照结构的伦理意味更加明显。"阴梦"承"阳梦"而来，是魏忠贤在世间作恶的伦理惩罚，"阳梦"中的两个小版块，则通过魏忠贤发迹前后的对比显示其奸恶行为令人发指，"阴梦"版块中的"奸雄互辨"更是直接呈现一场伦理辩论。卷一"阳梦"第一回开篇就对魏忠贤给予伦理判断："欺君误国，蔑法无天，杀害忠良，冒滥爵赏，流毒四海，结怨万民，富贵极处，恶贯满盈"①；卷八"阳梦"第三十回回末称"生前是个阳梦，是他受用，是他作业；殁后是个阴梦，是他受苦，是他懊悔"②，明确交代其阳梦和阴梦之关联。卷九"阴梦"第一回借道人游梦，见官兵要对死去的魏忠贤"戮尸凌迟"，"许多官兵来发掘魏贼尸首……这魏贼竟像新死的一般……一行人等个个惊怕道：'真是恶人，死过两三个月，还是这样凶狠狠的，皮肉不动些些儿哩。'这道人在旁边插个嘴道：'这是魏太监的罪恶滔天，天地不容他全尸的。'"③魏忠贤因作恶多端，虽死仍难逃戮尸凌迟之惩罚，"正是善有善报，恶有恶报"④。"阳梦"中的第一个小版块写魏忠贤历经磨难（"落魄潜踪""患疡觅死""荒祠投宿""旅店乞食"等），终于"内廷进用"，受天启赏识，卷三末回（第十一回）回末称其"正是黄河尚有澄清日，岂可人无得运时"⑤，对魏忠贤似乎有一种苦尽甘来的祝福之意。第二个小版块以天启"赐名忠贤"开始，"望他做个好人，忠不敢为奸，贤不敢为恶。那知他后边倒做了个图叛逆、盗帑藏的国贼"⑥，恶事做尽（"朋奸窃柄""设机矫命""诬害忠良""肆毒宫闱"等），最终在众臣"合疏锄奸"下于"邻县投缳"自尽，可说是自食恶果。"阴梦"中还设计了一场杨涟、左光斗等忠良与魏忠贤、崔呈秀等奸邪的辩论，让忠奸直接面对面碰撞，使得善恶昭彰，双方在阴间和阳间截然不同的结局，再次重申善恶有报、"毫厘不

---

① 长安道人国清编次：《警世阴阳梦》，载《古本小说集成》编委会编：《古本小说集成》（第一辑），上海：上海古籍出版社2016年版，第8页。

② 长安道人国清编次：《警世阴阳梦》，载《古本小说集成》编委会编：《古本小说集成》（第一辑），上海：上海古籍出版社2016年版，第499页。

③ 长安道人国清编次：《警世阴阳梦》，载《古本小说集成》编委会编：《古本小说集成》（第一辑），上海：上海古籍出版社2016年版，第520—521页。

④ 长安道人国清编次：《警世阴阳梦》，载《古本小说集成》编委会编：《古本小说集成》（第一辑），上海：上海古籍出版社2016年版，第523页。

⑤ 长安道人国清编次：《警世阴阳梦》，载《古本小说集成》编委会编：《古本小说集成》（第一辑），上海：上海古籍出版社2016年版，第183页。

⑥ 长安道人国清编次：《警世阴阳梦》，载《古本小说集成》编委会编：《古本小说集成》（第一辑），上海：上海古籍出版社2016年版，第187页。

爽"①的说教宗旨。

设局解密结构的《梼杌闲评》，将魏忠贤发迹作恶的故事放置在一个因果报应的大框架中，第一回回末，黄达解签的结果是"琼楼玉宇，藏几个雌怪雄妖；柏府乌台，害许多忠臣义士"②，魏忠贤的故事也只是为了印证这个结果。第五十回通过碧霞君的解说，解密了魏忠贤、客印月的身份，杨涟、左光斗的前身，安排了魏忠贤、客印月、杨涟、左光斗、吴天荣、郁燕玉、萧灵犀、傅如玉、傅应星等人的归宿，虽然最终以"善恶到头终有报"这样的套话作结，但设局解密的结构却让这种套话式的说教大打折扣。原因有三：其一，设局本身，将魏忠贤等人的故事置于一个复仇的框架中，为了复仇，魏忠贤等人纵然坏事做尽，也有其正当理由。其二，解密的结果，将众人的归宿交代清晰，此前的恩怨情仇也泯灭殆尽，对贤良的伦理同情和对奸邪的伦理鞭挞由此弱化了不少。其三，所设之局中，穿插了魏忠贤等人的感情纠葛，尤其是魏忠贤和客印月的"明珠缘"让二人始终真情不渝，同时，魏忠贤有一个深明大义的妻子傅如玉，有一个始终正直的儿子傅应星，魏忠贤的奸恶，多少被自己的妻儿冲淡了一些。这样的结构安排，与叙事主体的伦理诉求有关。对魏忠贤这样的大奸大恶，本来应该是不遗余力地痛加鞭挞的，但事实是，魏忠贤作恶时间不过六七年，魏忠贤死后，崇祯励精图治十几年，大明王朝还覆灭了。按理说，消除了魏忠贤这一祸害，大明王朝应该能"中兴"，但事实并非如此，这样一来，历史史实并不符合道德因果律，叙述者只能在借助宿命因果律来提供另一种伦理解读。"伦理世界绝不是被给予的，而是永远在制造之中。"③《梼杌闲评》利用设局解密这样的结构安排，制造了自己独特的伦理世界：其中既有传统的善恶有报，也有随因果报应而来的对善恶的消解，总体上呈现出万事皆休的虚无感。

纪传式结构围绕人物展开叙事，方便将人物的行为和伦理品德集中展示出来，但这种结构也有其不足。刘勰曾说："然纪传为式，编年缀事，文非泛论，按实而书。岁远则同异难密，事积则起讫易疏，斯固总会之为难也。或有同归一事，而数人分功，两记则失于复重，偏举则病于不周，此又诠配之未易也。故张

---

① 长安道人国清编次：《警世阴阳梦》，载《古本小说集成》编委会编：《古本小说集成》（第一辑），上海：上海古籍出版社2016年版，第619页。

② 刘文忠校点：《梼杌闲评》，北京：人民文学出版社1983年版，第14页。

③ [德]恩斯特·卡西尔：《人论》，甘阳译，上海：上海译文出版社1985年版，第77页。

衡摘史班之舛滥，傅玄讥《后汉》之冗烦，皆此类也。"①纪传式结构的重要特征是以历史人物为中心来组织安排小说的结构，从而故事的展开、相关人物的出场都与核心人物间有着一定联系，因而叙事结构上相对较完整。在相对完整的叙事结构中，人物形象的塑造成为小说最值得关注的内容，但由于着眼于人物形象，不少重要的历史事件不得不被忽略、遗漏或是打散在人物传记之中，使得本来较为完整的事情被人为地进行零碎处理，有时甚至不得不重复论述某件事情，这一做法对事件、事件间的联系就缺乏了合理的统筹安排。历史小说的人物成为关注重点后，历史事件的发展有可能会失去应有的脉络。"由于纪传体往往限于传主本身的行事欠缺主题性，而且传主一生经历的不同事迹，其间也不一定有什么必然的因果关系，因此，纪传体本身并不利于环环相扣的叙事结构的发展。"②为弥补这一缺憾，出现了以纪传式为主、以编年式为辅来结构小说的方式，《隋炀帝艳史》《隋史遗文》可为代表。

《隋炀帝艳史》《隋史遗文》以纪传式为主，突出了主要人物，展现了人物身上鲜明的伦理色彩，以编年式为辅，将历史朝代的整体风貌也展现了出来，体现了隋唐之际朝代更迭、王朝兴衰变幻的沧桑之感。具体而言，在纪传式为主、编年式为辅的结构方式中，对编年式的处理大致有两种情况：一种情况是，小说将编年式结构运用于整部小说，与纪传式相辅相成。《隋炀帝艳史》可为代表。从小说题目看，小说内容是写隋炀帝一生的艳史，"单录炀帝奇艳之事"对其加以传记，当属人物纪传，但"艳史"之"史"，又暗示了小说是以传主一生的经历为纲来展开的，小说"始于炀帝生，而终于炀帝死"③，时间脉络非常清晰。表面上看，《隋炀帝艳史》每回经常用"却说""话说"等开头，并没有出现明确的时间标记，但重大事件的叙述均按照时间脉络展开，编年式的印迹始终存在。这种以人物纪传为主、以编年记事为辅的结构方式，按照时间顺序，将隋炀帝的奸诈、荒淫、残暴——展示出来。他先是费尽心机害死太子杨勇，得以继承大位，在父皇弥留之际，猥亵继母，不仅无孝悌之情，且有乱伦之举；继承大位后，疏于朝政，淫乱后宫，以逞一己私欲为快；在虞世基、麻叔谋、何安等佞臣

①　刘勰：《文心雕龙·史传》，载祖保泉：《文心雕龙解说》，合肥：安徽教育出版社1993年版，第308页。

②　劳悦强：《从纪事本末体论章回小说的叙事结构》，载辜美高、黄霖主编：《明代小说面面观——明代小说国际学术研讨会论文集》，上海：学林出版社2002年版，第57页。

③　齐东野人编演：《隋炀帝艳史》，载《古本小说集成》编委会编：《古本小说集成》（第三辑），上海：上海古籍出版社2017年版，第4页。

的撺掇下，开凿运河、掘地为湖、建造宫苑，劳民伤财，毫无君主该有的"仁德"之心。隋炀帝的乱人伦、淫后宫、害民生这些伦理亏欠之处，将其"艳史"和失德联系起来，完整地勾勒出其"奇艳"的人物形象，不乏伦理批判意味，纪传式结构非常明显；同时，小说对隋炀帝的伦理批判又按照时间脉络，通过其逐年所为，将其形象慢慢呈现出来，编年式痕迹始终存在。

另一种情况是，小说前半部分是纪传式结构，详细叙述人物的出生、成长经历、重要的事件与功绩，当人物关系开始进入错综复杂的局面时，小说则采取了编年式结构，基本按照时间顺序，将人物行为融于时代潮流之中，时代全貌的展示盖过了人物形象的塑造。《隋史遗文》可为代表。小说大致可分为两大部分，前九卷四十五回主要写秦琼的个人成长经历，以秦琼的经历来引导故事发展，通过秦琼大义救李渊、蒙难被王小二欺负、卖马结识单雄信、在顺义村打擂台、和一众江湖英雄游灯市、路见不平拔刀相助、惩奸除恶等一系列事件，将秦琼侠肝义胆、重情重义的形象充分展示出来。这部分是典型纪传式结构。从第十卷开始，一直到小说结束的第六十回，秦琼个人的经历已融于时代的风云变幻之中，第四十六回的"世勣智取黎阳仓"、第四十七回的"杀翟让魏公独霸"、第四十八回的"唐公晋阳举义"、第四十九回的"李密结盟唐公"、第五十回的"化及江都弑主"等，都展示出时代的波诡云谲，秦琼的故事穿插在这些时代风云之中，第四十九回他"力救李靖"，第五十九回他"割股情深"，在时代风云之中，虽然能显出个人的一丝魅力，但终究难掩世事沧桑变幻，难以左右天下大势所归。小说后面的三卷十五回，秦琼已不复为故事的主角，故事也没有贯穿十五回的主角，人事纷纭、世事繁杂，各路诸侯之间的相互征伐，没有围绕任何一个人物展开，只有时间的脉络依稀可辨，总体上看，后十五回当属编年式结构。以时间为经，展示了诸侯兴亡、朝代更迭、隋灭唐兴的历史变迁，从历史变迁中，得出一个道理：只有仁君才能得到上天的帮助，统治才能得以长盛不衰，凡昏庸之主必然会很快灭亡。伦理说教的道理很简单。纪传式为主、编年式为辅的结构让此前秦琼的侠肝义胆最终归于简单的伦理说教。

二、线性结构、网状结构：伦理观念的内在理路

纪传式结构和编年式结构，是就历史小说外在的结构表现而言的，主要对应于名词性的结构；如果深入到小说的结构过程，与动词性的结构相对应，着眼于

叙述者的构思，无论纪传式结构还是编年式结构，都可归结为两种内在的结构理路：线性结构和网状结构。相对于外在表现的结构而言，内在理路的结构线索较为隐蔽。

一般说来，内容往往决定了小说所采用的形式结构，中国古典小说也不例外。因其所要表现的内容不同，古典小说有着迥然不同的结构特征："归结起来，这些众多的形式大致可归为三大类：一是属线形结构（包括《水浒传》的珠串式结构和《西游记》的'串'字形结构），二是属网状结构（包括《三国演义》的扇形网状结构和《金瓶梅》《红楼梦》的圆形网状结构），三是属框形结构（如《儒林外史》的帖子式结构）。"①明代历史小说的内在结构不出这三种形式，但其间稍有变化，故下文的分析以上述类别为主，微观上再具体细化以显示明代历史小说的结构特征。需要指出的有：其一，从结构的动词性角度考虑，"线形结构"称为"线性结构"可能更合适一些。其二，明代历史小说中没有"框形结构"。框形结构主要是指小说众多的人物与故事单独成章，彼此之间没有可以贯穿其间的线索与脉络，而纷繁复杂的人物与故事被容纳在一个总的框子中，全书没有总体的情节走向和人物发展。这一结构显然不适合历史小说。历史小说本身就是要讲明历史的兴衰因果、人物的荣辱悲欢，并以此来教化劝诫民众，实现伦理教化的目的的。而独立、无衔接的框形结构人为割裂了历史发展的走向与因果，难以实现很好的教化效果，因此，几乎没有一部历史小说采用这一结构谋篇布局。因此，下文只讨论线性结构和网状结构。

（一）线性结构

线性结构是明代历史小说中较为常见的一种结构方式，其主要特征是故事呈现线性发展，"每组情节既有相对的独立性，同时又是一环扣一环，互相贯连"②。线性结构按照线索脉络的多少，又可分为单线结构与复线结构。不论何种线性结构，其背后或多或少都体现了小说家的伦理意图。

1. 单线结构

顾名思义，单线结构是说小说结构是单线的，单线架构的小说较为简单，整体上只有一条主要线索将众多人物与事件串联起来，使得故事完整、连贯。该结

---

① 孙逊：《明清小说论稿》，上海：上海古籍出版社 1986 年版，第 57 页。
② 孙逊：《明清小说论稿》，上海：上海古籍出版社 1986 年版，第 51 页。

构方式主要是受《通鉴纪事本末》和宋元话本影响。《通鉴纪事本末》的特点就是将《资治通鉴》的编年体改为纪事本末体，讲清楚某一历史事件的来龙去脉；话本是与说书联系在一起的，在瓦舍勾栏的说书艺人每天往往只能讲述一段书，因而所说内容必须丰富、精彩，并且隔天所说的故事与之前所说的内容必须有所关联，才能吸引听众，让其上瘾。这就使得宋元话本呈现出了相对独立的故事情节，各故事间又有所联系，从而形成相对简单集中的线性结构。而这一结构直接影响了小说的叙事结构，明代历史小说受《通鉴纪事本末》和宋元话本影响，单线结构的小说不在少数。根据谋篇结构方式的不同，单线结构可以细分为糖葫芦式单线结构与串珠式的单线结构。所谓糖葫芦式结构，主要是指小说以人物为中心而逐渐展开叙事进程，推进叙事节奏。所谓串珠式结构，是指推进故事发展进程的线索往往是以事件的发展为核心，而不以某一人物为线索。二者的区别在于：糖葫芦式结构以核心人物为单一的线索，将人物所经历的各种事件以及与此人物有关的其他人物串联起来，这些事件和其他人物都可以各有所指，如果没有这个核心人物，将成为一盘散沙，无法凑合在一起而成为一个完整的故事；同时，如果缺少了某些事件或人物，核心人物某些方面的表现就会出现空白，因此，围绕在核心人物周边的人物和事件不能随意增减，否则"糖葫芦"就会走样。串珠式结构是以某件重大的历史事件为主要线索，将诸多人物经历的小事件串联起来，这些人物和小事件都是重大历史事件的组成部分，它们在总体走向上是一致的；同时，由于这些人物和小事件的总体走向一致，即使缺少几个人物或事件，总体上并不妨碍重大历史事件，该历史事件的线索依然清晰。

作为内在理路的结构，糖葫芦式结构可以是通篇小说的结构方式，也可以是小说某一部分的结构方式。《隋炀帝艳史》通篇看来，是典型的糖葫芦式结构，小说自始至终都围绕着隋炀帝来推进故事，如果没有隋炀帝这一人物为贯穿小说的线索，书中众多的人物、情节都将各自为阵，无法组合成一个整体。小说中隋炀帝经历过的事情包括：设计夺取皇位；骄奢淫逸，选美女与后宫嫔妃终日饮酒作乐，不思朝政；大兴土木，开征西域，挖运河，百姓受苦；最终被宇文化及等人推翻，自杀而亡。小说几乎所有的情节都是围绕着隋炀帝这一中心人物展开的，故事中没有多余的线索，整个框架明了清晰；同时，隋炀帝经历的几类事情不能随意缺少，只有饮酒作乐而无大兴土木见不出隋炀帝残暴，只有大兴土木没有饮酒作乐见不出隋炀帝淫乱，缺少任何一类事情，隋炀帝都不是小说中呈现出来的隋炀帝。随着隋炀帝这条清晰的线索，读者自然会跟随叙述者的叙述，细数隋炀帝祸国殃民的罪过，进而知晓隋亡唐兴的缘由：隋炀帝残暴昏庸、骄奢淫逸的统治，使得成千上万的百姓为其游乐行为付出代价；隋炀帝醉生梦死，只顾自己享乐，心中全然没有百姓，无仁义可言。这使他彻底失去了民心，最终身死国灭。通篇糖葫芦式的单线结构将叙述重心都搁置在隋炀帝身上，非常符合《隋炀帝艳史》的伦理需求：隋炀帝身死国灭的故事，告诫后来的君主，要实行仁政，否则国将不国，君将不君。《梼杌闲评》的主体部分也是糖葫芦式结构。魏忠贤登场后，小说涉及的人物繁多，人物之间关系复杂，通过糖葫芦式的结构，各色人物都与魏忠贤这一核心人物串联在了一起，使得结构上紧凑而不松散。小说以魏忠贤的经历为单一线索，从其出生、少年磨难、进宫、得宠、作恶依次写起，相关人物也围绕魏忠贤而依次出场，形成了聚集型的结构线索，众多人物最终都汇聚到魏忠贤这条单一的线索上来。几乎所有的故事情节都围绕着魏忠贤而展开，从小说回目名称中便可见一斑。单看写魏忠贤进宫前遭遇的前二十回，从第五回魏忠贤出生开始，每回内容都与魏忠贤息息相关，其中第六回之"石林庄三孽聚义"、第九回之"魏云卿金牌认叔侄"、第十回之"峄山村射妖获偶"、第十一回之"魏进忠旅次成亲"、第十二回之"魏进忠他乡遇妹"、第十四回之"魏进忠义释摩天手"、第十七回之"涿州城大奸染疠"、第十八回之"河柳畔遇难成阉"、第十九回之"入灵崖魏进忠采药"、第二十回之"魏进忠应选入宫"，更是直接以魏忠贤来组织回目。魏忠贤的活动轨迹就是故事的进展过程，他在活动过程中所遇到的人和事，使他最终成为"梼杌"，误国殃民、祸乱朝纲，为后人唾骂。

糖葫芦式结构以人物为线索，串珠式结构则以重大历史事件为线索。《西汉演义》以西汉如何立国为线索，将一些相关事件和人物串联起来。以西汉立国为线索，小说大致可分为四个阶段：前九回为第一阶段，从秦统一六国写到秦二世即位，其间项羽以意图刺杀秦始皇的刺客身份出场；第十回到第十九回为第二阶段，写秦国灭亡，其间有刘邦斩蛇、项羽破章邯和刘邦智借张良等事件；第二十回到第八十四回为第三阶段，写楚汉争锋，其间人物繁多、事件迭起，韩信、张良、萧何、范增、陈平、龙且、郦食其、刘邦、项羽等人都有精彩表现，鸿门宴、修栈道、彭城大战、鸿沟讲和、垓下之围是其中几个关键事件；第八十五回到第一百零一回为第四阶段，写西汉立国到稳固的过程，其间有陈豨、英布谋反，韩信被杀等事件。就这四个阶段看，清晰的时间脉络让整个历史的演进都指向西汉立国这个最终目标，沿着西汉立国这条线索，四个阶段中的人物和事件连成一条线，串在一起。第一阶段以秦之暴政为项羽出场和刘邦斩蛇起义提供条件；第二阶段以秦之灭亡写项羽之勇和刘邦之智，为后来的楚汉争锋张目；第三阶段楚汉争锋是小说的重心所在，能否打败项羽，是刘邦能否立国的关键所在，为打败项羽，刘邦需要重用人才，如何对待这些人才，是刘邦必须面对的问题，这就为以后的事件埋下伏笔；第四阶段以刘邦诛韩信、平叛乱写西汉从建立到稳定的过程，真正的"西汉"此阶段才真正出现，小说以"西汉演义"为名，明确显示出前三个阶段发生的事件都和第四个阶段的事件连成一串，其间的人物也因为这些事件而连成一串，这一连串的人物和事件，都沿着西汉立国这条线索不断演进发展，让西汉立国这条主线显得非常清晰，小说的单线结构一目了然。在这条单线结构上，即使缺少一些人物或事件，也不影响这条线索的整体脉络，譬如说，少了龙且，少了鸿沟讲和，只要最终刘邦战胜项羽，西汉得以立国，故事的整体走向就不变，串珠式单线结构就没有受到破坏。串珠式结构同样以伦理观念为内在理路。《西汉演义》内在的伦理脉络大致包括三个方面。其一，秦之所以灭亡，是因为施行暴政。其二，刘邦和项羽，强弱易势，关键在于能否用人，在于各自的心胸和智谋。刘邦手下的韩信、陈平，本来都是项羽的人，却不被项羽重用，转而投靠刘邦，成为得力干将；对项羽忠心耿耿的范增，却因刘邦的反间计而遭项羽猜疑，项羽的心胸实在不够宽广。就二人的实际情况看，刘邦远不如项羽勇敢，但工于心计，善于用人，项羽基本表里如一，以义待人，刘邦则深谋远虑，以仁行事。刘邦和项羽的成败，意味着立国的关键在智不在勇，在仁不在义。其三，萧何谋杀韩信，刘邦逼杀田横，平叛陈豨、英布，可见出萧何不仁、刘邦不义，暗示出打江山和坐江山的具体措施有别，所依托的伦理依据有别。

2. 复线结构

历史小说因其复杂的人物关系和众多的历史事件，时空转换较为频繁，单一的线性结构有时难以满足小说的叙事要求，复线结构应运而生。所谓复线结构，是说小说的线索不止一条，而是多条线索同时展开。具体说来，多条线索同时展开又分为两种情况：一种情况是所有线索用力均衡，没有明显的主次之别，各条线索合力形成复线结构，在多条线索的齐头并进中显现叙事主体的伦理意图；另一种情况是以主线贯穿重要的人物、事件，辅之以副线补充交代主线，从而加强深化主线所要彰显的伦理思想。前者以《两汉开国中兴传志》"西汉"部分为代表，后者以《东西晋演义》为代表。

《两汉开国中兴传志》"西汉"部分，叙述者并没有以刘邦作为核心人物架构全篇，而是铺陈了四条线索。其一，以张良为线索，叙述了张良报仇、避难，而后辅佐刘邦，在刘邦平定天下后谢绝赏赐，归隐山林的故事；其二，以韩信为线索，描绘了韩信受胯下之辱，投奔项羽后被张良说服转投刘邦，为刘邦出谋划策、席卷三秦，荡平赵、燕、齐，封为楚王、淮阴侯，最终却被刘邦杀害的故事。其三，以吕后为线索，吕后协助刘邦，绞杀功臣，后死。其四，以陈平为线索，鸿门宴陈平登场，后投奔刘邦，设计捉拿韩信，与吕后争斗等。四条线索中没有明显的主次之分，每条线索大体上保持着各自的独立和完整，从任何一条线索出发，都难以把握小说的整体面貌，只有将四条线索整合在一起加以综合考察，才能知晓"西汉"究竟如何中兴。同时，从任意一条线索出发，对人物的看法也只能是片面的，只有将四条线索综合在一起，才能看出一个人的整体伦理面貌。张良、韩信、吕后、陈平，任何一条线索，都是成立并巩固西汉政权所不可少的，但仅有其中的任何一条线索而没有其他线索，西汉立国并得以巩固就难以让人信服。同样，单看张良线索，看不出刘邦残忍的一面，单看韩信线索，看不出刘邦仁厚的一面。多条线索形成复线结构后，不同线索的对照，便很容易区分出忠奸、善恶，也很容易知晓亲贤臣、远奸佞的重要性。

《东西晋演义》"标统系之正闰"[①]，以西晋、东晋的兴衰为主线，小说由西晋四卷、东晋八卷组成。西晋四卷，外戚、诸王各为一己之利，乱起萧蔷，杨骏、司马亮、司马玮、司马伦、司马冏、司马颖、司马越等相继执政，内部征伐不休，最终晋愍帝受降后于平阳遇害，西晋亡，司马睿即位，东晋开始。东晋八卷，主要是在征讨内部叛乱、抵抗外敌入侵中度过。内部叛乱有王敦谋逆、苏峻历阳谋反、桓温废主、孙恩聚寇江南、桓玄篡位、卢循犯兵建康、刘毅荆州谋反等，抵抗外敌入侵更是贯穿东晋始终，五胡乱华之"五胡"，除前赵政权主要活动于西晋外，其他四胡（后赵、前燕、前秦、后秦）均与东晋有战事纠纷，东晋就在内忧外困中度过了一百零三年，最后由刘裕建宋而终结。西晋—东晋这条主

---

① 《东西晋演义序》，载杨尔曾：《东西晋演义》，北京：华夏出版社2013年版，第1-2页。

线之外，《东西晋演义》还有多条副线，北魏拓跋氏、后蜀李氏、前赵刘氏、后赵石氏、前燕慕容氏、前秦苻氏、后秦姚氏，在小说中均有各自的发展脉络，这些脉络和西晋—东晋这条主线之间虽然有交叉，但小说始终以西晋—东晋为主线，诸多副线和主线的交叉并没有形成网状结构，基本上仍以各自的发展脉络呈现出来。西晋—东晋这条线索虽然有诸多内乱，但始终不乏忠义之人来抵制祸乱；前赵等副线，则展示出兄弟父子之间因王位而来的亲族杀戮，显示出"胡人"的教化不足。诸多线索并置在一起，展现了一个仁义靠边、以勇取胜的世界，一个王朝更迭频繁的乱世。

（二）网状结构

复线结构由主线和副线组成，主线、副线之间虽然有交叉，但并没有交织在一起，各自的脉络依然清晰。当多条线索交叉在一起，甚至很难分清主线和副线时，就不再是复线结构，而是网状结构。就小说叙事而言，网状结构应当是最为复杂的结构。网状结构对架构时间跨度大、人物事件错综复杂的故事有着得天独厚的优势。具体而言，网状结构又可细分为两大类型：扇形网状结构与圆形网状结构。"其中，扇形网状结构侧重反映社会生活的一个方面，而圆形网状结构则可以再现整整一个时代的社会生活。后者是那种我们称之为'百科全书'式的长篇巨著的最理想的结构形式。只是这一结构形式也最难驾驭，因为它往往牵一发而动全身。"①明代历史小说没有出现圆形网状结构的作品，依旧以线性结构居多，但出现了扇形网状结构。

历史小说主要写朝代更替过程中的主要人物和重大事件，其关注点很自然地落在决定王朝走向的军事斗争和政治谋略上，相对于全方位的、立体的社会生活而言，军事斗争和政治谋略只能算是其中的一个扇面，写军事斗争和政治谋略的网状结构只能算是扇形网状结构。②网状结构和复线结构的区别在于：复线结构之间的几条线，即使有交叉，由于每条线索自成脉络，基本不受其他线索的影响，网状结构则是牵一发而动全身，如果小说的某个环节有变动，就会牵扯到诸

---

① 孙逊：《明清小说论稿》，上海：上海古籍出版社 1986 年版，第 58 页。

② 有论者指出："《三国演义》的结构网不是全圆形的，而只是网结一面，呈现了扇形形式，就是说，《三国演义》所展示的仅仅是三国政权之间的军事和外交斗争这一个侧面，它并没有也不想从更广阔的范围内去再现那个时代的经济、思想、道德、宗教、家庭、风俗、人情等各个方面，因而它的结构只能说是一种扇形网状形式。"（孙逊：《明清小说论稿》，上海：上海古籍出版社 1986 年版，第 52 页。）

多线索的发展变化。这种网状结构对叙事的要求比较高，严格说来，明代历史小说只有《三国演义》符合网状结构的要求。

毛宗岗在《读三国志法》中指出：《三国演义》"有六起六结。其叙献帝，则以董卓废立为一起，以曹丕篡夺为一结。其叙西蜀，则以成都称帝为一起，而以绵竹出降为一结。其叙刘、关、张三人，则以桃园结义为一起，而以白帝托孤为一结。其叙诸葛亮，则以三顾草庐为一起，而以六出祁山为一结。其叙魏国，则以黄初改元为一起，而以司马受禅为一结。其叙东吴，则以孙坚匿玺为一起，而以孙皓衔璧为一结。凡此数段文字，联络交互于其间，或此方起而彼已结，或此未结而彼又起，读之不见其断续之迹，而按之则自有章法之可知也"①。所谓"六起六结"，即是六条线索，或许出于对帝王的尊崇，毛宗岗将汉献帝也作为一条线索，可能有些牵强；或许出于对刘备集团的重视，将本来属于一条线索的刘、关、张和西蜀分为两条线索。就三国形势而言，魏、蜀、吴各有一条线索，外加诸葛亮这一核心人物的一条线索，构成《三国演义》四条主要线索，当无疑问。就扇形网状结构而言，四条主线中，以刘蜀为扇面中心，以曹魏、孙吴为扇体的两端，从而形成了不同阵营间相互交错又紧张对立的蛛网关系。除了这四条主线，魏、蜀、吴三条主线中各还有诸多条小线索，曹魏方面有曹操称雄、曹丕称帝以及司马氏篡权等小线索，刘蜀方面有刘备几经周折进西川、此后称帝和托孤的线索，有关羽因忠义而扬名、因骄傲而失败的线索，有刘禅治国无能而受降的线索等，孙吴方面有周瑜备战赤壁、吕蒙偷袭荆州、陆逊火烧连营、孙权之后连续宫斗的线索等，诸葛亮这条线索看似单一，但姜维的线索可视为诸葛亮线索的延续。四条线索通过一些关键事件相互交织在一起，赤壁之战则是四条主线的交织点，赤壁之战稍有变动，四条主线都有所变动。此外，多条小线索之间、小线索和四条主线之间也通过具体事件交织在一起，刘备三顾茅庐将蜀汉线索和诸葛亮线索联系在一起，诸葛亮和周瑜斗智将蜀汉线索、孙吴线索交织在一起，张辽合肥之战将曹魏线索和孙吴线索交织在一起，姜维和邓艾较量将蜀汉线索、曹魏线索、诸葛亮线索和司马氏篡权线索交织在一起，等等。

《三国演义》的扇形网状结构，同样以伦理说教为旨归。刘蜀一方，有千古贤相第一人诸葛亮，千古名将第一人关羽，刘备本人更是"仁义"的化身。无论

---

① 朱一玄、刘毓忱编：《三国演义资料汇编》，天津：南开大学出版 2003 年版，第 258 页。

是刘备的三顾茅庐、诸葛亮的六出祁山，还是关羽的过五关、斩六将，都凸显出仁、忠、义的力量和魅力；孙吴一方，亦多忠勇之人，周瑜、吕蒙、陆逊等统帅自不待言，陈武、董袭等战死沙场，甘宁、凌统虽有杀父之仇，也因孙吴政权而成莫逆之交。曹魏一方，叙述者详细描写了曹操父子的僭越之举，曹操为称魏王，逼死荀彧，杖杀崔琰，后又做出三辞诏而受魏王的丑事，曹丕称帝，还要皇帝专筑受禅台、亲捧玉玺才受之，后又违背承诺杀害献帝，父子二人均有奸诈之象，对此，叙述者字里行间，颇多不满。《三国演义》就其书名而言，本来可以是对三国故事平均用墨，形成三点式相互关联的网状形式，但小说以扇形结构全书，将蜀汉单独作为一端，而曹魏、孙吴合成一端，显示出叙述者对蜀汉的偏爱。这种结构安排背后也有其伦理意图。深受儒家思想影响的罗贯中认为王位继承应世袭罔替，刘备集团是王位正统的继承者，"复兴汉室"是支撑小说的潜在观念，仁德、爱民、贤明的刘蜀政权成为小说极力敷演与赞颂的一方，小说的网状结构安排使得三方势力不再均衡，基本呈现出一边倒的状态。

三、逻辑结构：伦理观念的深层依据

无论是外部观照的编年式结构和纪传式结构，还是内在理路的线性结构和网状结构，都可归之于显性的小说技巧，就结构的伦理意蕴而言，在显性的小说技巧背后，还有一个更深层的隐性的逻辑结构，正是这个隐性的逻辑结构，为名词性的编年式结构、纪传式结构和动词性的线性结构、网状结构提供了伦理依据。就明代历史小说的叙事结构而言，必须"承认存在着一个独特的中国系统，以便使研究者的眼光回归和集注于这个系统内在的深层。……这个体系尽管由于包含有人类共性而与西方体系存在着重叠互证之处，但更带有本质意义的，是它携带着自己的文化传统而与西方体系存在着偏离和异质，相互间构成了对峙而又互补的张力"①。明代历史小说显性的技巧性结构背后，还有深层的隐性伦理逻辑结构。在这种深层的隐性伦理逻辑结构的作用下，历史小说虽然表面上写了诸多不同的人物和事件，但骨子里往往有同一种旨趣："以伦理冲突为起点，以伦理判断为过程和结局。"换言之，以伦理冲突来架构故事，"故事的启动力不是审美的，而是伦理的，它首先表现为一种道德伦理冲突"，这样一来，"小说的叙事

---

① 杨义：《中国古典小说史论》，北京：中国社会科学出版社 1995 年版，第 514 页。

其实就是一个伦理事件"①，将小说叙事看作伦理事件，就需要透过结构的显性技巧层面而深入到隐性的逻辑层面，就需要在形形色色的人物和故事背后，寻找小说叙事得以推进的伦理逻辑。具体说来，隐性层面的逻辑结构主要表现为二元对立和同类相应。

（一）二元对立

所谓二元对立，是说在小说的深层结构中，通过相互对立的两种元素来形成小说的叙事逻辑。这样一来，小说在内在逻辑上就呈现出一种二元对立的结构态势。二元对立的结构态势是古典小说中随处可见的内在逻辑，如历史小说的忠奸对立、世情小说的情理冲突、神怪小说的虚实对照、侠义公案小说的正邪较量。此处单论忠奸对立。

需要说明的有两点：其一，在论述故事伦理时提及的情节对照，是着眼于故事而言的；此处的忠奸对立，是着眼于小说的结构而言的。二者有关联，但毕竟不同：前者是表层的故事呈现，后者是深层的结构逻辑；前者是小说叙述所呈现的现象，后者是作者构思所具有的动因。其二，隐性逻辑结构的忠奸对立，并不是说要严格地写忠和奸的对立，而是说一种二元对立的模式，这种二元对立模式，大体上呈现出忠的一面和奸的一面，忠的一面包括善、仁、信等，奸的一面包括恶、暴、伪等。

可以说，明代历史小说以忠奸对立来组织小说的结构是一个通则，从明初的《三国演义》到崇祯年间的《隋炀帝艳史》，大多如此。《三国演义》通过竭力贬低曹操、抬高刘备来显示"拥刘贬曹"的伦理取向，曹操才能出众，但觊觎汉室，只能是奸雄，刘备才能平平，但以复兴汉室为己任，不愧为明主。曹、刘二人，一奸一忠，对立分明。叙述者将三国的风云变幻与忠奸对立的伦理冲突融合在一起，一方面通过显性的编年式结构和扇形网状结构，将读者的目光吸引到重要的历史人物和历史事件上，促使读者去发现、体悟小说人物和事件背后的伦理意图；另一方面，忠奸对立又建立起一种深层的伦理性结构，显示出叙述者对其中的人物和事件具有感情色彩的褒扬与贬斥。《隋炀帝艳史》虽然是以隋炀帝个人的奇艳之事来结构全篇，但忠奸对立自始至终都暗含其中，从开头的杨素、杨

① 胡胜、赵毓龙：《伦理学视阈下的中国古代小说》，《社会科学战线》2013 年第 3 期，第 155-159 页。

广谋害太子杨勇，到快结束时的宇文化及谋害隋炀帝与贵儿骂贼护主，叙述者对忠奸行为的伦理态度始终爱憎分明。

忠奸对立作为逻辑结构，主要有两种情形，一是成为结构小说全篇的内在逻辑，二是成为小说多个部分的内在逻辑。就第一种情形看，《前七国孙庞演义》是典型的以忠奸对立来结构全篇的小说。孙膑和庞涓一出场，叙述者就赋予二人不同的伦理品性：孙膑"怀仁尚义"、庞涓"忘恩负义"[①]。小说的整个组织架构就基于二人不同的伦理品性。孙膑由于"怀仁尚义"，才轻信庞涓，被庞涓玩弄于股掌之间；庞涓由于"忘恩负义"，才对前来帮助自己的孙膑下毒手，想在求得孙膑的法术之后就除去孙膑。虽然小说后来铺叙二人的较量，但较量始终没有改变二人的伦理品性，反而成为二人伦理品性的试验场，如第五回孙膑为帮助庞涓是出于同门情义，第六回庞涓将孙膑刖足是十足的忘恩负义。就第二种情形看，小说多个部分写的内容虽然不同，但都以忠奸对立为内在结构，如《樵史通俗演义》。小说虽写于明亡之后，但仍是以明人心态所写，不妨宽泛地将其纳入明代历史小说范围。小说主要写魏忠贤故事（第一回到第二十回）、李自成故事（第二十一回到第三十二回前半部分、第四十回除开头外的前半部分）、南明抗清故事（第三十二回后半部分到第三十九回、第四十回开头及后半部分）三个故事，三个故事在小说中前后相续，基本上独立成篇。在三个故事中，忠奸对立都是推动故事发展的重要动力，东林党与魏忠贤、明廷群臣与李自成、史可法与阮大铖，忠奸对立都非常明显，对立的结果形成奸盛忠衰的局面，大明王朝就在这样的局面中走向终结。

（二）同类相应

所谓同类相应，是指小说以某一类情况的相互沟通为结构逻辑。它可以导致历史小说专写某一类人物，如《梼杌闲评》专写魏忠贤及其党羽，小说虽涉及忠奸斗争，但小说的结构原则是魏忠贤及其党羽的发迹及败亡，忠奸斗争只不过是发迹败亡过程中的插曲而已；类似的还有《隋史遗文》，它以江湖草莽的侠义情怀为宗旨，来组织秦琼及其朋友的故事，其间也涉及一些对立面的干扰，但这些干扰总体上看，构不成结构上的对立。

---

① 吴门啸客、烟水散人：《前后七国志》，北京：华夏出版社 2013 年版，第 12 页。

作为逻辑结构，同类相应在历史小说中最常见的是善恶有报。需要说明的是，此处所说的善恶有报，不是指小说表层的果报情节，而是指小说内在结构中包含的一种伦理依据，由于同类相应，善恶最终也就有同一类别的伦理归宿。如果说上文讨论的忠奸对立的伦理冲突是注重于故事进展过程来组织结构的话，那么，善恶有报的伦理归宿则是注重于故事最终的结局来组织结构，忠奸对立和善恶有报的着眼点不同，二者往往在同一小说中并行不悖。"中国小说家对叙事逻辑的群体思维认同，基本上趋同于因果链的表现形态"①，这就让因果报应成为一种深层的小说叙事逻辑，将这种逻辑和叙事伦理联系起来，善恶有报的伦理归宿就成为明代历史小说叙事潜在的伦理逻辑结构。不妨展开论述。

善恶有报在中国有丰厚的土壤。《尚书·商书·伊训》云："惟上帝不常，作善降之百祥，作不善降之百殃。"②《墨子·公孟》云："以鬼神为明，能为祸福，为善者赏之，为不善者罚之。"③《韩非子·安危》云："祸福随善恶。"④中国传统思想里早已包含着善恶有报的因子。佛教传入中国后形成的轮回往复的"三报"观念，让善恶有报成为衡量内心意识和万事万物的一种通用观念："轻重权于罪福，则验善恶以宅心；善恶滞于私恋，则推我以通物。"⑤这种通用观念对古代小说产生了深远而持久的影响，几乎"所有的中国通俗小说均包含着宗教主题……这些小说的情节中向来不脱离因果报应的观念"⑥。小说家为了更好地实现其惩恶扬善的教化目的，常常会采取因果逻辑来完善小说的结构框架，强化其伦理色彩。

用善恶有报作为小说的逻辑结构，在明代历史小说中比较常见。可细分为两种情况：其一，用善恶有报来结构全篇，整部小说从整体结构上可以明显地看出善恶有报的伦理逻辑；其二，善恶有报的因果逻辑出现在某些章节、回目之间，并不是小说整体性的结构方式，因而并不明显，但叙述者内在的伦理观念中又暗含着善恶有报的逻辑。下文分述之。

① 吴士余：《佛学因果观念与中国小说叙事逻辑的思维同构》，《求索》1989 年第 1 期，第 95-100 页。

② 王世舜、王翠叶译注：《尚书》，北京：中华书局 2012 年版，第 394 页。

③ 方勇译注：《墨子》，北京：中华书局 2015 年版，第 442 页。

④ 高华平、王齐洲、张三夕译注：《韩非子》，北京：中华书局 2015 年版，第 288 页。

⑤ 慧远：《明报应论》，载石峻等编：《中国佛教思想资料选编》（第一卷），北京：中华书局 1981 年版，第 91 页。

⑥ [美]克里斯蒂安·乔基姆：《中国的宗教精神》，王平等译，北京：中国华侨出版公司 1991 年版，第 139 页。

　　《梼杌闲评》是典型的以善恶有报来结构全篇的小说。细究之，小说中存在双重结构的善恶有报，第一重是小说整体框架上的善恶有报，第二重是魏忠贤故事在结构上的善恶有报。就整体框架看，小说第一回，水怪支祁连作乱，黄河水患不断，朱衡奉命治理河务。朱衡派黄达修筑堤坝，黄达得到赤蛇提醒筑堤时勿伤水族，但朱衡忽视这一提醒，直接将堤坝修筑在赤蛇的巢穴上，又下令火烧蛇穴。水患平息后，朱衡前去泰山庙求签，碧霞元君通过灵签告知朱衡，因其不慎，赤蛇赭已没有了居所，斥责他恩将仇报，赤蛇将会转世危害人间。朱衡对赤蛇所犯之恶将会遭到报应。第五十回，碧霞元君又现身交代了故事的原委："有赤蛇名赭，已现身设法效劳，暗示黄达以筑堤之法……魏忠贤、客氏，乃雌雄二蛇转世，其余党羽，皆二百余蛇族所化。杨涟乃朱衡后世，左光斗即黄达再生。"[①]魏忠贤、客印月及其党羽危害朝纲、陷害朝臣是为了复仇，杨涟、左光斗等人遭受磨难是他们前生造孽应得的报应。就魏忠贤故事而言，魏忠贤作恶多端，最终身死名臭，可谓恶有恶报；杨涟、左光斗被新皇平反，可谓善有善报。

　　同样是写魏忠贤故事，同样是以善恶有报来结构全篇，《警世阴阳梦》则通过"阴梦"部分之果来对应"阳梦"部分之因，小说在结构上分为两大部分的依据就是善恶有报，这与《梼杌闲评》的双重结构明显不同。《警世阴阳梦》虚构魏忠贤死后的"阴梦"，可以印证"阴梦"开篇所说的"善恶两途还自取，死生祸福有来因"[②]。魏忠贤、客氏、崔呈秀等人在阳间杀贵妃、杀忠臣、杀良民、杀义士，罪孽深重，在地狱受尽了苦楚，通过虚构，让"这些生前作恶的人""在冥司受地狱苦楚，历历可据"[③]；那些被魏党所陷害致死的忠臣义士，死后过着神仙般的日子。阳间所发生的一切，"阎罗王殿上逐个记得明白，逐个报还"[④]。通过阴司断狱的虚构来实现善恶有报的伦理归宿。"就阴司断狱的故事而言，显然是对历史事实与道德的冲突有所不满才转而用幻想的方式来平衡。也就是说，这里表达的不是历史事件的因果逻辑，而是说话人的心理需要。

　　① 刘文忠校点：《梼杌闲评》，北京：人民文学出版社1983年版，第564页。
　　② 长安道人国清编次：《警世阴阳梦》，载《古本小说集成》编委会编：《古本小说集成》（第一辑），上海：上海古籍出版社2016年版，第501页。
　　③ 长安道人国清编次：《警世阴阳梦》，载《古本小说集成》编委会编：《古本小说集成》（第一辑），上海：上海古籍出版社2016年版，第502页。
　　④ 长安道人国清编次：《警世阴阳梦》，载《古本小说集成》编委会编：《古本小说集成》（第一辑），上海：上海古籍出版社2016年版，第554页。

这种需要最终被抽象为善恶因果循环报应的叙述逻辑和在戏剧叙事中常见的'大团圆'式结局。"①这说明小说结构有其深层的伦理依据：所有的历史事实背后都有着深层的道德、情感指向。《警世阴阳梦》通过虚构情节的方式，将不曾体现道德因果律的历史事实融入想象的场景之中，加强了小说内部的因果逻辑，以印证"善恶果报，谓之常理"的信念。无论历史事实究竟如何，在小说中的结果最终将指向伦理道德。即使奸佞宵小暂时居于上风，也难以长久。历史故事的叙述最终以伦理逻辑作为依据。在小说家的心目中，忠臣惨死，奸佞当道是有违道德逻辑的，因此在小说中便以"阴间"遭罪的方式来得到心理、情感的补偿。这也就使得小说家在组织小说结构时，往往以传统伦理观念为深层依据，在此基础上可随意裁剪故事，这既保证了小说最终的道德伦理属性，也满足了读者对小说贵幻传奇的期待。

　　就叙述者伦理观念中暗含着善恶有报的逻辑而言，主要有两种情形：一种情形是用道德因果律作为推动叙事进展的内在动力，如《隋炀帝艳史》；另一种情形是将人物自身的伦理品格和人物最终的命运联系起来，如《西汉演义》。两种情形的区别在于：前者的事件是连贯的，历史事件的自然进展乃至结局，与事件发展各个阶段所蕴含的伦理品性息息相关。后者事件是断断续续的，但断断续续事件中人物的伦理表现为人物的最终结局埋下了伏笔。《隋炀帝艳史》表面上是按照时间的脉络写隋炀帝的奇艳之事，但这些奇艳之事直接导致故事的结局，叙述者对诸多奇艳之事始末缘由的叙述本身就构成一种因果逻辑结构。奇艳之事中蕴含的伦理姿态成为推进故事进展的逻辑依据。"道德的意义不在于对历史事实做出是非评判，而在于把道德作为历史事件的内在因果依据。"②叙述者以自身的道德感知架构起历史事件起因、经过、结果间的因果逻辑，所言不仅是一段历史，更是历史所包含的伦理意义。《隋炀帝艳史》以道德因果律作为小说内在的逻辑依据，彰显出一个道理：贪图享受的帝王，会带来王朝覆灭的隐患。《西汉演义》中的项羽，按其实力本来可得天下，但其伦理上的亏欠，让他最终败给刘邦。他杀怀帝，既丧失民心，又逼反英布，削弱了军力；他屠咸阳城、掘秦皇

_____

　　① 高小康：《论中国古代叙事文学的深层结构》，《中山大学学报》（社会科学版）2005 年第 2 期，第23—29 页。

　　② 高小康：《论中国古代叙事文学的深层结构》，《中山大学学报》（社会科学版）2005 年第 2 期，第23—29 页。

陵、烧阿房宫，给人留下残暴的印象；他仗恃武力，不识人才，逼走韩信，且刚愎自用，又逼走范增，心胸不够宽广；他于两军交战之际，贪恋温柔，部下不敢打扰，最终错失军机，个人私情压倒统帅职责……项羽这些伦理上的不足，穿插在楚汉争锋的故事之中，并不明显，但始终作为一股潜流，引导着楚汉双方的势力消长，直至他最终失败。小说第二十一回借范增之口说出"征祥虽寓于天象，盛衰实决于人事"①，将项羽自身的伦理品格和能力，与最终的成败直接联系起来，隐隐架构起一种人物伦理品性和人物最终结局之间的逻辑联系。

二元对立和同类相应的逻辑结构，其结构方式不同，但在伦理用意上却高度一致。就二者的主要模式忠奸对立和善恶有报而言，还可以有机地结合在一起。忠奸对立的伦理冲突和善恶有报的伦理归宿，让历史小说的内在逻辑结构呈现出历史与道德统一的状况。"历史与道德的统一这种深层叙述结构对于官史来讲具有意识形态的必要性。它肯定了已存在的历史事实的合理性，因而也就在劝喻统治者重道德、重民意的同时保证了每一个朝代的统治都是天命所归，具有道德的必然。对于小说叙述来说则可能更多地是在满足一种道德需要。"②当历史事实与道德有所冲突时，小说家便会采取适当的虚构，为其补上历史事实中道德的缺憾，这强化了小说深层结构中的道德因果律。

第三节　时间变形与伦理期待

中国古代小说中的时间，不仅指客观的计时概念，还包含了古人对情感、人生、伦理道德的深刻思考。杨义指出："时间观念上的整体性和生命感，使中国人采取独特的时间标示的表现形态。它不同于西方主要语种按'日—月—年'的顺序标示时间，而是采取'年—月—日'的顺序……在中国人的时间标示顺序中，总体先于部分，体现了他们对时间整体性的重视，他们以时间整体性呼应着天地之道，并以天地之道赋予部分以意义。"③古代小说在时间的标示与使用

---

① 甄伟：《西汉演义》，北京：华夏出版社 2012 年版，第 63 页。

② 高小康：《论中国古代叙事文学的深层结构》，《中山大学学报》（社会科学版）2005 年第 2 期，第 23-29 页。

③ 杨义：《中国叙事学》，北京：人民出版社 1997 年版，第 122 页。

上，透露着强烈的富有民族特色的思维方式与道德文化。"时间"在古人那里，往往包含人生循环、时光飞逝、岁月无情等意蕴。毛本《三国演义》开头借用杨慎的《临江仙》，来表达时间易逝、王朝更迭的循环之感。战争的胜败、王朝的更迭都是历史发展过程中常变常新的所在，历史的变化往往有其自身的因果轮回，不以人的意志为转移，时间在历史小说家的眼里已然超越了简单的物理层面，有了更加深远的伦理意蕴。因此，从伦理文化的角度去解读明代历史小说的时间表现，去窥探在传统文化的影响下，历史小说中所蕴含的时间伦理特征，就有其意义。

在分析明代历史小说时间变形所体现的伦理内涵之前，首先必须明确何为明代历史小说的时间概念。对时间的探讨国内外的叙事学研究已经相当充分。国外如热奈特，他在《叙事话语》中，将时间区分为故事时间与话语时间，并提出"时序""时长""频率"等概念。在辨析叙述时间与故事时间的关系时，他将小说的时间细分为了"概要""停顿""省略""场景"四种。国内如杨义，他在《中国叙事学》中，专列一篇论述时间，对时间顺序、时间刻度等方面进行探讨，并将时间的探讨融入对本土文学作品的分析之中，对如何将叙事时间分析运用于中国古代文学作品起到了示范作用。

一般说来，小说叙事文本中的时间可以分为两种：叙述时间与故事时间。所谓叙述时间，是指叙述故事时所占用的时间篇幅。这一时间也可以称为文本时间，它的计算不是以故事中事件发生从开始到结尾的实际时间的长短作为衡量标准，而是看花多少篇幅可以叙述完这个故事。所谓故事时间，是指故事中的某一事件或多个事件从发生、发展到高潮、结局所经历的时间长度。显然，叙述时间与故事时间各有所指：叙述时间强调的是故事叙述时所花费的时间（通过篇幅来衡量），其表达形式是一维的线性时间；故事时间强调的是故事所实际经历的时间，其表达形式可以是一维的线性时间，也可以是多维的立体时间。包括明代历史小说在内的任何叙事文本，只能采取一维的线性时间展开叙述，故事只能一个一个地讲，叙述只能一页一页地推进，即使有些事情是同时发生的，也只能说完一个再说另外一个，无法做到按照故事的自然状态将故事同时呈现出来。由于只能用一维的叙述时间来表达多维的故事时间，小说就必须要对时间进行处理，打破故事发生的自然时间，造成时间变形，从而用单一的叙述时间来表现故事中的立体时间。

叙述者对时间进行加工处理、使其变形的方式大致可以归为两种：其一是时序变形，即改变所叙故事发生先后的时间顺序，先发生的事情后说，后发生的事情先说；其二是时长变形，即通过控制故事叙述的篇幅，调整故事在文本时间上的占比，换句话说，就是短故事可以花费大量篇幅去铺叙展开，长故事却可以寥寥数笔，甚至略过不提。时长变形自然会引起叙事速度与节奏的变化，此点设专节论述，此不赘述。就叙述伦理而言，明代历史小说的时间变形往往体现了较为明显的伦理意图。无论是时序变形还是时长变形，都可以发现其背后有伦理期待。

一、时序变形与伦理期待

时序变形是对时间顺序研究的结果，"研究叙事的时间顺序，就是对照事件或时间段在叙述话语中的排列顺序和这些事件或时间段在故事中的接续顺序"[①]，事件在叙述话语中的顺序和在故事中的顺序可以一致，此时时序没有变形，即顺序；也可以不一致，此时时序变形。需要说明的是，明代历史小说中最常见的时序是顺叙，即按照故事时间的先后顺序依次展开叙述。就时序分析而言，研究者往往将注意力集中在时序变形上，因为正常的顺叙很难提供深入讨论的空间。这容易造成一种错觉：似乎明代历史小说的时序主要表现为时序错乱而不是顺叙。由于受史传叙事的影响，历史小说叙述总体上仍按照历史发展的时间顺序来叙述事件和人物，顺叙可说是历史小说中的常规时序。"顺叙意味着人物的连贯行动与事件自身的完整逻辑，作者往往会确立某个事件、某些人物作为构造形象体系的核心，而后将这个核心形象内部的冲突与消长演化为一个时间的过程从而串联出种种有关的形象系列或故事情节……在以故事欣赏为小说审美的主要趣味的古代，顺叙应该也只能是小说最主要的时间叙事方式。"[②]顺叙可以表现为通篇小说严格按照时间顺序来展开叙述，如《东西晋演义》每卷开头都依次标明所叙故事发生的年代，历史时间的先后和叙述的推进之间有严格的对照，不容错乱。顺叙也可以表现在局部叙述中。当所叙故事持续时间较短、事情较为简单时，叙述者往往会简明扼要地交代事情的起因、经过与结果。《残唐五代史演

---

① [法]热拉尔·热奈特：《叙事话语 新叙事话语》，王文融译，北京：中国社会科学出版社 1990 年版，第 14 页。

② 罗小东：《话本小说叙事研究》，北京：学苑出版社 2002 年版，第 40-41 页。

义》第五回，当黄巢直逼长安城时，就有一段概略式的顺叙："帝即传旨，收拾三宫六院、嫔妃彩女，上西祁州去。""当日，田令孜同文武保驾，离长安径上西祁州。"①顺叙也可以表现为总体顺叙中包含局部的时序变形，这种情况很常见。需要略作说明。

当所叙故事持续时间较长，故事也较为复杂时，往往会牵涉到众多场景、人物以及一系列相关的小事件。此时，叙述者除了依旧以顺叙在宏观上把握故事的叙述方向外，还会采取倒叙、插叙等方式，打破叙述顺序，以便更好地叙述故事。叙述者面对复杂的故事情形时，打破时序几乎成为当然的选择，但整部小说的叙述总体上看仍是顺叙，如丁琴海所言，"从整个事件的叙述时序看，仍不脱顺时叙述的范畴：主要故事可能由于次要故事的插入而中断；几个独立事件的时间顺序可能难以遽定……，但这些局部因素都无法改变整个大事件是按自然时序排列这样一种总体状况"②。在总体上的顺叙之外进行局部的时序变形，是为了更好地实现小说叙事的效果，达到伦理说教的意图。时序变形主要有几种情况：将叙事时间与故事时间相比照，如果故事时间后发生的事情先说，即为预叙；如果故事时间里先发生的事情后说，即为倒叙；如果故事时间里对已发生的事情进行补充解释，即为补叙；如果故事时间里平白插入一段叙述，即为插叙。这些时序变形背后都有其伦理意蕴，分述如下。

（一）预叙

在中国古典小说中，预叙是经常出现的一种时序变形方式，这或许与"甲骨问事"的思维方式以及史书中多预叙有关。

"甲骨问事"主要是通过占卜来预言吉凶，与小说叙事还有一定的差异。但"甲骨问事"作为统治者的官方行为，并作为易于长久保存的第一手原始的叙事资料，对后世的叙事产生了极为深远的影响③。"甲骨问事"中的"占辞"便是"根据卜书对烧灼后爆裂的甲骨'兆'纹作出判断"④，预言某事将会发生或不会发生，或者预言某事的吉凶，这些"占辞"可认为是早期的处于萌芽状态的预叙。由于"甲骨问事"对后世的影响，这种预叙方式也自然对后来的叙事有所影

① 钟惺、罗贯中：《混唐后传　残唐五代史演义》，北京：华夏出版社2017年版，第149页。
② 丁琴海：《中国史传叙事研究》，北京：国际文化出版公司2002年版，第254页。
③ 傅修延：《先秦叙事研究》，北京：东方出版社1999年版，第41-50页。
④ 傅修延：《先秦叙事研究》，北京：东方出版社1999年版，第41页。

响，《左传》中的有些预叙，便是来自"甲骨问事"中的"占辞"①。"甲骨问事"中的预叙对后世的影响主要是一种思维方式上的影响。"甲骨问事"的直接依据是甲骨"兆"纹这一简单的物理表象，从这些物理表象上，占卜者可以看见表象背后的许多东西，虽然这种"看见"并没有什么确凿的根据，但占卜者和当时的人们一般都相信表象背后的东西确实存在，因而对这些外在的表象极为重视。这种"尚象"思维对中国古代小说叙事有着强烈的影响，使古代小说的叙述者在描绘某个场景之后，往往从叙事中跳出来，对蕴含在场景中的寓意直接进行预言。

史书中的大量预叙，对后来的小说叙事有直接影响。《周易》中的"卦爻辞"与"甲骨问事"中的"占辞"有类似的功用。由于《周易》是经书，它对后世的影响比"甲骨问事"要直接得多。《左传》不仅沿用"甲骨问事"和《周易》的卜筮方法来进行预叙，还通过梦兆等形式来进行预叙②。《史记》有时通过人物之口来进行预叙，《陈涉世家》开头，陈涉抒发了"燕雀安知鸿鹄之志哉"的远大抱负，《李斯列传》开头，李斯也发出了"人之贤不肖譬如鼠矣，在所自处耳"的感慨，纵观《陈涉世家》和《李斯列传》，陈涉起义、李斯从政，都是他们话语的极好写照，因此这些抱负和感慨也可以视为预叙，预叙通过人物话语的形式表现出来，显得很自然，这可视为预叙成熟的表现。直接从史书而来的历史小说，存在大量预叙也就是顺理成章的事情了。

就小说中预叙的具体情况看，有论者指出："传统白话小说中，预述是时序变形的最主要方式，实际上所有的长短篇小说，楔子中都点出了故事的结局，故事尚未开始已知结果。"③这一点在明代历史小说中也多有体现，小说时常在开头会出现寓意深刻的楔子：或是概述下文所要论述的事件，或是凝练出事情的伦理内涵，对事件加以评判，抑或是上述情况同时出现。《魏忠贤小说斥奸书》第三十回开篇诗云："抚世愀然话不平，方朔欲死侏儒生。囹圄夜怜忠直血，贤豪解组皆归耕。"④该开篇诗大致预告了本回内容：由于小人当道，忠贞之士要么

---

① 具体的例子可见杨义：《中国叙事学》，北京：人民出版社 1997 年版，第 152 页；傅修延：《先秦叙事研究》，北京：东方出版社 1999 年版，第 205 页。

② 傅修延：《先秦叙事研究》，北京：东方出版社 1999 年版，第 205-207 页。

③ 赵毅衡：《当说者被说的时候：比较叙述学导论》，北京：中国人民大学出版社 1998 年版，第 115 页。

④ 吴越草莽臣：《魏忠贤小说斥奸书》，载《古本小说集成》编委会编：《古本小说集成》（第一辑），上海：上海古籍出版社 2016 年版，第 333 页。

被陷害身陷囹圄、遭遇酷刑，要么被解甲归田，传达出叙述者的"愀然不平"，表现出对奸佞宵小的憎恨和对忠直贤豪的同情。这种情况的预叙在明代历史小说中非常普遍，究其原因，可能与小说接受者的伦理期待有关。对小说的接受者而言，"讲故事并不是把一件事的过程讲完就算数。人们在期待着故事中所蕴含着的意义显现。……这正是叙事的特征：接受者还没有听到故事，就已经产生了一种期待。人们所期待的不是具体的故事内容，而是故事可能蕴含的意义。"①就此而言，预叙的方式恰恰可以提前满足读者的伦理期待，接受者可以通过预叙来衡量小说是否可以满足自己的伦理诉求。同时，对小说叙述者而言，接受者通过预叙有了初步伦理判断，继而再对具体事件加以深入感受，必然会加深和印证小说叙述者想要达到的伦理效果，从而更好地实现小说蕴含的伦理意义。接受者对于故事所彰显的伦理内涵的把握，往往受作用于共同的伦理语境。正是以伦理语境为基础，叙述者采取预叙方式来叙述故事，用提前透露的伦理观念来引导、满足小说接受者的阅读需要和伦理期待。

就明代历史小说的预叙而言，大致有如下几种表现形式。

其一，回目名称提前告知该回内容。明代历史小说不乏典型的章回体小说，每一回的标题都是对该回内容简洁凝练的概括，这就让标题起到了预叙的效果。看了标题，读者就知道该回大致要讲哪些内容，这些内容有什么样的伦理内涵。如《混唐后传》第八回回目"冯小宝行淫禅寺　武媚娘蓄发还宫"既预告了明确的故事内容，也体现出鲜明的伦理色彩。需要指出的是，由于有些明代历史小说叙事艺术粗糙，并非所有的回目名称都能预告该回的全部内容，有些回目名称只能概括回目内容的一部分，如《残唐五代史演义》第二十二回回目"存孝力服王彦章"、第三十八回回目"彦章智杀高思继"，均只能涵盖该回内容的前面一小部分，第二十六回回目"朱温掣剑挟王铎"更只是该回第一段内容，占该回篇幅约六分之一。

其二，在每回开头，用习惯性短语来引出相关评说，读者从评说中可提前知晓相关内容。这一预叙形式在明代历史小说中很常见，大多数的小说都会出现"有诗为证""俗语道""诗云"等显著字眼来提示叙述者将要用诗词或俗语来发表意见。就诗词、俗语的具体情况来看，往往有两大作用：一是交代后文即将

---

① 高小康：《中国古代叙事观念与意识形态》，北京：北京大学出版社 2005 年版，第 8 页。

展开论述的内容。《隋炀帝艳史》第四十回开头："词曰：'天子至尊也，因何事，却被小人欺？总土木繁兴，荒淫过度，虐民祸国，天意为之。故一旦宫庭兵变乱，寝殿血淋漓。似锦江山，如花宫女，回头一想，都是伤悲。'"①非常明确地交代了接下来即将叙述的内容：帝王大兴土木、搜刮民脂民膏，为了一己私利，不懂恭俭仁义，即使曾有千秋基业，也禁不住如此挥霍，最终导致民不聊生，酿成兵变。国家从此陷入征战之中，曾经的锦绣江山，如今想来只剩感慨唏嘘。诗词将即将发生的事情浓缩在短短数十语中，提前向读者预知了内容，读者也自然而然地形成相应的伦理判断。二是对下文即将论述的故事内容发表感慨，往往带有一定的伦理说教色彩。《樵史通俗演义》第二十二回开头的诗词中就有伦理感慨："忠良奸佞听公评，不禁纷纷感慨生。若并精神图职业，岂容流寇恣纵横？"②《隋史遗文》第二十三回开头："诗曰：自是英雄胆智奇，捐躯何必为相知？秦庭欲碎荆卿骨，韩氏曾横聂政尸。气吐虹霓扶困弱，剑飞霜雪断妖魑……"③无论是前者由具体的流寇事件生发的感慨还是后者对英雄的浮泛感慨，叙述者的伦理意图在回首的诗词中都昭然若揭。值得注意的是，开头处的诗词所具备的两大作用通常是一体的，难以截然分开，将其分为两点论述，只是为了论述的方便。

除了诗词和俗语，回目开头叙述者有时会以评论式的话语来预叙。《隋史遗文》第一回开头便对秦叔宝辅佐秦王进行预叙："止有草泽英雄，他不在酒色上安身立命，受尽的都是落寞凄其，倒会把这干人弄出来的败局，或时收拾，或是更新，这名姓可常存天地。但他名姓虽是后来彰显。"④这番话语已然暗示了秦叔宝等人将要一改隋末颓废之势，名垂青史。在秦琼出场前就将秦琼一生的轨迹展现在读者面前，读者透过字里行间，很容易形成对秦琼能征善战、不贪恋酒色、敢于担当的豪侠形象的认知。

其三，在叙述过程中采用梦境的方式来预示即将发生的事情，预示的内容往往彰显出一定的伦理内涵。历史小说在谈到梦境时，常常会将梦的内容与占卜联

① 齐东野人编演：《隋炀帝艳史》，载《古本小说集成》编委会编：《古本小说集成》（第三辑），上海：上海古籍出版社2017年版，第1287页。
② 江左樵子编辑：《樵史通俗演义》，载《古本小说集成》编委会编：《古本小说集成》（第二辑），上海：上海古籍出版社2017年版，第385页。
③ 袁于令评改：《隋史遗文》，宋祥瑞校点，北京：北京大学出版社1988年版，第182页。
④ 袁于令评改：《隋史遗文》，宋祥瑞校点，北京：北京大学出版社1988年版，第1页。

系在一起，通过对所梦之事进行占卜，从而判断出事情的吉凶，梦成为预叙的一种手段。《残唐五代史演义》第九回，晋王忽然梦到猛虎飞入帐中，晋王惊惧，拔剑与虎争斗，却不料被虎伤了左臂。晋王从梦里惊醒，吓出一身冷汗。晋王心下觉得："此梦不祥。先断我一臂，明日破巢，不知损折何将？"第二天，晋王将此梦言与周德威，德威于是占了一课，言道："此大吉之兆，主公收得一员上将。"①随后也确实应验了这一梦境，晋王在飞虎山收得了李存孝。

梦境有时可以预知人物的兴衰荣辱与命运结局。在中国古代的思想文化中，宇宙世间的万物都是相互联系的，天人之间往往可以通过神秘的媒介得以贯通与连接，梦就是其中之一。古人讨论梦，"总是自觉不自觉地把梦置于天人之际的大框架之中，似乎非如此即不足以真正把握梦的本质及其功能"②。文学创作也经常借助梦境，"梦的思维也能进行文学创作，也是文学创作的一种形式"③，梦境有时可以是对现实的预叙。预叙有其伦理意图，如纪德君所言："预述在演义中频繁出现，从叙事意图上讲，主要是为了表现一种宿命或命定的历史意识，以裨于劝惩教化。"④梦境作为预叙，不仅预示了下文将要发生的事情，也预示了隐含在其中的某种伦理思想。《大宋中兴通俗演义》卷八"何铸复使如金国"这一则，描绘了岳飞妻女的梦境，以此暗示岳飞父子被奸人所害的结局。岳飞之妻梦到岳飞手中架着一只鸳鸯回来，岳飞之女梦到岳云、张宪各抱着一根木头回来，皆不知吉凶。第二日，母女二人请王师婆解梦，知晓此梦甚凶。很快家仆金安报来噩耗，正应了岳夫人所说的"吉凶虽未见，梦想早先知"⑤，梦境预示了亲人的结局。精忠报国的岳飞，在梦境中预示被害，折射出叙述者内心的愤懑之情，也说明梦境除了对人物命运、事件走向有预示作用外，往往在预示时还宣扬伦理教化，劝善惩恶。尤其是小说家面对明代社会黑暗、政治腐败、道德沦丧的状况，希望自己的小说能起到一定的警世作用，恢复或重建社会伦理道德。因此，小说通过各种梦境的编织，借梦中人的口吻来劝诫批判，并预示人物的结局与命运。

---

① 钟惺、罗贯中：《混唐后传 残唐五代史演义》，北京：华夏出版社 2017 年版，第 160 页。
② 刘文英、曹田玉：《梦与中国文化》，北京：人民出版社 2003 年版，第 480-481 页。
③ 刘文英、曹田玉：《梦与中国文化》，北京：人民出版社 2003 年版，第 663 页。
④ 纪德君：《明清历史演义小说艺术论》，北京：北京师范大学出版社 2000 年版，第 146 页。
⑤ 熊大木编：《大宋中兴通俗演义》，载《古本小说集成》编委会编：《古本小说集成》（第四辑），上海：上海古籍出版社 2017 年版，第 714-715 页。

其四，通过异兆、异相来预示人物的命运。《辽海丹忠录》第四回叙述刘总兵准备出兵讨伐敌寇时，就有多处异兆暗示人物的结局。首先在出兵歃血之日，刘总兵亲自斩牛祭旗，却不料手起刀落，牛头断了，但却与牛皮藕断丝连。紧接着，刘总兵"出师之日，金木水火土上星，聚于东井相斗"，皆为异兆，"人都道是不祥"①。这一系列的异兆似乎为后来刘总兵中计，被乱箭射杀，"血流被体"②的结局，提前埋下了伏笔。历史小说有时通过对人物相貌与常人不同的描写，从而揭示人物的使命与结局。《大唐秦王词话》第一回，有对李世民异相的描写，"此子龙凤之姿，天日之表，他日必能济世安民"③。李世民异于常人的长相，与其未来的"济世安民"直接相关，异相与伦理又牵扯在一起。

其五，通过占卜、谶语、碑文、童谣等形式来暗示故事的走向或结局。《续英烈传》第五回，道衍为燕王占卜，说"此卦大奇：初利建侯，后变飞龙在天。殿下将无要由王位而做皇帝么？"④此时的燕王对兴兵作乱尚处犹豫之中，此卦则给了读者一种暗示：燕王将反，并且此反并非师出无名，乃是天命如此，有卦象为证。大逆不道的谋反在预示意义的卦象中成为天命所归。有时小说会采取谶语的方式来预先告知读者下文的故事情节，其间多少也会掺杂着叙述者的伦理态度。《大唐秦王词话》第三回，秦王射鹿取箭而得谶语："箭是金铰箭，鹿是鹿中王，秦王闲采猎，午后有灾殃。"此谶语已然预示了李世民可能有难，众将领皆恳请秦王回营，然而秦王不予理睬，言道："东南上好一座城池，我去瞧一瞧就回。"这一预叙为下文秦王身陷金塘城做了铺垫。回末诗更是将叙述者的价值判断直接抛出，诗云："当时若听三仙谏，岂得身囚巩县城"⑤。小说有时也借碑文来预叙。《残唐五代史演义》第二十回，路旁石碑上的文字就预示黄巢即将被灭于鸦儿谷这一结局。碑文云："灭巢山，鸦儿谷，正是黄巢合死处。"⑥此

---

① 孤愤生：《辽海丹忠录》，载《古本小说集成》编委会编：《古本小说集成》（第一辑），上海：上海古籍出版社 2016 年版，第 62-63 页。

② 孤愤生：《辽海丹忠录》，载《古本小说集成》编委会编：《古本小说集成》（第一辑），上海：上海古籍出版社 2016 年版，第 69 页。

③ 澹圃主人编次：《大唐秦王词话》，载《古本小说集成》编委会编：《古本小说集成》（第三辑），上海：上海古籍出版社 2017 年版，第 10 页。

④ 秦淮墨客编：《续英烈传》，载《古本小说集成》编委会编：《古本小说集成》（第二辑），上海：上海古籍出版社 2017 年版，第 61 页。

⑤ 澹圃主人编次：《大唐秦王词话》，载《古本小说集成》编委会编：《古本小说集成》（第三辑），上海：上海古籍出版社 2017 年版，第 69-70 页。

⑥ 钟惺、罗贯中：《混唐后传 残唐五代史演义》，北京：华夏出版社 2017 年版，第 189 页。

碑文清晰明了地交代了黄巢最终的命运。和碑文相比，童谣的预示效果更强烈。带有谶语色彩的童谣，本身就带有宿命论与命定的色彩。童谣所说初听起来往往不知所云，等到内容被证实后，才悟出童谣所蕴藏的信息，即所谓"翼星为变，荧惑作妖，童谣之言，生于天心"①。《残唐五代史演义》第六回，西祁州街市有童谣传唱"庚子年来日月枯，唐朝天下有如无。山中果木重重结，巢就鸦飞犯帝都。世上逆流三尺血，蜀中两见驻銮舆。若要太平无士马，除是阴山碧眼鹕"②。此童谣里，"唐朝天下有如无"暗示了黄巢在位，僖宗避难，唐朝天下能否中兴不得而知，"巢就鸦飞犯帝都"更是点出了黄巢入长安夺帝位，致使百姓受苦、血流成河的前景。最后言明，如果想要一改此番面貌，换取太平，则必须仰仗"阴山碧眼鹕"。这里的"碧眼鹕"指的便是李克用（因其黄睛绿珠，便自号为碧眼鹕），此后事件的发展走向，尽在童谣中。《三国演义》第三十五回，徐庶转述新野之人的童谣"新野牧，刘皇叔；自到此，民丰足"，在童谣后还特地说明"可见使君之仁德及人也"③，直接点明童谣所包含的伦理意蕴。

其六，是通过道士、长老、军师等智慧化身的人物的话语，指出故事发展的走向，显示其伦理教化功能。《魏忠贤小说斥奸书》第一回，魏忠贤母亲让道者看魏忠贤命相如何，道者言道："所喜地角丰隆，中年荣贵。熊腰虎背，他时蟒玉围身，燕颔凤眉，异日威权独把。只是豺声蜂目，必好杀贪财，先主食人，后必自食。若能慈祥正直，可保令终。"④叙述者借道者之口预示了魏忠贤将在无限荣宠、独断专权之时，滥杀无辜，道者劝诫其要正直忠厚，否则必然会自食恶果。预叙中夹带着劝诫，一定程度上起到了伦理说教的作用。

其七，叙述者通过评论性的叙述预先表明自己的主观态度和伦理立场。叙述者通过先于故事情节的评论性预叙，将事件发展的结局、人物的命运率先挑明，从而先于故事情节对故事结局进行伦理评价，以此达到伦理说教的目的。这种叙述方式"使叙述中的紧张气氛，至少是些许的紧张气氛丧失了。也就是说，由'它如何结束'这一问题所产生的紧张感消失了，因为结局已经预示出来。但是，另一种形式的紧张感可能取而代之，产生诸如'它怎么会这样发生'这类问

---

① 陈寿：《三国志》卷六十一，北京：中华书局1959年版，第1401页。
② 钟惺、罗贯中：《混唐后传 残唐五代史演义》，北京：华夏出版社2017年版，第151-152页。
③ 陈曦钟、宋祥瑞、鲁玉川辑校：《三国演义会评本》，北京：北京大学出版社1986年版，第443页。
④ 吴越草莽臣：《魏忠贤小说斥奸书》，载《古本小说集成》编委会编：《古本小说集成》（第一辑），上海：上海古籍出版社2016年版，第6-7页。

题及诸如此类的变种,如'主人公为什么会这么愚蠢?'以及'社会为什么会容许这样一件事情发生?'等等。预述的这种形式,实际上会引导读者特别去关注人物的命运,关注事件的发展与变化,从而从另一个层面上引起更大的阅读兴趣"①。这意味着,预叙将接受者的关注度从故事情节转移到反思人物命运和故事发展变化的原因上。通过反思,读者往往会更加认同叙述者预先宣扬的道德观念和伦理内涵,从而更好地实现了历史小说的教化功能。历史小说叙述者往往通过预叙方式,先将所要倡导的伦理观念和盘托出,然后再通过一个或多个具体事件来印证这一伦理观念正确与否。往往在章节的开头,叙述者会先对某一伦理观念发表一番议论。《辽海丹忠录》第八回开篇,叙述者就有大段对封疆之臣的评述:"语有云'封疆之臣,当死封疆'。只因朝廷把这个地方托我抚,托我按,托我巡,或托我镇守,托我守备,把一完全地方与我,自当把一个完全地方还朝廷,故存则俱存,亡则俱亡,不可苟且贪生,上负朝廷付托,下负一己名节,方叫奇男子,烈丈夫。"②随后,小说叙述了周游击、秦土司、张御史等封疆之臣,不惧奴酋,死守城池,与士兵百姓共存亡的感人故事和忠贞之情。《樵史通俗演义》第五回,叙述者预叙:"从此朝朝商量,夜夜算计。恰好有了汪文言一件事,他们肯轻轻的放过那些正人君子么?"③下文就有对奸佞宵小如何谋害忠良之臣的具体叙述,以此来回应此处的预叙,前后行文贯通,使得读者在阅读时从头到尾都受到小说家伦理观念的干预,有利于彰显小说的叙事主旨。

叙述者有时也会在章节的结尾处点明对即将到来的事件的伦理态度。《续英烈传》几乎在每回的末尾处都通过"只因……,有分教:……欲知后事,再看下回分解"这样醒目的字眼来预叙下回将要发生的事情,其间不少回目结尾的预叙就带有鲜明的伦理色彩。比如,书中第六回"今日触怒皇上之日,异日可显忠臣之日",第八回"今日评论术士之口,异日血溅忠臣之颈",第十回"征诛得计,仁义抱惭",第十七回"八面威风,不及百灵相助"等等,这些预叙中常常透露着叙述者的价值观念,为下文的叙事进行伦理准备和情感铺垫。

---

① 谭君强:《叙事理论与审美文化》,北京:中国社会科学出版社 2002 年版,第 164-165 页。

② 孤愤生:《辽海丹忠录》,载《古本小说集成》编委会编:《古本小说集成》(第一辑),上海:上海古籍出版社 2016 年版,第 131-132 页。

③ 江左樵子编辑:《樵史通俗演义》,载《古本小说集成》编委会编:《古本小说集成》(第二辑),上海:上海古籍出版社 2017 年版,第 84 页。

（二）倒叙

倒叙在明代历史小说中无论是出现的形式还是出现的频率都远不如预叙。倒叙有其自身的叙述特征、表现形式和伦理价值。

其一，叙述者对人物的倒叙。这种倒叙可区分出两种情形：一种是叙述者让人物先登场参与事件的进程，随后再对人物的来历、才学、品行进行介绍，在介绍时叙述者往往会不自觉地流露出对该人物的伦理态度；另一种是叙述者在人物逝去后，再倒叙其生前经历行为（这些经历或许与其死相关），从而体现该人物身上的某些品质。两种情形都比较常见。第一种情形，如《续英烈传》前两回，太祖对究竟立谁为储君，"心上委决不下，一日坐于便殿，命中官单召诚意伯刘基入侍"。刘基出场后，叙述者才开始对刘基的才学、人品进行介绍："在周可比姜子牙，在汉不让张子房、诸葛孔明，在唐堪与李淳风、袁天罡作配……真足称明朝一个出类拔萃的豪杰。"①《西汉演义》前两回也采用相同的方式来介绍吕不韦。公孙乾领着异人回宅，经过马市，"人丛中立着一人，看了异人容仪，不觉失声大叹曰：'奇货可居也！'"②而后才介绍该人为吕不韦，"天资颖悟，识见精明。幼年曾从鬼谷子，授以相法，善能相人"③。采用倒叙的形式解释了为何吕不韦能一眼看出秦皇孙为异人，体现了叙述者对贤士才能的赞赏和认同。第二种情形，如《三国演义》第七十二回对杨修的处理。在交代了曹操以杨修造谣生事、扰乱军心为由将其处死之后，对杨修和曹操之间的过节进行倒叙，揭示了杨修"恃才放旷，数犯曹操之忌"。曹操修筑一个花园，"不置褒贬"，只在门上写了一个"活"字，众人皆不明其意，只有杨修读懂其意，原来曹操嫌门太阔了。"操虽称美，心甚忌之。"曹操因担心有人暗中加害自己，一日酣睡，被子掉落在地上，身旁近侍为其盖好，曹操拔剑将其杀死，事后却佯装自己是在梦中杀人，并不清醒。杨修识破了曹操的心事，"叹曰：'丞相非在梦中，君乃在梦中耳！'操闻而愈恶之"④。叙述者采取倒叙的方式将一系列杨修生前与曹操之间发生的事情集中展示出来，一方面呈现了杨修恃才傲物、不知进退的

① 秦淮墨客编：《续英烈传》，载《古本小说集成》编委会编：《古本小说集成》（第二辑），上海：上海古籍出版社 2017 年版，第 14-15 页。

② 甄伟：《西汉演义》，北京：华夏出版社 2012 年版，第 3 页。

③ 甄伟：《西汉演义》，北京：华夏出版社 2012 年版，第 4 页。

④ 陈曦钟、宋祥瑞、鲁玉川辑校：《三国演义会评本》，北京：北京大学出版社 1986 年版，第 890-891 页。

才子形象，另一方面也折射出曹操心胸狭隘、阴险善妒的性格特征。

其二，叙述者对事件的倒叙。这种倒叙主要有两种情形：一种是在故事进展中透露此前发生的某件事，然后再详细倒叙该事件；一种是某种情况出现后，将产生这种情况的原因倒叙出来。这两种情形比较少见。第一种情形如《新列国志》第五回，郑庄公与群臣议事之时得知州吁弑杀卫桓公之事，然后，叙述者详细展示了州吁如何利用饯行宴席来刺杀卫桓公的整个过程。对这场杀兄夺位之事，叙述者借"史臣有诗"叹曰："郑庄克段天伦薄，犹胜桓侯束手亡。"[①]第二种情形如《东西晋演义》"西晋卷之一"之"罢武备诸胡兵起"，晋武帝不听山涛、陶璜谏言，下诏"去州郡武备"后，"天下大乱"，然后倒叙"天下大乱"是如何开始的："初，鲜卑莫护跋始自塞外，入居辽西棘城之北，号慕容部。至孙涉归迁于辽东之北，内附中国，数从征讨有功，拜大单于。至是始叛，以兵五万寇昌黎，此乃戎乱之始，如涛、璜所言。"[②]从倒叙中，可以看出慕容部从依附到叛乱的经过。晋武帝刚愎自用，为以后的乱世埋下祸根。

其三，人物对人物的倒叙。这种倒叙主要有两种情形：一种是人物对别人的倒叙，一种是人物对自我的倒叙。这两种情形都比较少见。人物对别人的倒叙，不能只是简单地介绍别人的过去，而是对别人过去的某段经历有比较详细的铺叙。《三国志后传》第八回，关防向靳准询问进店里的两个汉子为何人，靳准详细地叙述了孔苌、桃豹二人的故事，绘声绘色地描述了孔苌杀夜叉、桃豹杀强梁大户的故事，显示了二人为民除害在所不辞的义举。人物对自我的倒叙，除了人物在言语中展示自己过去的某段经历外，还有一个特别之处，即在一些表章之中，叙说自己的过去。前者如《梼杌闲评》第二十三回，客印月与魏进忠重逢之后，叙述当初侯七因赌败家，自己迁移京城为宫中保姆的经过。后者如《三国志后传》第四回，王濬上表武帝，以辨别王浑之疏对自己的诬告，辨别过程中倒叙了自己在灭吴过程中的具体行为，且表明自己的忠诚心迹，"事君之道，苟利社稷，生死以之"[③]。

其四，人物对事件的倒叙。这种倒叙主要有两种情形：一种是人物对自己亲

---

① 墨憨斋新编：《新列国志》，载《古本小说集成》编委会编：《古本小说集成》（第二辑），上海：上海古籍出版社 2017 年版，第 102 页。

② 杨尔曾：《东西晋演义》，北京：华夏出版社 2013 年版，第 4 页。

③ 西阳野史编次：《三国志后传》，孔祥义校点，上海：上海古籍出版社 2007 年版，第 27 页。

身经历事件的回忆，一种是人物对第三方事件的复述。这两种情形都比较常见。第一种情形如《三国演义》第二十一回，曹操煮酒论英雄之前，"见枝头梅子青青"[1]，便向刘备回忆自己去年征讨张绣时望梅止渴的故事，虽是触景生情，却写出曹操当时的随机应变和此刻的自鸣得意，并引出下文青梅煮酒论英雄时"舍我其谁"的气概。第二种情形如《于少保萃忠传》第十一回，于谦审理静果寺杀人案件，僧人和妇人的叙述都是从各自视角对案件的复述。两名恶僧招认："半月之前，晚间见一后生，领着一妇人，在此经过。我僧等三四人，在此乘凉，偶见妇人生得好，遂起谋心，用绳勒死。"被救妇人哭诉道："妾因夫死七日，同一九岁儿来此山中做碗麦饭。众僧见妾独行，一齐强搂进寺。"[2]僧人和妇人对事件的倒叙，完整地展现了恶僧杀人后再掳人的强盗行径。

（三）补叙

叙述者在叙述事件的进展过程中，有时对其中的事件或人物进行一些补充说明，就故事进程看，这些补充说明的内容是此前发生的，就此而言，补叙和倒叙在时间上有其一致性，都是先发生的事情后说，但和倒叙不同的是，补叙并不隔断叙事话语的流程，简单的补充交代不妨碍叙事的进程，和倒叙因对过去的详细铺叙而隔断叙事进程形成对比。补叙的情形大致有以下四种。

其一，补充交代人物的身份、性格和伦理品格。《残唐五代史演义》第二回，在僖宗向群臣讨教治乱平反的良策时，"闪出佞臣田令孜"，紧接着补叙田令孜的身份，"此人总督三省六部，正是文官的班头、武将的领袖"[3]，这样的身份地位和"佞臣"这样的称呼，可以预见田令孜在事件的进展中，将起到不小的负面作用，第二十四回"田令孜弄权封爵"果然显示出其佞臣和地位的危害。《三国演义》第一回，刘备出场前，叙述者对其性格、处事方式和身份进行了补充交代："那人不甚好读书，性宽和，寡言语，喜怒不形于色；素有大志，专好结交天下豪杰……中山靖王刘胜之后，汉景帝阁下玄孙。"[4]补叙中显示出对刘备的尊崇和推许。《隋史遗文》第七回，秦琼为了生计，将自己心爱的坐骑卖掉

① 陈曦钟、宋祥瑞、鲁玉川辑校：《三国演义会评本》，北京：北京大学出版社 1986 年版，第 257 页。

② 孙高亮纂述：《于少保萃忠传》，载《古本小说集成》编委会编：《古本小说集成》（第二辑），上海：上海古籍出版社 2017 年版，第 154-155 页。

③ 钟惺、罗贯中：《混唐后传 残唐五代史演义》，北京：华夏出版社 2017 年版，第 144 页。

④ 陈曦钟、宋祥瑞、鲁玉川辑校：《三国演义会评本》，北京：北京大学出版社 1986 年版，第 4 页。

以后，看到卖马换来的一包银子，"比他（单雄信）得马的欢喜，却也半斤八两"，秦琼是这样一个贪恋钱财、不重感情的市井俗人吗？叙述者紧随其后补叙消解了这一疑问："叔宝难道这等局量褊浅？他却是个孝子，久居旅邸，思想老母，昼夜熬煎，见此银就如见母的一般，不觉的：欢从眉角至，笑向颊边生。"①这一补叙，尽显秦琼之孝顺。

其二，补充交代人物祖上的情况。《南史演义凡例》云："凡忠义之士，智勇之臣，功在社稷者，书中必追溯其先代，详载其轶事，暗用作传法也。"②往往在论述到忠勇之臣的时候，叙述者先补叙其先人的所作所为，以此显示出忠勇之臣的满门忠烈。《于少保萃忠传》第一回，开篇介绍于谦，"先世皆为显宦。公之祖名文大者，官至工部主事，常念宋丞相文天祥忠烈，侍奉其遗像甚虔。"③《大宋中兴通俗演义》卷一"岳鹏举辞家应募"一则介绍岳飞时，追溯到"其父岳和能勤俭节食，以济饥者，耕田有侵其地界，和即割与之，亦不与辩……其妻姚氏尤贤"④。对祖上情况的补叙，可见出其祖上都有仁爱之心。这种人物介绍让补叙显得非常自然，但正是这看起来非常自然的补叙，为人物的伦理行径找到了血缘上的依据。

其三，补充交代事件发展的原因。《隋史遗文》第十回，秦琼在单雄信的宅邸做客数日，恰逢除夕佳节之际，便想回家。单雄信得知后便要秦琼务必再留一晚，等到明天一早一定让其赶路回家。随后，叙述者便向读者揭露了单雄信要求秦琼再留一夜的原因，"你道雄信为何直要留到此时，才放他回去？"原来单雄信为秦琼做了一副熔金鞍辔，精巧异常，但单雄信害怕秦琼不肯收此重礼，便换了一礼，将白银打扁缝在其铺盖卷中，"捎在马鞍鞴后，只说是铺盖，不讲里面有银子"⑤。这一补叙体现了单雄信的用心良苦，将二人之间浓厚的兄弟情义表现了出来。

其四，补充交代人物的另一面。《续英烈传》第七回，有人密告建文帝，言

① 袁于令评改：《隋史遗文》，宋祥瑞校点，北京：北京大学出版社 1988 年版，第 61-62 页。
② 杜纲编次：《南史演义》，载《古本小说集成》编委会编：《古本小说集成》（第二辑），上海：上海古籍出版社 2017 年版，第 3-4 页。
③ 孙高亮纂述：《于少保萃忠传》，载《古本小说集成》编委会编：《古本小说集成》（第二辑），上海：上海古籍出版社 2017 年版，第 3 页。
④ 熊大木编：《大宋中兴通俗演义》，载《古本小说集成》编委会编：《古本小说集成》（第四辑），上海：上海古籍出版社 2017 年版，第 78 页。
⑤ 袁于令评改：《隋史遗文》，宋祥瑞校点，北京：北京大学出版社 1988 年版，第 87-88 页。

及湘王伪造宝钞，残害无辜百姓，建文帝听后，"降诏切责，令其修省"。行文至此，似乎事情顺理成章，并未有何不妥，读者读来甚至会赞扬建文帝是赏罚分明的仁君。但是，紧随其后，叙述者的补叙显示了一个不一样的湘王形象："原来湘王名柏，是太祖第十一子，生得丰姿秀骨，具文武全才，好结交名人贤士。自分封到荆州，造一景贤阁，以延揽四方俊彦，一国士民皆称为贤王。"这一补叙完全颠覆了湘王残害百姓、为一己私利而伪造钱币的形象。随着事情的进一步发展，朝廷得知湘王受到诏书切责心生不平，便派兵围剿湘王，湘王愤恨，自尽而死。在湘王看来，"如今为小人离间，遣兵相逮。若至京师，自当听一班白面书生、刀笔奴吏妄肆讥议，心实不堪"，因而，命宫人纵火，"遂乘马执弓，跃入火中而死。阖宫妃妾，尽皆赴火焚死"①。至此，事情水落石出，建文帝听信小人谗言，不辨是非，致使手足相残。叙述者用补叙手法，在改变湘王道德形象的同时，也改变了建文帝的仁君形象。

（四）插叙

倒叙、补叙均针对某一件事情而言，倒叙、补叙的内容都是关于这件事情的，插叙则在叙述这件事情的过程中，插入另外的事情。

明代历史小说中的插叙有时不一定是叙述者主观意图的结果，更多的是由于故事时间与叙事时间相冲突而造成的结果。就叙述时间而言，故事必须一个一个讲，不可能在一个时间点上同时讲述两个或多个故事，而真实的故事时间却常常会有几件事情同时发生的情况。因此，"话分两头""且说""却说""此处按下不提"这些插叙的标记性词语经常出现在历史小说中，表示叙述者要暂停所叙之事，转而叙述到别的事件上了。插叙是改变叙事时间一维性的重要方式，《大宋中兴通俗演义》中的"话分两头"有十四处，《唐书志传通俗演义》里的"话分两头"有十五处，显示了插叙的常见。

明代历史小说中的插叙，大致有以下三种情形。

其一，两件事情同时发生，不得不在说完第一件事情后，回过头来再说另一件事。《后七国乐田演义》第十一回开头，叙齐湣王半夜自临淄逃走，叙述者"按下不提"，插叙乐毅围昼邑，王烛死节，乐毅破安平，田单用计逃离安平奔

---

① 秦淮墨客编：《续英烈传》，载《古本小说集成》编委会编：《古本小说集成》（第二辑），上海：上海古籍出版社 2017 年版，第 97-99 页。

即墨，然后，叙述者话头一转："田单是后话，且按下不提。却说齐湣王自半夜里带领着数百个文武官，开了西门逃走而去……"①叙述齐湣王一行逃亡过程中仍"争天子礼"的荒唐狂妄之举。所插叙的乐毅相关内容，就发生在齐湣王逃亡期间。

其二，叙述过程中突然插入其他事件，插入的事件与正在叙述的事件并不是同时发生的。《英烈传》第十七回，在叙述太祖命孙炎去金华请宋濂之后，紧接着用"却说处州有个青田县"，插叙刘伯温的故事，刘伯温故事最后所说的"不觉光阴已是十年之期"②，说明刘伯温的故事是十年前的故事。刘伯温的故事之后，又用"话分两头，恰说大夫孙炎领了太祖的军令，来到金华探访宋濂"回到朱元璋请宋濂的故事。就朱元璋招揽人才来看，刘伯温的故事完全是外在的，但就下文宋濂带孙炎访刘伯温而言，刘伯温的故事又是必要的铺垫。从刘伯温的故事看，他十年间推辞了张士诚、方国珍、徐寿辉、刘福通等人的邀请，最终却和宋濂一道归依朱元璋，可见朱元璋乃"真命天子"③。

其三，在叙述事件发展过程中，"平白无故"地插入当事人的其他事件。《隋史遗文》第二回至第四回，主要叙述李渊遭宇文述构陷不得不拖家带口离开长安的故事，宇文述让东宫卫士扮作强盗埋伏在李渊赴太原的必经之路上，欲杀其灭口。恰巧秦琼经过此地，"今路见不平之事，如何看得过"，④便拔刀相救。事情的起因、经过、结果清晰而完整，小说第三回开篇，却突然插叙了秦琼的性格、生平和成长经历，占了大半回的篇幅。对秦琼救李渊的故事而言，这段插叙纯属多余，没有这段插叙，对该故事的进展不会产生任何影响，但叙述者不惜打乱叙述进程，也要对其人物的品格进行描绘，其目的显而易见：为秦琼的行为找到人品上的依据，赞扬其侠义情怀。第三回开篇，就借《宝剑篇》之诗来抒发贤才埋没、豪杰难容的状况，将贤才李渊和豪杰秦琼联系起来："知己无人奈若何？斗牛空见气嵯峨。黯生霜刃奇光隐，尘锁星文晦色多。匣底铦锋悲自屈，水中清影倩谁魔？华阴赤土难相值，只伴高人客舍歌。"⑤然后从秦琼的父亲秦彝开始，叙说秦琼的成长经历和人格品性，在整个江北，秦琼是个家喻户晓的豪

① 吴门啸客、烟水散人：《前后七国志》，北京：华夏出版社 2013 年版，第 185 页。
② 郭勋：《英烈传》，北京：中华书局 2013 年版，第 57 页。
③ 郭勋：《英烈传》，北京：中华书局 2013 年版，第 56 页。
④ 袁于令评改：《隋史遗文》，宋祥瑞校点，北京：北京大学出版社 1988 年版，第 30 页。
⑤ 袁于令评改：《隋史遗文》，宋祥瑞校点，北京：北京大学出版社 1988 年版，第 19 页。

杰："才奇海宇惊，谊重世人倾。莫恨无知己，天涯尽弟兄。"①插叙秦琼的成长经历虽然不影响李渊路途遭伏击的故事，但可以明了秦琼侠义壮举的由来。

二、时长变形与伦理期待

时序指时间的顺序，时长指时间的跨度。"故事中的时间跨度是指单位时间内的历史容量"②，单位时间指的是故事时间和文本空间之比，一个跨度为五年的故事如果用五页的篇幅来叙述，单位时间便是一页叙述一年的故事，但任何叙述都不可能严格按单位时间来展开，如热奈特所言："无论在美学构思的哪一级，存在不允许任何速度变化的叙事是难以想象的，这个平常的道理已具有某种重要性：叙事可以没有时间倒错，却不能没有非等时，或毋宁说（因为这十分可能）没有节奏效果。"③热奈特所说的"速度变化"就是此处所说的时长变形。热奈特曾将速度变化区分为停顿、场景、概要和省略，米克·巴尔加上了延长，这样，时长变形（速度变化）就以场景为中轴线，形成时长拉伸和时长压缩两个方面，时长拉伸包括延长和停顿，指花较多的篇幅叙述较短时间内的事情，时长压缩包括省略和缩写（即热奈特所说的"概要"），指花较少的篇幅叙述较长时间内的事情，作为中轴线的场景，在文本中一般以对话为标准。无论时长拉伸还是时长压缩，"小说家对故事中时间跨度的调度最终影响到文本的价值世界的结构"。④明代历史小说的时长变化，可以从时长拉伸和时长压缩两个方面来展开说明。

（一）时长拉伸

时长拉伸是指小说文本花了超过场面展示和叙述清晰所需要的篇幅，来详细地描写某个场面或细致地铺叙某个细节，如果描写和铺叙伴随着事件的进展，就是延长；如果描写和铺叙导致事件进展处于停滞状态，就是停顿。从总体上看，明代历史小说停顿较多，延长较少，或许强烈的伦理教化意图，容易让叙述者就某一人物或事件动辄发表一番道德议论而停止事件进展。如何在推进事件进展的

---

① 袁于令评改：《隋史遗文》，宋祥瑞校点，北京：北京大学出版社 1988 年版，第 22 页。

② 徐岱：《小说叙事学》，北京：中国社会科学出版社 1992 年版，第 255 页。

③ [法]热拉尔·热奈特：《叙事话语 新叙事话语》，王文融译，北京：中国社会科学出版社 1990 年版，第 54 页。

④ 徐岱：《小说叙事学》，北京：中国社会科学出版社 1992 年版，第 255 页。

同时，用"延长"来将事件发展和伦理意图融为一体，对明代历史小说的叙述者而言，可能还是个难题。无论延长还是停顿，明代历史小说中都有诸多情形。

1. 延长

明代历史小说中的延长大致有四种情形：或是在对话的基础上加以铺叙，或是在展示某个场面时过于细致，或是在人物介绍时超过一般的需要，或是在延长中开启另一事件。

第一种情形不常见，因为大多数的对话结束后，往往立即转向事件或立即转向评论（转向事件为叙述自然流程，转向评论为停顿），但偶尔也有一些对话结束后，叙述者对对话内容加以分析，分析时还暗含着事件的进展。《杨家将演义》卷三"朝臣设计救六郎"，太守张济和狱官伍荣商议用长相酷似六郎的死刑犯蔡权顶替六郎，二人对话结束后，叙述者叙述："济令取出视之，果与六郎无异，遂分付伍荣多与酒食灌醉，令夜枭其首级密包裹了，送入后衙来。伍荣依计，暮夜枭权之头，见济。"①这段叙述的内容，在张济和伍荣的对话中已经出现，此处再具体展现，尤其突出"夜枭""后衙""暮夜"，既显示出此事的机密性，也暗含二人为救忠良而承担的风险。

第二种情形比较常见。《西汉演义》第八十三回，项羽垓下之围失败后，带领二十八骑在村中过夜，项羽做了一个梦："将至半夜，忽见天边一轮红日，浮于江面，见汉王乘五色彩云，翱翔而来，将红日抱于怀中，驾云而起，但见相连云脚之后，有万缕祥光，接续不断……"梦境有些地方是延长，"乘五色彩云，翱翔而来"与"驾云而起"实属累赘，既有"万缕祥光"，无须"接续不断"，但叙述者不惜笔墨，细致地描摹这一梦境，为下文项羽所感叹的"天命有在，不可强也"张目②。

第三种情形也比较少见。《开辟演义》第十一回开头介绍女娲："却说女娲氏，系女身，乃伏羲氏之妹，同母所生，生而神灵，面如傅粉，齿白唇红，身长二丈五尺，幼极聪慧，长佐兄正婚姻媒的嫁娶之礼，以重万民，是为神媒，帝爱而敬之。伏羲氏崩，群臣推女娲氏即位，号为女皇，建都于中皇之山。"③此段人物介绍，超出一般人物介绍的需要，在《开辟演义》诸多人物介绍中，也很特

---

① 佚名：《杨家将演义　说呼全传》，北京：中华书局2013年版，第80页。
② 甄伟：《西汉演义》，北京：华夏出版社2012年版，第283页。
③ 周游：《开辟演义》，北京：华夏出版社2013年版，第26页。

别，关键在于它在介绍时还带有"面如傅粉，齿白唇红"的形象描写，并夹杂"生而神灵""幼极聪慧""以重万民"的品性介绍。通过这样的介绍，勾勒出女娲精明、正直的形象。

第四种情形可谓罕见。《隋炀帝艳史》第十四回，隋炀帝发现庆儿梦魇，忙将其唤醒，然后庆儿详细叙述了自己的梦境，梦境中庆儿和隋炀帝正在游乐，"忽半空中一条白龙从云端里挂将下来，向陛下的项下团团的围绕了一遍，依旧飞上天去，倏然不见；忽回头，又见殿四角上开了无数的李花。将陛下围在中间；陛下正看花饮酒，又忽然一阵风起，再看那花时，却不是李花，都是烈腾腾的火焰，顷刻间殿宇都被烧着，陛下却坐在火焰之中，不能得出"①。这段"延长"展示的故事和该回故事进展无关，但这个故事对后来隋炀帝的结局有一定的预示意义，也有其道德警示意义，如听到此梦境描述的王义所言："梦寐渺茫，吉凶难料，只望陛下修德以胜之。"②

2. 停顿

明代历史小说中的停顿大致有五种情形：或是对人物、事件发表评论；或是在回首诗或回末诗中就某一品质或某一事件发表感慨；或是就某个事物进行详细描写；或是详细展示事件进展过程中涉及的诏书、表策等相关内容，这些内容与事件进展又无必然关系；或是援引其他材料来证实前文所叙之人事，从而中断叙事流程。

第一种情形可谓比比皆是。《新列国志》第十四回，连称杀齐襄公，后有一段以史官名义发表的评论："史官评论此事，谓襄公疏远大臣，亲昵群小……连称、管至父，徒以久戍不代，遂行篡弑，当是襄公恶贯已满，假手二人耳。"③对此事的评论，完全中断了事件的进展，表达出对齐襄公的道德谴责。第二种情形在很多回首诗和回尾诗中有所体现，这些诗有些有预叙的功能，有些纯粹是发表感慨，但对事件的进展而言，这些诗词都可谓"停顿"。《英烈传》每回开头都有回首诗，其中不乏道德说教内容，此不赘述。第三种情形或许与说书人惯用的对人物或事物的铺叙有关，《英烈传》第五十二回，对杭州城的描述就颇有

① 齐东野人：《隋炀帝艳史》，不经先生评，李悔吾校点，武汉：长江文艺出版社 1985 年版，第 138 页。
② 齐东野人：《隋炀帝艳史》，不经先生评，李悔吾校点，武汉：长江文艺出版社 1985 年版，第 138 页。
③ 墨憨斋新编：《新列国志》，载《古本小说集成》编委会编：《古本小说集成》（第二辑），上海：上海古籍出版社 2017 年版，第 286-287 页。

"说书"痕迹："南面凤凰，东吞潮汐，西钟湖泽，北枕超山……纵是顽残三二日，要非元恶渠魁。"[①]这种情形与叙述伦理关系不大。第四种情形涉及的诏书、表策等内容本来是事件的有机组成部分，按说应该能对事件的进展或延缓起一定作用，但有些诏书、表策内容纯属抄录，与事件进展基本无关。《英烈传》第七十五回，太祖在南郊"设奠行礼，读祝文"，然后抄录了"祝文"的内容，内容的前半部分是回顾以往的经历，后半部分是对此后战事的部署，看起来后半部分对下文的叙事有一定的引导作用，但删除整个"祝文"内容，丝毫不影响该回的故事进展。第五种情形或许是历史小说独有的，如此"停顿"的目的无非是想说明小说的叙述有史实依据。《三国志后传》从其立意看，完全是一本虚构的小说，为了增强叙述的历史真实感，经常在叙述某个人物或事件时，援引所谓的史书依据（是否真如史书一致则另当别论），打断叙述进程。如第八十二回，叙述琅琊王司马睿偏安江东，招引卞壶、贺循等高士，并在王导规劝下"绝不饮酒"，此后，"按晋史"，对司马睿、贺循、卞壶的主要事迹——交代[②]，这些交代主要是补叙，但补叙的内容只是为了增强此前所叙述人物的历史依据，与此后的故事进展没有关系，这实际上造成叙事进程的停顿。

（二）时长压缩

和时长拉伸中的延长和停顿相对应，时长压缩有缩写和省略。

1. 缩写

明代历史小说中的缩写，大致有三种情形：或是叙述者对故事、人物进行简短的介绍或说明，或是人物对故事或人物行为的转述，或是在两个场景之间介绍一个相关的场面以衔接。

第一种情形非常普遍。叙述者对故事的缩写，有时是在详细描述某个故事后，对后续类似的情况作概要式的提点。《续英烈传》第七回，在详细铺叙山东齐王被废、荆州湘王被迫自杀之后，接着用缩写介绍了一些王爷们的后续处境："过不多时，又有人告岷王凶悖，有旨削其护卫。过不多时，又有人告代王贪虐，将为不轨。"此后是更为简略的总结性介绍："话说周王、齐王、湘王、岷

---

① 郭勋：《英烈传》，北京：中华书局 2013 年版，第 165 页。

② 西阳野史编次：《三国志后传》，孔祥义校点，上海：上海古籍出版社 2007 年版，第 576-578 页。

王、代王，不上一年，尽皆废削。"①虽然叙述者在此处采取了缩写的方式，并未叙述每一个王爷如何被人构陷、旨意如何被执行等细节，但一大批皇室宗亲被削被废，可以看出建文帝是一个庸碌无能、偏听偏信、不念手足之情的昏庸帝王。叙述者对故事的缩写，有时是对已发生事情的概述，以引起下文。《三国志后传》第三十五回开头说"汶山功曹陈恂，恨恼赵廞暗害耿滕，行文各处，集兵问罪"②，既是对上文的简要回顾，又引出后面姜发设计斩陈总的故事。叙述者对故事的缩写，更多的是对故事进展过程中某些环节的概要式提及，《梼杌闲评》第四十七回，魏忠贤因皇上生病，"怕新主不平……只在外面分布党羽，希图非望"③，将魏忠贤的野心浓缩在缩写之中。叙述者对人物的缩写，可以是对某一人物的介绍，也可以是对几个人物之间关系的说明。前者如《东西晋演义》"西晋卷之二"之"鲁褒伤时作钱论"开头："是时，惠帝为人戆骏，是日朝散，即入华林园闲玩。"一个痴呆皇帝，终于引发下文所说的"政出多门"和"货赂公行"④。后者如《隋史遗文》第九回，秦琼寄居在单雄信的二贤庄后，叙述者对庄上之人的关系做了概要式的说明："自此魏玄成、秦叔宝、单雄信三人，都成了知己。"⑤透露出英雄惺惺相惜之情。

第二种情形是人物对事件的简要转述或向别人简单介绍某一个人物。和叙述者的介绍或说明相比，人物的转述或介绍，主观色彩更强一些。《三国演义》第五十六回，鲁肃依周瑜之计，和刘备、诸葛亮商量东吴取西川给刘备作嫁资，经过荆州时需要刘备资助钱粮，诸葛亮都答应下来。然后"鲁肃回见周瑜，说玄德、孔明欢喜一节，准备出城劳军"⑥。虽是用叙述者语气，实乃鲁肃转述，且转述的只是他眼中所看到的表象。人物对事件的转述中往往包含着个人立场，有时未必是事件真相，甚至有可能是故意歪曲事实或捏造事实。《混唐后传》第二回，苏保童听闻迷王有意攻打长安，便主动请战："陛下若欲夺取唐朝天下，臣虽不才，愿领兵为前部。"太宗准备迎战，命李勣携旨宣薛仁贵为帅，但薛仁贵

---

① 秦淮墨客编：《续英烈传》，载《古本小说集成》编委会编：《古本小说集成》（第二辑），上海：上海古籍出版社 2017 年版，第 99、101 页。

② 西阳野史编次：《三国志后传》，孔祥义校点，上海：上海古籍出版社 2007 年版，第 236 页。

③ 刘文忠校点：《梼杌闲评》，北京：人民文学出版社 1983 年版，第 525 页。

④ 杨尔曾：《东西晋演义》，北京：华夏出版社 2013 年版，第 47 页。

⑤ 袁于令评改：《隋史遗文》，宋祥瑞校点，北京：北京大学出版社 1988 年版，第 78 页。

⑥ 陈曦钟、宋祥瑞、鲁玉川辑校：《三国演义会评本》，北京：北京大学出版社 1986 年版，第 696 页。

以年老力衰为由，不愿领兵。勣于是说："将军果是力衰，下官不敢相逼。闻说苏保童，武艺高强，能敌千员大将，说中国只有薛仁贵，如今年老，怎当我年少勇猛，中国更无人可对敌。"①苏保童的原话只是一个正常请战的姿态，在李勣口中，却成了对薛仁贵的挑衅。李勣对薛仁贵用激将法，显然是为了促使薛仁贵领兵出战。人物介绍他人时，往往有对被介绍之人的评价。《三国演义》第三十六回，徐庶向刘备推荐诸葛亮时称赞诸葛亮"乃绝代奇才"②，寥寥数语，对照后来诸葛亮的丰功伟绩，徐庶此处的称赞可谓实至名归。

第三种情形是在两个场景的展示之中用讲述的方式对一些相关的事情加以交代。《梼杌闲评》第四十五回，魏忠贤六十寿辰，先是魏忠贤、客印月、崔呈秀、李永贞、刘若愚等人的家宴，后是宾客满门的正宴。两个宴会都有比较详尽的场面展示，两个场面之间，是类似情况的缩写。家宴之后，"次日忠贤亲往谢酒。那些子侄、李刘二弟兄并众干儿子，都轮流置酒称庆，在席并无外客，总是他一家儿的人，就如杨国忠姊妹一般"③。这样的缩写不仅避免了冗长的类似描写，舒缓了叙述节奏，而且将叙述者对这种"轮流置酒称庆"的态度表露出来，"就如杨国忠姊妹一般"，显然对魏忠贤"一家儿的人"表示出不满和不屑。

2. 省略

明代历史小说中，省略很多时候只是叙述者为了行文的方便而省去相关情节的交代，使得上下文之间的衔接显得连贯，并没有多少主观意图。像"过了五七日"（《隋炀帝艳史》第二回）、"停了五六日"（《辽海丹忠录》第二十二回）之类的省略，仅仅是为了叙述的流畅。有时叙述者对于不重要的故事情节，也会简单交代一下情况，省略故事中烦琐的细节。《樵史通俗演义》第一回写天启成婚时，仅仅"只为大婚事，匆匆又忙了月余"一句，便一笔带过，至于婚礼如何准备、宴请哪些宾客等诸多事宜都省略不提。《残唐五代史演义》第三回写黄巢出生，只简要述及"怀胎二十五个月""经过旬日"，黄宗旦见到了小儿黄巢时有感于"此子奇异"，便领回家亲自抚养。叙述者对黄巢从出生到长成小儿的过程通通省略不提。

省略，既有因叙述方便而无意为之的，也有有意为之的，具体说来，省略大

---

① 钟惺、罗贯中：《混唐后传 残唐五代史演义》，北京：华夏出版社 2017 年版，第 14-15 页。
② 陈曦钟、宋祥瑞、鲁玉川辑校：《三国演义会评本》，北京：北京大学出版社 1986 年版，第 455 页。
③ 刘文忠校点：《梼杌闲评》，北京：人民文学出版社 1983 年版，第 507 页。

致有以下几种情形。

第一种情形是直接省略某些情况。这种省略很常见，可以是有明确标记的省略，如"三日后"，也可以是没有标记的省略，如"却说……"，"却说"之前的叙述内容和"却说"之间的事情全部省略了。这种省略可以是因为情况类似无须反复叙说而省略，也可以是因为内容无足轻重而省略。《续英烈传》第六回："（太祖）忽一日寝疾不豫。皇太孙日夜侍奉，衣不解带，饮食汤药，俱亲手自进。太祖病了两月，到闰五月，一旦鼎湖上升，皇太孙躃踊哭泣，哀毁骨立。"[①]"太祖病了两月"，这两个月中皇太孙照料太祖的情况省略了。但从上下文来看，皇太孙自太祖病倒便一直服侍在其左右，日夜不离，直到太祖去世，省略的内容很容易被填补起来，叙述者的价值取向与伦理态度在省略中也得以体现：赞扬皇太孙的孝心。

第二种情形是刻意省略某些历史内容，这种省略很罕见。就虚构而言，小说写什么不写什么本来是不能强求的，但历史小说的特别之处在于，它是叙述历史故事和历史人物的，一个基本的要求是要将某个历史时期的情况叙述出来，如果在叙述某个历史时期的故事时，刻意回避该时期的某个部分，只能视为一种有意的省略，这种省略背后有叙述者伦理动机的考虑。《三国志后传》乃作者为蜀汉后人"泄愤"而作，主要写刘渊建立的刘汉政权灭西晋的故事，顺带写刘汉政权和其他政权之间的纠纷。但奇怪的是，小说一百四十一回写刘渊后人刘曜大破石虎，此后刘汉一方就不再出现，小说转而用较短的篇幅写东晋平定苏峻叛乱，然后就匆匆结束，显得虎头蛇尾。刘曜破石虎之后的刘汉一方的行为被"省略"了。对照叙述同一段历史的《东西晋演义》，刘曜破石虎后四个月，石勒就彻底终结了刘汉政权。这一史实对作者来说，情感上难以接受。他写《三国志后传》，本来是不满于蜀汉被灭，借刘渊"复称炎汉，建都立国，重兴继绝"来"泄愤一时，取快千载"[②]，刘渊掳晋怀帝已然"泄愤"，但刘汉政权的覆灭又让"重兴继绝"归于虚无，为了保持"泄愤"宗旨，对刘汉政权的覆灭便"隐而不书"，为此不惜让小说突兀地戛然而止。

① 秦淮墨客编：《续英烈传》，载《古本小说集成》编委会编：《古本小说集成》（第二辑），上海：上海古籍出版社 2017 年版，第 71-72 页。

②《三国志后传·引》，载西阳野史编次：《三国志后传》，孔祥义校点，上海：上海古籍出版社 2007 年版。

第三种情形是明处没有省略而实际上有省略，类似于"言在此而意在彼"。就叙述看，没有省略，就叙事意图看，又有省略。《三国演义》第六十回，张松前往许都见曹操，"孔明便使人入许都打探消息"[①]，当张松不受曹操待见，而前往荆州时，途中遇赵云、关羽礼遇，次日又受刘备款待，促膝谈心，只字不提西川之事。表面上看，赵云、关羽、刘备的言行，都投合张松的心意，但何以赵、关、刘三人有如此举动，与诸葛亮不无关系，这也是诸葛亮派人去许都打探消息的目的，但叙述者只叙述赵、关、刘三人的言行，对诸葛亮如何授意三人略而不提。但通观此处内容，"言在此而意在彼"的迹象明显，如毛宗岗回前评所云："文有隐而愈现者：张松之至荆州，凡子龙、云长接待之礼，与玄德对答之言，明系孔明所教，篇中只写子龙，只写云长，只写玄德，更不叙孔明如何打点，如何指使，而令读者心头眼底，处处有一孔明在焉。"[②]虽然省略了对诸葛亮授意的描写，但不减对诸葛亮的赞扬之情。

第四节　空间设置与伦理认同

"无论是在现实中还是在小说的艺术世界中，空间都是指具有很强独立性的物质性场所，是一切物类（首先是人类）活动的物质载体，其他的任何人文内涵也都必须通过这一物质载体来加以体现。"[③]明代历史小说中的人物必须设定在特定的空间之中，情节也是在一定的空间范围内得以展开与推进的。同时，"任何的个人思考和群体行为都必须在一个具体的空间中才能得以进行，空间可以说是我们行动和意识的定位之所；反之，空间也必须被人感知和使用，被人意识到，才能成为活的空间，才能进入意义和情感的领域"[④]。因此，小说空间的设置也并非仅仅是为了串联人物与情节，其间也蕴含了小说家甚至读者的情感期待，如徐岱所言："这个空间也是一个情绪空间，因为它不仅是小说家情感活动

---

① 陈曦钟、宋祥瑞、鲁玉川辑校：《三国演义会评本》，北京：北京大学出版社 1986 年版，第 737 页。
② 陈曦钟、宋祥瑞、鲁玉川辑校：《三国演义会评本》，北京：北京大学出版社 1986 年版，第 736 页。
③ 李鹏飞：《古代小说空间因素的表现形式及其功能》，《北京大学学报》（哲学社会科学版）2014 年第 3 期，第 81-86 页。
④ 龙迪勇：《空间叙事学》，北京：生活·读书·新知三联书店 2015 年版，第 27 页。

的投影，也是读者的情绪评价的产物。"①从这个角度来看，小说空间设置的背后体现着小说家别有用心的伦理诉求。小说家将自身的伦理情绪与态度搁置在此空间而非彼空间中展现，从而促成读者关于这一空间的"情绪评价"。简言之，空间设置往往并非小说家的随意为之，其背后更有叙述者的情感诉求和伦理态度。因此，空间设置也可以从伦理角度加以阐释。

一、空间表现的主要方式及其伦理认同

历史小说对叙事空间的安排没有现当代小说那样复杂多变。现当代小说中的空间，不仅是人物、情节存在的背景，更是叙事自身必不可少的要素。明代历史小说的叙述者对空间还没有自觉的意识，小说中的空间多为人物活动的背景和情节发展的环境，从这个角度看，明代历史小说的空间表现是比较呆板的。如果从叙述伦理角度来分析历史小说的空间安排，情况则有所改观：小说空间就不仅仅是人物、情节的背景与环境，也是叙述伦理的一种表达方式。

就明代历史小说空间的具体表现方式而言，大体可以归为两类：物理空间和虚幻空间。物理空间是指小说文本中所描绘的具体空间场所可以在现实物质世界中找到具体可感的存在，如房屋、酒肆、园林等。因明代历史小说的题材多关乎历史上发生的真实人物与事件，所以小说文本中的实体空间占据了大多数，小说叙述常常是通过构建一个虚拟的现实世界来展开叙述；虚幻空间则是指小说文本所描绘的具体空间在现实物质世界里没有具体可感的客观场所与之一致，是小说家凭借主观想象构建的，诸如仙宫、地狱等场所。就叙述伦理而言，任何空间设置都可以从伦理认同的角度加以分析，空间设置的背后有其伦理诉求，可以认同此种伦理观念，也可以不认同此种伦理观念而认同其他的伦理观念。

探讨空间设置所体现出来的伦理认同，需要从物理空间和虚幻空间入手。

（一）物理空间的伦理认同

物理空间指的是小说文本人物生活的真实可感的物质场所。对明代历史小说而言，绝大多数的小说场景、故事情节都发生在物理空间之中。值得注意的是，无论小说家构建起一个多么真实可感的文本物理空间，小说中的物理空间都不是

---

① 徐岱：《小说叙事学》，北京：中国社会科学出版社1992年版，第268页。

对现实生活场所的照搬照抄，而是经过小说家艺术加工与处理后形成的审美空间。明代历史小说中常常提到某位历史人物前去某个村庄或是酒家，不一定代表现实生活中真的有这样一个物理空间，而是这个物理空间为人物提供了活动场所。物理空间有宏观物理空间和微观物理空间之分。

1. 宏观物理空间

宏观物理空间指的是人物活动的大环境和背景，它可以是某一个时代的氛围，也可以是诸多小空间通过聚集效应而形成一种特定的活动背景。前者很好理解，如《隋炀帝艳史》《南宋志传》《大唐秦王词话》等在涉及某一朝代时，都会对该时代的整体氛围与生活环境进行大范围、多角度的整体性的描绘。后者如《隋史遗文》，叙述者对各类建筑空间进行宏观上的描绘与把握，将富有民间气息与生活感的隋唐景象展现出来。小说中展现了琳琅满目的街道市井、熙熙攘攘的茶楼酒店、繁荣多彩的勾栏宴请，以及宅院、庙宇、花园、楼阁、药铺、亭台……小说中没有突出强调具体的哪一栋房屋或哪一家酒舍，而是通过繁复性的空间建筑的展现，呈现出隋唐之际的市井百态。这些空间单独而言似乎并没有多少价值，仅仅作为故事发生地点而存在，抑或是作为小说人物塑造的陪衬。但将这一个个小空间凝结在一起，便会看到一个时代的世情百态，这样，众多的小空间的汇聚，就展现出一个宏观的物理空间。

宏观物理空间可以为小说营造浓郁的伦理氛围。《三国演义》开头的"话说天下大事，分久必合，合久必分"，便给小说奠定了一个基调：一切的纷纷扰扰都归于分分合合之中，整部小说的宏观空间就是由众多的分分合合组成的。小说开头从"周末七国分争"一直说到汉末"传至献帝，遂分为三国"。汉分三国的原因"殆始于桓、灵二帝。桓帝禁锢善类，崇信宦官"，灵帝时出现"朋比为奸"的"十常侍"[1]，东汉末年的分争与朝政执掌者的善恶直接相关。

《隋炀帝艳史》第二十回，写麻叔谋开凿运河，小说对河道情形展开宏观描写："原来王贲这条旧河，只有十数里远近开完了，便都是人家的田地房产。或是坟墓陵寝，或是庵观寺院；或是郡县，或是城池。"麻叔谋不顾百姓死活，为了河道顺利挖通，寺庙、庵观、陵墓、田地全荡然无存，"只可怜那些沿河的百姓，平空里将好家好当都挖做一条河道……好不凄惨"，叙述者不禁发出"杀人

---

[1] 陈曦钟、宋祥瑞、鲁玉川辑校：《三国演义会评本》，北京：北京大学出版社 1986 年版，第 2-3 页。

一命犹须报，百万生灵却奈何"的感慨。①宏观上的空间描绘暗含了叙述者对无辜百姓的同情和对昏君奸佞肆意妄为的愤恨。

2. 微观物理空间

微观物理空间关注具体空间形态下的人与事。具体空间可以是小说中的一个花园、一家酒店或一间营房等具体空间，也可以是小说中某个具体的地点由于一种异样的氛围而形成独特的空间感。相对于宏观物理空间，微观物理空间的表现形态要丰富得多。

历史小说中的空间不仅是提供人物活动的场所，不仅是一个静止的空间，而且是给人物提供行动动力的空间，是一个能动的空间。一个具体的物理空间，无论是私密空间还是公共空间，都可以清晰地展现人物的性格品行。《残唐五代史演义》第四回，黄巢在藏梅寺中选定时日，"试剑起手"，"望天祝谢"，要"誓削权奸，扫清天下，夺取江山"，以寺中古树开刀，不想却杀了藏身树中的法明长老②。藏梅寺这个私密空间中正酝酿着一个惊天动地的行动。

《北宋志传》卷十七"孟良盗走白骥马　宗保佳遇木桂英"一则中的木阁寨是一个公共空间。木桂英与杨宗保在木阁寨相遇交手后，杨宗保不敌木桂英被其捉入帐中。木桂英见其"人物秀丽，言词慷慨"，对其生出爱慕之情，于是便"密着喽罗以是情通之"③。这一行为在程朱理学依旧占统治地位的明代无疑是石破天惊的举动，更不用说在寨中这一公共场合告知他人。这一行为彰显了木桂英大胆直爽、敢于追求爱情、渴望男女平等的非凡勇气。卷十八"宗保部众看天阵真宗筑坛封将帅"一则，木桂英与杨宗保成亲后，杨宗保被父亲杨六使关押，杨六使愤怒之下，和前来帮忙的木桂英交手，被木桂英活捉。当木桂英知道自己所捉者是杨宗保之父时，惊叹自己"险些有伤大伦"，给杨六使松绑之后，"扶于上坐，拜曰：'一时不识大人，万万赦宥。'"④在公共场合，向不认可自己的长辈恪守婚姻之道，直率之余，也显示出木桂英恪守礼节。此外，杜月英、窦锦姑等女性也在帐内、寨中、战场等空间一改女子的柔弱与矜持，大胆表达了自己

---

① 齐东野人：《隋炀帝艳史》，不经先生评，李悔吾校点，武汉：长江文艺出版社 1985 年版，第 189 页。

② 钟惺、罗贯中：《混唐后传　残唐五代史演义》，北京：华夏出版社 2017 年版，第 148 页。

③ 《南北宋志传》，载《古本小说集成》编委会编：《古本小说集成》（第二辑），上海：上海古籍出版社 2017 年版，第 796 页。

④ 《南北宋志传》，载《古本小说集成》编委会编：《古本小说集成》（第二辑），上海：上海古籍出版社 2017 年版，第 800 页。

对心仪男子的热爱，冲破了传统礼教对女性的束缚，展现了女性人物的新面貌。

《西汉演义》的"垓下"则由于异样的空间氛围而呈现出独特的悲凉感。小说第八十二回张良在垓下"悲歌散楚"，如果以项羽视角观之，"垓下"这个具体空间又可以有外部空间和内部空间之分。外部空间即两军对阵情形，内部空间即其帐中与虞姬对饮情形。外部空间的情形是"众人捱到黄昏之时，将近一更之初，偶闻秋风飒飒，木落有声，客思无聊，已动乡关之念……忽听高山之上，顺风吹下数声箫韵，一曲悲歌，清和哀切，如怨如诉，透入愁怀，感动离情，泪下千行，百计难解"①。空间描绘所带来的画面感跃然纸上，清冷的高山、萧瑟的秋风、哀切的悲歌共同营造出一种笼罩心头挥之不去的悲凉感。内部空间的情形是当项羽发现只有周兰、桓楚二将及八百士兵时，回帐中长叹，与虞姬置酒话别，虞姬自杀。肃杀氛围中的霸王别姬，更是豪情难掩悲凉。总体而言，"垓下"的异样氛围点染出楚军将要落败的悲凉之感。

小说叙事空间的安排必然要遵循小说叙事的美学规范和叙述者内心所遵从的伦理诉求。这些规范与诉求一旦找到恰当的空间得以彰显和表达，则会被后来者借鉴、模仿、重复与再现，因此，也就极易形成较为固定的空间安排方式。也正因为此，程式化的空间安排不断建构和强化了读者对某一空间的伦理认同，导致小说展现出某一空间格局，读者便会产生条件反射般的伦理期待，这也无疑使空间的伦理认同更容易实现。

历史小说中某些微观物理空间的反复出现，便形成一种稳定的伦理认同和期待。《三国演义》中的"三顾茅庐"即如此。顾名思义，"三顾茅庐"的具体空间是"茅庐"。小说第三十七回便有对茅庐景观的描绘，茅庐坐落于群山茂林之间的卧龙冈，"遥望山畔数人，荷锄耕于田间"，俨然一派世外桃源的景象，"清景异常"②。茅庐本身更是宁静致远之处：那茅庐"势若困龙石上蟠，形如单凤松阴里；柴门半掩闭茅庐，中有高人卧不起。……叩户苍猿时献果，守门老鹤夜听经；囊里名琴藏古锦，壁间宝剑挂七星"③。叙述者对茅庐幽静深远的描摹，已然在读者心中暗自形成了此处隐居一位世外高人之感。又听得田间有人吟唱卧龙诗作："世人黑白分，往来争荣辱；荣者自安安，辱者定碌碌。——南阳

---

① 甄伟：《西汉演义》，北京：华夏出版社 2012 年版，第 279 页。
② 陈曦钟、宋祥瑞、鲁玉川辑校：《三国演义会评本》，北京：北京大学出版社 1986 年版，第 463 页。
③ 陈曦钟、宋祥瑞、鲁玉川辑校：《三国演义会评本》，北京：北京大学出版社 1986 年版，第 464 页。

有隐居，高眠卧不足！"①茅庐周围的景色与田间农夫的吟唱相映成趣，人与自然合而为一的闲适惬意营造出茅庐主人遗世而独立的高然气息，使得人物还未出场，便在读者脑海里已然形成了主观预判：生活在如此山水茅庐间的人物必然是一个器宇轩昂、德行兼备的贤德高人。"三顾茅庐"的成功让《三国演义》之后的历史小说纷纷效仿。《英烈传》第九回写朱元璋亲自拜访徐达请其出山，也对徐达所处的空间场所进行描写：屋前小桥流水，竹林田园，一片宁静。"忽听得门内将剑弹了几下，作歌曰：'万丈英豪气，怀抱凌云志。田野埋祥麟，盐车困良骥。……蛟龙滞浅池，虎豹居闲地。伤哉时不通，未遇真明帝。'"在如此清幽高洁的处所，听闻徐达如此豪迈的歌声，太祖未见其人，"便知是个贤才"②。《英烈传》第十九回，孙炎同宋濂代替朱元璋招纳军师刘基，刘基所住茅屋也颇有世外桃源之感："簇簇青山，湾湾流水。林间几席，半邀云汉半邀风……出谷嘤嘤黄鸟，频催行客起登程"，再看屋前，"青山不断带江流，一片春云过雨收。迷却桃花千万树，君来何异武陵游"③。此时，孙炎与宋濂二人也在屋外听到了刘基在屋内鼓琴作歌："壮士宏兮贯射白云，才略全兮可秉钧衡。世事乱兮群雄四起，时岁歉兮百姓饥贫。帝星耀兮端临建业，王气起兮定在金陵。龙蛇混兮无人辨，贤愚淆兮谁知音。"④

　　不难发现，叙述者在描绘贤良之才时，在微观空间设置上有诸多相似之处：其一，贤良有德的智者往往与山水相伴，耕种南山，过着隐居世外的田园生活，一间陋室，一片竹林。其二，君主得访贤士时，往往未进其屋便先闻其琴声，从而辨明其德才兼备的品格。从贤士歌声内容来看，大体传达出三层含义：一是对所居之处的喜爱，乐意与山水鸟兽为伴，修身养性；二是对当下时局的关注与把握，人在茅庐间却心系天下苍生，贤士多能洞察江山变化、体恤百姓凄苦；三是虽身处乱世之外茅屋之内，依旧渴望辅佐明君贤主有所建树。其三，有德君主行至村前便会下马步行前往茅屋处，体现了对贤才的尊敬与渴求。综上可见，叙述者对君主求贤若渴、拜访贤士茅屋住所以及住所周遭景物的安排并非无目的地勾勒，相反，遗世独立的茅屋空间更好地体现了贤士的心系天下与君王的爱才心切。

---

① 陈曦钟、宋祥瑞、鲁玉川辑校：《三国演义会评本》，北京：北京大学出版社 1986 年版，第 463 页。

② 郭勋：《英烈传》，北京：中华书局 2013 年版，第 28 页。

③ 郭勋：《英烈传》，北京：中华书局 2013 年版，第 59-60 页。

④ 郭勋：《英烈传》，北京：中华书局 2013 年版，第 61 页。

（二）虚幻空间的伦理认同

和物理空间不同，虚幻空间在现实生活中无法找到具体可感的物质存在，往往是叙述者想象出来的超现实的存在，如梦境、幻境、天堂、地府等。这些虚幻空间在明代历史小说中相较于物理空间在数量上居于劣势，但就其发挥的叙事作用和思想传达力度而言，却丝毫不逊色于物理空间。就虚幻空间具体的表现形式而言，明代历史小说以梦境空间为主，对阴曹地府、天宫仙境等虚幻空间的描写则较少。虚幻空间的设置与物理空间有着紧密的联系。虚幻空间往往是对物理空间的模仿与改造。虚幻空间里，既能看到对现实生活场所的借鉴，也能看到叙述者发挥自身想象力在现实生活场所的基础上进行大胆变形、夸张从而虚构出的超现实元素。此外，虚幻空间和物理空间并非完全隔阂的两个空间，人物有时可以往来于两者之间，换言之，两种空间可以沟通。

很多明代历史小说都有虚幻空间。叙述者设置虚幻空间往往是为了借助这种空间超越现实的能力对物理空间的人物进行点拨或规劝。通过游仙幽冥的幻境，小说家实现了物理空间与虚幻空间之间的沟通与联系，幻境为凡间之人获得虚幻空间的信息搭建了沟通的桥梁。神仙、妖怪、逝者、亲人等都可以自由往来，为凡人展现、构建一个想象的世界，所构建的世界里往往暗含着叙事主体的伦理意图。

虚幻空间中的情形可以提醒、点拨物理空间中的人物行为。《樵史通俗演义》第二十七回，河南巡抚范景文提兵戡乱，生员王佐告知自己五日前曾去关帝庙求签问趋避之计，因不理解签意，乞关帝"夜赐一梦"，梦中关帝详细告知王佐"范某兵到，北兵即退去，不必他避"。范景文据此行事，在后来形势不利的情形下毅然出兵，果然大获全胜。[1]幻境中的情形直接影响了现实中的结局。无独有偶，《隋史遗文》第五十一回，也有神仙入梦指导作战的描写。王世充想要攻打李密，却又因士兵疲惫而忧虑，便暗中差心腹军士张永通说自己梦见周公，周公言道："李密无知，震惊神灵，我当发兵剿灭。王仆射可助我夹攻，当获全胜。"王世充于是立起周公庙。周公附体庙祝，跳将出来劝说王世充，王世充担心"兵微，不能得胜"，庙祝道："有我神兵，如何不胜？如再违拗，定叫你一

---

① 江左樵子编辑：《樵史通俗演义》，载《古本小说集成》编委会编：《古本小说集成》（第二辑），上海：上海古籍出版社 2017 年版，第 475-480 页。

军尽皆疫死。"①王世充出兵后，果然大获全胜，并射杀了李密。需要说明的是，《隋史遗文》中的神仙入梦涉及的是道家文化，具体的作战部署涉及的是兵家策略，但小说最终透露出来的是儒家"有德者得天下"的思想。

虚幻空间的场景可以对物理空间的人物发出警示和规劝。《西汉演义》第七回，秦始皇观赏完园景后"伏几而卧"，忽然两个小儿入梦而来，一个从东来，一身青衣，一个从南来，一身红衣，两个小儿争打不休，都为了争夺天边将要坠落的红日。最终，红衣小儿将青衣小儿打死在地，抱着太阳"向南而去，只见云雾迷天，红光满地，小儿不知所往"。秦始皇"飒然觉来，细思此梦，凶多吉少"，已然觉察到自己的江山可能终要为他人所得②。此梦警示帝王要贤明当政。虚幻空间常常含有教化、规劝之意，人物在虚幻空间中的行为可折射其伦理品德。《三国演义》第八十五回，刘备被陆逊火烧连营八百里，在永安宫染病不起。"忽然阴风骤起，将灯吹摇，灭而复明。只见灯影之下，二人侍立……上首乃云长，下首乃翼德也……云长曰：'臣等非人，乃鬼也。上帝以臣二人平生不失信义，皆敕命为神。哥哥与兄弟聚会不远矣。'先主扯定大哭。忽然惊觉，二弟不见。"③从"忽然惊觉"来看，此处所写当为刘备幻觉。幻觉中，仍用"不失信义"来彰显桃园三结义的兄弟情深。

值得注意的是，叙述者设置虚幻空间有时是为了实现物理空间中无法达到的愿望，虚幻空间是一种变相的自我安慰。《大宋中兴通俗演义》中的岳飞被陷害致死，在物理空间中令人悲愤的结局已定，小说末卷，尤其是"阴司中岳飞显灵"这一则以及最后两则"效颦集东窗事犯"和"冥司中报应秦桧"，叙述者通过虚幻空间的情况，弥补了物理空间中忠良惨死的缺憾。"地狱设轮回之报，善者福而恶者祸"④，岳飞等人的冤屈被禀告到天庭，秦桧最终在阴曹地府遭到惩罚，"莫道冤愆无报日，只争来早与来迟"⑤。小说对地府的情状做了详细铺陈："日光惨淡，冷风萧然，四维门牌皆榜名额……男女荷铁枷者千余人。又至

① 袁于令评改：《隋史遗文》，宋祥瑞校点，北京：北京大学出版社1988年版，第439页。

② 甄伟：《西汉演义》，北京：华夏出版社2012年版，第19页。

③ 陈曦钟、宋祥瑞、鲁玉川辑校：《三国演义会评本》，北京：北京大学出版社1986年版，第1034页。

④ 熊大木编：《大宋中兴通俗演义》，载《古本小说集成》编委会编：《古本小说集成》（第四辑），上海：上海古籍出版社2017年版，第787页。

⑤ 熊大木编：《大宋中兴通俗演义》，载《古本小说集成》编委会编：《古本小说集成》（第四辑），上海：上海古籍出版社2017年版，第743页。

一小门，则见男子二十余人，皆披发裸体，以巨钉钉其手足于铁床之上，项荷铁枷，举身皆刀杖痕，脓血腥秽，不可近傍。一妇人裳而无衣，惮于铁笼中，一夜叉以沸汤浇之。"①岳飞等忠义之士则进入仙宫，享受天禄。"但见琼楼玉殿，碧瓦参差，朱牌金字，题曰'忠贤天爵之府'。既入，有仙童数百，皆衣紫绡之衣，悬丹霞玉佩，执彩幢绛节，持羽葆花旌，云气缤纷……光彩射人。"②显然，叙述者对仙境、地府等虚幻空间的描写是以物理空间为基础的，虚幻空间中的仙境像极了现实世界中的皇宫，地府又神似现实世界中的监狱牢房。《警世阴阳梦》的末尾几回也有对奸佞宵小在阴间地府受尽折磨、悔恨不已的描述，不止一次地传达出了忠臣冤屈得到昭雪、奸佞恶行终遭惩处的说教意图，以此来警醒后人。"阴梦"第三回回目即为"阴报不爽"，该回描述地狱"东西两廊有十八重门"，每一门内都是一道酷刑，或"汤池百沸煎滚"，或"刀山剑树密布"，或"阴寒滴水点冻"，或"沙石熔铜灌铁"……③，魏忠贤、崔呈秀等宵小在地狱中戴枷镣，遭鞭刑。通过虚幻空间的设置，小说家对奸佞的满腔愤懑终于得到发泄与排遣。叙述者由此也传达出"贪百年之受享，贻万劫之灾殃"④的伦理观念。相较于物理空间，虚幻空间借助想象的力量，试图达到历史小说教化民众的伦理效果。

叙述者让人物往来穿行于虚幻空间和物理空间，可以达到"警世""劝诫"之目的。借助人物在两大空间的自由出入，实现物理空间与虚幻空间的感应与沟通，从而达到对现实世界中某些伦理的认同与坚守。这主要有两种情形：一种是人物在两种空间中游走，一种是人物身在虚幻空间而心在物理空间。前者如上文所说的刘备在幻觉中与关羽、张飞有对话，惊觉清醒之后，果然如幻觉中所言，刘备很快去世。此时的刘备在幻境和现实中游走，念念于心的都是他的兄弟情谊，叙述者借此让刘备至死都保持其贤明义气的形象。后者如《梼杌闲评》第四十六回，得道高人陈玄朗领着魏忠贤往来于仙境与人间，希望以此来劝诫魏忠贤

① 熊大木编：《大宋中兴通俗演义》，载《古本小说集成》编委会编：《古本小说集成》（第四辑），上海：上海古籍出版社 2017 年版，第 790-791 页。

② 熊大木编：《大宋中兴通俗演义》，载《古本小说集成》编委会编：《古本小说集成》（第四辑），上海：上海古籍出版社 2017 年版，第 797 页。

③ 长安道人国清次：《警世阴阳梦》，载《古本小说集成》编委会编：《古本小说集成》（第一辑），上海：上海古籍出版社 2016 年版，第 549-553 页。

④ 长安道人国清次：《警世阴阳梦》，载《古本小说集成》编委会编：《古本小说集成》（第一辑），上海：上海古籍出版社 2016 年版，第 588 页。

放下贪恋，用心向善。陈玄朗带着魏忠贤进入幻境中的仙宫之地，"只见东首隐隐一座高山。……忠贤问道：'那山是甚么山？何以明处少，暗处多？'玄朗道：'那山叫做竣明山……这山本自光明，只因世人受生以来，为物欲所污，造恶作孽，把本来的灵明蔽了。那贪嗔爱欲秽恶所积，遂把这山的光明遮蔽了。即一人而言，善念少，恶处多；以一世而言，善人少，恶人多，所以山明处少，暗处多。'忠贤道：'怎么那山下之水，有平处又有波浪处？'玄朗道：'此水名为止水，这平的是世人俗世以来，父母妻子泣别之泪，人人不免，故此常平；那波浪处是俗世冤家债主怨气怨血所成，冲山激石，怒气不息，千百年果报不已，故此汹涌。'"①陈玄朗带魏忠贤畅游仙境，但所言所指则为魏忠贤在物理空间中的所作所为，其用意在借仙境点醒魏忠贤，劝诫其不要再行罪恶之事，否则必然会遭到报应。

二、空间形态的伦理认同

空间是人物活动的空间，空间离开人物就失去了空间的意义，人物离开空间就没有活动的场所，空间是一个包含地域、文化、人情等各种因素的综合性区域，对人物的喜怒哀乐与善恶美丑有一定的催化作用。明代历史小说中的空间，对人物来说，不是孤立、客观的实体状态，而有其社会属性和伦理属性，在同一空间下，人们遵循着社会约定俗成的伦理规则，空间形态往往有其固化的伦理属性。在"传统空间叙事现象中空间形态的伦理性具有约定俗成性。小说中各种空间形态的伦理意义并非具有主观任意性，不是由空间中的人及其实践活动来决定，而是空间的伦理意义限制了人的行动和实践"②。人物在某一空间内活动，必然会受到该空间内伦理规范的制约。就人物和所处的空间关系而言，空间形态大致可分为两类：和谐性空间和背离性空间。就明代历史小说而言，以和谐性空间为主，但给人印象深刻的则是背离性空间。

明代历史小说给人印象深刻的多是背离性空间，其原因在小说之内：一是因为小说多写历史风云变幻时期的事情，主要人物值多事之秋，处境本来就不顺；二是因为背离性空间能够突出人物和空间的抗争，在抗争中人物改变了历史，

---

① 刘文忠校点：《梼杌闲评》，北京：人民文学出版社 1983 年版，第 514-516 页。
② 刘保庆：《论空间叙事的形式及伦理意义》，《南京师范大学文学院学报》2017 年第 3 期，第 76-81 页。

《隋史遗文》中的秦王李世民，《大宋中兴通俗演义》中的岳飞，给人印象深刻的分别是前者在困境中崛起和后者在冤屈中丧生，前者的崛起和后者的丧生都影响了历史走向。历史小说本来就关注历史发展进程及走向，因而这些背离性空间让人印象深刻。背离性空间让人印象深刻并不妨碍历史小说仍以和谐性空间为主。历史小说以和谐性空间为主，其原因则在小说之外，如"中和"观念造成的重道德和谐①，使人物在道德和谐中很容易与空间保持一致，"周礼"所规定的"礼"制，要求人们适应自己的社会地位和生存空间，但主要原因还在于中国人的思维方式。中国人的思维主要是一种尚"象"思维。《周易·系辞上》说："子曰：'书不尽言，言不尽意。'然则圣人之意，其不可见乎？子曰：圣人立象以尽意，设卦以尽情伪……"②"立象以尽意"突出了"象"在释意过程中的重要性。"象"虽然主要是言其神秘的象征意味，但它的空间性特征也是显而易见的③，由于依靠"象"来释意，"象"的具体特征（即它在空间中的形态）与其所表达的意义应该一致，"象"与意义之间应该相对稳定，否则，释意难以准确。这种思维影响到叙事，使叙事中的人物一般都顺应其活动空间，从人物的活动空间大体可看出人物的形象特点，从人物的性格特征也可大体看出人物的活动空间，二者处于一种比较和谐一致的状态之中。

和谐性空间指人物与其所处的空间相适宜，空间能反映出人物的身份，空间的特点暗示着人物的某种伦理境遇。这种空间在历史小说中很常见。空间与人物身份一致，如《前七国孙庞演义》第二回，鬼谷仙师所在的"云梦山水帘洞"，"丛崖怪石，峭壁奇峰，满山前瑶草琼芝，四下里禽飞鹤唳，涧畔密结薜萝，沿堤丛生花竹，虽然尘世逍遥地，半是蓬莱小洞天"④。风景优美、清幽脱俗的空间，与鬼谷仙师的世外高人形象相吻合。《三国演义》第一百三回，诸葛亮五丈原禳星续命，帐外"时值八月中秋，是夜银河耿耿，玉露零零，旌旗不动，刁斗无声"，帐内"设香花祭物，地上分布七盏大灯，外布四十九盏小灯，内安本命灯一盏"⑤。帐外的气氛肃杀，帐内的气氛凝重，帐内帐外笼罩在一片悲凉的氛

---

① 吴士余：《中国文化与小说思维》，上海：上海三联书店 2000 年版，第 56 页。

② 李学勤主编：《十三经注疏·周易正义》，北京：北京大学出版社 1999 年版，第 291 页。

③ 八卦便可表示"四面八方"的含义，宋邵雍根据《易·说卦》绘制了一张《后天八卦方位图》，空间意味极为明显。见朱良志：《中国艺术的生命精神》，合肥：安徽教育出版社 1995 年版，第 68 页。

④ 吴门啸客、烟水散人：《前后七国志》，北京：华夏出版社 2013 年版，第 11 页。

⑤ 陈曦钟、宋祥瑞、鲁玉川辑校：《三国演义会评本》，北京：北京大学出版社 1986 年版，第 1268 页。

围之中，与赤胆忠心的诸葛亮命不久矣的境遇高度一致，这样的悲凉氛围衬托出叙述者对诸葛亮生命堪忧的哀叹。

若人物在某个空间中能按照自己的意愿行事，此时的空间对人物而言，即是和谐性空间。具体可分为空间与人物的外在行动一致、空间与人物的内在心情一致。前者比比皆是，如《新列国志》第七十六回，伍子胥几经周折，终于在孙武的帮助下，攻破郢都，掘楚平王之墓而鞭其尸，以为父兄报仇。伍子胥的行为虽然残忍，但此时他以得胜之师行快意之事，所处空间能满足其意愿。其行为既有为父兄复仇的悲愤孝心，又有虐待故主的跋扈不忠。或许因为古代小说较少进行心理刻画，所以后者在历史小说中并不多见，但偶有为之。《梼杌闲评》第十一回，魏进忠救了傅如玉之后，傅婆子考虑到女儿名节，置办酒席要魏进忠入赘为婿，田尔耕也在一旁撺掇。"进忠低头不语，想起初救他时原是一团义烈之气，全无半点邪心。及见他生得端庄，又听得田尔耕说他家有许多田产，终是小人心肠，被他惑动了，故此踌躇不语。"① 魏进忠此时的心情，与其所处空间密不可分，正是在一个讲究女子名分的社会里，在一个没有男丁的家中，傅婆子才要求他入赘，他自己虽偶有义气却并非正人君子，所以最终动心而改变初衷。

背离性空间是指人物与其所处的空间不适宜，空间让人物觉得不舒服，空间所代表的伦理力量和人物自身的伦理倾向不相容。明代历史小说中和谐性空间占绝大多数，背离性空间比较少见，大致有以下几种情形：①人物性格与环境不相容。《三国演义》第三十七回，徐庶以忠义做人，因老母为曹操所获，不得已进曹营，老母却因此而死，徐庶"本欲全母之生以归，乃归而反速母之死"②，他"居丧守墓"，退却曹操所赐赏礼。徐庶如果能改变其性情，仍有可能得曹操重用，但他不改其性，曹营便成了他彻头彻尾的背离性空间，但这个背离性空间，更见出其对汉室和刘备的忠义之心。②人物活动与环境不相容。相对于人物性格与环境不相容而言，人物活动与环境的不相容是针对某个具体场景而言的，它不像人物性格与环境不相容那样，人物始终处于一个背离性空间之中，当人物自身处境一变，同样的空间又可能成为和谐性空间。《西汉演义》第三十七回，韩信得萧何推荐，受到刘邦召见，但刘邦仅让其任连廒官，后加升治粟都尉，韩信见终难当大任，于是逃离。当萧何月下追韩信之后，刘邦拜韩信为大将，同样的刘

---

① 刘文忠校点：《梼杌闲评》，北京：人民文学出版社 1983 年版，第 125-126 页。
② 陈曦钟、宋祥瑞、鲁玉川辑校：《三国演义会评本》，北京：北京大学出版社 1986 年版，第 461 页。

邦阵营，却成为韩信如鱼得水之地，原先的背离性空间也成为和谐性空间。③人物心境改变后觉得原来的环境和自己不相容。虽然人物所处的空间环境没有改变，但人物的价值观已经发生变化，原来的生存空间就成为与自己格格不入的背离性空间。《杨家将演义》最后一节"怀玉举家上太行"，杨怀玉觉得奸臣当道，杀死曾陷害杨府的张茂等人后，星夜举家前往太行山。周王来访，劝其为朝廷效力，以延续杨门忠烈之风。怀玉的回答尽显其对朝廷的不满，也说明他以前的生存环境是和自己现在的价值观对立的背离性空间："若以理论，非臣等负朝廷，乃朝廷负臣家也。……圣主不明，词章之臣密迩亲信，枕戈之士辽隔情疏，不得自达。谗言一人，臣等性命须臾悬于刀头。此时圣主未尝少思臣等交兵争斗之苦，而加矜恤？"①杨门以儒家忠义处世的门风到此一变，成为"浮云富贵不关心"②的道家逍遥思想。④环境改变后，人物原有的价值观不再适宜，改变后的环境成为人物的背离性空间。《三国志后传》第一百八回，汉主刘聪听信谗言，气死"忠直敢言，汉臣倚之为柱石"的河间王刘易和忠心为国的丞相陈元达，一些功勋老臣立刻觉得有身家性命之忧，"世事如此，祸将及身"，姜发、黄臣、关山等老臣于是均"上表告老"，逃离于己不利的空间。③

和谐性空间和背离性空间是就人物和空间之间的关系而言的，随着情势的变化，空间和人物之间的关系也会发生变化，这样和谐性空间和背离性空间也就可以相互转化。上文背离性空间提到的第三种情形和第四种情形，无论是人物心境改变后觉得原来的环境和自己不相容，还是人物原来的价值观与改变后的环境不相容，人物与环境的关系其实都有一个从和谐走向背离的过程，只不过上文侧重改变后的背离性空间而已。即使空间还是原来的空间，人物的价值观还是原来的价值观，和谐性空间和背离性空间也存在转化的可能。大致有以下情形。

其一，人物所处的环境没变，人物的伦理立场没变，但人物知晓事件真相后，对环境的看法发生了变化，原来的和谐性空间变为背离性空间。《前七国孙庞演义》第六回，孙膑被刖足后，住在庞涓府中，庞涓对他嘘寒问暖。孙膑一开始被庞涓的假象蒙蔽，觉得自己能活命是庞涓帮助的结果，以诚待人的他于是发自肺腑地想将自己的技艺传给庞涓，此时的庞府，对孙膑而言，无疑是个有人情

---

① 佚名：《杨家将演义 说呼全传》，北京：中华书局2013年版，第212页。
② 佚名：《杨家将演义 说呼全传》，北京：中华书局2013年版，第213页。
③ 酉阳野史编次：《三国志后传》，孔祥义校点，上海：上海古籍出版社2007年版，第749页。

味的养伤的好地方。当他得知庞涓的真实意图后，原来的有人情味的庞府立刻就变成囚禁自己的牢笼，他虽然真心待人，但庞涓却虚情假意，他的真心只能增加对自己的伤害，于是他装疯来保护自己。

其二，人物处身的小空间没变，人物的伦理立场没变，但大环境因与人物关系密切的人而发生变化，原来的和谐性空间对该人物来说成为一个摇摆不定的空间。《东西晋演义》"东晋卷之一"王敦谋逆时，身为族弟的王导在朝主事，刘隗、刁协要求诛杀王导等王氏宗族，以防他们成为王敦内应，王导"心中大恐，乃率其从弟……及宗族群从、昆弟子侄二十余人，每旦诣阙待罪"[1]。王导对朝廷仍一如既往地忠诚，但因王敦叛乱，自己命运如何，只能看晋元帝旨意。王导仍受重用后，志虑忠纯，平息了王敦叛乱，向朝廷和世人还自己一个清白。他所处的空间由和谐性到背离性到摇摆不定再回到和谐性，他一直身居高位，也始终为国尽忠，但王敦叛逆，让朝廷这一空间在他身上呈现出诸多形态。

其三，空间场所没变，人物立场没变，但随着情势的发展，空间与不同人物的关系发生了微妙的变化。《西汉演义》第二十三回的鸿门宴，对不同的人物而言，是不一样的空间。对项羽和范增而言，是除去刘邦的大好时机，对刘邦而言，是无法逃避的龙潭虎穴；但随着形势的发展，项羽却动了妇人之仁，此时的鸿门宴，对范增来说，已成为背离性空间；对项羽来说，则仍是和谐性空间；对刘邦来说，不再是刚开始的极度危险的背离性空间，后借故逃离鸿门宴，则彻底离开背离性空间。同一空间，对不同人物呈现出不同的空间形态，折射出不同人物的价值观。项羽刚愎自用，喜好奉承，眼光短浅；范增忠心为主，一心想铲除刘邦这个强劲对手；刘邦机灵多变，能察言观色，委曲求全。

明代历史小说虽然侧重于时间维度的故事进程，但空间维度的场景展示不可或缺，否则小说叙事就成为简单的故事讲述，而不是情景并茂的历史演义。历史小说的叙事由时间和空间共同完成，叙事空间和叙事时间一起，共同影响着小说的伦理判断和价值追求，甚至可以说："叙事艺术的全部秘密也就在于通过时间媒介（语言）来创造出一个独特的价值空间。"[2]

---

① 杨尔曾：《东西晋演义》，北京：华夏出版社 2013 年版，第 197 页。

② 徐岱：《小说叙事学》，北京：中国社会科学出版社 1992 年版，第 268 页。

第五节　节奏变化与伦理控制

"节奏"一词最初用来描绘音乐的快慢起伏，强调的是乐音以长短、速度、频率等变化方式，使得曲调形成了时而急促、时而悠扬的变化之感。而后，"节奏"被推广到舞蹈、美术、建筑、文学等领域。朱光潜指出："节奏是一切艺术的灵魂。在造形艺术则为浓淡、疏密、阴阳、向背相配称，在诗、乐、舞诸时间艺术则为高低、长短、疾徐相呼应。"[①]节奏的变化赋予艺术作品以丰富的形态，几乎每种艺术形式中都隐含着节奏的控制。作品中节奏的变化和作家写作时的情绪不无关系："情绪在我们的心的现象里是加了时间的成分的感情的延长，它本身具有一种节奏。……我们在这种节奏之中被自己的情绪催眠，会不知不觉地发出有节奏的声音，发出有节奏的语言，发出有节奏的表情运动，这便是音乐、诗歌、舞蹈的诞生了。"[②]可见，节奏对艺术创作有着重要的作用。节奏的变化甚至会引起作品所要传达的言语、旨趣、情绪发生相应的变化。

在作为艺术门类之一的小说领域内，节奏也发挥着重要的作用。任何一部古典小说，除了精彩动人的故事内容、丰富细腻的人物形象和意味深沉的主题思想外，还需要有与之相匹配的节奏，快慢相济、舒缓有道的节奏变化可以激发读者的阅读兴趣。"这就特别要求作家充分认识欣赏者的欣赏节奏的特点和运动规律，让读者处在有规则的变化、期待的状态中。"[③]明代历史小说的叙述者也深谙此理，他们通过对小说节奏进行合乎情节内容的变化、调整，让疏密相间的节奏与小说的内容有机地融为一体。节奏的疏密变化平添了读者阅读的兴趣，也体现出小说家的一片苦心。刘大櫆说："文章最要节奏，譬之管弦繁奏中，必有希声窈渺处。"[④]刘大櫆对古文节奏的重视，和小说家有异曲同工之妙。小说家对故事内容的安排往往符合中国古人内心感知事物与情感体察的自然规律，节奏变

---

① 朱光潜：《诗论》，北京：中华书局 2012 年版，第 117 页。

② 郭沫若：《文学的本质》，载郭沫若著作编辑出版委员会：《郭沫若全集·文学编》（第十五卷），北京：人民文学出版社 1990 年版，第 348-349 页。

③ 吴功正：《小说美学》，南京：江苏人民出版社 1985 年版，第 326 页。

④ 刘大櫆、吴德旋、林纾：《论文偶记　初月楼古文绪论　春觉斋论文》，舒芜校点，北京：人民文学出版社 1959 年版，第 5 页。

化的快慢舒缓往往也是主体叙事意图与传统伦理观念相交融的产物。之所以对历史小说的节奏进行伦理分析，是因为节奏不仅仅是单纯的叙事形式问题，也是一个伦理表现问题。历史小说家将传统的主观情感、伦理思想投入到了小说节奏的编排中，使节奏成为一个独立的、具有伦理意义的叙事要素，在小说文本中发挥着自身的独特作用。杨义在《中国叙事学》中将节奏和"天人之道"等哲学联系起来："文学叙事的时间速度，包含着更多的叙事者的主观投入，更多的幻想自由度。文本的疏密度和时间速度所形成的叙事节奏感，是著作家在时间整体性之下，探究天人之道和古今之变的一种叙事谋略。"①这意味着，叙事节奏融合了传统的文化符码，历史小说的节奏安排与节奏变化常常以中国传统思想与伦理观念作为根基。

叙事节奏从"表面看来是同一事物将用较长或较短的篇幅去表现的问题，而实质却是同一篇幅将能表现较少或较多的意蕴的问题"②。由此看来，叙事节奏和时间变形相辅相成，但时间变形是就具体的时间安排而言的，叙事节奏则着眼于文本的张弛有度，二者可谓一体两面。对小说时间进行合目的的切割，表面上看，只是对叙事内容进行合理的节奏安排，深入一点，则是对故事内容背后所体现的伦理思想加以主观考量。换言之，对明代历史小说来说，叙事节奏的变化的一个重要依据是看它是否有利于传达叙事主体的伦理意图。就此而言，从叙事节奏入手，通过分析"小说艺术各要素有秩序、可衡量、有一定节律的交替变化过程"和"小说人物、事件、场面等整体向前运动变化的速度"以及"小说的节奏使小说情节发展呈现出波澜起伏的运动状态"③，必然能够感受到小说深藏于文字间的伦理旨归。

一、节奏形式的伦理表达

小说叙事节奏的快慢常以单位文本时间内所承载的故事时间量的多少作为衡量标准，以此来判断在相同的时间长度或文本篇幅内所叙述的故事内容与信息所呈现出的疏密状态。换言之，在单位文本时间内，对某件事情、某个人物、某个行为描述得越详尽，那么"单位文字内的信息密度越大，所包含的故事时间量就

---

① 杨义：《中国叙事学》，北京：人民出版社1997年版，第144页。
② 金健人：《小说节奏的构成要素与运动形式》，《文艺理论研究》1986年第2期，第32-39页。
③ 邓颖玲、蒋翃遐：《论小说节奏的叙事功能》，《外语与外语教学》2012年第1期，第91-94页。

会越小；反之，叙述得越粗疏，则单位文字内的信息密度越小，所包含的故事时间量必然增大"①。叙述的繁简疏密不同，小说的节奏自然也会有所区别。叙事节奏的快慢变化大体可以分为三种：快速式节奏、慢速式节奏以及停顿式节奏。以上三种节奏形式因其速度频率的差别，在小说中所体现的叙事功能自然也有所区别，但是无论是哪一种节奏形式，其背后都体现出一定的伦理张力，正是千变万化的叙事节奏交替出现在小说文本中，才使得小说叙事具备了丰富的节奏形态，小说的伦理内涵才得以张弛有度、急缓相济地展现出来。这三种节奏形式在明代历史小说中展现出不同的叙事功能，每种节奏形式与小说伦理表达之间也有着紧密的联系。

（一）快速式节奏的伦理张力

快速式节奏是指叙述时省略诸多细节，仅扼要介绍故事梗概，交代故事的主要寓意。在历史小说中，凡是运用快速式节奏表，必然是对故事的实际时间进行压缩，基本上对故事进行讲述，一般不会对某个场景进行详尽的展示，快速式节奏的重要特征则在于叙事进程之"快"，"快"让叙事在较短的篇幅内容纳了较长时间段中发生的事情。

对于任何一个小说家来说，进行小说创作时都会对手中的材料进行筛选、甄别、增减等处理，如果不分轻重，只是一味堆砌材料、用力均匀，那么小说的创作主旨与目的便难以实现。小说家往往都会根据创作小说的宗旨对材料进行合理编排，"庞大的结构体制使得正文故事开始时，作者除以简要叙述快节奏推介人物以外，更注重故事背景信息的提供"②。对于那些无法突出叙事重点、表明义理的小说材料，一般会采取快速式的叙事节奏，将其简明扼要地介绍一下。《大宋中兴通俗演义》卷二第一则"李纲奏陈开国计"，叙述者以极其简要的语句交代了一下故事背景，快速推进故事："辛卯，尊元祐皇后为元祐太后，诏改宣仁皇后。谤史播告中外，止贬蔡确、蔡子、邢恕等。十月，罢耿南仲……命南仲安置南雄州。又论主和误国之臣如李邦彦、吴敏、蔡懋、李梲、宇文虚中、郑望

---

① 黄霖、李桂奎、韩晓等：《中国古代小说叙事三维论》，上海：上海书店出版社 2009 年版，第 409 页。另外，本书中对节奏形式的分类参考了该书的观点。

② 黄霖、李桂奎、韩晓等：《中国古代小说叙事三维论》，上海：上海书店出版社 2009 年版，第 422 页。

之、李邺等，各窜岭南军州。以黄潜善为中书侍郎，汪伯彦同知枢密院事。"①
之所以如此，是因为这一系列人事安排与小说想要宣扬的惩恶扬善的教化主旨的
关联度并不密切，因此以快速式节奏交代一下事件发生的背景状况，以求下文尽
快将笔端转到对主要情节的描绘上。这种快速式节奏促使读者的注意力迅速集中
到主要情节中，而没有被次要的背景内容所分散。以"快"节奏来迅速带过小
说中不太重要的内容几乎成为明代历史小说通用的叙事之法。叙述者对快速
式节奏的运用，不仅是对故事情节的合理安排，也体现出叙述者对所叙内容的
伦理控制。

　　明代历史小说的开头部分一般是习惯性地以简要的快节奏来引入正文。就具
体的快速式节奏而言，大致有三种方式：其一，在详细叙述人物故事之前，叙述
者以简约的笔触快速地介绍故事中人物的出身、基本情况与才学品行，并暗示人
物的伦理品性，为下文的展开做铺垫。《大宋中兴通俗演义》卷一"岳鹏举辞家
应募"一则开头，在叙述岳飞主要事迹前，先有对岳飞言简意赅的介绍："却说
相州汤阴人，姓岳名飞，表字鹏举，世以农为业。……生岳飞时，有大禽若鹄，
飞鸣室上，因以为名……飞少负气节，沉厚寡言。家贫力学，尤好《左氏春秋》
及孙、吴兵法。生有神力，十二岁时，能拽三百斤弓、八石之弩，尝学射于豪士
周同处。"②快节奏的介绍中，岳飞的不凡、气节和武艺已初露端倪，为下文张
目。《于少保萃忠传》第一回开头，有一段对于谦家世、背景的交代："少保姓
于名谦，字廷益，号节庵。浙江钱塘县人也。先世皆为显宦。公之祖名文大者，
官至工部主事，常念宋丞相文天祥忠烈，侍奉其遗像甚虔。"③介绍的虽然是于
谦父辈对忠烈的敬奉，用意却是于谦受父辈影响而形成的忠烈品性。对人物的简
单介绍直接使用判断句语气，方便对人物进行伦理判断。这种快速式节奏深受史
传叙事的影响。"中国的史传习惯于在文首简要交代人物的生平、家世、外貌及
性格特征等，以便读者能够迅速把握人物的基本情况。"④《史记·高祖本纪》

　　① 熊大木编：《大宋中兴通俗演义》，载《古本小说集成》编委会编：《古本小说集成》（第四辑），上
海：上海古籍出版社2017年版，第96-97页。
　　② 熊大木编：《大宋中兴通俗演义》，载《古本小说集成》编委会编：《古本小说集成》（第四辑），上
海：上海古籍出版社2017年版，第78页。
　　③ 孙高亮纂述：《于少保萃忠传》，载《古本小说集成》编委会编：《古本小说集成》（第二辑），上
海：上海古籍出版社2017年版，第3页。
　　④ 黄霖、李桂奎、韩晓等：《中国古代小说叙事三维论》，上海：上海书店出版社2009年版，第422页。

开头便有对刘邦出身、外貌、人品等方面的简要介绍："高祖，沛丰邑中阳里人，姓刘氏，字季。父曰太公，母曰刘媪。其先刘媪尝息大泽之陂，梦与神遇。是时雷电晦冥，太公往视，则见蛟龙于其上。已而有身，遂产高祖。高祖为人，隆准而龙颜，美须髯，左股有七十二黑子。仁而爱人，喜施，意豁如也。"①这样以人物的快速介绍开始，进而引出后文对该人物主要事迹的叙述，几乎成为历史小说人物纪传通用的法则，也深深地影响了明代历史小说的叙述。

其二，在正文故事之前以快速式节奏介绍故事发生的背景。叙述者采取走马观花的方式，以快速式节奏将正文故事的起因显示出来。《残唐五代史演义》第一回，从三皇五帝讲起，寥寥数百字便快速进入到唐朝，唐朝从太宗起，罗列了十六位君主，到懿宗止，第一回到此戛然而止。整个第一回，就是一个走马灯式的快速推进。第二回开头，"却说懿宗传至十七代，僖宗即位"，仍是快节奏，然后才开始出榜招贤，引出黄巢的故事，开始残唐五代之演义。即使是这样的快速推进，叙述者仍不忘宣扬伦理教化："圣君开至治，贤相在新民。三王惟尚德，五帝尽施仁……世祖承平治，太宗起义兵……天意除奸暴，否泰本相循。"②圣贤、仁德、天意造化、因果循环等伦理观念成为快速推进的内在动因，快速式节奏并不妨碍其背后的伦理意蕴。有时候，历史小说的开头有一些场面描写，但这些场面描写穿插在快速叙述之中，总体上仍然呈现出一种快速式节奏。《英烈传》头两回的标题分别是"元顺帝荒淫失政"和"挖运河毁拆民庄"，看似有具体的情况介绍，还有一些场面描写，第一回有左丞相脱脱和顺帝的对话场面、顺帝和台官林志冲的对话场面，第二回有贾鲁和顺帝的对话场面、刘福通掘得石人造反的场景，但总体上看，这两回还是快速式节奏。第一回开头用百余字的篇幅快速地回顾从三皇五帝到元朝的历史变更，此后用"传至十世，叫做顺帝"③快速进入元顺帝时代；第一回结尾，顺帝造"碧月楼"后，"纵欲奢淫，不修德政。天怒人怨，干戈四起，盗贼蜂生"④，又回到快节奏。第二回开头为："却说屡年之间，顺帝宴安失德，各处灾异多端，人心怨恨，盗贼蜂生，都被丞相撒敦、太尉哈麻，并这些番僧等众遮瞒不奏。"⑤第二回结尾，通过脱脱之口，说

① 司马迁：《史记》卷八，北京：中华书局 1959 年版，第 341-342 页。
② 钟惺、罗贯中：《混唐后传 残唐五代史演义》，北京：华夏出版社 2017 年版，第 143-144 页。
③ 郭勋：《英烈传》，北京：中华书局 2013 年版，第 1 页。
④ 郭勋：《英烈传》，北京：中华书局 2013 年版，第 4 页。
⑤ 郭勋：《英烈传》，北京：中华书局 2013 年版，第 5 页。

出了天下共有十四路贼兵，表面上看，对话是场景展示，但十四路贼兵的并列呈现，对整个故事来说，显然又是快速式节奏。从这两回来看，场面描写穿插在快速推进之中，两回的开头、结尾都是快速推进，让这两回整体上呈现出快速式节奏。快速式节奏将元顺帝失德的情况表现出来，元顺帝失德只能算是元末民间起义的背景，但鲜明地显示出君主无德、宵小当道是元朝灭亡的根本原因，与后文朱元璋的贤德以及大明王朝的崛起形成对比。

其三，小说的卷首或回首以言简意赅的诗词点明正文的主旨所在，诗词可以容纳故事从开头到结尾所显示的寓意，故事的主要内容在篇幅有限的诗词中呈现出来，让叙述显示出快节奏。以诗词言明主旨一般认为是叙事主体的介入，但当诗词内容不仅仅是浮泛的感慨而暗含故事内容时，这些诗词又体现出叙述的快速式节奏。这种快节奏出现在一些历史小说中，具体形式有二：一是直接在诗词中交代故事始末和故事寓意，二是诗词后附以简要的说明。前者如《樵史通俗演义》第八回，回首诗云："五彪五虎十孩儿，罗织忠良恣所为。昔在京师曾目睹，非关传说赘闲词。分记也又合言之，一番嘲笑一番悲。贤奸总属千秋定，燕燕莺莺莫浪窥。"[①] 诗中前四句暗含故事情节，后四句就此发表感慨，快节奏的故事演进和伦理寓意交织在一起。诗中既有对奸佞宵小"罗织忠良"的憎恨，也有对忠臣"狱怨魂啼"的悲伤，更有对忠奸最终得以公正对待的殷殷期许。后者如《梼杌闲评》卷首"总论"，三首《满江红》之后是对故事的简要说明。其中第三首《满江红》可说是为魏忠贤量身打造："古往今来，青史上、分明实写。请君看，贤奸忠佞，何曾假借。振主威权名赫奕，倾人机械魂惊怕。想胸中、犹觉志难伸，一人下。 忠义士，偏遭叱。凭吊泪，休频洒。看尘开镜照，云空日射。事败族诛群一快，棺开尸戮谁能赦。叹小人、枉自逞英雄，千秋骂。"[②]如果说"振主威权名赫奕""忠义士，偏遭叱"在很多忠奸斗争的故事中都存在，但同时满足"想胸中、犹觉志难伸，一人下"和"事败族诛群一快"，可说是魏忠贤独属。这样，词意的感慨中暗含了故事梗概，这首词将魏忠贤的故事匆促地翻演了一遍，同时传达了"小人"终将遭受"千秋骂"的结局。这首词之后，叙述者发表感慨："世运草昧，生民涂炭，祸患非止一端，然未有若宦官之甚

---

① 江左樵子编辑：《樵史通俗演义》，载《古本小说集成》编委会编：《古本小说集成》（第二辑），上海：上海古籍出版社 2017 年版，第 129 页。

② 刘文忠校点：《梼杌闲评》，北京：人民文学出版社 1983 年版，第 2 页。

者……后到天启年间，一个小小阉奴，造出无端罪恶。"①直接将魏忠贤放到古往今来的伦理史中加以鞭挞。

快速式节奏除了小说开头的表现外，小说结尾往往也通过快节奏来感慨历史的兴衰变化。主要故事结束后，简洁利落地收尾成为叙述者几乎一致的选择。《唐书志传通俗演义》结尾云："日晡，君臣宴罢乃散。太宗于旧将尉迟敬德、秦琼叔宝、王君廓、黄君汉、殷开山、段志贤等，或老致仕，或因物故者，皆优恤之，子孙俱世荫。房玄龄、褚遂良总理国政以治内，季（李）世勣、程名振等训练兵马以治外。蛮夷顺附。自此，天下无事，讴歌载道，无复昔日出征兵革之苦。"②简要地交代天下大治的形势，其间囊括了功臣名将的归宿、国家的内政治理和边疆防务，在快速式的节奏中终结全篇。《三国演义》更是用明确的时间标记快速地结束故事："自此三国归于晋帝司马炎，为一统之基矣……后来后汉皇帝刘禅亡于晋泰始七年，魏主曹奂亡于太安元年，吴主孙皓亡于太康四年，皆善终。"③快速式节奏将三国末代君主的结局作了交代，为人物的命运结局、王朝的兴衰荣辱画上了句号。小说叙事，尤其是历史小说的叙事往往希望实现"原始终之象，详盛衰之道"的伦理圆满，小说家在朝代兴衰起伏的敷演中去探寻内在不变的伦理规则，希望给读者以警醒，明代历史小说中人物的沉浮、事件的因果、结局的悲喜都会勾起读者的善恶情绪，形成对忠孝节义等伦理德目的自觉追随。无论历史小说之前的叙述多么繁复、冗长，人物关系多么复杂、微妙，行文至故事即将结束之际，一切都变得如此简单，其本质也不过是因果循环的道德感悟与历史必然。叙述者将历史所有的纷繁往复全部消融在快速简省的文字里，以急促的笔法交代某一段历史或某一个人物的结局。"在湍急的事件流速中迅速归结人物结局，这种节奏的突然提速一方面可以深化读者的沧海桑田之感，另一方面还可以在瞬息万变的局势中完成对'天人之道'的叩问，结尾节奏速度的剧增以及大部分情况下伴随而生的力度的渐弱，反而可以获得淡远、含蓄、深于求索的表情意义。"④小说叙事节奏的最终意义也无碍于表达出言简情深的思想意蕴。

---

① 刘文忠校点：《梼杌闲评》，北京：人民文学出版社 1983 年版，第 2-3 页。
② 熊钟谷编集：《唐书志传通俗演义》，载刘世德、陈庆浩、石昌渝主编：《古本小说丛刊》（第四辑），北京：中华书局 1990 年版，第 807 页。
③ 陈曦钟、宋祥瑞、鲁玉川辑校：《三国演义会评本》，北京：北京大学出版社 1986 年版，第 1456 页。
④ 黄霖、李桂奎、韩晓等：《中国古代小说叙事三维论》，上海：上海书店出版社 2009 年版，第 425 页。

快速式节奏经常出现在场景之间，起过渡或总结的作用。《西汉演义》第十回，重要场景间便以简约的快速式节奏形成了有效的过渡。该回有三个主要场景，一为刘邦与吕雉订婚，二为芒砀山刘邦酒后斩蛇，三为萧何、曹参帮助刘邦攻占沛城。三个场景中都有人物的对话，节奏缓慢，但场景之间的过渡，则是快速式节奏。前两个场景之间，是"次日，沛县遣邦送徒夫赴骊山，中途多逃失者"①，引出下一个场景。后两个场景之间，是"却说刘邦自斩蛇之后，四方归附者数百人，威声稍振"，引出萧何、曹参追随刘邦，导致第三个场景出现。从引出萧何、曹参来说，"却说"后面的内容是快节奏的过渡，同时，"却说"后面的内容又是对第二个场景带来结果的概说或总结。总体上看，慢节奏的场景之间用快节奏来过渡，使整个叙事节奏张弛有度，刘邦的帝王之气与爱民如子的王者风范在张弛有度的节奏中慢慢呈现出来。

需要注意的是，快速式节奏有一种特殊情况，即故事时间被压缩到极致，以至于省略，出现了对某一时间内的事情全然不提的处理方式，这就是省略，也是常见的快速式节奏。就明代历史小说而言，叙述者无法做到将每个历史故事和情节都敷衍为段落，通过必要的省略来加快叙事节奏，从而将更多的笔墨用来描绘重要场景就成为一种当然的策略。在小说中，"过了数月""又几日""几年后"等字眼都是明确的省略，将部分情节完全忽略，只字不提，同时意味着此处的叙事节奏非常快。《隋炀帝艳史》第三十五回，因韩俊娥饱受皇恩，隋炀帝盛宠正旺，萧后心下不快，便对皇帝进言，污蔑韩俊娥对萧后出言不逊、恃宠而骄，要隋炀帝不再夜宿韩俊娥处，隋炀帝满口答应。"过了数日，萧后见炀帝与韩俊娥夜夜安眠，十分相得，并无贬去之意，又乘间对炀帝说道：'前日之言，陛下想忘之矣。'"②"过了数日"将数日的时光一笔带过，以快速式节奏切换到数日后萧后质问炀帝的场景。快速式节奏省去了其间萧后的种种行为，因其对该情节片段的理解并无多大影响，因而快速略过使叙事节奏更加紧凑。萧后这数日的种种言行虽然省略了，但根据上下文，一个阴损善妒的后宫女子形象呼之欲出。快速式节奏的省略中，有时也包含着一些有用的信息。《隋史遗文》第五回，精于算计的王小二，觉得秦琼落魄可能无力支付房费，便百般苛责，寻思如何开口让其付清房租："又捱了两日，难过了。王小二只得自家开口。"王小二

---

① 甄伟：《西汉演义》，北京：华夏出版社 2012 年版，第 27 页。

② 齐东野人：《隋炀帝艳史》，不经先生评，李悔吾校点，武汉：长江文艺出版社 1985 年版，第 336 页。

的妻子柳氏，颇为贤惠，曾劝过夫君"你不要开口，入门休问荣枯事，观着容颜便得知。"①但王小二终究是耐不住，还是开口找秦琼讨要。关于王小二未曾开口那几日的事情，叙述者只是简单用"又捱了两日"便迅速带过了，快速的节奏处理直接转到了王小二向秦琼讨要银两的对话中。但快节奏叙事中的一个"捱"字，便暴露了王小二心若油煎的情状，折射出一个重利轻义的商贾形象。快速式节奏既让叙述张弛有度，又留下了叙事空白，将叙述者对人物的伦理态度隐藏在空白之中。

（二）慢速式节奏的伦理意味

慢速式节奏是指叙述时对故事情节进行细致的描写，按时长来说，慢速式节奏的基础是对话场景，通常在对话的基础上还有一定的延长乃至停顿。慢速式节奏的重要特征在于叙事进程之"慢"，"慢"让叙事用较长的篇幅内容纳较短时间内发生的事情。

明代历史小说往往叙述的是一个朝代的风云变幻，所涉人物关系之复杂、场景之丰富、事件之繁多都是其他类型的小说题材所难以比拟的。在一定的篇幅内叙述如此复杂的历史故事，小说的节奏往往是快速的，尤其是一些搬抄史书的小说更是如此。但历史小说毕竟是小说，小说的特色之一在于用生动的场面吸引人，这就让历史小说在快节奏为主的同时，也出现了多种形式的慢节奏，快、慢结合，让小说显得张弛有度，让小说既有宏观的视野而不显得浮泛，又有精彩的场面而不显得枯燥。如果说快节奏是历史小说搭建叙述框架所必需的，那么慢节奏则是历史小说内容生动所不可少的。同样写东西晋历史的《东西晋演义》和《三国志后传》，前者的快节奏差不多是史书的重现，历史事件的发展、人物命运的沉浮，都比较清楚，但仅此而已，整部《东西晋演义》，几乎没有哪个人物能给人留下深刻的印象。相反，《三国志后传》的节奏基本上是慢节奏，大量的场面描写让人物显得丰富生动。《东西晋演义》中没有出现的齐万年，在《三国志后传》中有精彩的描写，一箭射三天鹅、锁川打虎、秦州独斩三将、泾阳大战夏侯骏、麻坡陷坑等场面，将齐万年这位忠心不二的"擎天猛将"②栩栩如生地刻画出来，对一个次要人物如此用墨，自然拖慢了叙述节奏，但让小说显得生动有趣。

---

① 袁于令评改：《隋史遗文》，宋祥瑞校点，北京：北京大学出版社 1988 年版，第 44、43 页。
② 西阳野史编次：《三国志后传》，孔祥义校点，上海：上海古籍出版社 2007 年版，第 148 页。

慢速式节奏以对话场景为基础，历史小说在快速叙述中如果插进对话，节奏立即就慢下来。历史小说的对话有一个特点，一般不是简单的就事论事，往往在论事时将伦理道义等内容融合进来，在对话中阐发伦理道义，无形中又舒缓了小说的叙述节奏。《续英烈传》第七回有一段对话：

> 　　建文帝道："燕王为朕坐镇北平，使边疆无虞，非不劳苦功高，但君臣有分，各宜安之。朕既承先帝传位，年虽冲，君也；燕王职列藩位，分虽叔，臣也。前入朝时，擅驰御道，当陛不拜，藐视朕躬，廷臣交论。朕念亲亲，置之不问，自宜洗心涤虑，安守臣节。奈何北来之人，尽道燕王屯集军马，招致亡命，以图不轨。廷臣皆劝朕先事扑灭，朕思欲以仁孝治天下，先于骨肉摧残，岂齐家治国之道。故中外有言，朕俱不信。汝真诚之士，□三（燕王）所为，果系何如，可细细奏知。"葛诚因俯伏奏道："臣蒙陛下圣恩，拔为燕府长史，则燕王，主也，臣，臣也，以臣言主之过，罪固当死。然陛下又天下主也，臣若讳而不言，则是以臣下之臣，而欺天下之主，罪尤当万死。故臣宁且受负燕王之罪，而不敢当负天子之罪，故不得不实言。燕王近日所为，实如陛下所闻。即臣今日之朝，亦欲臣打探消息，非真为奏报边情也。"建文帝听了，叹息道："汝一小臣，能斟酌大义，不欺朕躬，真忠义臣也……"①

　　建文帝与葛诚之间的对话，名义上虽是讨论燕王之事，实际上是讨论君臣间的伦理道义。如果单纯讨论燕王之事，人物话语还在推动故事进展，但借助燕王之事讨论君臣之道，故事进展在对话中基本处于停顿状态，叙述节奏由此慢了很多。君臣之道一直是儒家重要的伦理议题。当君臣发生矛盾时，臣子应当遵循伦理大义，效忠于君主。建文帝将君臣的地位、关系阐释得清晰晓畅，葛诚则阐释了臣子忠孝的伦理道义。叙述者并没有直接出面对建文帝与葛诚的对话给予评价，但从人物的对话中，不难发现叙述者对人物话语的认同。

　　以人物为中心的场景，叙述者多用慢速式节奏来描摹当时的情境。对特定场景的敷演在历史小说中不胜枚举。对特定场景的细腻描绘，虽然会因叙事笔触的细腻化、精致化而放慢了叙事速度，舒缓了节奏，甚至打断了叙事进程，但在慢速化的节奏里，人物形象得以传神，事件面貌得以再现，人物和事件所蕴含的伦

---

　　① 秦淮墨客编：《续英烈传》，载《古本小说集成》编委会编：《古本小说集成》（第二辑），上海：上海古籍出版社 2017 年版，第 89-91 页。

理内容得以显示。以人物为中心的场景主要有战场上的争斗场景和日常生活场景。争斗场景如《英烈传》第五十一回"朱亮祖连剿六叛"的战斗场面：

> 两马相交，那天禄战了不上两合，便往本阵而走，亮祖督率三军奔杀过去。只见黑风过处，有许多人马，分着青、黄、赤、白、黑旗甲，并那些虎、豹、狮、象等兽，狰狞咆哮的乱杀出来。亮祖已知他是妖术，急令三军把马掇转，团团的驻扎在一处，其余步兵，依着马军向外而立。一个榉间着一个钢叉，一个滚牌间着一个鸟嘴，并一个长枪，五个一排，五个一排，周围的扎着，听他横撞直冲，只把牛、马、猪、狗等血喷去，不许乱动。众人得令。但见这些妖物，撞着血腥便飘飘化作纸儿飞去。……谢洧方与亮祖迎敌，那谢浚也赶来夹攻。谁知谢浚一枪，这枪头恰套着亮祖刀环里，亮祖奋力来搅，因把枪杆搅断。谢洧连忙转身，把亮祖一戟，那亮祖一手正接着戟的叉口，趁势把戟一扯，那戟早夺将过来，便大喝一声，把刀砍去，这谢浚腰斩而死。谢洧把马勒转，飞走逃命，亮祖一箭，正中着后心。众兵勇气百倍，杀得伪周军士百不留一。①

朱亮祖的英勇与忠诚通过争斗场景得到具体展示。战事并非一开始就很顺利，在危局之中，朱亮祖不顾自身安危，殊死搏斗，终于扭转了时局，鼓舞了士气，获得了战争的最后胜利。小说家不惜笔墨，大段大段地敷演朱亮祖的勇猛和忠诚，在慢节奏的叙述中饱含着对当事人的崇敬之情。

生活场景如《隋炀帝艳史》第十五回，得知侯夫人自缢亡后，隋炀帝内心悲痛不已。

> 走近前，将手抚着她尸骨之上，放声痛哭道："朕这般爱才好色，宫闱中却失了妃子；妃子这般有才有色，咫尺之间却不能遇朕。非朕负妃子，是妃子生来的命薄；非妃子不遇朕，是朕生来的缘悭。妃子九原之下，慎勿怨朕。"说罢又哭，哭了又说，絮絮叨叨，就像孔夫子哭麒麟一般，十分凄切。……一面叫人备衣衾棺椁，安葬侯夫人，又叫宫人寻遗下的诗稿。宫人回奏道："侯夫人做诗极多，临死这一日，哭了一场，都尽行烧毁，并无所遗。"炀帝痛惜不已。萧后忙治酒来解恼。炀帝一边饮酒，一边将侯夫人的诗笺放在席上，看了又看，读了又读。看一遍，说一遍可惜；读一遍，道一遍可怜，十发珍重爱惜。随吩咐朱贵

---

① 郭勋：《英烈传》，北京：中华书局 2013 年版，第 162-164 页。

儿、杳娘、雅娘众美人，翻入乐谱，时时歌唱。萧后见炀帝怏怏不乐，只是将酒来劝。炀帝吃到半酣之际，更觉思念情深。随叫取纸笔，自制祭文一篇去祭她。……炀帝做完了祭文，自家朗诵了一遍，连萧后不觉也堕下泪来，说道："陛下何多情若此！"炀帝道："非朕多情，情到伤心，自不能已。"随叫一个太监赐祭一坛，就将祭文烧在她灵前。……炀帝又差人相择高原之地，卜吉厚葬。又敕郡县官厚恤她家父母。侯夫人虽生前不曾受用，死后倒也一时之荣华。①

侯夫人自缢后，隋炀帝的悲痛与惋惜在慢节奏的场面展示中显得情真意切，仿佛隋炀帝已然不是一方帝王，而是一个沉迷于爱恋之中无法自拔的普通男子，感情真挚而深沉。需要注意的是，细腻的场景描画在放慢节奏的同时，也拉近了读者与场景的距离，这一方面增强了读者的身临其境的感觉，另一方面，"对特定场景的敷演有时会使读者与该场景的距离过近，而此时场景的敷演中又没有隐含作者的介入，隐含作者的伦理态度暧昧不明，伦理引导很有可能发生偏差"。②《隋炀帝艳史》悲伤的场景在伦理引导方面就出现了偏差。小说的主旨本来是想借隋炀帝荒淫昏庸的一生来告诫读者：君主必须明德行、正己身。但此处将隋炀帝描绘得如此痴情，无疑会削弱小说主旨的伦理批判力度。

（三）停顿式节奏的伦理意味

值得注意的是，慢速式节奏有一种特殊形态，即停顿式节奏。所谓的停顿式，是说故事时间全然凝聚于某一点，定格在了某一行为、场景上，叙事不再向前推进。停顿式节奏与叙述者介入有关。历史小说的叙述者有时候为了直接表明某一伦理观念或强调某一伦理德目，便直接介入到叙事中进行伦理说教，叙述者介入必然会打断小说原来的叙述节奏，让节奏变缓，乃至停顿。叙述者介入往往引导了小说伦理走向，在情节展开、人物情感变化、事件结局、场景变更等地方，叙述者都可能会介入到叙事中发表相应的伦理评价。叙述者介入的方式越多、次数越多，小说的节奏变更就越明显。叙述者的介入有时只呈现伦理评价的内容而不推动故事发展，使得节奏骤然停顿。叙述者的介入常以一些惯用词语作为标志，如"有诗为证""正是""后人有云""赞曰"等。有时，小说通过停顿式节奏来评价一个人物。《辽海丹忠录》第十二回，面对敌寇的进攻，祁总兵与刘总兵誓死杀敌，"马蹴尘生，刀翻雪卷。轰轰鼍鼓，似动春雷；扰扰军声，如崩太岳。箭起处，弓开夜月；枪明处，刀露秋霜。半空飞血雨飘扬，沥壮士之肝肠；遍野倒身尸颠倒，碎英雄之侠骨。正是：各抱忠君志，齐怀殪敌心。谁知旗辙靡，鬼火满山阴"①。小说也可通过停顿式节奏来评论一个事件。《残唐五代史演义》第五十七回，晋幼主"运尽天亡"，无力与契丹相抗衡，只得率领群臣向契丹主俯首称臣。对此事件，叙述者发表评论："称臣割地非天命，晋祖当年孕祸胎。维翰逊辞延广阻，身亡国灭可哀哉。"②

历史小说中的史官评论、咏史诗也形成停顿式节奏。《隋炀帝艳史》第十九回，麻叔谋监督河工们开河修渠，为了早日完工，谋得皇上的宠幸，麻叔谋惨无人道地对待河工们，稍有拖延便鞭笞捶打，让众河工求生不得，求死不能。"后人读史至此，有诗感之曰：否泰虽云转，江河去不回。主昏天下苦，世乱万民灾。虞夏终难返，唐尧不再来。开河工役惨，千载使人哀。"③咏史诗的引入无疑会造成小说节奏的停顿。

插入诗词造成节奏停顿，凸显叙述者的评论，却阻断叙事进程，就小说叙事而言，并不是高明的手段，但历史小说叙述者却乐此不疲。原因在于：插入的诗词内容往往是就该历史事件进行伦理评价。历史小说的主要目的在于惩恶扬善，劝诫读者向善、向忠、向义、向孝。如果只是陈述事实便起不到伦理教化作用，因此，通过诗词插入，造成节奏停顿，在停顿中进行伦理说教，成为历史小说叙述的一个潜在规律。有论者统计："《残唐五代史演义》引用史官评论 12 处，咏史诗 45 首；《隋唐两朝志传》引用史官评论 5 处，咏史诗 120 首；《皇明开运英武传》引用史官评论 5 处，咏史诗 103 首；《全汉志传》引用史官评论 5 处，咏史诗 204 首；《春秋五霸七雄列国志传》引用史官评论 22 处，咏史诗 340 首。"④这么多的诗词插入，很容易造成叙述停顿，但历史小说固有的伦理

---

① 孤愤生：《辽海丹忠录》，载《古本小说集成》编委会编：《古本小说集成》（第一辑），上海：上海古籍出版社 2016 年版，第 218 页。

② 钟惺、罗贯中：《混唐后传 残唐五代史演义》，北京：华夏出版社 2017 年版，第 277-278 页。

③ 齐东野人：《隋炀帝艳史》，不经先生评，李梅吾校点，武汉：长江文艺出版社 1985 年版，第 182 页。

④ 刘晓军：《在小说与史传之间——论明代历史演义的叙事模式》，《文艺理论研究》2008 年第 3 期，第 69-74、78 页。

诉求，让这样的停顿似乎又显得理所当然。

二、节奏安排的伦理内涵

节奏形式是叙述者有意安排的结果，节奏形式是文本呈现出来的，节奏安排则是这一呈现的原因。显然，节奏安排离不开叙事主体的介入，但主体介入是就主体而言的，节奏安排是就叙述而言的。叙述者的节奏安排自然也有其伦理内涵，速度的快慢、力度的强弱，如同音乐般波澜起伏，无不透露着叙述者的良苦用心。

（一）节奏安排与主体观念

"从根本上讲，叙述事件之疏密，叙述速度之快慢，乃至叙述情调之冷热、叙述色彩之浓淡等，都一无例外地要受制于叙事人的立场、观点、爱憎和意愿等主观因素。"[①]同时，"特定的历史价值观的渗入，也影响叙事时间速度"[②]。这意味着，叙事节奏的张弛、快慢与叙事主体（包括作者和叙述者）的价值观念直接相关。对于深受儒家传统伦理思想影响的小说作者（在小说叙述中体现为叙述者）而言，他们将自己的伦理观念渗透进小说中，无形中会影响到小说的节奏。不妨以《三国演义》为例。顾名思义，"三国演义"敷演的是魏、蜀、吴三国争战、兴衰的历史事件，书名中的"三国"是统称，没有区分谁重要谁不重要，按理说，三国呈现出三足鼎立之势，所涉及的笔墨应大体相当。但小说叙述的实际情况却并非如此，用来叙述三国的文字有明显的比例失衡。全书主要笔墨用来敷演刘蜀一方的兴衰，叙述刘蜀一方故事时，笔墨详尽，叙事节奏舒缓而绵延，从桃园结义一直到诸葛亮病逝，凡是刘蜀一方的重大历史事件，叙述者几乎都进行了详细的敷演，叙事节奏缓慢到几乎将"三国"演义演变为了"蜀国"演义，相较之下，曹魏一方和孙吴一方，所用笔墨则简省得多，经常用快速式节奏来叙述，持续十几年的时间在小说中经常就以几句话轻轻带过。即使主要描绘曹魏集团和孙吴集团的回目，也往往将其放在刘蜀集团的对立面，来反衬刘备的仁德与贤厚。叙事主体的正统观念和情感的偏向在叙事节奏的安排上可见一斑。

在刘蜀这一方，又以叙述诸葛亮与关羽的节奏最慢。对诸葛亮，小说通过赤

---

① 纪德君：《明清历史演义小说艺术论》，北京：北京师范大学出版社 2000 年版，第 152 页。

② 杨义：《中国叙事学》，北京：人民出版社 1997 年版，第 143 页。

壁之战、六出祁山、魂归五丈原等重要场面的描绘，详细地展示了一个为复兴汉室鞠躬尽瘁、死而后已的贤相良臣形象。在叙述者的叙述中，诸葛亮出色的军事才能和外交才能倒在其次，他最让人敬佩的是其忠心不二、死而后已的高贵品质。《三国演义》对诸葛亮的描绘，凡是叙述者放慢节奏，详细展示的场面几乎都体现出诸葛亮的伦理品性，尤以白帝城托孤为最。刘备在弥留之际向诸葛亮坦言，如果自己的儿子刘禅可以辅佐，则辅佐之，如果刘禅没有君主的才干，诸葛亮可以自立为王。或许这是刘备挤兑诸葛亮的说辞，但诸葛亮的表现则让刘备死而无憾。听到刘备的托孤之词，诸葛亮惊慌失措，跪拜于地，当即表示无论刘禅如何，自己都将为其效犬马之劳，至死方休。即使诸葛亮心里明白刘禅就是一个扶不起的阿斗，"忠贞之节"①、君臣之道也促使诸葛亮依旧鞠躬尽瘁，为蜀汉政权献策献计，不辞辛劳。正是由于事无巨细，他都亲力亲为，透支了身体。作为开国功勋，他没有躺在功劳簿上，而是在军队前线，战斗到生命的最后一刻。他临死前仍在批阅军情，主簿杨颙建议他休息时，他用"受先帝托孤之重，惟恐他人不似我尽心也"②来回答，死前慢节奏的叙述展示出他生命的最后时刻仍在为国操劳的场面，见出他是当之无愧的毛宗岗所说的千古以来良相"第一人"。

对关羽故事的叙述，也呈现出慢节奏的特点。官渡之战是三国战争中举足轻重的一场战役，小说只用两回来描写这场战役，而战役之前关羽的个人故事却足足用三回的内容来铺叙。叙述者对刘蜀一方的一员大将的重视，超过了对曹魏一方决定性战役的重视，相对于关羽故事的慢节奏叙述，官渡之战的叙述只能算是快节奏。从对诸葛亮和关羽的慢节奏叙述中，不难发现叙事主体所秉持的价值判断以及在此基础上所展开的伦理建构。作者和叙述者共同的判断是：正统名分在帝位获取时至关重要，对帝王来说，血缘比实力更重要。刘蜀一方之所以受到叙述者的格外关注，无非是因为刘备是"汉室宗亲"。"汉室宗亲"的身份让刘备成为复兴汉室的伦理代言人，也让刘蜀一方的故事在慢节奏叙述中得到详尽的展示。

就节奏和主体观念之间的关系看，为了突出某种观念，叙事主体有时会通过故意加快节奏的方式来处理某个长时间段内的故事，目的是集中叙述能表现某种观念的内容。《列国志传》敷演了从周平王东迁到秦始皇统一六国近六百年的历史进程，时间跨度非常大，如果节奏平均，则会使叙事缺乏重点，显出冗长之

---

① 陈曦钟、宋祥瑞、鲁玉川辑校：《三国演义会评本》，北京：北京大学出版社1986年版，第1035页。
② 陈曦钟、宋祥瑞、鲁玉川辑校：《三国演义会评本》，北京：北京大学出版社1986年版，第1266页。

感，也难以体会出叙述者想要表达的主要观念。叙述者非常注意节奏的调控，使小说在有限的篇幅内疏密适当、张弛有度。小说开始，快节奏地叙述了西周将近三百年的历史，大体交代了武王分封诸侯以及诸侯间的复杂关系，对西周的数十位君主仅是简单提及，将大量的篇幅留给了东周。东周部分，叙述者也并非平均用墨，对春秋争霸的关键环节采取慢节奏叙述，其他与争霸关系不大的事件则采取快节奏叙述。小说花大量篇幅将齐桓公如何不计前嫌重用管仲、秦穆公如何善待百姓、爱民如子的场景展示出来，以见出齐桓公的大度、善于用贤和秦穆公的仁德、长于治国，齐桓公和秦穆公的这些品质在叙述者看来，是春秋时期列国的典范，需要用慢节奏来详加铺叙。

（二）节奏安排与史书比照

叙述节奏的快慢也可以从小说所叙内容与史书间关系的角度加以考察。史书中快节奏的简省叙述，在小说中往往却丰富细腻起来，节奏变得舒缓。此点前人多有提及。鲁迅在论述《五代史平话》时说："全书叙述，繁简颇不同，大抵史上大事，即无发挥，一涉细故，便多增饰。"[1]黄人（蛮）在《小说小话》中也有相类似的表达："盖历史所略者应详之，历史所详者应略之，方合小说体裁，且耸动阅者之耳目。"[2]由此可见，史书对历史事件的具体描绘使得历史小说难以有过多发挥的空间，只能大体依照史书所言加以叙述，叙事也自然呈现出"夫国史之美者，以叙事为工，而叙事之工者，以简要为主"[3]的史传特征，相反，史书中三言两语简要叙述的事件或压根无史料记载的传说则给予小说叙述者以极大的敷演和想象空间，叙事节奏也随之减慢。这样一来，小说叙述节奏与史书叙述节奏之间形成微妙的联系。具体说来，就小说所叙内容在史书中出现的情况而言，可以分为两类：一类是该内容史有所涉及，另一类则是该内容史书没有涉及。下文依照这两类，分述之。

先看第一类。历史小说所叙述的故事不少是敷演史传的结果，历史小说中的许多情节都能在史书中找到相应的内容。就历史小说所叙述的内容在史书中的情况而言，大致可分为两种：一种是史传中有详尽的记载，历史小说几乎全盘照

---

① 鲁迅：《中国小说史略》，上海：上海古籍出版社 2006 年版，第 69 页。

② 蛮：《小说小话》，载黄霖、韩同文选注：《中国历代小说论著选（修订本）》（下），南昌：江西人民出版社 2000 年版，第 268 页。

③ 刘知几：《史通》卷六《叙事第二十二》，浦起龙通释，上海：上海古籍出版社 2008 年版，第 122 页。

抄。因史传叙事"以简要为主"，历史小说直接移植、照搬史传的内容自然也体现出笔墨简省、言简意赅的叙事倾向，一般呈现出快速式节奏的特点。《唐书志传》《大唐秦王词话》《隋唐两朝史传》三部描绘唐朝的历史小说都涉及李渊起义前举棋不定的时候，和李世民之间有一番对话。三部小说有差异，但在敷演这段对话上却极其相近，都是对《资治通鉴》等史书相关情节的复述与转陈。《隋唐两朝史传》便将史书中的伦理观念直接嫁接到了小说中，从陈述内容到所体现的伦理思想，几乎保留了史书的原样。

《资治通鉴》对该情节的描述如下：

> 世民乘间屏人说渊曰："今主上无道，百姓困穷，晋阳城外皆为战场；大人若守小节，下有寇盗，上有严刑，危亡无日。不若顺民心，兴义兵，转祸为福，此天授之时也。"渊大惊曰："汝安得为此言，吾今执汝以告县官！"因取纸笔，欲为表。世民徐曰："世民观天时人事如此，故敢发言；必欲执告，不敢辞死！"渊曰："吾岂忍告汝，汝慎勿出口！"①

《隋唐两朝史传》第九回结尾处敷演为：

> 世民乃乘间屏开左右，说于渊曰："今主上无道，百姓困穷，晋阳城外皆为战场。大人若守小节，下有寇盗，上有严刑，危亡无日。不若顺民心，兴义兵，转祸为福，此天授之时也。"渊大惊曰："汝安得为此言乎？事泄则死无葬身之地矣。吾今执汝去告县官。"世民徐语曰："世民观天时人事如此，故敢发言。大人必欲执吾告官，亦不敢辞死。"渊曰："吾岂忍告汝，特惊汝之心。慎勿出口，使外人知之。"②

对照上述两段文字，《隋唐两朝史传》几乎是照抄《资治通鉴》。表面上的对话不像是快节奏，但对话内容凝练，较为简省，这样重大的事情，对话的篇幅有限，和一般的对话相比，节奏仍偏快。但快节奏的叙述，不妨碍史官和小说叙述者明确表达出自己的伦理观点：李渊起义乃是得民心、顺应天命之举，所行之事是安社稷、为苍生的正义之事。

另一种是史传中相关情节只有片言只语，叙述者在民间故事、话本等素材的

---

① 司马光：《资治通鉴》卷一百八十三，北京：中华书局 1956 年版，第 5730 页。
②《隋唐两朝史传》，载《古本小说集成》编委会编：《古本小说集成》（第三辑），上海：上海古籍出版社 2017 年版，第 111-112 页。

基础上，加以想象，对该情节进行改写与增设。叙述者的改写与增设，让小说篇幅比史传原来的篇幅增加了不少，小说叙述节奏相较于史传而言也缓慢了许多。例如，在史书中对于韩信其人其事常常是简单几笔便草草带过，叙述节奏很快。但《西汉演义》却迥然不同，叙述者敷衍出"背楚走咸阳""问路杀樵夫""褒中见滕公""明修栈道暗度陈仓"等一系列情节，在刘邦与项羽的争斗中，韩信成为一个不可或缺的重要人物。韩信早在鸿门宴任执戟郎时就有远见地意识到刘邦是真正的君主，日后必定会一统天下。随后，韩信便追随刘邦，为刘邦攻城略地。对韩信的详细描绘既彰显了韩信是饱读兵书、决策千里之外的将帅之才，又从侧面凸显了刘邦是仁君明主。无独有偶，史书对岳飞其人性格、相貌的描绘也极其简单，《大宋中兴通俗演义》则发挥想象，将简单变为丰富，这自然减缓了小说的叙述节奏。卷一"岳鹏举辞家应募"一则，"刘浩看岳飞一表非俗，人材出众，心中暗喜"①；同卷"宋高宗金陵即位"一则，"康王视之，见其人身长七尺，腰大数围，面如傅粉，唇若抹朱，鼻似悬胆，眼相刀裁，端的智勇并兼，武文皆会。此人是谁？乃是成中郎岳飞也。康王一见大喜，曰：'得君同往，寡人无忧矣！'"②显然，叙述者在岳飞相貌的描绘中融入了感情因素，岳飞的仪表已然显示出其忠良之将的气质，君主得知"暗喜""无忧"。叙述者将本来客观化的人物容貌赋予了伦理情感，因其是忠良义士，便有了正直的容颜，这样的叙述本身并没有多少史实依据，但这样叙述，又能增强叙述者对岳飞的崇敬和景仰，这样叙述较之史书的片言只语，显然放慢了节奏。

再看第二类。史书中没有涉及的内容，小说叙述者没有史实的依据，也没有史实的限制，反而可以天马行空地发挥想象，在想象中流露出自己的伦理态度与情感喜好。叙述者加入大量的虚构内容无疑放慢了叙述节奏，慢节奏的叙述让故事显得丰满而生动，其中的伦理内涵也显得鲜明而强烈。明代历史小说对魏忠贤形象的塑造可为代表。魏忠贤的生平经历大致可以分为入宫前与入宫后两个阶段。入宫前的魏忠贤史书几乎没有记载，其出身经历、父母为何人，一概没有提及，这就给予小说叙述者足够的想象空间。入宫后的魏忠贤，小说虚构之处则较

① 熊大木编：《大宋中兴通俗演义》，载《古本小说集成》编委会编：《古本小说集成》（第四辑），上海：上海古籍出版社 2017 年版，第 81 页。

② 熊大木编：《大宋中兴通俗演义》，载《古本小说集成》编委会编：《古本小说集成》（第四辑），上海：上海古籍出版社 2017 年版，第 91 页。

少。入宫后的魏忠贤史书中有明确的记载，受史实限制，叙述者不能任意敷演，同时，宫中生活既有它应有的要求，又不是任何一般的小说作者能随意熟悉的。这些原因很自然地导致小说叙述者将主要笔墨集中在魏忠贤入宫前成长经历的虚构上，这些虚构一般很细腻，叙述节奏也较为舒缓。譬如说，对魏忠贤母亲的虚构，不同的小说就各擅胜场。《皇明中兴圣烈传》用大量的笔墨叙述魏母刁氏生性孟浪，因和狐狸交媾才得以生下魏忠贤；《梼杌闲评》中，魏母又变成江湖艺人侯一娘，她和戏子魏云卿不合礼法的私通，生下了赤蛇附体的魏忠贤。两部小说花不少篇幅来描绘魏忠贤的成长经历，显示魏忠贤从小就是一个自私自利、卑劣低微的奸佞小人。《梼杌闲评》共五十回，魏忠贤入宫前的经历就占据了二十多回，笔触细腻、生动，以平缓的叙述节奏，展现出魏忠贤的成长轨迹，展示出其沦为奸佞之前的复杂性，也显示出叙述者对入宫前的魏忠贤的复杂态度：同情与厌恶并存，赞赏与抨击同在。

（三）节奏与情感变化

节奏的变化可以体现出小说情感的浓淡和情绪的起伏。"速度的变化也意味着情感氛围的变化。"[①]情绪的强烈、平稳和节奏的舒缓、急切之间似乎有着不可分割的联系。"叙事作品情感变化的落差，是其节奏感的一个重要方面。"[②]叙述节奏与小说自身的情感起伏、读者的情感体验之间有着密不可分的关联。叙述节奏的变化导致小说情绪、思想的变化。首先，任何一部小说，人物情绪不会呈现出从头到尾始终如一的状态，人物情绪的变化必然会以合适的动作、言行，并配以相应的节奏展现给读者。没有节奏的舒缓急速变化，人物的情绪必然大打折扣。节奏对于小说的情感表现有着极为重要的作用，小说情感的发展也无形中推动了节奏的变化。人物情绪的起伏、思想情感的增强与减弱必然使得小说节奏也随之或加快或减慢，或浓烈或平淡，从而形成了小说作品独特的节奏韵律。其次，人物情感变化本身也形成一种节奏韵律。人物感情发生转折、变化时，必然会呈现出不同的情感力度，而情感的浓淡可以展现出不同的叙事张力，这本身也是一种节奏美。最后，小说的情感变化与节

① [法]米兰·昆德拉：《小说的艺术》，董强译，上海：上海译文出版社 2004 年版，第 111 页。
② [韩]李陆禾：《〈董西厢〉的叙事艺术》，《山东大学学报》（哲学社会科学版）1998 年第 2 期，第 38-41 页。

奏的快慢都将以文本的形式呈现在读者的面前。读者在阅读作品时，自然会体察到二者间的微妙联系，感受出小说中时而急促、时而舒缓的节奏背后随着故事进程不断变化发展的情感内容，从而形成阅读时的独特情感体验。所以说："节奏就是转化，前事件的完成，就是后事件转折的位置。转折为作品带来了新的秩序，使我们在阅读感受中体验到变化。"①就小说情感与节奏的关系而言，明代历史小说叙述节奏也或多或少地表现了伦理情感的起伏变化与浓淡程度。

情感的浓烈与节奏的急促往往相辅相成，相得益彰。小说的故事内容终究有起承转合，事件的发展也往往有高潮迭起、平缓过渡等多种形式，合适的情感总会有合适的节奏与之相匹配。就浓烈的情感而言，小说中的事件往往因节奏的迅速而使得情绪突然紧张、急切，感情的浓度随之增加。《辽海丹忠录》第二回，奴酋突袭辽阳城，一时间领兵的张总兵"惊得魂不附体，忙来见李巡抚"②。因其被袭突然，读者读至此处，内心自然会生出焦急紧张之感，如果此时的叙述节奏是舒缓平和的，就很难表现出驻守之臣内心焦急的情感，与小说内容不符。因此，叙述者在随后的描绘中，叙述节奏便突然加快，使小说节奏与小说故事内容、读者阅读情绪之间得以很好地融合。李巡抚在接到通报后，对张总兵说："没有个做地方官，听鞑子自来自去的，一定要去赶！赶不着，早请添兵添饷去剿他。事不宜迟，可即便发兵！"③李巡抚虽然不了解军队情况，他的决定未必符合实情，但从他铿锵有力、立场鲜明的语言上，还是能感受到抗敌的决心与勇气的。"一定要去赶""可即便发兵"等简洁明快的语言既显示出情感的浓烈，也显示出节奏的快速。

小说情感既有浓烈，也有平淡。叙述者有时会选取平淡的生活场景来写日常琐事，于平凡处见真情。此时多以舒缓的节奏来衬托人物真挚而又温和的情感。《隋炀帝艳史》第十二回，隋炀帝夜会妥娘，场景描绘细腻而平淡，叙述节奏也非常舒缓：

> 一夜，炀帝在积珍院饮酒，忽听得笛声清亮，不知是谁家院吹，遂私自走出院来窃听。那笛儿高一声，低一声，断断续续，又像在花外，又像在柳边，再没处找寻。此时微云淡月，夜景清幽。炀帝随了笛声，

---

① 孟繁华：《叙事的艺术》，北京：中国文联出版公司1989年版，第84页。

② 孤愤生：《辽海丹忠录》，载《古本小说集成》编委会编：《古本小说集成》（第一辑），上海：上海古籍出版社2016年版，第24页。

③ 孤愤生：《辽海丹忠录》，载《古本小说集成》编委会编：《古本小说集成》（第一辑），上海：上海古籍出版社2016年版，第25页。

沿着一架小花屏，信步走来，刚转过了几曲朱栏，行不上二三十步，笛声倒寻不见，只见花荫之下，一个女子，独步苍苔而来。炀帝看见，倒将身子往太湖石畔一躲，让那女子缓缓走来。将到面前，定眼一看，只见那女子，年可十五六岁，生得梨花袅娜，杨柳轻盈，淡妆素服，在月下行来，宛然一色。渐近石旁，忽长吟两句道：

汉皋有佩无人解，楚峡无云独自归。

炀帝见是个有色女子，又听见吟诗可爱，也不像自家苑中的宫人，就像遇了仙子一般，慌忙从花影中突出，将那女子轻轻一把抱住……遂悄悄将那女子，抱入花丛之内，也不管高低上下，就借那软茸茸的花荫为绣褥，略略把罗带松开，就款款的鸾颠凤倒……须臾雨散云收。二人看见，嘻嘻的笑个不住。正是：

花茵云幕月垂钩，悄悄冥冥夜正幽。

谩道皇家金屋贵，碧桃花下好风流。①

　　叙述者以极为缓慢的节奏细细描绘了隋炀帝与妥娘夜下花园的风流之事，其间没有跌宕起伏的情绪变化。叙述者将隋炀帝与嫔妃耳鬓厮磨的后宫生活娓娓道来，场景式地呈现出隋炀帝的温情之举。如果不是隋炀帝的帝王身份，如此细致地描摹场景，让情感的缓缓流露配以舒缓的节奏，以见出人物情感的真挚；但隋炀帝是帝王身份，这种情感的真挚和帝王的荒淫联系在一起，对人物的伦理评判也因此蕴含在情感之中。

　　问题的复杂性在于，情感与节奏之间有时也呈现出失衡的状态，并不总是浓烈的情感用快节奏，平淡的情感用慢节奏。叙述者也可以用"缓笔"来写"急事"，让急促的情绪在缓慢的节奏中显得更加急促，情感与节奏的错位有时反而收到意想不到的表达效果。叙述者以快速式节奏保持读者对故事内容持续的紧张感，等到事情发展到高潮时，叙述节奏却突然变慢，以慢速式节奏讲述相关的故事内容。读者急切的心情与小说缓慢的节奏间处于一种失衡状态，读者想要了解事情进展的心情反而更为迫切。金圣叹评《水浒传》时说："写急事不得多用笔，盖多用笔则其事缓矣。独此书不然，写急事不肯少用笔，盖少用笔则其急亦遂解矣。"② 《三国演义》中便不乏此种情形。毛宗岗说："人但知《三国》之

---

① 齐东野人：《隋炀帝艳史》，不经先生评，李悔吾校点，武汉：长江文艺出版社 1985 年版，第113-114 页。

② 金人瑞：《水浒传回评》，载朱一玄、刘毓忱编：《水浒传资料汇编》，天津：南开大学出版社 2002 年版，第 266 页。

文是叙龙争虎斗之事，而不知为凤、为鸾、为莺、为燕，篇中有应接不暇者，令人于干戈队里时见红裙，旌旗影中常睹粉黛，殆以豪士传与美人传合为一书矣。"①小说对赤壁之战的叙述便有此意味。在战争一触即发之际，双方阵营都在调兵遣将、寻找良机，情节发展、读者情绪都要达到高潮时，战场上的较量呼之欲出，但叙述者却骤然停笔，既不写孙刘盟军之间的争斗情况，也不提孙刘与曹操之间计策谋略的来回博弈，更不写战场上的打斗场景，而是将笔触转到了舒缓、平和的生活场景，描绘庞统挑灯夜读，曹操戏言铜雀台、横槊赋诗等舒缓的生活场景，让小说的节奏骤然慢了下来。叙述者人为地减缓了本该有的急促的节奏，但小说情感、读者情绪却不因生活场景的加入而缓和，反而更加急迫地想知道战争双方的得失成败。叙述者以"缓笔"写"急事"，使得事情更急，看起来节奏与小说想要表达的情感发生了错位，却意外地达到了更好的叙事效果："一方面感到赤壁之战一触即发，在这个总悬念下急于想看到结局，另一方面孙刘曹三方为大战而展开的政治、军事、外交活动，则牵动着读者，令人时而感到振奋，又时而叹息，时而为人物的命运感到担心，又时而为所关心的人物走出困境长舒一口气。我们说，这就是节奏。就是说节奏这一文学作品内在的旋律，一方面给我们造成心理的压力，另一方面又使我们获得审美愉悦。"②"缓笔"之中，更容易看出人物性格，人物性格对"急事"发展走向又会产生一定影响。《三国演义》第四十八回，曹操横槊赋诗后，刘馥指摘其诗"不吉"，曹操大怒，"手起一槊，刺死刘馥"③，曹操多疑、残忍的本性在细节化的场景中暴露无遗。正是这种残忍多疑，让曹操在杀了蔡瑁、张允两位熟悉水战的将领后，导致赤壁之战失败。就此来看，用"缓笔"写"急事"，不仅可以造成节奏的起伏，也可以细腻地刻画人物品性。

　　综上所述，无论是快速式节奏还是慢速式节奏，都体现出叙述者伦理控制的目的。这种控制不仅体现在小说伦理观念的表达上，也体现在读者对小说伦理观念的接受上。节奏快慢的有机交织，让叙述者在明代历史小说张弛有度的节奏中更好地完成伦理控制。

---

　　① 毛宗岗：《读三国志法》，载朱一玄、刘毓忱编：《三国演义资料汇编》，天津：南开大学出版社 2003年版，第 263 页。

　　② 张强：《论〈三国演义〉赤壁之战的叙事节奏》，《南京师范大学报》（社会科学版）2006 年第 5 期，第 125-130 页。

　　③ 陈曦钟、宋祥瑞、鲁玉川辑校：《三国演义会评本》，北京：北京大学出版社 1986 年版，第 604 页。

第四章

接受伦理：叙事接受的伦理解读

明代历史小说的读者，不仅可以在阅读文本的过程中来解释文本，还可以用自己的伦理立场来"改写"原有的文本，有时还对改写后的文本发表评论，形成独具特色的小说评点。"改写"可以是直接改写原来的小说，也可以是就原来小说的故事重起炉灶，后者不是真的改写，也没有对原来文本的阐释，但一定是对原有故事的另类"接受"，这意味着，纽顿《叙事伦理》所说的"阐释伦理"①不能涵盖明代历史小说的读者接受状况，不妨用接受伦理代替之。

考察明代历史小说的接受伦理，首先需要了解接受者的伦理处境（以及主要以何种形式来接受），其次要辨析接受者对小说的伦理批评，此外还要注意一个特别的现象，即同一故事的不同版本与伦理的互动关系。

第一节 接受者的伦理处境和评点形式的运用

明代社会的政治、经济发展为小说的产生和传播提供了外在客观基础，历史演义小说以其独特的魅力成为其中最受读者欢迎的门类，"历史演义就是用浅近

---

① 纽顿在《叙事伦理》中将"叙事伦理"分为讲述伦理、表达伦理和阐释伦理，其中阐释伦理（hermeneutic ethics）被认为是伦理批评的解释，这是一种阅读行为支撑读者的解释（the ethico-critical accountability which acts of reading hold their reader to），读者只有在阅读中才能理解文本，离开文本的阅读，也就没有阐释伦理。（Newton, A. Z. *Narrative Ethics*. Cambridge: Harvard University Press, 1997, p. 18.）

通俗的语言来敷演历史人物和历史事件，揭示其中所蕴含的义理的小说。它以尊重历史事实为核心的文体规范，同时又艺术化地融合史实和想象，在对历史人物和事件的描述上有一定的创新和发挥"[1]，因而能够被广泛接受。从接受伦理的角度看，接受者接受这些历史小说，一个起码的要求是要对这些小说进行伦理阐释，但对小说进行伦理阐释有一个前提，即接受者自身的伦理处境，在不同的伦理处境中，面对同样的文本，可能会进行阐释，也可能不进行阐释，进行阐释时可能也会有不一样的结果。这样看来，接受者的伦理处境是接受伦理无法回避的问题。

一、接受者的伦理处境

明代历史小说接受者的伦理处境，大致可以从三个方面加以考察：一是政治环境对社会伦理的影响，二是商人伦理和商业伦理，三是士人伦理观念的变化。下面分别申说之。

（一）政治环境对社会伦理的影响

"明代是一个文学思想非常活跃的时期。政权运作与文学思想的变化关系密切……反映出明代文学思想在我国的文学思想发展史上的独特面貌。"[2]明代的政治斗争相当激烈，内阁间的争斗、宦官专政、东林党与阉党之争对明代历史小说的创作和接受都产生了深刻的影响。

建国之初，朱元璋在强化中央集权的同时，也加强了思想管制。就加强中央集权而言，一方面借宰相胡惟庸一案，彻底废除宰相制度；另一方面整合户部、吏部等重要的行政部门，废除了存在七百多年的三省制度，将权力直接收归皇帝所有，皇权得到前所未有的强化。儒士们至此逐渐沦为只需听命于君主，而无须参与政事决策的皇权奴仆。与中央集权配套，朱元璋还建立起了一套缜密而严格的行政规范体系，以此来达到治国安天下的目的。上至国家赋税如何征收，下至普通百姓的吃穿用度，都有明确的规定，进而将天下牢牢控制于手中，彻底结束了元末分崩离析的动乱局面。就加强思想管制而言，提倡程朱理学，开设八股科举制来网罗知识分子，以求实现思想的"一统"。在程朱理学思想的控制和八股

---

① 纪德君：《明清历史演义小说艺术论》，北京：北京师范大学出版社 2000 年版，第 7 页。
② 罗宗强：《明代文学思想发展中的几个理论问题》，《文学遗产》2012 年第 5 期，第 4-11 页。

取士的引诱下，士子往往都专注于经史子集的研读，将历来被视为小道、末技的小说和戏曲丢弃在一旁。这种政治环境使得明代前期的历史小说创作数量非常有限，只有《三国演义》《隋唐两朝史传》等有限几部。如果以嘉靖朝为历史小说兴起的时间节点（嘉靖朝已是明中期），从明初到嘉靖元年这150多年的时间里，应该说，朱元璋的高压集权对文学并没有过多的规定，有一些小说得以问世，但从宣德年间开始，统治者对文化形态的管控明显增强，历来地位就不高的小说、戏曲更是受到了打压。小说接受方面几乎无资料可证，出现于弘治七年（1494年）的庸愚子《三国志通俗演义序》可能是唯一的例外。在政治高压的情况下，庸愚子对《三国演义》的总结性评论是："遗芳遗臭，在人贤与不贤，君子小人，义与利之间而已。"①这显然是一个放之四海而皆准的结论，是典型的伦理说教。

嘉靖朝开始的明代中后期的小说复兴，主要得益于统治者文化管控的松动。这一时期的政治环境主要有二：其一，皇帝懒政。相较于明初朱元璋的勤于政事、日理万机，自嘉靖朝开始，皇帝懒政成为主流。嘉靖即位之初，励精图治，自嘉靖二十一年（1542年）"壬寅宫变"之后，长期不理朝政，且"崇尚道教，享祀弗经，营建繁兴，府藏告匮，百余年富庶治平之业，因以渐替"②。万历更是数十年不上朝，致使社会无生气，如吕坤所言："而今提纲挈领之人奄奄气不足以息，如何教海内不软手折脚、零骨懈髓底。"③其二，宦官专权。"奄宦之祸，历汉、唐、宋而相寻无已，然未有若有明之为烈也"④。宣德年间设内书堂、成化年间设西厂，为宦官专权提供了制度保障。正德年间，就有刘瑾专权的先例，到天启年间，魏忠贤更是权倾朝野，代替皇帝决策政事，"宰相六部，为奄宦奉行之员而已"⑤。魏忠贤及其党羽遍布全国各地，阉党"驱率狼虎，飞而食人，使天下之人，剥肤而吸髓，重足而累息"⑥，宦官专权被推向极致。国

---

① 庸愚子：《三国志通俗演义序》，载丁锡根编：《中国历代小说序跋集》（中），北京：人民文学出版社1996年版，第888页。

② 张廷玉等：《明史》卷十八，北京：中华书局1974年版，第250-251页。

③ 吕坤：《呻吟语》，王国轩、王秀梅注，北京：学苑出版社1993年版，第286页。

④ 黄宗羲：《明夷待访录·奄宦上》，载黄宗羲《黄宗羲全集》（第一册），杭州：浙江古籍出版社1985年版，第44页。

⑤ 黄宗羲：《明夷待访录·奄宦上》，载黄宗羲《黄宗羲全集》（第一册），杭州：浙江古籍出版社1985年版，第44页。

⑥ 张廷玉等：《明史》卷二百三十七，北京：中华书局1974年版，第6172页。

家陷入政治腐朽、统治混乱的局面之中。顾炎武将万历年间作为明朝世风的分水岭，《日知录》卷九云："自万历以上，法令繁而辅之以教化，故其治犹为小康。万历以后，法令存而教化亡，于是机变日增，而材能日减。其君子工于绝缨而不能获敌之首，其小人善于盗马而不肯救君之患。"①在糟糕的政治现实面前，小说由于政治管控的松弛反而获得了空间的发展乃至兴盛，出现了《大宋中兴通俗演义》《列国志传》《西汉演义》等诸多历史小说，小说接受者从过往的历史故事中看出了小说借古喻今的用意，看出了明君贤臣和奸佞宵小的道德寓意。可观道人《新列国志叙》从《新列国志》中看出了"国家之废兴存亡，行事之是非毁，人品之好丑贞淫"②。

由于政治环境的糟糕，在明中期的士大夫圈子里，礼义廉耻已不再被作为重要的伦理道德规范，表面上道貌岸然、私底下道德败坏的官员不胜枚举，整个朝野乌烟瘴气，民怨沸腾，社会矛盾加剧，明王朝的统治犹如"将萎之华，惨于槁木"③，充满了山雨欲来的危机感。在这样的政治环境中，明末的历史小说出现了不同于此前的创作状况。具体说来，大体有两类：一类是希望借历史来反观现实，流露出对朝廷的失望、期待草泽英雄来拯危救难的民众心理；另一类是直接针砭社会现实，借助现实中的政治事件和军事事件来表达心声。对前一类作品的接受，接受者多赞颂小说主人公的英雄气概，有时还以此来映衬现实。《隋史遗文》第八回"总评"曰："如叔宝者，真乃贫而有守者也：有轻财之友而不投，遇豪贵之交而不认。所云穷且益坚者，非耶？今人自己贪得多求，反议其耻贫贻困，将饥附饱飏，反为豪杰乎哉？"④对后一类作品的接受，目前材料较少，但时事小说往往从邸报、丛谭、传语、奏章、诏书，乃至亲眼所见之事中寻找素材，创作本身就体现出对时下发生事件的一种接受姿态，这和此前的历史演义有明显不同，因为历史演义是叙述已有历史故事，故事已有结局；时事小说是记录当下正在发生或发生不久的事情，事情还没有盖棺定论。为了表达伦理救世观念，时事小说在塑造反面人物时，往往采用全盘否定的方式，将其描绘得一无是

① 顾炎武：《日知录》卷九，载黄汝成集释：《日知录集释》，上海：上海古籍出版社 2006 年版，第519 页。

② 丁锡根编：《中国历代小说序跋集》（中），北京：人民文学出版社 1996 年版，第 865 页。

③ 龚自珍：《定盦文集·乙丙之际箸议第九》，载王文濡编校：《龚定盦全集》，上海：世界书局 1935 年版，第 14 页。

④ 袁于令评改：《隋史遗文》，宋祥瑞校点，北京：北京大学出版社 1988 年版，第 71 页。

处。《樵史通俗演义》中的李自成残暴无耻，其父母、妻儿也是无耻好色之徒，这些虽然没有史实依据，但可以将恶人写恶，达到伦理批判的效果。此外，明末对明早中期一些历史小说的接受，也出现了新的情况。杨明琅《叙英雄谱》云："为君者不可以不读此谱，一读此谱，则英雄在君侧矣；为相者不可以不读此谱，一读此谱，则英雄在朝廷矣。经略掌勤王之师，马部主犁庭之役，又不可以不读此谱，一读此谱，则干城腹心尽属英雄……此乃余合谱英雄意也，非专以为英雄耳也。"①《英雄谱》乃《三国演义》和《水浒传》合刊后的名称，其中的《三国演义》为历史小说，就对《三国演义》的接受来看，明早中期的庸愚子看到了"君子小人"之贤与不贤的道德说教，明中后期的李贽发出了"种种机谋，种种算计，不足供老僧一粲也。哀哉，哀哉！"②的个人感慨，明末的杨明琅则读出了小说影射现实的意味。可见，明后期的政治环境和社会状况对历史小说接受者产生了直接影响。

(二) 商人伦理和商业伦理

明代商人伦理的形成是儒贾相通的结果。随着商业的兴盛和士商合流的发展，传统的"士农工商"的社会等级划分已不能满足商人群体与财俱增的对社会地位的要求。社会上，形成一种士人重商和商人自重的潮流。明代士人对商人的看法较之宋元时期，已发生根本变化。王阳明从"心学"出发，指出"古者四民异业而同道"，士农工商在"道"面前完全平等，排在最后的"商"并不比排在最前的"士"要低一些。王阳明去世前三年作《节庵方公墓表》，对商人的社会价值给予充分肯定："古者四民异业而同道，其尽心焉，一也……其归要在于有益于生人之道，则一而已……四民异业而同道。"③士农工商阶层只要能"尽心"于其所"业"，那么他们的社会地位就没有什么不同。归有光所说的"古者四民异业，至于后世，而士与农、商常相混"④，当是明中后期的一种社会现实。士人对这种现实的承认，是商人伦理形成的重要条件。

不仅明朝的士大夫承认"士"与"商"相混，商人也意识到自己所从事的行业和"士"殊途同归，对商人有偏见的李梦阳在自己的文章中引用商人王现（文

---

① 朱一玄、刘毓忱编：《三国演义资料汇编》，天津：南开大学出版社 2003 年版，第 248 页。
② 陈曦钟、宋祥瑞、鲁玉川辑校：《三国演义会评本》，北京：北京大学出版社 1986 年版，第 1457 页。
③ 吴光等编校：《王阳明全集》（中），上海：上海古籍出版社 2015 年版，第 776-777 页。
④ 归有光：《震川先生集》，周本淳校点，上海：上海古籍出版社 1981 年版，第 319 页。

显）的话，反而显示出商人对"商与士，异术而同心"的信心和抱负："文显尝训诸子曰：夫商与士，异术而同心。故善商者处财货之场而修高明之行，是故虽利而不污。善士者引先王之经，而绝货利之径，是故必名而有成。故利以义制，名以清修，各守其业。"①这意味着"明代商人也意识到他们的社会地位已足以与士人相抗衡了"②。王现是明中期人，到明后期，新安商人汪道昆在《诰赠奉直大夫户部员外郎程公暨赠宜人闵氏合葬墓志铭》中说："大江以南，新都以文物著。其俗不儒则贾，相代若践更。要之，良贾何负闳儒！"③"良贾何负闳儒"说得大气磅礴，商人的自信溢于言表。

　　既然商人和士人无高下之分，从士抑或从商，就完全可以是个人的选择，以前的士业至上、唯举是图的社会风气也为之一变。由于商业发展，书籍普及，读书人增多，但科举名额有限，很多读书人弃儒从商，成为儒商。不少儒商就加入到小说创作和接受的行列中来，成为书坊主。明代历史小说的兴盛与小说接受的推广，与书坊主的积极参与密不可分。书坊主虽然从事商业谋利活动，但商人伦理并非唯利是图，而是在牟利的同时不忘士人的伦理教化职责。熊大木作为书坊主，刊行了不少历史小说，在《新刊大宋演义中兴英烈传序》中，他将刊行小说和宣扬纲纪视为同一件事："武穆王《精忠录》，原有小说，未及于全文。今得浙之刊本……然而意寓文墨，纲由大纪，士大夫以下遽尔未明乎理者，或有之矣……使愚夫愚妇亦识其意思之一二……于是不吝臆见，以王本传行状之实迹，按《通鉴纲目》而取义。"④新刊《大宋演义中兴英烈传》的目的，不仅可以让"愚夫愚妇亦识其意思之一二"，也可以弘扬朱熹《资治通鉴纲目》中的纲常名教。

　　书坊主不仅创作小说，同时作为接受者还想办法推广小说，如何创作和推广小说，就涉及商业伦理问题。明代嘉靖、万历年间，社会生产力提高，商品经济和贸易也逐渐繁荣起来，出现了经商热潮，"今夫天下之人，不为商者寡矣，士之读书，将以商禄；农之力作，将以商食"⑤。商业的发展在促进社会财富快速

---

① 转引自余英时：《士与中国文化》，上海：上海人民出版社 2003 年版，第 458 页。
② 余英时：《士与中国文化》，上海：上海人民出版社 2003 年版，第 458 页。
③ 转引自余英时：《士与中国文化》，上海：上海人民出版社 2003 年版，第 459 页。
④ 黄霖、韩同文选注：《中国历代小说论著选（修订本）》（上），南昌：江西人民出版社 2000 年版，第 121 页。
⑤ 丘濬：《〈江湖胜游诗〉序》，载丘濬：《丘濬集》（第 8 册），周伟民、王瑞明、崔曙庭等点校，海口：海南出版社 2006 年版，第 4077 页。

流动的同时，也改变了人们的消费方式。由于明初统治者重视教育的一系列举措，到了万历年间，人们受教育的程度普遍提高，大量市民加入到读者行列中来，使得明代小说的读者队伍由以士人、商人为主转变为以市民为主。在利益驱使之下，书坊主积极地改变刊刻形式，增加吸引读者兴趣的内容，一定程度上促进了历史小说的传播。历史小说传播过程中凸显出来的商业伦理，主要有以下几个方面。

其一，对经济利益的追求。在商言商，毋庸讳言，对经济利益的追求是商业的首要目的。历史小说的刊刻者和接受者都会考虑到商业因素，如何刊刻能多卖，如何挑选刻本能省钱，是卖家和买家心态的自然流露。对经济利益的追求，让很多畅销的小说如雨后春笋般反复出现。嘉靖年间刊刻的《三国演义》受到广大读者的欢迎，便出现余象斗所说的"坊间所梓三国何止数十家矣"①之情形。为了追求利益，就要在书的设计上尽量吸引读者，于是，刊刻时加入插图就成为一时风行的做法。对读者特别是下层读者来说，插图的使用一方面可以吸引他们的阅读兴趣，增强他们对小说文字的理解力；另一方面也可以补足小说在文字、情节等方面的不足之处，以达到"尽其言"的艺术效果。明末人瑞堂刊刻的《隋炀帝艳史》就在文中加入了大量的插图，并在凡例中点明对插图的关注：第八则"坊间绣像，不过略似人形，止供儿童把玩。兹编特恳名笔妙手，传神阿堵，曲尽其妙。一展卷，而奇情艳态勃勃如生，不啻顾虎头、吴道子之对面，岂非词家韵事、案头珍赏哉！"；第九则"绣像每幅皆选集古人佳句，与事符合者，以为题咏证左，妙在个中，趣在言外，诚海内诸书所未有也"；第十一则"锦栏之式，其制皆与绣像关合"②等。可以看出，该版本在刊刻时不仅注重在小说内容中插入图像来吸引读者，还注重插图与小说文本内容的相合程度，更注重在编排时插图是否与小说的样式相配合，如此精心编排自然也是为了吸引读者购买，颇有"广告"的意味。

其二，迎合读者消费水平，提高服务意识。为了能让经济水平不高的市民读者进行消费，书坊主往往降低书价来刺激消费，如何既降低书价又保证客源不流失就成了书坊主费心思考的问题。改变小说的刊刻格式是最便捷的降价方式，主

① 石昌渝主编：《中国古代小说总目·白话卷》，太原：山西教育出版社2004年版，第299页。

② 齐东野人编演：《隋炀帝艳史》，载《古本小说集成》编委会编：《古本小说集成》（第三辑），上海：上海古籍出版社2017年版，第6-7页。

要有两种方式：一是增加每页字数，二是采取合刊。明代通俗小说的刻印的标准版式大多是每半页 10 行，每行 20 字，为了降低书价，可以在翻刻时每页多印一些字，"如诚德堂主熊清波刻印的《三国演义》，就是每半页 14 行，每行 28 字，共 392 字，与标准格式相比，每半页的字数增加了一倍。虽然刻工的费用没有减少，但书版、纸张、印刷等费用的支出均可降低一半，书价也就相应地降低了"[1]，诚德堂时有插图，有插图时每半页仍 14 行，每行 19 字（图 4.1）。书坊主虽然改变了刊刻的标准格式，但考虑到读者的阅读心理，并没有删去小说中的插图，反而将两者结合起来形成新的刊刻形式来进行售卖，"天启间黄正甫刊印的《三国演义》尽管是上图下文，但格式却是每半页 15 行，图下大行 34 字，小行 26 字，即每半页不仅有图，而且还印上了 400—500 字"[2]（图 4.2），书商们将一些图文也插入进去使得小说每页的内容十分丰富，真正做到了"图文并茂"，具有强烈的服务意识。

图 4.1　诚德堂刊本《新刻京本按鉴补遗通俗演义三国全传》

图 4.2　黄正甫刊本《新刻考订按鉴通俗演义全像三国志传》

① 陈大康：《明代小说史》，上海：上海文艺出版社 2000 年版，第 576 页。

② 陈大康：《明代小说史》，上海：上海文艺出版社 2000 年版，第 576 页。

采取合刊是书商们的又一创举。读者们花费相对较少的价钱却能购得两本小说这一举措，既可以满足他们的阅读需求又符合他们的经济水平，是读者喜闻乐见的售卖方式。万历年间，已有《小说传奇合刊》发行，即将小说与传奇合二为一再刊之。崇祯年间，建阳熊飞馆在刊刻《英雄谱》时，书坊主熊飞在封面上附有说明："语有之：'四美具，二难并'，言譬之贵合也。《三国》、《水浒》二传，智勇忠义，迭出不穷，而两刻不合，购者恨之。本馆上下其驷，判合其圭。回各为图，括画家之妙染；图各为论，搜翰花之大乘。较雠精工，楮墨致洁。诚耳目之奇玩，军国之秘宝也。识者珍之！"①熊飞敏锐地发现读者的需要，将两本优质的畅销书《水浒传》和《三国演义》合二为一，并且没有忽视小说的质量，不仅增加精致的插图，还邀请名家题咏（图 4.3），将服务意识发挥到极致。

其三，将经济利益和伦理教化联系在一起。书坊主用插图、合刊等手段来促销自己刻本的同时，几乎每个书坊主都自己出面或请人作序说明自己的刻本对伦理教化的意义。余象斗于万历二十年（1592 年）弃儒从商，刊行《音释补遗按鉴演义全像批评三国志传》，"全像"与"批评"兼具，正文页面分三栏：上评、中图、下文，显然是为了小说的传播。万历二十二年（1594 年），又刊刻《全像忠义水浒志传评林》（图 4.4），正文前有《题水浒传叙》，高度评价《水浒传》的"忠义"主旨："有为国之忠，有济民之义。"②并在《题水浒传叙》之眉栏写有《水浒辨》，概括此书特色："水浒一书，坊间梓者纷纷，偏像者十余副，全像者止一家……今双峰堂余子，改正增评，有不便览者芟之，有漏者删之，内有失韵诗词，欲削去，恐观者言其省漏，皆记上层，前后廿余卷，一画一句，并无差错。士子买者，可认双峰堂为记。"③这显然是在为自己的刊本做推销。推销而不忘小说的"忠义"主旨，让人有理由相信标举"忠义"也是推销的一个手段。万历三十四年（1606 年），又刊刻《按鉴演义全像列国志传评林》，正文

---

① 朱一玄编：《明清小说资料选编》，济南：齐鲁书社 1990 年版，第 75-76 页。

②《水浒志传评林》，载刘世德、陈庆浩、石昌渝主编：《古本小说丛刊》（第十二辑），北京：中华书局 1991 年版，第 4 页。

③《水浒志传评林》，载刘世德、陈庆浩、石昌渝主编：《古本小说丛刊》（第十二辑），北京：中华书局 1991 年版，第 1-3 页。

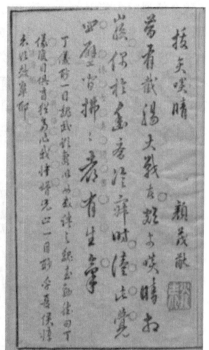

图 4.3　《英雄谱》正文前插图和题咏《英雄谱》图题及正文

前有《题全像列国志传引》，称该书有"善则知劝，恶则知戒"①之功用，封面有余文台"识语"："列国一书，乃先族叔翁余邵鱼按鉴演义纂集，惟板一付，重刊数次，其板蒙旧。象斗校正重刻，全像批断，以便海内君子一览，买者须认双峰堂为记。"②卷一首页之眉栏写有"列传数句，将列国一本包尽"③，同样将戒恶劝善和刊本推销联系在一起。就这三个刻本看，《水浒传》今天不归于历史小说，但余象斗刊刻时，主要是为了推销刻本，而没有考虑刻本是不是历史小说。

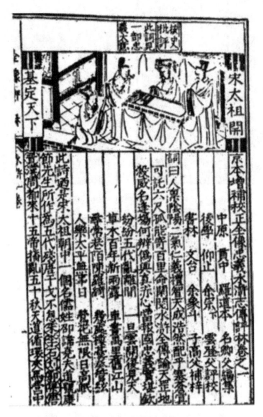

图4.4 《全像忠义水浒志传评林》正文首页

① 余邵鱼编集：《春秋五霸七雄列国志传》，载《古本小说集成》编委会编：《古本小说集成》（第四辑），上海：上海古籍出版社2017年版，第4-5页。

② 余邵鱼编集：《春秋五霸七雄列国志传》，载《古本小说集成》编委会编：《古本小说集成》（第四辑），上海：上海古籍出版社2017年版，封面。

③ 余邵鱼编集：《春秋五霸七雄列国志传》，载《古本小说集成》编委会编：《古本小说集成》（第四辑），上海：上海古籍出版社2017年版，第2页。

（三）士人伦理观念的变化

明代以前，从事小说创作的都是下层文人。因为小说长期被视为"小道"，上层文人不屑于小说创作。到嘉靖、万历年间，由于社会生产力水平的提高，商品经济和贸易迅速发展，大量农村人口涌入城镇，以商贾、工匠、城市平民为主的市民阶层兴起壮大，同时，带来了"富者愈富，贫者愈贫"的社会现象，并导致社会风俗趋向奢靡。与经济日益活跃、风俗逐渐奢靡相伴随的是朝政的日益荒废与士人对朝政的日渐失望。正德、嘉靖、万历三朝，帝王荒怠乱政、朝臣党同伐异现象愈演愈烈，"养成止有朋党而无政府之状……庸主济以庸臣，所以合而酿亡国之祸也"①。整个大明王朝笼罩在一片末世光景之中，如黄仁宇所言，"大明帝国却已经走到了它发展的尽头……最后的结果，都是无分善恶，统统不能在事业上取得有意义的发展，有的身败，有的名裂，还有的人则身败而兼名裂"②。政治秩序的废弛与社会风俗的颓堕，使得士人的政治理想受到挫败，欲起衰救弊而无门，士人心态发生变化。明人胡应麟曾结合通俗小说对士人这种矛盾心态有所描述："古今著述，小说家特盛；而古今书籍，小说家独传……至于大雅君子心知其妄而口竞传之，且斥其非而暮引用之，犹之淫声丽色，恶之而弗能弗好也。夫好者弥多，传者弥众，传者日众则作者日繁，夫何怪焉？"③一部分士人既以传统观念来轻视通俗小说，同时又将移风易俗的努力、进退辞受的心迹寄托于有广泛影响的小说之中。历史小说既通俗易懂，又按鉴演义，不乏儒家伦理大义，成为一种雅俗共赏的文学类型。士人阶层的加入，让接受历史小说的文人队伍出现了多样化的特征。有论者指出：文人队伍"既有下层文人，如张凤翼、王稚登等，又有高官巨卿（如王世贞）和著名文士（如陈继儒、李贽、汤显祖等）。这些文人在政坛和文坛上大多享有较高的声誉，具有一定的社会影响力，其言行必然改变整个社会对小说轻视鄙薄的态度，吸引更多文人加入编著、评点小说的行列。明代大批著名文士、上层知识分子喜爱小说、重视小说，同时活跃在小说创作和评论两个领域，也是该时期文言小说评点的一大特色"④。不仅文言小说的接受者中有士人，历史小说的接受者同样也有士人。士人的伦理观

---

① 孟森：《明清史讲义》，北京：中华书局1981年版，第258页。
② [美]黄仁宇：《万历十五年》，北京：中华书局2006年版，第205页。
③ 胡应麟：《少室山房笔丛》，上海：上海书店出版社2001年版，第282页。
④ 董玉洪：《明代的文言小说评点及其理论批评价值》，《明清小说研究》2010年第3期，第127-141页。

念较之以前已有变化，就历史小说的接受而言，主要有以下两点。

其一，由小说是"小道"转变为小说可"补史"。

小说是"小道"的观念由来已久，无须多言。历史小说要想冲破这种"小道"观念，就要将小说比附于史书。这种意识不仅使书坊主刊刻历史小说有了底气，也让文人对小说的转念有了转变：小说不再是"小道"，而是可以"补史"的。几乎每本历史小说都会在序言中竖起羽翼信史、补正史之阙的旗号。陈继儒《叙列国传》云："有学士大夫不及详者，而稗官野史述之；有铜螭木简不及断者，而渔歌牧唱能案之。……《列传》始自周某王之某年，迄某王之某年，事核而详，语俚而显……亦足补经史之所未赅。"[1]明确了历史小说的补史功能。陈继儒虽有"山中宰相"的名望，但毕竟是下层文人，成化进士林瀚可谓地道的士人，他在《隋唐志传通俗演义序》中说："后之君子……以是编为正史之补，勿第以稗官野乘目之，是盖予之至愿也夫。"[2]袁于令也是士人，其《隋史遗文序》云，"史以遗名者何？所以辅正史也……盖本意原以补史之遗，原不必与史背驰也。窃以润色附史之文，删削同史之缺，亦存其作者之初念也，相成岂以相病哉？……或与正史之意不无补云"[3]，表明了作者虽在原作的基础之上进行改编，但仍然视俗本有补正史的作用。

其二，由"史贵于文"转变为"文无愧于史"。

历史小说要按鉴演义，其前提是"史贵于文"，但当历史小说发展到一定程度后，接受者要推广历史小说，就要抬高历史小说的地位，仅仅指出小说可以"补史"，还不能完全摆脱小说对史书的附庸地位。要摆脱小说对史书的依附，就要将小说和史书等量齐观。陈继儒《叙列国传》在称该书"足补经史之未赅"之后，意犹未尽，称"《列传》亦世宙间之大帐（账）簿也。如是虽与经史并传可也"[4]。可观道人《新列国志叙》盛赞历史小说寓教于乐的功能，将其与经史相提并论："往迹种种，开卷瞭然，披而览之，能令村夫俗子与缙绅学问相参。若引为法诫，其利益亦与六经诸史相埒，宁惟区区稗官野史资人口吻而已哉……兹编更有功于学者，浸假两汉以下，以次成编，与《三国志》汇成一家言，称历

---

① 丁锡根编：《中国历代小说序跋集》（中），北京：人民文学出版社 1996 年版，第 863 页。

② 黄霖、韩同文选注：《中国历代小说论著选（修订本）》（上），南昌：江西人民出版社 2000 年版，第 113 页。

③ 袁于令评改：《隋史遗文》，宋祥瑞校点，北京：北京大学出版社 1988 年版。

④ 丁锡根编：《中国历代小说序跋集》（中），北京：人民文学出版社 1996 年版，第 863 页。

代之全书，为雅俗之巨览，即与'二十一史'并列邺架，亦复何愧？"①与陈继儒和可观道人相比，李贽和袁宏道在士人中影响巨大，他们将小说和经史并列，才真正在士人阶层中形成一种"文无愧于史"的观念。李贽在《忠义水浒传序》中将《水浒传》和司马迁所说的《说难》《孤愤》都看作是"发愤之所作"②，在《焚书》中认为《水浒传》是"古今至文"③，既将小说和圣贤之作相提并论，又极力称赞小说的艺术水准。袁宏道在《五古·听朱生说水浒传》中表示，和《水浒传》相比，"《六经》非至文，马迁失组练"④，就文字功夫而言，小说超过了经史。由于"李贽等人当时的声望极高，具有相当的号召力，而他们关于小说的见解又建立在理论分析的基础上，因此到了万历后期，小说可与经史并传的评价得到了广泛承认"⑤。到清代，蔡元放甚至认为小说可取代经史，但经史则不能涵盖小说："我今所评《列国志》，若说是正经书，却毕竟是小说样子，子弟也喜去看，不至扞格不入。但要说他是小说，他却件件都从经传上来。子弟读了，便如将一部《春秋》、《左传》、《国语》、《国策》都读熟了，岂非快事。"⑥在他看来，《东周列国志》在严肃枯燥的正史和趣味性极强的小说间达到了平衡，正史不能取代小说，小说则是正史之支流，所谓"稗官固亦史之支流"⑦是也。如此论述，显然是将明代士人中形成的"文无愧于史"作为前提了。

由于士人的影响，书坊主经常借助士人的名分为自己的小说进行宣传。万历十九年（1591 年）金陵周曰校刊刻的《三国志通俗演义》封面"识语"上写有"辄购求古本，敦请名士，按鉴参考，再三雠校"⑧，以"名士"二字作为招徕顾客的卖点。姑苏龚绍山梓本《春秋列国志传》"识语"云"本坊新镌《春秋列国

① 丁锡根编：《中国历代小说序跋集》（中），北京：人民文学出版社 1996 年版，第 866 页。
② 朱一玄、刘毓忱编：《水浒传资料汇编》，天津：南开大学出版社 2002 年版，第 171 页。
③ 朱一玄、刘毓忱编：《水浒传资料汇编》，天津：南开大学出版社 2002 年版，第 170 页。
④ 朱一玄、刘毓忱编：《水浒传资料汇编》，天津：南开大学出版社 2002 年版，第 197 页。
⑤ 陈大康：《明代小说史》，上海：上海文艺出版社 2000 年版，第 556 页。
⑥ 蔡元放：《东周列国志读法》，载黄霖、韩同文选注：《中国历代小说论著选（修订本）》（上），南昌：江西人民出版社 2000 年版，第 423 页。
⑦ 蔡元放：《东周列国志序》，载黄霖、韩同文选注：《中国历代小说论著选（修订本）》（上），南昌：江西人民出版社 2000 年版，第 419 页。
⑧《古本小说集成》所收《三国志通俗演义（万卷楼本）》（即周曰校刊本）无封面，此处"识语"见谭帆：《中国小说评点研究》，上海：华东师范大学出版社 2001 年版，第 73 页。

志传批评》，皆出自陈眉公手阅"①，特意点明为"陈眉公"批阅。虽然书坊主托名士人，是从经济利益出发的，但从侧面说明了两点：一是士人的小说传播产生了影响；二是士人愿意作为小说接受者来传播小说。

二、评点形式的运用

上述伦理语境，无论是政治环境的变化、经济利益的追求还是士人观念的变化，直接导致的一个结果是历史小说的推广和流行。为了更好地推广历史小说，一方面，书坊主化身为小说接受者对小说加以评论（可以亲力而为，也可以假借名人），有时也请人对小说加以评点；另一方面，一些文人（包括士人）愿意以接受者的身份给小说作序跋或随文加以注评，这导致评点成为小说接受的一种常态，和西方小说的接受相比，评点可以说是中国古典小说（包括历史小说）的特色所在。

顾名思义，评点含有评论与圈点之意。从其源流上来看，小说评点与人物品评有着深厚的渊源，徐师曾认为："按字书云：'评、品论也，史家褒贬之词。'盖古者史官各有论著，以订一时君臣言行之是非。然随意命名，莫协于一，故司马迁《史记》称太史公曰，而班固《西汉书》则谓之赞，范晔《东汉书》又谓之论，其实皆评也。而评之名则始见于《三国志》。后世缘此，作者渐多，则不必身在史局，手秉史笔，而后为之矣。"②"评"本是史臣"褒贬""君臣言行之是非"的行为，后由史书扩展至其他文体，由此可见"评"本是出自史家之手，虽然名称不一，但一般含有道德评判的意味。圈点亦与史书有着密切联系，"史中圈点，岂曰饰观，特为阐奥。其关目照应，血脉联络、过接印证，典核要害之处，则用ˋ。或清新俊逸，秀雅透露，菁华奇幻，摹写有趣之处，则用 o。或明醒警拔，恰适条妥，有致动人处则用ˋ。至于品题揭旁通之妙，批评总月旦之精，乃理窟抽灵，非寻常剿袭"③。可见，"点"即是评点者提示读者作品某处在整体结构、语言风格等方面尤为关键，读者要在此停留品

---

① 转引自谭帆：《中国小说评点研究》，上海：华东师范大学出版社 2001 年版，第 74 页。

② 徐师曾：《文体明辨序说》，载吴纳、徐师曾：《文章辨体序说 文体明辨序说》，北京：人民文学出版社 1962 年版，第 143-144 页。

③ 爽阁主人：《禅真逸史凡例》，载朱一玄编：《明清小说资料选编》（上册），济南：齐鲁书社 1990 年版，第 412 页。

味。相较于"评"的现身说理、直接明了，"点"更显含蓄灵巧，既对读者进行阅读指导，也给读者留下充分的阐释空间。

　　唐宋以来，以经文注疏、诗文品评为代表的文本细读，在批评旨趣与批评形式上对小说批评产生了深远影响。中国向来有注经传统，"经也者，恒久之至道，不刊之鸿教也。故象天地，效鬼神，参物序，制人纪，洞性灵之奥区，极文章之骨髓者也"①。道、圣、经三位一体：欲原道，必要征圣；欲征圣，必要宗经。《毛诗》《楚辞章句》等更是为文本的精致化解读提供了范例，比如唐宋以降盛行的大量诗话，其主要内容在于"辨句法，备古今，纪盛德，录异事，正讹误也"②。南宋诗话中，评句法、论法则的内容逐渐增多，内容上有对"言志""咏物"等传统诗论的深化，也有"夺胎换骨""妙悟"等新命题的开拓；基本形式有摘句批评和本事批评等。诗话中的命题是在论者反复研读、用心揣摩之后得出的，体现出一种强烈的文本中心意识。与此同时兴起的还有对古文经义的评点，这不仅与诗话的文本细读如出一辙，更为小说评点的形式提供了借鉴。古文篇幅较长，不似诗歌摘句品评就可随性生发、汇为一说，必须附文着笔方能发表议论、示人门径。如吕祖谦编《古文关键》意在"各标举其命意布局之处，示学者以门径，故谓之关键，卷首冠以总论看文、作文之法"③。谢枋得的《文章轨范》则要"标揭其篇章句字之法，名之曰《文章轨范》。盖古文之奥不止于是，是独为举业者设耳"④。可见，宋代的古文评点带有很强的实用性，意在示人以篇章字句之法，让人明白如何看文作文，以便于儒士科举。姚珤在《崇古文诀跋》中进一步指出，古文评点不仅有形而下的方法论价值，还担负着探求古人用心的价值观方面的价值，"文者，载道之器。古之君子非有意于为文，而不能不尽心于明道，故曰'辞达而已'。夫能达其辞于道，非深切著明，则道不见也。此文之有关键，非深于文者，安能发挥其蕴奥而探古人之用心哉？"⑤无论是出于哪方面的考虑，古文评点都离不开对文本条分缕析的精致化分析，具体来说一

---

① 刘勰：《文心雕龙·宗经》，载祖保泉：《文心雕龙解说》，合肥：安徽教育出版社1993年版，第40页。

② 许顗：《彦周诗话》，载何文焕辑：《历代诗话》（上），北京：中华书局1981年版，第378页。

③ 吕祖谦：《古文关键》，载《影印文渊阁四库全书》（第1351册），台北：台湾商务印书馆1983年版，第715页。

④ 王守仁：《重刊文章轨范序》，载吴光等编校：《王阳明全集》（中），上海：上海古籍出版社2015年版，第722页。

⑤ 陆心源：《皕宋楼藏书志》卷一百四十四《楼昉编》，杭州：浙江古籍出版社2016年版，第2019页。

般包括三个方面：卷前的作文"文法"、每篇的"总评"与随文所附的评语与圈点。这与小说评点中经常出现的"读法""回评"以及眉批、夹批与圈点等如出一辙。如《文章轨范》评点韩愈《后二十九日复上宰相书》，在"休征嘉瑞，麟凤龟龙之属皆已备至"后夹批："十四字句。此一段连下九个皆已字，变化七样句法，字有多少，句有长短，文有反顺，起伏顿挫，如层澜惊涛怒波，读者但见其精神，不觉其重叠，此章法句法也。"①到宋代刘辰翁评点《世说新语》，在眉批中注意品鉴人物的言行特征，带有明显的文学批评色彩，开小说评点之先河。

明代小说创作的繁盛、书坊主和文人儒士对小说评点的关注，是推动小说评点走向繁盛的直接原因。就历史小说的创作而言，其特点有三：首先是数量众多，从盘古开天辟地一直到宋朝，几乎每个朝代都有历史演义作品，还出现了《英烈传》等本朝小说。据孙楷第《中国通俗小说书目》统计，"明清讲史部"著录有《三国》以外的小说 163 部之多②；据《小说书坊录》粗略统计，明中后期至少有 60 余家书坊刊刻历史演义，刊刻数多达百余部③。其次是题材扩展，出现了一批专写时事的通俗演义，多是反思与抒愤之作。如颂扬报国忠臣的《辽海丹忠录》，揭露魏忠贤乱政误国的《梼杌闲评》等，使小说显现出较浓的时代气息和较强的现实针对性。最后，注意到小说创作的审美特性，如意识到小说可以适当进行艺术虚构，不必过于拘泥史实。《新刻续编三国志引》云："夫小说者乃坊间通俗之说，固非国史正纲，无过消遣于长夜永昼，或解闷于烦剧忧愁，以豁一时之情怀耳。"④《三国志后传》将刘渊当作蜀汉后人即是违背史实的虚构。

小说创作的勃兴为小说评点提供了丰富的文本资源。起初，书坊主借助评点来推销自己的刻本。明代不少书坊主都兼具小说家身份，熊大木、余象斗、袁于令，这些书坊主本身就有一定的文学修养，他们往往自己创作小说来加以刊刻，有时为了销路还为之评点，形成了别具一格的书商型评点队伍。同时，这些书商也假借别人名义或请别人为自己的刻本作序跋，以推广自己的刻本，如庸愚子《三国志通俗演义序》。从万历四十一年（1613 年）林梓为同乡友人孙高亮的

---

① 谢枋得：《文章轨范》卷一，郑州：中州古籍出版社 1991 年版，第 3 页。
② 孙楷第：《中国通俗小说书目》，北京：人民文学出版社 1982 年版，第 27-90 页。
③ 王清原、牟仁隆、韩锡铎编纂：《小说书坊录》，北京：北京图书馆出版社 2002 年版，第 2-17 页。
④ 酉阳野史编次：《三国志后传》，孔祥义校点，上海：上海古籍出版社 2007 年版。

《于少保萃忠传》①作序开始，士人阶层开始介入小说的接受领域。此后，文人参与评点已蔚然成风，李贽评点《三国演义》、袁宏道序《东西汉演义》可为代表。这些文人或出于友人之托，或出于抒发胸臆，或出于自娱自乐，都以他们独到的眼光对历史小说加以评点，这些评点在提升小说文类、挖掘小说艺术价值等方面做出了较大贡献。小说评点正是在以李贽等人为代表的文人手中走向成熟，至明末清初金圣叹而至巅峰。明代小说刊刻对评点的重视，"居然造成了这样一种局面：凡当时推出一部小说，如果要让它出名，或有点品位和上点档次，似乎就必须要有评点，最好是名家的……有些小说初版时无评点，再版时硬加也要加上去。所以，对小说的评点，在当时不仅是一种文学批评，而且成了一种时髦，一种包装，一种难以言喻的广告效应"②。

从形式上看，评点常常与作品融为一体，包括眉批、旁批、夹批、总批、圈点和总评等，这几种评点形式往往随文"寄生"，短小精练（如毛宗岗《三国演义》第一回夹批"白蛇斩而汉兴、青蛇见而汉危。青蛇、白蛇，遥遥相对。〇'惟（维）虺惟（维）蛇，女子之祥。'寺人正女子一类也，故有此兆。"③），因此需要紧扣作品才能理解，否则便如隔雾看花。序跋、读法、题辞等虽然也需要结合文本，经过比对才能获得更完整的理解，但也可以将其与小说分离当作批评专论来读，如庸愚子的《三国志通俗演义序》、李贽的《忠义水浒传序》等。从内容上看，评点可以是对小说人物、情节、主题的说明（这些说明往往涉及伦理说教方面的内容），可以是对艺术手法的提炼和总结。总体而言，小说评点是一种兼具美学与伦理双重维度的叙事接受形式。

就明代历史小说评点形式的发展而言，起初书坊主在翻演史书故事时，为了区别于史书，小说的通俗易懂是基本要求。"至于史学，其书既灏瀚，文复简奥，又无与于进取之途，故专门名家者，代不数人。学士大夫则多废焉，置之偶一展卷，率为睡魔作引耳。"④历史小说要通俗，除了用白话创作外，在涉及一些古代地名、古代官职等一般读者不太明白的地方，还需要加以注释，好让读者

---

① 陈大康对该小说成书时间的考辨见陈大康：《明代小说史》，上海：上海文艺出版社 2000 年版，第 371 页。

② 孙琴安：《中国评点文学史》，上海：上海社会科学院出版社 1999 年版，第 114 页。

③ 陈曦钟、宋祥瑞、鲁玉川辑校：《三国演义会评本》，北京：北京大学出版社 1986 年版，第 2 页。

④ 蔡元放：《东周列国志序》，载黄霖、韩同文选注：《中国历代小说论著选（修订本）》（上），南昌：江西人民出版社 2000 年版，第 418 页。

明白，有助于小说的阅读。可以说，早期的小说评点发源于"注释学"，是一种在"注释学"和"文选学"结合的基础之上发展而来的批评形式，评点形式也大多为注评结合，于是"注文与正文的一体遂成为后世注释在体例上的定制。而小说评点中的夹批、旁批和批注等即缘此而来"①。因此，"注释"也可作为评点的一种形式。熊大木就是一个典型的例子，他并没有对小说文本的内容进行过多的艺术性的阐发，主要就是对小说内容进行"注释"，他在自己的四部历史演义小说（《大宋中兴通俗演义》《唐书志传通俗演义》《全汉志传》《南北宋志传》）中穿插了大量的注释，这些注释大多为人名、地名、官职名称、风俗典故、注音等，主要都是为了扫清读者的阅读障碍，使小说便于阅读。如《唐书志传通俗演义》卷六第五十九节，"起居事杜正伦曰：'臣职在记言，陛下之言有失，臣必书之'"一句，在"起居事"后夹注"官名"二字②。诸如此类通俗化的解释，让文化程度不高的读者可以在阅读时充分理解小说内容，从而吸引读者购买。

和书坊主的评点相比，文人评点有所拓展，不再局限于疏通文意，而是对小说内容和艺术特色进行提炼，进而对小说的独特价值给予总结，折射出文人评点者的精神世界。不妨以李贽的评点为例稍加说明。在评点《三国演义》时，李贽对小说的人物、情节和主旨有所说明。第九回回末"总评"人物："王司徒临难不为苟免，以身许国，真社稷臣也！真社稷臣也！"③第二十二回回末"总评"情节："玄德不杀刘岱、王忠最为有见，妙处更在复后翼德拦住，云长劝开，更有波澜。此皆玄德英雄妙算也。然二公亦是对手，所以做得绝无痕迹。"④第一百十九回回末"总评"主旨："老瞒奸如鬼域，济以曹丕小奸，做成受禅之台，仿佛唐虞故事，欲以欺诳天下后世也。谁知四十年后，乃为司马炎作一榜样乎？山阳、陈留，毫发不差，谓无天理否也？读史者至此亦可回头作好人矣。你想乱臣逆子，有何利益乎哉？"⑤

当然，评点者进行评点的伦理动机是多种多样的，既有为小说正名的强烈的责任感，也有出于自身喜好的目的，以评点来自娱的评点者。李贽就是最典型的

① 谭帆：《中国小说评点研究》，上海：华东师范大学出版社 2001 年版，第 8 页。
② 熊钟谷编集：《唐书志传通俗演义》，载刘世德、陈庆浩、石昌渝主编：《古本小说丛刊》（第四辑），北京：中华书局 1990 年版，第 542 页。
③ 陈曦钟、宋祥瑞、鲁玉川辑校：《三国演义会评本》，北京：北京大学出版社 1986 年版，第 106 页。
④ 陈曦钟、宋祥瑞、鲁玉川辑校：《三国演义会评本》，北京：北京大学出版社 1986 年版，第 279 页。
⑤ 陈曦钟、宋祥瑞、鲁玉川辑校：《三国演义会评本》，北京：北京大学出版社 1986 年版，第 1442 页。

代表，他在《寄京友书》中就明确表明过自己的创作动机："《坡仙集》我有披削旁注在内，每开看便自欢喜，是我一件快心却疾之书……大凡我书皆为求以快乐自己，非为人也。"[1]可以看出，他在评点时并非带有强烈的伦理责任感，而是借评点以自娱的成分更多一些。看他的《三国演义》评点，其中不乏大量"真性情"的狂傲之语。这意味着，评点者们的评点动机并不唯一，不同的评点者伦理目的与伦理倾向不同，自然会在评点时表达出不同的态度。

为了让自己的刻本更有市场，余象斗还发明了一种特别的评点样式：评林体。"所谓'评林'是将评语'集之若林'之意"[2]，其本意应该是融合多家评点为一体，既让众多接受者对该小说的看法同时呈现出来，以见出该小说吸引人之妙处所在；又显示出带有"评林"的刻本囊括了其他刻本的评点，有综合其他刻本之长的意思。但有一个现象需要指出来，只有余象斗明确将自己刊刻的小说以"评林"之名标出，而且它并不是诸多评点者评语的集合，只是一种"广告效用"。上文提到过他的《全像忠义水浒志传评林》和《按鉴演义全像列国志传评林》，虽然名为"评林"，但并没有其他评点者的评点，所有的评点全出自他一人之手，同时，刊刻时采用"上评、中图、下文"的版式，将评语置于版式的最上端，引起读者注意，其次是能增添读者乐趣的插图，然后才是小说正文，其用意在于以评补文、以图补评，将评语与插图结合起来，从而更好地理解小说正文。以此观之，在余象斗那里，插图也可以理解为一种"评"的方式，插图和评语共同组成"评林"。

综上所述，评点形式在明代历史小说中的演变，大致经历了从简单注释到内容理解和艺术分析再到评林体这样一个过程，这主要得益于书坊主与时俱进的努力，也得益于文人评点者的参与。

第二节　小说评点的伦理解读

中国古代的小说评点，主要是对小说的内容和艺术特色进行评点。由于古典小说鲜明的伦理色彩和评点者的伦理意识，评点者在评点时往往流露出对伦理的

---

① 李贽：《焚书》卷二，载张建业主编：《李贽全集注》（第一册），北京：社会科学文献出版社 2010 年版，第 171 页。

② 谭帆：《中国小说评点研究》，上海：华东师范大学出版社 2001 年版，第 59 页。

关注。古代小说评点的伦理解读大致包括三个方面：其一，评点指向伦理的路径。无论是对内容的评点还是对形式的评点，评点如何和伦理相关联，如何产生伦理效果，是小说伦理解读首先需要注意的问题，这虽然是隐藏在评点背后的问题，却是接受伦理研究值得重视的问题，因为接受伦理研究，离不开对接受（包括接受发生和接受效果）路径的关注。其二，对小说内容和形式的伦理解读。这是评点文本中直接呈现的内容，包括对人物塑造、叙事技巧等方面的伦理解读，可以反映出评点者对小说叙述全方位的思考。其三，对评点者伦理意图的探索。评点者对文本及叙述者的伦理意图有自己的理解，对叙事活动及其所包含的伦理内涵也有自己的看法，这种理解和看法与叙述者的意图可能有所不同；同时，评点者从事评点也有自己的伦理意图。这些也是隐藏在评点背后的东西。对评点进行伦理解读，最终也需要通过评点来考察评点者自身的伦理意图。和西方精细的叙事交流模式相比，中国古代的小说评点由于不拘囿于文本，更能反映出接受者对叙事文本的全面接受情况，因为它既有接受路径的分析，又有接受者对小说文本的分析，还有通过接受而产生的对接受者自身的分析。特别值得一提的是，对接受者自身的分析有一个特别的途径，是接受者将自己的意图贯穿其中来形成新的叙事文本，换言之，不同的评点可形成不同的文本，这是西方只注重单一文本的叙事交流模式所无法企及的。下面就从这三个方面展开论述。

一、评点和伦理的沟通路径

对小说评点进行伦理解读，如何在解读时将评点和伦理联系起来，是无法回避的问题。二者的沟通路径可以从三个方面着手：一是将评点引导到伦理上来的路径，即引导路径；二是评点表达小说伦理内涵的路径，即表达路径；三是影响表达效果的路径，即效果路径。

（一）引导路径

就引导路径看，只有将评点引导到伦理方面来，才能通过评点对小说进行伦理解读。这种"引导"主要有导读法和反思法。

1. 导读法

导读法是评点者借助评点来对小说进行导读，给小说接受者以某种引导。小说评点和西方的接受理论相比，其独特之处在于评点内容和小说文本融为一体，评点者既是小说的"读者"，又是评本的"作者"，评点本作为依附于小说文本而存在的批评形式，与小说文本一起被读者阅读。评点者通过序跋、总评、读法等形式，对小说发表自己的阅读体验。由于这些序跋和小说正文有区分，容易引起关注；由于总评、读法往往在某一回内容之前或之后，也容易引起关注。这样，序跋和总评、读法中的一些说法就容易对后来的读者产生潜移默化的引导作用。由于规范伦理对历史小说的强大影响，历史小说总是指向某种伦理说教，评点也往往对小说的伦理意义加以说明，这就给评点和伦理之间的沟通提供了便利。具体说来，评点者的伦理导读主要表现在以下两个方面。

其一，点明小说的主旨在于其伦理意义，引导读者从伦理方面去理解小说。很多历史小说的"序"和"凡例"都有导读功能。"序"往往根据作序者自己的理解，对小说进行解读，从而引导读者；"凡例"对小说写作中的一些情况进行说明，有些涉及写作时的伦理考量，提醒读者要注意叙述者的伦理意图。就点明主旨而言，导读法的具体表现主要有三种：①直接点明小说主旨。博古生《三国志叙》云："圣主当阳，群邪屏息……是以志《三国》者，志其忠肝义胆，昭昭揭日月而行中天也。"[1]告知读者《三国演义》的要义在于"志其忠肝义胆，昭昭揭日月而行中天也"，揭示出伦理内涵对小说的决定性作用。②揭示小说的表面现象背后的伦理用意。《隋炀帝艳史凡例》云："《艳史》虽穷极荒淫奢侈之事，而其中微言冷语，与夫诗词之类，皆寓讥讽规谏之意，使读者一览知酒色所以丧身，土木所以亡国。则兹编之为殷鉴，有裨于风化者岂鲜哉！方之宣淫等书，不啻天壤。"[2]评点者点明小说表面上"荒淫之事"所蕴含的"讥讽劝谏"之意。③就材料取舍来进行伦理暗示。《于少保萃忠传凡例》主要说明小说来源的二十二种材料，一般只是简单地交代某种材料的什么内容被小说采纳而已，但也有一些材料特地从人品道德方面加以标记，这就引导读者注意到小说中会有人品道德方面的内容，如"今《说海》俱记于公持身行己、清白不苟事实，兹采入集""《苏谈》系吴氏传颂公德，细微之行，彰彰口吻，兹采入集"[3]，这无形中会引导读者注意到小说和人品道德有关，从而有其伦理教育意义。

---

① 丁锡根编：《中国历代小说序跋集》（中），北京：人民文学出版社1996年版，第891页。

② 齐东野人编演：《隋炀帝艳史》，载《古本小说集成》编委会编：《古本小说集成》（第三辑），上海：上海古籍出版社2017年版，第2-3页。

③ 孙高亮纂述：《于少保萃忠传》，载《古本小说集成》编委会编：《古本小说集成》（第二辑），上海：上海古籍出版社2017年版，第5-6页。

其二，结合小说内容对人物进行点评，点评时又很自然地从伦理角度来评价人物，让读者也很自然地将人物和伦理品德联系起来。对人物的伦理导读主要有四种情况：①小说中人物的行为本来可以有多种解读方式，评点者刻意从伦理方面加以引导。《隋史遗文》第三十一回，在酒席上，秦叔宝知晓程咬金是自己要捉拿的盗贼，程咬金知晓秦叔宝有捉拿自己的任务，单雄信夹在中间，两头为难，最后秦叔宝撕毁捕人的批文。这本来是人情世故之事，人物的表现也符合各自的身份和性格特点，它可以从说话技巧方面加以评点，也可以从人物处境方面加以评点，评点者在"总评"中却开门见山，对人物加以伦理判断："程咬金直吐真情，真是大英雄气概。乃是不欺故友，非粗率也。叔宝苦欲周旋，而咬金挺身愿拜，即雄信尚逊一筹，况他人乎？雄信画策，本欲两全；叔宝焚批，几成自害，所见有到不到。亦叔宝意气人，见咬金如此义气，众人如此惊疑，遂不暇瞻前顾后耳。"[①]将"大英雄""义气"等词直接加于程咬金、秦叔宝身上，英雄豪气尽掩世故之情，程咬金的粗率、单雄信的周全衬托出秦叔宝的意气。一个宴会场景上人物的正常举动被点评者用"大英雄""义气"来形容，引导读者赞扬这些人物的不计个人得失的义气之举。②评点者用自己对某一人物的伦理态度来引导读者。李贽对《三国演义》中的诸葛亮颇有微词，在多处评点中对其大加挞伐，试图颠覆诸葛亮在一般人心中的忠良形象。第一百三回"李贽总评"云："孔明定非王道中人，勿论其他，即谋害魏延一事，岂正人所为？如魏延有罪，不妨明正其罪，何与司马父子一等视之也？此时骤雨大注，不惟救司马父子，实救魏延也。若夫'谋事在人，成事在天'八个字，乃孔明羞惭无聊之语耳，岂真格言哉？"[②]该回叙魏延诱司马懿父子进入上方谷，火烧魏兵之际，天降大雨，司马懿得救。如能烧杀司马懿，魏延乃功臣，说"骤雨大注……实救魏延"实在没有理由，但李贽对诸葛亮善于心计表示不满，对其进行伦理责难，视其为"非王道中人"。第七十九回"李贽总评"云："诸葛亮真狗彘也，真奴才也，真千万世之罪人也。彼何尝为蜀，渠果真心为蜀，自不劝杀刘封矣；即其劝杀刘封，乃知借手剪蜀爪牙，实阴有所图也。"[③]该回中诸葛亮曾劝杀刘封，因刘封与关羽之死有关，但刘备杀刘封时，诸葛亮并不在场，李贽就此事痛骂诸葛亮，实有

---

① 袁于令评改：《隋史遗文》，宋祥瑞校点，北京：北京大学出版社1988年版，第253-254页。
② 陈曦钟、宋祥瑞、鲁玉川辑校：《三国演义会评本》，北京：北京大学出版社1986年版，第1269页。
③ 陈曦钟、宋祥瑞、鲁玉川辑校：《三国演义会评本》，北京：北京大学出版社1986年版，第970页。

些过分，至于说诸葛亮"阴有所图"，对照诸葛亮的行为，实乃诬蔑之词。但李贽如此点评，可以坚定地表明自己的伦理姿态，对读者有一定的引导作用。③对比小说中不同人物的行为并加以伦理判断，从而让读者明了何人值得敬佩何人需要鄙视，在对比中彰显出小说的伦理意义，从而引导读者来接受。《三国演义》第七十四回"李贽总评"云："云长欲降庞德，庞德不降。两两丈夫，俱堪敬服。如于禁者，真犬彘耳，何足言哉！"①通过关羽、庞德和于禁的对比，在伦理大义上，孰是孰非，一目了然。④将人物行为和小说中提及的类似情况进行比较，从而从伦理上对人物加以评判。《隋唐两朝史传》第二回杨慎"总批"云："阿房之建，乃始皇荒乱所为。帝游幸江都，而复创行宫避暑，极其奢丽，是其为亡秦之续矣。刬国政不理，而务征取高丽，以致天下骚动，盗贼蜂起，常能四时游戏也欤哉？"②评点者针对该回中的托名史官所咏之诗"始皇荒乱建阿房，炀帝离宫立远方。自是二君皆一体，相传不久致身亡"③加以点评，对隋炀帝的行为进行伦理拷问。

2. 反思法

反思法是评点者就小说的伦理内涵引导读者进行反思，这种反思可以是对小说内容的反思，也可以是从小说内容引申为对现实的反思，还可以是对小说观念的反思。严格说来，反思也是一种导读形式，但不像上文的导读法那样侧重于小说内容本身的伦理引导，而是侧重于小说内容所引发的又超越于小说内容的伦理思考，大致有以下三种情况。

其一，以古鉴今。评点者明确指出小说的用意在于通过历史人物和事件的叙述，给后人以警示。以古鉴今的评点情形大致有三种：①单纯就小说内容来以古鉴今。小说中的人物和事件只是作为警示的范本，小说的用意在于以古鉴今。余邵鱼《题全像列国志传引》指出历史小说内容能引起当今读者的反思："庶几后生小子，开卷批阅，虽千百年往事，莫不炳若丹青；善则知劝，恶则知戒。"④就某一部历史小说的以古鉴今而言，《新刻续编三国志引》一方面承认该小说的

---

① 陈曦钟、宋祥瑞、鲁玉川辑校：《三国演义会评本》，北京：北京大学出版社1986年版，第915页。

②《隋唐两朝史传》，载《古本小说集成》编委会编：《古本小说集成》（第三辑），上海：上海古籍出版社2017年版，第25页。

③《隋唐两朝史传》，载《古本小说集成》编委会编：《古本小说集成》（第三辑），上海：上海古籍出版社2017年版，第23页。

④ 丁锡根编：《中国历代小说序跋集》（中），北京：人民文学出版社1996年版，第861页。

伦理用意在于为蜀汉灭亡鸣不平："今是书之编，无过欲泄愤一时，取快千载，以显后关、赵诸位忠良也。"另一方面指出这种伦理用意的作用不在当时，而在后世："其思欲显耀前忠，非借刘汉则不能以显扬后世，以泄万世苍生之大愤。突会刘渊，亦借秦汉余，以警后世奸雄，不过劝惩来世，戒叱凶顽尔。"小说的警示作用不仅在于"劝惩来世，戒叱凶顽"，还可以让读者因为这种警示作用而得到精神上的愉悦和伦理上的启迪："大抵观是书者……亦有感追踪前传，以解颐世间一时之通畅，并豁人世之感怀君子云。"①一个为弘扬蜀汉正统观念而捏造史实的故事，借助蜀汉后人的"忠良"，促使读者来"感怀君子"。蜀汉后人的"忠良"，值得现世君子效仿。②比照小说和史书，以小说作者观念对史书作者观念的突破来以古鉴今。梦藏道人《三国志演义序》比较《三国演义》的作者罗贯中和《三国志》的作者陈寿的观点，指出："陈寿……以魏为正朔之国……寿之正闰失归已大略具见矣……寿之贤愚失品，又大略可见矣。贯中……其意明以古今之正统属章武，以古今之一人属诸葛也。能作是观，思过半矣。愚夫妇与是非之公矣。不者，正其舛讹不发其意指，吾安知世之肉眼，不以良史许寿，而以说家薄贯中也。"②指出《三国志》作者陈寿在伦理观念上失之偏颇，罗贯中的《三国演义》乃纠偏之作，读者如能明了这些，即有所得。③从创作观念上将历史小说的伦理意义归结为以古鉴今。王黉《开辟衍绎序》云："有一代开辟之君，必有一代开辟之臣……至于篡逆乱臣贼子，忠贞贤明节孝，悉采载之传中，今人得而观之，岂无爽心而有浩然之气者？……圣主贤臣，孝子节妇，一一载得明白，知有出处，而识开辟至今有所考，使民不至于互相讹传矣，故名曰《开辟衍绎》云。"③指出《开辟衍绎》虽演绎上古之事，但能引起今人对"篡逆乱臣贼子，忠贞贤明节孝"的反思，让今人知晓"圣主贤臣，孝子节妇"的来历出处，不至于以讹传讹，这显然有助于当今的伦理教化。

其二，由事生发。评点者就小说内容生发开来，发表自己的感想。生发的方向很多，大致有以下几个方面：①就小说内容来揣测叙事主体的用意。元九《警世阴阳梦醒言》云："忠贤不足惜，彼似忠贤者，可复从梦中说梦哉！长安道人，知忠贤颠末，详志其可羞可鄙、可畏可恨、可痛可怜情事，演作阴阳二梦，

---

① 西阳野史编次：《三国志后传》，孔祥义校点，上海：上海古籍出版社2007年版。
② 丁锡根编：《中国历代小说序跋集》（中），北京：人民文学出版社1996年版，第896-897页。
③ 丁锡根编：《中国历代小说序跋集》（中），北京：人民文学出版社1996年版，第857-858页。

并摹其图像以发诸丑，使见者闻者人人惕励其良心，则是刻不止为忠贤点化，实野史之醒语也。"①指出叙述者借魏忠贤"使见者闻者人人惕励其良心"，指出作者写作小说的真实目的不是点化魏忠贤，而是点醒世人。②就小说内容的进展联想到其所折射出来的社会情势。秦淮墨客《杨家通俗演义序》云："自令公以忠勇传家，嗣是而子继子，孙继孙……即妇人女子之流，无不摧强锋劲敌以敌忾沙漠，怀赤心白意以报效天子……故君子观于太行之上，谓怀玉之知机勇退，富贵浮云，而亦伤宋事之日非矣。"②评点者从杨门由精忠报国到急流勇退，生发出"宋事之日非"的感慨。③由小说内容联想到小说之外的类似情况，对二者进行比较。《隋史遗文》第二十五回"总评"云："秦政之筑长城，为防胡计，非为游娱也。开河之役，诚有功于后人；若论杨广，则只为流连之乐耳。未可与秦皇并也。"③将杨广开凿运河和嬴政修长城对比，指出二者出发点不一样，隋炀帝不可和秦始皇相提并论。④由小说内容生发出对今人的感慨。《隋史遗文》第九回"总评"云："如叔宝者，真乃贫而有守者也：有轻财之友而不投，遇豪贵之交而不认。所云穷且益坚者，非耶？今人自己贪得多求，反议其耻贫贿困，将饥附饱飏，反为豪杰乎哉？"④由秦叔宝的行为生发出今人对秦叔宝的议论，见出今人无法理解秦叔宝的豪杰之举。⑤由小说内容生发出做人的道理。《三国演义》第七十二回 "李贽总评"云："操杀杨修，忌才也，固为可恨，但杨德祖处人父子兄弟骨肉之间，敢于任怨，安有不败之理？即非疑忌如老瞒，亦未有不败者，况疑忌如老瞒者乎？凡有聪明而好露者，皆足以杀其身也，以杨德祖为前车可也。德祖、子建诸人再无有成事之理，轻浮躁露，无所不有，适足以杀其身而已。凡有大智慧者，必如张子房诸人，迫而后应，感而后起也，安有不叩而鸣，而祥者耶？"⑤由杨修的遭遇说到如何为人处世才是大智慧。⑥由小说内容生发出某个通行的道理，并就这个通行的道理反过来对小说内容发表看法。《三国演义》第七十二回"李贽总评"云："庞德异样而行，志已必不两立，非彼即此，定当一伤。此亦丈夫图事之法也。天下事只有成败两途：成则为王，败则为寇，此定理也，何必畏首畏尾以取笑天下乎？如庞德者，真丈夫图事之样子也，

---

① 朱一玄编：《明清小说资料选编》，济南：齐鲁书社 1990 年版，第 231-232 页。
② 丁锡根编：《中国历代小说序跋集》（中），北京：人民文学出版社 1996 年版，第 990 页。
③ 袁于令评改：《隋史遗文》，宋祥瑞校点，北京：北京大学出版社 1988 年版，第 205 页。
④ 袁于令评改：《隋史遗文》，宋祥瑞校点，北京：北京大学出版社 1988 年版，第 71 页。
⑤ 陈曦钟、宋祥瑞、鲁玉川辑校：《三国演义会评本》，北京：北京大学出版社 1986 年版，第 893 页。

可取可取。"①庞德抬棺上战场，可谓大丈夫行径，天下事无非成败两种，庞德虽失败，但其决心足以笑傲于天下。

其三，直抒胸臆。由事生发时，评点者在评点中总是从小说内容出发，就内容生发出感想。直抒胸臆当然也是就小说内容来发表感想，但发表感想时，和由事生发时发表感想有两点区别：一是以小说内容为出发点来发表感想时，不再像由事生发那样紧扣小说内容，而是将小说内容作为一个引子，主要抒发评点者自己的情感；二是不以小说内容为出发点来发表感慨，而是直接发表感想。直抒胸臆或是具体内容的夹批，或是回批，或是序跋，评点者发表感慨时，重点不是对小说内容的反思，甚至没有明确说这些感慨是就哪些内容生发出来的，只是将自己的相关看法直接抒发出来。直抒胸臆的情形大致有三种：①对小说人物的品性发表感慨。本来小说只是正常叙述人物的行为，评点者却就人物正常的行为发表对人物品性的见解。《于少保萃忠传》第二回，于公向范布政司求米赡养双亲，评点者眉批云："于不羞贫，范不挟贵，今为绝响。"②其实，无论是不羞贫还是不挟贵，历代都不乏其人，评点者却发出"今为绝响"的赞叹，无非是为了表达对于谦的敬仰之情。②就小说事件来直抒胸臆。《隋唐两朝史传》第二十回杨慎"总批"云："宇文弑逆，诚天地所不容，神人所共愤者也。何更曰：'千日为臣，不如一日为君'。"③点评中的"宇文弑逆"只是评点者发表感慨的引子，"天地所不容，神人所共愤"这种强烈的情感谴责才是评点者真正的用意所在。③对已有评点发表看法。《三国演义》第八十六回 "李贽总评"云："孙韶原不曾误事，徐盛何执拗如此，可恶可恶。或曰：此徐盛激将之法也。未知和尚笑曰：此等议论，正吴人所谓屁香者也。呜呼！今日读史之人，谁一人非屁香者乎？"④由小说内容到已有评点，再到评点者对已有评点发表感慨，评点者的用意不在小说内容的解读，也不在已有评点的驳斥，而在最后的胸中感慨。以上三种直抒胸臆，评点时还将小说内容作为引子，有的直抒胸臆压根就不需要在评点中出现小说内容，主要有以下两种：①夹批眉批中的随意点染。《隋史遗文》

---

① 陈曦钟、宋祥瑞、鲁玉川辑校：《三国演义会评本》，北京：北京大学出版社1986年版，第915页。

② 孙高亮纂述：《于少保萃忠传》，载《古本小说集成》编委会编：《古本小说集成》（第二辑），上海：上海古籍出版社2017年版，第21页。

③《隋唐两朝史传》，载《古本小说集成》编委会编：《古本小说集成》（第三辑），上海：上海古籍出版社2017年版，第236页。

④ 陈曦钟、宋祥瑞、鲁玉川辑校：《三国演义会评本》，北京：北京大学出版社1986年版，第1055页。

可为代表。第三十五回便有多处这样的点染。秦叔宝回却令狐达官差后，心里想：出来后再回去，"不值半文钱了"，评点者夹批"英雄气骨"①；叔宝和徐懋功对话后，评点者云"好识见，可见英雄无刻无求友之思"②；叔宝、罗士信、张社长三人对话，罗士信对张社长说："咱老子原把我交与你老人家，怎又叫咱随着别人来？"此后，评点者云："死忠死节之概，尽此二语矣。"③这些随意点染，固然是针对正文内容而言的，但点评本身却压根不提内容，而是直接对内容发表伦理方面的感想。②序跋中的直抒胸臆。庸愚子《三国志通俗演义序》云："读书例曰：若读到古人忠处，便思自己忠与不忠；孝处，便思自己孝与不孝。至于善恶可否，皆当如此，方是有益。若只读过，而不身体力行，又未为读书也。"④庸愚子向读者提出"思自己"的要求，可谓是评点者对反思的最直白的表述，在此基础上，将"思自己"提升为"身体力行"，更强化了小说在伦理教化方面的实际效应。

（二）表达路径

就表达路径看，它与引导路径纠缠在一起。一方面，评点者通过引导路径将小说内容引导到伦理方面后，如何表达自己对小说人物、情节、主旨的看法，就成为不可回避的问题，这就涉及表达路径；另一方面，引导路径本身也需要通过一定形式的表达才能得以体现。就后者看，上文论述引导路径的很多内容其实也可以从表达路径角度加以分析，只不过引导路径侧重内容的引导，表达路径侧重形式的分类。就评点形式看，序跋、凡例等由于和正文分离，且往往对小说有介绍推广之用，最容易受到关注；伴随正文的眉批、旁批、总批，由于和正文区分比较明显，也容易辨识；圈点形式和双行夹批，与正文虽然有比较明确的区分，但由于圈点和夹批与正文融为一体，与序跋、凡例、眉批、旁批、总批相对而言，和正文的区分度是最低的。就表达路径看，这些序跋、眉批、夹批等是最直接的表达路径，从形式上就可以看出评点者所花的心思。

除和正文分离的序跋、凡例外，其他形式上的表达路径还涉及评点形式的多少问题。主要有四种情况：①只有圈点，其他均无，如《大唐秦王词话》。②有

---

① 袁于令评改：《隋史遗文》，宋祥瑞校点，北京：北京大学出版社1988年版，第282页。
② 袁于令评改：《隋史遗文》，宋祥瑞校点，北京：北京大学出版社1988年版，第285页。
③ 袁于令评改：《隋史遗文》，宋祥瑞校点，北京：北京大学出版社1988年版，第287页。
④ 朱一玄、刘毓忱编：《三国演义资料汇编》，天津：南开大学出版社2003年版，第233页。

眉批和圈点,其他均无,如《春秋五霸七雄列国志传》。③有眉批、总批、卷(节、回)后批和圈点,无夹批,如《春秋列国志传》。④有眉批、夹批和圈点,无卷(节、回)后批和总批,如《新列国志》。需要指出的是,圈点、读法、眉批、旁批、夹批、总批、卷(节、回)前批或卷(节、回)后批等一应俱全的,非常罕见,明人刻本中唯一有此完备形态的或许只有崇祯十四年(1641年)金圣叹的《贯华堂第五才子书水浒传》,明代历史小说中则无此完备形态。此外,评点的排版也有讲究。譬如说眉批。有些眉批放在正文上方,在版式设计上没有固定的空间,如《春秋列国志传》;有些眉批则有固定的空间,如果某一页没有眉批,这个固定的空间就空白,如《春秋五霸七雄列国志传》。评点形式的多少、评点的排版本来和伦理无关,其直接动机是为了好卖,但很多小说在序跋中说明自己的版本有伦理教化之用,评点形式和评点排版如果能让小说畅销,就间接地扩大了小说的伦理教化作用。

外在形式上的表达路径和伦理关系究竟如何,就需要看内在的表达路径。内在的表达路径是说评点通过何种路径表达出对伦理的关注。大致说来,无非两种:直接表达和间接表达。直接表达是说评点时直接表明评点内容和伦理之间的关系;间接表达没有明说评点内容的伦理意义,但从评点的字里行间可以看出评点者的伦理取向。

直接表达对伦理的关注主要有以下路径:①从总体上对小说的伦理意义进行说明。或对所有小说和伦理之间的关系进行说明。《隋炀帝艳史凡例》云:"著书立言,无论大小,必有关于人心世道者为贵。"①这意味着所有的小说都和人心世道相关。或对某部小说的伦理意义进行解说。博古生《三国志叙》云:"是以志三国者,志其忠肝义胆昭昭揭日月而行中天也。"②《三国演义》意义就在于"忠肝义胆昭昭揭日月而行中天"。或对某部小说内容的伦理标准加以说明。林瀚《隋唐两朝志传序》云:"罗贯中所编《三国志》一书行于世久矣……而隋唐独未有传志……前寓京师,访有此书,求而阅之,始知实亦罗氏原本。第其间尚多阙略,因于退食之暇,遍阅隋唐诸书所载英君名将、忠臣义士,凡有关于风

---

① 齐东野人编演:《隋炀帝艳史》,载《古本小说集成》编委会编:《古本小说集成》(第三辑),上海:上海古籍出版社 2017 年版,第 2 页。

② 朱一玄编:《明清小说资料选编》,济南:齐鲁书社 1990 年版,第 72 页。

化者，悉为编入；名曰：《隋唐志传通俗演义》。"①收入《隋唐志传通俗演义》中的内容，一个重要的取舍标准是看其是否"有关于风化"。②将人物和伦理直接联系起来。或直接揭示人物行为的伦理意义。《七十二朝人物演义》卷五"孔文子何以谓之文也"，最后的"又评"云："'我不淫人妇，人不淫我妻'，此二语似为太叔疾作个案证。然既淫之，安有不受报者？危哉！"②针对"太叔疾奸了妻姊，并那外人之妻，竟被自己兄弟来奸占了自己的妻子"之事，叙述者对太叔疾已进行伦理拷问："如此报应昭彰，为人怎么不思积些厚德，为此丧尽天理之事？"③评点者的"又评"在叙述者伦理拷问的基础上突出了太叔疾做坏事合该遭受报应，并用"危哉"来警醒后人。或明言塑造人物时的伦理考虑。委蛇居士《隋炀帝艳史题辞》云："余友东方裔也……构《艳史》一编，盖即隋代炀帝事而详谱之云。其间……不能无靡丽悁淫荡心佚志之处，而要知极张阿摩之侈政，以暗伤隋祀之绝，暗伤隋祀之绝，还以明彰世人之鉴见……有关世俗，大裨风数。"④说明通过"艳史"来塑造炀帝形象时即有"大裨风数"的考虑。或对人物进行伦理比较。《隋史遗文》第三十二回"总评"云："叔宝肯舍己徇人已难，咬金宁杀身便友更难。但咬金是应得的，叔宝是替人的，便是得已不得已处。虽是道学先生话，在义士分上，不可不严其辨也。"⑤对同为"义士"的秦叔宝和程咬金进行比较。③直接对故事进行伦理解读。或对小说故事的用意进行伦理说明。吟啸主人《平虏传序》云："今奴贼已遁，海晏可俟……间就燕客丛谭，详为记录，以见天下民间亦有此忠孝节义而已。"⑥点明从邸报、丛谭中搜罗记录平虏故事，是为了宣扬天下民间的"忠孝节义"。或对小说某个情节进行伦理解读。《三国演义》第十一回，针对刘备不受陶潜所让之徐州，"李贽总评"云："刘玄德不受徐州，是大奸雄手段……盖大贪必小廉，小廉之名既成，大贪之实亦随得也。"⑦认为刘备辞让徐州乃奸雄大贪前的小廉而已。

① 朱一玄编：《明清小说资料选编》，济南：齐鲁书社1990年版，第154-155页。

②《七十二朝人物演义》，载《古本小说集成》编委会编：《古本小说集成》（第一辑），上海：上海古籍出版社2016年版，第207页。

③《七十二朝人物演义》，载《古本小说集成》编委会编：《古本小说集成》（第一辑），上海：上海古籍出版社2016年版，第206页。

④ 朱一玄编：《明清小说资料选编》，济南：齐鲁书社1990年版，第159-160页。

⑤ 袁于令评改：《隋史遗文》，宋祥瑞校点，北京：北京大学出版社1988年版，第261页。

⑥ 朱一玄编：《明清小说资料选编》，济南：齐鲁书社1990年版，第234页。

⑦ 陈曦钟、宋祥瑞、鲁玉川辑校：《三国演义会评本》，北京：北京大学出版社1986年版，第130页。

或对小说中的某个场景进行伦理解读。针对《三国演义》第九回中的蔡邕哭董卓，"李贽总评"云："今人俱以蔡邕哭董卓为非，是论固正矣。然情有可原，事有足录，何也？士各为知己者死。设有人受恩桀纣，在他人固为桀纣，在此人则尧舜也，何可概论也？董卓诚为邕之知己，哭而报之，杀而殉之，不为过也。犹胜今之势盛则借其余润，势衰则掉臂去之，甚至为操戈、为下石，无所不至者。毕竟蔡为君子，而此辈则真小人也。"①蔡邕在奸贼董卓死后伏其尸而哭，于大义不合，但感念董卓对自己的知遇之恩，蔡邕哭董卓，不失为君子。或对小说中某个具体的动作进行伦理解读。《隋史遗文》第十七回，秦叔宝离家三年后回见母亲，老母了解他在外的情况后，要亲自"望西北下拜"单雄信救助之恩。评点者夹批："若非如此贤母，安得有此孝子。"②回末"总评"云："秦母不感罗公恩，却感雄信恩；不遥拜姑母、姑夫，却遥拜雄信，设非女中丈夫，安得如此！"③就遥拜单雄信这一动作，对秦母极力夸赞。

间接表达是说评点时没有直接提及评点者想要表达的伦理取向，但就其评点内容看，仍最终指向伦理。具体路径大致如下：①评点表面上不置可否，内中自有伦理倾向。或对小说内容加以客观解说，但解说在上下文语境中又显示出一种倾向性。《征播奏捷传通俗演义》卷二，杨应龙与众总兵与贼兵交战，贼兵中有一个叫作哈呢哆的和尚，"能呼风唤雨，撒豆成兵，剪纸人纸马，会使斯（撕）杀，入水进井"。"入水进井"之后，夹批云："江湖《讨贼野史》载：这僧善行妖法，身能长二三余丈，每出入古井中，战则出井来迎，败则躲入井中不出。但未知实否？姑记于此。"④表面上看，夹批只是记录一则传闻，但从下文中秋月夜杨应龙和众总兵轻松剿灭贼兵来看，此处的传闻对贼兵而言，实在是讽刺：只要计谋得当，贼人花样再多，终究还是不堪一击。或对人物加以客观介绍，介绍背后凸显出某种伦理倾向。《征播奏捷传通俗演义》卷一提及明孝宗"开言路，杜幸门，远绍虞周之治，戮妖僧。""妖僧"之后，夹批云："弘治元年，奸僧继晓，罪恶贯盈，已发为民，然赏赉巨万，日拥姬自娱，乃械至京师，斩

---

① 陈曦钟、宋祥瑞、鲁玉川辑校：《三国演义会评本》，北京：北京大学出版社 1986 年版，第 106 页。

② 袁于令评改：《隋史遗文》，宋祥瑞校点，北京：北京大学出版社 1988 年版，第 141 页。

③ 袁于令评改：《隋史遗文》，宋祥瑞校点，北京：北京大学出版社 1988 年版，第 144 页。

④ 名衢逸狂演义：《征播奏捷传通俗演义》，载《古本小说集成》编委会编：《古本小说集成》（第四辑），上海：上海古籍出版社 2017 年版，第 73 页。

之。"①对妖僧的介绍表面上看是客观的，但"戮妖僧"只是弘治皇帝"远绍虞周之治"的具体表现，客观介绍的背后折射出对弘治皇帝的赞扬。②对事件进行价值判断而不是伦理判断，但价值判断又隐含着伦理判断。《魏忠贤小说斥奸书》第二十三回，仗着魏忠贤作威作福的崔文升，因圣旨回京，"若不然，理（里）边一个魏忠贤，外边五个魏忠贤"，此行之上，眉批云："假威之狐，更甚于虎。"②狐假虎威是就某种行为本身而言的，虽有贬斥之意，但主要是价值判断，而不是伦理判断。但此处的崔文升、魏忠贤，均为奸恶之人，奸恶之人的狐假虎威，显然又是一种伦理判断。③对人物性格进行评说，人物性格又折射出伦理取向。《七十二朝人物演义》卷五"孔文子何以谓之文也"，太叔疾将犯事有罪的宋公子朝的次女休掉，另娶孔文子之女孔姞。他对公子朝次女说："你的父亲干了不法的事体，如今已逃出外邦。若留你在此，毕竟要贻累于我，你可速速回家，另出嫁人，我已别有婚姻，也不来管你的闲事。速去速去，不得迟延。"此处眉批云："自古以来无此忍心人。"③"无此忍心人"主要说的是人心狠，无论善恶之人，均可心狠，但太叔疾的心狠，则是小人行为，一方面他虽知天下无此理，但还是为了美色迎新妻而休旧妻；另一方面，如果真是顾忌公子朝犯事，在休掉"没甚风韵"的次女不久，又另娶曾偷情的公子朝的长女。这样看来，此处的"无此忍心人"不仅是一种性格判断，也隐含着对太叔疾的伦理指责。④评点对某件事进行伦理评价，但评点者的用意不在这种伦理评价本身，而是由此伦理评价引申出来的另一种伦理评价。《三国演义》第一百十一回"李贽总评"云："司马昭依样画曹操葫芦耳，不可言篡逆也。虽然，此葫芦翻本极多，独无依昭样子者乎？细细检视，乃知从来只尧舜葫芦为绝笔，再无翻本者也。"④通过司马昭和曹操的篡逆之心，显示出对尧舜举贤禅让的怀念，对恃勇篡位、世袭继承的不满，就当时的伦理环境而言，李贽此语实乃大逆不道。

① 名衢逸狂演义：《征播奏捷传通俗演义》，载《古本小说集成》编委会编：《古本小说集成》（第四辑），上海：上海古籍出版社 2017 年版，第 16 页。

② 吴越草莽臣：《魏忠贤小说斥奸书》，载《古本小说集成》编委会编：《古本小说集成》（第一辑），上海：上海古籍出版社 2016 年版，第 231 页。

③《七十二朝人物演义》载《古本小说集成》编委会编：《古本小说集成》（第一辑），上海：上海古籍出版社 2016 年版，第 196-197 页。

④ 陈曦钟、宋祥瑞、鲁玉川辑校：《三国演义会评本》，北京：北京大学出版社 1986 年版，第 1357 页。

（三）效果路径

就效果路径看，评点通过该路径来影响表达效果。评点者本人也是读者，他将自己的想法通过评点表现出来，评点就是从读者角度出发的对小说的理解（包括伦理解读），一般的读者在上述引导路径和表达路径的作用下，已经比较容易理解评点所表达的思想。但出于表达效果的考虑，评点者有时还通过效果路径来影响表达效果。一般说来，评点者的本意在于，效果路径应该能强化叙述者的表达效果，好让读者较快地接受小说所表达的思想；但评点者也意识到，效果路径的实际情况如何，未必完全符合叙述者的初衷。效果路径主要有三：以恶去恶、以善劝善、善恶对举。

1. 以恶去恶

所谓以恶去恶，是说评点者通过对恶行的揭示、渲染来抨击恶。历史小说展现历史的风云变化，其间不乏作恶之人、为恶之事，评点者对这些恶人恶行的评点，用意是让这些恶人恶行暴露得更加充分，让其危害清晰地展现在世人面前，从而给后人以警醒，达到"去恶"的目的。作为效果途径的评点，其"以恶去恶"的具体表现大致有：①评点指明小说写恶是为了教诲，好让人远离恶。可观道人《新列国志叙》云："是故鉴于褒姒、骊姬，而知嬖不可以篡嫡；鉴于子颓、阳生，而知庶不可以奸长；鉴于无极、宰噽，而知佞不可以参贤；鉴于囊瓦、郭开，而知贪夫之不可与共国；鉴于楚平、屠岸贾、魏颗、豫让，而知德怨之必反……鉴于二姜、崔、庆，而知淫风之足以亡身而覆国……"[1]历史上一些人物的恶行，可作前车之鉴，能给后人提供反面教材。②评点指明恶行描写实乃讽喻。《隋炀帝艳史凡例》云："《艳史》虽穷极荒淫奢侈之事，而其中微言冷语，与夫诗词之类，皆寓讥讽规谏之意，使读者一览知酒色所以丧身，土木所以亡国。则兹编之为殷鉴，有裨于风化者岂鲜哉！方之宣淫等书，不啻天壤。"[2]指出《隋炀帝艳史》并非宣淫之书，而是"一览知酒色所以丧身，土木所以亡国"的讽喻之作，写"艳史"是为了后人不再有此类"艳史"。③评点揭示某类

---

① 丁锡根编：《中国历代小说序跋集》（中），北京：人民文学出版社1996年版，第865页。

② 齐东野人编演：《隋炀帝艳史》，载《古本小说集成》编委会编：《古本小说集成》（第三辑），上海：上海古籍出版社2017年版，第2-3页。

人物行恶的危害。《梼杌闲评·总论》①云："世运草昧，生民涂炭，祸患非止一端，然未有若宦者之甚者。盖此辈阴柔之性，悍厉之习，与人主日近日亲。始则牵连宫妾，窥伺人主之意向，变乱是非。既则口衔天宪，手弄王章，威权盛极，不至败亡不已。"②渲染宦官危害，让君王警醒，让世人当心。《三国演义》第三十二回，针对袁谭、袁尚兄弟争斗，"李贽总评"云："袁氏弟兄不和，自然丧亡矣。安有弟兄不和而不丧者乎？凡有兄弟者，鉴之。"③一句"凡有兄弟者，鉴之"，既尽显兄弟内讧之危害，又希望后人能以此为鉴。④评点指出人物具体恶行可能带来的恶果。《三国演义》第三回，吕布杀丁原后拜董卓为父，李贽批注："会拜人为父者，会杀人也。卓能无惧乎？"④并在该回"李贽总评"中说："董卓的是痴人。吕布父事丁原，既斩其头而来矣，今又父事我，安保其异日不斩我头而去乎？"⑤指出吕布手刃义父之恶可能带来的危害。⑤评点指出某一事件之恶带来的恶果，给人以教训。《三国演义》第一回，曹操为防止叔父在父亲曹嵩面前说自己坏话，便在叔父面前假装中风，叔父将情况告诉曹嵩后，曹操却在曹嵩面前安然无恙，自此曹嵩不再相信叔父所说的曹操的坏话。对这样一件耍诈事件，"李贽总评"云："操小时便搬弄叔父于股掌，如弄婴儿。是人也，岂有君父者乎？"⑥从曹操小时候对自己亲人耍手腕这一事件，李贽看出了他目无尊长，其恶果则是心无君父。

在评点者看来，以恶去恶的效果路径是叙述者为了强化恶人恶行带来的后果，从而让人防范类似的恶人恶行。但这条路径是否正如叙述者所料，则另当别论。有些小说对恶行的渲染铺排，让恶成为引人瞩目的现象和心向往之的对象，以恶去恶的实际效果却是"劝百讽一"。这种情况在艳情小说中最常见。历史小说也不乏其例。《隋炀帝艳史凡例》指出，《隋炀帝艳史》罗列炀帝"奇艳之事"，其之所以命名《隋炀帝艳史》，是因为"其一举一动，无非娱耳悦目，为

---

① "总论"虽不是严格意义上的评点，但"总论"是跳出小说故事之外对故事加以评说，部分内容类似于"序"。

② 刘文忠校点：《梼杌闲评》，北京：人民文学出版社1983年版，第2页。

③ 陈曦钟、宋祥瑞、鲁玉川辑校：《三国演义会评本》，北京：北京大学出版社1986年版，第408页。

④ 陈曦钟、宋祥瑞、鲁玉川辑校：《三国演义会评本》，北京：北京大学出版社1986年版，第36页。

⑤ 陈曦钟、宋祥瑞、鲁玉川辑校：《三国演义会评本》，北京：北京大学出版社1986年版，第37页。

⑥ 陈曦钟、宋祥瑞、鲁玉川辑校：《三国演义会评本》，北京：北京大学出版社1986年版，第11页。

人艳羡之事"①，隋炀帝的奇艳之事更多的是吸引读者去娱耳悦目，而非吸取教训。许宝善《南史演义序》指出小说中人物多耽于声色，风流韵事颇多，"恐观者色飞眉舞，引于声色之途而不知返"②，同样指出小说对"恶"的渲染让读者流连于"恶"本身，而忘记其背后的教化用意。

2. 以善劝善

所谓以善劝善，是说评点者通过对善行的解说、宣扬来劝人为善。历史小说中的明君、忠臣、良将，往往是小说的主人公，通过他们身上焕发出来的忠诚、贤良等伦理光辉，展现出人世间善的一面，评点者对小说如何刻画这些明君、忠臣、良将加以评点，提炼出历史小说中的"善"，从而达到以善劝善的效果。从评点的效果途径看，"以善劝善"的具体表现大致有：①评点从总体上对"善"加以褒奖，指出"善"对后人的示范作用，引发读者向往之情。杨明琅《叙英雄谱》云："夫英雄豪杰之士，其生也定非无故而生，则其见也亦非无故而见。独是圣王在上，任政教以抒其骄悍，付爵禄以□其放逸，一种清明广大之风，有以直达其忠君爱国之念……其一时之志士贞夫烈女壮妇，靡不接踵辈出，以逞奇于天地之间……故为君者不可以不读此谱，一读此谱，则英雄在君侧矣；为相者不可不读此谱，一读此谱，则英雄在朝廷矣。经略掌勤王之师，马部主犁庭之役，又不可以不读此谱，一读此谱，则干城腹心尽属英雄。"③《英雄谱》中的英雄事迹，对后世君王将相均有启迪意义。②评点针对小说中的不同"善"行，指出这些"善"行对后世的积极影响。袁于令《隋史遗文序》云："烈士雄心，不关朝宇，壮夫意气，笃于朋友……所为义不图报，忠不谋身……试叩四方侠客，千载才人，得无相视而笑"④，指出草泽英雄的魅力对"四方侠客，千载才人"的影响。李春芳《武穆精忠传叙》云："天地有正气也……在天为日星，在地为河岳，在人为忠义……故宁夺其人以完其气，无宁夺其气以完其国，此天之所以处宋岳鄂武穆王者，盖非偶然也……王之一身正气之所在也。王知有君，而不知己志之行沮；知有忠，而不知功名之得丧……于此益见正气之在天地间，磅

① 齐东野人编演：《隋炀帝艳史》，载《古本小说集成》编委会编：《古本小说集成》（第三辑），上海：上海古籍出版社 2017 年版，第 4-5 页。
② 丁锡根编：《中国历代小说序跋集》（中），北京：人民文学出版社 1996 年版，第 945 页。
③ 朱一玄编：《明清小说资料选编》，济南：齐鲁书社 1990 年版，第 77-78 页。
④ 袁于令评改：《隋史遗文》，宋祥瑞校点，北京：北京大学出版社 1988 年版，第 304 页。

磋无间，数何足言哉！宋固逝矣，金亦安在，千古与年俱新者，惟王之墓而已。"①指出岳飞身上的正气可与日星河岳并驱，千古长存，令万世敬仰。李祥《三国志传序》云："托孤寄命，矢志靡贰，孔明又何忠贞乎？试读《出师》二表，令千载而下慷慨激烈，宁非扶纲植常之一大枢哉？"②独标诸葛亮之忠贞及其影响。无论是袁于令口中的义士、李春芳口中的良将还是李祥口中的贤相，评点者关注的是他们身上的"善"的一面，关注"善"的一面对后人所产生的深远影响。"以善劝善"通过这些具体的"善"行及影响更有说服力。③评点通过"善"者对自己的影响来间接劝人向善。李贽《三国志叙》称：《三国》"一时英雄云兴，豪杰林集，皆足当一面……直志士览古乐观而忘倦也。乃吾所喜三国人物，则高雅若孔北海，狂肆若祢正平，清隐若庞德公，以至卓行之崔州平，心汉之徐元直，玄鉴之司马德操……吾愿与为莫逆交，若诸葛公之矫矫人龙，则不独予向慕之，虽三尺竖子，皆神往之耳。世之阅《三国》者，倘尚多古人，将无同志乎？"③评点者直接出面谈自己对"善"者的崇敬之情，显示出"善"对后人具有强大的精神号召力。④评点就某一具体事件中的"善"，指出其具有感发后人意志的积极作用。《三国演义》第二十七回针对关羽千里走单骑"李贽总评"云："五关斩将，千里独行，非廿分胆、廿分识、廿分才，决不能为也，惟我云长先生一人而已，千古不能两也。"④对关羽因兄弟之义而千里走单骑极力称赞。《于少保萃忠传》卷一叙于谦往山东青州奔丧，恰逢唐赛儿作乱，于是"欲思一计，以除一方之害"，此处眉批："便以民事为己任。"⑤看似一句不经意的点评，却因眉批的位置显眼而让读者注意到于谦"以民事为己任"的善行，将这一善行特别指点出来，以示于谦"萃忠"在小事上也有体现。

以善劝善固然是叙述者的惯用手法，评点者指出这一点，可以直白明了地发挥评点的伦理教化之用。但同时，评点者也意识到，一味地以善劝善或以恶去恶，都过于单调，未必能收到很好的效果，因而评点者为注重评点效果，往往还有第三条路径：善恶对举。

①　朱一玄编：《明清小说资料选编》，济南：齐鲁书社1990年版，第177-180页。

②　朱一玄编：《明清小说资料选编》，济南：齐鲁书社1990年版，第72页。

③　朱一玄编：《明清小说资料选编》，济南：齐鲁书社1990年版，第74-75页。

④　陈曦钟、宋祥瑞、鲁玉川辑校：《三国演义会评本》，北京：北京大学出版社1986年版，第339页。

⑤　孙高亮纂述：《于少保萃忠传》，载《古本小说集成》编委会编：《古本小说集成》（第二辑），上海：上海古籍出版社2017年版，第61页。

3. 善恶对举

历史小说遵奉的一个宗旨是忠奸二元对立的原则，有明君贤相、忠臣义士，就有昏君奸相、佞臣小人，换言之，小说中的善恶往往相互依存、相互对照。评点指出小说中善恶对举现象，并在评点中也善恶对举，可以让善恶在相互对比中，善恶各自的影响更加分明，从而达到劝善去恶的效果。就评点的效果途径而言，"善恶对举"的具体表现大致有：①评点指出历史小说善恶对举的合理性。明人对此有朦胧的意识，明确指出这一点的是清人蔡元放，其《东周列国志读法》云："夫圣人之书，善恶并存，但取善足以为劝，恶足以为戒而已……若《列国志》之善恶施报，皆一本于古经书，真所谓善足以为劝，恶足以为戒者，又何嫌于骄奢淫逸丧心蔑理也哉！"①指出《列国志》善恶有报与圣人之书的善恶并存一脉相承，用意在劝善戒恶，且在善恶对举中让劝善戒恶显得更加明显。蔡元放虽为清人，但其《东周列国志》承明人冯梦龙的《新列国志》而来，改动并不大，这意味着，《东周列国志读法》基本也适用于《新列国志》。②评点从总体上以善恶对举的方式对小说进行解读。庸愚子《三国志通俗演义序》云"遗芳遗臭，在人贤与不贤，君子小人，义与利之间而已"②，将《三国演义》的宗旨归于君子因义而遗芳、小人因利而遗臭，对比鲜明。修髯子《三国志通俗演义引》指出读《三国演义》，"知正统必当扶，窃位必当诛，忠孝节义必当师，奸贪谀佞必当去，是是非非，了然于心目之下，裨益风教广且大焉"③，《三国演义》能裨益风教，与忠孝节义和奸贪谀佞对举息息相关。③评点时将人物善恶对举，以说明某个道理。《三国演义》第一百十八回"李贽总评"云："邓艾真心干事，而钟会忌之于外，司马昭忌之于内。且昭复忌会也……丈夫干事，自有赤心，而为忌者扰乱若此，噫！可恨矣。英雄之心，安得不灰也哉？"④邓艾忠心办事反遭忌妒，钟会、司马昭各有私心，善恶之分，一目了然，李贽用"可恨"二字表达对以恶欺善的愤懑之情。④同一件事，善恶相伴相随。《春秋列国志传》卷一之"西伯侯脱囚归岐州"（此处依正文，目录为"西伯脱囚归岐

---

① 黄霖、韩同文选注：《中国历代小说论著选（修订本）》（上），南昌：江西人民出版社2000年版，第423-424页。

② 丁锡根编：《中国历代小说序跋集》（中），北京：人民文学出版社1996年版，第888页。

③ 丁锡根编：《中国历代小说序跋集》（中），北京：人民文学出版社1996年版，第888页。

④ 陈曦钟、宋祥瑞、鲁玉川辑校：《三国演义会评本》，北京：北京大学出版社1986年版，第1429-1430页。

州"），西伯知妲己试探自己，捧肉在手佯装不知是子之肉而食之，使者告诉西伯从者："世谓西伯有先知之圣，子肉尚不知而啖之，何足道哉！"此处眉批："好消息却是一场恶。"①对西伯而言，能蒙混过关，固然是好消息，但无论是妲己的试探还是西伯的食肉，均是恶行。眉批将"好""恶"对举，突出好结果却来源于恶这样一个具有讽刺意味的事实。⑤就小说某件事生发善恶对举的感想，或以善显恶，或以恶显善。《魏忠贤小说斥奸书》第三十回，魏忠贤想加公封爵，司马霍维华反对，告诉魏良卿，"如今若论公道，只有一个，拿得奴酋，恢复得辽东的，这当裂土封公"，其他均不可加公封爵。此处眉批云："神庙县赏爵以待功臣，霍公对奸子申明之，令他自丑。"②以霍维华之正直反衬出魏忠贤之丑恶。或将小说和现实对举。《三国演义》第三十一回，针对曹操官渡之战取胜后，因"禾稼在田，恐废民业"而暂缓攻打冀州这样一个不起眼的事情，"李贽总评"云："孟德虽国贼，犹然知民为邦本，不害禾稼。固知兴王定霸者，即假仁仗义，亦须以民为念，方干得些少事业。何故今之为民父母、代天子称牧民者，止知有妻子，不知有百姓也？卒之男盗女娼也，又何尤焉！"③指出曹操以民为念这一善举是其成就事业的原因之一，并以今人的相反行为作为对比，以见出今日之恶。

沟通评点和伦理的引导路径、表达路径和效果路径，是从小说评点的文字中提炼出来的。这些路径既是评点者借以沟通小说和伦理的路径，也是普通读者了解小说和伦理之间关系的路径。通过这些路径，历史小说和伦理说教之间的关联可以有比较清晰的通道，但说到底，这些路径都是为了帮助普通读者更好地从伦理方面理解小说。对普通读者来说，小说评点的伦理解读，最直接的不是这些路径，而是这些路径所指向的小说文本的伦理解读。

二、小说文本的伦理解读

评点的对象是小说文本，为了让普通读者更好地理解小说的伦理内涵，评点

①　陈继儒重校：《春秋列国志传》，载《古本小说集成》编委会编：《古本小说集成》（第三辑），上海：上海古籍出版社 2017 年版，第 55 页。

②　吴越草莽臣：《魏忠贤小说斥奸书》，载《古本小说集成》编委会编：《古本小说集成》（第一辑），上海：上海古籍出版社 2016 年版，第 341 页。

③　陈曦钟、宋祥瑞、鲁玉川辑校：《三国演义会评本》，北京：北京大学出版社 1986 年版，第 394 页。

者需要对小说文本加以伦理解读。由于历史小说有强烈的伦理教化色彩，评点也往往从伦理方面加以解读。由于这方面的研究已经很多，此处只就以下三个方面对这一问题进行梳理，不再详细论述。这三个方面包括：评点者法眼之识真、挖掘叙事手法的伦理内涵、解读小说作者的伦理诉求。需要说明的是，其一，这三个方面的解读都以小说文本为出发点；其二，对明代历史小说文本的伦理解读，明人的评点相对而言比较简单，明清之际的金圣叹以后，对小说文本的解读才丰富起来。考虑到论述的连续性，下文根据论述需要，有时也会涉及清人的相关评点，但以明人的历史小说评点为主。

（一）评点者法眼之识真

评点者不仅借助评点来进行伦理规劝，同时还自信自己的评点能揭示小说的真谛。主要有以下几个方面。

其一，评点者认为自己深得作者之心。历史小说的主要用心无非是让后人知晓小说所叙之历史事件和人物，当评点者自信地揭示出这一点时，可谓得作者之心。熊大木编次的《全汉志传》，前有余克勤的《叙西汉之传首》和《题东汉之传序》。《叙西汉之传首》云：刊刻《西汉志传》，其用意在于，"西汉之出处如此，我今日有如亲见于西汉世者矣"①。《题东汉之传序》说刊刻《东汉志传》，可以知道"东汉之所以为东汉者如此"②，都指出小说可以让读者置身于小说的历史情境之中。深得作者之心还有一个表现，是评点者明言自己读出了小说的"文心"。吴翼登《叙三国志传》云"余读三国而知统之必以正者为尊也。抚昭烈帝之潜跃，按卧龙之终始，惟以仁以义，无诈无虞"③，将蜀汉作为正统而以之为尊，以仁义作为蜀汉受尊之缘由，可谓深得作者之心。

其二，评点者对作者所写不以为然。从读者视角出发，评点者用自己的理解来指摘小说。这些指摘包括内容和形式。内容方面的指摘，包含总体指摘和局部指摘，总体指摘如周之标《残唐五代史传叙》云："残唐勋业，惟克用最著，下此其嗣源乎？而乃艳称存孝，此不可解也。残唐奸恶，惟全忠最著，下此其令孜

---

① 熊钟谷编次：《全汉志传》（上），载《古本小说集成》编委会编：《古本小说集成》（第四辑），上海：上海古籍出版社 2017 年版，第 2 页。

② 熊钟谷编次：《全汉志传》（下），载《古本小说集成》编委会编：《古本小说集成》（第四辑），上海：上海古籍出版社 2017 年版，第 2 页。

③ 丁锡根编：《中国历代小说序跋集》（中），北京：人民文学出版社 1996 年版，第 892 页。

乎？而乃颛诛黄巢，此益不可解也。"并认为残唐时期，"首唱大义，望隆蕃汉者，郑畋一人而已"①，小说作者显然忽略了这一点。局部指摘如《列国志传评林》卷二"周郑大战于繻葛"一节，叙述者引潜渊居士读史诗，"君臣大义死无仇，郑伯如何敢拒周。败后徒兴安否问，春秋首恶抗王侯"，对此，评点者认为："其不知郑伯无罪有功。诗该断周之过，不该断郑伯之罪。"②形式方面的指摘，如《三国演义》第一回"李贽总评"云："《三国志演义》，'其'字、'于'字、'耳'字、'之'字决不肯通，要改又改不得许多，无可奈何，只得于首卷标出，后不能再及矣。"③指出《三国演义》文法上颇有不通之处。内容方面的指摘和伦理可能直接相关，形式方面的指摘和伦理没有直接关系，但形式方面可能会影响到内容的表达，从而可能和伦理有间接关系。

其三，对小说的用意发表自己的见解。遁世老人《后七国序》云："古今英雄岂真不相及哉？亦惟识与不识耳……英雄何代无之，特无人识耳……大都有英雄不识，而所识又非英雄。"从《后七国乐田演义》写乐毅、田单的英雄事迹，想到"设燕昭王不筑金台，即墨人不察铁笼，则乐毅不过魏国一庸臣，田单不过齐国一市吏耳"④。由此生发感想：英雄也需要机会才能将自己表现为英雄，任何时代其实都不缺少真正的英雄，缺少的是对真正英雄的发现。这显然已超出《后七国乐田演义》的内容本身，也未必是小说本来的用意，但这样解读小说也有其道理。对小说用意发表见解有一个独特之处，评点者有时会就小说内容进行"翻案"式解读，体现出一定程度的伦理突破。万卷楼本《三国志通俗演义》卷一"曹孟德谋杀董卓"一则，曹操逃亡途中误杀吕伯奢家人后又杀吕伯奢，并用"宁使我负天下人，休教天下人负我"为理由来回答陈宫的责问。万卷楼刊本《三国志通俗演义》对此以"后晋桓温说两句言语，教万代人骂，道'虽不去流芳百世，亦可以遗臭万年'"⑤评之，对曹操加以批判。李贽的随文评点则有翻案之语，指出曹操所说之言乃"人人有此心，不能人人开此口"。回末"李贽总

① 丁锡根编：《中国历代小说序跋集》（中），北京：人民文学出版社1996年版，第971-972页。

② 余邵鱼：《列国志传评林》，载刘世德、陈庆浩、石昌渝主编：《古本小说丛刊》（第六辑），北京：中华书局1990年版，第294、296页。

③ 陈曦钟、宋祥瑞、鲁玉川辑校：《三国演义会评本》，北京：北京大学出版社1986年版，第12页。

④ 丁锡根编：《中国历代小说序跋集》（中），北京：人民文学出版社1996年版，第876-877页。

⑤ 罗本编次：《三国志通俗演义》（万卷楼本），载《古本小说集成》编委会编：《古本小说集成》（第四辑），上海：上海古籍出版社2017年版，第78页。

评"翻案得更详细、更彻底："孟德杀伯奢一家，误也，可原也。至杀伯奢，则恶极矣！罪大矣！可恨矣！可杀矣！更说出'宁使我负天下人，休教天下人负我'话来，读史者至此，无不欲食其肉而寝其皮也。不知此犹孟德之过人处也。试问天下人谁不有此心者，谁复能开此口乎？故吾以世人之心较之，犹取孟德也……是孟德犹不失为心口如一之小人……此犹孟德之过人处也。"①

其四，对人物进行伦理阐释。小说评点从一开始，就以对历史人事的伦理评判为主。即使到后来，评点扩展到历史小说之外的其他类型的小说，对人物进行伦理解释仍然是评点关注的重要内容。这导致对人物的伦理阐释极其丰富复杂。夏志清在《中国古典小说史论》中指出："白话小说中颂扬得最多的儒家德行是忠孝节义。"②与此对应，评点者对人物伦理品质的解读也往往是忠、孝、节、义这些儒家伦理德目。洪迈《夷坚丙志》卷十四《忠孝节义判官》云："吾今为忠孝节义判官，所主人间忠臣、孝子、义夫、节妇事也。"③洪迈对忠孝节义的界定比较狭窄，在实际的评点中，忠孝节义溢出了洪迈界定的范围。

忠，一般指下对上的忠诚，往往指臣下对朝廷或君主的忠诚，如孔子所言"臣事君以忠"④。《列国志传评林》卷一"西伯侯脱囚归岐州"一节最后，西伯侯回归岐州后，辛甲"忿然奏曰：'臣观商辛失政，殄绝人伦……何不举西岐之众，打入朝歌，与民除害！'"此处眉批："辛甲忿然之言，乃有勇直忠良气味。"⑤王阳明《于少保萃忠传·赞凡》则将于谦之"忠"具体化为其为国为民而不顾个人安危的一系列举动："英宗北狩而力言不可，保圣躯也；众劾王振而扶掖廷喧，肃朝仪也；募义三营而民夫附集，御不虞也；群议南迁而恸哭止之，重国本也；移民发粟而六军坚守，防外撼也；击虏凯旋而力辞晋秩，惧盈满也。"⑥孝，一般指晚辈对长辈的孝敬，《旧唐书·苗晋卿传》云："百善之至，无加于孝也。"⑦在评点者看来，孝往往是衡量一个人道德水准的重要标

---

① 陈曦钟、宋祥瑞、鲁玉川辑校：《三国演义会评本》，北京：北京大学出版社1986年版，第49-50页。

② 夏志清：《中国古典小说史论》，胡益民等译，陈正发校，南昌：江西人民出版社2001年版，第21页。

③ 洪迈：《夷坚丙志》，何卓点校，北京：中华书局1981年版，第485页。

④ 杨伯峻译注：《论语译注》，北京：中华书局2009年版，第30页。

⑤ 余邵鱼：《列国志传评林》，载刘世德、陈庆浩、石昌渝主编：《古本小说丛刊》（第六辑），北京：中华书局1990年版，第70页。

⑥ 孙高亮纂述：《于少保萃忠传》，载《古本小说集成》编委会编：《古本小说集成》（第二辑），上海：上海古籍出版社2017年版，第2页。

⑦ 刘昫等：《旧唐书》卷一百一十三，北京：中华书局1975年版，第3352页。

准。《列国志传评林》卷三"十英杰辅重耳逃难"一节，申生为避祸逃到新城，又想到自己逃走，"其罪必归于君，是恶君也，且彰君父之恶，必见笑于诸侯。内困于父母，外困于诸侯，是重困也"，于是"自缢于新城"，此处眉批："申生之孝仁，万无一。"①《隋炀帝艳史》第三回，隋炀帝在父亲病危时调戏后母宣华时说："父王老迈，如何消受得夫人这般绝色。今日自速其死。"此处旁批："此等口角，胸中已无父久之矣，何况庶母乎？"②隋炀帝毫无孝道，与申生形成明显反差。节，依《礼记·乐记》所言"先王之制礼乐，人为之节"③，当指法度，用到人身上，可以指一个人的气节和操行，节操有大有小，大节操一般指民族大节、国家大节，小气节指个人品质和具体行为上有节操。大节操往往为世人所肯定的信念、理想而置个人安危于不顾。《三国演义》第九回，就王允之死，"李贽总评"云："王司徒临难不为苟免，以身许国，真社稷臣也！真社稷臣也！"④王允为社稷，不愿随吕布逃走，主动以自己之死来保全大汉天下，可谓知大节。小节操包括品质之"节"和行为之"节"。品质之"节"如余象斗《列国志传评林》第一回，就姜后不观歌舞后坠楼而死之事，眉批云："姜后俯首不观淫乐者，难以言贞，后能以表谏纠王，忠贞之心凛凛然可表矣。纣不纳谏，又能抗拒以数纠过，被纠振肢投于楼下，其身虽死，其正存焉，虽千百载观至此者，莫不嗟叹。商至于今，未有如姜后者也。"⑤姜氏既忠又贞，贞乃节在特定情形下的表现。行为之"节"如《于少保萃忠传》第五回，于谦欲邀高孟升同赴科考，却见高孟升题诗于屏风，"谢绝亲友，不乐仕进"，此处眉批："高孟升真高品。"⑥所谓"高品"，即言其高节操。义，按照《说文解字》所说的"义，己之威仪也"⑦，指一个人行事要符合自己的威仪，即要公正、合理。义，既可以是人品，也可以是具体行为。人品之"义"，如《隋史遗文》第三十一

① 余邵鱼编：《列国志传评林》，载刘世德、陈庆浩、石昌渝主编：《古本小说丛刊》（第六辑），北京：中华书局1990年版，第469-470页。

② 齐东野人编演：《隋炀帝艳史》，载《古本小说集成》编委会编：《古本小说集成》（第三辑），上海：上海古籍出版社2017年版，第96页。

③ 李学勤主编：《十三经注疏·礼记正义》，北京：北京大学出版社1999年版，第1084页。

④ 陈曦钟、宋祥瑞、鲁玉川辑校：《三国演义会评本》，北京：北京大学出版社1986年版，第106页。

⑤ 余邵鱼编：《列国志传评林》，载刘世德、陈庆浩、石昌渝主编：《古本小说丛刊》（第六辑），北京：中华书局1990年版，第41-44页。

⑥ 孙高亮纂述：《于少保萃忠传》，载《古本小说集成》编委会编：《古本小说集成》（第二辑），上海：上海古籍出版社2017年版，第76页。

⑦ 许慎：《说文解字》，上海：上海古籍出版社2007年版，第637页。

回，回末"总评"云："咬金慨然自招资杠，友义可嘉。叔宝更有烧批义举，无非一念所激……雄信画策，本欲两全；叔宝焚批，几成自害，所见有到不到。亦叔宝意气人，见咬金如此义气，众人如此惊疑，遂不暇瞻前顾后耳。"[1]指出程咬金和秦琼都是义气之人。具体行为之"义"，如《于少保萃忠传》第一回，于谦司礼时，见一宪官失足跌倒，"即大声喝：'某官失仪'"，此处眉批："足见忠肝义胆。"[2]

（二）挖掘叙事手法的伦理内涵

小说评点的一大特色是对小说的叙事手法加以分析总结。当然，评点对叙事手法的分析总结并非针对伦理而言，但有些手法又的确关乎到伦理。叙事手法大致包括结构、文法、修辞三个方面。

1. 结构

结构涉及小说的整体布局。评点者的相关评点，表明小说如何布局，不仅是小说自身的艺术问题，有时也是小说伦理表达的问题。评点者对历史小说结构布局方面的评点，大致可归结为结构意识、首尾照应、前后对照三个方面。就结构意识看，评点者在关注篇章结构安排的同时，也注意到如此安排的用意。可观道人指出，冯梦龙的《新列国志》对余邵鱼的《春秋列国志传》"重加辑演，为一百八回，始乎东迁，讫于秦帝"。之所以如此，是由于明晰的结构意识："东迁者，列国所以始；秦帝者，列国所以终。"[3]较之于余邵鱼的《春秋列国志传》从商纣王写起，结构意识明显增强。结构意识增强，不仅让小说看起来更紧凑，也可以让伦理意味更集中。《新列国志》在列国的时间范围内，"凡国家之废兴存亡，行事之是非成毁，人品之好丑贞淫，一一胪列，如指诸掌"[4]。峥霄主人《魏忠贤小说斥奸书凡例》亦云："是书纪自忠贤生长之时，而终于忠贤结案之日……盖将位一代之耳目，非炫一时之听闻。"[5]指明以魏忠贤之"生长"与

---

① 袁于令评改：《隋史遗文》，宋祥瑞校点，北京：北京大学出版社 1988 年版，第 253-254 页。

② 孙高亮纂述：《于少保萃忠传》，载《古本小说集成》编委会编：《古本小说集成》（第二辑），上海：上海古籍出版社 2017 年版，第 26 页。

③ 可观道人：《新列国志叙》，载丁锡根编：《中国历代小说序跋集》（中），北京：人民文学出版社 1996 年版，第 865 页。

④ 可观道人：《新列国志叙》，载丁锡根编：《中国历代小说序跋集》（中），北京：人民文学出版社 1996 年版，第 865 页。

⑤ 丁锡根编：《中国历代小说序跋集》（中），北京：人民文学出版社 1996 年版，第 1024 页。

"结案"为小说的始终，如此结构，是为了"位一代之耳目"，"位"的本义之一为"朝廷中群臣的位列"，此处当作动词用，"位"者，"立"也①，以魏忠贤一生的经历，来立耳目，正视听，以正人伦。就首尾照应看，评点者指出历史小说首尾内容之间的内在联系及其伦理意义。这涉及对叙事结构的理解，清人毛宗岗的评点最具代表性。《三国演义》第一回开头"推其致乱之由，殆始于桓、灵二帝"处夹批："《出师表》曰：'叹息痛恨于桓、灵。'故从桓、灵说起。桓、灵不用十常侍，则东汉可以不为三国；刘禅不用黄皓，则蜀汉可以不为晋国。此一部大书前后照应处。"②第一百二十回"回前评"云："三国之兴，始于汉祚之衰。而汉祚之衰，则由于阉竖之欺君，与乱臣之窃国也。一部大书，始之以张让、赵忠，而终之以黄皓、岑昏，可为阉竖之戒。首篇之末，结之以张飞之欲杀董卓；终篇之末，结之以孙皓之讥切贾充，可为乱臣之戒。"③非常突出地显示了《三国演义》的首尾照应及其伦理劝诫意义。前后对照一般存在于具体的细节描写上，有时也存在于小说的结构布局中，《警世阴阳梦》由"阳梦"和"阴梦"前后两部分构成，"阳梦"和"阴梦"的对照便是一种宏观的结构布局，为何如此布局？元九《警世阴阳梦醒言》有所说明："一转瞬间，历尽荣华寂寞，生杀烦恼，出尔反尔诸业报。"④指出小说写阴阳二梦，阴梦即阳梦之业报。小说通篇以果报来构思，善恶有报的意图非常明显。

2. 文法

文法是评点者对小说手法的总结。明人评点往往比较简单，除明末清初的金圣叹外，很少有人对文法有清醒的意识，金圣叹一般被视为清人，因"圣叹"之名乃明亡后所取，但他评点《水浒传》实在明亡前［《贯华堂第五才子书水浒传》刊于崇祯十四年（1641 年）］，这意味着明人已有对"文法"的清醒意识，清人毛宗岗等人有意识地从文法上评点历史小说当受到金圣叹影响。金圣叹没有对历史小说的评点，但在明人对历史小说不经意的评点中，偶尔也涉及文法。具体看来，评点者对文法的关注大致包括两个方面：一是评点对具体人物和事件的

① 汉语大词典编辑委员会：《〈汉语大字典〉三卷本》，成都：四川辞书出版社，武汉：湖北辞书出版社1995 年版，第 138 页。

② 陈曦钟、宋祥瑞、鲁玉川辑校：《三国演义会评本》，北京：北京大学出版社 1986 年版，第 2 页。

③ 陈曦钟、宋祥瑞、鲁玉川辑校：《三国演义会评本》，北京：北京大学出版社 1986 年版，第 1444 页。

④ 长安道人国清编次：《警世阴阳梦》，载《古本小说集成》编委会编：《古本小说集成》（第一辑），上海：上海古籍出版社 2016 年版，第 7 页。

伦理解读暗通文法，二是评点本身运用某种文法。就第一个方面看，文法的具体情形多样，如《隋史遗文》第三十八回之"对比"和《隋史遗文》第十一回之"逆转"。第三十八回"总评"云："要报子仇，便有通夷一说。然则从来以通夷见戮者，岂尽此类耶？妄谓真通夷者，断不被祸。外交足以应手，重赂可以结援。其被祸者，大都敌国所忌，奸徒所憎耳。叔宝已蹈危机，辄幸获免，所云后福方大非耶？"①该回记叙宇文述因报秦琼杀子之仇，便栽赃秦琼通夷，要屈杀秦琼，幸得来总管及时赶到才救下秦琼。评点者就此事对"通夷者"与"被祸者"的关系进行分析，指出"通夷不被祸""被祸不通夷"，实乃对举"通夷"与"被祸"关系的两种情形，暗合文法之"对比"，之所以如此，又因为"奸徒所憎"，"对比"文法和伦理有所关联。第十一回"总评"云："数百金值甚？叔宝便尔惊喜感动！有此无端之喜，所以有无妄之灾。如叔宝英雄，横得数百金，便招奇祸；今之庸妄人，却动希非分，安得令终？"②该回写秦琼因携带单雄信所赠银两而被误认为是强盗，不仅失去银两，还失手杀人，被众捕快当作强盗抓起来。"无端之喜"中隐藏着"无妄之灾"，既含有文法之"逆转"，也含有远离横财之伦理规劝。就第二个方面看，历史小说由于和史书有着千丝万缕的联系，评点者往往不经意间采用以文喻史的"比拟"文法或以史证文的"引证"文法。以文喻史的"比拟"文法在诸多历史小说的序跋之中，可谓比比皆是。余邵鱼《题全像列国志传引》云："士林之有野史，其来久矣。盖自《春秋》作而后王法明，自《纲目》作而后人心正。要之：皆以维持世道，激扬民俗也……抱朴子性敏强学，故继诸史而作《列国传》……庶几后生小子，开卷批阅，虽千百年往事，莫不炳若丹青；善则知劝，恶则知戒……继群史之遐纵者，舍兹传其谁归！"③在余邵鱼心目中，自己所写的《列国志传》，虽为野史，但可以比附史书，起到"维持世道，激扬民俗"和"善则知劝，恶则知戒"的作用。以史证文的"引证"文法在小说正文的评点中时有所见。《隋史遗文》第三十五回"总评"云："按史，历城罗士信，与叔宝同乡，年十四与叔宝同事张须陀，同建奇功。后士信归唐为总管，死节，亦一奇士也。原本无之，故为补出。"④所谓

① 袁于令评改：《隋史遗文》，宋祥瑞校点，北京：北京大学出版社 1988 年版，第 319 页。
② 袁于令评改：《隋史遗文》，宋祥瑞校点，北京：北京大学出版社 1988 年版，第 98 页。
③ 丁锡根编：《中国历代小说序跋集》（中），北京：人民文学出版社 1996 年版，第 861 页。
④ 袁于令评改：《隋史遗文》，宋祥瑞校点，北京：北京大学出版社 1988 年版，第 289 页。

"按史"云云，无非是想说正文所言不虚、有史为证而已。文法除了明人评点已涉及的这两个方面外，清人更多有拓展，其突出之处在于用来解释文法的例子直接关系到伦理表现。毛宗岗《读三国志法》在解释一回之中的"正对""反对"时，说："议温明是董卓无君，杀丁原是吕布无父……马腾勤王室而无功，不失为忠；曹操报父仇而不果，不得为孝。"在解释多回之中的"正对""反对"时，说："孔明不杀孟获是仁者之宽，司马懿必杀公孙渊是奸雄之刻……曹操受汉之九锡，是操之不臣；孙权受魏之九锡，是权之不君。"①换言之，"正对""反对"可以让"无君""无父""忠""孝""仁""奸""不臣""不君"等伦理表现在对比中显得更加清楚。

3. 修辞

修辞是说叙述者通过表面的言词来表达某种意趣，评点通过对小说修辞的解读，可以挖掘出叙述者的意趣。需要说明的是，上文所说的"文法"，有些也可以归入到修辞之中，不过，文法侧重叙事技法本身，修辞则侧重某种修辞手法背后的"意趣"。从评点的角度谈修辞与伦理的关系，大致包含两个层面的内容：一是评点所揭示出来的叙述者的修辞，二是评点本身所用的修辞。前者主要有比喻、反讽等，后者主要有对比、引用等。对小说比喻的解读似乎是评点者最为用心之处，他们往往就小说中的某个场面、物件、人物发掘其背后潜藏的寓意，评点者所谓的"作者婆心"，很多是借助寓意的解读来实现的。对比喻而言，评点者往往从喻体出发，进行阐释，最终归结到某种伦理意义上。《三国演义》第二十一回，曹操煮酒论英雄，"酒至半酣，忽阴云漠漠，骤雨将至。从人遥指天外龙挂"，此后曹操便问刘备"知龙之变化否？"刘备推说不知，曹操表示："龙之为物，可比世之英雄。"此处，曹操已然将英雄比喻为龙。评点者对此加以进一步揭示。李贽在"天外龙挂"后评云："妆点得有光景"，李渔在"知龙之变化否"后评云："渐渐论到英雄，曲致。"毛宗岗在曹操将龙"比世之英雄"后评云："从龙说起，渐渐说到英雄，又渐渐说到当世人物，亦如雨之将至而先有雷，雷之将至而先有龙挂也。"②如果说曹操以龙来比英雄是明喻的话，李贽所言"妆点得有光景"、毛宗岗所言"亦如雨之将至而先有雷，雷之将至而先有龙

---

① 陈曦钟、宋祥瑞、鲁玉川辑校：《三国演义会评本》，北京：北京大学出版社 1986 年版，第 17 页。

② 陈曦钟、宋祥瑞、鲁玉川辑校：《三国演义会评本》，北京：北京大学出版社 1986 年版，第 257 页。

挂也"则可看作隐喻,李贽没有说出隐喻,但暗含有隐喻,毛宗岗则将李贽没有说出的隐喻含蓄地说出来了(毛宗岗说的表面上是明喻,以"说话"式渐渐引入的方式来比如雨前的天气变化,暗含的隐喻为:打雷是泛泛地论说英雄,下雨则相当于当世英雄出现)。人物所明喻、评点所隐喻的英雄本身,又多少带有点伦理意味。反讽是正话反说或反话正说,即在具体语境中,字面意义和实际意义相反。评点者对反讽的解读一般着眼于对人物的伦理评判。《隋史遗文》第二十五回开头云:"天下物力有限,人心无穷。论起人君,富有四海,便有兴作,也何损于民?"此话相当公允,但和该回回目"新皇大逞骄奢,黔首备遭涂毒"相对照,反讽的意味就很明显:隋炀帝杨广登基后便开始劳民伤财,虽"富有四海",却"有损于民"。"何损于民"之后,评者也同样采用反讽的方式来加以评点:"国家兴作,自然劳民,但须件件恤民,自然劳而不怨"①,评点也很公允。但对照杨广的劳民而不恤民的行为以及本回稍后对封德彝讨好杨广行为的评点("题目好,封伦做得更好,只是百姓不好了"②),所谓的"件件恤民""劳而不怨"可以理解为刻意针对杨广的反讽。

评点不仅有对小说修辞的解读,评点本身有时也运用修辞。需要指出的是,评点运用修辞也许是一种不自觉的行为,因为评点者对小说的修辞解读主要是为了说明自己的理解,用不用修辞都为了将自己的理解更好地表达出来。评点运用修辞最突出的当数对比。对比可以是评点者对不同人物的评点所显示出来的对比,也可以是小说内容和评点者所处现实的对比。在明人的历史小说评点中,李贽在这方面具有代表性。《三国演义》第三十八回,刘备第三次求见诸葛亮时,张飞见诸葛亮仰卧不起,刘备拱立阶下,于是告诉关羽,想"放一把火,看他起不起",此处李贽评云:"张佛,张圣人",对张飞心口一致非常赞赏。张飞告诉关羽后不久,诸葛亮睡醒,"问童子曰:'有俗客来否?'",此处李贽评云:"孔明口称'俗客',亦太俗矣。世上谁雅,谁俗乎?孔明有此分别,俗物俗物。"③对诸葛亮颇多微词。两相对照,李贽对张飞和诸葛亮的对比之意,一目了然。诸葛亮固然精明,但不如张飞有"赤子之心"。《三国演义》第八十八回,"李贽总评"云:"人说孟获蛮,孟获何尝蛮?只是其心不服耳。服则永服

---

① 袁于令评改:《隋史遗文》,宋祥瑞校点,北京:北京大学出版社 1988 年版,第 198 页。
② 袁于令评改:《隋史遗文》,宋祥瑞校点,北京:北京大学出版社 1988 年版,第 201-202 页。
③ 陈曦钟、宋祥瑞、鲁玉川辑校:《三国演义会评本》,北京:北京大学出版社 1986 年版,第 476 页。

也，不比今人蛮，心则服，口不服也。"①孟获的心服口服与今人的心服口不服形成对比。评点运用的另一个较常见的修辞是引用。评点者为了让自己的评点更有说服力，往往在评点时引用前人故事（典故）或前人话语，这些典故或话语多数指向某种伦理德目。《隋史遗文》第六回，秦琼落魄被王小二赶到柴房住宿，于是"用手指弹铜，口内作歌"来发心中感慨："欲知未了平生事，尽在一声长叹中。"此处评点云："令人想王处仲《老骥歌》。"②《世说新语·豪爽》记载："王处仲每酒后，辄咏'老骥伏枥，志在千里。烈士暮年，壮心不已。'以如意打唾壶，壶口尽缺。"③王敦后虽因叛乱而名声不佳，但其慷慨英武却世所公认，"击碎唾壶"也成为著名的典故，形容对文学作品高度赞赏。对王敦而言，"击碎唾壶"尽显有志之士的愤慨之情，与秦琼此时的境况有类似之处。《三国演义》第二十四回，汉献帝衣带诏事件败露后，曹操怒杀董贵妃。清人毛宗岗在回前评中说："尝咏唐人吊马嵬诗曰：'可怜（原诗作"如何"）四纪为天子，不及卢家有莫愁。'其言可谓悲矣。然杨妃之死，死于其兄之误国；董妃之死，死于其兄之爱君。夫以兄之罪而杀杨妃，今人犹为之惋惜；况以兄之忠而杀董妃，能不为之悼叹乎哉？"④通过引用前人诗作，来对董妃表示"悼叹"，对曹操的不忠进行谴责。细究引用，无论是引用典故还是引用话语，其目的在于表明评点者对小说中人事的态度，引用实际上是通过前人对类似事件的态度来强化评点者的态度，其实也还是一种对比，只不过是通过引用来对比罢了。

（三）解读小说作者的伦理诉求

通过对人物和叙事手法进行伦理解读，评点试图揭示小说作者创作小说时的伦理诉求。这大致包括两个方面：一是作者有感于现实而作小说，二是"作者婆心"之揭示。

小说评点之所以盛行，和书商的营销策略有关。书商可以请人或自己出马编写刊行历史小说，也可以请人或自己出马给小说作序跋。就评点而言，自序、自跋中很容易写到自己为何创作小说或刊刻小说，其中一个重要原因就是有感于现实而作。《英雄谱》封面有雄飞馆主人（熊飞）的"识语"："语有之：'四美

---

① 陈曦钟、宋祥瑞、鲁玉川辑校：《三国演义会评本》，北京：北京大学出版社1986年版，第1079页。

② 袁于令评改：《隋史遗文》，宋祥瑞校点，北京：北京大学出版社1988年版，第51页。

③ 徐震堮：《世说新语校笺》，北京：中华书局1984年版，第326页。

④ 陈曦钟、宋祥瑞、鲁玉川辑校：《三国演义会评本》，北京：北京大学出版社1986年版，第294页。

具，二难并'，言璧之贵合也。《三国》《水浒》二传，智勇忠义，迭出不穷，而两刻不合，购者恨之。本馆上下其驷，判合其圭。"①雄飞馆之所以将《三国演义》《水浒传》合刻成《英雄谱》，是想将智勇忠义合在一起，供人阅览。这样的想法与现实情形有关。熊飞《英雄谱弁言》云："余之合《三国》《水浒》而题为《英雄谱》也，何居？我人自无始以来，丐得些子真丹，深贮八识田中。遇喜成狂，遇悲成壮……更东望而三经略之魄尚震，西望而两开府之魂未招。飞鸟尚自知时，嫠妇犹勤国恤。乃欲使七尺男子销磨此嵚奇历落之致乎？"②所言"三经略""两开府"，据袁世硕先生所言，"'三经略'指的是明天启、崇祯间经略辽东抗后金（清）失利受诛或战死之杨镐、熊廷弼、袁应泰，'两开府'指的是在围剿农民起义军战争中自杀和被杀之杨嗣昌、孙传庭"③。正是明末严峻的现实形势，英雄及其精神为时代所急需，刊刻《英雄谱》由此有了强烈的现实动机。别人为小说写的序跋，有时也谈到小说作者创作或刊刻小说的具体缘由，这些缘由或出于伦理方面的考虑，或出于现实的触发，或二者兼而有之。金世俊《精忠报国传叙》云："金沙辉山于侯……谈及时艰，义形于色，斐斐咸救时之硕画也……间出一编，为岳武穆公本传，而闲评于卧治轩者……今天下中外交剧，救时需人，令得诵斯传而见诸军国，绍绩古人，即曰斯传为武事之先资可也。"④参照小说作者于华玉（字辉山）所作"凡例"最后一则，金世俊所说的小说刊刻与"救时"之间的关系可谓深得作者本意。"凡例"最后一则云："国朝于忠肃公有传，止称御虏之略，正德中平寇有传，亦惟弥盗之书，独兹传御虏弥盗兼载成谋，而武穆以一身百战，虏破寇平……今古之罕俪者矣……今日时事之龟鉴也，有志于御外靖内者，尚有意于斯编。"⑤

作者有感于现实而作小说，自然会在叙述中流露出小说立意。评点的一个重

---

① 罗贯中、施耐庵编：《二刻英雄谱》，载《古本小说集成》编委会编：《古本小说集成》（第一辑），上海：上海古籍出版社 2016 年版，封面。

② 罗贯中、施耐庵编：《二刻英雄谱》，载《古本小说集成》编委会编：《古本小说集成》（第一辑），上海：上海古籍出版社 2016 年版，第 2-4 页。

③ 罗贯中、施耐庵编：《二刻英雄谱》，载《古本小说集成》编委会编：《古本小说集成》（第一辑），上海：上海古籍出版社 2016 年版，第 1 页。

④《岳武穆尽忠报国传》，载《古本小说集成》编委会编：《古本小说集成》（第三辑），上海：上海古籍出版社 2017 年版，第 1-5 页。

⑤《岳武穆尽忠报国传》，载《古本小说集成》编委会编：《古本小说集成》（第三辑），上海：上海古籍出版社 2017 年版，第 3 页。

要的内容就是对小说的立意进行说明，这就要通过评点者的解读来揭示"作者婆心"。"作者婆心"可从多个方面加以揭示：一是作者为文之深意。这是从总体上看小说作者的"婆心"。很多小说评点都涉及这一点。无名氏《重刊杭州考证三国志传序》云："《三国志》一书，创自陈寿。厥后司马文正公修《通鉴》，以曹魏嗣汉为正统，以蜀、吴为僭国，是非颇谬。迨紫阳朱夫子出，作《通鉴纲目》……始进蜀汉为正统，吴、魏为僭国，于人心正而大道明，则昭烈绍汉之意，始暴白于天下矣。然因之有志不可泯没，罗贯中氏又编为通俗演义，使之明白易晓，而愚夫俗士，亦庶几知所讲读焉。"①指出罗贯中编《三国演义》，是为了让朱熹《资治通鉴纲目》中以蜀汉为正统，吴、魏为僭国的观念为凡夫俗子所知晓，可视为后来毛宗岗以"正统、闰运、僭国"论三国之先声，也指出罗贯中写《三国》时的伦理取向。翠娱阁主人《辽海丹忠录序》云："顾铄金之口，能死豪杰于舌端；而如椽之笔，亦能生忠贞于毫下：此予《丹忠录》所繇录也。"②从其口吻看，当是作者自序，说明自己作《丹忠录》是想为豪杰、忠贞鸣不平。二是作者写人事之用心。在评点者看来，作者描写的人事往往有其伦理考量。就写人看，庸愚子《三国志通俗演义序》认为作者写曹操、孙权和刘备，其伦理用心有别："曹瞒虽有远图，而志不在社稷，假忠欺世，卒为身谋，虽得之，必失之，万古奸贼，仅能逃其杀而已，固不足论。孙权父子，虎视江东，固有取天下之志，而所用得人，又非老瞒可议。惟昭烈汉室之胄，结义桃园，三顾草庐，君臣契合，辅成大业，亦理所当然。"③清人高塞侯《三国英雄略传序文》说得更直白："三国人物，扶舆磅礴，清淑郁积之气，发为忠奸，分镳末汉。"④就写事看，《于少保萃忠传》第九回，年近七旬尚无子的河南富民赵首贤，捐资救济灾民，"活数万之民"，于公感其"尚义"，"劝其纳妾衍嗣"，赵首贤听命谢恩。就此事，此处有"按语"云："后赵首贤将及一年，果生一子，弥月，遂抱至院中叩谢于公。公心甚喜，以为天之报施善类……后赵老……子孙蕃盛，致今不衰。亦赵老尚义济活之功所致，可见天之报复，昭昭不爽

① 朱一玄编：《明清小说资料选编》，济南：齐鲁书社1990年版，第75页。
② 丁锡根编：《中国历代小说序跋集》（中），北京：人民文学出版社1996年版，第1029页。
③ 丁锡根编：《中国历代小说序跋集》（中），北京：人民文学出版社1996年版，第888页。
④ 丁锡根编：《中国历代小说序跋集》（中），北京：人民文学出版社1996年版，第903页。

矣。"①用果报观念来旌扬善举。三是小说叙事之匠心。历史小说评点的一个特色是对小说的叙事技巧进行总结，有趣的是，评点对叙事技巧的总结最终又指向作者之用心。金圣叹之前，明人对叙事技巧的总结乏善可陈，金圣叹之后，评点对叙事技巧的关注才成为亮点。就历史小说而言，毛宗岗《读三国志法》对叙事技巧的总结和分析可谓成就最大。《读三国志法》罗列了《三国演义》的叙事技巧："《三国》一书，总起总结之中，又有六起六结……《三国》一书，有追本穷源之妙……有巧收幻结之妙……有以宾衬主之妙……有同树异枝、同枝异叶、同叶异花、同花异果之妙……有星移斗转、雨覆风翻之妙……有横云断岭、横桥锁溪之妙……有将雪见霰、将雨闻雷之妙……有浪后波纹、雨后霡霂之妙……有寒冰破热、凉风扫尘之妙……有笙箫夹鼓、琴瑟间钟之妙……有隔年下种、先时伏着之妙……有添丝补锦、移针匀绣之妙……有近山浓抹、远树轻描之妙……有奇峰对插、锦屏对峙之妙……有首尾大照应、中间大关锁处。"②毛宗岗总结出《三国演义》有这么多叙事技巧，然后说："凡若此者，皆天造地设，以成全篇之结构者也。然犹不止此也，作者之意，自宦官妖术而外，尤重在严诛乱臣贼子以自附于《春秋》之义。故书中多录讨贼之忠，纪弑君之恶。而首篇之末则终之以张飞之勃然欲杀董卓，末篇之末则终之以孙皓之隐然欲杀贾充。由此观之，虽曰演义，直可继麟经而无愧耳。"③叙事技巧是为了更好地表达作者的"《春秋》之义"，小说虽是演义故事，作者却是通过故事的演义来抒发自己的"春秋大义"。

三、小说评点的伦理意图

从评点对小说内容和形式的伦理解读来看，评点是从小说文本出发，揭示文本中事件发展和人物活动的伦理内涵，这是评点文本中直接呈现的内容。从评点指向伦理的路径来看，通过哪些路径让小说评点和伦理教化联系起来，这种路径就包含在对小说内容和形式的伦理解读之中，它不是直接呈现出来的，而是通过对小说内容和形式的伦理解读而显示出来的，但问题的复杂性在于，如果没有评点指向伦理的路径，就不会有对小说内容和形式的伦理解读，这样看来，包含在

① 孙高亮纂述：《于少保萃忠传》，载《古本小说集成》编委会编：《古本小说集成》（第二辑），上海：上海古籍出版社 2017 年版，第 136 页。

② 陈曦钟、宋祥瑞、鲁玉川辑校：《三国演义会评本》，北京：北京大学出版社 1986 年版，第 8-17 页。

③ 陈曦钟、宋祥瑞、鲁玉川辑校：《三国演义会评本》，北京：北京大学出版社 1986 年版，第 18 页。

小说内容和形式的伦理解读之中的路径，引导了评点对小说内容和形式的伦理解读。换言之，路径需要通过解读才能显示出来，解读又离不开路径的引导，二者交织在一起。但在这二者的背后，还有一个问题需要追问，即评点者为什么让评点通过这样的路径来对小说文本进行伦理解读？这就涉及评点者从事评点的伦理意图。

评点者的伦理意图固然可以从上文所论述的沟通路径和文本解读中显示出来，但如上文所说，沟通路径和文本解读都是在伦理意图的作用下完成的，这样一来，伦理意图就不能只谈小说评点的文本表现，还要谈评点文本为何如此表现的原因。对评点者而言，其伦理意图的形成和表现，大致有三个方面：一是评点者借助评点来表达伦理意图并非空穴来风，而是由来有自；二是评点者借助小说评点来表达伦理意图有其现实需要；三是评点者如何通过评点来表达自己的伦理意图。

（一）评点者伦理意图的历史渊源

谈到小说评点的伦理意图，就需要从评点如何形成说起。有论者指出：叙事文学评点形态的形成与经学注疏体式、选学传统和文章学传统有关[①]。具体说来，经学注疏，既随文注疏，又注疏释义，从形式和内容两方面对小说评点都有影响。选学的背后有一个取舍标准的问题，这个标准折射出选学家的价值取向，与评点者的伦理意图有异曲同工之妙，同时，有些选本（如吕祖谦的《古文关键》）已经有总评、夹批、抹、点等诸多形式，称得上是"完整意义上的评点之作"[②]，这暗合小说评点的诸多要素。文章学的一大贡献是文法论，小说评点对文法的讲究与此不无关系。《古文关键》既是古文选本，也教人如何写古文，是文章学著作，卷首有《古文关键总论》，包括"看文字法""论作文法""论文字病"，"看文字法"中先是"总论"："学文须熟看韩柳欧苏，先见文字体式，然后遍考古人用意下句处……第一看大概主张；第二看文势规模；第三看纲目关键……第四看警策句法"，然后是具体的"看韩文法""看柳文法""看欧文法""看苏文法""看诸家文法"[③]，无论是"总论"与"分论"结合的"读法"，还是"看文字法"中提及的"大概主张""文势规模""纲目关键""警策句法"，对后来的小说评点影响都很大。

① 张曙光：《叙事文学评点理论的现代阐释》，济南：山东人民出版社2012年版，第8-19页。
② 张曙光：《叙事文学评点理论的现代阐释》，济南：山东人民出版社2012年版，第16页。
③ 吕祖谦：《古文关键》，载《影印文渊阁四库全书》（第1351册），台北：台湾商务印书馆1983年版，第718-719页。

经学注疏、选学和文章学各有侧重，经学注疏讲究"微言大义"，侧重经学内容的伦理意义；选学以选家的价值取向来作为取舍标准，对内容和形式两方面都有所关注（如《文选》的"事出于沈思，义归乎翰藻"①）；文章学讲究文法，侧重行文的形式技巧。小说评点兼采三者，既重视小说中的文法，也重视文法所蕴含的伦理内涵。李贽在《水浒传》第十三回回评云："《水浒传》文字，形容既妙，转换又神……定是化工文字，可先天地始，后天地终也。不妄，不妄！"②侧重对形式技巧的评点；第二十四回回评云："说淫妇便像个淫妇，说烈汉便像个烈汉……若令天地间无此等文字，天地亦寂寞了也。不知太史公堪作此衙官否？"③无意识间，已经兼评文字技巧和小说内容。最早标明"读法"的《阅东度记八法》（崇祯八年刊本）所说的"不厌伦理正道，便是忠孝传家。任其铺叙错综，只顾本来题目"④已明确指出小说评点需要兼顾"错综铺叙"的文法和"伦理正道"的宗旨。金圣叹明亡前在《水浒传序三》中一方面指出《水浒》"字有字法，句有句法，章有章法，部有部法"，并将其和《庄子》《史记》同视为"精严"之文⑤，另一方面指出："格物之法，以忠恕为门。何谓忠？天下因缘生法，故忠不必学而至于忠。天下自然无法不忠……吾既忠，则人亦忠，盗贼亦忠，犬鼠亦忠，盗贼犬鼠无不忠者，所谓恕也……忠恕，量万物之斗斛也；因缘生法，裁世界之刀尺也。"⑥从文法出发，金圣叹删节原本；从忠恕出发，金圣叹"举其神理，正如《论语》之一节两节，浏然以清，湛然以明，轩然以轻，濯然以新"⑦。这样看来，金圣叹删改评点《水浒》，其伦理目的很明确："虽在稗官，有当世之忧焉。"⑧由于李贽和金圣叹的巨大影响，这种对文法和伦理的共同关注，自然也影响到后来的历史小说评点。毛宗岗《读三国志法》关注形式技巧的伦理意义就很有代表性："《三国》一书，有首尾大照应、中间大关锁处。如首卷以十常侍为起，而末卷有刘禅之宠中贵以结之，又有孙皓之宠中贵以双结之，此一大照应也……照应既在首尾，而中间百余回之内若无有

---

① 萧统编：《文选》，上海：上海古籍出版社 1986 年版，第 3 页。

② 朱一玄、刘毓忱编：《水浒传资料汇编》，天津：南开大学出版社 2002 年版，第 174 页。

③ 朱一玄、刘毓忱编：《水浒传资料汇编》，天津：南开大学出版社 2002 年版，第 175 页。

④ 转引自谭帆：《中国小说评点研究》，上海：华东师范大学出版社 2001 年版，第 63 页。

⑤ 朱一玄、刘毓忱编：《水浒传资料汇编》，天津：南开大学出版社 2002 年版，第 214 页。

⑥ 朱一玄、刘毓忱编：《水浒传资料汇编》，天津：南开大学出版社 2002 年版，第 213-214 页。

⑦ 朱一玄、刘毓忱编：《水浒传资料汇编》，天津：南开大学出版社 2002 年版，第 215 页。

⑧ 朱一玄、刘毓忱编：《水浒传资料汇编》，天津：南开大学出版社 2002 年版，第 212 页。

与前后相关合者，则不成章法矣。于是有伏完之托黄门寄书，孙亮之察黄门盗蜜以关合前后……作者之意，自宦官妖术而外，尤重在严诛乱臣贼子以自附于《春秋》之义。"①

（二）评点者伦理意图的现实土壤

评点的形成与经学注疏、选学和文章学有渊源，小说评点在明代的盛行，除了这些渊源，还有其现实土壤，主要体现在两方面：一是文人评点者乐意为之，二是书商愿意刊刻。

就文人评点者的意图看，由于小说是小道，从事小说之人社会地位、文化水平一般都不高，这给小说的艺术水准和小说的流通都带来了负面影响，为了改变小说的这种情况，文人评点者应运而生。一般认为，宋代刘辰翁的《世说新语眉批》，开启了小说评点的先河。刘辰翁热衷于评点，"以全副精神，从事评点"②。当然，他的评点涉及很多方面，但对《世说新语》的评点，"开启了一代新风尚"③，成为后世小说评点的先声。到明清时期，小说评点蔚为大观，与评点者的喜好乃至自得其乐有关。评点者从事小说评点，一个直接的动机是认为小说评点可以宣扬自己的伦理意图。刘辰翁从事评点至少有两方面原因：一是身为南宋遗民，虽隐居不仕，但故国乱离之痛始终萦绕心头，在评点中"托文章以隐"、"纾思寄怀"以及"留眼目开后来"④就成为一个不错的选择。二是受陆象山心学影响，倡导"赤子之心"⑤，欣赏《世说新语》对人物真性情的描绘，这应该是刘辰翁青睐《世说新语》的重要原因。《世说新语眉批》由此呈现出两方面的特点：一是对人物的真性情表示赞赏，二是流露出某种程度的家国情怀。前者如《贤媛》第 26 则：谢道韫对自己的丈夫王凝之不满，叔父谢安劝慰谢道韫，认为王谢两家门当户对，王凝之"人身亦不恶，汝何以恨乃尔"，谢道韫的回答非常直率："一门叔父，则有阿大、中郎；群从兄弟，则有封、胡、遏、末。不意天壤之中，乃有王郎！"对这些不合妇道的言语，在刘辰翁批曰：

---

① 陈曦钟、宋祥瑞、鲁玉川辑校：《三国演义会评本》，北京：北京大学出版社 1986 年版，第 17-18 页。

② 罗根泽：《中国文学批评史》（三），上海：上海古籍出版社 1984 年版，第 263 页。

③ 王运熙、顾易生主编：《中国文学批评通史》（宋金元卷），上海：上海古籍出版社 1996 年版，第 746 页。

④ 张璇：《刘辰翁〈世说新语〉评点研究》，南开大学博士学位论文，2011 年，第 24-25 页。

⑤ 张曙光：《叙事文学评点理论的现代阐释》，济南：山东人民出版社 2012 年版，第 24 页。

"怨恨至此，我辈所不能道，未可尽非。"①表达出对谢道韫出自真性情而抱怨的理解和赞赏。后者如《方正》第 37 则：孔坦辅助王导等人平定苏峻叛乱后，被任命为丹阳廷尉，孔坦不满，大发牢骚后"拂衣而去"，对此，刘辰翁批曰："小人语，岂识国家大体，见辱方正！"②虽然孔坦所言也出自真性情，但在"国家大体"面前，个人荣辱实不足道。有论者指出，刘辰翁此处"虽曰评古，实则讽世，因为孔坦并非'小人'"③，刘辰翁在其他地方对其颇有赞叹。

刘辰翁的家国情怀以及对真性情的推崇，在明代文人评点者身上多有体现。李贽等人深受阳明心学影响，与刘辰翁受陆象山心学类似，陆王心学对程朱理学的冲击在刘辰翁和李贽那里都有体现。李贽以"绝假纯真"的"童心"为标准来对小说进行评点，提倡以"最初一念之本心"来反对假道学，较之刘辰翁的"赤子之心"，更加注重人物自然性情的流露。刘辰翁的"赤子之心"是为了明自然之道，李贽则以"童心"作为衡量文学成就的唯一标准，将《水浒传》《西厢记》推为"天下之至文"，高出《六经》《论语》《孟子》④，可谓石破天惊。同时，阳明心学的兴起有一个背景，是社会上假道学流行，口头上讲程朱理学的人，却做了不少违背儒家纲常的事情，阳明心学说到底还是为了让传统的儒家观念能通过人们的日常生活而深入人心，李贽虽然比较极端，为反对假道学而提倡"童心"，但同时他将"童心"和"发愤著书"联系起来。其《杂说》云："且夫世之真能文者，比其初皆非有意于为文也。其胸中有如许无状可怪之事，其喉间有如许欲吐而不敢吐之物，其口头又时时有许多欲语而莫可所以告语之处，蓄极积久，势不能遏。一旦见景生情，触目兴叹；夺他人之酒杯，浇自己之垒块；诉心中之不平，感数奇于千载。"⑤其《忠义水浒传叙》云："古之圣贤，不愤则不作矣……《水浒传》者，发愤之所作也……则前日啸聚水浒之强人也。欲不谓之忠义不可也。"⑥所云"蓄极积久，势不能遏"和《水浒传》乃"发愤之所

---

① 转引自张璇：《刘辰翁〈世说新语〉评点研究》，南开大学博士学位论文，2011 年，第 52-53 页。

② 转引自周兴陆：《元刻本〈世说新语〉补刻刘辰翁评点真伪考》，《文艺研究》2011 年第 11 期，第 54-62 页。

③ 周兴陆：《元刻本〈世说新语〉补刻刘辰翁评点真伪考》，《文艺研究》2011 年第 11 期，第 54-62 页。

④ 李贽：《焚书》卷三，载张建业主编：《李贽全集注》（第一册），北京：社会科学文献出版社 2010 年版，第 276-277 页。

⑤ 李贽：《焚书》卷三，载张建业主编：《李贽全集注》（第一册），北京：社会科学文献出版社 2010 年版，第 272 页。

⑥ 丁锡根编：《中国历代小说序跋集》（下），北京：人民文学出版社 1996 年版，第 1466 页。

作"，意味着像《水浒传》这类小说是发愤著书的产物，而"发愤著书"又回到了孔子"不愤不启，不悱不发"、屈原"发愤以抒情"、司马迁"意有所郁结……故述往事，思来者"这样一个悠久的儒家传统。"发愤"而成的小说，不可"不谓之忠义"。如此，最初一念之本心的"童心"，虽从反对儒家的假道学出发，最终又和儒家"忠义"的伦理德目很自然地联系在一起。袁宏道、冯梦龙等人与李贽类似，袁宏道在《东西汉通俗演义序》中直呼"卓吾老子吾师乎"①；冯梦龙倡导小说"主情"，同时宣称"以《明言》、《通言》、《恒言》为六经国史之辅"②，其《新列国志·引首》通过对历史的简单梳理，也得出"得贤者胜，失贤者败，自强者兴，自怠者亡"③这样一个符合儒家正统观念的"胜败兴亡"的结论。

虽然具体情形和刘辰翁不同，但明代的评点者都有和刘辰翁类似的想法，既然评点可以从一己之性情出发，又能"夺他人之酒杯，浇自己之垒块"，何乐而不为？刘辰翁借助评点在发表自己艺术见解的同时，抒发自己的时代哀痛和民族气节，以遗教后世。刘辰翁的这一伦理意图，在明代的小说评点中有了进一步发展。大致可分为三个层面：其一，小说不是"异端"，而是于小道中有大义。道学家将小说视为"异端"，是因为小说的虚构有乖于史家的"实录"。为驳斥道学家的"异端"偏见，评点者往往在有意无意间说明小说虚构的合理性。宋末元初罗烨《醉翁谈录·舌耕叙引》已将实录和虚构结合起来，既指出小说"得其兴废，谨按史书"，又指出小说"试将便眼之流传，略为从头而敷演"，并特意表明"如有小说者，但随意据事演说云云"④，既让小说立足于实录，又为小说的虚构张目。到明人那里，对小说虚构有更明显的自觉意识。谢肇淛《五杂俎》则将虚构看作是小说之必需："凡为小说及杂剧戏文，须是虚实相半，方为游戏三昧之笔。亦要情景造极而止，不必问其有无也。"⑤小说既然可以虚构，违背史

---

① 丁锡根编：《中国历代小说序跋集》（中），北京：人民文学出版社1996年版，第882页。

② 可一居士：《醒世恒言叙》，载丁锡根编：《中国历代小说序跋集》（中），北京：人民文学出版社1996年版，第780页。

③ 墨憨斋新编：《新列国志》，载《古本小说集成》编委会编：《古本小说集成》（第二辑），上海：上海古籍出版社2017年版，第4页。

④ 黄霖、韩同文选注：《中国历代小说论著选（修订本）》（上），南昌：江西人民出版社2000年版，第92页。

⑤ 黄霖、韩同文选注：《中国历代小说论著选（修订本）》（上），南昌：江西人民出版社2000年版，第167-168页。

家的"实录"原则就是必然的，谈不上"异端"。小说既非"异端"，它的虚构就不妨碍它的伦理旨归。玉茗主人《北宋志传序》指出：虽然"杨氏之事，史鉴俱不载"，但不妨碍其与"政纪"有关："作传者特于此畅言之，则知书有言也，言有志也，志有所寄，言有所托。故天柱地维，托寄君臣，断鳌炼石，托寄四五，不端其本而僇谪其实。"①其二，小说代我立言。既然评点可以从一己性情出发来解读小说，那么小说也可以契合我之性情，代我立言。而且，"代我立言"与春秋时的"赋诗言志"有类似之处。"赋诗言志"乃儒家传统所推崇，《汉书·艺文志》将其解释为"古者诸侯卿大夫交接邻国……必称诗以谕其志，盖以别贤不肖而观盛衰焉"②。在与邻国结交时，诸侯卿大夫往往通过引《诗经》来相互交流，通过引诗，可以看出引诗之人的贤或不肖，可以看出该国风俗之盛衰。"赋诗言志"暗合后世所说的"六经注我"。既然可以"六经注我"，小说自然也可以"代我立言"。刘辰翁眉批《世说新语》，希望通过小说评点，借他人酒杯浇自己胸中块垒，以"神益于未来"③。由于小说不像经书、诗文那样有崇高的地位，加上阳明心学的影响，小说评点者更容易用自己的性情来理解小说，评点中用情绪性语言来解读小说，甚至和小说形成对话。《三国演义》第八十二回，"李贽总评"云："或曰：关兴、张苞如此英勇，皆云长、翼德虚空扶助，故有此耳。未知和尚谑之曰：'缘何尊公不扶助公？'一座大笑。未知和尚又曰：'想是尊公扶助公，所以公有此语。'一座又大笑。"④完全从评点者自己的性情出发，借助小说内容对现实情形加以讽刺。这种从一己性情出发来评点小说，反映出文人评点带有一定的自娱性特点，这也是文人乐意从事评点的一个原因。其三，评点可沟通作者和读者，让一般读者领会作者的伦理意图。李贽《忠义水浒全书发凡》云："书尚评点，以能通作者之意，开览者之心也。"⑤指明评点可成为作者和读者沟通的桥梁。林梓在《于少保萃忠传》序言中指出：小说作者孙高亮"哀采演辑，凡七历寒暑，为《旌功萃忠传》，夫萃者，聚也，聚公之精神德业……其为演义，盖雅俗兼焉，庶田夫墅叟，粉黛笄袆，

---

① 丁锡根编：《中国历代小说序跋集》（中），北京：人民文学出版社 1996 年版，第 974-975 页。

② 班固：《汉书》卷三十，颜师古注，北京：中华书局 1964 年版，第 1755-1756 页。

③ 张璇：《刘辰翁〈世说新语〉评点研究》，南开大学博士学位论文，2011 年，第 25 页。

④ 陈曦钟、宋祥瑞、鲁玉川辑校：《三国演义会评本》，北京：北京大学出版社 1986 年版，第 1002 页。

⑤ 黄霖、韩同文选注：《中国历代小说论著选（修订本）》（上），南昌：江西人民出版社 2000 年版，第 214 页。

三尺童竖，一览了了，悲泣感动，行且遍四方矣……予嘉而叙诸首简，为翼忠致孝者劝。"①评点者指出作者为于公作传是为了"聚公之精神德业"，让其流传，自己作"叙"，既嘉奖作者，更劝勉"翼忠致孝者"，希望读者能受于公精神滋养，这也正是小说作者的希望。与林梓类似，评点者沈国元在评点中，有时也以普通读者的身份来谈感想。第十八回，王竑等人"因忠义激发"，怒打奸党马顺，此处眉批"快哉快哉"②，这种随文而发的感想，可以说是代一般读者发声。由于晚明心学在社会上有很大影响，评点者可以借助评点来抒发乃至发泄自己的情感，所以乐于从事评点。

就书商而言，他们刊刻小说的直接动机是赚钱。随着商品经济和市民阶层的出现，小说不再仅仅供文人士大夫来休闲，也给市民阶层带来精神愉悦，为了让文化水平不高的市民能理解小说，评点就在所难免。这样看来，评点可以看作是一个推销手段。第一节中所说的"商人伦理"和"商业伦理"，为评点的流行提供了强劲的内在动力。心学兴起和小说兴盛，对书商刊刻内容的选择有直接影响。商人逐利的本性决定了刊刻内容要适应市场需求。以著名的建阳书坊为例。建阳书坊明初为官府的科举考试刊刻了许多经史类典籍和理学著作，到明中叶以后，情况发生了变化。虽然建阳有深厚的理学渊薮，但心学的兴起"客观上影响了建阳书坊刻书的稿源和销售"，据《建阳县志续集·典籍》记载："近时学者自一经为书，外皆庋阁不用。故板刻日就脱落。况书坊之人苟图财利，而官府之征索偿不酬劳，往往阴毁之以便己私。"③如此一来，能够盈利的通俗小说很快成为书坊刻书的主要品种。在这种情况下，书商之间的相互竞争，畅销的通俗小说出现不同的刻本，每种刻本要想占有市场份额，就得有自己的特色，评点、插图和删改最能表现特色。

就评点而言，书坊主往往将其作为自己刻本的卖点，所以或请文人评点，或假托文人评点，以抬高自己刻本的身价。不妨以《三国演义》为例来看书商的刊刻动机，大致有以下几个方面：其一，以评点为卖点来追求经济利益。《三国志演义》在明代刊刻有二三十个版本，万历年间就有十几种，周曰校江南本和余象

---

① 孙高亮纂述：《于少保萃忠传》，载《古本小说集成》编委会编：《古本小说集成》（第二辑），上海：上海古籍出版社 2017 年版，第 2-7 页。

② 孙高亮纂述：《于少保萃忠传》，载《古本小说集成》编委会编：《古本小说集成》（第二辑），上海：上海古籍出版社 2017 年版，第 237 页。

③ 转引自涂秀虹：《明代建阳书坊之小说刊刻》，北京：人民出版社 2017 年版，第 52 页。

斗刻本可为代表。万历十九年（1591 年）金陵周曰校刊本《新刻校正古本大字音释三国志通俗演义》，封面上方有周曰校识语，"是书也刻已数种，悉皆讹舛。辄购求古本，敦请名士，按鉴参考，再三雠校，俾句读有圈点，难字有音注，地里有释义，典故有考证"①，非常清楚地说明了该刊本评点的具体情况。万历二十年（1592 年）双峰堂刊本《音释补遗按鉴演义全像批评三国志传》二十卷，在书名中标注"音释补遗"，"是最早正式标榜'批评'的《三国志演义》版本"②，卷首《题全像评林三国志叙》上方板框内有《三国辩》，云："坊间所梓三国何止数十家矣……本堂以诸名公批评圈点校正无差，人物字画各无省陋，以便海内士子览之，下顾者可认双峰堂为记。"③这显然是在推销自己的版本。版面上方为"新增评断"，中间是图像，下方是正文，和以前的刊刻本相比，"新增评断"显然是自己的一个卖点④。上评、中图、下文的版式设计奠定了余象斗后来刊刻的"评林"本的基础。其二，以评点来抬高自己刻本的文学品质。评点的本意是为了帮读者理解小说，但有时也被书商当作噱头来提高自己刻本的文学品质。万历三十三年（1605 年）郑少垣刊本《新锲京本校正通俗演义按鉴全像三国志传》，书名标以"京本校正"字样，当是在周曰校本等江南本的基础上加以"校正"，周曰校本影响已然很大，"京本校正"当比"京本"要更好。但事实上，该本刻工较粗陋，偶有夹注，如卷十一"轩辕之乐，八佾之舞"后夹注："轩辕者，堂下之乐也……"⑤在诸多《三国演义》版本中，无论是刻工、排版，还是文学品质，都很平平，尤其是其评点，寥寥无几，实在看不出其品质好在哪里，却以"京本校正""全像"等字样来标榜自己刻本的文学品质。与郑少垣本相反，余象斗"评林本"在刻工上也比较粗陋，但在文学品质上可谓精益求精。此前的《音释补遗按鉴演义全像批评三国志传》已有上评、中图、下文的版式设计，《新刊京本校正演义全像三国志传评林》（即"评林本"）在继承这一版式的基础上，特意注重"评林"特色，上方评点栏有"音释、释义、考证、补遗和评点"等多种形式，"正文中也偶有双行小字注"，

① 孙楷第：《中国通俗小说书目》，北京：人民文学出版社 1982 年版，第 36 页。

② 转引自涂秀虹：《明代建阳书坊之小说刊刻》，北京：人民出版社 2017 年版，第 214-215 页。

③ 石昌渝主编：《中国古代小说总目·白话卷》，太原：山西教育出版社 2004 年版，第 299 页。

④ 涂秀虹：《明代建阳书坊之小说刊刻》，北京：人民出版社 2017 年版，第 73 页。

⑤ 刘世德、陈庆浩、石昌渝主编：《古本小说丛刊》（第二十二辑），北京：中华书局 1991 年版，第 737 页。

"评林本"在评点方面所花的功夫，的确提高了刊刻小说的文学品质①。其三，借助评点中的伦理内容来彰显自己刻本的特色。郑少垣刊本封面版心题"刻三国志赤帝余编"，卷首有顾充的《新刻三国志赤帝子余编序》，"序"云："此赤帝子余编也，不应称《三国》，自陈寿志三国，全以天子之制予魏，而以列国待汉，故《通鉴》目之以魏纪年，《纲目》始以昭烈承献帝。大书章武之元绍昭烈于高光，则魏其紫色蛙声。余分闰位者，宁顾一时无实录，万世无信史？不得旧史，奚以作《春秋》？微是志，《纲目》亦病……志仍其旧，特标其额曰'志帝余编'，倘亦存正统意乎？"②将蜀汉故事看作为"赤帝余编"，给蜀汉以正统地位，和此前刻本相比，可谓一大特色。余象斗"评林本"则在眉批中显示出对伦理的关注。卷一刘关张桃园结义后，张世平、苏双送马匹金银等给刘备"以资器用"，此页眉批云："评张苏助汉：此见张苏乃有安民扶汉之心，遂送马赠金，非有激于中（忠）义而能乎？"③此处内容，实平淡无奇，且刘备刚出场，事业毫无基础，评点者即称张苏义举为"扶汉"，伦理倾向非常明显。稍后，"刘玄德斩寇立功"页，眉批云："评玄德初功：斩寇之功，英雄自此而名具矣。"④所谓斩寇，实乃张飞、关羽所为，但为了突出刘备，正文中将"刘玄德斩寇立功"单列一行作为则目，眉批中又借机将刘备评点为"英雄"，伦理意图昭然若揭。这两页眉批相邻，且是该刻本最初出现的评论（前面的几页眉批只是简单的"释义"，而不是"评"），这无形中传递出一个信息：该刻本的评点关注小说的伦理倾向。

总体上看，就书商而言，社会氛围所营造出来的商业伦理和商人伦理，心学思潮带来的通俗小说的繁荣，商人逐利而展开的竞争，对文学品质的追求以及借助评点来传递自己的伦理意图，都为评点的兴起提供了现实土壤，使书商中意于评点。

（三）评点者伦理意图的文本表现

评点者在评点中表现自己的伦理意图有其历史渊源和现实土壤，但最终还需

---

① 涂秀虹：《明代建阳书坊之小说刊刻》，北京：人民出版社2017年版，第215-218页。

② 《三国志传》，载刘世德、陈庆浩、石昌渝主编：《古本小说丛刊》（第二十二辑），北京：中华书局1991年版，第3-6页。

③ 《三国志传评林》，载刘世德、陈庆浩、石昌渝主编：《古本小说丛刊》（第二十三辑），北京：中华书局1991年版，第28页。

④ 《三国志传评林》，载刘世德、陈庆浩、石昌渝主编：《古本小说丛刊》（第二十三辑），北京：中华书局1991年版，第29页。

要通过评点将自己的伦理意图表现出来。需要说明的有三点：其一，明代历史小说的评点者和编写者有时是同一个人，却托名别人来评点，如《音释补遗按鉴演义全像批评三国志传》卷首称"书坊仰止余象乌批评"，余象乌并撰《题全像评林三国志叙》，卷七、卷八又称"书坊仰止余世腾批评"，但"书中所题余象乌和余世腾其实都是余象斗的化名"①。针对这种情况，此处只看其是否有评点的文本表现，如果文本中没有评点，刊刻者即使改动原文，也只能视为叙事主体的意图，而不能视为评点者的意图；如果文本中有评点，即使是针对刊刻者故意改动后的文字加以评点，评点中显示出来的意图也视为评点者的意图。换言之，只要有评点，不管该评点是作者所为还是作者之外的人所为，都一律视为评点。其二，上文在论述评点者伦理意图的历史渊源和现实土壤时，涉及不少评点内容，这些评点内容当然也是评点的文本表现，但侧重点不同：论述历史渊源和现实土壤时涉及的评点，是着眼于评点所受到的影响或评点的现实功用而言的，在何种情形下，出现了这样的评点，这样的评点，有什么现实的利益诉求，评点反映出某种具体的外在情形；此处所说的评点者伦理意图的文本表现，是就评点本身而言的，从评点文字来看评点者伦理意图是如何表现出来的，而不管这些评点文字是如何产生的以及它有什么现实的功利考虑。其三，上文分析评点对"小说文本的伦理解读"时，已经是从评点文字来看评点者的伦理意图，但讨论的是评点者有哪些具体的伦理观点，此处则讨论这些伦理观点是如何通过评点而表现出来的。当然，讨论伦理观点如何表现，也离不开对评点的具体解读，由于上文对"小说文本的伦理解读"已有详细的分析，为避免重复，此处讨论评点者伦理意图的文本表现只能简要论述。

评点者伦理意图的文本表现大致有以下几个方面。

其一，通过解读小说主旨来表现评点者的伦理意图。《武穆精忠传》（天德堂藏版《精忠全传》）前有李春芳的《岳鄂武穆王精忠传叙》，"叙"云："天地之间，正与邪不两立，故人心之公，好与恶不容已。今之言桧者，辄加唾骂若污口然。至于王则景仰不替……历古至今一也。王之庙与墓俱焉，在杭之西湖栖霞岭之下，岁久屡修复敝。"②从后人对岳飞、秦桧的态度出发，指出小说主旨

---

① 石昌渝主编：《中国古代小说总目·白话卷》，太原：山西教育出版社2004年版，第299页。

②《武穆精忠传》，载《古本小说集成》编委会编：《古本小说集成》（第三辑），上海：上海古籍出版社2017年版，第10-11页。

在于"正与邪不两立"，通过这样的主旨，评点者表现出对岳飞"精忠"的赞扬和对秦桧奸邪的贬斥。

其二，通过对具体人物事件的解读显示出评点者的伦理意图。就人物评点看，《三国志传评林》评曹操可为一例。卷一"曹操起兵杀董卓"，眉批云："评操结卫弘：曹操往寻陈留，义结卫弘，国助家资，矫诏召兵以诛卓贼，乃忠义之举也。"①卷五"关云长千里独行"，眉批云："评操送金袍：既不追其去，又赠金袍，即此可见操有宽人大乃之心，可作中原之王。"②认为曹操乃忠义之人。与此后众多评本"拥刘反曹"的倾向性相比，此处的观点是就事论事，可谓客观，也分外醒目，显示出评点者对曹操这一人物复杂的伦理态度。就事件评点看，《列国志传评林》提供了一个较好的例证。该书卷二"周郑大战于繻葛"一节，郑伯拒绝周王征田的命令，周王出兵征讨时也以兵对峙。此处眉批云："宋岳飞灭金一点忠，不违旨而功废。郑伯若如岳飞之忠，见兵至束手，其身亦丧……岳飞当日若观此节，违旨杀入沙寞（漠），救出二主……岂有丧身者乎？其不明矣，令人恸乎！惜哉！死忠也。"③从郑伯抗命引出岳飞奉旨，陈述了一个事实：郑伯抗周王虽不忠，但能保命；岳飞虽忠却丧身。折射出评点者对"忠"的态度：忠固然需要，但不能"死忠"。

其三，通过小说文本的伦理重建来表现评点者的伦理意图。小说评点中伦理重建最有代表性的当数金圣叹评《水浒传》："削忠义而仍水浒。"④《水浒传序二》云："施耐庵传宋江，而题其书曰《水浒》，恶之至、迸之至，不与同中国也。而后世不知何等好乱之徒，乃谬加以忠义之目。"⑤于是腰斩七十一回之后的内容，将宋江等人受招安以显忠义的情节全部删除，并修改文字，以显示宋江非"忠义"之人，且对修改后的文字加以评点，以此进行伦理重建。在金圣叹看来，"忠者，事上之盛节也；义者，使下之大经也"⑥，宋江等人上梁山反抗

①《三国志传评林》，载刘世德、陈庆浩、石昌渝主编：《古本小说丛刊》（第二十三辑），北京：中华书局 1991 年版，第 79 页。

②《三国志传评林》，载刘世德、陈庆浩、石昌渝主编：《古本小说丛刊》（第二十三辑），北京：中华书局 1991 年版，第 377 页。

③ 余邵鱼编：《列国志传评林》，载刘世德、陈庆浩、石昌渝主编：《古本小说丛刊》（第六辑），北京：中华书局 1990 年版，第 292-295 页。

④ 朱一玄、刘毓忱编：《水浒传资料汇编》，天津：南开大学出版社 2002 年版，第 212 页。

⑤ 朱一玄、刘毓忱编：《水浒传资料汇编》，天津：南开大学出版社 2002 年版，第 211 页。

⑥ 朱一玄、刘毓忱编：《水浒传资料汇编》，天津：南开大学出版社 2002 年版，第 211 页。

朝廷，是败坏纲纪，无忠义可言。百回本《水浒传》的"忠义"主旨在金圣叹这里由此重建为"治乱"①。像金圣叹这样大幅删改原作并改变小说主旨，然后再评点的情形在明代历史小说中没有出现过，但局部改动文字，然后加以评点的情况却屡见不鲜。换言之，明代历史小说中，局部伦理重建的情况很常见。通过局部伦理重建，评点者的意图得以体现。具体表现有二：①某一处的伦理重建，体现出评点者针对某一具体人事的伦理姿态。上文所言《列国志传评林》卷二"周郑大战于繻葛"一节，评点者以岳飞"死忠"以显示郑伯抗周可取。冯梦龙改写的《新列国志》第九回，叙同一件事，较之《列国志传评林》，文字颇有改动。以其中的祝聃射周王为例。《列国志传评林》云："郑将祝聃拈弓搭箭，望王左肩射中一矢，王倒坠马下，聃将近前斩之。郑伯大叫曰：'君子不欲多上（伤）人，况敢凌天子乎！且勿动手。'遂令鸣金收军。周兵始救得天子回寨。是夜，郑伯遣大夫祭仲于周寨中，问王安否……潜渊居士读史，诗云：'君臣大义死无仇，郑伯如何敢拒周。败后徒兴安否问，春秋首恶抗王侯。'"②《新列国志》云："祝聃望见绣盖之下，料是周王。尽着眼力觑真，一箭射去，正中周王左肩。幸裹甲坚厚，伤不甚重。祝聃催车前进，正在危急，却得虢公林父前来救驾，与祝聃交锋。"③此后庄公觉得"兵威已立"，于是遣祭仲往周王营内问安。"史官有诗叹曰：谩夸神箭集王肩，不想君臣等地天。对垒公然全不让，却将虚礼媚王前。"④两处文字有异，但都讲究君臣之礼，评点则表现出巨大的伦理差异。《列国志传评林》眉批云："郑伯……止将不得害于王，致自不受渠害，岂不忠乎？……潜渊二诗云云，不合郑伯引兵出敌，为之抗拒，其不知郑伯无罪有功。诗该断周之过，不该断郑伯之罪也。"⑤对小说叙述者透露出来的君臣之礼不以为然。《新列国志》眉批云："郑庄奸雄悖逆，多祭仲替成之。"⑥

① [美]浦安迪：《明代小说四大奇书》，沈亨寿译，北京：生活·读书·新知三联书店 2015 年版，第 333 页。

② 余邵鱼编：《列国志传评林》，载刘世德、陈庆浩、石昌渝主编：《古本小说丛刊》（第六辑），北京：中华书局 1990 年版，第 293-294 页。

③ 墨憨斋新编：《新列国志》，载《古本小说集成》编委会编：《古本小说集成》（第二辑），上海：上海古籍出版社 2017 年版，第 179 页。

④ 墨憨斋新编：《新列国志》，载《古本小说集成》编委会编：《古本小说集成》（第二辑），上海：上海古籍出版社 2017 年版，第 181 页。

⑤ 余邵鱼编：《列国志传评林》，载刘世德、陈庆浩、石昌渝主编：《古本小说丛刊》（第六辑），北京：中华书局 1990 年版，第 293-297 页。

⑥ 墨憨斋新编：《新列国志》，载《古本小说集成》编委会编：《古本小说集成》（第二辑），上海：上海古籍出版社 2017 年版，第 180 页。

显然以君臣之礼来衡量郑庄公抗周，郑伯抗周王，是为不当。对照小说叙述和评点，不难发现，《列国志传评林》评点者有重建伦理之企图；对照不同的评点，《新列国志》评点者则想推翻《列国志传评林》评点者之伦理企图，实际上也是在重建伦理。②在一部小说的多处评点中表现出与以前不一样的伦理立场，虽然不能从总体上对小说进行伦理重建，但可以对具体的人事进行伦理重建。《三国志通俗演义》嘉靖本卷首有庸愚子《三国志通俗演义序》和修髯子《三国志通俗演义引》"序"云："《三国志通俗演义》……以便观览，则三国之盛衰治乱，人物之出处臧否……豁然于心胸矣。"①"引"云："《三国志通俗演义》者……知正统必当扶，窃位必当诛，忠孝节义必当师，奸贪谀佞必当去。"②两位评点者都认为《三国演义》有教化之用。万历吴冠明刊本有 "李贽总评"，通过对其不同回目"总评"的解读，可以发现另一种伦理姿态。《三国演义》第八十回 "李贽总评"云："曹家戏文方完，刘家戏子又上场矣，真可发一大笑也。虽然，自开辟以来，那一处不是戏场？那一人不是戏子？那一事不是戏文？併我今日批评《三国志》亦是戏文内一出也。呵呵。"③第一百二十回 "李贽总评"云："到今日不独三国乌有，魏、晋亦安在哉？种种机谋，种种算计，不足供老僧一粲也。哀哉，哀哉！"④三国人事的纷纷扰扰，在评点者看来，只不过是一场惹人发笑的大戏，最终都会散场，如此而已。《三国演义》所写的正统窃位之分，也只不过是供人一笑而已。这意味着，在评点者看来，根本就不需要什么正统窃位这样看似正经的说教，小说主要是供人娱乐而已。

　　需要说明的是，上文在谈到小说文本的伦理解读时，提及评点者可以对小说的用意发表自己的见解，评点者的见解当然和评点者的伦理意图有关，但二者仍有区别：评点者对小说发表自己的见解，是从小说的具体内容出发的，评点者的伦理意图，是从评点者从事评点的动机出发的。二者的具体解读虽然都离不开评点的具体内容，但二者的归属显然有异：一归属于文本的伦理解读，一归属于文本伦理解读背后的动机。

　　① 罗贯中编次：《三国志通俗演义》（嘉靖本），载《古本小说集成》编委会编：《古本小说集成》（第三辑），上海：上海古籍出版社 2017 年版，第 5-6 页。

　　② 罗贯中编次：《三国志通俗演义》（嘉靖本），载《古本小说集成》编委会编：《古本小说集成》（第三辑），上海：上海古籍出版社 2017 年版，第 1-2 页。

　　③ 陈曦钟、宋祥瑞、鲁玉川辑校：《三国演义会评本》，北京：北京大学出版社 1986 年版，第 981 页。

　　④ 陈曦钟、宋祥瑞、鲁玉川辑校：《三国演义会评本》，北京：北京大学出版社 1986 年版，第 1457 页。

第三节　版本演化与接受伦理

就明代历史小说的接受伦理而言，评点应该是最集中的体现。评点总是要发表某种见解，表现出对小说的某种理解或评点者的某种倾向，无论是评点者对小说文本的伦理解读，还是评点者的伦理意图，最终都体现为对小说的某种阐释，这意味着评点是一种阐释伦理。但阐释只是接受的一种方式，阐释伦理也只是接受伦理的一部分。明代历史小说的接受伦理，除了评点所带来的阐释伦理外，还有版本演化这种特别情形。评点固然是版本差异的一个重要表现，但某一版本中也可以没有评点，没有评点的版本和其他版本之间的差异，也可以体现出接受者伦理倾向的差异。此处需要说明者有四：其一，从接受角度来看，小说评点、小说改编或编创都是接受的表现形式，撇开评点不谈，某些编创者或改编者在原有小说的基础上进行创作，其实是兼接受者与作者于一身，既是接受主体，又是叙事主体。其二，如果是单就某一部已经成型的历史小说而言，对其主体的伦理解读，主要涉及的是叙事主体；如果就某部小说编写过程或多个小说版本的对比而言，内容形式如何定型或版本之间的差异如何，主要涉及的则是接受主体问题。与叙事主体相关的是意图伦理问题，与接受主体相关的是接受伦理问题。其三，此处所说的版本演化，是从宽泛的意义上说的，既包括某一部小说的版本演化，也包括同一故事的不同书写，即同一故事的不同版本，或曰故事演化。其四，由于涉及小说接受，就有一个接受时间问题，明代历史小说的接受，有些代表性现象出现在明代以后，从版本演化的角度看，明代以后出现的版本不能算是明代的小说，但从小说接受的角度看，又可以算是明代小说的接受，所以下文的论述在以明代接受为主的同时，有时候会涉及明代以后的接受情况。从小说接受的具体情形出发[①]，明代历史小说的接受伦理大致可以从两个方面展开：其一，同一小说的不同版本所显示出来的接受伦理；其二，同一故事的不同书写所显示出来的接受伦理。前者不妨称为小说版本演化中的接受伦理，后者不妨称为故事版本演化中的接受伦理。

[①]　就接受情形而言，评点只是其中的一种接受方式，它融于这些情形之中，这些情形中可以有评点，也可以没有评点。下文如果涉及评点，只是将评点作为某种接受情形的具体例证。

一、小说版本演化与接受伦理

明人版权意识淡薄，加上经济利益的驱动，"往往刻一书而改头换面"[①]，导致同一部小说出现诸多版本的情形，这是明代历史小说接受过程中的一大特点。和最初的版本相比，这些后来的版本或多或少都有一些变化，这些变化可以看出小说在接受过程中，接受者伦理倾向的变化。具体说来，这些变化可以从内容和形式两方面着手。

（一）小说内容演化与接受伦理

就小说内容而言，明代历史小说一开始写的是过去朝代的历史人物和历史故事，尤其是乱世时期的人事。这些人物和故事在历史小说中定型，一般有两种情形：一是小说作者参照史书直接编写而成，二是小说作者综合已有史书、平话和民间传说等改写而成。就前者而言，史书内容只能算是素材，编创小说也只是创作而已，谈不上接受问题，就后者而言，由于史书、平话、民间传说等已经就某个历史故事提供了不同的版本，综合这些版本重新加以编创，就需要对这些不同的故事版本加以考量，就有一个接受问题。换言之，累积型成书的小说，所成之书也是在累积基础上接受的结果。《三国演义》就是典型的例子，罗贯中编创《三国志演义》，与此前的瓦舍"说三分"、虞氏"至治新刊"《三国志平话》不无关系。《东坡志林》引王彭语："涂巷中小儿薄劣，其家所厌苦，辄与钱，令聚坐听说古话。至说三国事，闻刘玄德败，颦蹙有出涕者；闻曹操败，即喜唱快。以是知君子小人之泽，百世不斩。"[②]说明民间早就有尊刘贬曹、以刘蜀为正统的观念，并赋予其浓厚的伦理色彩。《三国志平话》继承了这一民间观念，开头"江东吴王蜀地川，曹操英勇占中原。不是三人分天下，来报高祖斩首冤"[③]，给《三国志平话》蒙上强烈的因果报应色彩，结尾的刘渊灭晋兴汉，更是违背史实的随意捏造。对照《三国志平话》，《三国志演义》以史说教的成分更浓厚一些。就继承《三国志平话》偏重刘蜀的路数而言，《三国志演

---

① 转引自程国赋：《明代书坊与小说研究》，北京：中华书局 2008 年版，第 117 页。

② 苏轼：《东坡志林》卷一，北京：中华书局 1981 年版，第 7 页。

③《三分事略　三国志平话》，载《古本小说集成》编委会编：《古本小说集成》（第一辑），上海：上海古籍出版社 2016 年版，第 2 页。

义》可以说延续了"宋元人之偏爱心理"①；就摒弃《三国志平话》中明显的怪诞和捏造而言，《三国志演义》可以说不仅将《资治通鉴纲目》以蜀汉为正统的精神形象地表现出来，而且通过艺术化手法反映了当时的社会伦理：在饱受元末战乱之苦的情形下，汉人对仁君良将的渴望和汉族统治的期盼，可谓时代心声；在明初政治高压、讲究程朱理学的情形下，突出刘备"爱民"、诸葛亮"忠君"，也可谓时代的伦理诉求。

像《三国志演义》这样累积成书的小说，只是明代历史小说成书的一种情形；自熊大木抄改史书编创小说以来，有些历史小说则是编创者依据相关材料直接编创而成，这是明代历史小说成书的另一种情形。无论是哪种情形成书，从小说内容演化来看接受伦理，主要是看某部历史小说在流传过程中的接受情况及其伦理境遇，大致可以从时间和地域两方面展开。

第一个方面，就时间来看，可以说任何历史小说的接受都存在一个时间问题，时间的变化体现在历史小说的接受上，表现为不同版本的差异。从这些差异的背后，可以发现伦理差异的蛛丝马迹。

其一，不同版本的序跋、识语、凡例等体现出强烈的时代感和不同的伦理关注。序跋、识语、凡例等是小说正文外的文字，相对于小说正文内的评点和正文内容的改动，更为醒目，可以说是小说接受的集中体现，它们关注的重心可以折射出时代脉搏。不同版本这些方面的变化，主要体现为三点：一是序跋等对小说的认识有异；二是序跋等对小说主旨和刊刻目标理解不同；三是序跋等提及或隐射的事件有时代烙印。

就第一点看，同一小说不同版本的序跋等对小说的认识有不同的侧重点，《列国志传》系列版本可为佐证。万历四十三年（1615 年）《新镌陈眉公先生批评春秋列国志传》卷首有陈继儒《叙列国传》和朱篁《列国传题词》。《叙列国传》云："不可执经而遗史，信史而略传。"②《列国传题词》云："经以道法胜，史以事词胜……列传者……其搜罗旧闻，撷拾遗事，信手挥成，不藻而文，

---

① 《三分事略 三国志平话》，载《古本小说集成》编委会编：《古本小说集成》（第一辑），上海：上海古籍出版社 2016 年版，第 1 页。

② 陈继儒重校：《春秋列国志传》，载《古本小说集成》编委会编：《古本小说集成》（第三辑），上海：上海古籍出版社 2017 年版，第 6 页。

不蔓而核，观旨睹归，巨细靡遗，真足羽翼经史。"①无论是陈继儒的《叙列国传》还是朱箪的《列国传题词》，都是用老套的"羽翼经史"来为通俗小说的合法性辩护。崇祯年间冯梦龙改编的《新列国志》，卷首的可观道人之"叙"仍以小说"与六经诸史相埒"②为荣，但"凡例"则兼顾到小说的艺术表现："旧志叙事，或前后颠倒，或详略失宜……兹编一案史传，次第敷演，事取其详，文撮其略。其描写摹神处能令人击节起舞，即平铺直叙中总属血脉筋节，不致有嚼蜡之诮。"③所谓"击节起舞"，所谓"血脉筋节"，大意是小说的形象性让读者身临其境、感同身受，换言之，小说的"描写摹神""平铺直叙"等形象化手法可以增强小说的感官趣味性，增强小说对读者的吸引力。对照万历年间陈继儒、朱箪拘囿于以经史来强调小说教化的做法，崇祯年间的冯梦龙在《新列国志凡例》中的说明，意味着对小说教化的追求已转向于教化与感官趣味并重。这种变化与明中后期世风向明末世风的转变不无关系。万历年间，阳明心学已然兴起，但其初衷仍是为教化提供一种不同于程朱理学的新途径，此时的世风，仍以教化为先。一个突出的例子是"万历三十九年（1611），嘉兴府的乡绅、吏民集中在天宁寺，'讲圣谕六言'"④。在这样的世风中，强调小说的伦理教化之用也是理所当然的事情。自万历到天启，奢靡之风日盛，崇祯虽厉行勤俭，但习俗难改。伴随奢靡之风而来的是享乐，享乐和奢靡不同，奢靡需要以丰厚的财物为后盾，享乐即使没有财物也不妨碍。奢靡和享乐的共同点是离不开对感官趣味（俗趣）的追求。《新列国志凡例》对小说形象性的强调，可折射出当时社会对俗趣的追求。需要指出的是，虽然嘉靖、万历年间已有奢靡享乐之风，但当时通俗小说刚刚兴起，阳明心学兴起的时间也不长，让小说依附经史而存在壮大，应该是书商和序跋作者最好的选择，在这样的情形下，刊刻通俗小说本身所显示出来的一种新趣味，反而在序跋中因比附经史得不到彰显。明末的通俗小说，由于享乐

---

① 陈继儒重校：《春秋列国志传》，载《古本小说集成》编委会编：《古本小说集成》（第三辑），上海：上海古籍出版社 2017 年版，第 1-2 页。

② 墨憨斋新编：《新列国志》，载《古本小说集成》编委会编：《古本小说集成》（第二辑），上海：上海古籍出版社 2017 年版，第 18-19 页。

③ 墨憨斋新编：《新列国志》，载《古本小说集成》编委会编：《古本小说集成》（第二辑），上海：上海古籍出版社 2017 年版，第 3 页。

④ 陈宝良：《明代社会转型与文化变迁》，重庆：重庆大学出版社 2014 年版，第 403 页。

思潮的惯性力量，加上李贽在小说接受中表现出来的对"俗"趣的追求①以及他在小说接受领域的巨大影响，《新列国志凡例》所体现出来的对趣味的重视也就不难理解了。

就第二点看，即使是同一部小说，不同版本对小说主旨的解读也出现差异，这既是接受者理解的结果，也是接受者在特定伦理社会中选择的结果。需要指出的是，第一点所说的不同版本序跋对小说认识的差异，是指序跋中所体现出来的对通俗小说这一文体的认识，此处所说的小说主旨，是指序跋中所体现出来的小说接受者对具体小说主旨的把握。为显示二者区别，仍以《列国志》系列版本为例稍加分析。朱篁《列国传题词》云：列国纷争，"盟会战攻，非其兄弟，则其甥舅，朝而骨肉，莫（暮）而仇敌，甚则蛇豕荐食上国，腥膻蹂躏我圉……若矣棋黑白互淆，正奇迭变，非具只眼，成败之数，冥焉莫觉……令山农闺妇，开卷阅之，亦且兴悲禾黍，卷言杼柚（轴），何况忠臣义士，壮怀激烈，其视请缨问隧者，孰肯分毫借（惜）哉？今天下车书大同，属宫府之体，峻贡市之防，神州赤县，巩于磐石，秉笔君子，综古今得失之林，悼列国之纷争若彼，喜一统之恬熙若此，不惜编摩，惩往毖来，勒为炯鉴。昔孔子作《春秋》……功高素王……列传虽稗官野史，未经圣裁而旁引曲证，义足千秋，未必非素王之功臣也。经世者请以斯言为公案。"②明言在当下的"车书大同"之世，《列国》"义足千秋"，可为"素王之功臣"。《新列国志叙》在指责《春秋列国传》"铺叙之疏漏，人物之颠倒，制度之失考，词句之恶劣"③的同时，也指出《列国》中所罗列的"国家之废兴存亡，行事之是非成毁，人品之好丑贞淫……若引为法诫，其利益亦与六经诸史相埒"④。表面上看，二者对《列国》主旨的解读并无差别，但细究之，仍有不同：《春秋列国志》以列国之"正奇迭变"来激发"忠臣义士"，《列国》"勒为炯鉴"也是为了激发忠义；《新列国志》则通过罗列国家废兴、行事是非、人品好坏之事让后人"引为法诫"，《列国》主要是为后人提

① 李贽在《序批评三国志通俗演义》中，对"俗"大加赞赏，并表示"识得此意，便知《批评三国志通俗演义》矣"。见朱一玄编：《明清小说资料选编》，济南：齐鲁书社1990年版，第74页。

② 陈继儒重校：《春秋列国志传》，载《古本小说集成》编委会编：《古本小说集成》（第三辑），上海：上海古籍出版社2017年版，第3-9页。

③ 墨憨斋新编：《新列国志》，载《古本小说集成》编委会编：《古本小说集成》（第二辑），上海：上海古籍出版社2017年版，第8-9页。

④ 墨憨斋新编：《新列国志》，载《古本小说集成》编委会编：《古本小说集成》（第二辑），上海：上海古籍出版社2017年版，第10-19页。

供"法诫"，而不是激发忠义。二者对编写目标的理解差异更大：《列国传题词》认为《春秋列国志》可谓"素王之功臣"，自信满满；《新列国志叙》只是指出《列国》中所记载的"往迹种种，开卷瞭然"①，《列国传题词》中所显示出来的那种"素王功臣"的自信荡然无存。究其原因，与二者刊刻时间或许不无关系。《列国传》刊于万历四十三年（1615 年），有明确标示，《新列国志》具体刊刻时间没有记载，但封面左栏有小字识语："墨憨斋向纂《新平妖传》及《明言》《通言》《恒言》诸刻，脍炙人口，今复订补二书。本坊恳请先镌《列国》，次当及《两汉》。"②《新平妖传》为崇祯金阊嘉会堂刊本，《新列国志》当刊于崇祯年间。比较万历和崇祯时期的情况，可为《列国志题词》的"激发忠义"和《新列国志叙》的"引为法诫"各有侧重找到原因。万历年间，商业氛围比较浓厚，传统的"忠义"思想与人们对财富的追求产生冲突，甚至从"致富之术"出发，将"仁义礼智信"称为"五贼"，"五者有其一，则穷鬼随之矣"③。在这种情况下，《列国志题词》提倡"激发忠义"，除了传统的伦理说教，多少也有点针砭时弊的意味。崇祯年间，内忧外患，朝野不乏"忠义"之士，但均无济于事，此时与其主张小说"激发忠义"，倒不如从小说中寻找对现实有用的借鉴，《新列国志叙》中的"引为法诫"可谓有感而发。

就第三点看，同一小说不同版本的序跋中有时会涉及不同的事件，从这些事件的差异可以发现序跋作者的用心不同。不妨以《英烈传》系列版本为例。作为本朝小说的开山之作，《英烈传》在明代历史小说中地位独特，其创作动机来自郭勋想让祖上郭英入享太庙，从而让自己借助"嫡嫡相承的原则"而得到好处④，强烈的功利思想借助对本朝开国天子的歌功颂德来完成，在明朝历史小说中可谓独树一帜。该小说系列版本的另一个独特之处，是有些版本的序跋中提及具体历史事件，这些事件的差异体现了序跋作者不同的关注点，说明即使是歌颂开国天子的主题，不同的序跋作者也可以从中寻找到不同的"教

① 墨憨斋新编：《新列国志》，载《古本小说集成》编委会编：《古本小说集成》（第二辑），上海：上海古籍出版社 2017 年版，第 18 页。

② 墨憨斋新编：《新列国志》，载《古本小说集成》编委会编：《古本小说集成》（第二辑），上海：上海古籍出版社 2017 年版，封面。

③ 赵世显：《芝蒲丛谈》卷三，载陈宝良：《明代社会转型与文化变迁》，重庆：重庆大学出版社 2014 年版，第 241 页。

④ 欧阳健：《历史小说史》，杭州：浙江古籍出版社 2003 年版，第 200-203 页。

化"重心。《英烈传》在明代有三个版本:《皇明英烈传》、《皇明英武传》和《云合奇踪》。《皇明英烈传》和《皇明英武传》内容类似,刊刻时间孰前孰后难以定论,《云合奇踪》晚出则无疑问。《皇明英烈传序》和《云合奇踪序》中均提及具体历史事件,但所提事件不同。《皇明英烈传序》云:"我太祖高皇帝……倡义于濠梁,而英雄豪杰闻风向慕者,如云斯集……积十年而辅成一统太平之业"①,提及朱元璋濠梁起兵等历史事件。徐如翰《云合奇踪序》云:"高皇帝挺生濠泗,提三尺扫腥膻,当时佐命元勋,云蒸雾变,一时响应,斯其遇真奇矣……方肃皇帝中叶,岛夷绎骚,犯我疆圉,新安胡公抚有浙藩,出奇而歼剪之。维时有白鹿白兔之祥,文长手二表以献,朝廷大为解颐,至今读之,犹脍炙人口。"②提及朱元璋濠泗起兵、嘉靖年间胡宗宪抗倭以及徐文长代胡宗宪向皇帝两进《白鹿表》等事。比较两个版本的序言中所提及之事,《皇明英烈传序》单提朱元璋戎马开国之事,"盖取明良昌期之意也……使天下得以共悉圣明之盛,而乐讴歌之化云"③,对本朝开国天子的赞颂之意非常明显。《云合奇踪序》则在一个"奇"字上做文章,朱元璋开国是"奇",胡宗宪抗倭是"奇",徐文长进《白鹿表》是"奇",胡宗宪抗倭和徐文长进《白鹿表》本来与小说内容无关,但徐文长进《白鹿表》让其声名鹊起,他编写的《云合奇踪》"益奇于文"④。这样一来,由"奇"引领,"高皇帝千古奇造,英烈诸公振世奇猷,非文长奇笔奇思,又恶能阐发奇快如是乎哉?题曰《云合奇踪》,良不诬矣!"⑤《明史·徐渭传》云:"宗宪得白鹿,将献诸朝,令渭草表,并他客草寄所善学士,择其尤上之。学士以渭表进,世宗大悦,益宠异宗宪,宗宪以是益重渭。"⑥考虑到胡宗宪因抗倭而与严党有瓜葛,在严党失势后需要自保,在此情形下,为感谢胡宗宪的知遇之恩,徐文长代胡宗宪两进《白鹿表》。徐如翰的《云合奇踪

①《皇明英烈传》,载《古本小说集成》编委会编:《古本小说集成》(第二辑),上海:上海古籍出版社2017年版,第2-3页。

② 徐渭编:《云合奇踪》,载《古本小说集成》编委会编:《古本小说集成》(第一辑),上海:上海古籍出版社2016年版,第3-5页。

③《皇明英烈传》,载《古本小说集成》编委会编:《古本小说集成》(第二辑),上海:上海古籍出版社2017年版,第4页。

④ 徐渭编:《云合奇踪》,载《古本小说集成》编委会编:《古本小说集成》(第一辑),上海:上海古籍出版社2016年版,第5页。

⑤ 徐渭编:《云合奇踪》,载《古本小说集成》编委会编:《古本小说集成》(第一辑),上海:上海古籍出版社2016年版,第10页。

⑥ 张廷玉等:《明史》卷二百八十八,北京:中华书局1974年版,第7387页。

序》提及此事，且以"奇"贯之，多少有为同乡前辈徐文长张目之意，或许也暗含君臣相处之道，所谓"君臣会合间，而奇踪即在于是"①是也。与《皇明英烈传序》主要赞颂开国皇帝相比，《云合奇踪序》所显露出来的伦理情感显然要复杂得多。

其二，不同版本正文内的差异体现出时代感和不同的伦理关注。这些差异包括回目、内容以及正文内的评点等方面。和序跋、识语、凡例等相比，正文内的差异显得更为复杂，有的很明显，如卷数的变化，有的不太明显，如局部文字的改动。撇开上文已论述的评点不谈，正文内的差异大致表现为三点：一是不同版本内容多少的差异，二是不同版本回目的差异，三是不同版本正文的差异。

就第一点看，不同版本的内容总体上或多或少，不是说不同版本的内容之间互有出入，而是说某一版本比另一版本增加或减少某些内容，这是正文内差异最明显的情况，其突出表现为某种版本在另一种版本的基础上，直接增加或减少一些内容，这些增加或减少的内容也有其伦理内涵，这就让不同版本中的伦理表现有所差异。较之《春秋列国志传》，《新列国传》开头有大幅删减，结尾又有少量增加。就开头看，《新列国志》删去了《春秋列国志传》卷二第十七则"幽王举火戏诸侯"前面的内容，加上"周宣王童谣发令　杜大夫厉鬼报冤"为第一回，以"褒人赎罪献美女　幽王烽火戏诸侯"为第二回。就结尾看，《春秋列国志传》以"王贲诈巡抚燕地"作结，此则结束时匆匆提到秦始皇统一之事：王贲灭齐后奏知秦王，王曰："今六国皆降而灭，广排大宴，以会群臣，一统属秦。"②《新列国志》最后一回（第一百八回）"兼六国混一舆图　号始皇建立郡县"则详细叙述了秦王统一天下后称帝、置三十六郡的具体情况。两相对照，《新列国志》对《春秋列国志传》内容的取舍增删，显示出二者的伦理意图各有侧重。《春秋列国志传》从"苏妲己驿堂被魅"写起，为商亡周兴张目，六国被灭后又匆匆作结，因六国乃周之诸侯国，秦灭六国意味着周王室的影响已荡然无存（此前，卷十一第十七则"秦伐周一统天下"，秦已灭周王室）。从西周兴到东周亡，整个《春秋列国志传》，可以说是一部周王朝的兴衰史。《新列国志》

① 徐渭编：《云合奇踪》，载《古本小说集成》编委会编：《古本小说集成》（第一辑），上海：上海古籍出版社 2016 年版，第 9 页。

② 陈继儒重校：《春秋列国志传》，载《古本小说集成》编委会编：《古本小说集成》（第三辑），上海：上海古籍出版社 2017 年版，"辑补"第 10 页。

则从周朝走向衰落写起，幽王烽火戏诸侯之后，诸侯就不再真正尊重周王室，列国开始纷争，秦统一六国，意味着纷争结束。应该说，《新列国志》对纷争到一统的关注，对比《春秋列国志传》对王朝兴衰的关注，多少有点更加注重从乱世中总结经验的意味，《新列国志》结尾，髯仙的诗"总观千古兴亡局，尽在朝中用佞贤"[①]，多少有些末世的警醒意义，这或许与冯梦龙身处明末不无关系。

就第二点看，不同版本中回目的差异，可以看出不同版本对小说发展脉络理解的差异。内容相同的小说，对小说发展脉络的理解不同，意味着关注的侧重点不同，其中所包含的伦理内涵也有细微差别。明代的《春秋列国志》版本，除了上文说过的万历四十三年（1615 年）陈继儒重校的《春秋列国志传》（十二卷本），还有万历三十四年（1606 年）余象斗重刊的《春秋五霸七雄列国志传》（八卷本）（即《列国志传评林》）和金阊五雅堂刊行的《片璧列国志》（十卷本）等版本，对照这三个版本的目录，可以发现三者目录中的回目有细微差异。以"秦王灭周"到小说结束为例，《列国志传评林》自卷八第八则"秦王代周一统天下"到小说结束有十八则；《春秋列国志传》自卷十一第十七则"秦伐周一统天下"到小说结束有十七则；《片璧列国志》自卷十第五则"秦王灭周并天下"到小说结束有十五则。这部分的正文内容，三个版本几乎一样，三个版本都有则目，则目内容也大同小异，但目录中则目数量的差异，还是显示出不同版本对故事进展表现出来的差异。《列国志传评林》比《春秋列国志传》多出来的一则是小说最后一则"秦始皇一统天下"，《片璧列国志》比《列国志传评林》和《春秋列国志传》少三则，包括"公子窃符救赵""赵王兴兵取燕邑"中间的两则（两则名称为"秦王兴兵伐魏""无忌以兵回救赵"），和"赵王兴兵取燕邑""朱后淫宠于嫪毐"之间的一则（该则名称，《列国志传评林》为"楚王合纵伐秦始"，《春秋列国志传》为"楚王合纵伐秦国"）。《列国志传评林》和《春秋列国志传》的则目之间有意义的差别只有三处：一处是前者比后者多出来的最后一则，奇怪的是这一则只存在于目录中，在正文中既没有则目内容，也没有正文内容；另一处是"楚王合纵伐秦始"和"楚王合纵伐秦国"的区别；还有一处是"秦王代周一统天下"和"秦伐周一统天下"的区别。比照两种版本，不难发现，《列国志传评林》始终以秦始皇的一统天下为念，多出来的最后一则，

---

① "古本小说集成"之《新列国志》最后一页残缺，该诗不全，现据《东周列国志》第 1029 页录之。（冯梦龙、蔡元放编：《东周列国志》，北京：人民文学出版社 1955 年版。）

没有正文也要在目录中显示秦始皇一统天下；"秦王代周一统天下"和"楚王合纵伐秦始"都是不准确的，因为秦是无法代周的，"楚王合纵伐秦"时，只有秦王，还没有秦始皇。值得注意的还有，目录中的"秦王代周一统天下"在正文中是"秦伐周一统天下"，"楚王合纵伐秦始"在正文中是"楚王合纵伐秦"，估计是照抄旧本，而在目录中更改了旧本。这样一来，《列国志传评林》目录中的回目，多少透露出对"大一统"的期盼之情。相比之下，《春秋列国志传》更符合史实。《片璧列国志》刊刻时间不详，从其托名"李卓吾先生评阅"和卷首署名"三台山人仰止子"的《列国志叙》（三台山人即余象斗），可知当刊刻于《列国志传评林》之后。《片璧列国志》最后一则则目和《列国志传评林》一样，也是有则目无正文，当是照抄《列国志传评林》所致；《片璧列国志》目录中所少的"秦王兴兵伐魏""无忌以兵回救赵"在正文中又出现了，分别题为"秦王兴兵伐魏"和"无忌以兵回救魏"（《列国志传评林》正文也题为"无忌以兵回救魏"），正文中真正少的就只有"楚王合纵伐秦"这六个字的则目，《列国志传评林》该则目下的内容也出现在《片璧列国志》正文中。这样看来，《片璧列国志》实在粗糙，之所以刊刻小字本，当是为商业利益驱动，体现出商业伦理的力量。

就第三点看，不同版本正文的差异，涉及伦理差异的，不会是字句的简单校正，而是局部内容的增删或行文措辞的变动。同是写本朝开国故事，《皇明英烈传》和《云合奇踪》在正文内容上却表现出多方面的差异，大致有三：其一，内容增删。《皇明英烈传》第六卷第八节"廖永忠破瞿塘关　高皇帝题平蜀赋"，平蜀之后，太祖让刘基作《平蜀颂》，并自制《平蜀文》，小说抄录了《平蜀颂》和《平蜀文》全文，显示出对史实的尊重，紧接着第八节，第九节"刘伯温辞爵归山　沐文英贵州大战"开头就提及刘基上辞表，然后是派王祎去云南招抚梁王。这些内容当在《云合奇踪》第七十八则"殿阁宏开　滇黔兵讨"中，但增删都非常明显。就删减看，《云合奇踪》将《平蜀颂》《平蜀文》和刘基上辞表这些内容全部删除；就增加看，《云合奇踪》在平蜀之后和派王祎招抚梁王之前，增加了太祖岁祭发现元世祖像泪痕宛然，以及太祖因金陵地势的缺陷而痛杖牛首山、意欲建都北平之事。就《云合奇踪》此处的增删来看，其伦理取向不再是以史为贵，而是情理为先，奇踪为辅，想方设法为君主的行为和此后历史的发展寻找合理的逻辑。其二，对同一件事的不同处理。《皇明英烈传》第六卷第十节"沐英三战克云南　太祖一统平天下"和《云合奇踪》第七十九则"蛮兵驱象仙释显灵",都提及沐英和梁王象兵交战之事,但处理方式截然不同。《皇明英烈传》云:"无数蛮兵驱象而来,象前腿及头俱缚利刀,蛮兵于象后,俱放弩箭,如风雨骤至。英着令火炮神枪火箭火铳一齐还击之。象冲火器,又闻金鼓之声,回奔本阵,英挥兵随后追杀,蛮兵败走。"①《云合奇踪》云:"蛮兵将象尾烧着,那象满身火起,疼痛难当,飞也冲将过来。沐英看见势头凶狠,把那一条如纸的物件,从空撒去。早见铁冠道人在云中把剑一挥,蛮兵和火象俱陷入土坑之内。"②《皇明英烈传》所叙,于常理可以理解,显示出沐英的英明;《云合奇踪》所叙,则超出常理之外,以神仙退敌以显示"奇踪"。对人物能力的肯定和对神仙奇异之描摹,是二者各自的旨趣所在。其三,局部文字改动。《皇明英烈传》卷一第一节"元顺帝纵欲骄奢　脱脱相正言直谏"和《云合奇踪》第一则"元主淫奢　昊天示谴"都叙及地陷一穴,穴中石碣上有字,兆示改元,此后顺帝便谈及改元之事。《皇明英烈传》此处行文是:"顺帝看时,见石碣上刊着三十二字:乾坤荡荡,日月苍苍;尘埃扰扰,四海茫茫。干戈振作,黎庶炎殃;若要安定,除非改元。顺帝看罢,问脱脱曰:'除非改元,莫不是重建年号,天下方得太平否?'"③《云合奇踪》此处行文是:"看时,却刊着二十四字:天苍苍,地茫茫;干戈振,弓角芳。元重改,日月旁;混一统,东南方。帝看了,说:'元重改,或要改元,方好太平么?'"④二者文字出入最明显处在于石碣上的文字。前者三十二字,除"若要安定,除非改元"外,其余都是古代小说常见的套话;后者二十四字,前面十二字是套话,后面的"元重改,日月旁;混一统,东南方"则意有所指,所谓"改元",并非要让顺帝改元,而是预示将改元于明(日月),且一统天下的局面将起于东南,对小说情节发展来说,此处石碣上的文字其实是一种预叙。比较二者,前者更多的是乾坤黎庶的说教,后者则侧重大明改元早有天意,前者正统,后者奇异。

---

①《皇明英烈传》,载《古本小说集成》编委会编:《古本小说集成》(第二辑),上海:上海古籍出版社2017年版,第534页。

② 徐渭编:《云合奇踪》,载《古本小说集成》编委会编:《古本小说集成》(第一辑),上海:上海古籍出版社2016年版,第945页。

③《皇明英烈传》,载《古本小说集成》编委会编:《古本小说集成》(第二辑),上海:上海古籍出版社2017年版,第9页。

④ 徐渭编:《云合奇踪》,载《古本小说集成》编委会编:《古本小说集成》(第一辑),上海:上海古籍出版社2016年版,第9-10页。

第二个方面，就地域来看，历史小说的接受有时候会呈现出地域差异，当然，地域差异没有时间差异那么明显，地域差异有时也伴随着时间差异。地域差异在历史小说接受方面的表现约略有二：一是不同地域的伦理取向对历史小说的理解有差异，二是不同地域的历史小说对伦理的阐释有差异。

其一，地域伦理取向的差异影响到历史小说倾向的差异。就地域而言，《三国演义》至少有江南本和建阳本两大系统。就总的伦理取向来看，江南本的史官化倾向更为明显，而建阳本民间化趋势比较明显，二者的源头在于嘉靖年间的张尚德本和叶逢春本。张尚德本和叶逢春本各有特色，前者"引用大量史书资料，其主要趋向乃为史化"，后者特色"在于加像、加静轩诗等，换言之，便是通俗化、娱乐化"，这两种导向分别被江南刊本和建阳刊本所继承。①不妨以周曰校本和余象斗本为例稍加分析。金陵周曰校本《新刊校正古本大字音释三国志通俗演义》，万历十九年（1591 年）刊刻，前有修髯子"引"和庸愚"叙"。和嘉靖本相比，"叙"和"引"的顺序颠倒，嘉靖本《三国志通俗演义序》在前，《三国志通俗演义引》在后；周曰校本《全像三国志通俗演义引》在前，《全像三国志通俗演义叙》在后。这意味着"叙"所说的"事纪其实，亦庶几乎史"和"引"所说的"羽翼信史而不违者"，均是该刻本所认同的基本倾向，劝善惩恶、裨益风教也是该刻本的伦理期待。建阳余象斗本，万历二十年（1592 年）有《音释补遗按鉴演义全像批评三国志传》，板框内上方《三国辩》云："坊间所梓三国何止数十家矣，全像者止刘郑熊黄四姓，宗文堂人物丑陋，字亦差讹，久不行矣。种德堂其书板欠陋，字亦不好，仁和堂纸板虽新，内则人名诗词去其一分，惟爱日堂者其板虽无差讹，士子观之乐然，今板已朦，不便其览矣。本堂以诸名公批评圈点校证无差，人物字画各无省陋，以便海内士子览之，下顾者可认双峰堂为记。"②其重心在小说刊刻如何让读者"观之乐然"，虽然在为自家刊本作广告，但同时也点明了小说的畅想离不开其娱乐性。周曰校本和余象斗本在时间上只差一年，其差别主要与地域影响有关。"建阳是以朱熹为代表的闽学的故乡，是深受理学影响的地方，他们出版书籍时，还有一条道德的底线，既要盈利又要承担教化的任务，所以大量出版历史演义等宣传'忠义'思想，表彰忠

① 石昌渝主编：《中国古代小说总目·白话卷》，太原：山西教育出版社 2004 年版，第 298 页。
② 石昌渝主编：《中国古代小说总目·白话卷》，太原：山西教育出版社 2004 年版，第 299 页。

臣义士的小说。"①儒教氛围浓厚的建阳，其刊刻的历史小说突出教化之功，似是其地域色彩的应有之义，但由于两方面的原因，让建阳刊刻的历史小说在教化的同时，注重其娱乐倾向。原因之一，在于小说的刊刻者。由于经济文化发展不及江南地区，建阳小说从业者多是下层文人，文学修养有限，刊刻时"不仅错漏较多，而且随意删改"②，甚至出现"晚唐人阅读宋人《通鉴》，封为明代官职"③等明显错误，与史家的距离较远。为了抢占市场份额，内在能力的不足只好用外在的娱乐性来弥补。原因之二，在于小说的读者。由于受理学影响，建阳地区民风醇厚，没有江南地区的奢靡享乐之风，书坊主"不敢去刊印那些有露骨的色情描写的作品"④，但读者对小说娱乐性的追求又出自内心，增强历史小说的娱乐性未尝不是一种替代手段。江南地区的小说刊刻精美，同样与刊刻者和读者有关。就刊刻者方面看，以南京和苏杭为中心的江南地区，经济发达，文人群体文化水平较高，这带来两方面的情况：一是小说中可以保持文人的伦理济世情怀，凸显小说的教化之功；二是小说刊刻精美，史实错误较少，有利于市场竞争，建阳地区反复用"京本校正"来标明自己的小说证明了这一点。就读者方面看，嘉靖之后，江南地区奢靡成风，大量的色情小说满足了普通百姓的娱乐欲望，历史小说无法以娱乐与之争胜，反而突出了自身的史化倾向和以史说教的特色。

其二，不同地域的历史小说对伦理阐释各有侧重。就小说文本看，不同地域的历史小说对同一情节的处理有时候有所不同，这种不同可以折射出伦理阐释侧重点的差异。当然，这种差异一般只能是局部的，不妨仍以金陵和建阳两个地方的《三国演义》的不同版本为例。周曰校本卷八之"玉泉山关公显圣"记关公死后和玉泉山普静长老对话，普静以关公杀颜良比之吕蒙杀关公，"于是公遂从其言，入庵讲佛法，即拜玉泉山普静长老为师。后往往显圣，乡人累感其应，就于山顶上建庙，四时致祭。后《传灯录》记云……《传》曰：关公在生之时，敬重士大夫，抚恤下人，有互相殴骂者，告于公前，公以酒和之，后人争闹，不忍告理，常曰：'恐犯爷爷也。'时人为此不忍繁渎焉。故自古迄今，皆称曰'关爷

① 齐裕焜：《明代建阳坊刻通俗小说评析》，《福建师范大学学报》（哲学社会科学版）2006 年第 1 期，第 104-109 页。

② 程国赋：《明代书坊与小说研究》，北京：中华书局 2008 年版，第 117 页。

③ 程国赋：《明代书坊与小说研究》，北京：中华书局 2008 年版，第 118 页。

④ 齐裕焜：《明代建阳坊刻通俗小说评析》，《福建师范大学学报》（哲学社会科学版）2006 年第 1 期，第 104-109 页。

爷'也"①。万历三十三年（1605 年）建阳郑少垣本《新锲京本校正通俗演义按鉴三国志传》卷十三之"玉泉山关公显圣"有类似的叙述。关公听普静长老之言后，"始解悟，礼玉泉山静长老为师，就山间往往显灵，里人于山顶建庙，四时以猪羊祭祀之。后至大唐高宗朝凤仪年间……昔关公在生之日，傲慢士大夫而恤下民，有故相殴骂者告到，公必以酒与之劝和。后人争闹，不忍告状，恐犯爷爷之怒，时人谓之'不忍犯'，直至于今，大小皆呼'关爷爷'"②。比较一下，二者的差异主要有：①周曰校本以"史官化"全知视角来展开叙述，"后往往显圣""后《传灯录》记云""《传》曰""故自古迄今"，都是明显的史官式记录，撇开其内容的神怪色彩，基本上是客观的陈述，这些陈述交代了关公受民间敬仰的原因。郑少垣本将关公"礼玉泉山静长老为师"和"就山间往往显灵"连成一体，关公显灵是由于拜静长老为师，其结果是"里人于山顶建庙，四时以猪羊祭祀之"，里人四时祭祀与关公拜静长老为师，在这样的叙述中就成为前后相连的故事情节，这里没有史官化视角的回顾和评论意味，有的只是故事本身的叙述。同时，"时人谓之'不忍犯'，直至于今，大小皆呼'关爷爷'"，叙述者没有与故事保持距离，而是直接将故事和现实融为一体，缺少史官化视角的严谨，似乎是随口说出来的，呈现出"说书型"全知视角的特点。②周曰校本"史官化"全知视角让叙述流露出以史为贵的倾向。所谓"《传》曰"内容，不见《三国志》，实是借史家笔法以抬高关公在世人心中的地位。所谓"敬重士大夫"与小说中关公行为不符，流露出叙述者以"士大夫"来抬高人物的伦理倾向。小说虽然说的关公显圣这样奇异的故事，但史官化视角让这个奇异的故事呈现出历史叙述的特征和士大夫的伦理倾向。郑少垣本少了史官化意识，只是在叙述一个奇异的故事，口语化色彩较浓，"不忍告状，恐犯爷爷之怒"，直接将民间的口语融于叙述之中，不经意间体现出民间的趣味性，士大夫伦理倾向荡然无存。

（二）小说形式变化与接受伦理

历史小说内容在演化的同时，还伴随着小说形式的变化，形式变化既是书商适应市场需求的产物，也从一个侧面反映出接受伦理的变化。形式变化的情形主

---

① 罗本编次：《三国志通俗演义》（万卷楼本），载《古本小说集成》编委会编：《古本小说集成》（第四辑），上海：上海古籍出版社 2017 年版，第 1447-1448 页。

②《三国志传》，载刘世德、陈庆浩、石昌渝主编：《古本小说丛刊》（第二十二辑），北京：中华书局 1991 年版，第 922-923 页。

要包括从抄本到刻本以及刻本版式设计的变化,这些变化均可从接受伦理角度加以解读。

1. 抄本到刻本的变化,体现了官方思想控制的松动和民间伦理选择的转向

明代最早的历史小说《三国演义》,其创作初衷即是为普通百姓而作,它不仅吸收了当时在民间已有影响的平话中的内容,还将《三国志通俗演义》作为最初的书名,将小说定位为"通俗"。但该书问世后一百多年,到嘉靖元年(1522年)目前所存最早的刻本(嘉靖本)问世以前,基本上是以抄本形式传播。虽然这些抄本今天看不到了,但其存在当无疑问。嘉靖本前有写于弘治七年(1494年)署名庸愚子的《三国志通俗演义序》,云:"书成,士君子之好事者,争相誊录,以便观览。"①说的应该是抄本流传的情况。有论者指出:"从罗氏原稿(原祖本)写定到嘉靖本梓行的近二百年间,《演义》基本上以抄本的形式流传,在长期的传抄过程中,《演义》的抄本演化成为不同的系统。其中最重要的抄本系统有两个:一是主要在士大夫和文人阶层中流传的嘉靖本的底本,一是传入福建、后来被建阳书坊主争相翻新以满足市民阶层需要的闽刊本的祖本。这两种抄本系统经过长期的演化,到明中叶出现了各自的代表版本——嘉靖本(1522年)和叶逢春本(1548年)。"②嘉靖元年前主要以抄本形式流传,嘉靖本出来后主要以刻本形式流传,有其原因。

明初统治者实行高压政策,以程朱理学来实行教化,朱元璋登基后第二年就指示中书省,"治国以教化为先,教化以学校为本",要求"讲论圣道,使人日渐月化,以复先王之旧"③。八股取士制度将朱熹理学提高到了前所未有的高度,加强了思想控制,程朱理学的规范伦理规范了人们的日常行为;文字狱的出现,又让文人亦步亦趋,思想文化趋于保守,小说乃小道的思想也根深蒂固。即使是《三国演义》这样杰出的历史小说,在一百多年的时间里,也只能以抄本的形式流传。同时,明中期以前盛行抄书还有其他原因:一是"出版业发展较为缓慢,印刷成本高,所以书价高,有些读者……因自身财力所限,无法购买,所以

---

① 罗贯中编次:《三国志通俗演义》(嘉靖本),载《古本小说集成》编委会编:《古本小说集成》(第三辑),上海:上海古籍出版社2017年版,第5页。

② 张宗伟:《前嘉靖时代〈三国演义〉版本探考》,《文献》2001年第1期,第185-207页。

③ 张廷玉等:《明史》卷六十九,北京:中华书局1974年版,第1686页。

靠抄写去满足阅读需要"；二是"明代文人喜欢抄书"①。但最主要的原因还是国家的思想控制和商业经济的不发达。

到正德年间（1506—1521 年），随着新经济因素的产生，保守的思想文化趋于活跃，"明代社会与文化在正德前后呈现出两种迥然不同的特色"②。对通俗小说来说，正德帝喜爱小说无疑为通俗小说的发展壮大提供了契机，小说流通由抄本转向刻本有了可能："最先刊刻《三国演义》与《水浒传》，使之摆脱了仅靠抄本流传困境的，正是官方的印刷机构。"③有学者甚至认为现存最早的《三国演义》刻本嘉靖本即为皇宫内的司礼监刊本④。伴随抄本向刻本的转变，是朝廷思想控制的松动。洪武年间，法网森严，以皇帝一人思想为尊。洪武二十三年（1390 年），胡惟庸案十年后，仍有连坐者，且颁布《昭示奸党录》⑤；洪武二十六年（1393 年），蓝玉案又杀一批大臣，颁《逆臣录》以示天下⑥；洪武二十八年（1395 年），晓谕群臣："罢丞相……事权归于朝廷"⑦；洪武三十年（1397 年），皇帝因不满科举所取之士皆来自南方，便杀考官、覆阅及廷试第一者⑧。正德年间，则是另一种情形。正德年间，虽有杀戮，但皇帝不能专注国事，焦芳、王鏊、杨廷和、刘宇、曹元等先后"入阁预机务"⑨，皇帝"强迫性地执行开明专制"⑩，思想控制明显缓和。何良俊《四友斋丛说》卷九记录了一则故事："僧智晞涉猎儒书而有戒行……予弱冠见之，时年八十余岁矣。尝语坐客曰：'此等秀才，皆是讨债的。'客问其故，曰：'洪武间秀才做官……小有过犯，轻则充军，重则刑戮，善终者十二三耳……这便是还债的。近来圣恩宽大，法网疏阔，秀才做官……事来到头，全无一些罪过……这便是讨债

① 程国赋：《明代书坊与小说研究》，北京：中华书局 2008 年版，第 76 页。
② 陈宝良：《明代社会转型与文化变迁》，重庆：重庆大学出版社 2014 年版，第 2 页。
③ 陈大康：《明代小说史》，上海：上海文艺出版社 2000 年版，第 23 页。
④ 陈大康：《明代小说史》，上海：上海文艺出版社 2000 年版，第 254 页。此说当有误，据金文京撰写的"三国志演义"条目，司礼监本即内府藏板，非嘉靖本；嘉靖本亦非官刻，应为坊刻，据张尚德"引"文末有"小书庄"印记，可推张氏可能是书商。见石昌渝主编：《中国古代小说总目·白话卷》，太原：山西教育出版社 2004 年版，第 295 页。
⑤ 张廷玉等：《明史》卷三，北京：中华书局 1974 年版，第 47 页。
⑥ 张廷玉等：《明史》卷三，北京：中华书局 1974 年版，第 50-51 页。
⑦ 张廷玉等：《明史》卷三，北京：中华书局 1974 年版，第 52 页。
⑧ 张廷玉等：《明史》卷七十，北京：中华书局 1974 年版，第 1697 页。
⑨ 张廷玉等：《明史》卷十六，北京：中华书局 1974 年版，第 200 页。
⑩ [美]黄仁宇：《中国大历史》，北京：生活·读书·新知三联书店 1997 年版，第 217 页。

的。'"①何良俊弱冠乃万历四年（1576年），智昧所谓"近来"，当在正德前后。朝政由严苛到宽大，思想控制自然也随之由紧到松。

在官方思想控制松动的同时，民间伦理也出现了新的变化。随着商品经济的兴起，儒家的"五常"（"仁义礼智信"），也出现了不同的解释，它们不再被认为是人们必须遵守的伦理德目，或从正反两方面认为它们是"能生人，亦能杀人"的"天之五材"②，或从商人伦理角度审视它们，认为"家有仁义道德，则其富不骤，其贫不促，自然气象悠长。若无仁义道德，则其富也勃焉，其贫也亦忽焉"③。将仁义道德和经济直接联系起来，这无疑是在商业社会思潮影响下的伦理变化。在这样的社会环境下，顾大韶从是否有利于致富出发，认为"为富不仁，为仁不富，诚可去也。义则多廉洁，多慷慨，有碍于富，诚可去也。礼则多辞让，多仗义，有碍于富，诚可去也。惟智与信则不可去。征贱征贵，知取知予，至于趋利避害，偎炎附热，非智其何以知之？凡富家，必有任用之监奴，凡巨贾必有行财之小商，非信其何以御之？故前三者，实富之贼；而后二者，乃富之翼也。求富者去其三贼，存其二翼可也"④。以是否有利于致富为标准，传统的"仁义礼智信"被区分为"富之贼"与"富之翼"，传统儒家津津乐道的仁、义、礼，在此已成为致富的羁绊。

官方思想控制的松动和民间伦理的转向，为书商逐利提供了宽松的土壤。一方面，官府和士大夫的默许纵容，让书商不用担心刊刻小说会遭受惩罚。明人叶盛《水东日记》卷二十一云："今书坊相传射利之徒伪为小说杂书……有官者不以为禁，士大夫不以为非；或者以为警世之为，而忍为推波助澜者，亦有之矣。"⑤到明中后期，"政府对商业出版很少干涉，基本上采取了自由放任的政策"⑥，商人可以按照市场规则施展身手，很少有其他顾忌。另一方面，刻书成本不高，有利可图。洪武元年大赦天下的诏书规定，"书籍、田器等物不得征税"⑦，书坊刊刻无疑会因此政策而获利。同时，刻工成本低廉。叶德辉《书

---

① 何良俊：《四友斋丛说》，上海：上海古籍出版社2012年版，第56页。

② 转引自陈宝良：《明代社会转型与文化变迁》，重庆：重庆大学出版社2014年版，第256页。

③ 李乐：《见闻杂记》卷八，上海：上海古籍出版社1986年版，第711页。

④ 转引自陈宝良：《明代社会转型与文化变迁》，重庆：重庆大学出版社2014年版，第243页。

⑤ 叶盛：《水东日记》，魏中平点校，北京：中华书局1980年版，第213-214页。

⑥ 张献忠：《明代商业出版的历史定位及启示》，《贵州社会科学》2014年第2期，第113-118页。

⑦《明太祖实录》卷三十四，载"中央研究院"历史语言研究所：《明实录》，台北："中央研究院"历史语言研究所校印，1962年版，第615-616页。

林清话》卷七"明时刻书工价之廉"条云："前明书皆可私刻，刻工极廉。闻前辈何东海云，刻一部古注《十三经》，费仅百余金。故刻稿者纷纷矣……崇祯末年，江南刻工尚如此……每百字仅二十文矣。"①如此低廉的工价，大量刊刻小说在致富的社会思潮中显然更符合儒家之"智"。

2. 刻本版式设计的变化，体现了书商竞争背后的销售定位和市场偏好

既然刊刻小说比抄录小说更有利可图，在商品经济兴起的氛围中，刻本版式上的花样翻新，自然是一个很好的卖点。以《三国演义》刻本为例，最早的嘉靖本《三国志通俗演义》"字迹端秀，印面精美，素被称为小说刻本中所罕见的善本"②，应该主要供士大夫阅读，盈利的动机不明显，刊刻的主要目的是借助历史故事让读者在娱乐的同时有所教益，无论是庸愚子的"序"还是修髯子的"引"，都强调小说的伦理教化之功。但到建阳书坊刊刻时，其关注点不再是单纯的伦理说教。最早的建阳刻本叶逢春本《新刊通俗演义三国志史传》，前有元峰子《三国志传加像序》云："三国志，志三国也。传，传其志，而像，像其传也……志者何，述其事以为劝戒也。传者何，易其辞以期遍悟，而像者何，状其迹以欲尽观也……罗贯中氏则又虑史笔之艰深，难于庸常之通晓，而作为传记。书林叶静轩子又虑阅者之厌怠，鲜于首末之尽详，而加以图像。又得乃中郎翁叶苍溪者，聪明巧思，镌而成之。而天下之人，因像以详传，因传以通志，而以劝以戒。"③在强调小说伦理劝诫的同时，阅读的趣味性也成为刊刻考虑的重要因素，因"虑阅者之厌怠……而加以图像"，伦理劝诫需要小说的趣味性为前提，这已然考虑到小说的销路问题。

考虑到小说的销路，书坊主就要各显神通，尽可能推销自己的刻本，手段无非三种：一是在内容上下功夫，二是在形式上下功夫，三是在内容和形式上都下功夫。在内容上下功夫在上文的论述中已见一斑，此不赘述；在内容和形式上都下功夫，往往成就善本，其内容方面的功夫此处亦不赘述。此处只讨论书坊主如何在形式上下功夫。形式方面的功夫最明显的表现有两个方面：第一个方面是刊刻小字本，这是最明显的形式差异，小字本既可降低成本，又方便携带，如金阊五雅堂崇祯十五年（1642 年）刊刻的《片璧列国志》，内容上和陈继儒重校的

---

① 叶德辉：《书林清话》，耿素丽点校，北京：国家图书馆出版社 2009 年版，第 126-127 页。
② 石昌渝主编：《中国古代小说总目·白话卷》，太原：山西教育出版社 2004 年版，第 295 页。
③ 石昌渝主编：《中国古代小说总目·白话卷》，太原：山西教育出版社 2004 年版，第 297 页。

《春秋列国志传》以及"姑苏龚绍山"的仿刻本并无多大区别，最大的区别在于其"袖珍"型版式。小字本主要考虑市场因素，与接受伦理关系不大。第二个方面就是在图像上下功夫，这一点情况很复杂，与接受伦理也有千丝万缕的联系，需要详细论述。

从插图设计艺术与伦理的关系看，插图有时特意标明其中的伦理寓意，以方便读者接受，其表现形式多种多样。首先，图题中显示伦理评价。图题附于图中，是对插图的文字性说明，图题形式多样，包括像赞、联语、散论。①像赞。一般附于人物绣像图中，对图中人物加以评论。如嘉靖三十一年（1552年）建阳杨氏清江堂刊本《新刊大宋中兴通俗演义》，"凡例"后第一幅图像是岳飞图像（图4.5），岳飞端坐看书，背后屏风上方有六句像赞："继武穆王天赐勇智，气吞强胡力扶宋季。桓桓师旅元戎是寄，行将恢复遭馋所忌。生既无怍死亦何愧，万古长存惟忠与义。"①既浓缩了岳飞抗金的事迹，更表达了对岳飞的敬仰之情。②联语。联语是在图像两边以楹联形式所做的图题，或粗糙或精致，粗糙者常见于上图下文版式，如余氏三台馆本《列国志传评林》"苏妲己驿堂被魅"页，插图右边图题为"纣王遍"，左边图题为"选宫女"②（图4.6），显然是将一句话分刻在插图两边；精致者常见于合页连式，如万历三十一年（1603年）四川佳丽书林刊刻的《新刻全像音诠征播奏捷传通俗演义》（名为"全像"，实是根据情节进展，随机在正文中插入合页连体图），第一幅合页连体图，两边的联语是"养马城中百万雄兵吞日月/海龙囤上半朝天子镇乾坤"③（图4.7），对仗工整。图题主要是对图像的说明，但有时候，用强烈的伦理判断来代替说明，有对人物的评价，如万卷楼本《三国志通俗演义》"吕布刺杀丁建阳"回，合页连式插图的联语为"半世称侯自是不仁还不义/三家作子敢于无父必无君"④（图4.8），完全是对吕布的人品加以伦理判断；有对事件的判断，如万历三十四年（1606年）卧松阁本《杨家府世代忠勇演义志传》第一幅合页连式插图题为

---

① 熊大木编：《大宋中兴通俗演义》，载《古本小说集成》编委会编：《古本小说集成》（第四辑），上海：上海古籍出版社2017年版，第1页。

② 余邵鱼编集：《春秋五霸七雄列国志传》，载《古本小说集成》编委会编：《古本小说集成》（第四辑），上海：上海古籍出版社2017年版，第3页。

③ 名衢逸狂演义：《征播奏捷传通俗演义》，载《古本小说集成》编委会编：《古本小说集成》（第四辑），上海：上海古籍出版社2017年版，第2-3页。

④ 罗本编次：《三国志通俗演义》（万卷楼本），载《古本小说集成》编委会编：《古本小说集成》（第四辑），上海：上海古籍出版社2017年版，第56-57页。

"太祖受禅登基"，两侧的联语为"周禅皇图山河自此归明主/宋膺帝箓日月从今定太平"①（图 4.9），对宋太祖登基给予伦理褒扬。③散论。散论不像像赞那样浓缩内容，也不像联语那样工整，通常是就图像中的某一寓意加以发挥。如崇祯年间建阳雄飞馆刊本《精镌合刻三国水浒全传》（即《二刻英雄谱》），"鞭挞督邮"一图，后有署名"黄道周"的散论："严氏父子当国时，鄢懋卿以假子得璧，奉敕查理八省盐课，所过虎喝，每出必携妻子，州县盛彩舆以四十女子舁之，独海刚峰不奉檄，更加摧抑竟敛影而过，声息俱无，论者谓庶几督邮之鞭。"（图 4.10）②以"鞭挞督邮"来比拟海瑞对鄢懋卿的态度，希望能借正义张飞之手来鞭挞现实生活中的恶人，论者对鄢懋卿的憎恨之情溢于言表。

图 4.5　清江堂刊本《新刊大宋中兴通俗演义》首幅插图

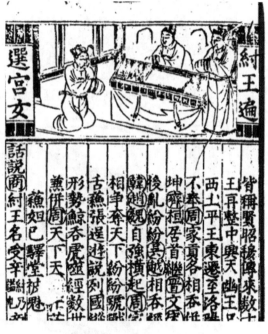

图 4.6　三台馆本《按鉴演义全像列国评林》"苏妲己驿堂被魅"页插图

① 秦淮墨客校阅：《杨家府世代忠勇演义志传》，载《古本小说集成》编委会编：《古本小说集成》（第四辑），上海：上海古籍出版社 2017 年版，第 2-3 页。

②《二刻英雄谱》，雄飞馆刊本，卷首第二幅图。

图 4.7 佳丽书林《新刻全像音诠本大字征播奏捷传通俗演义》首幅插图

图 4.8 万卷楼本《新刊校正出像古音释三国志传通俗演义》"吕布刺杀丁建阳"回插图

图 4.9　卧松阁本《杨家府世代忠勇通俗演义志传》首幅插图

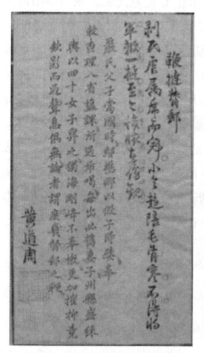

图 4.10　雄飞馆刊本《精镌合刻三国水浒全传》之《鞭挞督邮》图

其次，主副图形式暗含寓意。合页连体图有一种特殊情况，即一图为主，一图为副，副图是对主图的说明或补充，从说明或补充中可以看出主图的寓意。副图形式主要有两种：一种是图画加简单的图题，另一种是解读主图的文字，此时的文字可以看作是图赞，但是以一页图的形式单独出现，而不是出现在主图那一页。前者以崇祯年间刊本《七十二朝人物演义》为代表，该书共四十卷，每卷均有一合页连体图，正副图共八十幅，主图显示故事内容，副图写意性较强，常用某一物体（包括器物、花鸟等）所蕴含的寓意来补充主图。如第四十卷"若太公望散宜生则见而知之"，对应图"太公"主图为子牙辅佐文王的场面，图题云"帝佐王师候伯主/禄山福海老人星"，副图为鱼竿和蓑衣，图题"纶竿蓑笠"①（图4.11）。主图画面场景及图题均不见于正文，但符合文义，副图则化用正文中的文字："子牙常常手执纶竿，身披蓑笠，独钓于渭水磻溪之上"②。副图显然是主图的前提，对照该卷标题"若太公望散宜生则见而知之"，太公落魄时遇见散宜生，二人"见而知之"后才有后文的"钓于渭水磻溪之上"和最终的霸业，主副图连体，透露出绘图者对太公锲而不舍和最终成功的赞叹。后者以崇祯四年（1631年）金陵人瑞堂刊本《隋炀帝艳史》为代表，该刊本图像精美。小说第三十九回的内容是"宇文谋君，贵儿骂贼"，叙宇文化及谋反，朱贵儿骂贼被害，对应的两幅合页连体图分别题"宇文谋君"和"贵儿骂贼"，其中"贵儿骂贼"主图是炀帝被叛军围困，朱贵儿右手平举，指向一个持剑奔跑的士兵，朱贵儿身后，一个士兵高举短刀，作势砍向朱贵儿，副图则集陈子昂的诗句"自古皆有死，殉义良独希；感时思报国，胡乃在蛾眉"③（图4.12）。显然，诗句与小说内容相关，也是对主图的解说，突出主图中朱贵儿的忠义。有时候副图的解说有些含蓄，如对应《隋炀帝艳史》第三回内容的《侍寝宫调戏宣华》图，主图中的两个人物，在宫殿外的围墙转弯处，宣华羞怯欲走，杨广弓腰作揖，副图题"墙有茨，不可束也。中冓之言，不可读也。所可读也，言之辱。鄘风"④

① 《七十二朝人物演义》，载刘世德、陈庆浩、石昌渝主编：《古本小说丛刊》（第十辑），北京：中华书局1990年版，第111-112页。

② 《七十二朝人物演义》，载刘世德、陈庆浩、石昌渝主编：《古本小说丛刊》（第十辑），北京：中华书局1990年版，第1842页。

③ 齐东野人编演：《隋炀帝艳史》，载《古本小说集成》编委会编：《古本小说集成》（第三辑），上海：上海古籍出版社2017年版，第156页。

④ 齐东野人编演：《隋炀帝艳史》，载《古本小说集成》编委会编：《古本小说集成》（第三辑），上海：上海古籍出版社2017年版，第12页。

图 4.11　明刊本《七十二朝人物演义》第四十卷内容插图

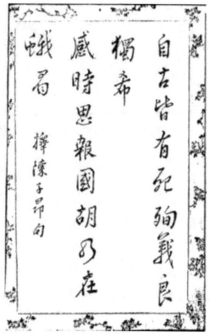

图 4.12　人瑞堂刊本《新镌全像通俗演义隋炀帝艳史》第三十九回插图

（图 4.13）。副图所录乃《诗经·鄘风·墙有茨》最后一段，该诗刺卫宫淫乱，讽公子顽通其君母宣姜。朱熹"集传"云："公子顽通乎君母，闺中之言至不可读，其污甚矣。圣人何取焉而著之于经也？盖自古淫乱之君，自以为密于闺门之中，世无得而知者，故自肆而不反。圣人所以著之于经，使后世为恶者，知虽闺门之言，亦无隐而不彰也。其为训戒深矣！"[1]副图所录《诗经·鄘风·墙有茨》，其伦理劝诫意味虽含蓄，却深远。

图 4.13　人瑞堂刊本《新镌全像通俗演义隋炀帝艳史》第三回插图

　　最后，图像边栏显示倾向。图像边栏不少为方框线条，但也有不少边栏的设计有讲究。建阳余季岳崇祯刊本《盘古至唐虞传》上图下文，边框四角有统一的图案设计，这种边框设计在建阳上图下文刊本中比较常见，但这种设计主要是形式上的问题，体现不出设计者的倾向。《隋炀帝艳史》则不然，其边栏设计在明代历史小说中可谓独树一帜，其"凡例"云："绣像每幅皆选集古人佳句……诗句皆制锦为栏，如薛涛乌丝等式，以见精工郑重之意。"[2]绣像所选古人佳句，

①《诗经》，朱熹集传，方玉润评，上海：上海古籍出版社 2009 年版，第 49 页。

② 齐东野人编演：《隋炀帝艳史》，载《古本小说集成》编委会编：《古本小说集成》（第三辑），上海：上海古籍出版社 2017 年版，第 7 页。

即副图所题内容，副图"制锦为栏"，有微言大义之意图："锦栏之式，其制皆与绣像关合。如调戏宣华则用藤缠，赐同心则用连环，剪彩则用剪春罗，会花阴则用交枝，自缢则用落花，唱歌则用行云，献开河谋则用狐媚，盗小儿则用人参果，选殿脚女则用蛾眉，斩佞则用三尺，玩月则用蟾蜍，照艳则用疏影，引谏则用葵心，对镜则用菱花，死节则用竹节，宇文谋君则用荆棘，贵儿骂贱则用傲霜枝，弑炀帝则用冰裂，无一不各得其宜。"①副图边栏所选图案，和主图及正文内容呼应，第一回第一幅副图边栏用兰草鲜花，以示"文帝带酒幸宫妃"之喜庆（图4.14）；第三回第二幅副图边栏歪歪扭扭（图4.13），和其他副图的边栏方方正正形成对比，歪歪扭扭的边栏上带有不规则的点染，右侧边栏还有藤蔓缠绕，似乎是一道围墙，与图中所题"墙有茨"暗合；第七回第二幅副图上下边栏各画有一把刀，以示主图之"受矮民王义净身"（图4.15）……从头到尾看完副图边栏，不仅能大致揣测出小说内容，也能从边栏的差异看出绘图者对相关内容的伦理倾向。在图像边栏上如此用心，从一个侧面反映了《隋炀帝艳史》图像之精美。

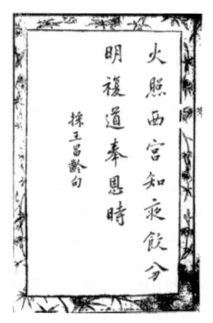

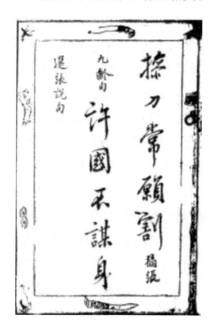

图4.14　人瑞堂刊本《新镌全像通俗演义隋　　　图4.15　人瑞堂刊本《新镌全像通俗演义隋
　　　炀帝艳史》第一回第一幅副图　　　　　　　　　炀帝艳史》第七回第二幅副图

① 齐东野人编演：《隋炀帝艳史》，载《古本小说集成》编委会编：《古本小说集成》（第三辑），上海：上海古籍出版社2017年版，第7-9页。

插图设计虽然每个版本各有特色,但总体上也表现出一定的演变倾向。目前,学界对明代小说的插图演变情况已有较为深入的研究,大致的结论是:"插图是从故事情节图向人物图转变的。插图方式也经历了以建阳为主的上图下文式,到江南地区的分章分回插图,再到书前贯图的演变。"①这是就明代小说插图的总体情况而言的。同一历史小说不同版本的插图情况也大致如此,不妨以版本最多的《三国演义》为例稍加说明。

《三国演义》在明代最早的插图形式是上图下文式,其由来有自。元代的《三分事略》和《新刊全相三国志平话》就已经采用了双面合页连式的上图下文形式,但插图较为粗糙。在图像右上侧一般有简单的图题(《三分事略》偶尔没有图题),图题都是简单的情节说明,如"孔明下山""赤壁鏖兵"等。嘉靖二十七年(1548年)建阳叶逢春本《新刊通俗三国志史传》,当是明代首部有插图的历史小说,与《新刊全相三国志平话》相比,显著的变化有二:一是单页插图,不再是合页连式插图;二是图像两侧出现了楹联式样,联语左右字数可以不等,一般也是情节说明,但也有单纯的景物图,如"斜谷/溪山",偶尔也有带有评价性的联语,如"江东吴侯/威仪壮室"。叶逢春本之后,建阳书坊刊刻的《三国演义》基本都延续了上图下文的版式,但具体样式有所翻新,大致有五种样式,即上图下文式、评林式、嵌图式、合像式、不规则附图式②,这些样式也是建阳刊刻历史小说的代表样式。建阳本的上图下文式,在万历十九年(1591年)金陵周曰校万卷楼本《新刊校正古本大字音释三国志通俗演义》那里出现了明显的变化,变化主要有三:一是抛弃了建阳本的"全像"版式,不再每页有图像,而是每节有一插图;二是不再是上图下文式,而是整版全幅双面合页连式,三是图题和节目融合在一起,卷一第一节双面合页连式插图,右图右上角小字题"祭天地桃园结义",右侧楹联题大字联语"萍水相亲为恨豺狼当道路",左图左侧楹联题大字联语"桃园共契顿教龙虎会风云"③(图4.16),"祭天地桃园结义"即是该节节目,左右联语对仗工整,联语中有褒贬。节目、联语和图像浑

① 汪燕岗:《古代小说插图方式之演变及意义》,《学术研究》2007年第10期,第141-145页。
② 胡小梅:《明刊〈三国志演义〉图文关系研究》,福建师范大学博士学位论文,2015年,第15-16页。
③ 罗本编次:《三国志通俗演义》(万卷楼本),载《古本小说集成》编委会编:《古本小说集成》(第四辑),上海:上海古籍出版社2017年版,第2-3页。

然一体。此后近 30 年[①]，建阳吴观明刻本《李卓吾先生批评三国志》则推出新的全幅插图形式，和万卷楼本相比，插图变化有四：一是采用单页整版全幅插图，不是合页连体插图；二是插图不是放在每回之前，而是集中放在书前，即"书前贯图"，第一册内容主要就是 240 幅插图，每回 2 幅；三是图像中的人物变小了，背景因素增加了；四是图像中有图题无联语，图题与回目基本相同。

图 4.16　万卷楼本《新刊校正古本大字音释三国志通俗演义》首幅插图

《三国演义》这三种版本插图形式的演变，可以从接受伦理的角度加以解读，主要有三：①就作为接受者的刊刻者而言，不同的插图形式体现出不同的伦理偏向。叶逢春本的上图下文，图像是正文的补充，其动机是借助图像来领会故事中的伦理意蕴，如谢赫《古画品录》所言："图绘者，莫不明劝戒，著升沉，千载寂寥，披图可鉴。"[②]周曰校本的整版合页连式，图像借助人物特定的行动来浓缩每节的关键内容，有时还会通过联语对人物及其行为加以伦理评价，其目

---

　　① 胡小梅认为吴观明本当刻于万历四十年（1612 年）左右（胡小梅：《明刊〈三国志演义〉图文关系研究》，福建师范大学博士学位论文，2015 年，第 155 页），程国赋认为在天启年间（1621—1627 年）（程国赋：《明代书坊与小说研究》，北京：中华书局 2008 年版，第 372 页），二者大约相差 10 年。

　　② 谢赫：《古画品录》，载叶朗总主编：《中国历代美学文库·魏晋南北朝卷》（下），北京：高等教育出版社 2003 年版，第 356 页。

的主要在于对每节内容的提炼和概括。吴观明本的整版单页书前贯图，先用图像将故事粗略地展现一遍，类似连环画，图像中的回目图题呈现出故事梗概。同时，图像对背景的重视有时将人物带入到某一伦理氛围之中，这一点有些令人费解，不妨举例说明。如《曹孟德三勘吉平》图（图4.17），曹操端坐于堂上，背后的墙上有幅画，画上的假山、云彩显示出飘逸姿态，但端坐的曹操头向右偏，似乎在睥睨右侧的董承，堂前是吉平跪于地，后有持刀的校尉，刀竖起，和曹操成一线，曹操在堂上的傲慢离不开堂前的校尉举刀，背景是飘逸的假山和云彩，背景前却是傲慢的杀人的曹操，毫无飘逸姿态。曹操杀吉平是汉献帝衣带诏之事败露的结果，和周曰校本画吉平被痛打（图4.18）、宝翰楼本画吉平手指被砍（图4.19）相比，吴观明本避开了场面的血腥味[1]，通过背景衬托显示出曹操的傲慢，傲慢比血腥更能体现曹操对汉献帝的飞扬跋扈。[2]就读者而言，不同的插图形式会带来不同的阅读体验。叶逢春本的上图下文，每页的图像配合正文故事（虽偶有错位），让读者在受到图像直观印象刺激增加娱乐性的同时，也意识到图像对故事的补充意义，增强对故事的理解，小说中"炎凉好丑，辞绘之，辞所不到，图绘之"[2]，这样一来，小说中插图对读者的功用，如崇祯末年朱一是所言："今之雕印，佳本如云，不胜其观，诚为书斋添香，茶肆添闲。佳人出游，手捧绣像，于舟车中如拱璧；医人有术，索图以示病家。凡此诸百事，正雕工得剞劂之力，万载积德，岂逊于圣贤之传道授经也。"[3]周曰校本对人物神态的描摹和图像中对人物的伦理评价，让读者对小说的关注点由故事转向人物，也会提醒读者对照现实社会中的类似人物，并对其进行伦理考量。"图者，像也。像也者，象也。象其人，亦象其行"[4]，既是对小说中人物的评判，也是对现实中人物的联想。吴观明本的书前贯图，让图像连续展现在读者眼前，图中人物和背景的相互衬托，让读者既关注人物的行为，又注意到人物行动的背景，有时可以强化读者对人物的伦理评判。在《诸葛亮七擒孟获》图（图4.20）中，中下方是厮杀场景，左上方则是诸葛亮坐在鹿车上观战。"天鹿者，纯善之兽也。道备则白

---

① 胡小梅：《明刊〈三国志演义〉图文关系研究》，福建师范大学博士学位论文，2015年，第174页。

② 清溪道人编次：《禅真逸史》，载《古本小说集成》编委会编：《古本小说集成》（第二辑），上海：上海古籍出版社2017年版，第4页。

③ 转引自程国赋：《明代书坊与小说研究》，北京：中华书局2008年版，第164页。

④ 郭皓政、甘宏伟编：《明代状元史料汇编（上）》，武汉：武汉大学出版社2015年版，第91页。

鹿见，王者明惠及下则见。"①鹿车，既衬托出诸葛亮的贤良忠相形象，也暗示了诸葛亮带有道家的神仙色彩②，读者容易对这样的形象产生崇敬之情。③就地域而言，刊刻者和读者都受到地域因素潜移默化的影响，叶逢春本的上图下文和

图4.17　吴观明本《李卓吾先生批评三国志》之《曹孟德三勘吉平》图

图4.18　周曰校本《新刊校正古本大字音释三国志通俗演义》之《曹孟德三勘吉平》图

① 欧阳询：《艺文类聚》卷九十九，汪绍楹校，上海：上海古籍出版社1965年版，第1714页。
② 胡小梅：《明刊〈三国志演义〉图文关系研究》，福建师范大学博士学位论文，2015年，第185页。

图 4.19　宝翰楼本《李卓吾先生批评三国志
真本》之《曹孟德三勘吉平》图

图 4.20　吴观明本《李卓吾先生批评三国
志》之《诸葛亮七擒孟获》图

建阳地区整体的文化素养不高有关。由于文化素养不高，所以关注能给人带来新鲜刺激的故事，每页都有插图，让即使不想阅读文字的人也可以通过翻阅插图看完整本小说，多少能感受到小说的伦理教化之意。周曰校本对人物的关注，和金陵地区的文化素养较高有关。由于文化素养较高，刊刻者提炼每一节主要内容以绘图，内容提炼是否精当，联语对人物的伦理评判是否恰当，都要接受读者的检验；同时，人物形象刻画细腻传神，更体现了刻绘者形象的理解和把握，这也需要得到读者的认可。相对于上图下文式的"全像"，这种插图形式存在一定的风险，既考验刻绘者的文化素养和专业水准，也考验一般读者的审美眼光，如果没有一定的文化素养作根基，这样的插图形式难以受到读者的青睐。吴观明本的书前贯图，第一册基本上全是插图，连环画式的插图既有叶逢春本的故事性，每幅插图没有正文的直接对照又让读者的注意力完全集中到插图上，插图本身的精美就显得很重要，看起来这应该是综合了建阳和金陵两个地区插图的特点。吴观明本人是建阳刻工，"但此书的刊刻地点恐怕不是建阳，而可能是杭州或苏州"①。但建阳地区的插图是为了适应文化素养不高的地域情形，金陵地区的插图是为了适应文化素养较高的地域情形，吴观明本综合两种适合不同地域情形的插图主要是为了吸取已有的长处，推销自己的刻本。从文化素养上看，书前贯图对文化素养的要求还是比较高的，其中对人物活动背景的设计刻画，有时还很有一些画的意境，如《诸葛亮三擒孟获》图（图4.21），本来是一个战争场面，图画却用水边的一棵树占了近三分之一的画面，树下的水面、树、划船的马岱以及水面上的空白，占了画面的四分之三，水边堤岸骑在马上的孟获和站在地上的两个番兵，只占了画面的四分之一，马岱和孟获还隔着一段距离。画面上没有展示交战的场景，似乎是马岱悠闲地划船，来看孟获骑马奔跑，很有江南山水的味道。右上角的空白处"诸葛亮三擒孟获"的图题，显示出马岱在诸葛亮的安排下，气定神闲地擒获了孟获。

同一小说的版式特色和插图设计，有时还带有较强的广告意识，这自然是商业伦理的体现。广告意识大致体现在两个方面：①封面的版式设计。以《列国志》系列版本为例。万历年间余象斗的《列国志传评林》，封面版式颇为讲究（图4.22）。版式分上下两部分，上面（约占版式的三分之一）中间方框内是图像，图像两边是联语"谨依古板校正批点无讹"（左右各五字）；下面（约占版式的三分之二）分三列，左右两列用大字写书名"按鉴演义全像列国评林"（左右各五个字），中间一列分上下两部分，上面部分是一个方框，方框内是"三台馆刻"四个字，下面部分是小字识语；版式四周是统一式样的花纹，将上下两部分包围起来。整个版式给人一种图文并茂的感觉，"校正批点无讹""按鉴演义"之用意既在保证版本质量，又在宣传内容有史实依据。相比之下，《片璧列国志》和《新列国志》的封面则简洁得多。《片璧列国志》封面主体是方框内的内容，方框用线条区分为三列，中间一大列是"片璧列国志"五个大字，左右两列合起来和中间一列差不多，左列下方和右列上方分别题"金阊五雅堂梓行"和"李卓吾先生评阅"，方框上方是"绣像演义"四个字，整个封面看起很简洁（图4.23）。"绣像""李卓吾"无疑是该刊本所标榜的特色和质量保证。刊于崇祯年间的《新列国志》，封面分三列（每列之间有线条隔开），中间是醒目的"新列国志"四个大字，左边小字是识语和"金阊叶敬池梓行"的标识，右边是

---

① 石昌渝主编：《中国古代小说总目·白话卷》，太原：山西教育出版社2004年版，第306页。

中型字号的"墨憨斋新编"五个字，整个封面看起来比较素雅（图 4.24），其广告意识主要体现在一个"新"字和识语中"识者辨之"所说的内容。②对自己刻本特色的宣传，往往以识语、凡例等形式出现。或强调自己的刻本质量高出其他刻本。万历二十年（1592 年）余象斗刊印《音释补遗按鉴演义全像批评三国志传》，其"识语"云："余按三国一书坊间刊刻较多。差讹错简无数。本堂素知厥弊更请名家校正润色批点。以便海内一览。买者须要认献帝即位为记。余象斗识。"①或强调自己刻本的特色所在。崇祯年间建阳雄飞馆刊本《英雄谱》封面"识语"云："《三国》《水浒》二传，智勇忠义，迭出不穷，而两刻不合，购者恨之。本馆上下其驷，判合其圭。回各为图，括画家之妙染；图各为论，搜翰苑之大乘。较雠精工，楮墨致洁，诚耳目之奇玩，军国之秘宝也。识者珍之。雄飞馆主人识。"②或借助图像进行宣传。《英雄谱》封面"识语"所说的"回各为图，括画家之妙染；图各为论，搜翰苑之大乘"，既是在说自家图像的特色，也是借此进行宣传。借助图像宣传最典型的当数崇祯四年金陵人瑞堂刊印的《隋炀帝艳史》。该刻本"凡例"第八条先指责同行的插图质量不好，"坊间绣像，不过略似人形，止供儿童把玩"，进而夸自己家的插图品质上乘、版式设计精美："兹编特恳名笔妙手，传神阿堵，曲尽其妙。一展卷，而奇情艳态勃勃如生，不啻顾虎头、吴道子之对面，岂非词家韵事、案头珍赏哉！"③书坊主提到的顾虎头，指东晋画家顾恺之，拿自家的插图和顾恺之、吴道子的画相比，夸耀中自有宣传之意。第九条进一步指出用诗句配图的主副图形式乃自己独创："绣像每幅皆选集古人佳句，与事符合者，以为题咏证左，妙在个中，趣在言外，诚海内诸书所未有也。"④第十一条更在此基础上，借助名家书法进行推销："诗句书写，皆海内名公巨笔，虽不轻标姓字，识者当自辨焉。"⑤该刊本主副图中的副图全是对主图的图题，书法各异，实为一大特色，但所谓"海内诸书所未有""名公巨笔"云云，当是宣传之意。

---

① 石昌渝主编：《中国古代小说总目·白话卷》，太原：山西教育出版社 2004 年版，第 298 页。

② 罗贯中、施耐庵编：《二刻英雄谱》，载《古本小说集成》编委会编：《古本小说集成》（第一辑），上海：上海古籍出版社 2016 年版，封面。

③ 齐东野人编演：《隋炀帝艳史》，载《古本小说集成》编委会编：《古本小说集成》（第三辑），上海：上海古籍出版社 2017 年版，第 6 页。

④ 齐东野人编演：《隋炀帝艳史》，载《古本小说集成》编委会编：《古本小说集成》（第三辑），上海：上海古籍出版社 2017 年版，第 7 页。

⑤ 齐东野人编演：《隋炀帝艳史》，载《古本小说集成》编委会编：《古本小说集成》（第三辑），上海：上海古籍出版社 2017 年版，第 9 页。

图 4.21　吴观明本《李卓吾先生批评三国志》
之《诸葛亮三擒孟获》图

图 4.22　三台馆本《按鉴演义全像列国评
林》封面

图 4.23　五雅堂本《绣像演义片璧列国志》封面

图 4.24　叶敬池梓本《新列国志》封面

二、故事版本演化与接受伦理

和同一小说版本演化相比，同一故事的版本演化的情况有所不同。同一小说版本的差异，一般不改变小说的主要内容和小说主旨；同一故事版本的差异，是说某个历史人物的故事，在不同的版本中随着故事重心的转移可以书写成不同的内容，表达不同的主旨。需要说明的是，上文在论述小说版本演化时提到的形式演化也基本适合故事版本的演化，至于内容演化方面的时间和地域因素，由于故事重心的转移，则显得意义不大。此处谈故事版本演化与接受伦理，只能另辟角度来看同一故事的不同书写情况及其与接受伦理的关系。

如果说小说版本的演化关注的是同一小说可以如何表现的话，那么故事版本的演化关注的则是同一故事可以写成什么样的小说，这既涉及对故事的选材，也涉及对故事的理解，概言之，同一个历史人物的故事，在不同的小说家那里，可以表现出主旨不同的多个故事。小说家对故事的选材和理解，是其对该历史人物接受的结果，表现出小说家接受时的伦理境况和伦理取向，读者的接受也因此产生出不同的伦理效应。

（一）故事版本演化与伦理接受取向

对历史人物而言，其基本的行为和评判已见于史书。然而，小说家并不拘囿于史书，他可以通过民间传说、杂书、野史等渠道获取和史书不一样的信息，对该历史人物进行重新理解和演绎，在理解和演绎的过程中，表现出小说家的伦理取向。不同的故事版本之所以有伦理取向上的差异，是因为在小说伦理功能的定位上有差异；同时，小说能得到认可，说明其理解和演绎迎合了一部分读者的伦理诉求。这样看来，故事版本的演化与小说家和读者的伦理接受取向都有关系，就前者看，关系在于对小说伦理功能的不同定位，就后者看，关系在于对人物伦理关注的不同偏好。

1. 对小说的伦理功能有不同的定位

同一人物之所以能写成不同的故事，是因为小说家所关注人物的侧面不同，选择同一人物不同的侧面来敷衍成小说，在浓厚的儒家伦理氛围中，其根源在于对小说的伦理功能有不同的定位。不妨以隋炀帝故事为例加以说明。

隋炀帝故事有三个版本：万历四十七年（1619 年）苏州龚绍山刊印的《隋

唐两朝史传》、崇祯四年（1631 年）金陵人瑞堂刊印的《隋炀帝艳史》和崇祯六年袁于令作序的《隋史遗文》。在《隋唐两朝史传》和《隋史遗文》中，隋炀帝基本上都是作为背景人物出现的，篇幅也有限。《隋炀帝艳史》则是以隋炀帝为中心人物，从其谋立到身亡，小说都有详尽的描写。就三个版本的取舍看，小说家对隋炀帝故事的伦理意义显然有不同的定位。

《隋唐两朝史传》中直接写隋炀帝故事的是头两回"兴宫室剪彩为花""隋炀帝游幸江都"、第八回"李密移檄数帝罪"和第十九回"化及江都弑炀帝"，隋炀帝是作为李世民活动的背景而出现的；《隋史遗文》中涉及炀帝故事的篇幅稍多一些，主要有第一回"图夺嫡晋王树功　塞乱源李渊惹恨"、第二回中的"隋主信谗废太子"、第二十四回"恣蒸淫太子迷花　躬弑逆杨广篡位"、第二十五回"新皇大逞骄奢　黔首备遭荼毒"、第二十六回"二百里海山开胜景　十六院嫔御斗豪华"、第三十六回中的"隋主远征影国"和第五十回中的"化及江都弑主"，隋炀帝作为秦叔宝等人的活动背景。虽然隋炀帝在两部小说中都是作为背景出现的，但两部小说的不同还是反映出隋炀帝故事伦理寓意的差别。《隋唐两朝史传》前有林瀚的《隋唐志传叙》，"叙"云："前岁偶寓京师……求而阅之，始知实亦罗氏原本。因于暇日遍阅隋唐之书所载英君名将忠臣义士，凡有关于风化者，悉编为一十二卷，名曰《隋唐志传通俗演义》。"[①]林"叙"强调的是英君名将忠臣义士及有关风化者，由此出发，隋炀帝只是一个反面教材，只能作为李世民和秦叔宝的反面映衬，这显然是以官方伦理教化来定位的结果。同时，《隋唐两朝史传》首创一种体式，在每卷卷首标明所叙内容的起止年代，如卷一目录后，第一回正文前，标明"隋炀帝大业元年乙丑岁起，至于大业十三年丁丑岁止，凡十三年事实"[②]，体现出对正史的推崇之意。强调小说的伦理教化之功和对正史的推崇之意，与林瀚的身份吻合。林瀚曾任礼部右侍郎和南京吏部尚书，"瀚素刚方……为人谦厚，而自守介然"[③]，看重小说的"风化"之用，与其礼部、吏部的身份契合。林瀚在罗贯中原本的基础上编撰《隋唐志传通俗演义》，"凡有关于风化者"悉编入其中，有论者指出："'有关于风化'的内

①《隋唐两朝史传》，载《古本小说集成》编委会编：《古本小说集成》（第三辑），上海：上海古籍出版社 2017 年版，第 1-3 页。

②《隋唐两朝史传》，载《古本小说集成》编委会编：《古本小说集成》（第三辑），上海：上海古籍出版社 2017 年版，第 4 页。

③ 张廷玉等：《明史》卷一百六十三，北京：中华书局 1974 年版，第 4429 页。

容，似应为林瀚所加；而富有稗官气息的，则当是罗氏的原本旧貌。"①和罗贯中原作相比，林瀚增加的内容突出反映了他作为一个接受者对官方伦理教化的认同。遵从官方伦理教化，小说中的帝王应勤政爱民，不能劳民伤财，这方面李世民和隋炀帝形成鲜明对比，如此一来，炀帝故事就不仅为李世民的活动提供背景，同时也和李世民的形象形成反差，伦理教化在不同帝王的对照中更加明显。

《隋史遗文》以草泽英雄传奇来敷衍历史，在小说史上首次突破"传统史学的识见"②。小说以"遗文"为名，以区别于正史："史以遗名者何？所以辅正史也。"③既然不以正史的标准来要求小说，那么小说的关注点就在正史以外的地方，小说开篇的"怪是史书收不尽，故将彩笔谱奇文"④，突出了"奇"乃该小说的一大特色。在评改者袁于令看来，小说和正史存在"传奇"和"传信"之别："正史以纪事，纪事者何？传信也。遗史以搜逸，搜逸者何？传奇也。"既然小说和正史对内容的要求有异，小说也就不需要秉持正史所有的忠孝等官方伦理："传信者贵真：为子死孝，为臣死忠，摹圣贤心事，如道子写生，面面逼肖。传奇者贵幻：忽焉怒发，忽焉嘻笑，英雄本色，如阳羡书生，恍惚不可方物。"既然小说不需要秉持正史的官方伦理，那么隋炀帝的故事就不需要作为反面教材出现，而仅仅为小说主要人物秦叔宝提供活动背景。换言之，只要秦叔宝那样行动，他就能显示出自己在乱世中的英雄气概，乱世并非只有隋炀帝才能造成，秦叔宝的英雄气概和隋炀帝的故事也无直接关系，隋炀帝最多为秦叔宝提供了一个乱世的背景。袁于令在《隋史遗文序》中明确指出自己修改该小说时，之所以关注"逸史"，是因为"逸史"能表现正史遗漏的"奇情侠气、逸韵英风"。"奇情侠气、逸韵英风"更多的是一种民间的义气伦理，与朝堂无关，江湖草莽的朋友义气因而成为小说表现的主旨："烈士雄心，不关朝宇；壮夫意气，笃于朋友。"这种江湖朋友之间的义气虽然不像官方伦理那样大肆宣扬"为子死孝，为臣死忠"，秦叔宝为了义气可以离开母亲半年之久，并非"死孝"，为了义气可以"烛焰烧捕批"⑤，并非"死忠"。但秦叔宝并不违背官方伦理所

① 欧阳健：《历史小说史》，杭州：浙江古籍出版社 2003 年版，第 107 页。
② 欧阳健：《历史小说史》，杭州：浙江古籍出版社 2003 年版，第 190 页。
③《隋史遗文序》，载袁于令评改：《隋史遗文》，宋祥瑞校点，北京：北京大学出版社 1988 年版。以下引文未注明出处者，均见该序。
④ 袁于令评改：《隋史遗文》，宋祥瑞校点，北京：北京大学出版社 1988 年版，第 1 页。
⑤ 袁于令评改：《隋史遗文》，宋祥瑞校点，北京：北京大学出版社 1988 年版，第 247 页。

要求的忠孝精神，他孝敬母亲，让众多朋友来为母亲祝寿，恪守人子之礼；他办差用心，也听从上司安排，尽一个官府人的本分。小说的江湖义气和官方伦理时有冲突，所谓"盖本意原以补史之遗，原不必与史背驰也"主要是借史来抬高自己而已。小说中对"忠"的理解，显然与传统不符，秦叔宝四易其主，谈不上"忠"，但他重义，且最后归于真主李世民，就得到大力褒扬。小说结尾的诗赞云："天生豪杰不寻常，去就还须顺彼苍。好人真为扶社稷，莫倚僭窃逞强梁。"① 这显然是主张乱世英雄要识时务，方可青史留名，所谓识时务，也是以最后的成败论英雄，李世民和李密、王世充一样，都是"僭窃"，但他成功了，就是真主。英雄遇到真主，则可易故主而事之。这种大肆宣扬"相天心，归真主"② 的做法与袁于令本人有一定的关系。他"在明朝只是一个秀才，到清朝做到知府"③，作为与东林党关系密切之人，这种有损名节之事是需要辩解的。于是他借《隋史遗文》来为自己的贰臣行为张目。鉴于此，有论者指出，该书的序虽然写在崇祯六年（1633 年），但最后成书当在清朝立国定鼎之后④。就评改者袁于令而言，他从民间伦理出发，以江湖义气为主来改编小说，自有其道理。他性格狂狷，不拘形迹，屈节仕清，后罢官，"落魄终生"⑤。他屈节仕清，说明他有识时务的一面，加上其狂狷的性格，传统的官方伦理那一套死节概念，他应该是不会遵从的；他不拘形迹，投合江湖人士的义气行事，与官方的规矩不合。就袁于令个人的情况看，小说中对官方伦理的背离和对民间伦理的认同，似乎是理所当然的选择。

相较之下，《隋炀帝艳史》中的炀帝故事不再是背景，而是小说的主要内容，但和大多帝王故事写沙场厮杀、治国谋略等大事件不同，《隋炀帝艳史》"单录炀帝奇艳之事"⑥ 而不及其余，这种独特的选材让炀帝成为历代帝王中以艳史留名的第一人。从笑痴子的《隋炀帝艳史叙》、野史主人的《艳史序》、委蛇

① 袁于令评改：《隋史遗文》，宋祥瑞校点，北京：北京大学出版社 1988 年版，第 521-522 页。

② 袁于令评改：《隋史遗文》，宋祥瑞校点，北京：北京大学出版社 1988 年版，第 521 页。

③ 石昌渝：《中国小说源流论》，北京：生活·读书·新知三联书店 1994 年版，第 315 页。

④ 石昌渝：《中国小说源流论》，北京：生活·读书·新知三联书店 1994 年版，第 315 页；石雷：《〈隋史遗文〉成书于清初辨》，《中南民族大学学报》（人文社会科学版）2017 年第 6 期，第 162-165 页。

⑤ 宋祥瑞：《袁于令和〈隋史遗文〉》，载袁于令评改：《隋史遗文》，宋祥瑞校点，北京：北京大学出版社 1988 年版，第 523-528 页。

⑥ 齐东野人编演：《隋炀帝艳史》，载《古本小说集成》编委会编：《古本小说集成》（第三辑），上海：上海古籍出版社 2017 年版，第 4 页。

居士的《艳史题辞》以及小说的"凡例"来看，齐东野人编演《隋炀帝艳史》，有其复杂的伦理定位①：①以史为贵。小说虽然写炀帝奇艳之事，但如"凡例"第一条所言，反对"捕风捉影，以眩市井耳目"，而是"引用故实，悉遵正史，并不巧借一事，妄设一语，以滋世人之惑"。小说"根据《大业杂记》、《隋遗录》、《海山记》、《开河记》、《迷楼记》诸书，很少虚构"②。②娱悦耳目。笑痴子"叙"中不掩对隋炀帝艳史的羡慕，称赞道："虽志不合于古先，为淫为荒，然不妨于我身而偶一为之，则有异。种种媚人，种种合趣，种种创万祀之奇，种种无道学气，无措大气，亦无儿女子气，并无天子气者，则孰非可惊可喜，而称艳者乎？试问古今来孰有如隋之炀帝者？""凡例"第五条云："炀帝为千古风流天子，其一举一动，无非娱耳悦目，为人艳羡之事"，从"叙"和"凡例"来看，委蛇居士《题辞》对小说"果取振励世俗之故欤？抑主娱悦耳目而然欤？"的疑问，当有一个明确的倾向性，即"娱悦耳目"为主。③讥讽规谏。小说虽然主要是为了娱悦耳目，但以史为贵还是让小说带上了以史为鉴的规劝之意。"凡例"第二条云："著书立言，无论大小，必有关于人心世道者为贵。《艳史》虽穷极荒淫奢侈之事，而其中微言冷语，与夫诗词之类，皆寓讥讽规谏之意。使读者一览，知酒色所以丧身，土木所以亡国，则兹编之为殷鉴，有裨于风化者岂鲜哉！"在同一部小说中，既想娱悦耳目，又想讥讽规谏，小说的伦理定位呈现出多元化姿态。如何将多元化的伦理定位统一于小说之中，小说编者采取了果报观念来解决这一问题。一方面，将炀帝的奇艳之事纳入因果报应的框架中，如野史主人"序"所言：炀帝的奇艳之事及随之而来的种种恶迹，均非人力所能抗之，"此天意也。曷地震青宫，风飓南郊，识者已有杞忧，而叔德袭爵，日角龙迹占王气者，预卜长安天子……固将令天下串一牟尼珠，尽抵掌百口，阿摩（炀帝乳名——引者）以垂一大果报也。"另一方面，在因果报应的框架中，既流露出对奇艳之事的欣赏，如"凡例"中所言"独隋炀帝繁华一世，所行皆可惊可喜之事"（第三条），"炀帝繁华佳丽之事甚多，然必有幽情雅韵者

---

① 笑痴子、野史主人、委蛇居士、齐东野人显然均为化名，不妨将其理解为同一人，即使不是同一人，也当认同为小说之友人，其观点可互为补充，融为一体。下文"叙"、"序"、"题辞"及"凡例"中引文，均见齐东野人编演：《隋炀帝艳史》，载《古本小说集成》编委会编：《古本小说集成》（第三辑），上海：上海古籍出版社2017年版，余下不再一一注出。

② 齐东野人编演：《隋炀帝艳史》，载《古本小说集成》编委会编：《古本小说集成》（第三辑），上海：上海古籍出版社2017年版，第1页。

方采入"（第六条）以及"意中妙境尽婉转逗出"（第七条），莫不显示出对炀帝奇艳之事的赞赏姿态；同时又在奇艳之事中寄寓伦理警示之意，"序"指出炀帝"种种淫肆，正所谓不戢自焚，多行速毙耳"，"题辞"则将炀帝奇艳之事与"隋祀之绝"直接联系起来："其间描写情态，布置景物，不能无靡丽慆淫荡心佚志之处，而要知极张阿摩之侈政，以暗伤隋祀之绝。暗伤隋祀之绝，还以明彰世人之鉴见。乐不可极，用不可纵，言不可盈，父子兄弟之伦，尤不可灭裂如斯也。"小说虽然写奇艳之事，却"有关世俗，大裨风教"。从《隋炀帝艳史》复杂的伦理定位和因果报应框架来看，小说编演者从诸多史书中编演出这样一个故事，是将规范伦理包裹在德性伦理的外衣之中，小说从炀帝个人的德性伦理出发，却始终无法抛弃帝王应有的规范伦理，特别是小说最后感叹大隋"一统江山，被炀帝风流浪荡了一十三年，遂冰消瓦解"①，风流天子的个人才情最终还是受到江山"冰消瓦解"的谴责。

2. 对人物的伦理关注有不同的偏好

同一故事有不同版本，除了小说家对小说有不同的伦理定位外，读者接受时的伦理偏好也起了一定作用。小说家之所以会有某种伦理定位，与当时的社会伦理偏好也有一定关系，当小说刊刻后，能否得到世人的欢迎，则与世人的伦理偏好有直接关系。同一故事的不同版本，世人的关注点能体现出对某种伦理的偏好。不妨仍以隋炀帝故事为例。

《隋唐两朝史传》万历四十七年（1619 年）刊本全名《镌杨升庵批点隋唐两朝史传》，书前除林瀚的《隋唐志传叙》外，还有杨慎的《隋唐史传序》。据褚人获《隋唐演义》所载林瀚《隋唐演义原序》，林瀚《隋唐志传叙》当作于"正德戊辰仲春花朝后五日"②，戊辰为正德三年（1508 年）。万历四十七年（1619 年）刊本所载杨慎之"序"，没有时间标记，但正德三年（1508 年）杨慎才 20 岁，作"序"的可能性不大，因此不妨将杨慎之"序"看作是正德三年到万历四十七年间，世人对该小说接受的一个代表性意见。"序"云："自古帝王膺命首出，必有为之肇其端者，及其子孙之不守，亦必有为之致其乱者，是故异代之兴

---

① 齐东野人编演：《隋炀帝艳史》，载《古本小说集成》编委会编：《古本小说集成》（第三辑），上海：上海古籍出版社 2017 年版，第 1317-1318 页。

②《隋唐两朝史传》，载《古本小说集成》编委会编：《古本小说集成》（第三辑），上海：上海古籍出版社 2017 年版，第 2 页。

废，虽曰天命，岂非人事哉！"①从异代兴废出发，隋炀帝提供了一个反面教材，"炀帝乃一代之聪明人杰也，然不以天下国家为事，而独与蛾眉皓齿，日恣乐于曲房隐间之中……纵有旷古之奇才，绝世之逸致，毫无裨于治理之规模……致使……变起萧蔷，祸生几席，而帝犹罔闻也。及至宇文化及之刀加于好头颈之上，而后始悟则死矣"②。杨慎对隋炀帝故事的理解，以是否有利于"治理之规模"为衡量帝王的标准，与林瀚的"叙"中的"有关于风化"遥相呼应。万历刊本出来后，该书基本上也被看作是正史的演义，清人褚人获康熙三十四年（1695年）《隋唐演义序》云："昔人以《通鉴》为古今大帐（账）簿，斯固然矣。第既有总记之大帐（账）簿，又当有杂记之小帐（账）簿，此历朝传志演义诸书所以不废于世也。他不具论，即如《隋唐志传》，创自罗氏，篡辑于林氏，可谓善矣。"③褚人获所言，说明万历刊本一直被世人看作记录隋唐的"小帐（账）簿"，有类似《资治通鉴》之功。

《隋炀帝艳史》和《隋史遗文》，读者在接受时基本迎合齐东野人和袁于令在小说中流露出来的伦理选择，一般不以人物是否符合传统的儒家伦理规范为关注点，而是关注人物个性所体现出来的伦理内涵。《隋炀帝艳史》关注帝王的情感生活，将国家大事和帝王的个人才情纠结在一起，这至少反映了三方面的社会心态：①随着商品经济的发展和阳明心学的盛行，传统的儒家道德和伦理规范受到挑战，社会上兴起一股"主情"潮流，个人的情感行为受到关注，冯梦龙《情史叙》宣扬的"私爱以畅其悦"④当为一股时代潮流，明后期艳情小说泛滥可为证明。对帝王私人情感生活的关注，正是"主情"时代潮流的产物。②《金瓶梅》等世情小说在描摹世态人情的同时，也反映了当时"风俗颓败，道德沦丧"的状况和士人对"正风俗"的渴望⑤。《隋炀帝艳史》受《金瓶梅》的影响很明显，小说"以隋炀帝的宫廷生活为中心，完全不同于以往的历史演义小说，却非常接近《金瓶梅》的结构方式"，"隋炀帝很有点像西门庆，西门庆纵欲败家，

---

① 《隋唐两朝史传》，载《古本小说集成》编委会编：《古本小说集成》（第三辑），上海：上海古籍出版社 2017 年版，第 1-2 页。

② 《隋唐两朝史传》，载《古本小说集成》编委会编：《古本小说集成》（第三辑），上海：上海古籍出版社 2017 年版，第 2-5 页。

③ 丁锡根编著：《中国历代小说序跋集》（中），北京：人民文学出版社 1996 年版，第 958 页。

④ 詹詹外史：《情史叙》，载黄霖、韩同文选注：《中国历代小说论著选（修订本）》（上），南昌：江西人民出版社 2000 年版，第 237 页。

⑤ 赵兴勤：《古代小说与传统伦理》，太原：山西人民出版社 2005 年版，第 123 页。

隋炀帝纵欲亡国"①，小说甚至被认为不是历史小说，而是"《金瓶梅》之后、《红楼梦》之前所谓'人情小说'中成就最高的一部作品"②。《隋炀帝艳史》与"道德沦丧"的现状和"正风俗"的期盼不无关系。③小说"凡例"第二条云："使读者一览，知酒色所以丧身，土木所以亡国"③，将《隋炀帝艳史》的教化之意具体化，这当有所指。明代自武宗以下，只顾自己玩乐不顾国事的皇帝不乏其人。武宗在太监刘瑾等人的诱导下玩物丧志，即位之初就微服出宫去找乐子，正德二年（1507 年），耗费巨资"作豹房"④，此后便沉湎于豹房，将宫中当作自己的玩乐场所，与隋炀帝很像。世宗于嘉靖二十一年（1542 年）"宫人谋逆伏诛"⑤后长期不理朝政；神宗在万历十年（1582 年）张居正死后，开始恣意妄为，长期不上朝。武宗、穆宗、神宗、光宗都沉迷于女色，熹宗则沉迷于自己的木工活，除思宗（崇祯）算是励精图治以外，明中后期的皇帝身上都有隋炀帝的只顾自己玩乐不顾江山的影子。由于帝王不务正业，"有识之士已感到朱明王朝倾倒在即，而又于世无补，回天无力，只能作末世的感叹而已……文字间都有一种国祚不继的不祥之感"⑥。在这样的时代氛围中，齐东野人写《隋炀帝艳史》，以期在社稷危亡之秋，通过"对朱明王朝的绝望情绪"⑦，来给世人敲响警钟⑧。

《隋史遗文》和《隋炀帝艳史》既有相同之处，又有不同之处。相同之处是都不再像传统的历史演义那样关注历史大事和帝王的经国大业，不同之处是将关注的对象从帝王的私生活转移到正史记载很少的草莽英雄。《隋炀帝艳史》所记，有《隋遗录》等古书可循；《隋史遗文》、《旧唐书》卷六十八和《新唐书》卷八十九都从秦叔宝为隋将来护儿部下写起，其早年经历付诸阙如，其他介绍也很简单，小说中的秦叔宝形象大多靠民间传说和作者的想象而成。孙楷第先

① 石昌渝：《中国小说源流论》，北京：生活·读书·新知三联书店 1994 年版，第 365 页。

② 李悔吾：《隋炀帝艳史·前言》，载齐东野人：《隋炀帝艳史》，不经先生评，李悔吾校点，武汉：长江文艺出版社 1985 年版，第 12 页。

③ 齐东野人编演：《隋炀帝艳史》，载《古本小说集成》编委会编：《古本小说集成》（第三辑），上海：上海古籍出版社 2017 年版，第 2 页。

④ 张廷玉等：《明史》卷十六，北京：中华书局 1974 年版，第 201 页。

⑤ 张廷玉等：《明史》卷十七，北京：中华书局 1974 年版，第 231 页。

⑥ 石昌渝：《中国小说源流论》，北京：生活·读书·新知三联书店 1994 年版，第 315 页。

⑦ 石昌渝：《中国小说源流论》，北京：生活·读书·新知三联书店 1994 年版，第 315 页。

⑧ 石雷：《史为我用：论〈隋史遗文〉创作主旨及与时代之关系》，《南京师大学报》（社会科学版）2011 年第 4 期，第 140-148 页。

生援引《板桥杂记》所载，当时的著名说书人柳敬亭，"犹说秦叔宝见姑娘"，进而指出，"敬亭所说，以罗彝妻为叔宝姑母，正与此书同。则此书秦叔宝诸人事，盖是万历以后柳麻子一流人所揣摩敷衍者，于令亦颇采其说而为书耳"①。这说明秦叔宝的故事在民间流传甚广，普通民众对秦叔宝这样的草泽英雄感兴趣，至少折射出两方面的社会心态：①渴望英雄豪杰。或许是晚明社会状况不佳的缘故，民众企盼有豪杰来拯救世道，"英雄、豪杰不仅为知识阶层所普遍接受，而且成为一种较为大众化的人格"②，在时人眼中，"英雄、豪杰并不像圣人，是至善的化身；而是活生生的人，有自己的理想、自己的生活，甚至喜怒哀乐。但英雄、豪杰又不同于凡人"③，他们是正义的化身。小说中的秦叔宝也有个人的小算盘，第二十一回逛灯市，他记着李靖的叮嘱，提醒友人凡事"以忍耐为先"，怕给自己惹麻烦④，第二十三回，当得知宇文惠及的恶行时，就再也不记得李靖的叮嘱，将宇文惠及打死，该回回末"总评"云："其直前处，正侠烈处，未可与腐儒道也。"⑤评语代表了一般民众对秦叔宝打抱不平、锄强扶弱的侠义行为的赞叹和敬仰。②英雄不问出处。随着晚明商品经济的发展，市民阶层逐渐壮大，打乱了原有的社会尊卑秩序，汪道昆那句振聋发聩的"良贾何负闳儒"的呼喊，说明社会上已经普遍形成一种重利的价值观，利益驱使加上由来已久的对帝王将相的膜拜，传统的"重义贱利"基本上已被"重利荣身"的价值观所取代（重视名节的东林党人，反对征收商业税，也很难说没有出于自身利益的考虑）。既然是"重利荣身"，秦叔宝追逐自身利益，几经周折，最终依附真主而功成名就，成为大唐凌烟阁英雄，就令人羡慕。只要结果是"荣身"，只要不违背正义，秦叔宝即使出身草泽，也仍然是英雄。一个凌烟阁的英雄原本只是身份低微的普通人，这也给大多数身份低微之人带来了成功的希望。小说对秦叔宝身世遭际和奋斗历程的描写，折射出民众"以一种顽强、自信的态度来追求功名富贵的梦想"⑥。

---

① 孙楷第：《日本东京所见小说书目》，北京：人民文学出版社1958年版，第185页。
② 陈宝良：《明代社会转型与文化变迁》，重庆：重庆大学出版社2014年版，第301页。
③ 陈宝良：《明代社会转型与文化变迁》，重庆：重庆大学出版社2014年版，第302页。
④ 袁于令评改：《隋史遗文》，宋祥瑞校点，北京：北京大学出版社1988年版，第167页。
⑤ 袁于令评改：《隋史遗文》，宋祥瑞校点，北京：北京大学出版社1988年版，第189页。
⑥ 彭知辉：《〈隋史遗文〉与晚明评话及民众心态》，《湖南第一师范学报》2001年第1期，第21-24页。

（二）人物形象演化的伦理接受

明代历史小说的伦理接受还体现在对历史人物的接受上。虽然历史人物很多，但由于历史小说主要记录历代兴废存亡之事，历史人物的主要类型不外乎帝王将相、乱臣贼子。明代历史小说记载同一帝王的故事基本上大同小异，即使像《大唐秦王词话》《唐书志传通俗演义》《隋史遗文》这些表面上看起来内容差别明显的故事，秦王李世民的形象也大体一致，谈不上故事演变，像隋炀帝那样由于小说主旨不同而呈现出不同形象的情况实属罕见；和帝王类似，历史小说中忠臣良将的形象也大体一致。历史小说中人物形象出现明显差异的，主要有两类，一类是有争议的将领，另一类是无争议的奸佞之人，这两类人物形象都出现在晚明时期。前者以袁崇焕和毛文龙为代表，魏阉小说和辽事小说中的袁崇焕形象有天壤之别，明末时事小说和清初《樵史通俗演义》中的毛文龙形象也反差明显；后者以魏忠贤为代表，不同时间段的魏阉小说中，魏忠贤的形象也有所变化。人物形象的变化，折射出明末世风的变化。

1. 有争议的袁崇焕

"魏忠贤系列"小说中的袁崇焕均以魏忠贤对立面的正面形象出现。成书于崇祯元年（1628 年）六月的《警世阴阳梦》第二十三回，叙魏忠贤巡视至宁远，补叙了天启四年（1624 年）守宁远的情形，"那时亏了督抚袁公叫做袁崇焕，有智谋有胆略……打死奴酋无数……奴贼大败而去"。因为战争，宁远"穷乏消索，官府没处设法钱粮贿赂这魏忠贤，魏忠贤因此恨了袁公，嘱托心腹来劾他，不准这功绩，不与他封荫"[①]。袁崇焕的疆场谋略和魏忠贤的挟私报复形成对照。成书于崇祯元年（1628 年）八月的《魏忠贤小说斥奸书》第二十七回，叙袁崇焕根据形势坚守宁锦，"以逸待劳"，魏忠贤却借机邀功并打压袁崇焕："近日宁锦危急，实赖厂臣调度有方，以致奇功……袁崇焕暮气难鼓，物议滋多，准引疾求去"，兵部尚书霍维华主持公道，愿意将自己的功劳让给防守边关的袁崇焕，反而激怒了魏忠贤，"将袁巡抚前次的荫都夺去，逐之回藉（籍）。可惜这袁巡抚呵"。接着便是对袁崇焕的诗赞："身躬介胄固封疆，山斗威名播白狼。苦战阵云消羽扇，奇谋边月唱沙囊。帐罗死士金应尽，内有权奸志怎偿。

---

① 长安道人国清编次：《警世阴阳梦》，载《古本小说集成》编委会编：《古本小说集成》（第一辑），上海：上海古籍出版社 2016 年版，第 376-377 页。

一黜已甘酬不职，愧无余策赎榆桑。"①在将袁崇焕和魏忠贤对照的基础上，流露出对袁崇焕的赞叹和惋惜之情。成书于崇祯元年的《皇明中兴圣烈传》卷四"袁部院锦宁破虏"，直接以岳飞和秦桧来比拟袁崇焕和魏忠贤："大抵奸臣多是如此，如秦桧之流可见。所以忠贤也不喜袁崇焕，似岳武穆与秦桧一样的不相浹。"②天启七年（1627 年）锦宁之战时，魏忠贤故意延缓粮草供应，袁崇焕动员城中商人富户筹措钱粮，取得锦宁大捷，"魏忠贤见报袁公建这大功，却道是他差内官总督之功"③。袁崇焕之忠勇，卷五叙皇恩时以"圣旨：袁崇焕拮据岩强，忠劳茂著"④对其加以定论。

袁崇焕在魏阉小说中的忠勇形象，在辽事小说中演变为罪人。大约作于崇祯三年的《近报丛谭平虏传》《镇海春秋》《辽海丹忠录》都谴责袁崇焕。《平虏传》突出大明整体部署和皇帝圣明，对袁崇焕颇有责难，卷二"风传奴书缚督师"一则，言"崇焕奉旨总督四镇之谓，何其失算"，在具体罗列了四大失算之后，指出这些失算"固袁之罪也"⑤。《镇海春秋》将袁崇焕基本上写成一个奸贼，第十九回，袁崇焕杀害毛文龙后，崇祯召其觐见，他以"须遣紧身金王二监出质"为条件，满足条件后才去见崇祯，崇祯以貂裘赠之，之后，便是"有诗为证：权臣误国肆奸谋，天地凌夷社稷忧。圣主弘仁安反侧，却于殿上赐貂裘"⑥。以"奸谋"视其行为。第二十回崇祯再次召见袁崇焕，他以为皇帝信任自己，就应召前往，看到被自己部下射伤的总兵满桂也在面圣时，"心下暗自道：满桂已曾身中数矢，如何还不伤命？"⑦典型的小人心态；当无法抵赖而

① 吴越草莽臣：《魏忠贤小说斥奸书》，载《古本小说集成》编委会编：《古本小说集成》（第一辑），上海：上海古籍出版社 2016 年版，第 291-293 页。

② 西湖义士述：《皇明中兴圣烈传》，载《古本小说集成》编委会编：《古本小说集成》（第三辑），上海：上海古籍出版社 2017 年版，第 301 页。

③ 西湖义士述：《皇明中兴圣烈传》，载《古本小说集成》编委会编：《古本小说集成》（第三辑），上海：上海古籍出版社 2017 年版，第 307 页。

④ 西湖义士述：《皇明中兴圣烈传》，载《古本小说集成》编委会编：《古本小说集成》（第三辑），上海：上海古籍出版社 2017 年版，第 407 页。

⑤ 吟啸主人：《近报丛谭平虏传》，载刘世德、陈庆浩、石昌渝主编：《古本小说丛刊》（第五辑），北京：中华书局 1990 年版，第 1596-1598 页。

⑥《镇海春秋》，载《古本小说集成》编委会编：《古本小说集成》（第五辑），上海：上海古籍出版社 2017 年版，第 288-290 页。

⑦《镇海春秋》，载《古本小说集成》编委会编：《古本小说集成》（第五辑），上海：上海古籍出版社 2017 年版，第 295-296 页。

被锦衣卫拿下时，眉批云："早知今日事如此，何不当初莫用心。"①袁崇焕被拿下后，"长安街上就是三岁的孩童，听说拿了袁崇焕，也都是满口赞颂圣上英明的……诗曰：无奈觊觎图八骏，岂容跋扈藐三章。圣明忽下收奸诏，海宇苍生喜色扬"②。袁崇焕俨然是一个意图谋反的乱臣贼子。相较之下，《辽海丹忠录》没有刻意丑化袁崇焕，但他不顾大局，因嫉妒和见解不同而杀害毛文龙，终致误国，可谓朝廷之罪人。第三十九回回首诗最后所说的"同室横戈矛，虏得乘其敝。误国竟何如，天诛想难贳"③，非常清楚地表达出了袁崇焕同室操戈而误国、该遭天诛的意思。

袁崇焕形象的变化，与时事密切相关。袁崇焕于天启六年（1626 年）取得宁远大捷，又于天启七年（1627 年）取得宁锦大捷，虽然有这些丰功伟绩，最终却被魏忠贤陷害而辞官回乡。崇祯即位后，魏忠贤身死，袁崇焕复起，崇祯元年（1628 年）四月为"兵部尚书兼右副都御史，督师蓟、辽，兼督登、莱、天津军务"，七月，受崇祯平台召见，夸下"计五年，全辽可复"的海口，被倚为"国之长城"④。崇祯元年，魏忠贤几乎人人喊打，袁崇焕则如日中天，成书于该年的三部魏阉小说，挞伐魏忠贤的同时褒扬袁崇焕是理所当然的选择。到崇祯三年（1630 年），因敌方反间计说袁崇焕与后金"密有成约"，袁崇焕被下狱，"八月遂磔崇焕于市"⑤，三部辽事小说均未提及袁崇焕之死，当作于该年八月之前。但袁崇焕既因通敌而下狱，则是国之奸贼，小说将其定位为罪人可说是顺时而为。

和袁崇焕的形象类似，毛文龙的形象在《辽海丹忠录》和《樵史通俗演义》中也截然不同，前者是忠心为国的"国防长城"，后者是虚张声势的自私小人，此不赘述。

2. 无争议的魏忠贤

和袁崇焕忽而忠勇忽而罪孽的形象相比，魏忠贤的奸贼形象没有争议，但不

①《镇海春秋》，载《古本小说集成》编委会编：《古本小说集成》（第五辑），上海：上海古籍出版社 2017 年版，第 298 页。

②《镇海春秋》，载《古本小说集成》编委会编：《古本小说集成》（第五辑），上海：上海古籍出版社 2017 年版，第 299 页。

③ 孤愤生：《辽海丹忠录》，载《古本小说集成》编委会编：《古本小说集成》（第一辑），上海：上海古籍出版社 2016 年版，第 680 页。

④ 张廷玉等：《明史》卷二百五十九，北京：中华书局 1974 年版，第 6712-6713 页。

⑤ 张廷玉等：《明史》卷二百五十九，北京：中华书局 1974 年版，第 6718-6719 页。

同小说中的魏忠贤形象，仍有很大差异。崇祯元年的三部魏阉小说和南明时期的《梼杌闲评》①，魏忠贤固然都是奸贼，但奸贼的面貌却是不一样的。《警世阴阳梦》以"阳梦"和"阴梦"的形式，分别展示魏忠贤的奸贼形象的不同方面。"阳梦"开篇就明确了魏忠贤是一个"欺君误国""恶贯满盈"之人②，前三卷刻画了发迹前魏忠贤的"可羞、可鄙"的无赖形象，后五卷刻画了发迹后魏忠贤的"可畏、可恨"的祸国殃民的权奸形象。"阴梦"只有两卷，刻画了魏忠贤的"可痛、可怜"的认罪形象，乃长安道人"梦游地府"③所看到的魏忠贤遭受恶报之情形。小说以说"梦"的形式来刻画魏忠贤形象，魏忠贤的"阳梦""阴梦"固然能起一定的警世作用，但"梦游地府"这种虚幻想象让这警世作用又大打折扣。和《警世阴阳梦》的虚幻想象不同，《魏忠贤小说斥奸书》侧重实录，《皇明中兴圣烈传》则虚幻实录兼具。《魏忠贤小说斥奸书》通过大量的政务章疏，将魏忠贤的"奸"像一步步描画出来。小说中的魏忠贤，不仅没有《警世阴阳梦》中的"可痛、可怜"形象，发迹前也不是《警世阴阳梦》中的"可羞、可鄙"形象，而是一种"志气还从屈折坚"④的历经磨难的形象，发迹后固然有《警世阴阳梦》中的"可恨"，但少了其中的"可畏"。魏忠贤恶事做尽，但小说站在道德制高点上，并不觉得其可畏。第十一回回末评云："此回欺妄处神鬼可瞒，情真处木石俱动，能令人笑，能令人悲，能令人怒，能令人悻悻而欲死"⑤，但不能令人畏。魏忠贤败亡之际，叙述者颇有嘲讽之情："庸夫自合老耕农，浪欲分茅拜上公。时事已殊难守贵，印消印刻片时中。"⑥总体而言，《魏忠贤小说斥奸书》中的魏忠贤，是一个"可恨可笑"之人。《皇明中兴圣烈传》兼采《警世阴阳梦》之虚构附会和《魏忠贤小说斥奸书》之实录，"从邸报中与一二

①《梼杌闲评》成书当在南明时期，见《校点后记》，载刘文忠校点：《梼杌闲评》，北京：人民文学出版社 1983 年版，第 570 页。

② 长安道人国清编次：《警世阴阳梦》，载《古本小说集成》编委会编：《古本小说集成》（第一辑），上海：上海古籍出版社 2016 年版，第 8 页。

③ 长安道人国清编次：《警世阴阳梦》，载《古本小说集成》编委会编：《古本小说集成》（第一辑），上海：上海古籍出版社 2016 年版，第 523 页。

④ 吴越草莽臣：《魏忠贤小说斥奸书》，载《古本小说集成》编委会编：《古本小说集成》（第一辑），上海：上海古籍出版社 2016 年版，第 21 页。

⑤ 吴越草莽臣：《魏忠贤小说斥奸书》，载《古本小说集成》编委会编：《古本小说集成》（第一辑），上海：上海古籍出版社 2016 年版，第 181 页。

⑥ 吴越草莽臣：《魏忠贤小说斥奸书》，载《古本小说集成》编委会编：《古本小说集成》（第一辑），上海：上海古籍出版社 2016 年版，第 398 页。

旧闻演成小传"①，小说平铺直叙，乏善可陈，魏忠贤只是一个恶贯满盈的形象而已，其流放凤阳途中受到冤魂索命，固然带点因果报应的色彩，但最主要的还是突出其恶行。《梼杌闲评》则在魏忠贤作恶之中穿插其情感经历，描绘他和客印月之间因明珠缘而来的真诚情感。他一方面作恶多端，是一个祸乱朝纲的奸贼，另一方面又真情不渝，对皇帝忠心，对朋友义气，对爱情真诚，而且他和客印月都是赤蛇转世，之所以为害作乱，是为了复前世火烧蛇穴之仇。这样一来，《梼杌闲评》中的魏忠贤，既是奸贼，也是有情义的复仇者。同时，他还有一个深明大义的妻子傅如玉和一个出污泥而不染的儿子傅应星，他死之后，傅如玉还做道场为其超度。小说最终将一切归于超度时碧霞元君所说的"无无非空，色色非有，无色非空，无空非色"②这样的佛家偈语，魏忠贤的奸贼形象由此带有一种温暖的人情味道和虚无色彩。

魏忠贤形象的差异和小说问世的时间有关。《警世阴阳梦》、《魏忠贤小说斥奸书》和《皇明中兴圣烈传》均成书于崇祯元年，此时魏忠贤虽然身死，但阉党势力仍在，到崇祯二年（1629 年）才正式"定逆案，自崔呈秀以下凡六等"③，崇祯三年（1630 年），袁崇焕冤死，与"魏忠贤遗党王永光、高捷、袁弘勋"等人的落井下石有关④，这说明在崇祯元年出版这三部魏阉小说，还是有一定风险的。《魏忠贤小说斥奸书》和《皇明中兴圣烈传》中不乏抄录邸报等时事材料，且均对崇祯皇帝加以歌颂，这应该是最保险的做法。《警世阴阳梦》则采用说梦的方式，将一个现实中的政治突变事件置换为阳梦和阴梦的对照，其识语云："魏监微时，极与道人莫逆；权幸之日，不听道人提诲。瞥眼六年受用，转头万事皆空，是云阳梦。及至既服天刑，大彰公道，道人复梦游阴府，见此一党权奸，杻械锁枷，遍历诸般地狱，锉烧舂磨，惨逾百倍人间，是云阴梦。演说以警世人，以学至人无梦。"⑤以见证人的眼光来写魏忠贤的故事，其目的在警醒世人。三部小说在魏忠贤的故事有定论之前就迫不及待地于同年问世，说明魏忠贤

① 西湖义士述：《皇明中兴圣烈传》，载《古本小说集成》编委会编：《古本小说集成》（第三辑），上海：上海古籍出版社 2017 年版，第 3 页。

② 刘文忠校点：《梼杌闲评》，北京：人民文学出版社 1983 年版，第 565 页。

③ 张廷玉等：《明史》卷二十三，北京：中华书局 1974 年版，第 311 页。

④ 张廷玉等：《明史》卷二百五十九，北京：中华书局 1974 年版，第 6719 页。

⑤ 长安道人国清编次：《警世阴阳梦》，载《古本小说集成》编委会编：《古本小说集成》（第一辑），上海：上海古籍出版社 2016 年版，封面。

的故事在当时影响很大。宁远大捷、努尔哈赤身死，让国防有了希望，崇祯即位，力图奋发，让振兴有了可能，但大明王朝仍处于内忧外患之中，此时叙魏忠贤之恶，意味着内忧外患的形势与魏忠贤有关，传达出一种锄奸保国的家国情怀，魏忠贤之恶有恶报，又回到善恶昭彰的规范伦理传统，这意味着在国家危难之际，在强国目标的驱使下，晚明盛行一时的个性主义有所收敛。到《梼杌闲评》问世时，大明已亡，南明小朝廷一直处于风雨飘摇之中，这就不能不让人反思：魏忠贤纵然作恶多端，但弄权不过六年而已，崇祯励精图治十六年多，仍不能摆脱大明王朝灭亡的命运，是否冥冥中有天数使然？《梼杌闲评》在揭露魏忠贤罪恶的同时将其罪恶写成报前世之仇的结果，最后又将一切归于"空""色"关系之中，透露出一种万事皆休的虚无和沧桑，以及一种无力回天的失落和无奈。这意味着小说即使需要规范伦理，也不应该是其全部，情感的个性化才是"空""色"关系的最好例证。

故事演化主要出现在时事小说中，其原因主要有三：①时间限制。由于时事小说问世与故事发生的时间间隔较短，有些事情真相还不明朗，人物也还有争议，不同的故事接受者容易从各自的角度来理解故事和人物，同一个故事和人物在不同的小说中容易出现不同甚至对立的面貌，袁崇焕在魏阉小说中的忠勇形象和在辽事小说中的罪人形象与小说作者的认识有关，而小说作者的认识又与当时的情势有关。虽然崇祯初年的三部魏阉小说和崇祯三年的三部辽事小说，成书时间只差两年，但这两年，由于袁崇焕下狱事件的发生，袁崇焕从一个抵御外族的英雄变为一个勾结外族的罪人，事件发生前，小说写其英雄的一面，事件发生后，小说写其罪人的一面，都是很自然的选择。②生员言事。明初为"杜绝生员侥幸进用之路"，不许生员言事；"自明代中叶以后，生员上疏言事之例，不绝如缕。天启年间，魏忠贤专权，生员言事，更见频繁……崇祯年间……生员上疏言事，蔚然成风"[1]。结合晚明的社会现状，这种不太合乎律法的"言事"，未尝没有"天下兴亡，匹夫有责"的豪迈情怀。在这样的社会环境中，时事小说作者由于身份所限，虽不能在朝堂言事，但可以"凭藉小说寄寓观点，表达对于重大时事的关注……参与到扭转局面改革社会的洪流中来"[2]。写作时事小说可看

---

[1] 陈宝良：《明代生员与地方社会：以政治参与为例》，载中国明史学会：《明史研究》（第 8 辑），合肥：黄山书社 2003 年版，第 21 页。

[2] 任增霞：《时事小说生成溯源新论》，《南开学报》（哲学社会科学版）2016 年第 1 期，第 114-121 页。

作一种替代性的"言事"行为，只不过是向读者发表看法而不是向朝廷建言而已。翠娱阁主人《辽海丹忠录》"序"云："顾铄金之口，能死豪杰于舌端；而如椽之笔，亦能生忠贞于毫下"，借助《丹忠录》，"议论发抒其经纬，好恶一本于大公"①。明言借小说以发好恶之感；吴越草莽臣《魏忠贤小说斥奸书》"自叙"言该书"犹之持一疏而叩阙下也，是则予立言之意"②，更坦言写小说如上疏朝廷，"言事"之用心，昭然若揭。既然可以"言事"，而且所言之事尚未定论，同一人事自然就可以有不同的面貌。③私人修史。嘉靖以后，私人修史非常活跃，或严肃或谐趣，严肃者如郑晓《九边图志》、王世贞《中官考》《锦衣志》《嘉靖以来首辅传》等，谐趣者如张瀚《松窗梦语》、沈德符《万历野获编》等，和"言事"之风相比，私人修史对时事小说的影响似乎更大一点。时事人物本来就是真实的历史，私人将其记录下来，也是保存历史的一种方法，有些时事小说抄录大量的章疏邸报，有些时事小说则有具体的纪年，这些时事小说本身就有很强的历史意识。《魏忠贤小说斥奸书》"凡例"云"是书……盖将以信一代之耳目，非以炫一时之听闻"③，清楚地交代了该书之目的不是小说之娱情，而是史家之纪实。由于时事小说的纪实功能，一些正史中不见记载之史事，通过时事小说才为后人所知，谢国桢评价《剿闯小说》时指出："是书……记事芜杂，章奏檄文，率行登入，非小说体，然当时案牍文移，亦赖之以传；明季所演时事小说，率多类是。"④私人修史与官方修史不同，对传闻的采纳可以多一些，时事小说采录时事有修史之特点，但小说本身对虚构的亲近又将同样的时事融入不同的故事之中，这样一来，时事小说中就容易出现故事演化现象。

综上所述，无论是某一小说的版本演化还是某一故事的不同版本，从接受伦理的角度看，都是具体接受者伦理选择的结果，也都离不开接受者所处时代和地域的伦理氛围，这意味着接受伦理可以超越具体的文本阐释转而关注不同文本背后的伦理原因，这也是接受伦理与阐释伦理的差异所在。

① 孤愤生：《辽海丹忠录》，载《古本小说集成》编委会编：《古本小说集成》（第一辑），上海：上海古籍出版社 2016 年版，第 4-6 页。

② 吴越草莽臣：《魏忠贤小说斥奸书》，载《古本小说集成》编委会编：《古本小说集成》（第一辑），上海：上海古籍出版社 2016 年版，第 12 页。

③ 吴越草莽臣：《魏忠贤小说斥奸书》，载《古本小说集成》编委会编：《古本小说集成》（第一辑），上海：上海古籍出版社 2016 年版，第 1 页。

④ 谢国桢：《增订晚明史籍考》，载谢小彬、杨璐主编：《谢国桢全集》（第二册），北京：北京出版社 2013 年版，第 339 页。

第五章

结语：明清历史小说叙事伦理之比较

上文从意图伦理、故事伦理、叙述伦理和接受伦理四个角度对明代历史小说的叙事伦理加以思考，主要是基于明代历史小说本身的情况来展开分析。要想让明代历史小说叙事伦理的特色更加清晰，就有必要将它和其他朝代历史小说的叙事伦理加以比较。明代之前有宋元讲史，但这些讲史平话在依托历史的同时，更倾向于民间传说，同时，"作者对于历史的无知，及随心所欲处置历史材料的态度"①，导致平话中不乏关公战秦琼、孙膑和乐毅斗智这些明显有悖于史实的故事。讲史平话，作为市井文化的组成部分，本来就不打算依托史实来进行伦理教化，它首先要做的是"藐视一切正统史书的规范，创造了另一个为市民群众抒意写愤、寄托情志的历史世界"②，和总体上"按鉴演义"的明代历史小说相比，其出发点就不一样。出发点的差异导致二者的定位也不同：宋元讲史主要为了感官娱乐，明代历史小说则是融趣味与伦理教化于一体。就叙事伦理而言，二者区别比较明显。

和明代历史小说旨趣相近的是清代历史小说，但仔细辨别，二者也有差异。从叙事伦理角度看，明代历史小说和清代历史小说之间的差别比宋元讲史和明代历史小说之间的差别要复杂得多，也重要得多，需加以辨析。作为晚出的清代历史小说，没有出现什么新的叙述形式，它和明代历史小说在叙事伦理方面的差异，主要表现在叙述伦理之外的三个方面：①就意图伦理而言，二者的伦理定位不完全一样；②就故事伦理而言，对女性的态度出现变化；③就接受伦理而言，

---

① 欧阳健：《历史小说史》，杭州：浙江古籍出版社 2003 年版，第 60 页。
② 欧阳健：《历史小说史》，杭州：浙江古籍出版社 2003 年版，第 66 页。

对历史小说的认识有所拓展。需要说明的是，此处的清代历史小说，除明清之际的时事小说外，还有清代修订和编写的历史演义，但不包含晚清历史小说。因为晚清时期已有一些西方小说观念，晚清历史小说和明代历史小说的比较难免夹杂了外来因素，这涉及中西小说观念的比较，超出了此处讨论的范围，此处只讨论明、清历史小说在意图伦理、故事伦理和接受伦理方面的差异。

一、意图伦理：由多样到单一

如第一章所言，明代历史小说的意图伦理包括真实作者"惩恶劝善"的宗旨、隐含作者"激发忠义"的目标以及叙述者"语必关风"的表现，真实作者、隐含作者和叙述者因为不同小说的具体情况而体现出多种多样的关系，有三者高度一致的《大宋中兴通俗演义》，有真实作者强行干预隐含作者的《三国志后传》，有隐含作者和叙述者不一致的《前七国孙庞演义》，有真实作者引起叙述者前后不一致的《东西晋演义》。这意味着，在某些明代历史小说中，真实作者、隐含作者和叙述者这些不同的叙事主体可以有各自的意图伦理，意图伦理从而体现出多样化特点。此外，晚明的时事小说，同一个故事可写成主旨不同的小说，意味着不同小说的叙事主体对同一故事可以有不同的伦理期待。例如，魏忠贤故事可以是为了"斥奸"，也可以是为了"警世"，这可以被视为意图伦理多样化的一种情形。

清代历史小说的意图伦理相对比较单一。具体表现为：①就新编的历史演义看，清代小说主要是歌颂忠义，其他的伦理意图基本上被忠义所掩盖。由于明代将主要的历史都演绎了一遍，所以清代新编的历史演义就比较少，杜纲的《北史演义》和《南史演义》是难得的两部历史演义小说。就这两部演义看，其意图伦理可从小说外部真实作者的伦理动机和小说内部隐含作者、叙述者伦理诉求出发来加以分析。就小说创作动机而言，孙楷第指出："小说演史自元以还最为繁多，历代史事几于遍演，唯南北史久悬，无人过问。纲乃补此二书，其铺陈事迹皆本史书，文亦纡曲匀净。"①杜纲创作这两部演义的直接动机是希望将南北史写成演义，好让史书内容以通俗的形式为大众知晓，史书中的伦理教化意图也为演义所继承。许宝善《南史演义序》指出《南史演义》虽然多有"六朝金粉"气，但不妨碍其有史书的劝惩之意及"治国平天下"之用心："夫有此国家即有

---

① 转引自欧阳健：《历史小说史》，杭州：浙江古籍出版社 2003 年版，第 357 页。

兴替，而政令之是非，风俗之淳薄，礼乐之废举，宫闱之淑慝，即于此寓焉……阅者即其事以究其故，由其故以求其心，则凡正心、修身、齐家、治国、平天下之道，胥于是乎在……且圣人删《诗》，不废郑、卫，亦以示劝惩之意。是书之作，亦犹是而已矣。"①小说蕴含之意和作者动机一致，其伦理意图均在劝惩。《南史演义凡例》第九条云："凡忠义之士，智勇之臣，功在社稷者，书中必追溯其先代，详载其轶事。暗用作传法也。"②叙述者用史书作传之法，以达劝惩之意。②就清初的时事小说看，即使是同一故事写成的不同小说，这些小说的宗旨也趋于一致，和晚明时事小说各有主旨形成对比，不妨以"剿闯小说"为例。明清之际，"剿闯小说"主要有《剿闯小说》、《新世弘勋》和《樵史通俗演义》。《剿闯小说》成书于南明弘光元年（1645 年），《新世弘勋》初刻于顺治八年（1651 年），《樵史通俗演义》第二十一回回末评语提及《新世弘勋》，成书当在《新世弘勋》之后，三部小说大体可算作清初之作。无竞氏《剿闯小说叙》透露出对李自成的切齿痛恨："君父之仇，天不共戴……则除凶雪耻之心同……于是乎闻贼之盛则怒……闻贼之衰则喜。"③蓬蒿子《定鼎奇闻序》④对李自成亦颇多微词："当明季之世，妖异迭生……覆地翻天之祸，成于跳梁跋扈之徒……兹《新世鸿勋》一编，乃载逆闯寇乱之始末。"⑤《樵史通俗演义》最后一回以幸灾乐祸的口气写李自成之死："明三百年一统天下，为闯贼残破。罗公山一死……以见流贼之结证，不过如此。以警天下后世盗贼。"⑥在贬斥李自成的同时，三部小说还不约而同地美化大清。《新世弘勋》《樵史通俗演义》刊于清初，迫于形势，美化清朝统治者，还可以理解，但《剿闯小说》问世时，南明王朝尚存，"虽匡扶之局未结，而中兴之业已肇"⑦，为贬低李自成称吴三

① 许宝善：《南史演义序》，载丁锡根编：《中国历代小说序跋集》，北京：人民文学出版社 1996 年版，第 945 页。

② 杜纲编次：《南史演义》，载《古本小说集成》编委会编：《古本小说集成》（第二辑），上海：上海古籍出版社 2017 年版，第 3-4 页。

③ 懒道人口授：《剿闯小说》，载《古本小说集成》编委会编：《古本小说集成》（第三辑），上海：上海古籍出版社 2017 年版，第 1-3 页。

④ 《定鼎奇闻》，又名《新世弘勋》《盛世弘勋》《新史奇观》。

⑤ 丁锡根编：《中国历代小说序跋集》（中），北京：人民文学出版社 1996 年版，第 1036 页。

⑥ 江左樵子编辑：《樵史通俗演义》，载《古本小说集成》编委会编：《古本小说集成》（第二辑），上海：上海古籍出版社 2017 年版，第 739-740 页。

⑦ 懒道人口授：《剿闯小说》，载《古本小说集成》编委会编：《古本小说集成》（第三辑），上海：上海古籍出版社 2017 年版，第 9 页。

桂引"虏兵"入关为"报仇雪耻"，可以说因为痛恨李自成而不顾其他了。这也透露出三部小说一个共同的宗旨，即"惩创叛逆，其于天理人心，大有关系"①。

清代历史小说意图单一，回到劝善惩恶的伦理说教，晚明时事小说对人物的多样化立场不见了，这些或许与时代形势有关。晚明享乐思潮的兴起，朝廷风雨飘摇，士人对时人时事可以发表自己的看法，不必定于一尊。明清之际，汉族士人既哀叹大明，又无力反清，却在攻击农民起义军这方面高度一致，这既是士人心态的反映，也是思想渐趋没落的象征。明末士人虽然有空泛之弊，但思想却颇为活跃，于此而言，阳明心学可谓一把双刃剑。明朝的灭亡，让这些活跃的思想无以面对现实，阳明心学的余绪也渐渐消停，传统的孔孟之道逐渐回归。在这样的背景下，小说作者站在任何统治者可以接受的攻击底层百姓叛乱的立场来追思过去，回避现实，未尝不是一种时代的选择。清初统治者为了安抚汉族士人，也采取了一些手段，如为崇祯发丧，尊孔孟，表忠烈，任用汉人主政地方，从而分化了汉人中的士人群体。入清后，原来明朝的士人群体至少分化为贰臣、遗民和逸民。按照士大夫的人格传统，贰臣境遇尴尬，始终背负着道德枷锁，如钱谦益；和贰臣截然不同的是遗民，他们坚决反对夷夏之变，或反清复明以彰民族大义，或老死山林以守民族尊严，但随着清政权的稳固，他们也只能蛰伏以待时机，如顾炎武、王夫之；但大多数士人则取中庸之道，成为逸民，不反清也不出仕，享受生活又绝缘政治，没有骨气却有廉耻，如李渔。和贰臣相比，遗民显然有强烈的夷夏卑尊的道德认知和忠于旧主的伦理气节，逸民则不反二主，但内心始终恪守不事二主的道德底线。清初统治者的文化政策，在分化士人群体的同时，还控制反清言论，兴文字狱，实行文化专制，晚明时期的娱乐纵情被肃杀雅正所取代。到乾隆末年杜纲演绎北史、南史时，已经没有了对少数民族的偏见，又不能像《三国志后传》那样借小说来表达自己的心声，所能宣扬的也只能是任何史书都有的、放之四海而皆准的劝善惩恶的内容了。

二、故事伦理：女性形象由陪衬到独立

就故事伦理而言，和明代历史小说相比，清代历史小说的一个明显变化是对女性形象的刻画。明代历史小说中，女性形象多种多样：或以大义为重，如《西

---

① 懒道人口授：《剿闯小说》，载《古本小说集成》编委会编：《古本小说集成》（第三辑），上海：上海古籍出版社 2017 年版，第 11 页。

汉演义》中的王陵母亲；或为国尽忠，如《残唐五代史演义》中的玉銮英；或贪图享乐，如《隋炀帝艳史》中的萧后；或危害朝纲，如《警世阴阳梦》中的客氏……这些女性形象，基本上都是作为男性形象的陪衬，王陵母亲和玉銮英，只是随着故事进展的需要才出现，一引导王陵为明主，一衬托朱温有坏心，二人在小说中均昙花一现；萧后和客氏虽出场次数较多，但也只是衬托炀帝和魏忠贤而已。相较之下，清代历史小说中的女性形象则由陪衬走向独立。

女性形象由陪衬走向独立，有一个过程。先是在清代修订的历史小说中强化女性形象，然后在新编的历史小说中将女性形象提高到和男性对等的地位，从而获得独立性。就历史小说的修订看，本来应归于小说接受，修订后小说中的女性形象和旧本中女性形象的差异，应该从接受伦理角度加以阐述，但撇开和旧本的比较，只就修订后的小说本身而言，其女性形象也可以归入到故事伦理角度加以探讨。不妨以康熙三十四年（1695 年）四雪草堂本《隋唐演义》为例。褚人获"序"云："昔篛庵袁先生，曾示予所藏《逸史》，载隋炀帝朱贵儿、唐明皇杨玉环再世因缘事，殊新异可喜，因与商酌，编入本传，以为一部之始终关目。"[①]小说以男女感情纠葛的再世姻缘为总体框架，意味着女性在小说中不可或缺。小说新增了诸多女性故事，以花木兰故事最为曲折有致。从第五十六回"代从军木兰孝父"写起，第五十七回在范愿和曷娑那可汗交战时救出可汗，完全是一个勇将形象；与窦线娘同居一帐得知线娘心事后加以开导，更见女子豪气；第六十回"走天涯淑女传书"，叙木兰为线娘传信途中路过家乡时，知父亲病死，回家和亲人见面时被曷娑那可汗征召入官，于是告诉妹妹又兰："窦公主之托，我此生决不肯负"[②]，表示"停当了窦公主的姻缘，我死亦瞑目"[③]，要求又兰代自己去传信，展现出一诺千金和士为知己者死的豪迈之情。木兰入官前要求到父亲坟前祭奠，祭奠时自刎而死。又兰也不负姐姐所托，将信送到。该回回末"总评"云："木兰亦死得激烈，不愧女中丈夫。至后又兰千里奔驰，为他人作嫁衣裳，深见男子中全信义者不可得，却在巾帼中描写出来，亦作者慨世之一

---

① 褚人获汇编：《隋唐演义》，载《古本小说集成》编委会编：《古本小说集成》（第一辑），上海：上海古籍出版社 2016 年版，第 2-3 页。

② 褚人获汇编：《隋唐演义》，载《古本小说集成》编委会编：《古本小说集成》（第一辑），上海：上海古籍出版社 2016 年版，第 1525 页。

③ 褚人获汇编：《隋唐演义》，载《古本小说集成》编委会编：《古本小说集成》（第一辑），上海：上海古籍出版社 2016 年版，第 1526 页。

助云。"①这样的女性形象不输于同小说中的任何一个义气男儿。

《隋唐演义》中的花木兰形象虽然只是小说局部的描写，但已展示出清代历史小说对女性形象独立性的认可。花木兰不依附于任何人，有自己的主见和担当，重诺守信，重情守礼，为自己的坚持不惜牺牲性命，小说的局部描写将一个具有独立人格的女性形象绘声绘色地展示出来。和《隋唐演义》局部描写女性相比，《北史演义》中的女性形象则不再是局部的，而是推动情节发展的重要因素。如果说《隋唐演义》中少了女性形象的刻画并不妨碍小说的总体面貌的话，《北史演义》中少了女性形象，小说就是另外一个面貌。《北史演义》主要写北齐，北齐主要写其奠基者高欢，伴随高欢的则是娄昭君，没有娄昭君，高欢能否成功都是问题。就人物形象看，娄昭君应该说比高欢更加生动丰富。卷四高欢"侍立镇将之侧"，娄昭君见其"大贵之相"，就决心以身相许②。后主动求婚，历经反复后，子身嫁给高欢。婚后，昭君"亲操井臼，克遵妇道，不以富贵骄人"，并告诉高欢"身居单贱，当以此财为结纳贤豪之用，以图进步"③，正是在昭君的全力辅助之下，高欢才得以成功。高欢成功后，多有艳遇，昭君均以高欢为念，甘愿退避。小说中的昭君，是一个完美的女性形象。唯一与当时伦理不合的是初见高欢时的芳心暗许，卷四末尾评云："女子自己择配，原非正理，但有识英雄俊眼，而适遇英雄，情何能已？且非慕私情，惟求正配。昭君其乃权而不失为正者欤？"④昭君从权，仍不失为正。昭君的完美形象，可见于卷前《娄妃昭君》图（图 5.1），副图为九峰逸人的"图题"："预识英雄，兼通经济，度量能容，忠孝弗替，巾帼独尊，须眉有愧。"⑤通观昭君行为，她有自己的主见，恪守妇道的同时，又敢作敢为，有担当意识，可谓有主见之人。表面看起来，昭君似乎是一切为了高欢，但这种情况是昭君自己争取得来的，是她本心所

① 褚人获汇编：《隋唐演义》，载《古本小说集成》编委会编：《古本小说集成》（第一辑），上海：上海古籍出版社 2016 年版，第 1543 页。

② 杜纲编次：《北史演义》，载《古本小说集成》编委会编：《古本小说集成》（第二辑），上海：上海古籍出版社 2017 年版，第 68 页。

③ 杜纲编次：《北史演义》，载《古本小说集成》编委会编：《古本小说集成》（第二辑），上海：上海古籍出版社 2017 年版，第 99-100 页。

④ 杜纲编次：《北史演义》，载《古本小说集成》编委会编：《古本小说集成》（第二辑），上海：上海古籍出版社 2017 年版，第 75-76 页。

⑤ 杜纲编次：《北史演义》，载《古本小说集成》编委会编：《古本小说集成》（第二辑），上海：上海古籍出版社 2017 年版，第 8 页。

愿，非别人强求。因此，她恪守妇道并不妨碍她是一个有主见之人。

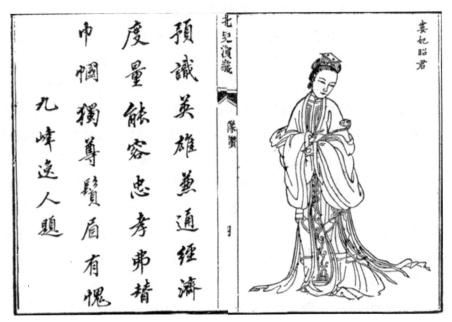

图 5.1　乾隆原刊本《北史演义》之《娄妃昭君》图

　　清代历史小说对女性形象的重视，当与才子佳人小说有关。顺治康熙年间，《平山冷燕》《宛如约》《定情人》等才子佳人小说风靡一时，小说内容表现出对女性前所未有的重视：《两交婚》中的辛古钗不仅可以自由择婚，其父甚至将儿子的定亲也交给她负责；《定情人》用"私订一盟，或亦行权所不废"①给江蕊珠反礼教行为提供合理性；《平山冷燕》中的山黛、冷绛雪更是才女的代表……与重视女性相伴随，才子佳人小说出现了新的爱情观：或坚持以情为本，《定情人》以"吾情"作为择偶标准，"吾情"如果看见桃花之红而动，则桃红即为定情之人；或反对门当户对，如《飞花咏》所云："从来婚姻论财，君子耻之。又云，善嫁者，只看郎君。"②同时，才子佳人小说还有一个俗套，佳人才子最终如愿以偿是以才子成就功名为前提的，这说明才气和爱情最终都要受到社会伦理规范的制约，女性的才情也好，婚姻观也罢，都只能是对伦理规范的局部突破。《隋唐演义》中的窦线娘和罗成一见钟情，私定终身后线娘历经磨难，在

---

① 大连明清小说研究中心校点：《才子佳人小说集成》（三），沈阳：辽宁古籍出版社 1997 年版，第 309 页。
② 大连明清小说研究中心校点：《才子佳人小说集成》（三），沈阳：辽宁古籍出版社 1997 年版，第 432 页。

花又兰传书后，最终成就了和才子佳人小说开山之作《玉娇梨》一样的"双美奇缘"。《北史演义》中的娄昭君，不讲究门当户对，自己决定婚姻并争取婚姻，既有经世之才又恪守妇德，虽为历史人物，但在小说中的形象，可谓是综合诸多佳人而成的理想人物。

才子佳人小说的出现，一般认为原因有三：一是失意文人苦闷后的自我安慰，二是晚明以来个性解放思潮的影响，三是明末清初江南女性才华的彰显[①]。清代历史小说对女性的关注，未必都是失意文人的自我安慰，但褚人获和杜纲均仕途不顺也是事实。褚人获自称："余平居碌碌，无所短长……忧从中来，悔恨交集，辄藉卷帙以自遣。"[②]杜纲科举无名后潜心稽古，认为南北朝"百年事迹，不可不公诸见闻"[③]。至于个性解放思潮对历史小说女性形象的影响，从历史小说女性形象和才子佳人小说女性形象的类似即可看出，无须多言。江南女性才华的彰显，以柳如是为代表的江南才女的情感和襟怀，对历史小说女性形象的塑造或许有潜移默化之功，褚人获是长洲（今苏州）人，杜纲是昆山人，同为江南人，对江南才女的真切感受多少影响到小说中女性形象的塑造。除了这些原因，清代历史小说重视女性形象，还与当时的政治高压环境有一定关系。政治高压让历史小说在主旨上回归正统，但小说本身又要有趣味性，如何既不妨碍主旨又增强趣味性呢？男女感情当是一个不错的选择，因为男女感情只是穿插在历史事件中的个人行为，既不影响历史走向，又能让小说情节曲折有致。男女感情如果要有趣味性，男女双方对等是个前提，这就要摆脱以往历史小说中女性的陪衬地位，借鉴才子佳人小说这个现成的范本，塑造历史小说中的独立女性形象也就是顺理成章的事情了。

三、接受伦理的新拓展

就接受伦理而言，清代历史小说在明代历史小说的基础上有所拓展。接受伦理通过清代文人对明代历史小说的改编及小说评点得以体现，主要表现在两个方面：一是通过对已有小说的改编让民间伦理冲击官方伦理，二是通过对故事传奇

---

① 参看施文斐：《清初才子佳人小说之"女才"独立性探析》，《安康学院学报》2016 年第 5 期，第 46-51 页。

② 欧阳健：《历史小说史》，杭州：浙江古籍出版社 2003 年版，第 314 页。

③ 欧阳健：《历史小说史》，杭州：浙江古籍出版社 2003 年版，第 357 页。

化的处理让民间伦理压倒官方伦理。

就第一个方面看，清代有著名的四大历史演义小说定本，即毛本《三国志通俗演义》、褚人获《隋唐演义》、蔡元放《东周列国志》，以及清远道人（即汤显祖）的《东汉演义评》。《东周列国志》基本照抄冯梦龙《新列国志》，它能成为定本，与其书名中的"东周"有关，"东周"非常符合小说所叙的列国纷争，比冯梦龙所说的"新"更能让人接受，但就小说改编而言，它"实际上是《新列国志》的评点本"①，实在不值一提。清远道人的《东汉演义评》的成功之处在于故事的完整和对史实的尊重，这是它成为定本的关键。与其说它是改编以前的小说，不如说它是依据史书重新编撰而成的小说，其接受主要是对史书的接受，顺带表现出对此前相关小说的不满。真正改编已有小说的是毛本《三国志通俗演义》和褚人获《隋唐演义》。不妨以毛本《三国志通俗演义》为例。《三国演义》版本在明代已经蔚为大观，毛本能成为定本，除了其艺术成就外，与其接受伦理也密切相关。具体表现有二：①明确以蜀汉为正统。毛宗岗《读三国志法》开篇云："读《三国志》者，当知有正统、闰运、僭国之别。正统者何？蜀汉是也……论地则以中原为主，论理则以刘氏为主，论地不若论理……以正统予蜀者，紫阳《纲目》之所以为正也。"②以蜀汉为正统，与《资治通鉴》不合，但合于朱熹《资治通鉴纲目》，《资治通鉴》以史家观之，《资治通鉴纲目》以理学家观之，同时，民间的"说三分"多以蜀汉为正统，这样看来，毛宗岗以蜀汉为正统的观点就交织了多种伦理观念，如沈伯俊所言："这种正统思想，既包括南宋朱熹以来的以'论理'为特征的封建正统观，也包括民间传统的以善恶仁暴为取舍标准的蜀汉正统观，还可能包含某种程度的反清悼明情绪。"③②在具体修改和评点中倾向于让民间伦理冲击官方伦理，但官方伦理又始终存在，小说接受者整体上呈现出一种事不可为的无奈之情。小说开篇加了一首明人杨慎的《临江仙》，"是非成败转头空：青山依旧在，几度夕阳红"④，透露出一种无奈的虚无苍凉之感，这种虚无苍凉一般为正史所代表的官方伦理所不取，多为民间伦理。但民间伦理无法否认蜀汉最终败亡的事实，只好用"古今多少事，都付笑

① 曾良：《〈东周列国志〉研究》，转引自欧阳健：《历史小说史》，杭州：浙江古籍出版社 2003 年版，第 325 页。

② 陈曦钟、宋祥瑞、鲁玉川辑校：《三国演义会评本》，北京：北京大学出版社 1986 年版，第 4 页。

③ 沈伯俊：《三国演义新探》，成都：四川人民出版社 2002 年版，第 76 页。

④ 陈曦钟、宋祥瑞、鲁玉川辑校：《三国演义会评本》，北京：北京大学出版社 1986 年版，第 1 页。

谈中"来自我解嘲。最后一回回前评云："三国以汉为主，于汉之亡可以终篇矣。然篡汉者魏也。汉亡而汉之仇国未亡，未足快读者之心也。汉以魏为仇，于魏之亡又可以终篇矣。然能助汉者吴也，汉亡而汉之与国未亡，犹未足竟读者之志也。故必以吴之亡为终也。"①本来写三国，就应该写到三国全部灭亡才能结束，但评点者却以蜀汉为中心，表示"汉亡而汉之仇国未亡""汉亡而汉之与国未亡"，实在是强词夺理，汉亡就是汉亡，与其仇敌和助手无关，评点者如此评价，显然是从读者角度考虑的结果。此处的"读者"，当秉持尊蜀汉为正统之民间伦理观念。但不管如何在"汉亡"上做文章，三国归晋的结局无法更改，评点者只好用"报报之反，未有已时"②来进行自我安慰，因为民间伦理无论怎样冲击官方伦理，都无法撼动官方伦理事实上的统治地位。

就第二个方面看，清代小说在改写明代小说时，还有一个明显的倾向，即对小说中的人物进行传奇化处理，将历史故事转化为英雄传奇，小说中的历史人物和虚构人物都体现出这种传奇色彩，同一题材的清代历史小说由此呈现出和明代历史小说不一样的特点：有时不再是"按鉴"而来的历史演义，而是真假掺杂的英雄传奇。不妨以钱彩的《说岳全传》为例，说明他对《大宋中兴通俗演义》《岳武穆精忠传》《岳武穆精忠报国传》的接受程度。嘉靖三十一年（1552年）熊大木编《大宋中兴通俗演义》，"凡例"第四条云："大节题目俱依《通鉴纲目》"③，明言按鉴演义是其行文的基本要求；《岳武穆精忠传》《岳武穆精忠报国传》均为《大宋中兴通俗演义》之删节本，邹元标天启七年（1627年）编订的《岳武穆精忠传》，将《大宋中兴通俗演义》的"按语论断均删去，正文省略粗率"④，特拈出岳飞之"精忠"；崇祯十五年（1642年）的《岳武穆精忠报国传》则将《大宋中兴通俗演义》中与正史不合的内容尽数删除，于华玉"凡例"第一条云："特正厥体制，芟其繁芜，一与正史相符。"⑤正是对明朝小说中的岳飞故事拘泥于史实的不满，钱彩编次了《说岳全传》，金丰在"序"中

---

① 陈曦钟、宋祥瑞、鲁玉川辑校：《三国演义会评本》，北京：北京大学出版社1986年版，第1444页。

② 陈曦钟、宋祥瑞、鲁玉川辑校：《三国演义会评本》，北京：北京大学出版社1986年版，第1444页。

③ 熊大木编：《大宋中兴通俗演义》，载《古本小说集成》编委会编：《古本小说集成》（第四辑），上海：上海古籍出版社2017年版，第1页。

④ 石昌渝主编：《中国历代小说总目·白话卷》，太原：山西教育出版社2004年版，第39页。

⑤《岳武穆尽忠报国传》，载《古本小说集成》编委会编：《古本小说集成》（第三辑），上海：上海古籍出版社2017年版，第1页。

说："从来创说者不宜尽出于虚，而亦不必尽由于实，苟事事皆虚，则过于诞妄，而无以服考古之心；事事皆实，则失于平庸，而无以动一时之听。如宋徽宗朝有岳武穆之忠……其事固实而详焉。更有不闻于史册，不著于纪载者……有大鹏鸟临凡之说也……故以言乎实，则有忠有奸有横之可考；以言乎虚，则有起有复有变之足观。实者虚之，虚者实之，娓娓乎有令人听之而忘倦矣。"①小说一反明代说岳故事对史实的遵从，第一回先虚构一个"佛谪金翅鸟降凡"的故事，女土蝠在大雷音寺听如来妙法真经时忍不住放了一个臭屁，被大鹏金翅明王啄死，女土蝠转世后嫁秦桧为妻，大鹏鸟被佛祖罚往红尘投胎，即小说主人公岳飞，这样一来，历史上的岳飞精忠被害的故事，在小说中就成为一个因果轮回的传奇。第六十一回，岳飞临死之时，亲自绑缚岳云和张宪，然后让人绑缚自己，前往风波亭受死，对照《大宋中兴通俗演义》"秦桧矫诏杀岳飞"一则描写岳飞知自己即将遇害时的仰天长叹和岳飞遇害次日"岳云张宪皆弃市"的描述，《说岳全传》中的岳飞之死无疑充满了令人击节赞叹的传奇色彩。除了将真实的历史人物岳飞进行传奇化处理以外，《说岳全传》还虚构了一个传奇人物牛皋。牛皋这个名字在《大宋中兴通俗演义》中出现过，卷五"牛皋大战洞庭洞牛"一则，提及牛皋生擒杨幺，卷七"岳飞兵距（拒）黄龙府"一则，罗列了"岳飞所部三十六员统制官"，牛皋排在第十三位②，但牛皋的形象并不丰满。《说岳全传》中的牛皋，则是一个充满传奇色彩的人物。第六回中他于"乱草岗剪径"出场时，和岳飞交手失败后就要拔剑自刎，被岳飞拦下后得知岳飞乃周侗义子，他马上倒头便拜，表现出一副活脱脱的草莽英雄形象；第二十八回称阮良为"水鬼朋友"③，酒后落水被擒，面对杨虎的质问，他回骂："放你娘的驴子屁"④，直率粗豪的形象呼之欲出；第三十二回他在余化龙、杨虎主动将抢下氾水关的功劳送给自己时，仍禀告岳飞说抢关是余、杨二人功劳，则展示出他诚实通达的一面；第三十八回他独自去金营下战书前，说如果自己不能回来，拜托大家对待自己刚

---

① 钱彩编次：《说岳全传》，载《古本小说集成》编委会编：《古本小说集成》（第四辑），上海：上海古籍出版社 2017 年版，第 1-4 页。

② 熊大木编：《大宋中兴通俗演义》，载《古本小说集成》编委会编：《古本小说集成》（第四辑），上海：上海古籍出版社 2017 年版，第 612 页。

③ 钱彩编次：《说岳全传》，载《古本小说集成》编委会编：《古本小说集成》（第四辑），上海：上海古籍出版社 2017 年版，第 581 页。

④ 钱彩编次：《说岳全传》，载《古本小说集成》编委会编：《古本小说集成》（第四辑），上海：上海古籍出版社 2017 年版，第 594 页。

招揽的高宠、郑怀、张奎要像对待自己一样，将江湖义气带进军营之中；他穿上使者服装，觉得自己"好像那城隍庙里的判官"，颇能自我解嘲；当番兵问他为何如此打扮时，他说"能文能武，方是男子汉。今日我来下战书，乃是宾主交接之事，自然要文绉绉的打扮"①，文绉绉的话语难掩武夫的粗豪；下战书时对金兀术义正词严算是正常，下战书后要金兀术犒劳自己一顿才回去，已有些让人意外；第七十九回他碰巧骑在金兀术身上，气死了金兀术，然后自己笑死，更让人匪夷所思。经过这一系列事件的铺排，牛皋这个人物在出场时就带有传奇色彩，到他自己笑死时传奇达到顶峰。如果说《说岳全传》中的岳飞形象的传奇化中还恪守着精忠报国的初衷，那么牛皋形象的传奇化则纯然是民间色彩，他既以自己的率性抵制愚忠愚孝，又以自己的真情成为道德的楷模。就人物塑造而言，牛皋不仅是《说岳全传》的亮点，也是清代历史小说的重要收获。历史小说人物的传奇化，折射出一个事实：清初历史小说在民间思想和官方意志的较量中，出现了一种世俗化倾向②，小说中的民间伦理比官方伦理更有人情味和亲和力。岳飞的精忠报国被置于因果报应的框架之中，更容易贴近一般读者的接受心理，民间伦理试图压倒官方伦理；牛皋的传奇经历和最终结局，则意味着民间伦理已完全压倒了官方伦理。

综上，清代历史小说在意图伦理、故事伦理和接受伦理这几个方面，与明代历史小说都有所不同。了解清代历史小说在叙事伦理方面出现的新情况，可以借此反观明代历史小说的相关情况，从而加深对明代历史小说叙事伦理的理解。

如果将明清历史小说作为中国古代小说的缩影，将其放在当前国际叙事学研究的背景中加以考察，那么对古代小说叙事伦理的分析，就有其当代价值：其一，作为一门学科的叙事学研究是从西方传过来的，但在此之前，我们的祖先早已有关于叙事的研究。中国的史官文化先行，导致叙事研究首先从史家开始。刘知幾《史通》卷六"叙事第二十二"专论"叙事"，上文所论述的关于历史小说叙事伦理研究的四个层面，古人均已涉及，且多有心得。这意味着，中国古代小说叙事伦理研究主要是立足于本土的研究，而西方的相关研究则充其量只是提供参照的对象。其二，古代历史小说对儒家规范伦理的推崇和西方小说推崇德性伦理形成反差，这意味着，"尽管外来影响在相当长时期内遮蔽了我们对自身叙事

---

① 钱彩编次：《说岳全传》，载《古本小说集成》编委会编：《古本小说集成》（第四辑），上海：上海古籍出版社 2017 年版，第 857-858 页。

② 欧阳健：《历史小说史》，杭州：浙江古籍出版社 2003 年版，第 338 页。

传统的关注，但若以'长时段'眼光回望历史，则会使我们认识到叙事标准不能定于一尊"①，我们应该对自己的文化传统和文学传统有自信。钱穆曾指出："中国文学家对于其所表达之文学所具有之一种意义与价值之内在的极高度之自信，正可以同时表达出中国内倾型文化之一种极深邃之涵义。"②其三，将历史小说叙事伦理研究区分为意图伦理、故事伦理、叙述伦理和接受伦理四个层面，是建立在历史小说的实际情况之上的，反衬出历史小说叙事伦理与西方以文本为中心的叙事伦理"三分法"之间的不合适，这提醒我们，要建立中国叙事学，就要从中华民族悠久的叙事传统出发，来寻找中国叙事自身的特色。如此，才能不一味跟风西方，进而引导中国叙事学研究走上创新之路。

① 傅修延：《问题、目标和突破口：中西叙事传统比较研究诌论》，《外国文学研究》2018 年第 3 期，第18-29 页。

② 钱穆：《中国文学论丛》，北京：生活·读书·新知三联书店 2002 年版，第 37 页。

「后 记」

2016 年我申请到国家社会科学基金一般项目"明代历史小说叙事伦理研究",经过几年的努力,该项目于 2020 年 11 月结项,鉴定结果为"优秀"。结项后,我听取多方意见,又花了一年多时间来修改。书稿质量如何,还有待读者检验。

由于我在 2016 年出版过上一个国家项目的结项成果《中国古典小说叙事伦理研究》,所以完成本项目时,时时提醒自己要尽量避免和上一个项目的成果重复。在完成上一个项目时,我在写"结语"时才意识到中国古典小说叙事伦理可以分为意图伦理、故事伦理、叙述伦理和阐释伦理,正文则分上、下篇分别对故事内容和叙事形式进行伦理阐释。在完成本项目时,我又意识到阐释伦理有些狭隘,不能很好地阐释同一小说的众多版本情况和后世的改编情况,于是,我决定将阐释伦理改为接受伦理。本书就以意图伦理、故事伦理、叙述伦理和接受伦理为框架展开论述。这样,首先在框架上和《中国古典小说叙事伦理研究》形成差异。在具体论述时,我将历史语境和小说的叙事伦理结合起来,这也是上一本书所欠缺的。在完成项目的过程中,我还参加了一个国家社会科学基金重大项目"中西叙事传统比较研究",研究中意识到中西叙事传统对伦理的关注维度有所差异,中国古代小说主要关注规范伦理,西方小说则有时关注规范伦理,有时关注德性伦理,但总体上关注的是德性伦理,这构成了本书的逻辑起点,也是上一本书所没有的内容。对于最容易重复的叙述伦理,我也刻意避免。比如说,对叙事视角的伦理阐释,本书针对明代历史小说,从"史官化"全知视角和"说书人"全知视角展开具体分析，就是上一本书所没有的内容；上一本书有一节专论转述语与视角之间的关系，本书对此付诸阙如。

我的一些学生也参与了这个项目，特别是李珍珍和张桢做了部分基础工作，改写后收入书中。

自 1998 年攻读博士学位以来，20 多年来我一直从事叙事学研究。我始终牢记我的博士生导师应必诚先生的告诫：做叙事学研究，要知晓西方叙事学，但不要盲从，要从叙事学入手发现中国的叙事特色。2002 年我做博士后时，在导师刘锋杰先生的指导下，以"唐传奇叙事"为研究对象完成了出站报告。我的专业是文艺学，研究生课程教的是"西方文论"，习惯于逻辑推理和天马行空的理论想象，我从事古典小说叙事研究以来，就陷入了一种两难境地。叙事学在中国目前可谓"显学"，但和古典小说界似乎泾渭分明。古典小说的叙事伦理研究，在古典小说界看来或许毫无新意，毕竟古典小说几乎千人一面的伦理说教是事实，叙事伦理研究又能整出什么新花样呢？与其浮光掠影地谈论没有新意的小说伦理，不如多研究小说的具体情况，考察小说的形成过程对小说文本和小说意义的影响。这有其道理。转而一想，任何小说产生的真相只有一个，其他的考证都是在通往真相的路上，而且即使知道真相，对小说的理解又能产生多大的影响？毕竟解读小说依赖的是小说文本，作者意图和小说文本是两回事。这似乎也有道理。各自有道理的两条研究途径，在古典小说叙事伦理研究中纠结在一起。叙事伦理研究需要理论建构，具体小说的伦理意蕴与小说如何形成又有关系，这实在让人有些无所适从。叙事学的成就是建立在西方现代小说叙事的基础之上，中国古典小说的艺术成就有限，能否为叙事学的建构添砖加瓦，值得怀疑。多年来的中国古典小说研究，成就斐然，质疑考证对小说意义的影响，是否在用现代知识体系来质疑古人，过于浅陋和狂妄无知？

本书是我 10 多年来研究的结晶，在部分学生的帮助下完成。相关内容曾以论文形式发表，按本书内容先后，具体罗列如下：

（1）《中西小说叙事伦理研究路径之比较》，《中国文学研究》2019 年第 2 期。

（2）《中西小说叙事伦理取向之差异》，《江西社会科学》2022 年第 7 期。

（3）《伦理保守主义与多元主义——论布斯的修辞学批评》，《文艺研究》

2012 年第 7 期。

（4）《叙事的修辞指向——詹姆斯·费伦的叙事研究》，《江淮论坛》2013 年第 5 期。

（5）《叙事伦理与中国古典小说的相遇》，《浙江工商大学学报》2017 年第 1 期。

（6）《古典小说叙事的意图伦理》，《中国人民大学学报》2017 年第 1 期。

（7）《史传传统与古代历史小说的作者》，《汉语言文学研究》2019 年第 3 期。

（8）《中西小说真实作者意图伦理之比较》，《中国文学研究》2021 年第 2 期。

（9）《"激发忠义，惩创叛逆"——明代历史小说隐含作者的济世情怀》，《安徽师范大学学报》（人文社会科学版）2022 年第 1 期。

（10）《中西小说隐含作者意图伦理之比较》，《南京师大学报》（社会科学版）2022 年第 1 期。

（11）《古典小说叙事的伦理引导》，《学术界》2015 年第 4 期。

（12）《史传叙事与古代历史小说的叙述者》，《学术界》2019 年第 11 期。

（13）《史传叙事与古代历史小说的叙述可靠性》，《浙江工商大学学报》2019 年第 3 期。

（14）《古典小说叙述可靠性的伦理判断》，《合肥师范学院学报》2014 年第 4 期。

（15）《古代小说的"春秋笔法"》，《江西社会科学》2020 年第 6 期。

（16）《古典小说的叙事空白》，《中国社会科学报》2019 年 7 月 15 日。

（17）《历史人物英雄化与儒家伦理精神——以古代历史小说为例》，《合肥师范学院学报》2017 年第 1 期。

（18）《伦理解读明代历史小说的叙事形式》，《社会科学报》2021 年 1 月 14 日。

（19）《小说叙事视角的伦理阐释》，《文艺理论研究》2014 年第 5 期。

（20）《古典小说全知视角的伦理效应》，《浙江工商大学学报》2016 年第 5 期。

（21）《古典小说的时序变形与伦理说教》，《英语研究》2017 年第 2 期。

（22）《古典小说叙事空间的伦理阐释》，《学术界》2016 年第 6 期。

（23）《〈梼杌闲评〉的伦理取位》，《学术界》2018 年第 7 期。

（24）《小说评点的伦理意图》，《古代文学理论研究》2015 年第 2 期。

（25）《明代小说评点伦理意图的形成》，《浙江工商大学学报》2022 年第 1 期。

（26）《小说评点的伦理阐释》，《黑龙江社会科学》2017 年第 1 期。

（27）《小说插图与接受伦理——以明代历史小说为例》，《学术界》2021 年第 12 期。

（28）《从版本差异看小说的接受张力——以明代历史小说为例》，《学术界》2023 年第 5 期。

（29）《明清历史小说叙事伦理之变化》，《社会科学辑刊》2023 年第 2 期。

罗列上述论文，主要有两个用意：一是想对上述期刊和相关编辑表示感谢，他们的认可让我在上述的两难处境中，有勇气将研究继续下去；二是想说明除故事伦理部分外，其他部分的内容通过这些论文题目可窥一斑，部分论文溢出本书，可以为本书相关内容提供注脚。

感谢南京师范大学文学院的资助，让本书得以顺利出版；感谢杨英编辑的辛苦工作，让拙著增色不少。

江守义

2023 年 3 月于南京